Helga Glaesener

Wölfe im Olivenhain

Historischer Roman

List Taschenbuch

Besuchen Sie uns im Internet:
www.list-taschenbuch.de

Umwelthinweis:
Dieses Buch wurde auf
chlor- und säurefreiem Papier gedruckt.

Ungekürzte Ausgabe im List Taschenbuch
List ist ein Verlag der Ullstein Buchverlage GmbH, Berlin
1. Auflage Februar 2009
© Ullstein Buchverlage GmbH, Berlin 2007/ List Verlag
Umschlaggestaltung und Konzeption: RME, Roland Eschlbeck
und Kornelia Rumberg
(unter Verwendung einer Vorlage von Sabine Wimmer, Berlin)
Titelabbildung Vordergrund: Jean-Auguste-Dominique Ingres:
Mademoiselle Caroline Rivière, © Gérard Blot, bpk
Titelabbildung Hintergrund (italienische Landschaft):
© Erich Lessing/akg-images
Satz: Leingärtner, Nabburg
Gesetzt aus der Galliard
Druck und Bindearbeiten: CPI – Clausen & Bosse, Leck
Printed in Germany
ISBN 978-3-548-60858-7

Für Lena, weil sie liebt … und liest

Prolog

Padule di Fucecchio, Toskana, Januar 1781

Es war der sechzehnte Tag des neuen Jahres, und Gildo Algarotti zitterte vor Kälte. Ein eisiger Nordwind fegte über die Kuppen des Apennin und fraß sich unerbittlich durch seinen fadenscheinigen Wollmantel. Er knabberte an seinen Zehen, er ließ die Ohren jucken und die Nase laufen. Verdrossen trottete der alte Mann den Weg entlang, seinen Beutel über der Schulter, und dachte daran, wie er im fernen Lüttich vor Marie und Clément von der Heimat geschwärmt hatte: *In Italien, Leute, ist das Wetter der Freund der armen Menschen. Sonnenschein, und der Wind streichelt dich – das ist, als spürtest du die Hand deiner Mutter auf der Haut ...*

Nichts spürte er, außer dass er bald krepieren würde, wenn er nicht ins Warme kam.

Na schön, dachte er, während er sich umschaute. Was die Landschaft anging, konnte er nicht klagen. Das Röhricht des Fucecchio-Sumpfes, durch den sein Weg ihn führte, strahlte wie ein goldener Flaum, und das Wasser spiegelte einen lichtblauen Himmel – so was gab's im Norden nicht. An den Weidenzweigen blinkten gefrorene Wassertropfen wie Diamanten. Ein Festsaal für Feentanz und Elfenreigen, dachte er mit einem schiefen Lächeln wegen seines romantischen Herzens, das ihm alle traurigen Erfahrungen nicht hatten austreiben können. Im Moment hätte er allerdings sämtlichen Flitter der Natur gern gegen einen einzigen brennenden Holzscheit getauscht.

Ihm war das letzte Mal warm gewesen, als er vor den Hunden davongerannt war. Das war am Morgen dieses Tages gewesen, in einem Dorf, das Ponte der-Teufel-mochte-wissen-wie hieß. Seine Laune verdüsterte sich, als er an die Köter dachte, die ihn in der Scheune aufgestöbert und gnadenlos über den Hof und durch das Dorf gejagt hatten. Der Bauer, der Saukerl, hatte sie erst zurückgepfiffen, nachdem Gildo die Brücke überquert hatte und in diesem verhexten Sumpf gelandet war. Seitdem irrte er umher, ohne einen Schimmer, wo er sich befand und wohin es sich zu laufen lohnte.

Er hätte natürlich hinter der Brücke warten können, bis der Bauer verschwunden war, und dann wieder ins Dorf gehen und die Straße nach Montecatini suchen. Aber … nun ja – er mochte keine Hunde. Tatsächlich hatte er sogar eine Heidenangst vor ihnen. Er wäre niemals in das Dorf zurückgekehrt. Die Viecher besaßen ein verdammt gutes Gedächtnis, und je löchriger der Mantel, umso wütender bissen sie zu.

Gildo schritt schneller aus, in der Hoffnung, sich auf diese Weise ein bisschen aufzuwärmen. Dabei folgte er einem Weg aus gefrorenen Karrenspuren, um sich nicht in tückisches Gebiet zu verirren. Hier wimmelte es von Mooraugen, immer wieder blitzte Wasser zwischen den gelben Halmen auf. Wenn er fehltrat … Seine Phantasie zeigte ihm eine angefressene Wasserleiche, die mit Stangen an Land gezogen wurde. Fröstelnd schaute er zur Sonne, um sich zu vergewissern, dass er nicht im Kreis wanderte.

Und dann sah er plötzlich das Haus.

Es war ein neueres Gebäude, die Wände aus gelbem Sandstein, das Dach mit scharlachroten Ziegeln gedeckt, in der Mitte ein riesiger, quadratischer Schornstein, allerdings ohne die Rauchfahne, die zu dieser Jahreszeit obligatorisch war. Gildo blieb stehen. Er runzelte die Stirn. Seine langen Wanderungen durch Italien und Mitteleuropa hatten ihn mit einem gesunden Misstrauen gegen alles versehen, was sonderbar war. Und etwas Sonderbareres als dieses Haus war ihm noch nie untergekommen. Es wirkte so fehl am Platz wie ein Kamel auf einer Kuhweide. Erst einmal der Standort, und dann: Die Fenster waren vergittert. Sogar die im Obergeschoss. Warum baute man in einem Sumpf ein Gefängnis? Und wenn es sich nicht um ein Gefängnis, sondern um ein Wohnhaus handelte, und der Besitzer so ängstlich war, dass er sich hinter Gittern verbarrikadierte – warum wohnte er dann in dieser schrecklichen Einsamkeit, wo ihm niemand zur Hilfe eilen konnte?

Zögernd ging der Alte weiter. Als er näher kam, sah er, dass es in dem Haus gebrannt haben musste. Flammen, die aus den Fensterhöhlen geschlagen waren, hatten mit schwarzen Zungen über die Außenmauern geleckt. Er blieb erneut stehen. Über sich hörte er den miauenden Ruf eines Bussards, der im Aufwind über dem Wasser kreiste. Er stopfte die Hände unter seine Achseln, um sie zu wärmen.

Weg von hier, Gildo, dachte er, hau ab. Nichts für dich. Das Haus schien ihm mit seinen verbrannten Fensterluken zuzuzwinkern wie ein boshafter Geist. Aber dann standen vor seinem inneren Auge plötzlich die Reste halb verbrannter Möbel, hölzerne Bodendielen und dergleichen mehr, lauter Zutaten für ein Feuerchen, das ihm die Glieder wärmen würde.

Unschlüssig blies er den Atem in die Luft und starrte auf die Rußfladen.

Ihm fiel ein, dass er dringend sein Döschen mit falschem Arsenik auffüllen musste. Der Winter war für Leute wie ihn eine schlimme Zeit. Er war Theriakkrämer und bot ein Mittel gegen Vergiftungen und Krankheiten feil. In dieser Jahreszeit war das schwierig, denn das klamme Wetter ließ seine Finger steif werden, und … nun ja.

Seine Methode war einfach und wirksam. Wenn er in einen Ort kam, bestellte er beim Apotheker einige Stückchen Arsenik, die er in Papier einwickelte und ihn aufzubewahren bat. Auf dem Markt pries er später sein Theriak, ließ von einem eifrigen Zuhörer das Arsenik aus der Apotheke holen – kein Betrug, liebe Leute, der Apotheker kann's bezeugen! – und tauschte, während er wortreich sein Vertrauen ins Theriak beschrieb, das Gift gegen ein Teigstück aus Zucker, Mehl und Safran aus. Er verschluckte das falsche Arsen – wie hielten sie den Atem an! – und dann das Theriak … und alles Weitere geschah von selbst.

Nur durften seine Finger nicht steif sein.

Gildo seufzte und näherte sich widerwillig dem Haus. Die Tür war aus schwerem Eichenholz – und sie stand offen. Das ist ja wie eine Einladung, Junge, du hast Glück! Aber seine Schritte wollten nicht schneller werden.

Dann hörte er das Gebell.

Trotz seines Alters – er war bereits über sechzig – schaffte Gildo es mit einem einzigen Satz ins Röhricht, wo er zu Boden glitt. Er lachte ein bisschen über sich und war froh, dass ihn niemand gesehen hatte. Schon wieder Hunde. Diese verdammten Viecher schienen ihn heute zu verfolgen. Aber der Wind stand günstig. Er blies ihm ins Gesicht, so dass die Köter ihn mit etwas Glück nicht riechen konnten.

Gildo zitterte, während Sumpfwasser seine Hose durchtränkte. Er starrte zu der offenen Tür. Aus dem Hausinnern drangen unterschiedliche Belllaute. Er kam zu dem Schluss, dass er es mit drei Hunden zu tun hatte. Große Hunde, dachte er. Verflucht groß, die mussten Lungen wie Kürbisse haben. Er spähte durch die Halme und meinte, etwas Schwarzes im Türspalt zu sehen. War das eines der Tiere? Nee, so groß wurden die nicht, das gab's gar nicht. Das war ja ein halbes Rind! Gildo ließ die Stirn auf den gefrorenen Matsch sinken und bemühte sich, sein schlagendes Herz zur Ruhe zu bringen.

Seine Hundekenntnisse stammten aus vielen tristen Erfahrungen. Die schrecklichsten hatte er zum Glück nicht am eigenen Leib erlitten. Da war dieser Norweger gewesen, Leif, den sie den Stotterer nannten, dem hatte ein Bullenbeißer, der zu einer Jagdgesellschaft gehörte, das halbe Gesicht weggerissen. War er auch dran gestorben. Gildo hatte ihm in seiner letzten Stunde die Hand gehalten. Dann dieser glotzäugige Köter, den sie auf den ersten Blick als zahme Töle abgestempelt hatten – und der sich dann in Marie Martins Oberschenkel verbissen hatte: Sie mussten wohl eine Viertelstunde auf ihn einprügeln, bis er von Marie abließ. Da war er schon fast tot gewesen, und Clément hatte trotzdem noch den Kiefer mit einer Eisenstange aufstemmen müssen. Die Töle hatte nicht gebellt, deshalb hatten sie ihre Gefährlichkeit unterschätzt.

Ansonsten konnte man sich auf sein Gehör verlassen: Die Kläffer, die sich einfach nur aufregten und die man mit einem Tritt beiseite fegen konnte, die heimtückischen Grummler, die gereizten Knurrer ...

Die Hunde aus dem Haus ... waren nicht einzuordnen.

Gildo lag mit der Hüfte auf seinem Bündel, er spürte den Druck der Dose, in der er sein falsches Arsenik aufbewahrte. Seine nervöse Blase meldete sich. Er bildete sich ein, dass der Wind ihm den Geruch von Frühlingsblumen zutrug, aber das war mit Sicherheit ein Wunschtraum, jetzt im Januar. Plötzlich hörte er, wie die Haustür scharrte. Ein kräftiges Geräusch, als hinge sie schief in den Angeln und würde mit Gewalt über den Boden gezerrt. Er hätte hinübergespäht, aber er traute sich nicht. Jemand sprach mit leiser Stimme auf die Hunde ein, um die Viecher zu beruhigen.

Das Bellen wurde leiser, die Gesellschaft entfernte sich, bis schließlich jedes Geräusch verstummt war.

Wäre es nicht so kalt gewesen, Gildo hätte bestimmt noch ein Weilchen auf dem Boden ausgeharrt – nur um sicherzugehen. Aber der Frost biss und zwickte. Mühsam rappelte er sich auf und humpelte zum Haus. Jetzt gab es keine Wahl mehr. Er musste seine Kleider trocknen. Die Tür war von der Hitze des Feuers verzogen, und er brauchte eine Menge Kraft, um sie aufzustemmen.

Verdutzt blieb er stehen. Er hatte einen Korridor erwartet oder eine Stube oder vielleicht ein ausgeräumtes Warenlager – aber was sich ihm darbot, war so bizarr, das er sich einen Moment in einen Albtraum versetzt fühlte. Das Haus wurde von einer Maschine bewohnt.

Entgeistert starrte Gildo auf zwei riesige Metallzylinder, über denen eine Art hölzerne Wippe schwebte, mit einem Hammer an jedem Ende. Überall hingen Ketten, dazwischen waren Eisengestänge montiert, und durch die Gestänge erblickte er ein gigantisches Eisenrad. Doch die Maschine war zerstört worden. Ihre Zylinder waren eingedellt, einer der Hammer abgebrochen, das Gestänge aus den Verankerungen gerissen – als hätte sie sich mit einer größeren und zornigeren Maschine in einen

Kampf eingelassen. Sämtliche Holzteile waren verkohlt und mit fettigem Ruß bedeckt.

Abgestoßen und neugierig zugleich stieg Gildo einige Treppenstufen hinab. Unterhalb der Maschine befand sich ein runder Ofen, der offenbar mit Kohle gespeist worden war, denn auf dem gekachelten Fußboden davor entdeckte er Kohlenstaub und schwarze Kohlebröckchen. Vor dem Ofen lag ein stinkender, frischer gelber Hundehaufen.

Gildo hatte genug. Durch eines der Fenstergitter fielen Sonnenscheinquadrate vor die Ofentür. Draußen mochte es kalt sein, aber alles war besser als dieses Haus.

Er hätte später nicht sagen können, warum er ein zweites Treppchen erklomm, statt ins Freie zurückzukehren. Er hätte nicht sagen können, warum er auf das Eisenrad zustrebte, und auch nicht, warum er den riesigen, umgestürzten, vom Feuer versengten Tisch umrundete.

Er bemerkte zunächst die Blutlache. Dann sah er den Mann. Der Bursche lag am Boden. Seine Glieder waren verrenkt, Hände und Füße gefesselt. Er war geknebelt, und aus dem geknoteten Tuch am Hinterkopf quollen seidig-schwarze Locken. Der Mann war nackt, sein Hintern und die Beine mit Bisswunden übersät, in denen Blut schimmerte wie Wein. Schwankend zwischen Entsetzen und Neugierde tat Gildo einen weiteren Schritt, so dass er das Gesicht des Gemarterten erkennen konnte.

Der Anblick sollte sich ihm unlöschbar einprägen. Augen, schwarz und blank wie Glasperlen im Schnee, starrten ihm über dem Knebel entgegen, als flehten sie ihn um Hilfe an. Gildo fuhr der Schreck in sämtliche Glieder. Er traf keine Entscheidung. Seine Beine trugen ihn fort, als würden sie von einer fremden Macht bewegt. Weg von dem entsetzlichen Haus, weg von dem Gefolterten. Weg von dem Hundehaufen.

Bis ans Ende seines Lebens sollte ihn die Frage quälen, ob der Mann, den er dort neben der Maschine hatte liegen lassen, zu diesem Zeitpunkt noch gelebt hatte.

1. Kapitel

»Es ist ein Loch! Es ist nichts als ein ummauertes Loch!«, brüllte Enzo Rossi und stieß mit dem Ende seines Besenstiel so heftig gegen die Innenwand des Kaminschlots, dass der Putz herabrieselte.

Cecilia, die in der Tür zum Speisezimmer des Palazzo della Giustizia stand, betrachtete ihn kopfschüttelnd. Er kniete mit verrenktem Hals und Gliedern vor der Öffnung des Kamins – die Arme schwarz, das Gesicht mit Streifen durchzogen wie bei einem Zebra, das weiße Hemd verdorben. »Es muss dort eine verdammte Krümmung ...«, fluchte er. Ein weiterer Stoß mit dem Besenstiel ließ eine schwarze Wolke aus der Kaminöffnung steigen.

»Ich würde nach Vitale Greco schicken«, meinte Bruno Ghironi, der Sbirro, der zum allmorgendlichen Appell angetreten war, bedächtig.

Damit wiederholte er, was Cecilia selbst schon vorgeschlagen hatte. Warum rufst du keinen Kaminkehrer, Rossi? Der Mann hat das gelernt; er weiß, wie man es macht. Doch es scheint das Schicksal von Ratschlägen zu sein, dass sie umso vehementer abgelehnt werden, je klarer ihr Nutzen auf der Hand liegt.

Dabei war Enzo Rossi kein Dummkopf. Die Urteile, die er in seiner Eigenschaft als Richter von Montecatini fällte, stellten die Leute zufrieden, weil sie von Sachkenntnis und gesundem Menschenverstand zeugten. Erzgroßherzog Leopoldo hatte ihn in seine Compilations-Kommission berufen, um bei der Justizreform des Landes zu helfen. Ein gescheiter Mann also. Und doch fuhrwerkte er seit über einer Stunde mit Besen, Mistforken und anderem Gerät im Schlot herum, in einem verbissenen Zweikampf, über dessen Ursache man nur rätseln konnte. Der Herrgott hat die Männer dank ihrer Vernunft bestimmt, über die Weiber zu herrschen? Man sieht es, Signor Kant.

Die alte Sofia, das Hausfaktotum, steckte den Kopf durch die Tür und musterte missbilligend den Schmutz. »Ich muss 'ne Menge Dreck wegmachen, nachher«, murrte sie. »Und oben fegen und unten fegen, … aber will ja keiner was von wissen, … wie alles Mühe macht …« Als niemand auf ihr Nölen antwortete, zog sie wieder von dannen.

»Nun komm, … Cecilia … Gib mir das Ding da, … das mit dem Haken …« Rossi streckte die Hand aus, den Kopf schon wieder unter dem Schlot.

»Der Kaminkehrer …«, begann sie.

»Ich habe es gleich. Verstehst du?«

Achselzuckend reichte sie ihm das Werkzeug und kehrte ins Nebenzimmer zurück. Sie hatte leider viel zu spät entdeckt, dass der Kamin im Speisezimmer mit dem Ungetüm in der Bibliothek den Schlot teilte und die fettige Pest in ihr Heiligtum trug. Im Sonnenlicht konnte sie nun das gesamte Ausmaß des Unglücks bewundern. Die Möbel sahen aus, als wäre ein schwarzer Sandsturm durch den Raum gefegt, Trauergirlanden aus Ruß umkränzten die Kaminkacheln und auf den Spanntapeten hafteten fedrige Flocken. Doch am schlimmsten stand es um die Bücher.

Wehmütig fuhr Cecilia mit der Hand über die ledernen Einbände, auf denen winzige Rußpartikel klebten, die man mit Sicherheit nicht würde abwischen können. »Rossi, du verdirbst die Bücher!«

Sie nahm einen Stapel Zeitungen und stieg auf die Leiter, die der Sbirro ihr vor den Bücherschrank gestellt hatte, entschlossen, ihre Rettungsmaßnahmen fortzusetzen, auch wenn es fast schon zu spät war. Umständlich entfaltete sie eines der Blätter, Teil der *Meinungen der Babette*, für die sie gelegentlich eine *Beobachtung aus der Provinz* schrieb. Sie wollte das Papier gerade über die Bücher in den oberen Borden schieben, als ihr Blick auf die umrandete Rubrik mit der Überschrift *Gemischtes* fiel.

2. Januar, Firenze: Ball im Teatro della Pergola.

Teatro della Pergola. Sie hatte nicht die Absicht, sich zurück zu erinnern, wahrhaftig nicht, aber von einem Moment zum anderen überfluteten sie die Bilder, und plötzlich sah sie alles wieder vor sich: die kristallenen Lüster, die verspiegelten Wände, die weichen Teppiche, über die Lakaien mit Tabletts voller funkelnder Weingläser schritten – und natürlich Inghiramo.

Der große Inghiramo, Tragödiendichter, der aufsteigende Stern am Theaterhimmel … Er hatte das Teatro für sie in einen Garten Eden verwandelt, in dem er ihr – wie ehemals die Schlange – den Apfel der Liebe unter die Nase hielt. Und vermutlich hatte er sich dabei totgelacht über das blankäugige Närrchen, das in seiner ringelnden Gestalt eine reine Seele zu erspähen meinte. Wie konnte ich nur, dachte Cecilia. Wie konnte ich …

Sie wollte das Blatt auf den Büchern ausbreiten, doch es glitt ihr aus den Händen und segelte zu Boden.

»Weiter«, hörte sie Rossi fauchen.

Sein wohlbeleibter, schmutziger, treu ergebener Sbirro fuhr gehorsam fort, die Straftaten aufzuzählen, die Montecatini in der vergangenen Woche erschüttert hatten. »Als Zweites, Giudice …« Die Sache mit Elio und Carlo. Der Streit wegen der Scheunennutzung schwelte immer noch, und Carlo hatte Elio einen Kirschkernkacker genannt, was der anzuzeigen wünschte. Zum Dritten war Rosaria Foddis von einem durchziehenden Kesselflicker betrogen worden. Sie hatte einen Nachttopf ausbessern lassen, der aber, wie sie unter bedauerlichen Umständen feststellen musste, immer noch leckte. Und nun war ihr venezianischer Teppich …

»Ein Nachttopf?«

»Jawohl, Giudice. Ich habe den Kesselflicker erwischt, als er über die Gemeindegrenze nach Buggiano wollte, und ihn fest –«

»Nachttopf!«

»Ich könnte …«

»*Merda*!« Rossis Stimme ging in einem Poltern unter, und aus der Öffnung des Bibliothekskamins stieg eine weitere Rußwolke.

Enerviert verdrehte Cecilia die Augen. Sie kletterte die Leiter hinab und hob das Zeitungsblatt wieder auf. Rasch überflog sie den Artikel auf der Suche nach Großmutters Namen, fand ihn aber nicht, was sie auch nicht wunderte. Zum einen war Großmutter nicht prominent genug, um in der *Babette* Erwähnung zu finden, zum anderen hatte Cecilias Affäre mit dem Theaterdichter ihr die Freude an der Bühnenkunst verdorben. Wie du mir überhaupt jede Freude verdorben hast, hätte Großmutter jetzt hinzugefügt. Und das nach allem, was ich für dich getan habe!

Cecilia seufzte.

Sie war gerecht genug, um die Liebe und die sorgfältige Erziehung zu würdigen, die Großmutter ihr nach dem Tod der Eltern hatte angedeihen lassen. Sogar ihren Versuch, eine Hochzeit mit dem unglückseligen Augusto zu arrangieren, nachdem sie von der Affäre erfahren hatte, musste man als Beweis aufrichtiger Zuneigung werten. Doch dann hatte die alte Frau Cecilias schwellenden Bauch bemerkt und drastische Maßnahmen ergriffen. Cecilia, immer noch ein Närrchen, wenn auch inzwischen weniger blankäugig, hatte die Qual des Schnürens Tag für Tag ertragen, ohne zu erkennen, was damit beabsichtigt war, und am Ende hatte sie ihr Kind verloren, mitten in der Nacht, auf einem Abort. Das war zu schmerzlich, um es zu vergeben. Auch jetzt noch, nach über einem Jahr. Cecilia warf das Blatt in den Korb mit dem Kaminholz und riss das Fenster auf, um frische Luft hereinzulassen.

»Es zieht!«, brüllte Rossi.

Sie tat, als hörte sie nicht. Die Luft draußen war schneidend, aber klar wie Quellwasser, und sie sog gierig die Lungen voll. Fort mit den nutzlosen Erinnerungen. Florenz war Vergangenheit, … ihr Zuhause der *Palazzo della Giustizia* in Montecatini.

Cecilia musste lächeln, als sie an den hochtrabenden Namen dachte, der so gar nicht zu dem heruntergekommenen grauen Steinhaus mit den wackligen Fensterläden und den altersmürben Schindeln passte. Müßig ließ sie die Augen über den Markt-platz schweifen. Links vom Palazzo befand sich das Teatro dei Risorti, in dem die Gerichtsverhandlungen stattfanden. Daran schloss sich ein Wohnhaus an, dann ein uralter Turm, den eine montecatinische Adlige in eine Kapelle zu Ehren der Heiligen Jungfrau hatte umbauen lassen. Den Rest des Ovals beanspruch-ten wieder Bürgerhäuser. Und natürlich das Kaffeehaus, dessen mit Eisblumen verzierte Fenster darauf hinwiesen, dass Goff-redo ordentlich heizte – und das schon seit einer Woche, seit diese Kälte über den Ort hereingebrochen war. So ging es näm-lich auch; man musste nicht erst warten, bis der halbe Haushalt erfroren war!

Vor dem Kaffeehaus goss ein alter Mann einen Eimer rosa ge-färbtes Schmutzwasser in die Gosse. Ansonsten war der Markt wie leer gefegt.

Ich bin am Ende der Welt, dachte Cecilia, während sie frös-telnd die Arme um den Oberkörper schlang. Sie versuchte sich Florenz in Erinnerung zu rufen. Die Parfümerien und Hutge-schäfte, die Theater, die Boboli-Gärten mit den Brunnen und Attraktionen, Tancredis Literaturzirkel, in dem die Neuerschei-nungen des Buchmarkts besprochen und unter den Tischen die Libells ausgetauscht wurden, in denen scharfzüngige Poeten die Florentiner Oberschicht schmähten …

Die einzige Zeitschrift, die in Montecatini regelmäßig ange-liefert wurde, war Rossis Juristenblatt, das zum Fische ein-packen taugte oder um an Langeweile zu sterben. Und dennoch, gestand sie sich ein, hatte sie die Hauptstadt, seit sie hier ge-strandet war, um Rossis kleine Tochter zu erziehen, noch kein einziges Mal wirklich vermisst.

Sie beugte den Kopf vor, als sie hörte, wie die Haustür geöff-net wurde. Rossi schien den Kampf mit dem Kamin aufgegeben zu haben. Er trat mit seinem Sbirro in den Vorgarten hinaus.

»… hat man ewig Ärger«, tönte Brunos Bass durch die Win-terluft. »Komödianten ist ein anderes Wort für Gesindel – da hat Signor Fabbri recht, wenn ich das so sagen darf. Die verstehen's nur, wenn man Fraktur redet. Ein Tritt in den Hintern, sobald sie ihren Fuß in unsere Stadt setzen.«

»Ein Exempel statuieren.«

»Genau, ja. Man muss …«

Rossi unterbrach ihn gereizt, während er den Arm in seinen Mantel schob. »Das einzige Exempel, Bruno, das man statuiert, wenn man ein Exempel statuiert, ist das Exempel einer Ungerechtigkeit!«

»Giudice …«

»In meinem Gerichtsbezirk werden keine Exempel statuiert«, erklärte der Richter verdrossen. »Sollte ich dich jemals dabei erwischen – und es ist mir gleich, wie hehr deine Motive sind –, dann schmeiß ich dich raus. Das ist mein Ernst, Bruno.«

Die beiden überquerten den Marktplatz. Bevor sie in dem Gässchen neben dem Kaffeehaus verschwanden, drehte Rossi sich noch einmal um. »Es ist in Ordnung, Cecilia, du kannst ihn holen lassen.«

»Wen denn?«, fragte sie scheinheilig.

Zwei arbeitsreiche Stunden später drückte sie Vitale Greco einige Münzen in die Hand.

»Dass sie's immer erst selbst versuchen«, murrte der Kaminfeger und nickte in Richtung Besen mit der Miene eines Mannes, dem die Torheit seiner Mitmenschen als Ranzen voller Steine auf den Buckel gepackt wird. Er war ein nervöser, dürrer, kleinwüchsiger Kerl mit raschen Bewegungen und einer unglaublichen Gelenkigkeit, die es ihm erlaubte, sich wie eine Ratte in den Kaminschloten zu bewegen. Des Übels Wurzel, das er in Gestalt eines Dohlennestes und der toten Nestbauerin aus dem Flugruß gezerrt hatte, lag auf einem Kehrblech.

»Er ist geläutert«, versicherte Cecilia und pustete in ihre kalten Hände. Sie hatte die Fenster offen stehen lassen in der Hoffnung, dass wenigstens ein Teil des Schmutzes den Weg nach draußen suchen und die frische Luft ihre Lungen reinigen würde. Inzwischen war es nicht mehr ganz so hell wie noch vor einer Stunde.

»Armes Ding.«

»Bitte?« Cecilia sah, dass der Kaminfeger aus dem Fenster spähte, und sie trat zu ihm und lugte neugierig ebenfalls auf den

Marktplatz. Eine Kutsche rollte über das Pflaster, und als sie vorüber war, kam eine Frau zum Vorschein, die, auf eine Krücke gestützt, an dem weißen Marmordenkmal mit der römischen Dame vorbeihumpelte.

»Francesca Brizzi«, erläuterte Greco.

»Ich glaube nicht, dass ich sie kenne.«

Die Fremde war nicht mehr ganz jung, Mitte zwanzig vielleicht. Sie trug einen schlichten grauen Mantel mit einer weiten Kapuze, die sie zurückgeschlagen hatte. Ihre Hände steckten in dicken Wollhandschuhen. Trotz der Gehbehinderung strahlte sie etwas Kraftvolles, Zielstrebiges aus. Ihr Haar war lockig und hübsch, mit mehreren Schleifen gebunden, und sie hatte ein etwas kantiges Gesicht, das Cecilia aber sofort sympathisch fand.

Greco schnaubte durch die Nase. »Francesca kann von Glück sagen, dass sie ihr eigenes Geld verdient, und das sollte sie sich auch klarmachen, zum Trost. Am besten wäre es, wenn sie alles auf sich beruhen lässt. Ändern kann man jetzt sowieso nichts mehr. Und was man nicht ändern kann …«

»Worum geht es denn?«

»Haben Sie noch nicht davon gehört, Signorina? Was im Sumpf passiert ist? Scheußliche Sache!« Der Kaminkehrer zuckte die Achseln und schulterte sein Wegzeug. Mit einem Nicken verschwand er im Korridor.

Die hinkende Frau kam ihm durch den kleinen Vorgarten entgegen. Sie grüßte höflich, und er grüßte ebenso höflich zurück. Einen Moment später pochte es an der Tür.

»So kommen Sie doch bitte herein, Signora Brizzi.«

Natürlich war wieder niemand vom Personal zur Stelle, um zu öffnen. Sofia drückte sich vor jeder Arbeit, an die man sie nicht mit Gewalt zerrte, Anita hantierte in ihrer Küche, und wo Irene sich befand – die Zofe, die Rossi für die beiden Damen seines Hauses engagiert hatte –, mochte der Himmel wissen.

Cecilia wollte nach dem Mantel des Gastes greifen, doch die Fremde war zu sehr mit ihren eigenen Gedanken beschäftigt, um die Geste zu bemerken. Sie trat ins Speisezimmer und musterte stirnrunzelnd den Ruß an Möbeln und Wänden.

In diesem Moment erblickte Cecilia die Verunstaltung ihres Gesichts. Francescas linke Wange war nach innen gedrückt, durch eine Verletzung, bei der offenbar der Wangenknochen gebrochen war. Die Haut kräuselte sich über der verheilten Wunde in einer tassenförmigen Narbe mit ausgefransten Rändern. Eine Fratze. Allerdings nur halbseitig, denn der rechte Teil des Gesichts war bei dem Unfall, den es gegeben haben musste, völlig unversehrt geblieben.

»Also Signorina …«, begann Francesca Brizzi.

Cecilia errötete, als trüge sie durch ihr taktloses Starren eine Mitschuld an der Entstehung der jungen Frau. Rasch fiel sie ihr ins Wort: »Wenn Sie sich vielleicht setzen …«

»Das ist ein Bulle gewesen, im Stall meines Patenonkels. Ich hab mich dran gewöhnt.« Francesca hob gleichgültig die Schultern. »Das Bein hat er auch zertreten.« Sie lehnte die Krücke in eine Ecke, humpelte zu dem Sessel, von dem Cecilia eilig das Tuch herabzog, und ließ sich darin nieder. Ihr Blick wanderte zu dem Kehrblech, auf dem immer noch die Dohle lag, und sie starrte darauf, während sie nach den nächsten Worten suchte.

»Wo ist Enzo? Ich muss ihn sprechen.«

»Nun, ich fürchte …«

»Mein Bruder ist ermordet worden.«

Schockiert suchte Cecilia nach einer Antwort. Was sagte man da? Herzliches Beileid? Wie entsetzlich, meine Liebe? Sie öffnete die Tür des Aufsatzschranks, um Wein und zwei Gläser herauszunehmen, doch der Ruß hatte auch vor dem Schrankinneren nicht haltgemacht. Durch den Korridor rief sie nach Irene. Dann zog sie das Laken von einem zweiten Stuhl und nahm der Fremden gegenüber Platz.

»Er ist nicht da?«, fragte ihre Besucherin.

»Leider. Und ich fürchte …«

»Er ist also nicht da.«

Cecilias Herz krampfte sich vor Mitleid zusammen. *Mein Bruder ist ermordet worden.* Signora Brizzi musste diesen Bruder sehr geliebt haben. Ihr Gesicht war steinern, und die Trauer umgab sie wie ein Panzer aus dickem, schwarzem Eis. Die Kälte, die von ihr ausströmte, ließ Cecilia frieren. »Ihr Bruder …«

»Mario.«

»Er hieß Mario?«

»Wir sind Zwillinge. Wir wurden innerhalb von wenigen Minuten geboren«, sagte die Frau, ohne dass sich ihre Züge belebt hätten.

»Tatsächlich.«

Francesca legte die Arme um den Oberkörper. Es sah aus, als fröre sie in ihrem schwarzen Eispanzer. Gedankenverloren machte sie Anstalten, sich selbst zu wiegen, doch als ihr einfiel, wo sie sich befand, ließ sie die Arme wieder sinken. »Sie wissen nicht, wann Enzo zurückkehrt?«

»Sicher bald.«

Es klopfte. Irene betrat mit ihrem üblichen hochnäsigen Knicks das Zimmer und servierte den Wein. Cecilia sah sie die Nase rümpfen über den groben Mantelstoff und die billigen Stiefel des Gastes. Verärgert schickte sie die Zofe wieder hinaus. »Was ist denn nun geschehen?«, fragte sie, nicht, weil sie es wissen wollte, sondern weil sie den Druck spürte, der den Eispanzer zu sprengen drohte.

Francesca richtete ihren Blick wieder auf die tote Dohle. Sie sprach sehr nüchtern, als sie berichtete. Ihr Bruder Mario war in einem der Häuser unten in den Sümpfen, in dem die Mönche ihre Dampfmaschinen aufgestellt hatten, tot aufgefunden worden. Neben der Maschine. Von Hunden zu Tode gebissen. »Die Viecher haben ihn umgebracht, aber Marios Mörder ist Sergio Feretti. Das weiß ich.«

»Sie wissen …?«

Francesca sprach weiter, als hätte sie den Einwurf gar nicht gehört. »Ich bin zum Giusdicente Lupori in Buggiano gegangen. Aber der sagt, die Beweise reichen nicht aus. Was soll das heißen, die Beweise reichen nicht aus?, hab ich ihn gefragt. Sergio hat meinen Bruder gehasst. Vor zwei Jahren hat Mario einen Bastard in Sergios Hundezwinger gelassen. Der Rüde hat eine der Hündinnen gedeckt. Aus Rache hat Sergio Marios Boot zerschlagen. Und dann war Krieg. Sergio hat Mario die Braut ausgespannt … Und nun hat er ihn umgebracht.«

Cecilia merkte, dass jemand die Haustür öffnete.

»Ist er das?«, fragte Francesca.

»Ich denke.«

Rossi musste die Stimme der Besucherin gehört haben, denn er kam ins Speisezimmer, ohne den Mantel auszuziehen. Seine Stiefel hinterließen matschige Rillen auf dem Dielenboden, die mit dem Ruß zu schwarzwässrigen Pfützen zusammenliefen. »Du?«, fragte er. Es klang weder erfreut noch verärgert. Eher begriffsstutzig.

Du?

Francesca wich dem Blick des Richters so wenig aus wie er dem ihren. Cecilia sah, wie sie die blassen, bläulichen Lippen aufeinanderpresste. Die Narbe in ihrem Gesicht spannte sich, und ihre Augen wurden lebendig. Sogar die Starre des Körpers ließ nach, als gäbe es plötzlich etwas Stärkeres als ihre Trauer. Und das war ... Leidenschaft?

Warum *Du?*

Herausfordernd lehnte die Besucherin sich zurück. Eine stolze Geste von Frau zu Mann.

Du also. Cecilia blickte peinlich berührt zur Seite. Sie hatte nie darüber nachgedacht, dass es in Rossis Leben irgendwelche Liebschaften gegeben haben könnte. Aber die Blicke, die die beiden miteinander tauschten, waren von solcher Intimität, dass man sie kaum anders deuten konnte.

»Was ist denn los?«, fragte Rossi und zog sich einen Stuhl heran. Er warf seinen Mantel über die Lehne und setzte sich. Es war auffällig, dass er seinen Platz möglichst weit entfernt von der Besucherin gewählt hatte.

»Sergio Feretti hat meinen Bruder umgebracht.«

Das war das Letzte, was Cecilia hörte, bevor sie den Raum verließ. Enzo Rossi war mit ihrer Cousine Grazia verheiratet gewesen. Und selbst wenn er die Affäre mit Francesca erst nach deren Tod begonnen haben sollte – mit diesem liederlichen Kapitel in seinem Leben wollte sie nichts zu tun haben!

2. Kapitel

Sehr viel zu tun verschaffte ihr allerdings die Rußkatastrophe. Sofia mit den gichtigen Gliedern und dem maiskorngroßen Verstand war für eine umfassende Reinigungsaktion nicht zu gebrauchen. Also schickte Cecilia gleich am nächsten Morgen die Köchin Anita in die Via Fiesolana, um fragen zu lassen, ob ihre Tante und ihre Cousine bereit wären, das Haus zu putzen. Anschließend machte sie einen Rundgang durch den Palazzo, um den Umfang des Schadens zu begutachten.

Im Keller, der wegen der Hanglage Fenster zu den Olivenhainen besaß, befand sich die Küche. Cecilia fuhr mit den Fingern über die gescheuerten Töpfe, die an den Eisenhaken von der Decke hingen, und blickte auf schwarze Fingerkuppen. Hier würde in jedem Fall sauber gemacht werden müssen.

Anschließend begutachtete sie Dinas Zimmer, das noch hinter der Küche lag.

Rossis Tochter war ein Wildfang, und sie hatte das übliche Durcheinander hinterlassen. Kleider lagen auf dem Boden verstreut, neben dem Bett hing ein aus buntem Papier und Lumpen zusammengeschusterter chinesischer Drachen, und in einer Vase auf der Kommode standen selbst geschnitzte Pfeile, die eine Horde Kastaniensoldaten das Fürchten lehren sollten. Auf dem Bett thronte ihre Lieblingspuppe mit den blonden Haaren. Von dem Mädchen selbst war allerdings keine Spur zu entdecken, was Cecilia nicht wunderte, denn Dina besaß einen enormen Freiheitsdrang.

Kopfschüttelnd hob sie ein Buch mit französischen Gedichten auf, das das Kind wohl absichtlich zwischen Kommode und Bett geschoben hatte. Nein, mein Engel, dachte sie. Auf die kurze Kinderzeit folgt ein langes Frauenleben. Und das hat viel mit französischen Reimen zu tun. Dieser Kampf wird also ausgefochten werden. Obwohl – oder gerade weil – es deinen Papà nicht kümmert, was du hier treibst.

Cecilia strich über eine Stuhllehne und schaute wieder auf ihre Fingerspitzen. Der Ruß schien diesen Raum glücklicherweise verschont zu haben.

Die Zimmer im Obergeschoss hatten ebenfalls kaum etwas abbekommen, wohl weil sie nicht an den Schlot angeschlossen waren. Speisezimmer und Bibliothek würde man allerdings mit viel Wasser und Lauge reinigen müssen, und die schöne, grüne Samttapete im Speisezimmer war unwiederbringlich ruiniert.

Leider hatte Cecilia keine genaue Vorstellung davon, wie es im Geldbeutel des Hausherrn aussah. Sie führte ein Haushaltsbuch, das sie ihm regelmäßig vorlegte, aber er überflog es so gelangweilt, als wären die Zahlen das Ergebnis einer kindlichen Rechenübung, und gab nie einen Kommentar dazu ab. Er hatte schlicht keine Lust, sich mit Geldangelegenheiten zu befassen, und er brauchte es auch nicht, weil er so genügsam war wie ein Zaunpfahl.

Die Bücher sind dahin, aber neue Tapeten wird er bezahlen, beschloss Cecilia und nahm sich vor, in dem kleinen Laden in Buggiano nach Velintapeten zu fragen und Rossi das benötigte Geld dafür abzuschwatzen.

Letzteres versuchte sie noch am gleichen Tag, als sie ihm einen Becher seiner geliebten Pfefferschokolade ins Arbeitszimmer brachte. Rossi brütete über Papieren und kratzte mit der Stahlfeder über weiße Bögen. Es war kalt im Zimmer, aber das schien ihn nicht zu stören, so wenig wie es ihn störte, wenn er eine Mahlzeit ausließ oder zu Fuß die steinige Abkürzung durch die Brombeeren nach Montecatini Terme nahm.

Cecilia suchte nach einem Plätzchen für die Schokoladentasse und schuf es sich schließlich selbst, indem sie einige Bögen auf dem Tisch beiseite schob.

Rossi murmelte unwillig. So gleichgültig ihm der Rest des Hauses war, so zimperlich stellte er sich mit dem Arbeitszimmer an. Wenn man ihm glauben durfte, hatte darin alles eine ausgetüftelte Ordnung: die Büchertürme auf dem Boden, die Rollen und Kladden in den Regalen, die Entwürfe hier und die gehefteten Dokumente dort. Dass ja niemand etwas anrührte, geschweige denn von seinem Platz bewegte! Da der Raum dennoch einigermaßen sauber war, musste er gelegentlich selbst zu einem Putztuch greifen – eine irritierende Vorstellung, aber was war nicht irritierend an diesem Mann?

»Neue Tapeten? Wieso?«, wollte er wissen, als sie ihm ihr Anliegen vortrug.

»Weil es nötig ist.«

»Es ist nötig?«

»Ja.« Sie wusste, dass er es schätzte, wenn sie nicht lange um den heißen Brei herumstrich.

»Wie lange noch?«

»Wie lange noch was?«

»Die Putzerei. Das Geschnatter im Haus macht mich verrückt.«

»Zwei Tage.«

Wortlos zerknüllte er ein Papier und schleuderte es in die Ecke, wo sich bereits ein kleines Häufchen angesammelt hatte. Auch diese Häufchen beseitigte er selbst. *Nichts wird hier angerührt! Von niemandem!*

»Zwei, aber vielleicht auch drei«, meinte Cecilia. »Es kommt darauf an, wie viel Ruß sich in den Ritzen verkrochen hat. Unglaublich, was dieses Haus an Nischen und Eckchen aufzuweisen hat. Wir hätten gut daran getan, vor der Kaminreinigung die Türen abzudichten. Das hätte uns eine Menge Arbeit erspart. Oder besser noch: Gleich Signor Greco …«

»Zwei! Und keinen Tag länger.«

»Vorausgesetzt, Eusebia kann auch morgen zum Putzen kommen. Allein schafft Genoveffa das nicht so schnell. Aber auf Paolos Hintern sitzt ein Furunkel …«

»Cecilia …«

»Eusebias Enkel. Paolo. Er kratzt daran herum. Soll er krank werden, der arme kleine Engel?« Eines der Papierblätter war unlädiert zu Boden gesegelt. Cecilia versuchte mit schrägem Hals die Worte zu entziffern. Gedrechselte, mit lateinischen Ausdrücken gespickte Wendungen, in denen *item* und *ergo* fröhliche Reigen tanzten. Sicher etwas, was mit Rossis Arbeit in der Kommission zu tun hatte.

»Ich hab's verstanden«, gab Rossi mit einem Stöhnen nach. »Ich bin schuld, ich werde dir Tapeten bezahlen.«

»Und schon lass ich dich in Ruhe.«

»Es geht um die Finanzpacht, Weib«, erklärte er gequält. »Ich weiß, du hältst es für Böswilligkeit. Aber Finanzpacht ist ein kompliziertes Gebiet. Tausenderlei Interessen sind gegeneinander abzuwägen …«

Cecilia lachte. »Morgen Abend ist alles sauber.«

»Das Gesetz besteht aus so vielen Ausnahmen, Besonderheiten und Gewohnheitsrechten, dass man damit um ganz Florenz einen Kranz flechten könnte. Es hängt mir, ehrlich gesagt, zum Hals heraus. Ich will einfach damit fertig werden.«

Die Finanzpacht mag jedermann zum Hals heraushängen, aber nicht dir, dachte Cecilia. Enzo Rossi liebte seine juristischen Tüfteleien wie andere Leute Anagramme oder Zahlenrätsel. Ihn machte weder der Hausputz noch die Finanzpacht verrückt, sondern diese Signora Brizzi, Francesca, mit den leidenschaftlichen Augen. Darauf hätte sie wetten mögen. »Konntest du der Dame behilflich sein?«, fragte sie.

»Welcher Dame?«, grummelte er.

»Francesca Brizzi.«

»Nein.«

»Warum nicht?«

Seine Lippen kräuselten sich. »Weil der Mord nicht in meinem Gerichtsbezirk geschehen ist. Sehe ich aus wie der Granduca, der sich in alles einmischen darf?«

»Ein schrecklicher Tod. Die arme Signora.«

»Ja.« Es war eindeutig, dass er keine Lust hatte, weiter über seine vergangene Liebe zu reden.

»Morgen ist der Lärm vorbei«, versprach Cecilia ihm noch einmal.

»Und die Tapeten?«, hielt er sie zurück. »Wie lange dauert es, das Zeug an die Wand zu bringen?«

»Kommt drauf an.«

»Auf Paolos Hintern?«

»Ob sie geklebt oder gespannt werden.«

»Seit wann klebt man Tapeten?«, fragte er verblüfft.

»Es ist preisgünstiger. Man fertigt Bögen aus Velinpapier, bedruckt sie mit Temperafarben und klebt sie direkt auf den Putz.«

»Und das geht schneller, als sie zu spannen?«

»Ja«, behauptete Cecilia.

»Es geht nicht schneller.«

»Vielleicht, ich habe keine Ahnung.«

Rossi legte die Feder, mit der er geschrieben hatte, aus der Hand, lehnte sich zurück und seufzte. »Wie bist du in mein Leben gekommen, Cecilia Barghini?«

»Durch unentschuldbare Leichtfertigkeit deiner- und meinerseits. Wir haben einen Moment nicht aufgepasst, und da ist es eben passiert.«

Sie sah ihn lächeln, zum ersten Mal seit er den Kamin gereinigt hatte. »Also gut. Morgen ist Dienstag. Ich muss in Buggiano rapportieren, und Secci leiht mir dafür seine Kutsche. Komm also mit, kauf die verfluchten Tapeten und lass sie kleben, wenn es dich glücklich macht.«

Buggiano war ähnlich wie Montecatini in zwei separate Ortschaften aufgeteilt. Die verschlafene Altstadt, die bergauf an der alten Frankenstraße lag und aus einer berühmten Kirche und hübschen alten Häusern zwischen Zitronengärten und Thymianhängen bestand, und dem moderneren, in der Ebene gelegenen Ort, der sich aus dem zur Burg gehörigen Marktflecken entwickelt hatte. Das Geschäft mit den Tapeten befand sich wie die meisten Geschäfte unten im Tal.

»Erst die große Kröte, dann die kleine«, sagte Rossi und lenkte den Wagen die Bergstraße hinauf.

Die kleine Kröte, die er schlucken musste, waren die Tapeten. Die große der Besuch bei seinem Vorgesetzten, Giusdicente Lupori. Während sie den Weg hinaufzuckelten, wunderte Cecilia sich wieder einmal, mit welchem Gleichmut die beiden Männer zum Alltag übergegangen waren, nachdem Lupori seinen Untergebenen durch eine hundsgemeine Intrige ins Gefängnis verfrachtet und damit beinahe umgebracht hätte. Das war etwas, was sie nicht verstand. Rossi brüllte durch sein Gericht, wenn jemand es wagte, in seinem Allerheiligsten auf den Boden zu spucken, er stritt mit Goffredo wegen der Lizenzen, aber dem Mann, der ihn hatte ermorden wollen – und sie nannte es Mord, auch wenn damals alles nach Recht und Gesetz vor sich gegangen war –, begegnete er mit unerschütterlicher Höflichkeit.

»Wird sie schwer zu schlucken sein, die Kröte?«, fragte sie, als sie den Hof vor Luporis Gericht erreichten.

»Nichts, was einen umbringt«, erwiderte er abweisend und sprang vom Bock.

Cecilia rieb die Hände im Muff. Es war nicht mehr ganz so kalt wie in den letzten Tagen, aber wenn man gezwungen war, unbeweglich auf der Bank eines Lando auszuharren – eines vorsintflutlichen, äußerst zugigen Lando, dem ausrangierten Gefährt, das Rossis Assessore ihnen bei Bedarf auslieh, weil Rossi keine Lust hatte, sich ein eigenes anzuschaffen –, dann zwickte die Kälte in jedes Glied.

Sie brauchte allerdings nicht lange zu warten. Rossi hatte das ehrwürdige Gerichtsgebäude kaum betreten, da kehrte er auch schon zurück. Er wendete den Lando und bog in die Gasse ein, in der es steil wieder hinab zum Tor ging. Sein Blick war steinern, ansonsten verlor er kein Wort.

Cecilia mummelte sich tiefer in ihre Decke und genoss den Blick auf die Hügel mit den zypressengesäumten kurvenreichen Wegen und die Weinäcker, die sich bald darauf vor ihr ausbreiteten. Über den Äckern flatterten Vögel, deren schwarzes Gefieder in der Januarsonne glänzte. Jemand hatte eine Vogelscheuche aufgestellt, die mit einem ramponierten Zylinder und an den Stamm gehefteten Stiefeln ihren Besen schwang, um die

Amseln und Krähen zu verscheuchen – allerdings ohne sichtbaren Erfolg. Kinder rannten einen steinigen Pfad hinauf, und aus einer Bauernkate mit angebautem Ziegenstall wehte der Geruch von angebratenem Knoblauch. Sie fand es beinahe schade, als der Lando die letzte Kurve nahm und in den Marktflecken einbog.

Borgo a Buggiano zog sich an einer Hauptstraße entlang, die schließlich auf den Markt mündete. Es war Markttag und entsprechend jede freie Fläche von Händlern besetzt oder von ihren drängelnden Kunden beschlagnahmt. Gänse schnatterten in mistverschmierten Käfigen, ein Rechenmacher pries von einer umgedrehten Regentonne herab seine Geräte an ... *hält hundert Jahre, wer jetzt nicht kauft, zahlt morgen das Doppelte ...,* Bäuerinnen schwatzten hinter den Melkeimern und Küchenfässchen, die sie verkauften, Kühe brüllten und stampften in den eigenen Fladen ... Diskret hielt Cecilia sich den Muff vor die Nase. Irgendwo wurden Maronen gegart. Sie hatte Hunger, aber diesem Gemisch – Fladen und Maronen und dazu die Ausdünstungen der Menschen – war ihr Magen nicht gewachsen. Vielleicht reagierte er auch auf das Schaukeln des Landos.

Rossi lenkte ihr Gefährt stoisch durchs Gewühl. Sie kamen nur schrittweise voran und mussten sich eine Latte von Flüchen anhören.

Schließlich tauchte am Endes des Markts das rot-goldene Schild auf, mit dem Giovan Battista Redi sein Geschäft anpries: *Decorazione e Tappezzeria.* Rossi sicherte den Wagen mit der Bremse und half Cecilia über das Treppchen auf die Straße. Eine kalte Windbö blies ihr ins Gesicht. Sie wich einem Mann mit einem weißen Pelzmantel aus und dann einem Jungen, der auf einem Brett Salzfische balancierte ...

Und in diesem Moment sah sie die Frau.

Man hatte sie in eine Trülle gesperrt, einen drehbaren Pranger aus hölzernen Gitterstäben, ähnlich einem Vogelkäfig, mannshoch und so breit im Durchmesser, dass gerade eine Person darin Platz hatte. Um den Pranger tobte die übliche Bande von Gassenjungen, die sich damit vergnügten, der Trülle Stöße zu versetzen, um sie zum Kreiseln zu bringen. Das Strafinstrument war gut geschmiert, und so sauste der runde Käfig bald in diese und bald in jene Richtung.

»Rossi, warte …«

Aber er hatte bereits in dieselbe Richtung geschaut. Sie sah, wie er erbleichte. Man hatte Francesca Brizzi die Krücke fortgenommen. Daher musste sie das gesunde Knie gegen das Gitter drücken, um nicht in sich zusammenzusinken. Ihre Hände umklammerten die Holzstäbe. Ihre Lippen waren blau vor Anstrengung oder vor Kälte, denn sie trug nur ihr fadenscheiniges Kleid. Der Mantel lag neben der Trülle auf dem Boden.

Entsetzt griff Cecilia Rossis Arm.

Die Trülle drehte sich in einem neuen Wirbel. Die Jungen schubsten sich und lachten über die Bemerkung einer Frau, die sich an ihnen vorbeidrängte. Ein Mann mit einer verdreckten blauen Perücke spuckte in den Käfig. Er feierte seine Zielsicherheit mit einem erfreuten Schenkelklopfer.

Als Rossi ihre Hand abstreifte, zuckte Cecilia zusammen.

»Verschwinde. Kauf die Tapeten.«

Die Trülle bekam einen neuerlichen Stoß. Es war eigentlich unmöglich, dass Francesca in diesem Gewimmel, das an ihr vorbeisauste, irgendeine bestimmte Person ausmachen konnte, und doch schien es Cecilia, als würde sie ihr in dem kurzen Moment, in dem der Schwung des Käfigs nachließ, direkt ins Gesicht schauen.

Sie wollte etwas sagen, aber Rossi schob sie zur Tür. Und im nächsten Augenblick wurde sie von der Eleganz des Einrichtungsladen umfangen. Der Lärm brach ab. Es war, als hätten sich Markt, Trülle und das gesamte vulgäre Pack, das sich dort tummelte, in Luft aufgelöst. Als Cecilia sich umdrehte, sah sie durch das Fenster, wie Rossi auf den Lando sprang. Die Trülle war ihren Blicken entschwunden.

»Signora, buongiorno.« Eine rundliche Dame steuerte auf sie zu und wedelte mit den Händen. Und in der folgenden halben Stunde war jeder Gedanke, der sich nicht mit Einrichtungen und Tapeten befasste, unmöglich.

Signor Redi selbst war nicht anwesend, wie die Dame ihr auseinandersetzte, aber sie kannte sich ebenfalls vorbildlich aus im

Geschäft, denn sie war Signor Redis Schwiegermutter, und ehemals hatte das Geschäft ihrem leider viel zu früh verstorbenen Gatten gehört. Aber natürlich stand sie auch dem Schwiegersohn zur Seite, und das von Herzen gern, denn der Schmuck eines Hauses berührte doch das Weibliche in seiner tiefsten Form, und gerade Wandbekleidungen …

Cecilia schaute zur Tür, aber ein Vorhang sperrte den Markt aus. Die Signora empfahl ihr Velintapeten, wie sie erwartet hatte, und zwar marmoriert, sowohl für das Speisezimmer als auch für die Bibliothek und die Diele. In einem Ockerton, der so neutral war, dass er sich auch mit dem schwierigen Grün, das Cecilia beschrieb, aufs Günstigste vermählen würde. Sie hatte Farbproben. Wenn die Signorina einmal schauen wollte … Vielleicht konnte man in einem kleineren Zimmer auch ein zartes Malvenrot wagen …

Ich hätte zu ihr gehen und ihr Mut zusprechen müssen, dachte Cecilia, während ihr Blick wieder zur Tür irrte. Obwohl – vielleicht hätte es Francescas Kränkung auch verdoppelt, wenn sie gemerkt hätte, dass sie von einer ihr bekannten Dame gesehen wurde. Sie weiß es sowieso, dachte Cecilia. Wir haben einander in die Augen geschaut. Und Rossi war einfach davongefahren. Himmel, was hatte er vor? Sie sah ihn vor sich, wie er sich wutentbrannt auf den Mann stürzte, der seine Geliebte in Schande brachte.

»Signora?«

»Verzeihung. Ja?«

»Ich fragte, wann die Ware geliefert werden soll.«

Ware … »Möglichst bald. Morgen.«

Morgen war, wie das Lächeln der Schwiegermutter andeutete, lächerlich. *Möglichst bald* hieße: In zwei Wochen, denn zuvor mussten ja die Bögen bedruckt werden, und Signor Redi befand sich, wie schon erwähnt, auf Reisen … »Aber unsere Handwerker sind äußerst schnell und sauber, Signorina Barghini.«

»Davon bin ich überzeugt.« Cecilia nahm ihren Pompadour auf. Sie würde zur Trülle gehen. Sie würde dafür sorgen, … ja was? Dass Francesca ihren Mantel bekam! Und dass der verdammte Büttel endlich seine Pflicht tat und die Delinquentin vor Belästigungen schützte.

»*Felice giorno*, Signorina Barghini, es war mir eine außerordentliche Freude …«

Der Lärm vor dem Geschäft traf Cecilia wie ein Schlag ins Gesicht. Das Gedränge um die Trülle war noch größer geworden, ein Hexenkessel. Aber es ging nicht mehr um Francesca. Die Menschen hatten neben dem Fischstand einen Halbkreis gebildet und starrten aufs Höchste gespannt in ihre Mitte. Cecilia konnte zwar nichts sehen, doch dann hörte sie die verhasste, schmeichelnde Stimme Luporis. Er schien auf eine Uhr zu schauen, denn er sagte: »Noch einen kurzen Augenblick, verehrter Herr Kollege. Bis Punkt zwölf. Alles hat seine Ordnung.« Keckernd lachte der Mann auf. »Aber was muss ich Ihnen das erzählen?« Einen Moment war es Cecilia, als röche sie den widerlichen, süßen Parfümpuder, mit dem der Giusdicente immer die Perücke bestäubte.

Eine Frau zog ihre beiden Kinder aus dem Kreis, und Cecilia erhaschte einen kurzen Blick auf Rossi, der, immer noch bleich wie der Tod, auf die Trülle stierte. Dann begann die Kirchturmuhr zu schlagen, und der Büttel setzte sich in Bewegung. Unter dem Schweigen der Menge, die zu spüren schien, dass ihr Johlen nicht mehr angebracht war, wurde Francesca aus dem Strafgerät entlassen. Die Leute wichen zurück, und Cecilia sah, wie die Frau elend und schwach vorwärts wankte. Rossi lief ihr entgegen, um sie zu stützen, und sie warf sich blind in seine Arme.

Jetzt war auch Lupori zu erkennen, der neben seiner Kutsche mit dem protzigen Wappen stand. Seine Lippen kräuselten sich vor Befriedigung. Sicher hatte er kein Mitleid mit einer Frau, die bespuckt wurde. Aber dieser Anblick – Rossi verstört, Francesca hemmungslos weinend – musste ihm ein Fest sein. Er drehte sich um, steif von der Krankheit, die ihn plagte, und ließ sich von seinem Kutscher aufs Gefährt helfen. Im Knopfloch seiner Weste stak das obligatorische Blumensträußchen – Kunstblumen aus zartrosa Seide.

Mistkerl, formte Cecilia stumm mit den Lippen.

Als er fort war, wandten die Leute sich wieder ihren Einkäufen zu. Rossi sagte etwas zu Francesca, und Cecilia sah, wie die Seifensiederin sich ungestüm frei machte. Sie schaute sich um, als würde ihr erst jetzt wieder klar, wo sie sich befand und an wen sie sich geklammert hatte. Ihr Gesicht verhärtete sich. Heftig schüttelte sie auf eine Frage Rossis den Kopf. Dann humpelte sie zu ihrer Krücke und verließ mit schlurfenden Schritten, aber hoch erhobenen Hauptes, den Markt.

Der Mantel, dachte Cecilia, doch da war Francesca schon verschwunden. Sie ging hinüber zur Tülle und hob das graue Kleidungsstück auf und dann auch noch die Wollhandschuhe, die darunter lagen. Sie war zutiefst niedergeschlagen.

Rossi begann erst wieder zu sprechen, als er den Lando aus dem Borgo auf die Landstraße gelenkt hatte. »Sie ist zu Lupori gegangen und hat ihm Vorwürfe gemacht, weil er wegen Marios Tod nicht ermittelt. Er ist kein Mann, der sich beschimpfen lässt – das hätte sie wissen müssen.«

So war also das Resümee? Cecilia hieb mit der Faust neben sich auf den Sitz. Aber natürlich war es nicht gerecht, *Rossi* etwas vorzuwerfen. Wie er ganz richtig gesagt hatte: In Buggiano waren ihm die Hände gebunden. Einen Moment versuchte sie sich vorzustellen, wie es sein mochte, bespuckt zu werden. Nahm man als Frau aus dem Volk so eine Schande gleichmütiger hin? Nein, Francesca war alles andere als gleichmütig gewesen. Verdammt seist du, Lupori!, dachte Cecilia mit Leidenschaft.

Sie sah, dass Rossi mit beiden Händen die Zügel umklammerte. Halblaut murmelte er: »Francesca hat mit dem Seifensieden begonnen, als der Abfluss des Sumpfes bei Ponte a Cappiano gestaut wurde und die Moorseen auszutrocknen begannen. Die Fischer haben nichts mehr gefangen. Mario hat rebelliert, aber Francesca hat gesagt: Vorbei ist vorbei, und mit der Seife angefangen. Sie hat einen nüchternen Verstand. Ich habe ihr erklärt, dass Lupori gefährlich ist, eine Natter. Ich dachte, sie hätte es begriffen. Und dann geht sie hin und beschimpft ihn.«

»Und was hast *du* zu ihm gesagt?«, fragte Cecilia.

Er lächelte bitter und schwieg.

Als Cecilia beim Verlassen der Kutsche Francescas Mantel an sich nahm, entschied sie, dass es das Beste sei, ihn Abate Brandi zu übergeben, dem Benediktinermönch, der für den Granduca das Kurbad errichtete.

Denn obwohl Francesca ihren Mantel natürlich zurückbekommen musste – er war ja ihr einziger Schutz gegen die Kälte –, würde niemand erwarten können, dass sie selbst die Botin spielte für die Frau, mit der der Mann ihrer Cousine eine Liebschaft gepflegt hatte.

Warum, dachte sie einen Augenblick später etwas weniger überheblich, dafür aber umso besorgter, hatte das Weib sich nur vor all den Leuten in Rossis Arme werfen müssen? Ungeschickter ging es ja wohl kaum. Unter den Augen Dutzender Menschen. Ihr ist schwindlig gewesen, sie hat nicht nachgedacht, flüsterte die barmherzige Cecilia, aber die andere Cecilia, die klar erkannte, zu was die Gerüchte diese törichte Begebenheit aufbauschen würden, war einfach nur verärgert. Sie hatte keine Ahnung, ob Lupori Rossi aus seinen Amouren einen Strick drehen könnte, aber die Ratlosigkeit machte sie nur noch wütender.

Gemäß ihrem Entschluss begab sie sich bei nächster Gelegenheit hinab nach Montecatini Terme, wo der Abate fast immer zu finden war.

Der neue Ortsteil präsentierte sich als riesige Baustelle. Überall wuchsen die in klassizistischem Stil errichteten Sanatoriumsgebäude heran, in denen nach dem Willen des Granduca Leopoldo die Kranken der Toskana Heilung von ihren Darmleiden finden sollten. Die schwefelhaltigen Quellen waren bereits in alter Zeit bekannt gewesen. Nach ihrer kurzzeitigen Nutzung im Mittelalter waren die Bäder jedoch verfallen, und erst unter dem unermüdlichen Leopoldo hatte man sich wieder des kostbaren Besitzes erinnert. Der Granduca hatte den Wiederaufbau den Benediktinern der Badia Fiorentina übertragen und damit von ihrer Aufgabe begeisterte Männer gefunden. Schon jetzt, am frühen Morgen, sah man Mönche vor unverputzten Mauern stehen und an frisch gegossenen Fundamenten vorbeieilen.

Cecilia erkundigte sich nach dem Abate und fand ihn schließlich mit einer Bauzeichnung in der Hand im Gespräch mit einem älteren Mann, den sie für einen Architekten hielt. Die beiden inspizierten ein Röhrensystem, das kreuz und quer in einem abgezäunten Rechteck verlief. Sie wartete, bis der Architekt sich verabschiedet hatte.

»Brizzi? Francesca Brizzi?«, brummte der Abate, als sie ihr Anliegen vortrug. Unwillig schüttelte er den Kopf – eine kahle Kugel, die auf einem dünnen Geierhals saß und völlig unpassend einen voluminösen Körper krönte. »Das ist doch die Schwester von diesem verdamm... nun gut, Gott hat den Mann zu sich genommen, und ich bin der Letzte, der einem Toten etwas Schlechtes nachsagt. Wissen Sie, was er getrieben hat?«

Cecilia schüttelte den Kopf.

»Ist mit seinesgleichen durch die Nacht geschlichen und hat mir die Dampfpumpen ruiniert. Gestänge zerschlagen, Sand ins Räderwerk geschüttet, sogar Brandstiftung. Er war einer der Anführer – das schwöre ich. Ein verbrecherisches Subjekt. Und dumm dazu, wo doch die Sache mit den Teichen längst entschieden ist. Wir brauchen das Wasser hier oben. Der Fortschritt lässt sich nicht aufhalten. Habe ich den Kerlen auch erklärt, als sie kamen, sich zu beschweren. Ich habe kein Herz aus Stein, aber der Fortschritt ...«

»Abate Brandi ...«

»Will damit natürlich nicht sagen, dass es mir recht wäre, wie er umgekommen ist. Eine schreckliche Sache.«

»Ja wirklich.«

Der Abate streichelte mit der fetten Hand über die Zeichnung, die er inzwischen zu einer Rolle gedreht hatte, und linste zu seinen Rohren hinüber. »Sie können mir den Mantel natürlich trotzdem hierlassen. Werde Frater Michele schicken, der kann ihn der Signorina bringen und Trost spenden und all das ... Na ja, wenn sie überhaupt will. Scheint ja auch ein aufsässiges Subjekt zu sein, wenn sie in der Trülle steckte.«

Cecilia legte ihren Arm um den Mantel in dem plötzlichen Gefühl, als müsste sie ihn vor dem Mönch beschützen. »Ich sehe, Sie sind ein viel beschäftigter Mann, Abate ...«

»Dürfen mich nicht für herzlos halten. Aber es war eine mörderische Arbeit, die Maschine auseinanderzunehmen und von dem Sand zu reinigen, das kann ich Ihnen versichern! Gehen Sie einfach zu Fra Michele ...« Brandi nickte ihr zu, und dann war er auch schon fort, zuerst mit den Blicken, gleich darauf mit den Füßen. Ein Lastkarren, von zwei Ochsen gezogen, brachte Steine.

Als Cecilia kurz vor der Dämmerung heimkam, stürmte ihr Anita durch den Vorgarten entgegen. Die junge Köchin hatte einen feuerroten Kopf und verweinte Augen. »Es hat wieder gekracht, Signorina.«

»Was denn?«

»Die Kleine und der gnädige Herr. Er hat sie verhauen, und sie liegt in ihrem Bett und weint. Der Giudice hat gesagt, sie bekommt kein Abendbrot. Und Irene ...« Der Name war eingebettet in einen Schwall unausgesprochener Schimpfwörter. »... sagt, ich darf nicht zu ihr ins Zimmer. Ich verderbe sie! Ist das zu glauben? Mit einem Dörrobstkrapfen verdirbt man ein Kind? Hat man das je gehört?«

Cecilia merkte, wie sich hinter ihrer Stirn ein Kopfschmerz zusammenbraute. Dieser Tag war von der ersten Stunde an scheußlich gewesen. Und nun auch noch Sturm im eigenen Haus.

Sie ging in das Kinderzimmer hinab, wo Dina auf ihrem Bett lag, die Beine angezogen, im Arm ihre Puppe, an deren Hand sie nuckelte.

»Ich war's nicht, und es ist gemein, dass er mir nicht zuhört.« Sie konnte sprechen, ohne die Puppenhand aus dem Mund zu nehmen.

»Du warst was nicht?« Cecilia setzte sich auf die Bettkante und entzog ihr die Puppe, während sie gleichzeitig eine Decke über sie ausbreitete. Dieses magere Äffchengesicht, dachte sie. Diese wilden Augen, bei denen man nie weiß, ob sie Grazias Leidenschaft oder Rossis Ungeduld spiegeln. Wo waren eigentlich die Schleifen geblieben, die Irene dem Mädchen am Morgen mit so viel Ziepen in die Haare gesteckt hatte?

»Piero Pinelli hat auf Giulios Schuh gepinkelt, und da hat Giulio mit dem Stein nach ihm geworfen. *Giulio* hat geworfen! Sein Stein hat das Glasding getroffen, aber ich bin nicht dran schuld. Ich hab nur dabeigestanden – und nicht mal gelacht.«

36

»Dina, mein Kind …«

»Ich hab Piero auch nicht geärgert. Das waren die Jungs.«

»Mitgegangen, mitgehangen«, erklärte Cecilia weise.

»Mein Vater hat mir nicht verboten, mit Piero und Giulio zu spielen, also kann er mich deshalb …«

»Er hat dir verboten, allein draußen herumzustreunen.«

»Hat er nicht. *Sie* haben das verboten, Cecilia. Ihm ist egal, was ich mache.«

»Das stimmt doch nicht, Schätzchen«, widersprach Cecilia. Sie seufzte und erhob sich. Einen Moment war sie unschlüssig, ob sie das Abendbrotverbot aufheben sollte, aber sie entschied sich dagegen. Keinem war gedient, wenn sie Dina in dem Glauben bestärkte, in Cousine Cecilia eine Verbündete gegen den Vater zu haben. Stattdessen machte sie sich auf den Weg ins Arbeitszimmer.

Der Raum war leer. Auf dem Boden lagen immer noch die zerknüllten Papierbällchen, und auf der Schreibtischplatte stand eine leere Fiascoflasche. Die Tür zu dem schmiedeeisernen Balkon war geöffnet, eisige Luft wehte herein. Nachdem Cecilia sie geschlossen hatte, kehrte sie in die unteren Räume zurück. Es war inzwischen dunkel, und Irene war damit beschäftigt, die Öllampen zu entzünden.

»Der Giudice?«, fragte sie. »O ja, er ist fort. Er hat das Kind ausgescholten …« *Das Kind*, dachte Cecilia und schnitt in Gedanken eine Grimasse, weil das Wort aus Irenes Mund klang, als wäre von einem Möbelstück die Rede. »… und dann ist er fortgegangen. Er geruhte allerdings nicht, mir anzuvertrauen, wohin er …«

»Schon gut, schon gut.«

Als Rossi heimkehrte, war er schlechter Laune. »Was?«, fragte er, als er sich aus dem Mantel geschält hatte und Cecilia sein Gesicht zuwandte.

Sie ging ihm voran ins Speisezimmer und schloss die Tür. »Du hättest sie zumindest anhören können.«

»Ich habe sie angehört.« Er nahm die Kerze vom Aufsatzschrank und entzündete damit die Öllampe auf dem Tisch.

»Die ganze Geschichte – einschließlich Piero Pinelli und Giulios Schuh?«

»Bitte?«

»Du hast bedacht, dass Giulio geworfen, Dina aber nur dabeigestanden hat?«

»Dina!« Er stellte die Lampe ab, nahm einen Bogen bunt bedruckten Papiers vom Tisch und warf ihn nach einem kurzen Blick auf das Geschriebene wieder zurück. »Ich war bei Francesca. Ich hatte gehofft, sie zur Vernunft bringen zu können, wenn ich noch einmal mit ihr rede. Aber sie war nicht da.« Er ließ sich in seinen Sessel sinken.

Sei froh, dachte Cecilia. »Dina …«

»… lügt. Sie sagt, was ihr in den Sinn kommt. Das war schon immer so bei ihr.«

»Mich belügt sie nicht.«

»Dann hast du Glück. Oder ein getrübtes Auge. Sie ist wie Grazia – sie biegt sich die Dinge so zurecht, wie es ihr am besten passt.«

Grazia, dachte Cecilia gereizt. Immer wieder Grazia. Dina verehrte ihre tote Mutter bis ins Schwärmerische. In der Erinnerung des Kindes war sie zu einem Engel geworden, der unter dem hartherzigen Ehemann zu leiden gehabt hatte, und es bereitete ihr ausgesprochene Freude, die boshaften Bemerkungen nachzuplappern, die die vergötterte Mutter über den Vater gemacht hatte. Rossi andererseits fühlte sich durch das Mädchen ständig an die verhasste Ehefrau erinnert. Wie reißt man Bretter von den Köpfen?

»Du kannst das ruhig lesen.«

»Was?«

»Die Ankündigung. Du starrst schon die ganze Zeit darauf.«

»Ich starre auf gar nichts.« Cecilia nahm das Papier vom Tisch und hielt es gegen das Kerzenlicht. Es handelte sich um den Entwurf eines Plakats, in dem angekündigt wurde, dass zum Karnevalsende von der Compagnia Ferrari *König Hirsch* dargeboten werden würde – ein tragikomisches Märchen, zur Erheiterung und Belehrung der geschätzten Zuschauerschaft. Eintritt einen halben Julio. Mit der an den Rand gekritzelten

Frage, ob Rossi seine Genehmigung zur Aufführung erteilen würde.

Cecilia fühlte, wie ihr Herz zu flattern begann. »Wer führt diese Truppe?«

»Weiß ich nicht.«

Nun, Inghiramo auf gar keinen Fall. Der Mistkerl war nach Neapel gegangen, nachdem er sie in Großmutters Laube geschwängert hatte. Er war froh gewesen, dem Dilemma mit heiler Haut entkommen zu sein, und würde sich ihr niemals wieder freiwillig nähern. Außerdem, dachte Cecilia, würde er sich nicht dazu erniedrigen, eine Komödie aufzuführen. Wo er doch das Heitere so verachtete. Er war ein Mann der Tragik, der bedeutungsschweren Worte, ein … ein Lump, so aufgeblasen wie eine Kröte. Sie ärgerte sich, dass sie überhaupt einen Gedanken an ihn verschwendete.

»Mario Brizzi wurde von umherstreifenden Banden ermordet«, murmelte Rossi. »Das ist Luporis Version. Francesca kann sie nicht entkräften.«

»Ja, aber ich …«

»Wenn es tatsächlich Beweise dafür gäbe, dass Sergio Feretti bei dem Mord seine Finger im Spiel hatte, müsste Lupori das untersuchen. Die existieren aber nicht. Mario Brizzi war ein Hitzkopf. Seine Liebste hat ihn sitzen lassen und sich mit Feretti zusammengetan, der ein übler Kerl ist und den ich nicht ausstehen kann. Aber … begreifst du? Wenn *Feretti* tot wäre, müsste man ermitteln. Nur hat es Mario erwischt, und Feretti hatte keinen Grund, ihn umzubringen. Im Gegenteil – es hat ihm einen Mordsspaß gemacht, den gehörnten Jungen vorzuführen. Francesca hat sich in etwas verrannt.«

»Ich finde …«

»Ja?«

»Hat sich denn jemand den Toten angeschaut? Und den … diesen Feretti gesprochen? Das zumindest …«

»Damit muss sie zu Lupori gehen.«

»Da war sie doch!«

»Wenn Lupori sich weigert, etwas zu unternehmen … Cecilia …« Rossi öffnete die beiden Handflächen und bewegte erst die linke und dann die rechte Hand. »Montecatini – Buggiano. Wenn Mario in Montecatini gewohnt hätte oder wenn er in Montecatini gestorben wäre, könnte ich etwas tun. Aber alles hat sich in Buggiano abgespielt.«

Das hatte er ja schon erklärt. »Könntest du nicht vertraulich …?«

»Es liegt ein Sinn darin, dass es Bezirke gibt, verstehst du? Ich will auch nicht, dass mir jemand in meine Rechtsprechung hineinpfuscht.«

»Aber …« Warum ereiferte sie sich eigentlich? »Könnte man nicht …«

»Nein!«

Sie ereiferte sich, ging Cecilia plötzlich auf, weil es sie beschämte, dass sie Francesca, die nicht sündiger als sie selbst war, in Buggiano nicht beigestanden hatte. Das war es. Allmächtiger, dachte sie, benommen von ihrer eigenen Ehrlichkeit, ich stelle mich mit Rossis Liebster auf eine Stufe. Ich fühle mich wie eine Hure. Sie starrte den Richter an. Dann ging sie hinaus.

»Und es ist mit ihm abgesprochen?«, vergewisserte sich Bruno, während er Seccis Lando durch die eisige Morgenluft an den Baustellen von Montecatini Terme vorbeilenkte.

»Oh, nicht direkt abgesprochen, ich habe gesagt, die Fahrt geschieht auf Giudice Rossis Wunsch. Und das stimmt, denn wenn er wüsste …«

»Ich hätte nicht fragen sollen, Signorina.«

»Ich wollte ihn nicht wecken.«

»Schon gut. Ich hab's so verstanden, dass es abgesprochen ist«, knurrte Bruno und versank in Schweigen, während Signor Seccis Kutschpferd weiße Kältewölkchen aus den Nüstern stieß.

Sie erreichten den Piazza della Locanda Maggiore und passierten das Armenhospiz, hinter dessen morschem Gartenzaun ein Hahn krähte. Vor der Fremdenherberge, die dem Hospiz gegenüber lag, kurbelte eine Magd Wasser aus einem Brunnen. In einem der Fenster stand ein junges Mädchen und schüttelte einen Putzlappen aus.

Gleich darauf verließen sie das Städtchen. Weißer Raureif lag auf den Unkräutern längs des Weges. In den Furchen, die die Karren und Wagen in die Straße gegraben hatten, saß der Frost. Eine blasse, wagenradgroße Sonne stand am Horizont, umhüllt von weißen Nebeln. Cecilia zog sich die Decke, die sie im Wagen gefunden hatte, bis zum Hals.

Nicht lange, und auch die Gärten und Äcker verschwanden. Stattdessen säumten Tümpel und morastige Wiesen den Weg des Landos. Das Padule di Fucecchio, das Sumpfland im Süden von Montecatini, empfing sie mit weiten, feuchten Armen. Nebelschwaden bedeckten das Land wie zerrissene Schleier, und Cecilia roch die Gewässer mehr, als dass sie sie sah.

Hier war einmal *der Fischteich der Toskana* gewesen, wie sie es nannten. Von hier aus waren die Tafeln von Florenz mit Aalen und Karpfen beliefert worden. Bis der Granduca entschieden hatte, dass nun woanders gefischt werden musste, weil die Heilquellen zum Wohle der Thermen zu kanalisieren seien – und damit trockneten die Seen eben aus. Was alles in allem ein Segen ist, auch für die Fischer, hatte Arthur Billings, der englische Dottore, der das Irrenspital von Montecatini leitete, gesagt. Die Särge, die die Malaria in den letzten Jahrzehnten gefüllt hatte, waren kaum zu zählen gewesen.

Im Augenblick gab es keine Mücken. Nur das *Zjädädä* einer vereinsamten Sumpfmeise war zu hören. Und irgendwo sehr weit weg hämmerte jemand.

Sie passierten hinter einer Kurve ein Haus, das mit seinen vergitterten Fenstern wie das Gefängnis eines Sumpfkönigs wirkte. Eines der Dampfpumpenhäuser, das die Mönche gebaut hatten. In so einem Gebäude war Mario also ermordet worden?

»Darauf ruht kein Segen«, brummelte Bruno, der die Abneigung der einfachen Leute gegen alles Technische teilte.

In Ponte Buggianese mussten sie sich durchfragen. Eine von Katzen umringte Vettel, die an einer Pfeife sog, wies sie quer durchs Dorf, und am anderen Ende, an der Grenze zwischen Sumpf und festem Land, fanden sie Francescas Kate. Ein unangenehmer Geruch nach ranzigem Fett wehte ihnen entgegen.

Cecilia nahm den Mantel und die Handschuhe und ging durch den Garten. Trotz des Winters konnte man erkennen, dass hier in geordneten Reihen, durchtrennt von liebevoll geharkten Wegen, eine Fülle von Kräutern wuchs. Eine sehr viel größere Menge, als man sie in der Küche verbrauchen konnte. Bestimmt das Duftmaterial für die Seifen.

Sie klopfte. Als niemand antwortete, öffnete sie vorsichtig die Tür.

Der Raum, in den das Morgenlicht fiel, sah aus wie eine Werkstatt. Mehrere Fässer standen auf Holzgestellen an der Wand, unter ihnen kleine Becken, in die Flüssigkeit tropfte. Auf einem Tisch, der sich über die ganze Breite des Raums zog, lagen mit Tüchern ausgelegte Holzschalen, in denen weiße Klötze schimmerten. In einem Regal reihten sich Porzellantiegel. Es roch intensiv nach Zitronenmelisse und anderen Düften, aber der angenehme Geruch wurde von dem Fettgestank überlagert, der aus einem riesigen heizbaren Bottich aufstieg und das ganze Häuschen durchdrang.

So also sah es in einer Seifensiederei aus. Fett hin oder her – einen Moment lang beneidete Cecilia Francesca um ihr Reich der Unabhängigkeit. Die Wintersonnenstrahlen ließen den Staub in der Luft glitzern und verliehen dem Raum einen Glanz, als handelte es sich tatsächlich um ein kleines Königreich. Sie legte den Mantel auf einer Bank ab.

»Signorina Brizzi?«

Sie durchquerte den Raum und öffnete eine zweite Tür. Das Zimmer, das dahinter lag, war dunkel, denn man hatte die Fensterläden zugeklappt. Trotzdem konnte Cecilia einen Tisch, einige Regale mit Küchenutensilien, eine primitive gemauerte Kochstelle und zwei Betten ausmachen. »Signorina Brizzi?«

Auf einem der Betten bemerkte sie einen Hügel, eine unbewegliche Beule in Form eines Körpers unter einer Decke, und einen schrecklichen Moment lang, in dem sie nichts als das Tropfen der Flüssigkeiten hörte, glaubte Cecilia, Francesca wäre tot. Sie eilte zur Bettstatt, fasste die eiskalte Hand und atmete erleichtert auf, als die Seifensiederin den Kopf drehte.

42

Francesca stieß ein Geräusch aus, das wie ein *Hä!* klang, ungeduldig, resigniert, wütend.

»Es tut …«, begann Cecilia.

»Es tut Ihnen leid, dass ich mich zur Närrin gemacht habe. Und Sie sind gekommen, um mir das zu sagen. Besten Dank. Sie können wieder verschwinden.«

Cecilia ging zu dem kleinen Fenster über dem Esstisch und stieß die Läden zurück, um Licht hereinzulassen. Die Seifensiederin hielt ihr Haus sauber. Der Lehmboden war penibel gefegt, das Kochgeschirr in den Regalen glänzte. Sie sah, dass das Kleid, mit dem Francesca in der Trülle gesteckt hatte, auf dem Boden lag. Die Schultern und die linke Brust der Frau lugten weiß unter der Decke hervor.

»Rossi kann nichts tun«, sagte sie, »weil das hier nicht sein Bezirk ist. Er darf nur in seinem eigenen Gebiet Untersuchungen anstellen.«

»Hat er mir auseinandergesetzt, in aller Breite!« Francesca streifte die Decke ab. Nackt, wie Gott sie erschaffen hatte, stemmte sie sich auf die Füße. Cecilia blickte, peinlich berührt von dem Gedanken, was Rossi betrachtet und was er empfunden haben mochte, als er seine Affäre pflegte, zur Seite. Dennoch hatte sie einiges bemerkt. Dass Francesca einen schlanken, muskulösen Körper besaß, dem die harte Arbeit anzusehen war. Dass ein roter Blutschwamm über ihrer linken Hüfte prangte. Dass ihr das linke Bein bis zum Knie amputiert worden war. Dass sie dennoch nicht verkrüppelt wirkte, sondern – anmutig.

Ungerührt humpelte die Seifensiederin zu einem Vorhang, zog ihn auf, nahm ein frisches Kleid von der Stange und streifte es über. Als Cecilia sie wieder anblickte, saß sie auf einem Stuhl und zog sich den Stiefel heran, den sie an den Fleischstummel schnallte. Ihre Bewegungen wirkten rasch und geübt. »Die Krücke.«

Cecilia reichte ihr das Gewünschte.

Mit einem Schwung, dem man ebenfalls die lange Routine ansah, kam Francesca auf die Füße. Sie humpelte voran – allerdings nicht in die Werkstatt, sondern zu einer kleinen, äußerst schmalen Tür, die in eine Art Schuppen führte.

Die Fenster des Schuppens besaßen keine Läden, nicht einmal Scheiben, und sie gingen nach Osten – so war es hell in dem Raum. Francesca hinkte zu einer Bank, auf der ein billiger Sarg stand.

O Gott, nein. Bitte nicht.

Sie schlug den Sargdeckel zurück und winkte Cecilia heran. Dabei wandte sie ihr die verunstaltete Gesichtshälfte zu – eine Hexe, mit einem Lächeln, das Böses verhieß.

Ich will das nicht. Ich brauche mir das auch nicht anzusehen. Rossis Liebchen ...

Wie von Fäden gezogen, trat Cecilia zum Sarg.

»Und das geht ihn nichts an, ja?«, wisperte Francesca.

Der Tote war bis zur Nase von einer mit Baumwolle unterlegten weißen Spitzendecke verhüllt. So sah Cecilia zunächst nur ein feines Gesicht und seidige, schwarze Wimpern, die unerwartet weiblich über den geschlossenen Augen lagen.

Francesca schlug die Decke zurück.

»Ich will, dass Sie es sich ansehen«, befahl Cecilia wenig später mit mühsam beherrschter Erbitterung dem Sbirro, der am Lando lehnte, mit dem Zügel spielte und so tat, als bewundere er die versumpfte Wiese auf der anderen Seite des Weges.

»Also, Signorina ...«

»Auf der Stelle!«

Sie scheuchte ihn vor sich her, durch die Seifensiederei und die Kammer bis in den Schuppen. Der Sbirro blieb stumm, als er den verwüsteten Körper des Ermordeten betrachtete. Seinem plumpen Gesicht war keine Regung anzusehen.

»Haben Sie auf die Finger geachtet?«, fauchte Cecilia, während Francesca auf der anderen Seite des Sarges ausharrte und sie beobachtete. »Seine Fußsohlen. Ich will, dass Sie sich das einprägen. Hier ...« Wie hieß dieser Knochen in der Mitte des Knies? Wer bei Großmutter Bianca aufgewachsen war, wusste nicht, was sich zwischen Hals und Füßen befand. »... die Finger ...« Das Gemächt ließ sie bedeckt. Es gab Grenzen, auch wenn Francesca sie in ihrer übermächtigen Trauer aus den

44

Augen verloren hatte. »Und nun fahren wir nach Montecatini zurück«, sagte Cecilia. »Sie, Francesca und ich.«

»Er kann nichts tun, Signorina. Ich weiß, es ist für eine Dame nicht leicht, das zu begreifen ...«

»O doch, er kann, Bruno. Er kann.«

Sie suchten Rossi in seinem Arbeitszimmer auf. Der Raum war bestens geeignet, fand Cecilia. Hier grübelte der Richter über die grandiose Justizreform, die dem Granduca ewigen Ruhm und den Einwohnern der Toskana Gerechtigkeit bescheren sollte – hier sollte er sich gefälligst auch der Tatsache stellen, dass diese Gerechtigkeit von Seinesgleichen mit Füßen getreten wurde.

Rossi blickte auf, als sie eintraten. Er hielt seinen Füllfederhalter mit Stahlfeder in der Hand – die neueste Erfindung auf dem Gebiet des Schreibens und von ihm heiß geliebt. Als er sah, wer Cecilia folgte, lehnte er sich zurück.

»War nicht meine Idee.« Bruno klemmte sich in den Winkel, der der Tür am nächsten war, und schaute noch mürrischer als während der Fahrt.

»Rossi ...« Cecilia durchquerte den Raum, stützte die Hände auf die Schreibtischplatte und blickte dem Giudice in die Augen. »Die Fingernägel herausgerissen, die Fußnägel ebenfalls. Das Knie zerschmettert ... Er wurde nicht nur umgebracht – er wurde gemartert. Und dann die Bisswunden, diese schrecklichen Wunden ...« Sie sprach leise, denn sie ahnte, dass jede Silbe wie ein Dolchstoß ins Herz der armen Francesca fuhr. »Und du bist *doch* zuständig.«

Seine Blicke wanderten über ihre Schulter zu Francesca. Sie konnte seine Abwehr spüren.

»Ja«, erklärte die Seifensiederin dumpf. »Du bist es – weil Mario und ich Einwohner von Montecatini sind.«

»Die beiden leben bei Salvatore Bonzi, der ihr Onkel ist«, sagte Cecilia. »Salvatore wohnt ...«

»Ich weiß, wo Salvatore wohnt.« Rossi verschränkte die Arme über der Brust.

»Er hat sie nach dem Tod ihrer Eltern bei sich aufgenommen.«

»Und ich hätte gedacht, sie wären nach Ponte Buggianese gezogen.«

Cecilia wappnete sich gegen seine Verärgerung. »Francesca arbeitet bei den Sümpfen. Sie wollte ihre Werkstatt in der Nähe des Sees haben, in dem ihr Bruder fischte. *Gewohnt* haben sie bei Salvatore. Dort steht Francescas Bett, dort hängen ihre Kleider.«

»Er ist der Vater des Cousins meiner Mutter«, sagte Francesca.

»Und dort steht dein Bett?«

»Pass auf, was für Worte du in den Mund nimmst«, fauchte sie ihn leise und böse an.

Rossi blickte auf seinen Füllfederhalter. Dann sah er wieder auf. »Gibt es etwas Schriftliches, das deine Verwandtschaft mit Salvatore bezeugt?«

»Wir leben im Schweinekoben, aber wenn unsere Kinder geboren werden und unsere Mütter sterben, lassen wir es ins Kirchenbuch eintragen«, zischte Francesca.

»Salvatore ist geistesschwach.«

»Was ihm nicht sein gutes Herz geraubt hat. Als meine Mutter starb, stand seine Tür für uns offen. Ich habe dort gelebt, die ganze Zeit. Ich wohne in Montecatini, egal, wie es dich stört.«

»Und das vergisst Salvatore auch dann nicht, wenn man ihm zusetzt?«

»Nein«, behauptete Francesca, doch mit dieser Frage hatte er tatsächlich einen wunden Punkt berührt. Sie hatten Salvatore aufgesucht, bevor sie zu Rossi gingen. Sie hatten in der ärmlichen Kate einige Nägel eingeschlagen, an denen sie Francescas Kleider aufhängten, und ihm über einem Becher zuckrigen Malvasias erklärt, dass Francesca und Mario bei ihm wohnten. Es freute ihn, aber an Mario konnte er sich leider überhaupt nicht erinnern. Eine seiner Dachschindeln war lose. Bei Regen tropfte es hinein. Seine Ziege war trächtig. Der Käse heuer gut. Welcher Mario?

Das macht nichts, *mich* kennt er – ich besuche ihn oft, hatte Francesca erklärt. Nicht ganz so oft, wie sie es gern getan hätte, aber oft genug, um zu sehen, ob er sich gelegentlich wusch, und um ihm ein Brot und etwas Käse auf den Tisch zu legen. Und seine Francesca hatte er ja auch glücklich in die Arme geschlossen.

Rossi seufzte. Wieder starrte er auf den Federhalter, als könne der ihm Erleuchtung bringen. »Ist Salvatore Jude?«

Cecilia sah es nicht, aber sie fühlte, wie Francesca in ihrem Rücken erstarrte. »Du bist ein …«

»Ich frage, weil es ein Gesetz gibt, dass den Verkehr zwischen Juden und Nichtjuden unter Strafe stellt. Das Argument ist: Wenn Christus sagte, es sei nicht fein, den Kindern das Brot fortzunehmen, um es den Hunden zu geben, und er unter den Hunden die Heiden verstand, so ist es für einen Christen …«

»Warum redest du so?«, fragte Francesca spröde.

»Weil morgen Lupori so reden könnte. Wenn er dir nämlich unterstellt, dass du ein Verhältnis …«

»Salvatore ist ein Christ wie du und ich. Und er ist mein Onkel.«

Wieder seufzte Rossi.

»Also?«

»Francesca – du bist für den Giusdicente Lupori nicht mehr irgendwer. Du hast ihn beleidigt, und ganz Buggiano redet darüber. Er war so aufgebracht, dass er dich in die Trülle gesteckt hat. Wenn du jetzt schweigst, ist die Sache erledigt. Wenn du es nicht tust, … wenn du mich dazu bringst zu ermitteln, … wird er den Fehdehandschuh aufnehmen, und er wird sämtliche Winkelzüge nutzen, um das Verfahren wieder an sich zu ziehen. Er ist bösartig, Francesca.«

»Hast du Angst?«

»Darum geht es nicht. Ich … will nur nicht, dass dir weiter wehgetan wird.«

Francesca besaß keine sanfte Saite, die zum Klingen gebracht werden konnte. »Mein Bruder ist tot. Mir ist egal, was dieser Dreckskerl tut – und wenn ich den Rest meines Lebens in einer Trülle verbringe.«

Rossi nickte. Er griff in eine Schublade und holte ein Formular hervor. »Dann also – von Anfang an und offiziell.«

Die Fakten waren karg. Mario Brizzi war am Morgen des vierten Januar aufgebrochen, um in den Sümpfen Schleien zu angeln … *das ist nicht verboten* … und seitdem hatte Francesca ihn nicht mehr gesehen. Sie war am folgenden Tag voller Sorge selbst in die Sümpfe gegangen, an seine bevorzugten Fischplätze … *oder das, was davon noch übrig ist – diese dreckigen Mönche mit ihren Pumpen* …, aber sie hatte keine Spur von ihm entdecken können. Einen Tag später hatte man ihr die Leiche gebracht, die von den Mönchen in einem der Maschinenhäuser gefunden worden war.

»Und Feretti …«

»Er hat oft genug gedroht, Mario den Hals umzudrehen. Er hat ihn gehasst, seit der Sache mit den Hunden. Dass er sich an Marzia herangemacht hat, war nicht nur, weil sie schön ist. Er wollte Mario eins auswischen. Und nun hat er ihn umgebracht.«

Rossi schrieb und fragte, aber Francesca hatte alles gesagt, was sie wusste.

»Der Junge wurde gefoltert, soweit hat die Signorina recht«, ließ Bruno sich aus den Zähnen ziehen. Auch das wurde niedergeschrieben. Rossi kopierte seine Notizen auf ein zweites Formular, unterschrieb beide und siegelte eines, das er Bruno übergab. Für den Giusdicente, denn das war der Dienstweg bei einem Kapitalverbrechen.

Als Bruno und Francesca gegangen waren, kam Rossi zu Cecilia in das Speisezimmer. »Warum tust du das?«, fragte er.

Weil ich den Jungen gesehen habe. Aber vor allem, weil ich mich schäme, dass ich ihr vorwerfe, was ich selbst getan habe.

»Sie hat es doch verdient, dass man ihr hilft.«

»Ich glaube nicht, dass es eine gute Idee war«, sagte Rossi.

3. Kapitel

Mario Brizzi wurde zwei Tage später auf dem Friedhof von Montecatini, wo seine Eltern lagen, begraben. Viele Leute, die die beiden Geschwister noch kannten, kamen zur Beerdigung. Es war wärmer geworden, doch der Himmel zeigte sich verhangen, und die Luft war feucht wie in einer Waschküche. Betreten lauschte die Versammlung den salbungsvollen Worten, mit denen der junge Priester, der den Trauergottesdienst leitete, den Ermordeten Gottes Händen anempfahl.

Es war das erste Mal, dass Cecilia ein Armenbegräbnis besuchte, und sie war entsetzt über den Sack, in den man den jungen Fischer genäht hatte und durch den sich seine Füße abzeichneten. Aber so war das Gesetz. Keine Särge für arme Leute. Kein Prunk, der sie an den Rand des Verhungerns bringen konnte.

Francesca stand neben Onkel Salvatore am Grab, blass und zitternd und mit einem Gesichtsausdruck, als wäre sie ihrem Bruder am liebsten in die braune Erde gefolgt. Die beiden waren Zwillinge, erinnerte sich Cecilia. Da mochte das Band noch inniger gewesen sein als zwischen normalen Geschwistern.

Rossi hatte sich neben Cecilia gestellt und beobachtete die Leute. Ob er merkte, dass diese umgekehrt auch *ihn* im Visier hatten? Es war mehr als auffällig, wie die Blicke der Trauergäste zwischen ihm und Francesca hin- und herwanderten. War das die Folge von Francescas Umarmung bei der Trülle? Oder hatten die beiden es nie für nötig gehalten, aus ihrer Affäre ein Geheimnis zu machen?

Francesca und Onkel Salvatore nahmen die Beileidsbekundungen der Gäste entgegen. »Netter Junge, hatte ihn sehr gern«, murmelte der alte Herr immer wieder, was Francesca ihm am vergangenen Abend vorgebetet hatte. Er zog am Kragen seiner speckigen Jacke und war tödlich verlegen, weil jedermann ihm die Hand schütteln wollte. Francesca hatte ihn rasiert, und sein Kinn war von Pickeln übersät.

»Was ist denn nun schon wieder?«, fragte Cecilia, als Rossi sie anstieß.

Er lenkte ihren Blick mit einem Nicken zu den Wandnischengräbern auf der anderen Seite des Friedhofs. Dort stand, abgesondert von der Trauergesellschaft, ein junger Mann mit eingezogenen Schultern und einem grünen Hut, wie er vor zehn Jahren in England in Mode gewesen war. Mit seinen Pausbacken wirkte er wie ein riesenhafter Säugling … wie ein *hungriger* Säugling, fand Cecilia. Sie bemühte sich vergeblich, ihn einzuordnen. Dass sie ihn schon einmal gesehen hatte, war gewiss.

»Einer von Luporis Leuten«, half Rossi ihr auf die Sprünge, aber sie konnte sich trotzdem nicht erinnern, wann sie ihm begegnet war.

»Ein Sbirro?«

Er nickte. »Wobei ich nicht weiß, was er hier zu sehen hofft.«

Die Trauergemeinde begann sich zu zerstreuen. Mehrere Frauen und Männer schlossen sich Francesca an, aber nicht viele. Es mochte bereits fünf oder sechs Jahre her sein, seit die beiden jungen Brizzis Montecatini verlassen hatten. Da waren die Bande locker geworden. Unter denen, die blieben, waren auffällig viele Menschen, die Cecilia nicht einmal vom Sehen kannte.

»Fischer aus dem Padule«, erklärte Rossi. »Bevor die Teiche abgepumpt wurden, haben sie mit Mario zusammen die Reusen ausgelegt.«

»Was machen sie heute?«

Er zuckte die Achseln. »Einige jedenfalls Ärger.« Widerstrebend ging er zum Grab, um Francesca ebenfalls sein Beileid auszusprechen.

Die Seifensiederin reichte ihm und Cecilia förmlich die Hand, und da sie die letzten Kondolierenden waren, hätte die Beerdigung damit zu Ende sein sollen. Doch plötzlich tauchte eine junge, hochgewachsene, sehr schöne Frau am Friedhofstor auf. Sie zögerte, als wäre sie mit sich selbst nicht im Reinen, und schritt dann mit steif erhobenem Hals Richtung Grab. Francesca sah sie – und mutierte von einer Sekunde zur anderen zur Furie. Da sie nur humpeln konnte, hatte die Frau ausreichend Zeit, sich zu wappnen. Sie hätte kehrtmachen können, aber sie blieb stehen und hörte sich mit steinernem Gesicht an, wie Francesca sie lauthals eine Hure schimpfte.

Rossi verzog gequält das Gesicht.

»Ist das diese …?«

»Marzia Rondini. Komm, Cecilia, das ist zu hässlich. Ich habe wirklich keine Lust …«

Sie konnten den Friedhof nicht verlassen, die Frauen versperrten den Ausgang. Cecilia sah fasziniert, wie Francesca ausholte und der schönen Marzia eine Ohrfeige gab. Bruno war nicht zur Beerdigung erschienen, so gab es niemanden, der für Ordnung hätte sorgen können. Schimpfworte flogen hin und her. Es war eine der Fischerinnen, die schließlich einschritt und die Trauernde zur Seite zog.

Luporis Sbirro drückte sich immer noch in einer Ecke des Friedhofs herum. Konnte man Francesca aus dieser Szene einen Strick drehen? Störung der öffentlichen Ordnung?

»Ich hätte gar nicht kommen brauchen, du hochnäsige Ziege!« Marzia machte auf dem Absatz ihres hübschen Lederstiefels kehrt und stakste davon, beleidigt und rot vor Scham oder Wut oder einer Mischung aus beidem. Über ihr hing der schwarzgraue Himmel.

»Dieser Sergio Feretti ist das Übelste, was man sich denken kann«, erzählte Rossi, als sie endlich auf dem Heimweg waren. Er warf einen skeptischen Blick zum Himmel und drängte sie, schneller zu gehen. »Der Mann hat sein Vermögen durch ein Grundstück gemacht, das er von seiner Mutter erbte. Ein steiniges ... Verflucht, habe ich um Regen gebeten?« Hastig schlug er die Kapuze seines Mantels über den Kopf, während die ersten Tropfen auf sie niederpladderten. Der Regen perlte über die gefrorene Erde. Aus den Augenwinkeln sah Cecilia eine Nonne, die in den Klostergarten von S. Maria in Ripa eilte, um einige vergessene Kutten von der Wäscheleine zu reißen. Die Trauergesellschaft war ihren Blicken längst entschwunden. »Feretti hatte ein steiniges Grundstück geerbt, das Abate Brandi brauchte, um ...«

»... seine Rohre ...?«

»Nein, dieses Mal ging es darum, den Ursprung einer Quelle zu lokalisieren, aus der dieses schwefelhaltige Wasser kommt, das sie für ihre Bäder benutzen. – Ließe es sich mit deiner Würde vereinbaren zu rennen?«

Der Regen hatte sich in kürzester Zeit zu einem Guss entwickelt. Cecilia hob den Rocksaum. Nasse Haarsträhnen hingen ihr in die Augen, und das Wasser rann eisig ihren Nacken hinab. Sie zitterte, während ihre Füße über das Pflaster flogen, als wäre sie zehn Jahre alt und eine Rotzgöre, die noch nie von Etikette gehört hat. War Grazia ebenfalls mit Rossi gerannt, als die beiden sich noch vertragen hatten? Cecilia unterdrückte ein Lachen. Die Gänsehaut auf ihren Armen fühlte sich an, als würde der Atem Gottes sie zum Leben erwecken. Großartig! Sie versuchte dem zu lauschen, was Rossi – ohne Atemnot – von sich gab.

»... ein Betrug, es existierte überhaupt keine Quelle, es gab nichts auf dem Grundstück, was auch nur einen Dinar wert gewesen wäre, aber man konnte Sergio das nicht beweisen. Abate Brandi hat getobt. Doch das war ...«

»... noch nicht alles?«

»Noch nicht das Schäbigste. Sergio hat einem alten Bauern – Benedetto Ricci – für einen Armengroschen seinen Gutshof hinterm Osttor abgekauft. Benedetto ist so verrückt wie eine Flunder. Aber er wurde nie entmündigt und hat – Starrsinn nenne ich das – darauf beharrt, dass er den Hof loswerden wolle,

52

als ich die Sache rückgängig machen wollte. *Einen Ricci legt niemand rein.* Mir waren die Hände gebunden ...«

Sie bogen um eine Ecke und wären beinahe mit einem Karren voller Vogelkäfige zusammengestoßen. Der Mann, der ihn hinter sich her zog, blickte ihnen verdutzt nach.

»Sergio will etwas nicht nur *besitzen* – er will sich die Dinge ergaunern, anders hat er keinen Spaß daran.«

»Dumme Marzia«, keuchte Cecilia. Sie hatten den Vicolo Angiolo erreicht und wurden langsamer. Hinter der nächsten Ecke tauchte der Marktplatz auf. Goffredo nutzte den Regenguss und seifte seine Stühle ein, als stünde der Frühling bereits in den Startlöchern. Er grüßte zu ihnen herüber.

Aber sie hatten keinen Blick für ihn. Vor dem Palazzo della Giustizia stand eine elegante hochrädrige Kalesche mit einem Lederverdeck, auf dessen Bock ein völlig durchnässter livrierter Diener in der Kälte zitterte. Die Wagentür war mit einem protzigen Wappen verziert, das ein Einhorn darstellte.

»Na, das ging ja schnell«, meinte Rossi. Er schob die Hände in die Taschen seines Mantels und wirkte plötzlich überaus konzentriert.

»Ich beschwöre, was ich gesehen habe. Jede einzelne von Marios Wunden. Vor jedem Richtertisch!«

»Salvatore ist konvertierter Jude«, flüsterte Rossi zurück. »Konvertiert unter zwielichtigen Begleitumständen. Beten wir, dass Lupori nicht an diesem Punkt ansetzt. Beten wir, dass er es überhaupt nicht weiß.«

Irene erwartete sie in adretter weißer Schürze und gestärkter Haube im Korridor und nahm ihnen die durchnässten Mäntel ab. Rossi wies fragend mit einer Hand zur Treppe und mit der anderen zum Speisezimmer.

»Hier unten. Ich habe den Herrschaften, wenn es recht ist, Wein serviert.«

»Den *Herrschaften*?«, fragte Cecilia irritiert.

»Giusdicente Lupori, der allerdings allein kam, und eine alte Dame, eine Signora Rastelli – Ihre Großmutter, wenn ich es recht verstanden haben, Signorina Barghini – in Begleitung eines Signor Inconti.« Irene war eine Bedienstete mit perfekten Manieren, aber dieses Mal konnte sie nicht verhindern, dass ihre Augen vor Neugier blitzten.

Rossi öffnete die Tür.

Das Zimmer hatte sich verändert. Wenn man es mit Großmutter Biancas Augen betrachtete, fiel vor allem der feine, schwarze Kaminstaub auf, der immer noch über den Möbeln lag und sich nach jedem Wischen sofort wieder auf ihnen festsetzte. *Armut ist nicht unbedingt eine Schande – eine Dame von Stand erkennt man daran, wie sie sich in ihr einrichtet.* Bestimmt nicht in Schmutz und Staub. Das Ziffernblatt der Standuhr sprang Cecilia ins Auge. Petronio hätte mit seinen feinen Uhrmacherwerkzeugen keine Stunde gebraucht, um das gesprungene Glas zu ersetzen …

Giusdicente Lupori wartete neben der Uhr, und offenbar hatte er sich gerade mit Großmutter Bianca aufs Angenehmste unterhalten, denn er lächelte und beugte sich über ihre Greisinnenhand, um einen Kuss über die faltige Haut zu hauchen. In seinem Knopfloch stak das unvermeidliche Blumensträußchen. Ich hasse ihn, dachte Cecilia mit Leidenschaft.

Großmutter Bianca hasste ihn nicht. »Wie liebenswürdig, Giusdicente, aber ich fürchte, dass Sie mir schmeicheln.« Sie lächelte Francescas Peiniger an und verstaute zweifellos die Tatsache, dass der Herr des Hauses sie und Augusto Inconti nur mit einem Nicken begrüßt hatte, in einem Winkel ihres Gedächtnisses.

Rossi hielt seinem Vorgesetzten die Tür auf. Er konnte keine Gedanken lesen, und deshalb war es nicht weiter schlimm, dass Cecilia sich für sein bestes Zimmer und für sein Benehmen schämte. Sie sah zu, wie Lupori ihm mit schmerzverzerrter Miene aus dem Zimmer folgte. Welche Krankheit auch immer den obersten Hüter des Rechts im Tal des Valdinievole plagte, sie hatte ihn wieder einmal am Wickel. Recht so!

Als die beiden zur Tür hinaus waren, klackte Großmutter, streng wie ein Zeremonienmeister, der das Signal zum Beginn eines Festaktes gibt, mit dem Stock auf den Boden. »Was für eine Freude, dich endlich wiederzusehen, Kind.«

Cecilia war fassungslos. Freude? *Du bist hier nicht mehr zu Hause* – diese Worte waren der alten Frau aus ehrlichem Herzen gekommen, damals, als ihre Enkeltochter aus Montecatini zurückgekehrt war, um wieder bei ihr einzuziehen. *Ich habe dir über jede Verpflichtung hinaus geholfen.* Gewiss, danke auch. Du hast mein Kind ermordet, so sicher, als hättest du selbst die Hände um seinen kleinen Hals gelegt. Herrgott, sie hatten noch kein Wort gewechselt, und schon war die Luft vergiftet.

»Willst du den lieben Augusto nicht begrüßen?« Großmutter kräuselte den strengen Mund, jeder Zoll die Dame, die weiß, was sich gehört. Die Perlen in ihrer Turmfrisur – der Himmel mochte wissen, wie sie damit in einer Kutsche hatte sitzen können – saßen so starr, als hätte man sie ins Haar genagelt.

Cecilia knickste und reichte dem Mann, mit dem sie einmal verlobt gewesen war, die Hand zum Kuss. Augusto Inconti wirkte verlegen und unbeholfen in seinen viel zu strammen Kleidern. Ihr Lächeln wurde weicher, was er so dankbar zur Kenntnis nahm, dass sie sich erneut schämte. Sie sah, wie sich sein Adamsapfel bewegte, als er schluckte.

»Ich muss gestehen, zu Hause ist es still geworden, seit du fort bist«, plauderte Großmutter, während sie von Möbel zu Möbel wanderte und mit dem weiß behandschuhten Finger über den Ruß fuhr. »Ein schöner, friedlicher Ort, dieses Montecatini. Ich begreife, warum du glaubtest, hier zur Ruhe zu kommen.« Sie ging zum Fenster, durch das sie beobachtete … Cecilia konnte nicht erkennen, was Großmutters Aufmerksamkeit auf sich zog. Der leere Markt, auf dem die Krähen hüpften? Die alte Frau beobachtete gar nichts. Sie sortierte ihre Gedanken und stellte ihre nächsten Sätze auf, wie ein General die Soldaten zur Schlacht. Sie war nicht gekommen, um Freundlichkeiten auszutauschen. Großmutter verschwendete keine Zeit.

»Reizend, auf seine Art. Und die Bäder! Ich werde sie Signora Montelli empfehlen, der Armen, sie hat schon wieder mit der Galle zu tun. Erinnerst du dich, wie schlecht es ihr vor zwei Jahren ging? Als sie das Diner zum Namenstag der lieben Lucìa absagte? Fünf Pfund Lammbraten musste sie an den Metzger zurückgehen lassen! Sie hat sich wieder aufgerafft, die Gute, aber man muss doch fürchten, dass das Leiden chronisch geworden ist. Wer weiß, vielleicht komme ich sogar selbst zum Kuren. Im Frühling muss es hier herrlich sein. Im Herbst natürlich auch. Die Weinlese! Blaues Gold, pflegte dein Großvater immer zu sagen, auch wenn er es ablehnte, wie sie hier die blauen und die weißen Trauben mischen ...«

Was sollte das alles?

»Das Kind ...«, sagte Großmutter. Ihre Augen blickten so klar und scharf wie immer, als sie sich vom Fenster abwandte. »Sie werden es einer alten Frau verzeihen, Signor Inconti, wenn sie sich einer närrischen Liebe hingibt. Aber meine Großnichte Dina ist ein überaus reizendes Geschöpf, und ich muss gestehen, dass ich vor Ungeduld brenne, sie in die Arme zu schließen. Sie erinnert mich an ihre bedauernswerte Mutter ...«

... der du das Haus verboten hast, weil sie sich an den Emporkömmling Enzo Rossi weggeworfen hat! Cecilia konnte es kaum fassen.

»Wo finde ich das Mädchen, Kind?«

Es gab keine Glocke, mit der man das Dienstpersonal hätte rufen können, aber Großmutter schien einen Pakt mit dem Teufel geschlossen zu haben. Kaum hatte sie zu Ende gesprochen, da klopfte Irene und brachte ein Tablett mit Gebäck.

»Nein, mach dir keine Umstände, Cecilia. Du und Signor Inconti – ihr habt einander so lange nicht gesehen. Wie schade, dass du damals, nach Grazias Tod, so rasch abreisen musstest, um dich um das mutterlose Wesen zu kümmern.«

Wieder war Cecilia sprachlos über die Kunstfertigkeit, mit der Großmutter die Vergangenheit ihren Wünschen anpasste. Grazia war damals, bei dem großen Krach, schon über ein Jahr tot gewesen, und es hatte Großmutter keinen Deut gekümmert, was aus dem Sprössling ihrer Nichte wurde. Erst als Cecilia die Verlobung mit Augusto aufgekündigt hatte, war ihr Dina wieder eingefallen – als Strafe für die ungehorsame Enkeltochter. *Geh und werde Gouvernante, wenn du glaubst, mich in Verlegenheit bringen zu müssen.* Wem galt dieses Theater? Es wussten doch alle Bescheid.

Großmutter drohte scherzhaft mit dem Finger, ehe sie den Raum verließ. In der eintretenden Stille hörte man Tacito Lupori brüllen. Zumindest oben im Arbeitszimmer schienen klare Worte gesprochen zu werden.

»Nun …«

»Mein lieber Augusto …«, begann Cecilia gleichzeitig. Sie verstummte. Inconti war nicht mehr jung, knapp über vierzig. Auf seinem Kugelbauch spreizte sich die Knopfleiste mit den Goldknöpfen. Er trug immer zu enge Kleidung, sie hatte keine Ahnung, warum. Sein Haar schien innerhalb des letzten Jahres lichter geworden zu sein, sie konnte die rosige Haut durch die schwarzen Strähnen schimmern sehen. Gleich würde er lachen. Er besaß ein fröhliches Gemüt, wie er selbst bei jeder Gelegenheit betonte. Dieses Gemüt schien er als wichtigstes Requisit seiner selbst zu betrachten, fast wie einen Ehepartner, denn er stellte sich und sein Gemüt stets gemeinsam vor. … *hab ein fröhliches Gemüt, mein Lieber …*

»Signora Rastelli hat es mir erklärt.«

»Bitte?«, fragte Cecilia verwirrt.

»Was los war, damals. Kein Grund, verlegen zu werden, Mädchen. Ich weiß, dass ich ein alter Knochen bin in den Augen des jungen Volks. Aber ich kann mich durchaus noch besinnen, wie es ist, wenn das Blut kocht und Amor an die Türe pocht.«

Cecilia suchte nach einer Antwort – ihr fiel keine ein.

»Sehe den Kerl noch vor mir. Düstere Gestalt, nicht wahr? Schwarzes Haar und traurige Hundeaugen. Hatte einen schlechten Schneider, wenn ich das sagen darf, aber … romantisch, ja. Da beginnt ein Mädchenherz zu schlagen. Der Bursche hat inzwischen in Neapel große Erfolge gefeiert, heißt es.«

Du hast ihm von Inghiramo erzählt, Großmutter? Cecilia war ebenso schockiert wie aufgebracht. Sie hatte es für selbstverständlich gehalten, dass dieses Geheimnis gewahrt bleiben würde. Welche Familie gab freiwillig preis, dass eine der ihren sich mit einem Theaterdichter eingelassen hatte? Was hatte Großmutter sich nur gedacht? Nahm sie an, dass Augusto das pikante Wissen für sich behalten würde? Dass er wie ein Gentleman schweigen würde, selbst wenn …

57

Oh! Cecilia begriff und wurde noch wütender. Was Großmutter im Sinn hatte, war eine Erpressung, und zwar eine, die
nicht Augusto, sondern ihr selbst galt. Sieh her, Mädchen, ich
habe den Mann informiert. Du musst ihn also heiraten – oder
riskieren, dass er deine Schande in die Welt hinausposaunt. Wie
hört sich das an: Cecilia Barghini, das naive Goldköpfchen, hat
es mit einem Theaterdichter getrieben, der sie, als es ernst wurde, ausspuckte wie eine scharfe Pepperoni.

Augusto hakte den Daumen in eine Brusttasche. »Tja, die
Liebe findet schneller ein warmes Plätzchen, wenn sie in Reimen daherkommt ...«

Oben knallte die Tür von Rossis Arbeitszimmer.

»... aber am Ende füllt ein solider toskanischer Schinken doch
eher den Magen als ein neapolitanisches Eclair, stimmt's, Mädchen?« Das war der unvermeidliche Scherz. Augusto ließ sein tiefes, dröhnendes Lachen ertönen, und Cecilia zwang sich ebenfalls zu einem Lächeln. Sie hörte den Giusdicente die Treppe
hinabhumpeln. Poch ... poch ...

»Ich will dich immer noch, Cecilia, das ist die Botschaft, und
ich bringe sie ohne Reim ...«

»Augusto ...«

»... und ohne jeden anderen Firlefanz. Auf einfache, ehrliche
Art.«

»Sie sind zu gütig, Augusto, aber ... Sie müssen verstehen ...«
Cecilia sah, wie seine Augen sich verdunkelten. Wieder rollte der
Adamsapfel. Er zwinkerte, als wappnete er sich für einen Schlag.
War es möglich, dass er tatsächlich etwas für sie empfand? Damit
hatte sie nicht gerechnet. Sie hatte angenommen, dass er sie hei-
raten wollte, weil sie eine gute Partie war und obendrein hübsch.
Sie schluckte. »Ich könnte Sie nicht glücklich machen, Augusto.
Nicht so, wie Sie es verdienen. Sie sind der gütigste Mensch auf
Erden ...«

»Verstehe, verstehe schon ...«

»... und großzügig und ... verlässlich ... O bitte – geben Sie
mir die Hoffnung, dass Sie mich nicht verdammen, aber ich habe
mein Herz gründlich erforscht ...«

Sein Nicken schnitt ihr das Wort ab. Er griff nach seinem Spazierstock, den er nicht brauchte, weil er ein kerngesunder Mann war, den er aber so gern schwang. Sie las abgrundtiefe Enttäuschung in seinen Zügen. Wie hatte Großmutter ihn nur zu dieser Fahrt ermutigen können! Cecilia trat zur Seite, um ihn hinauszulassen. Er traf im Flur auf Lupori, und beide nickten einander steif und mürrisch zu.

»Erklären Sie Signora Rastelli, dass ich im *Gallo* auf sie warte.«

»Augusto …«

»Schon gut. Ich hatte es mir ja fast gedacht.«

Cecilia blickte ihm nach, während er mit dem ungelenken Gang der Übergewichtigen über das nasse Pflaster schritt. Unten am Markt musste er ausweichen, weil Luporis Kalesche ihn an die Seite drängte. Dann war er verschwunden.

Großmutter Bianca verabschiedete sich herzlich vom Dina. Das Mädchen drängte sich an sie, und Großmutter beugte sich mühevoll zu ihr hinab, um ihr Haar zu küssen. »Ein bezauberndes Kind, Giudice. Ein anmutiger, lebhafter Geist«, lobte sie Rossi, der in den Flur hinabgekommen war, um der Tante seiner verstorbenen Frau Lebewohl zu wünschen. Er schaute verblüfft auf seine Tochter.

»Komm, Dina, sing für deine Großmutter noch einmal das Lied von der Lerche …«

Das Mädchen tat wie geheißen, es besaß eine schöne Stimme. Sie hörten ihr zu, ein wenig verlegen, ein Kreis von Riesen um ein Zwerglein, bis Großmutter den Stock gegen die Wand lehnte und in die runzeligen Hände klatschte. »Würdest du mich einmal in Florenz besuchen, Liebes? – Es wäre eine Freude für mich«, ergänzte Großmutter, zu Rossi gewandt. »Das Alter ist eine einsame Zeit. Sie hätten doch sicher nichts dagegen einzuwenden?«

»Kann ihr nur guttun.«

»Aber …«, versuchte Cecilia zu protestieren.

»Großmutter will mich in die Boboli-Gärten mitnehmen. Da ist ein Wald mit Riesen. Nicht richtige Riesen, sie sind aus Stein … und ein Sprungbrunnen, auf dem der König der Meere mit einem Drei… einem Drei… mit einem Spieß steht …«

Großmutter lächelte Cecilia über Dinas Kopf hinweg an und nickte, während Rossi seiner Tochter versicherte, dass er nicht das Geringste dagegen habe, sie für eine Weile loszuwerden.

Cecilia hätte ihn am liebsten am Kragen gepackt und geschüttelt. Siehst du denn nicht, was das werden soll? Bianca Rastelli hat sich soeben damit abgefunden, dass ihr Goldkind Cecilia nicht zu verkuppeln ist, und nun sucht sie Ersatz für das undankbare Geschöpf. Schick sie hin, und sie bleibt dort! Willst du, dass dein Kind bei einer alten Frau aufwächst, die es fertigbringt, ein Ungeborenes im Mutterleib zu töten?

»Wie schade, dass Signor Inconti schon gegangen ist. Sei so gut, Cecilia, und sage in dem Kaffeehaus gegenüber Bescheid, dass Ariberto mit der Sänfte kommen soll.«

Cecilia überquerte den regennassen Platz, fand Großmutters alten Leibdiener an einem der Tische sitzen und gab die Anweisung weiter. Als sie zurückkehrte, hatte Rossi seiner Besucherin bereits in den altmodischen, mit Silberpelz besetzten Mantel geholfen.

Großmutter versprach Dina gerade ein Puppenservice aus echtem Porzellan. »… mit winzigen Löffelchen und Servietten, die du selbst besticken kannst, mein Engel. Würde dir das gefallen?« Sie nahm ihren Stock wieder an sich, eine weißhaarige, milde Greisin, deren einzige Freude darin lag, Glück in blanke Kinderaugen zu zaubern.

»Komm, hilf mir in die Sänfte, Cecilia … Nein, nein, Dina, du bleibst hier im Haus. Willst du dich erkälten? Vielen Dank, Giudice, es geht schon …« Sie nahm Cecilias Arm und ließ sich von ihr über den Platz führen, zu Goffredos Lieferanteneingang, wo die beiden Knechte aus dem *Gallo* gerade das wacklige Mietgefährt ihrer Herberge hinaustrugen. Ariberto stand alt und verfroren daneben und blickte ihnen unglücklich entgegen.

»Das Kind kommt zu mir«, erklärte Großmutter ruhig, als sie außer Hörweite des Palazzo waren.

»Auf keinen Fall. Sie ist hier glücklich. Sie wird gut versorgt, und bald kommt sie sowieso in eine Klosterschule.«

»Klosterschule?«

Nicht meine Idee. »Jawohl.«

»Wo sie zwischen schnatternden Gänsen aufwächst und von verstaubten Nonnen den Kopf mit frömmlerischer Nutzlosigkeit vollgestopft bekommt? Sie zieht nach Florenz. Ich weiß, was ich meiner Nichte schulde, gleich, welchen Mann sie in ihrer Torheit ...«

»Das werde ich nicht zulassen.« Cecilia war nicht mehr nur vom Wetter kalt. Wann hatte sie Großmutter jemals offen widersprochen? Sie beging ein Sakrileg – und stellte fest, dass es ihr nicht das Geringste ausmachte. An dem Tag, an dem sie begriffen hatte, wie ihr Ungeborenes ums Leben gekommen war, musste etwas zersprungen sein. Einen Moment lang glaubte sie Großmutter zu sehen, wie sie ihr im Schein einer flackernden Weihnachtskerze die Puppenwiege aus blauem Holz mit der aufgemalten Mohnblume überreichte, aber das Bild verlor an Schärfe und nahm das Muster der Tonfliesen an, mit denen der Abtritt ausgelegt war – der Ort, an dem sie unter Schmerzen und in einem Strom von Blut ihr Kind verloren hatte.

Großmutter löste sich von ihrem Arm. »Ich werde Dina zu mir holen. Es ist meine Pflicht. Glaubst du im Ernst, du kannst mich daran hindern, meine Pflicht zu tun?« Sie ließ sich von Aribaldo in die Sänfte helfen. Das dauerte ein Weilchen. Erst als sie ihr Haar und die Röcke gerichtet hatte, sprach sie wieder.

»Du hast ihn also erneut davongejagt.« Brüsk hob sie die Hand, als Cecilia zu einer Erwiderung ansetzte. »Denke nicht, ich wäre blind und taub. Ich weiß, was los ist. Ich weiß es genau.« Ihr Kinn wies zum Palazzo.

Als Cecilia begriff, was Großmutter meinte, waren die Sänftenträger bereits losgetrabt. Hinter der Sänfte herzulaufen und *»Du weißt gar nichts!«* zu brüllen, war ausgeschlossen, selbst auf dem verregneten Marktplatz einer vergessenen Kleinstadt. Die Fingernägel im Handballen, starrte Cecilia dem Rücken des Sänftenträgers nach.

Als sie zum Haus zurückkehrte, war Dina verschwunden. Nur Rossi wartete noch in der Tür. »Warum bist du ...?«

»Dina geht *nicht* nach Florenz!«, unterbrach Cecilia ihn wutbebend.

»Aber …«

»Sie will dir das Kind wegnehmen, Rossi. Sie hat mich verloren, und nun will sie Dina. Begreifst du das nicht?« Es regte sie auf, wie er sie anstarrte.

»Lupori weiß nichts von Salvatores jüdischer Abstammung«, sagte er.

»Das freut mich«, erwiderte sie ärgerlich.

4. Kapitel

Großmutter fand, dass es Dina an Erziehung mangelte? Nun, das konnte man ändern.

Cecilia suchte gemeinsam mit dem Mädchen Monsieur Valette auf, den französischen Tanzlehrer, der den jungen Damen und Herren der Stadt Unterricht erteilte. Er hatte einen Tanzboden auf dem Speicher eines ehemaligen Tuchhändlerhauses gemietet und gab dort – im Wechsel mit einem Fechtmeister – seine Stunden. Cecilia betrat den von Kerzen dürftig erhellten Raum, in dem ein Dutzend Jungen und Mädchen zur Violine des Monsieur im Kreis einherschritten und einander verlegen auf den Füßen herumtraten.

»Pas menu …«, murmelte Monsieur Valette, während er die Saiten kratzte, aber kleine Schritte gehörten eindeutig nicht zur bevorzugten Fortbewegungsweise der Jungen und Mädchen. »Légère, mesdemoiselles, légère …«

»Das ist schön«, flüsterte Dina und begann zu trippeln, während sie dem Violinenspiel lauschte und die Schrittfolgen beobachtete. Ihre Augen glänzten, sie verfügte unbestreitbar über ein rhythmisches Gefühl.

Cecilia war mit sich zufrieden.

Am Ende der Stunde konnte ein erfreuter Monsieur Valette eine neue, begeisterte Schülerin begrüßen.

»Unterrichten Sie auch den Walzer?«

Er verneigte sich. »In allen Ehren, Signorina. Und mit dem gebotenen Anstand. Wenn es gewünscht wird.«

»Es wird gewünscht.« Man vereinbarte das Honorar, Dina beschied einem Jungen, der ihr im Vorübergehen etwas zuraunte, dass er ein Hampelmann sei – dann waren sie wieder im Freien.

»Wirklich schade, dass ich selbst kaum Tanzunterricht nehmen durfte«, meinte Cecilia.

»Warum denn nicht?«

»Großmutter Bianca hält leider nichts vom Tanzen.«

»Sie hat es verboten?«

»Das nicht. Aber der Tanzmeister kam zu uns ins Haus, und ich musste meine Schritte immer allein ausführen, mit einem Besenstiel, vor dem ich mich verbeugte und mit dem ich mich drehte.«

»Wie langweilig.«

»So ist Großmutter Bianca. Man kann es nicht ändern.«

»Was ist ein Walzer, Cousine Cecilia?«

»Ein Walzer ist, wenn man in ein Englein verzaubert wird, das in einem himmlischen Ballett kreiselt.«

»Ich will auch ein Englein werden.«

Cecilia lächelte.

Als sie nach Hause kamen – es dämmerte schon wieder, und das Pflaster glänzte von dem Regenschauer, der während der Tanzstunde auf Montecatini niedergegangen war –, fanden sie ein Reitpferd vor dem Palazzo della Giustizia. Dina war vor Neugierde sofort außer Rand und Band, aber Cecilia schickte sie in ihr Zimmer hinab.

»Haben Sie's gehört?«, flüsterte Anita, die gerade wieder auf dem Weg in die Küche war.

»Was denn?«

»Francesca Brizzi. Sie ist jetzt offenbar völlig durchgedreht. Sie hat versucht, Sergio Feretti zu erstechen.«

Rossi hatte in seinem Speisezimmer die montecatinische Justiz um sich versammelt, was hieß: den Sbirro Bruno und die beiden Beisitzer Renato Secci und Zaccaria Lanzoni. Kurz nach Cecilia betrat auch noch Arthur Billings das Haus, der englische Dottore, der das Irrenasyl vor der Stadt leitete. Arthur gehörte natürlich nicht zur Justiz, aber da Francesca durchgedreht war …

»Was wird mit ihr geschehen?«, fragte Cecilia ihn beunruhigt im Korridor, während Anita ihm aus dem Mantel half.

Arthur küsste ihr die Hand und lächelte. »Am Ende, liebe Cecilia, ist es nicht die Schönheit, die dem Manne das Weibliche so reizvoll macht – wenn auch an Ihrer Schönheit kein Makel haftet, wie ich Ihnen gern versichere –, sondern das Mitgefühl, das aus den Herzen der Frauen strömt.«

Er war selbst ein Mann mit einem mitfühlenden Herzen, der liebenswürdigste Mensch, den Cecilia kannte. Er hatte in Edinburgh Philosophie und Medizin studiert und einen Atlas über den Uterus während der Schwangerschaft gezeichnet, der ihn berühmt gemacht hatte. Aber dann hatte er sich den Verrückten und ihren Krankheiten zugewandt und in Montecatini sein eigenes privates Irrenasyl eröffnet.

Arthur nickte ihr zu und betrat das Speisezimmer.

»Von der Anzeige geht er nicht ab«, erklärte Signor Secci, der Bankier des Ortes, gerade. »Und er will sie beim Giusdicente stellen, drüben in Buggiano.« Der bedeutungsvolle Blick, den er Rossi zuwarf, sprach Bände.

Cecilia suchte die Weingläser heraus.

»Man kann es ihm nicht ausreden?«, wollte Arthur besorgt wissen.

»Dottore – die Frau ist mit einem Messer auf ihn los! Ganz ehrlich …«

»Ist Feretti verletzt?«

»Um ein Haar. Wie gesagt, sie trug ein Messer bei sich …«

»… und hat ein Humpelbein, und wenn Feretti, dieser Schweinehund, gewollt hätte, dann hätte er sie mit *einem* Finger umschubsen können«, unterbrach Zaccaria seinen Amtskollegen. Er war Bauer. Er hatte es mit viel Fleiß in die wohlhabende Schicht geschafft, aber das hieß nicht, dass er seine traurige Kindheit vergessen hätte. Feretti war reich, Francesca arm. Damit waren seine Sympathien festgelegt. Im Übrigen hatte er recht. Francesca wäre selbst mit einem Säbel in jeder Hand für niemanden zur Gefahr geworden.

»Sie hat offenbar heute früh Marios Grab besucht und ist von dort sofort zu Ferettis Hof«, erklärte Secci. »Die Leute, die sie gesehen haben, sagen, sie war wie von Sinnen …«

»Das ist es, was ich meine«, fiel Arthur ihm ins Wort. »Der Tod ihres Bruders hat ihr Gemüt erschüttert. Man bedenke nur die Umstände, unter denen dieser Junge gestorben ist. Dann die Beerdigung …«

»Eine Frau sollte sich in diese Dinge nicht einmischen«, murrte Bruno. Es kam ihm nicht zu, jemanden wie den Dottore zu unterbrechen. Er errötete. Man konnte ihm ansehen, dass er müde war.

»Feretti geht also zu Lupori.« Zum ersten Mal ergriff Rossi das Wort.

Secci nickte. »Der Grobian hat Francesca mit seiner Pferdepeitsche über die Wiese hinuntergejagt.«

Angewidert hob Arthur die Arme.

»An der Molkerei vorbei. Die Leute – Anna Casentino und ihr Mann und ihr Schwager, die gerade aus der Färberei kamen – haben sie ihm fortgerissen. Darüber will er sich auch beschweren.«

»Dass sie ihn daran gehindert haben, eine verkrüppelte Frau niederzupeitschen?«, entrüstete sich der Irrenarzt.

»Das wollte er ja gar nicht. Er hat sich nur gewehrt. Sagt er.« Secci griff nach seiner Taschenuhr und begann sie in den Händen zu drehen. »Gott sei's geklagt. Aber diese Fischer sind außer Rand und Band, seit die Teiche trockengelegt werden. Brave Leute, deren Vorfahren hier seit Hunderten von Jahren leben, haben keinen Respekt mehr vor den Gesetzen … Es geht etwas Ungutes vor sich.«

»Da, wo Adolfo Gori die Körbe für seine Akazienbienen hat, sind ein paar Schweine gerissen worden«, sagte Zaccaria.

Die Männer starrten ihn an. »Was hat das mit Francesca Brizzi zu tun?«, fragte Arthur.

»Keine gewöhnlichen Schweine. *Cinte Senesi*. Das sind diese riesigen, wilden Viecher mit dem weißen Band um den Brustkorb. Sie gehörten meinem Schwager.«

»Tut mir außerordentlich leid«, meinte Arthur, dem gar

66

nichts leidtat. Er konnte seine Ungeduld kaum zügeln. »Kannst du verhindern, dass die arme Frau wegen dieses Rohlings in Schwierigkeiten gerät, Enzo?«

Rossi schwieg. Er sah ebenfalls müde aus. An seiner Stelle antwortete Secci: »In einer Gerichtsverhandlung stünden ein Messer und eine Morddrohung gegen die Vertreibung von einem unerlaubt betretenen Grundstück. Da kommt sie nicht um eine Strafe herum. Kommt sie doch nicht, Enzo, oder?«

»Nein«, sagte Rossi.

Secci erhob sich von seinem Stuhl. »Frauen haben heißeres Blut als Männer. Da kann man nichts machen. Es riecht hier übrigens nach Rauch.« Er verneigte sich vor Cecilia und wollte zur Tür, aber sie hielt ihn auf.

»Würde sich Feretti mit … mit einer Entschädigung … mit Geld zufriedengeben?«, fragte sie ihn.

Irritiert blieb Secci stehen.

In einer Soßenschüssel in der Anrichte lag das Budget, mit dem Cecilia die Haushaltseinkäufe finanzierte. Zwölf Skudi im Monat. Sie holte die Schüssel heraus. Es war Mitte Januar, sie hatte sparsam gewirtschaftet. Sieben Skudi und etliche Julii und Baiocchi lagen als silberne und kupferne Münzen im Porzellan. Sie nahm vier Skudi heraus.

»Geben Sie ihm das, und sagen Sie ihm, er soll sie in Ruhe lassen«, sagte sie zu Secci. Sie kannte Feretti nicht. Sie hatte keine Ahnung, ob er geldgierig war, aber sie unterstellte es ihm, weil er Francesca mit einer Peitsche über seine Wiese gejagt hatte. Ein Rohling, der sämtliche Untugenden in sich vereinigte.

Keiner der Männer widersprach, als Secci die Münzen einsteckte. Sie hatten genug von der leidigen Angelegenheit. Wahrscheinlich konnte nicht einmal Signor Secci den grässlichen Feretti leiden, auch wenn er ihn verteidigt hatte.

»Was bedeutet: Die *Cinte Senesi* wurden gerissen?«, fragte Rossi, als die Haustür hinter dem Bankier zugeschlagen war. Er saß immer noch in seinem gestreiften Lehnstuhl und rührte sich nicht.

»Na ja, als wäre ein Rudel Wölfe über sie hergefallen, sagt mein Schwager. *Cinte Senesi*, Enzo. Die haben vor nichts und niemand Respekt. Ich hab von welchen gehört, die ihre Ferkel gegen Bären verteidigt haben.«

»Ich weiß.«

»Es sind Kämpfer. Frido hat versucht, sie im Stall zu halten – sie haben alles niedergetrampelt. Er musste sie zurück in die Wälder lassen.«

»Gerissen von wem?«

Zaccaria zuckte mit den Schultern. Erst jetzt bemerkte Cecilia den seltsamen Ausdruck in den Augen des Bauern. »Die Leute reden«, sagte er. »Mario Brizzi ist von Hunden totgebissen worden, und die Bisswunden waren tief. Die Wunden bei den Schweinen sind auch tief. Frido hat mit einem Strohhalm nachgemessen. Anderthalb Zoll.«

»Anderthalb!«, entfuhr es Rossi.

»Frido hat mir den Strohhalm gezeigt, wo er ihn mit dem Daumen gekerbt hat. Das sind Wolfszähne, sagt er.«

»Wölfe fesseln keine Menschen.«

»Vielleicht sind sie gezähmt. Dressiert. Jemand hat Mario gefesselt und dann die Wölfe auf ihn gehetzt.«

»Kann man Wölfe dressieren?«, fragte Arthur.

Niemand wusste es.

»Jedenfalls – wenn ein Tier einmal einen Menschen getötet hat, dann verliert es seine natürlichen Hemmungen. Es wird zur Bestie. Irgendwo da draußen streifen Bestien rum, Enzo. Und es gibt Leute, die meinen, man müsste was dagegen unternehmen.«

»Eine Wolfsjagd? Wo würdest du denn anfangen zu suchen?«

»Was weiß ich? Vielleicht haben die Wölfe mit dem, der Mario fesselte, auch gar nichts zu tun. Der Mann lässt den Jungen zurück, um ihm eins auszuwischen, und später kommen die Bestien …«

»Vielleicht, ja.« Das Gespräch verlief im Sande. Sie wussten einfach zu wenig. Schließlich gingen auch Zaccaria und Bruno.

Als Arthur sich verabschiedete, sprach er eine Einladung aus. »Einige Damen und Herren aus Montecatini haben sich freundlicherweise bereit erklärt, mit meinen Kranken gemeinsam zu singen. Hätten Sie Lust, sich unserer Übungsstunde anzuschließen, Cecilia? Ich habe Sie schon lange fragen wollen. Es ist nichts Großartiges, vom Musikalischen her, aber für meine Schützlinge ... Sie würden mir eine persönliche Freude machen.«

Ja, das wollte sie, und dann war auch der Arzt durch die Tür, hinaus in den Regen. Cecilia winkte ihm nach, während er mit hochgeschlagenem Mantelkragen und dem Biberhut auf dem Kopf in seine Kutsche stieg.

»Cecilia ...«

»Ja?«

Rossi war ihr in den Flur gefolgt.

»Was ist denn?«

»Mach das nie wieder.«

»Was soll ich ...«

»Francesca hat das Gesetz gebrochen – übel genug. Aber du versuchst, es mit Geld aus der Welt zu schaffen ... Das ist wirklich schlimm. Mach das nie wieder.« Er sprach so leise, dass sie ihn gerade eben verstehen konnte. Er musste ungeheuer zornig sein.

Am nächsten Morgen war er immer noch wütend. Anita kam mit dem Essen, das sie ihm ins Arbeitszimmer gebracht hatte, wieder die Treppe hinuntergeschlichen, zog eine Grimasse und verkroch sich in ihre Küche.

Ein paar Stunden später fand er sich in der Bibliothek ein, wo Cecilia gerade schweren Herzens die Bücher aussortierte, die durch den Ruß so verdorben worden waren, dass eine Reinigung nicht mehr lohnte.

»Komm mit.«

»Wohin?«

»Komm schon.«

Er nahm den Weg durch das westliche Tor. Sie passierten die Burgruine, die diesen Teil der Stadt einmal begrenzt hatte, zwängten sich zwischen kahlen Brombeerbüschen hindurch und stiegen einen Abhang hinab. Die Schuhe sind ruiniert, na schön, dachte Cecilia. Schließlich erreichten sie einen Pfad, der besser ausgebaut war.

»Wo wollen wir hin?«

Rossi marschierte mit ausdrucksloser Miene weiter. Sie erreichten ein Waldstück, von dort ging es auf eine abgelegene Serpentinenstraße. Irgendwann hatten sie ein Gebiet erreicht, das Cecilia völlig unbekannt war. Das Gelände war wieder eben geworden. Auf einer Weide grasten Kühe, dahinter standen Bäume – ein dunkelgrüner Nadelsaum.

»Siehst du sie?«, fragte Rossi. An den Baumwurzeln schnüffelten Schweine, grunzende, riesenhafte Borstentiere mit einer bräunlichen Schieferfärbung der Haut, die durch einen weißen Streifen einmal quer um den Leib unterbrochen wurde. Das mussten die Bänder sein, von denen Zaccaria gesprochen hatte.

»*Cinte Senesi*. Sie sind nervös.«

»Das sind die Schweine von diesem …?«

»Frido Barone.«

Cecilia sah keine Kadaver, sicher hatten die Bauern sie bereits verarbeitet. Aber sie meinte bräunliche Flecken auf der Wiese zu erkennen, die vielleicht von getrocknetem Blut stammten. Schaudernd versuchte sie sich die Hunde vorzustellen, die es gewagt hatten, sich an diesen Tieren zu vergreifen. Wölfe, ja, gewiss. Der Wind wehte plötzlich kühler, und sie ertappte sich dabei, wie sie den Waldrand mit den Augen absuchte.

»Schöne Tiere«, sagte Rossi.

»Ich habe in Florenz einen Mann gekannt, der von einem Wildschwein angegriffen wurde. Er hat beide Beine verloren.«

»Die hier sind gefährlicher als Wildschweine.«

Sie gingen weiter, machten einen Bogen um Weide und Wald und erreichten wieder eine Straße.

»Wohin gehen wir?«

»In die Höhle des Löwen. Ich dachte, das würde dir gefallen. Da dir Francescas Wohl so am Herzen liegt.«

Vor ihnen tauchte ein Gutshof auf. Er war auf eine Hügelkuppe gebaut worden und von alten Zypressen umgeben, deren Spitzen weit über die Dächer herausragten. Das Bild wirkte trist aufgrund der winterlichen Kargheit, als hätte ein Maler ein Gemälde ausschließlich mit schwarzen und weißen Farben und deren Mischtönen gemalt. Die Äcker, die zum Gut gehörten, sahen aus wie ein graues, krumiges Meer, auf dem das Haus wie ein ebenfalls graues Schiff vor Anker lag. Die Zypressen waren die einzigen Farbtupfer, doch selbst ihr Grün schien von Grau durchtränkt, als hätte der Regen die Farben des Himmels hineingewaschen.

»Ich habe Bruno in das Pumpenhaus geschickt, in dem Mario umgebracht wurde«, sagte Rossi.

»Und?«

»Er hat dort eine Dose gefunden. Darin befand sich eine Mischung aus Safrankrümeln, Mehl und Zucker.«

»Jemand hat in dem Pumpenhaus zu kochen versucht?«

»Kaum. Die Mischung wird von Scharlatanen verwandt, von Theriakverkäufern, die sie als Arsenik ausgeben.« Rossi erklärte ihr den Schwindel.

»Du glaubst, ein Vagabund hat Mario umgebracht?«

»Wer weiß. Es gibt Gerüchte, dass sich seit einiger Zeit ein Theriakverkäufer in den Dörfern herumtreibt. Andererseits – die Dose lag in einer Blutlache, aber der Deckel war sauber, was darauf hindeutet, dass sie erst nach Marios Tod in die Lache gefallen ist.«

»Oder sie ist dem Mörder während des … des schrecklichen Geschehens aus der Tasche gerutscht.«

»Es war kein einziger Blutspritzer auf dem Dosendeckel. Nein. Ich habe außerdem mit Arthur den Leichnam untersucht. Einer der Hunde, die ihn so schlimm zugerichtet hatten, litt an einem fehlerhaften Gebiss. Ein Backenzahl links unten muss herausgebrochen oder abgefault sein.«

»Und wohin gehen wir jetzt?«

»Sagte ich doch. Zu Feretti.«

Sie blieb stehen. »Hast du nicht gesagt.«

»Er wird dich mögen. Wenn er Geld sieht, kriegt er Engelsaugen.«

»Ich will diesen Menschen nicht treffen.«

»Aber ich. Oder vielmehr – ich will mir seine Jagdmeute anschauen. Und du wirst freundliche Bande zu seiner Frau knüpfen, um zu erfahren, … was auch immer erfahrenswert ist. Viel-

71

leicht erzählt sie dir, wo Feretti sich rumgetrieben hat, an dem Morgen, als Mario gestorben ist.«

»Ich soll sie aushorchen?«

»Lass dir was einfallen.«

»Nein.«

»Doch.«

Sie blieb verblüfft stehen. »Ist das ... eine Strafe?«

»Nicht so ein ehrenwerter Begriff. *Rache*, Cecilia. Du kannst es Rache nennen.«

»Das ist die Art, wie du mit Leuten umgehst, die sich in deine Angelegenheiten mischen?«

»Exakt«, sagte er.

Sie erreichten den Vorplatz des Gutes, ein Rondell, das groß genug war, um mit einer Kutsche darauf zu wenden. Die Blätterschicht auf dem Boden war knöcheltief, und auf ihr lag wie eine Kruste aus Salzkristallen der Winterreif. Er knirschte unter ihren Füßen.

Das Gut war auf der Vorderseite von einer massigen Bruchsteinmauer umgeben, mit einem Tor, das durch einen Kämpferstein in Form eines Neptunkopfes gekrönt wurde. Als hätten die glotzenden Steinaugen sie entdeckt und Alarm gegeben, brach hinter der Mauer plötzlich wütendes Gebell los.

»Das sind sie, die Biesterchen«, stellte Rossi fest.

Sergio Feretti war ein begeisterter, ja, ein fanatischer Jäger, der kaum eine Woche verstreichen ließ, ohne mit geladenem Gewehr in die westlichen Wälder auszurücken. Seine Hunde züchtete er selbst, und angeblich schlug er eigenhändig die Welpen tot, deren Mangel an Aggressivität ihm missfiel. Das hatte Anita behauptet, die über jeden Einwohner Montecatinis Bescheid wusste, als betriebe sie eine Pfandleihe für Klatsch. Die Hunde, die er heranzog, liebte er heiß und innig. Totbeißer sind das, hatte Anita gesagt. Er füttert sie mit lebendigen Kaninchen, die er von ihnen durch den Hof hetzen lässt. Niemanden wundert, was er mit der armen Signora Brizzi getan hat, auch wenn es natürlich eine schreckliche Sünde ist, jemanden erstechen zu wollen.

»Wie ist Signora Feretti?«

»Schwer einzuschätzen«, meinte Rossi. »Ich halte sie für ein Gutteil jünger als ihren Mann. Um die vierzig. Sie meidet Gesellschaft, und kaum jemand kennt sie genauer. Nur am Sonntag geht sie zur Kirche.«

Vor Cecilias geistigem Auge erschien eine dünne, farblose Frau, die immer in derselben Kirchenbank saß, abgesondert von der tuschelnden Nachbarschaft. War das Signora Feretti?

Als sie durch das Tor traten, schwoll das Gebell an. Der Innenhof des Guts wirkte vernachlässigt. Schmutzige Körbe, deren Binsen im Regen des Winters gefault waren, stapelten sich in einer Ecke, ein angerostetes Ochsenjoch und mehrere Forken und Spaten, manche mit gebrochenen Stielen, lehnten in einer anderen. Neben dem Haus quoll der Misthaufen über einen Bretterzaun – ein entsetzlicher Gestank ging von ihm aus. Genau über dem Haufen wuchs eine Tonröhre aus dem Haus, durch die offenbar der Abort entsorgt wurde. Verhältnisse, Verhältnisse …

Rossi hockte sich vor den Hundezwinger und begutachtete die Meute, die ihn ankläffte und gegen die Eisenstangen sprang. Der Käfig war direkt an die Außenmauer gebaut, und das hohe Dach deutete darauf hin, dass das Gebäude ursprünglich als Unterstand für Kutschen und Jagdwagen gedient hatte. Aber die vordere Mauer war eingerissen und durch mannshohe Eisenstangen ersetzt worden, sodass man sich vorkam wie vor den Gittern eines Gefängnisses. Eines überfüllten Gefängnisses – es waren wohl zwei Dutzend Tiere in den Zwinger gesperrt.

Cecilia fiel ein gelb gefleckter Bracke auf, der still in einer Ecke kauerte, dabei aber Rossi mit einem seltsam starren Blick im Auge behielt. Geifer sabberte aus seinem Maul, die Muskeln spielten unter dem raubtierhaft anmutenden Fell.

Cecilia fühlte, wie sich ihr Magen auf die Größe eines Kieselsteins zusammenzog. Sie mied den Blick des Bracken, betrachtete ihn nur aus den Augenwinkeln, aber sie konnte die Zähne im geöffneten Maul erkennen. Vorn eher harmlos, weiter hinten wie kleine Krummsäbel. Marios Bisswunden tauchten in ihrer Erinnerung auf und … Skid, sie hatte Angst. Konnten Hunde das riechen? Angst? Großmutters Kutscher hatte einmal so etwas erzählt. Der Bracke knurrte dumpf und grollend, als ziehe in seiner Brust ein Gewitter auf. Panisch suchte Cecilia mit ihren Blicken die Vorderseite des Zwingers nach Schlupflöchern ab.

»Signora Feretti!« Rossi richtete sich auf und schritt einer Frau entgegen, die die Eingangstür öffnete.

Emilia Feretti war tatsächlich die Dame, die Cecilia in der Kirche bemerkt hatte – hoch aufgeschossen, sehr dünn, mit einem krankhaft bleichen Gesicht und tiefschwarzen Haaren, die die Blässe noch betonten. Sie litt an einem Kropf, der besonders auffiel, weil ihr Gesicht eine so ausgeprägte Dreiecksform hatte, dass das Kinn direkt auf den Kropf zuzulaufen schien.

Halblaut gab sie einen Befehl. Die Tiere verstummten und hechelten winselnd an den Eisenstangen entlang.

»Buon giorno, Signora. Ich bin Giudice Rossi, … meine Cousine Cecilia Barghini aus Florenz.« Die florentinische Cousine stand so dicht neben ihm, dass sie ihn mit den Oberarmen berührte. Cecilia sah, wie er sich ein Grinsen verkniff. »Mächtig kalt heute.«

Signora Feretti schwieg. Sie hatte den Kopf in den Nacken gelegt, so dass die Haut über dem Kropf sich spannte, was ihr ein hochmütiges Aussehen verlieh.

»Sergio ist nicht zu Hause?«

»Das kann ich nicht sagen.« Kein Angebot, ins Haus zu kommen.

»Dann werde ich Sie selbst um Hilfe bitten müssen.«

Eine kleine Person in Dienstbotenkleidung erschien hinter der Signora, wurde aber mit einer Handbewegung fortgescheucht. »Wobei brauchen Sie Hilfe?«

Rossi schaute zum Zwinger, und Signora Feretti folgte seinem Blick. »Mario Brizzi?«, kam es gehässig. »Ich hätte nicht gedacht, dass derlei Unfug Einlass in den Palazzo della Giustizia findet. Natürlich hat mein Gatte mit dieser Sache nichts zu tun.«

»Nun, Sergio …«

»… zahlt seine Steuern und hat sich noch nie etwas zuschulden kommen lassen. Er ist ein ehrenwerter Gutsbesitzer.« Signora Feretti sprach mit dem Akzent, wie er in der Gegend um Neapel gebräuchlich war, aber sie hatte eine kultivierte Ausdrucksweise, was auf eine sorgfältige Erziehung schließen ließ. Wie mochte jemand wie sie an den neureichen Feretti gekommen sein?

»Ich muss den Burschen hier ins Maul schauen, Signora Feretti – das ist unumgänglich, und es dient dazu, den Verdacht gegen Sergio zu entkräften. Sie sehen, ich rede nicht um den heißen Brei herum.«

»Was haben Sie gegen meinen Mann? Das ist ja wie ein Feldzug.«

»Bitte?«

»Sergio sagt das.« Die Signora grub die Zähne in die Unterlippe. »Man hat meinen Mann für alles im Verdacht. Die Leute sind neidisch. Es ist die Krankheit der Armen. Sie ertragen es nicht, wenn einer, der einmal zu ihnen gehört hat, weiterkommt.«

»Signora, ich muss die Hunde untersuchen. In Sergios Interesse. Wenn Sie es mir verweigerten – was müsste ich davon halten?«

Unentschlossen stieg die Hausherrin die Stufen hinab. Sie schielte zu einem kleinen Durchgang, der in einen zweiten Hof oder vielleicht in den Hausgarten führte. Und blickte dann so rasch zu Rossi, dass Cecilia aufmerkte. War Feretti etwa doch daheim?

»Ich beuge mich, aber ich sage Ihnen: Die Hunde, die Mario so zugerichtet haben, befinden sich nicht in diesem Zwinger. Sergio verteidigt seinen Boden, aber deshalb ist er kein Verbrecher. Er hält sich immer an die Gesetze. Und dieses Weib …«, in dem Wort lag echter Hass, »… wollte ihn ermorden.«

Der Zwinger war mit einem Vorhängeschloss versehen, und wie sich herausstellte, trug die Hausherrin den Schlüssel dazu im Gürteltäschchen. Cecilia machte einige unauffällige Schritte in Richtung Haus, als sie ihn ins Schloss steckte.

Signora Feretti rief die Hunde mit Namen. »Birichino, Satana, Morso, Prosperina ...« Jagdhundnamen. »Bei Fuß!« Eine Hündin, völlig schwarz bis auf einen weißen Fleck am linken Hinterlauf, hieß Amata. Dieses letzte Tier bedachte Signora Feretti mit einem Tritt, als es die Zwingertür passierte. Knurrend klemmte Amata die Rute ein.

Rossi ging in die Knie und öffnete stoisch Maul um Maul. Den Hunden missfiel das, aber Signora Feretti stand an seiner Seite, und sie kuschten, was Cecilia dazu brachte, ihre Meinung über die dürre Frau zu ändern.

»Sie jagen auch, Signora?«, wollte Rossi wissen.

»Früher einmal.«

»Die Lust daran verloren?«

»Krankheit«, erklärte sie knapp und in einem Ton, der das Thema beendete.

»Die Hunde gehorchen Ihnen immer noch. Sie haben Respekt, das merkt man.«

»Sie lieben mich.«

»Und Sergio ...«

»... fürchten sie.« Die Signora lächelte dünn. »So muss es doch sein in einer guten christlichen Familie: Liebe deine Mutter und fürchte deinen Vater.«

Die schwarze Hündin hielt nichts davon, dass man ihr ins Maul sah. Sie hatte die Ohren zurückgelegt, und aus ihrer Brust kam ein tiefes Knurren. Kannten Hunde das Gefühl, gedemütigt zu werden? Besaßen sie etwas wie Stolz?

»Ja ... ja, meine Hübsche ...«

Cecilia hätte gern gewusst, ob auch Rossi schwitzte. Auf jeden Fall wirkte er äußerst konzentriert.

»... gut gemacht, Kleine ... ja, Schätzchen, schön, sehr schön ...«

Der gefleckte Gelbe stand auf, als Signora Feretti ihn rief. Er hieß Rubino. Falls eine Jagdmeute so etwas wie einen Rudelführer besaß, dann hatte ohne jeden Zweifel Rubino diese Stellung inne. Majestätisch und so langsam, als wolle er demonstrieren, dass er Herr seines eigenen Willens sei, schritt er durch das Türchen. Einen Schritt dahinter blieb er stehen und hob die

Schnauze, als schnuppere er dem Angstschweiß nach, den Cecilia absonderte. Er drehte den Kopf und warf ihr einen langen Blick zu. Wahrscheinlich tat sie genau das Falsche, als sie zur Seite schaute. Keine Angst zeigen – guter Ratschlag, wenn einem nicht gerade das Herz die Brust sprengte.

Ein Bild blitzte in ihrem Kopf auf, dass sie in Wirklichkeit niemals gesehen hatte: Mario in einem Haus mit einer schmutzigen, stampfenden Maschine. Gefesselt. Vor ihm der gefleckte Gelbe ...

Rossi sprach leise auf das Tier ein. »Komm, mein Guter ...« Der Gute machte keine Anstalten, sein Maul zu öffnen. Signora Ferettis Gesichtsausdruck blieb unergründlich, in sanftem Tonfall wiederholte sie den Namen des Tieres. Cecilia blickte zum Hoftor und sehnte den Moment herbei, all das hier endlich hinter sich lassen zu können. Sie fror an den feuchten Flecken unter ihren Achseln. Auf Neptuns steinernem Gesicht ruhte ein Sonnenfleck, so dass es aussah, als trüge er eine goldene Augenklappe.

Ein hartes, knappes Bellen schnitt durch kalte Luft, ein Laut, der Cecilia durch jeden Nerv fuhr und eine neue Hitzewelle auslöste. Sie spürte ihr Herz aussetzen. Aus den Augenwinkeln sah sie einen Schatten auf sich zuspringen – dann wurde ihr schwarz vor Augen.

»Es tut mir leid. Es tut mir entsetzlich leid.«

Ein unangenehmer, wenn auch vertrauter Geruch stieg Cecilia in die Nase. Urin. Ihr wurde schlecht vor Scham, als sie begriff. Und Rossi war Zeuge geworden. Er ... Signora Feretti ... Ich hab mich nassgemacht wie ein Baby. Lasst mich sterben!

Man hatte sie auf eine Chaiselongue gebettet, die mit blassgelben Rosen bestickt war und ebenfalls roch wie ein Nachttopf. Ja bitte, sterben ...

Eine knöcherne Hand mit einem olivfarbenen Fläschchen tauchte vor ihrer Nase auf, und der Geruch von Lavendel überdeckte den Uringestank. »Nein, nein ...« Sie brauchte kein Riechsalz. Sie wollte fort und die Kleider wechseln und vergessen, dass es diesen Tag gegeben hatte.

»Das Tier ist unberechenbar. Ich werde von Signor Feretti verlangen, es zu erschießen.«

Cecilia befand sich in einem Zimmer, das zweifellos einer Dame gehörte – eine Art Boudoir. Geblümter Samt hing an den Fenstern, auf die Wand war in Trompe-l'œil-Manier ein Panoramabild gemalt, das einen Garten mit Laube und durch ein ebenfalls gemaltes Fenster den Blick auf Rehe, Häschen und andere Niedlichkeiten vortäuschte. Auf einem runden Tischchen in einer Zimmerecke stand ein Käfig mit einem gelbköpfigen Nymphensittich, der aufgeregt trillerte. Im Kamin – kein Marmor, sondern gemütlicher, grauer Stein – flackerte ein Feuer.

»Trinken Sie«, bat Signora Feretti und bot Cecilia ein Glas mit dunkelrotem Wein an, der das Licht des Kaminfeuers spiegelte. Als ihr Gast den Kopf schüttelte, setzte sie es auf einem Tischchen ab. Cecilia richtete sich auf. Der Rattanbogen ihres Reifrocks hatte sich in ihr Fleisch gedrückt, und ihr tat die Hüfte weh. Außerdem hatte sie sich die Hand geprellt, und … Ein Hund hatte sie gebissen.

Nur gab es keine Bisswunde, so erschrocken sie auch nach dem Schmerz spürte. Ihre aufgeschürfte Hand brannte – das war alles.

»Tiere haben einen Charakter«, erklärte Signora Feretti schuldbewusst. »Und dieser Hund … war immer schwierig.«

Hieß *schwierig* blutrünstig? Bereit, jemanden totzubeißen, wenn Herrchen es befahl?

»Giudice Rossi ist schnell mit dem Messer bei der Hand, wer hätte das gedacht?«, meinte die Signora. Es klang verwundert und ein bisschen nach Sympathie.

»Er hat ihn getötet?«

»Das war nicht nötig. Amata ist heimtückisch, aber nicht mutig. Er hat sie angefahren, und sie ist in den Zwinger zurück.«

Amata? Die Schwarze also, nicht der gefleckte Rudelführer?

Cecilia richtete ihre Röcke. Der Stoff war trocken. Ihre Beine, die sie gegeneinanderrieb, fühlten sich ebenfalls trocken an. Als Signora Feretti sich vorbeugte, stieg Cecilia eine stinkende Wolke in die Nase. Die Signora also war es, die das Wasser nicht halten konnte. Probleme mit der Blase – das erklärte auch, warum dieses Zimmer, nun ja, durchtränkt war … Cecilia verbot sich das Nachsinnen über das heikle Thema und griff, beschämt von ihrer Erleichterung, schließlich doch noch nach dem Wein.

Durch das offene Fenster drangen Stimmen. Eine empörte, die sich beschwerte, und eine leise, deren Antworten man kaum vernahm. Das war sicher Rossi. Er hatte den Hunden ins Maul geschaut und war nun so zufrieden wie ein Murmeltier.

Wenig später betraten die Herren das Zimmer. Cecilia hatte keine Ahnung, wie sie sich den Mann vorgestellt hatte, der eine vornehme Dame bezaubert und Francesca mit einer Peitsche über die Pferdeweide gejagt hatte. Aber sicher nicht wie das Männchen, das sich jetzt unhöflich vor Rossi durch die Tür drängelte. In dem roten Gesicht mit der unreinen Haut saß eine Höckernase, er war elegant, wenn auch überkorrekt gekleidet – er erinnerte sie an die Karikatur eines Kanonikers, die eine Zeit lang durch die *Gazzetta Toscana* gegeistert war. Seine Haare waren dünn und ergraut, die wenigen Strähnen verschwanden im Samtbeutel, wo sie mächtig Luft besaßen. Er besaß schöne Waden, das musste man ihm zugestehen. Und einen muskulösen Körper, der sich unter der engen Hose und dem Justaucorps abzeichnete wie Rubinos Muskeln unter dem Fell. Aber gelbe Augäpfel. Die Galle? Soll er daran verrotten, wünschte ihm Cecilia, die an Francesca dachte, im Stillen.

Feretti eilte zu seiner Frau. »Sie belästigen dich? Das wird nicht wieder vorkommen, Täubchen … Ich hab dem Giudice die Meinung geblasen, ihm gesagt, was ich davon halte, wenn man meine Familie …«

Seine Frau legte ihm zärtlich die Hand auf den Unterarm.

»Würde ich mir an so was wie Mario die Finger schmutzig machen? Verrückt. Sie sind völlig verrückt, Liebling. Du weißt ja, wie ich zu dem Kerl gestanden habe …«

Cecilia erhob sich. Sie sah das Interesse in Rossis Augen. Was dachte er? Dass Signor Feretti gerade versuchte, seiner Frau etwas klarzumachen? Cecilia musterte die Signora verstohlen und wunderte sich über den weichen Ausdruck auf ihrem Gesicht.

»Komm, mein Täubchen, denk dran, was der Dottore gesagt hat. Du sollst dich nicht anstrengen.« Feretti drängte seine Frau zu einem Stuhl und nötigte sie, sich zu setzen. »Ich habe keine Ahnung, wo ich war, als Mario starb. Führe ich ein Tagebuch über meine Schritte? Ich war hier zu Hause, nicht wahr? Trink was, Engelchen …«

Er nahm das Glas, von dem Cecilia sich wieder getrennt hatte, und drückte es seiner Frau in die Hand.

»Es handelt sich um den 16. Januar, Signora Feretti, auf den Tag genau vor einer Woche«, erklärte Rossi. »Es wäre hilfreich, wenn Sie sich erinnerten.«

»Ich führe ebenfalls kein Tagebuch.«

»Hach!«, platzte Feretti stolz heraus. Er tätschelte die freie Hand seiner Frau. »Sie sehen, wir können Ihnen nichts sagen. Ich begleite Sie hinaus. Signora Feretti ist krank. Sie verträgt keine Unruhe.«

Im Hof kam er zur Sache.

»Secci war hier, am Samstagabend. Hat sich den Mund in Fransen geredet, und musste er auch, denn ich war ganz schön wütend auf dieses hysterische Weibsbild, das kann ich wohl sagen. Aber weil er ein respektabler Mann ist, hab ich mir die Sache durch den Kopf gehen lassen. Ich werde also nicht wegen Francesca zu Lupori gehen. Dann erwarte ich aber, dass Sie auf meine Frau ebenfalls Rücksicht nehmen. Signora Feretti ist krank – hab ich schon gesagt. Sie soll sich auf keinen Fall wegen irgendwas aufregen. Ist Gift für sie. Lassen Sie sie also in Ruhe. Und mich auch. Sind wir uns da einig?«

Rossi studierte den Neptun am Tor.

Tut mir leid, dachte Cecilia und fühlte sich grässlich. *Verstehen Sie, Feretti, ich war es, die Signor Secci mit dem Geld auf den Weg geschickt hat. Rossi hatte damit nichts zu tun.* Unmöglich, das zu sagen. Jedes Wort hätte die Sache nur noch schlimmer gemacht.

Ihr fiel auf, dass die Hunde, jetzt, als Feretti im Hof stand, nicht bellten. Die Schwarze schaute zu ihr hinüber.

»Sergio«, sagte Rossi, »es gibt da etwas, was du nicht verstehst. Das Recht ist kein Handelsgut und ein Richter kein Krämer. Man kann mit ihm also keine Verträge abschließen. Wenn du Mario umgebracht hast, und ich kann es dir nachweisen, bist du dran. Und wenn nicht, hast du nichts zu befürchten.«

Er lauschte seinen eigenen Worten nach und nickte. Dann gingen sie.

»Du bist schon ein Karnickel«, meinte Rossi, als sie den Hof im Rücken hatten. »Der Köter hat nicht einmal versucht, nach dir zu schnappen. Er ist nur an dir hochgesprungen.«

Und du hast das Messer gezogen, dachte Cecilia mit Wärme. Das Wetter hatte sich wieder verschlechtert. Schneeflocken tanzten durch die Luft, aber sie blieben nicht liegen, sondern tauten sofort wieder weg.

Versöhnlich gab sie ihre Meinung zu den Ferettis kund: »Ich glaube, Francesca hat sich die Sache mit Feretti und Marzia aus den Fingern gesogen. Feretti liebt sein Weib und umgekehrt ist es ebenso – das sieht man.«

»Sieht man das?«

»Hast du nicht seine Besorgnis bemerkt? Und sie hat sich auf seine Seite geschlagen, was den vergangenen Montag angeht. Das ist doch Liebe. Was rede ich: Sie brauchten gar nichts zu sagen. Man konnte es *spüren.*«

Rossi lachte. »Während wir geplaudert haben, hat Marzia sich im Pferdestall die Wäsche gerichtet.«

»Bitte?«

»Ich habe die Gelegenheit genutzt und geschnüffelt, während die Signora dich mit Riechsalz versorgte. Feretti kam aus dem Stall. Er war schief geknöpft und fummelte an seiner Hose, und hinter dem dreckigen Fenster strahlten die blausten Augen der Welt.«

Einen Moment war Cecilia sprachlos. »Wie kann er dann so tun ...«

»Ich glaube nicht, dass er so tut.«

Sie dachte an den Uringeruch im Boudoir von Signora Feretti und daran, dass das Eheleben der Ferettis womöglich komplizierter ablief, als sie es aus den entsprechenden Romanen kannte. Was ihrer Abneigung gegen Sergio Feretti keinen Abbruch tat. Er hatte Francesca mit der Peitsche über die Wiese gejagt. Und auch sonst mochte sie ihn nicht leiden.

»Signora Feretti hatte keine Ahnung, wo ihr Mann zu der Zeit steckte, als Mario umgebracht wurde. Oder doch?«

Rossi zuckte mit den Schultern.

»Was war mit den Hunden? Passte ein Gebiss?«

»Die Hunde, Cousine Cecilia, haben ihre Zahnlücken an allen möglichen Stellen, aber keiner dort, wo sie sich nach Marios Wunden befinden müsste. Der Mörder, den man identifizieren könnte, befand sich jedenfalls nicht im Zwinger. Natürlich wissen wir nicht, ob wir tatsächlich alle Hunde zu sehen bekamen.« Rossi blies eine Schneeflocke von seinem Handrücken.

»Wird Feretti jetzt bei Lupori Anzeige erstatten?«

»Ich schätze, er wird abwarten, was geschieht.«

»Dass Lupori aber auch so ein ... Mistkerl ist.«

»Es sind die Fischer.«

Fragend blickte sie ihn an.

»Sie haben einen Aufstand gemacht, vor zwei Jahren, als der Damm bei Ponte a Cappiano gesprengt wurde. Dieser Damm hatte den Abfluss des Fucecchio-Sumpf gestaut und die Teiche erhalten. Sie haben einen Lastkahn versenkt, mit dem Pumpenteile herangeschafft wurden, und einen von Brandis Ingenieuren verprügelt. Als der Ärger nach Florenz drang, bekam Lupori ein unfreundliches Schreiben aus der Hauptstadt. Daher sein Hass auf die Fischer.«

»Und aus diesem Grund weigert er sich, den Mord zu untersuchen? Weil die Fischer ihn in ein schlechtes Licht gesetzt haben?«

»Lupori eben.«

Sie sagten beide kein Wort mehr, bis sie die Stadt und den Marktplatz erreichten. Dort stand, mit den Händen in den Taschen, ein unglücklicher Goffredo und blickte zum Himmel hinauf, als könnte er auf diese Weise den Sonnenschein herbeizaubern, der die Montecatinier wieder in sein Kaffeehaus locken würde. Bei diesem Wetter blieben alle zu Hause. Sie wa-

82

ren Italiener, sie hielten nichts davon, sich der Witterung aus-
zusetzen.

Als Cecilia und ihr Begleiter den verlotterten Vorgarten betraten, flog die Tür auf, und Dina stürzte heraus. »Ein Brief!«,
rief sie und wedelte mit einem Billett, auf dem ein großes, rotes
Siegel prangte. »Aus Marliana. Vom Kloster. Ich glaub, ich soll
kommen!«

5. Kapitel

Für das Kloster würde Dina Kleider brauchen. Und um die zu kaufen, benötigte Cecilia Geld. Sie hasste es, zu Rossi zu gehen. *Ich weiß, ich habe deine Börse schon über Gebühr strapaziert, und das mit Francesca und Feretti tut mir wirklich leid ... Skid!*

Aber wie immer hörte er ihr auch dieses Mal kaum zu, als er merkte, worauf sie hinauswollte. »Du hast doch eine Verfügung über mein Konto.«

»Da es sich aber möglicherweise um eine größere Summe ... Rossi, bist du bei Verstand? Du musst doch wissen, was ich damit anstelle. Was, wenn ich mit deinem Geld durchbrenne?«

Er brach in Gelächter aus.

»Gibt es irgendeine Grenze ...? Was ist so komisch?« Zum Teufel mit seinem Gelächter.

Cecilia ging hinauf zum Bankhaus Secci und bediente sich reichlich. Sie kaufte für Dina Pantöffelchen – *lauf nicht barfuß, mein Schatz, Klöster haben kalte Fliesen* –, sie kaufte einen Muff und einen warmen, wollenen Umhang mit Kapuze – *in jeder Kirche zieht es, Engelchen, sei nicht leichtsinnig* –, sie kaufte ein in Leder gebundenes Gebetbüchlein, damit niemand auf den Gedanken kam, Giudice Rossis Tochter wäre anders als in frömmster Andacht aufgewachsen ...

Letzteres war ihr ein besonderes Anliegen. Sie war sicher, jeder im Kloster wusste, dass Enzo Rossi aus ärmlichen Verhältnissen stammte und seinen Aufstieg allein der Förderung großzügiger Gönner verdankte. Und seinem Verstand natürlich, der es ihm ermöglicht hatte, das Genieexamen abzulegen, mit dem der Granduca aus dem Acker seines Volkes die klugen Köpfe las. Aber wer gab schon etwas auf Verstand? Armut war gleichbedeutend mit Gier, ungehobelten Manieren, Berechnung, einem ungesunden Ehrgeiz, ... mit allem, was den braven Schwestern so willkommen war wie Kakerlaken in der Speisekammer.

Und Dina war kaum geeignet, diesem Urteil etwas entgegenzusetzen. Man konnte sie kaum berechnend oder gar habgierig nennen, aber ... nun ja, aufregende Einfälle flatterten auf sie herab wie Bonbons auf die Besucher eines Karnevalszugs. Man musste nur an ihren Versuch denken, ein verfrühtes Paradies zu schaffen, indem sie zwar nicht Löwe und Lamm, dafür aber Rosaria Foddis heimtückisches Katzenvieh und Fausta Lanzonis frisch geschlüpfte Küken in einem Gehege versammelte. Die Folgen der rührenden Idee waren auf ihren Hintern niedergeprasselt. Und dass sie Signora Foddi im anschließenden Disput gegen das Knie getreten hatte ... Das Gebetbuch war auf keinen Fall verkehrt.

Ja, Kind, du wirst es schwer haben, dachte Cecilia, als sie sah, wie ihr Schützling auf einer Mauerbrüstung entlangbalancierte, mit angehobenen Röcken, unter denen verschiedenfarbige Strümpfe sichtbar waren.

»Komm da herunter.«

Dina schmollte, aber gehorchte. Seit Cecilia in jener schrecklichen Nacht im letzten Sommer in die Villa der Lottis eingebrochen war, um nach ihr zu suchen, war sie zu Dinas Heldin aufgestiegen. *Ich hätte dich in der Hölle gesucht* ... Diese im Schock hervorgebrachte Äußerung hatte Dinas Liebe für die Ewigkeit zementiert. Wenn Cousine Cecilia die Stirn runzelte, dann war das für sie Anlass ... nun, sich zumindest um Folgsamkeit zu *bemühen*.

»Wenn ich im Kloster bin, lerne ich Walzer tanzen. Und ich spiele Violine!«, schrie sie und sprang mit einem wolfsähnlichen Satz, der sie für das entgangene Balancieren entschädigen sollte, auf die Straße zurück. Sie spielte grässlich, aber leidenschaftlich, und manchmal hatte Cecilia das Gefühl, dass das Violinengedudel ihre eigene Art war, der Mutter ein Blumensträußchen aufs

Grab zu stellen. Schließlich hatte Mamma ihr die Violine geschenkt, und Mamma hatte darauf gedrängt, dass sie täglich ihre Stunde übte.

»Kommen Sie mich besuchen? Ganz oft?«

»Sicher, mein Schatz.«

Fünf Minuten später waren sie wieder daheim, und aus der Küche drangen verheißungsvolle Düfte. Cecilia schnupperte … etwas Pikantes mit Apfelduft. Anita war ein Prachtstück. Es dämmerte bereits, und der Tisch im Speisezimmer war gedeckt. Im Kamin knisterte das Holz und versprühte Funken. Sofia hatte den zusammengekehrten Schmutz des Tages hineingeworfen, was man ihr einfach nicht abgewöhnen konnte, und so verbreiteten schmorende Haare ihr Aroma, aber das tat der gemütlichen Stimmung keinen Abbruch. Cecilia schloss die Fensterläden, und wenig später aßen sie zu Abend. Die gemütliche Lesestunde mit Dina, die sie geplant hatte, fand dann allerdings nicht statt.

»Du hast den Gesangsabend im Asyl vergessen«, sagte Rossi und zog seinen Mantel vom Haken.

Er irrte sich. Sie hatte Arthurs Einladung nicht vergessen, sondern aus ihrem Gedächtnis verbannt. Weil … nun, weil … Arthur war der beste Mensch auf Erden und sein Vorhaben, die Irren der Toskana zu heilen, lobenswert und die Geduld, mit der er allen Widrigkeiten entgegentrat, schier heldenhaft. Dennoch konnte man es nicht als angenehm betrachten, mit Menschen zusammen zu sein, die einander Kaffee in den Schoß gossen und kichernd fremde Besucher küssten. Es befremdete sie, und es jagte ihr Angst ein.

»Macht es dir nichts aus?«, fragte sie, als sie Rossi aus dem Haus folgte.

»Was denn?«

»Die Irren um dich zu haben.«

»Nein.« Er trat auf den Marktplatz und gähnte herzhaft.

»Warum nicht?«

»Keine Ahnung.«

Es nieselte. Die Tropfen waren, den Temperaturen entsprechend, wie Eispfeile, die sich in die gespannte Haut bohrten.

86

Cecilia bewegte die Hände, die selbst im Muff noch froren. Sie zog die Schultern hoch und achtete darauf, in der Dunkelheit nicht zu stolpern. Es wäre klug gewesen, eine Laterne mitzunehmen. In Florenz wurden die nächtlichen Straßen beleuchtet – hier stakste man bei wolkenbehangenem Himmel durch völlige Finsternis, die nur erhellt wurde, wenn Licht aus den Fenstern fiel.

Als sie einen dieser Lichtkegel passierten, begann Rossi zu sprechen. »Sehe ich das richtig – du hast den Dicken rausgeworfen?«

»Den …? Meinst du etwa Signor Inconti?«

Rossi ließ sie höflich an einem der Treppchen, die die Gassen miteinander verbanden, vorausgehen.

»Ich habe ihn natürlich *nicht* hinausgeworfen, aber ich fühlte die Verantwortung, ihm deutlich zu machen …«

»Vorsicht, noch eine Stufe.« Er griff nach ihrem Arm.

»… dass mein Herz …«

»Gute Entscheidung. Der Kerl ist ein Idiot.«

»Aber … Rossi, er ist keinesfalls …«

»Du wärst an seiner Brust vertrocknet.« Rossi ließ sie los, und sie spürte seine Zufriedenheit.

»Nein, nein …« Augusto war ein herzensguter, nachsichtiger Mensch. Er hätte ihr ein anständiges Nadelgeld ausgesetzt und dafür gesorgt, dass sie ihren Liebhabereien nachgehen konnte, von denen er annahm, dass sie aus Einkäufen und dem Besuch von Gesellschaften bestanden. Sie kaufte übrigens wirklich gern ein, und sie liebte es auch, unter Menschen zu sein. Die Abende in Tancredis Florentiner Literaturzirkel riefen heute noch Schauer der Sehnsucht auf ihren Rücken. Augusto hätte ihr womöglich gar erlaubt, weitere Artikel für die *Meinungen der Babette* zu schreiben. Und wahrscheinlich sogar mit der exzentrischen Gattin angegeben … *Ein munteres Ding, meine kleine Cecilia, hat sich aufs Schreiben gestürzt …* »Er ist ein großzügiger Mann.«

Rossi schnaubte geringschätzig. Er bog in ein Seitengässchen ein. »Wer einem Prachtkerl wie Arthur die kalte Schulter zeigt …«

»Verehrter Giudice Rossi, Arthur Billings hat nie etwas zu mir gesagt, was auch nur entfernt den Anschein erwecken könnte …«

»Er umkreist dich wie die Katze das Törtchen.«

Cecilia musste lachen.

»Andererseits – wenn du mit seinen Irren nicht klarkommst … Das ist ein wichtiger Punkt. Ich meine es gut mit euch.«

»Gott helfe mir vor denen, die es gut mit mir meinen«, erklärte Cecilia inbrünstig, während sie den Rocksaum hob, um nicht zu stolpern.

»Keine Aussicht, dass du dich doch noch für sein Tollhaus erwärmen könntest?«

»Rossi …«

»Dann lass es. Ehrlich gesagt – auf die Dauer wärst du für ihn sowieso zu anstrengend.«

»Ich bin anstrengend?« Sie versuchte, trotz der Dunkelheit in seinem Gesicht zu lesen.

»Und ob!«

»Ein harter Vorwurf, wenn er aus dem Mund eines so umgänglichen Geschöpfes kommt.« Sie stieß ihn in die Seite und tat, als wäre es scherzhaft gemeint, aber ein wenig getroffen fühlte sie sich doch. *Anstrengend?*

Die Stadt blieb hinter ihnen zurück, und nach einem Fußmarsch, der sie durch ein Wäldchen führte, tauchte das Asyl auf. Dottore Billings hatte das ehemalige Augustinerkloster in einem fröhlichen Gelbton streichen lassen, aber die Farbe konnte nicht von den Gitterfenstern ablenken, die sich über die ganze Breite der Vorderfront zogen. Im Gegenteil – sie hoben sie erst recht hervor.

Unkraut und Pferdemist auf dem Weg, … das schief herabhängende Ende einer Dachrinne … Wenn man genau hinsah, erkannte man den chronischen Geldmangel, unter dem das Asyl litt, obwohl Arthur hauptsächlich wohlhabende Verrückte aufnahm. Aber deren Verwandtschaft schien Dankbarkeit nicht in klingender Münze ausdrücken zu wollen.

Cecilia zog den Kopf zwischen die Schultern, als Rossi den Glockenstrang betätigte. Er lachte, als er es bemerkte. »Du weißt doch, sie sind harmlos.«

»Jaja.«

Es war Arthurs Anliegen und sein unermüdliches Bestreben, die Bevölkerung Montecatinis und wenn möglich den Rest der Welt davon zu überzeugen, dass Irresein weder eine Strafe Gottes noch ein Ausdruck von Böswilligkeit oder gar der Antrieb zu verbrecherischem Handeln sei. Seinem guten Herzen schien das sowieso einleuchtend, aber auch sein scharfer Verstand hatte dafür Beweise gesammelt, und er stand zu diesem Thema in hitziger Korrespondenz mit seinen Kollegen diesseits und jenseits des Meeres. Die Chorstunde diente ihm also nicht nur als eine die Seele beruhigende Übung für seine Patienten, sondern war gleichzeitig der rührende Versuch, ein Band des Verständnisses zwischen den Irren und den Gesunden zu knüpfen.

Einer der Pfleger öffnete und führte Rossi und Cecilia durch die hallenden, nach Reinigungswachs riechenden Korridore bis zu einem Raum mit bodentiefen Fenstern, die den Blick auf den Garten im Innenhof freigaben. Die Sofas waren von den Wänden und die Stühle vom Tisch gerückt worden, so dass sie einen Halbkreis bildeten.

Cecilia setzte sich auf ein Kanapee neben eine Dame, die zumindest so normal war, dass sie in dem Notenheftchen blätterte, welches man ihr gereicht hatte. Zu Cecilias Linken ließ sich ungefragt eine ältere Frau nieder, die eine reichlich gepuderte weiße Perücke trug, nach Zimtwasser roch und über ihr Kleid einen maskulin wirkenden Caraco gezogen hatte, in dem sie aussah, als wäre sie gerade von einem Spazierritt zurückgekommen. Sie neigte höflich den Kopf.

In einem Sessel thronte in einer Robe aus blauem Musselin Signora Fabbri, die Frau des Magistrats, und ein Stück weiter hatten sich Abate Brandi und ein Mönch niedergelassen – wenigstens drei weitere Personen, von denen Cecilia wusste, dass sie gesunden Geistes waren. Sie lächelte ihnen zu.

Während Arthur den Deckel des Virginals aufklappte, versuchte Cecilia sich vorzustellen, wie es wäre, tatsächlich als Signora Billings durchs Leben zu gehen. Sie sah sich selbst, wie sie sich auf einer Chaiselongue an den Samt seiner moosgrünen

Weste schmiegte und seiner Stimme lauschte, die mit Wärme über die Fortschritte seiner Pfleglinge berichtete. Nun ja ...

Bisher hatte sie es vermieden, sich über ihre Zukunft allzu konkrete Gedanken zu machen. Aber jetzt war der Brief aus dem Kloster gekommen. Dina würde in absehbarer Zeit zu den Nonnen übersiedeln, und dann wäre Cecilias Anwesenheit im Haus des Richters überflüssig. Kein Kind, keine Gouvernante, nicht wahr? Wie sollte es dann weitergehen? Sie hatte vor geraumer Zeit auf einige Annoncen geantwortet. Eine Signora Pontelli in Padua hatte mitgeteilt, dass sie eine Hausdame für ihre verheiratete Tochter suche, welche an einer Lungenkrankheit litt. Die Antwort, die durchaus freundlich geklungen hatte, bewahrte sie in ihrer Kommode auf.

Bin ich tatsächlich *anstrengend*?

»Roberta Martello. Nennen Sie mich Roberta«, murmelte Cecilias Nachbarin mit dem Caraco, während Arthur versuchte, auf dem Virginal die Stimme des Soprans zu spielen. »Ich bin nicht verrückt ...« Sie stieß Cecilia mit dem Ellbogen an. »Ich bin Malerin. Ich beabsichtige, das Gastmahl des Färberleins zurückzuverwandeln. Kennen Sie ihn? Veronese Tintoretto? Das *Gastmahl im Haus des Levi*? Wunderbares Licht. Tausendfach variierte Schatten. Da war er unschlagbar, der gute Tintoretto. Er wollte in seinem Gastmahl den Herrn loben ...«

Rossi nahm einer Dame, die hinter ihm saß, das Zopfband ab, das sie ihm aus den Haaren gezogen hatte. Sie zeterte ein bisschen, dann faltete sie vergnügt Papierblumen aus ihren Notenblättern. Rossis Nachbar verschob mit der Schuhspitze eine Bodenpflanze, so dass ein Farn ihnen ins Gesicht wedelte. Rossi drehte den Farn, was zu einem kleinen Gerangel führte. Schließlich beruhigte auch dieser Patient sich wieder.

»... bekam er Ärger mit der Inquisition«, flüsterte Roberta. »Unschicklich ... man sah das Knie des heiligen Johannes ...«

»Bitte?«

»Das Knie. Johannes hüpft und lupft dabei sein Gewand ...«

Arthur klopfte missbilligend mit der Hand auf den Deckel des Virginals, und Cecilia lächelte entschuldigend.

»Deshalb machte das Färberlein aus dem *Abendmahl des*

Herrn das *Gastmahl des Levi*. Wer möchte schon in den Blei-kammern braten, nicht wahr?« Roberta entfaltete umständlich ihr Notenblatt. Der Alt war an der Reihe, und sie besaß eine vo-luminöse Stimme, der man anhörte, dass sie Gesangsunterricht genossen hatte. Sobald sie ihren Part gesungen hatten, wandte sie sich wieder Cecilia zu. »Tintorettos Wunder – das Spiel von Licht und Schatten – gehört dem Sohn Gottes. *Ich bin das Licht der Welt*... Könnte man es eindeutiger formulieren? Das Licht ist das Zeichen Gottes. Ich bin ein frommer Mensch, im Grunde meines Herzens ...«

Nun sangen die Männer. Rossi besaß einen schönen, sehr weichen Tenor, und es machte ihm keine Schwierigkeiten, die Höhen zu erklimmen, die vorgegeben waren. Außerdem sang er nach Noten. Beides verblüffte Cecilia. Sie war überzeugt ge-wesen, dass sämtliche Talente, die Dina in Bezug auf die Musik besitzen mochte, von ihrer Mutter stammten – nun war sie nicht mehr so sicher. Verflixt, Rossi, seit wann lernt man in der Gosse, Motetten zu singen?

»Er ist verdorben.«

»Bitte?«

Roberta neigte ihren Kopf so dicht an Cecilias, dass diese den Puder ihrer Perücke einatmete und niesen musste. »Die meisten hier sind arme Teufel. Ein Wumm ... ein Unfall in den Nerven-bahnen – der Dottore erklärt das wunderbar. Ich selbst kaufe Ateliers. Das ist der Grund, warum meine Familie mich hier ab-geladen hat. Wohnungen in Florenz mit großen Fenstern, ... einmal eine Villa in Bagno a Ripoli ... Ist schon klar – zu teuer. Aber dieser Kerl dort ... Sehen Sie ihn?«

Cecilia versuchte einen Blick auf das Gesicht des jungen Man-nes neben Rossi zu erhaschen, aber es war fast völlig vom Farn bedeckt, so dass sie nur ein helles Oval wahrnehmen konnte, auf dem sich dunkel wie bei einem Strichmännchen Augen und Lippen abzeichneten.

»Vincenzo ist nicht nur krank im *Kopf* – er ist krank im Her-zen. Und damit meine ich: verdorben. Er ist eine verdorbene Kreatur«, flüsterte die Malerin so angeekelt, als hätte sie einen verschimmelten Apfel in ihrer Obstschale entdeckt.

Vincenzo?

»Ich finde es nicht richtig, dass er an diesem freundlichen Ort wohnen darf.«

Vincenzo? Etwa jener Vincenzo, der Cecilia nackt in den Weinbergen begegnet war, in jener Nacht, in der sie zum ersten Mal nach Montecatini gekommen war? Vincenzo, der in einer Schlacht, in der er kämpfen musste, verrückt geworden war und dem man deshalb alles nachsehen musste? Der Arthur im letzten Sommer angegriffen hatte, weil er in ihm einen Verschwörer vermutete, der ihn an das Heer ausliefern wollte, von dem er desertiert war?

Arthur klopfte mit dem Bleistift auf das Virginal. »Jetzt alle gemeinsam.«

»*In pace in idipsum* …« Signora Fabbris Stimme quetschte sich in Höhen, die ihr von Natur aus nicht gegeben waren oder die sie ihres Alters wegen nicht mehr erklimmen konnte. Sie war tapfer bis zur Selbstaufgabe. Roberta klopfte mit dem Fuß den Takt. Die junge Dame an Cecilias anderer Seite hatte zu weinen begonnen. Cecilia tätschelte ihr tröstend den Arm, während sie sich bemühte, den Noten zu folgen. O Gütiger, klang das grässlich. Aber es ging ja auch um die Geselligkeit.

»Noch einmal, meine Lieben, von *in coelis* … Ja, ein *Cis,* die Damen im Alt.«

Der Sänger neben Rossi – wirklich *jener* Vincenzo? – legte seine Noten auf die Knie. Cecilia hatte das Gefühl, dass er zu ihr hinüberstarrte.

»Noch einmal das *Cis* …«

Und dann war die Probe vorbei, und Gäste und Asylbewohner wurden mit warmen Worten entlassen.

»Der junge Mann, der im Tenor singt – ist das eigentlich jener Vincenzo, der damals über Sie hergefallen ist?«, fragte Cecilia Arthur, als er sie zur Tür geleitete.

»O ja. Er war sogar einer der ersten, der darum bat, an unserem Chor teilnehmen zu dürfen. Und ich will nicht verhehlen, dass ich darüber zutiefst erleichtert war. Der Junge hat irgendwo etwas über den Mord an Mario Brizzi aufgeschnappt. Vom Personal vermutlich … Fürchterlich. Ich kann alles unterbinden, aber Klatsch leider nicht. Eine schreckliche Angewohnheit, der vor allem unsere weibliche Dienerschaft … Nehmen Sie das bitte nicht persönlich, liebe Cecilia. Ich weiß, dass Sie zu dieser Unart nicht neigen. Vincenzo geriet jedenfalls völlig außer Rand und Band. Die Hunde, … diese grausame Art des Sterbens – es scheint eine entsetzliche Faszination auf ihn ausgeübt zu haben. Er hat tagelang über nichts anderes gesprochen und das ganze Haus in Aufregung versetzt. Ich war überglücklich, als er wieder Interesse an einer gewöhnlichen Tätigkeit wie dem Singen zeigte.«

»Das sag ich ja, es wird zu viel über diesen ermordeten Bengel geredet«, mischte sich Abate Brandi in empörtem Ton ein. Sie hatten den Ausgang erreicht, und der Mönch winkte seinem Stallknecht, ihm das Kutschtreppchen auszuklappen.

»Nun ja«, meinte Arthur, »zumindest in diesem Haus ist es nicht das geeignete …«

»Der Junge ist unter der Erde und damit sollte ein Schlussstrich gezogen werden!« Brandi legte die Hand auf den Wagenrand und mühte sich auf den gepolsterten Sitz. »Wenn ich du wäre, Enzo – ich würde seiner Schwester noch einmal eintrichtern, dass sie sich lieber wieder um ihre Seife kümmern soll. Hat Feretti bedroht, was? Ist mit einem Messer auf ihn los? Ein seltsames Völkchen, die Leute aus den Sümpfen. Muss ihr doch einleuchten: Es liegt kein Segen auf solchem gottlosen Tun.«

»Wenn du es sagst«, meinte Rossi. Er klopfte Arthur auf die Schulter und geleitete Cecilia an den Kutschen vorbei. Liebenswürdig lehnte er Signora Fabbris Angebot ab, sie ein Stück weit mitzunehmen.

»Ich wäre gern gefahren«, sagte Cecilia, als sie durch den Wald zurück in Richtung Stadt gingen.

»Ja, aber ich muss nachdenken.«

»Findest du es auch seltsam, wie … mitleidslos der Abate über den armen Mario spricht?«

»So ist er eben.«

»Jedem Schräubchen an seinen Dampfpumpen bringt er mehr Mitgefühl entgegen.«

Rossi zuckte die Schultern. »Er bellt, aber er beißt nicht – und das Letzte meine ich wörtlich. Brandi ist ein braver Mann. Er kriegt es bloß nicht hin zu heucheln.«

»Aha.« Der Boden war dort, wo er mit Gras und Moos überwachsen war, weich, aber die Kälte hatte das Polster brüchig werden lassen. Hauchzarte Eiskrusten brachen unter ihren Füßen. Die Wolken hatten sich verschoben und dem Mond ein freies Eckchen eingeräumt. Es sah aus, als spieße er mit der Sichel einen schwarzen Wolkenballen auf. Cecilia schaute auf das seltsame Stillleben, lauschte dem Knacken des Eises und hing ihren Gedanken nach.

»Frag mich, was mich beschäftigt«, verlangte Rossi.

»Gut. Also was …? Wenn es wieder um Arthur geht …«

»Es geht um *mich*. Ist dir klar, dass du mich in eine üble Situation gebracht hast?«

Sie warf einen Blick auf das Profil seines ernsten Gesichts und verkniff sich ein Lächeln. »Wie das?«

»Ich denke an die Zeit, wenn Dina in der Klosterschule ist. Alles wird sich ändern.«

»Vermutlich.«

»Aber nichts wird wieder sein wie vor deiner Ankunft. Anita zum Beispiel – du hast sie engagiert, sie arbeitet für mich. Wenn du gehst, werde ich sie … Pass auf deine Füße auf … nicht mehr brauchen.«

»Jemand wie Anita findet immer eine Arbeit. Sie ist ein Goldschatz.«

»Wenn ich sie rauswerfe, heiratet sie Giovambattista Bonari.«

»Was wäre daran verkehrt? Sie hat ihn mir gezeigt. Er ist ein netter, junger Mann.«

Rossi schnaubte verächtlich. »Er drischt im Rausch auf seine Ziegen ein.«

»Was du alles weißt.«

»Was ich alles weiß. Wer seine Ziegen schlägt, prügelt am Ende auch seine Frau.«

Cecilia schüttelte den Kopf. »Sie *muss* ihn ja nicht heiraten.«

»Wird sie aber. Sie will es jetzt schon. Ich habe gesagt, ich schmeiße sie raus, wenn sie ihn heiratet, und deshalb zögert sie. Wenn sie nicht mehr bei mir arbeitet, sagt sie sofort ja.«

»O je.«

»Eben.« Sie verließen den Wald. Vor ihnen hob sich der Weg. Der Mond hatte die Wolke fahren lassen. Er beleuchtete jetzt einen Holzeimer, der mitten auf dem Weg lag, als wäre er unbemerkt von einem Karren gefallen. Dahinter stand schwarz die Stadtmauer. »Du könntest Irene mitnehmen«, sagte Rossi.

»Wohin bitte?«

»In die Wohnung. Das ist die Idee, die mir beim Singen gekommen ist. Wenn Dina fort ist, kannst du nicht bei mir im Haus wohnen bleiben, denn …«

»Ich weiß, warum das nicht geht.« Man brauchte keine Phantasie, um sich vorzustellen, wie der Klatsch sprießen würde, wenn eine junge Frau ohne einen handfesten Grund bei einem Witwer wohnte. Manchmal fragte sich Cecilia sogar, ob sich nicht trotz ihres grundsoliden Gouvernantenpostens bereits der eine oder die andere das Maul zerriss.

»Über Seccis Bank befindet sich eine Wohnung. Seine Mutter hat dort gewohnt, aber sie ist im Herbst gestorben. Ich habe mir gedacht, du ziehst dort ein, du nimmst Irene mit …« Dieser Punkt war ihm offenbar wichtig. »… und dann kommst du morgens zu mir ins Haus und kümmerst dich darum, dass Anita kocht.«

»Sie kocht auch von allein.«

»Und dass Sofia putzt. Und dass all diese Einkäufe erledigt werden und die Wäsche …«

»Du hast dir viele Gedanken gemacht, Cousin Rossi.«

»Es gefällt mir, wenn alles seine Ordnung hat.«

Das war glatt gelogen. Enzo Rossi hätte in Staub und Schmutz gehaust, wenn man es zuließe. Und solange irgendwo Äpfel herumlagen, war ihm seine Küche egal.

»Außerdem hängt Dina an dir«, fügte er hinzu.

»Du machst dir Gedanken um Dina?«

»Aber ja doch. Du bekommst die Wohnung, ich zahle deine Zofe, … deine Rechnungen … Ich besorge dir eine Kutsche …«

»Ich habe mich um eine Stelle als Hausdame in Padua beworben.«

»Warum denn das? Schau – Dina wird älter. Sie verbringt die meiste Zeit in der Klosterschule, aber dazwischen wird sie immer wieder zu Hause sein. Du hast ihr einen Tanzlehrer engagiert. Darauf wäre ich im Leben nicht gekommen. Ich kenne mich nicht aus. Ich bin in einem Stall aufgewachsen. Man wird Dina irgendwann irgendwelchen Leuten vorstellen müssen. Sie in die Gesellschaft einführen … Verflucht, was weiß ich denn schon? Warum willst du nach Padua, wenn du hier viel dringender gebraucht wirst?«

Cecilia schwieg. Sie nagte an ihrer Lippe.

»Und eine Heirat steht für dich ja offenbar auch nicht an.«

Jawohl, in einem Stall aufgewachsen, dachte sie und versuchte nicht auf den Stich zu achten, den seine letzten Worte ihr versetzten.

»Was ist also?«

»Wegen Dina würde ich vielleicht bleiben«, erklärte sie spröde.

Die Wohnung, die Rossi für sie mieten wollte, besaß vier Zimmer, und Signora Seccis Schwiegermutter hatte darin ein äußerst zufriedenes Leben geführt, obwohl ihre schlimme Hüfte ihr nur wenige gesellschaftliche Zerstreuungen erlaubt hatte. »Die Gute, wenn sie auch einen nachgiebigen Charakter besaß. Mutter, habe ich oft genug gesagt, Eletta – das war ihre Zofe – Eletta tanzt dir auf der Nase herum. *Merkst* du das nicht? Habe ich das nicht immer zu ihr gesagt, Renato?«, begehrte Signora Secci von ihrem Mann zu wissen.

Signor Secci antwortete nicht, was seine Gattin weder wunderte noch störte. Sie plapperte weiter, während sie in den Salon schritten, der unerwartet große Ausmaße besaß. Die Wände waren in froschgrüner Farbe gestrichen. Das Mobiliar bestand aus einem altmodischen Sofa und dazu passenden Nussbaum-Fauteuils, deren Polster hässliche Obstkorbmotive aufwiesen. An der Wand stand ein Konsolentisch mit Marmorplatte, an einer anderen Wand ein Schrank mit Gittertüren, hinter dem weißes

Porzellan aufblitzte. Auf dem Konsolentisch tummelten sich verschiedene Parfüm-Terrinen – offenbar Ausdruck einer Sammelleidenschaft, die die verstorbene Signora Secci gehegt hatte.

»Wir überlassen Ihnen die Einrichtung selbstverständlich zum Gebrauch. Mutter hat dieses Zimmer wenig benutzt, sie war so eine bescheidene Person, stimmt's, Renato? Für ihren Alltag bevorzugte sie das Speisezimmer, in das sie allerdings nie Gäste lud – daher werden Sie auch keinen großen Tisch vorfinden. Oh, und nach einer Küche werden Sie ebenfalls vergeblich suchen, da wir Mutter zu den Mahlzeiten selbstverständlich immer zu uns holten. Ich hoffe, das stört Sie nicht?«

»Nein«, meinte Cecilia, überwältigt von der Scheußlichkeit des Porzellans. Es störte sie tatsächlich nicht. Anita konnte für sie und Irene mitkochen und das Essen vorbeibringen, wenn sie nicht sowieso an Rossis Tisch aßen. Das war billiger und weniger umständlich.

»Wenn Sie Gäste bewirten wollen, können Sie gern auf meine Köchin zurückgreifen«, bot Signora Secci großzügig an. »Aber Sie neigen ja nicht zur Geselligkeit, da ähneln Sie meiner verehrten Schwiegermutter, nicht wahr?«

Dieser kleine Seitenhieb war verdient. Signora Secci hatte Cecilia bereits zweimal an ihre Tafel gebeten, und die Regeln der Höflichkeit schrien nach einer Gegeneinladung. Aber Rossi mochte keine Gäste, und in diesem Punkt, fand Cecilia, besaß er die Rechte des Hausherrn. Sie strich mit der Hand über die seidige Decke, die den kleinen, runden Tisch am Fenster bedeckte, und fragte sich, ob sie selbst Lust hätte, die Damen von Montecatini zu sich einzuladen. Warum nicht? Warum eigentlich nicht?

Die Signora schritt mit leutseligem Lächeln ins letzte Zimmer. »Sehen Sie? Und dieses hier war Mutters Reich.«

Mutters Reich strotzte vor überladener Geschmacklosigkeit. Unverzüglich erschien vor Cecilias innerem Auge eine Liste: Die lebensgroße Sklavenstatue, zu deren Füßen sich Drachen wanden und die als Vasenständer diente, musste hinaus. Die unzulänglich gekleideten Marmordamen in den Zimmerecken ebenfalls. Die Tischlampe – ein ägyptischer Herr aus schwarzem Onyx, dem ein Porzellanspiegel aus dem Haupt wuchs … Gütiger, hatte sich die ältere Signora Secci ein Kabinett stummer Figuren zum Plaudern ins Haus geholt? Cecilia machte in Gedanken eine Verbeugung vor der Lampe. *Sie missfallen mir, werter Signor Egiziano. Würde es Sie stören, in die Rumpelkammer umzusiedeln? Durchaus honoriges Domizil ...*

»... halte ich nicht viel vom fahrenden Volk. Aber als ich hörte, dass sie *König Hirsch* aufführen ...«

»*König Hirsch*?« Cecilia horchte auf.

»... habe ich meinen Mann sofort gebeten, sich für die Sondererlaubnis einzusetzen, stimmt's, Renato?«

»*König Hirsch* wird tatsächlich hier aufgeführt?«, fragte Cecilia.

»Meine liebe Signorina Barghini, das sagte ich doch eben.« Signora Seccis teigiges Gesicht, unter dem sich mehrere Kinne wie ein Wasserfall drapierten, verzog sich im Bemühen um Geduld, während sie ihre Begleiterin aus dem Speisezimmer hinaus und in die Schlafkammer führte. »Ich bin nur eine unwissende Theaterliebhaberin, dass Sie mich nicht missverstehen – auch wenn es Menschen gibt, die mir ein natürliches Gespür nachsagen, was die Beurteilung von Theaterstücken angeht. Tatsächlich diskutierte ich mit Antonio Sacchi – Sie kennen ihn sicher, in Pistoia wurde seine *Turandot* auf zwanzig Vorhänge beklatscht ... Nun, er geruhte, mir ein ausgewogenes Urteil zuzusprechen, als ich ihn auf die Darstellung ...«

»Wollen Sie die Wohnung denn nehmen?«, fragte Signor Secci.

Das Schlafzimmer war ein kleiner Raum mit einem riesigen Bett, aber Cecilia hatte nicht die Geduld, ihm ihre Aufmerksamkeit zu schenken.

»*König Hirsch* wurde von Carlo Gozzi erschaffen – dem Gott unter den Theaterdichtern«, erläuterte Signora Secci mit der gedämpften Begeisterung einer Autorität. »Er modernisierte die alte italienische Tradition, was gewiss nötig war, aber er weigerte sich, die Theaterbretter mit modernen französischen Ideen zu besudeln, und darin tat er recht.«

O Nein! Nein, Carlo Gozzi war ein Gimpel, der sich an die traditionellen Maskenfiguren der Commedia dell'Arte klam-

98

merte, weil er nicht begreifen wollte, dass ein neues Zeitalter herandämmerte. In Inghiramos Worten: *Ein kleiner, selbstverliebter Scheißer*. Inghiramo hatte ihn nicht ausstehen können. Sogar in jener letzten gemeinsamen Nacht, als er Cecilia in Großmutters Gartenhäuschen zur Närrin machte, hatte er über Gozzi gelästert, den Hasenfurz – *verzeih, Liebste* –, der die Welt von vorgestern mit müden Scherzen dekorierte, und das als Revolution erscheinen lassen wollte. Und nun wurde Gozzis *König Hirsch* in Montecatini aufgeführt.

Und ich seh's mir trotzdem an, mein Lieber, und ich werde klatschen, bis mir die Hände wund sind, schwor sich Cecilia.

»… muss man natürlich bereit sein. Ich habe zu Signor Secci gesagt: Signorina Barghini besitzt Kultur. Sie kommt aus unseren Kreisen, sie wird die Bedeutung verstehen. Habe ich das nicht gesagt, Renato? Wenn es jemandem gelingt, Giudice Rossi zu überzeugen, dann ihr.«

Bitte? Ich sollte besser zuhören, dachte Cecilia.

»Ein so *passender* Ort. Ein Glücksfall für unser kleines Städtchen. – Sie werden Bescheid geben, sobald Sie die Wohnung zu beziehen wünschen, nicht war, meine Liebe?«

»Das werde ich.«

»Ganz unter uns …« Die Signora lächelte sie an. »Ich empfand eine gewisse Erleichterung, als Giudice Rossi mich darüber in Kenntnis setzte, dass Sie sich Ihr eigenes Heim zu schaffen wünschen. Nicht, dass ich auf das Gerede der Leute etwas gäbe, aber ich hege Sympathie für Sie, und es ist mir natürlich klar, dass man sich in der Jugend mit einer gewissen Unbekümmertheit in Umstände stürzt, die von erfahreneren Menschen sofort als schädlich für den Ruf erkannt worden wären. Aber seien Sie versichert – es wird mir eine Freude sein, an den entsprechenden Stellen Ihren Entschluss wohlwollend zu erwähnen.«

6. Kapitel

Am Donnerstag der folgenden Woche wurde in der Nähe von Monsummano ein Trüffelhund getötet. In Stücke gerissen. Buchstäblich. Seine Körperteile wurden auf einem Areal von der Größe eines Marktplatzes verstreut gefunden. Der Hund hatte Avidità geheißen – Habsucht – und seinem Besitzer mit seiner feinen Nase vierzig Skudi pro Jahr eingebracht. Er war auf den *Tartufo Uncinato* spezialisiert gewesen, den er unter den Wurzeln der Flaumeichen roch wie andere Hunde den Dung ihrer Artgenossen. Ein Genie sozusagen, auch wenn er zum Kotzen neigte, weil er gern Gras fraß, was man ihm einfach nicht abgewöhnen konnte.

Nazario, sein Besitzer, war mit ihm in aller Früh zur Trüffeljagd aufgebrochen, an einen Ort, den er nicht nennen wollte, weil er schließlich kein Idiot war. Avidità war vorausgelaufen ... und dann Gebell ... und dann ein Geheul, das Nazario, wie er schwor, sein Lebtag nicht vergessen würde ...

Rossi erfuhr all das von seinem Kollegen aus Monsummano, Giudice Leandro Cardini, der ihn am Vormittag des darauffolgenden Tages besuchte. Cardini war ein liebenswerter Mann von schlanker Statur, mit nachdenklichen Augen und weiblich geschwungenen Lippen. Er kleidete sich dezent, aber mit Geschmack, und für seine Manieren hätte er sich selbst am Hof von Florenz nicht schämen müssen.

Cecilia beobachtete ihn, als er sich von Rossi den Fiasco reichen ließ, die Korbflasche mit dem roten Bauernwein. Cardini prostete seinem Gastgeber zu und trank wie Rossi aus der Flasche. Er tat das mit so viel ehrlicher Sympathie, dass Cecilia ihn augenblicklich ins Herz schloss.

Der Hund war von anderen Hunden gerissen worden, so viel stand fest. Und Valerio Savorelli, der Magistrat von Monsummano – das stand ebenfalls fest –, liebte Trüffel über alles. Da Nazario sein bester Lieferant gewesen war, hatte er Cardini die Hölle heißgemacht. Deshalb hatte der Richter sich den Köter genauer angesehen.

»Mir hat sich der Magen umgedreht, Enzo, im Ernst – so etwas habe ich noch nie gesehen. Regelrecht in Fetzen gerissen. Und da ist mir dieser tote Fischer wieder eingefallen, der dir Sorgen macht.«

Cecilia servierte Anitas Mandelküchlein und hörte gespannt zu.

»Wie tief gingen die Bisswunden?«, wollte Rossi wissen, aber Cardini hatte leider nicht messen lassen. Und inzwischen lag der Hund in dem Grab, das Nazario ihm ausgehoben hatte. Nein, man hatte die Biester, die Avidità gerissen hatten, nicht gefunden, aber, ja, man würde nach ihnen suchen. »Damit Savorelli ihnen höchstpersönlich die räudigen Hälse umdrehen kann.«

Rossi verzog das Gesicht, doch sein Lächeln verlor sich sofort wieder. »Ich mache mir Sorgen, Leandro. Die Hunde bekommen langsam einen Ruf. In Biscolla haben sich Bauern zusammengerottet, um Jagd auf die *Sumpfbestien* zu machen, wie sie sie inzwischen nennen. Das ist an sich nicht weiter schlimm, aber sie haben dabei ein Haus gestürmt, in dem ein alter Trottel lebt, völlig harmlos, mit seinem Hund. Er hat nie jemanden belästigt, nur gibt es Gerüchte, dass die Freundschaft zwischen ihm und seinem Köter einen ruchlosen ... Was machst du hier eigentlich, Cecilia?«

»Stopfen«, sagte sie und hob die Weste an, die auf ihrem Schoß lag.

»Ist dem Alten etwas geschehen?«, wollte Cardini wissen.

»Bruno hat von der Sache Wind bekommen und das Ärgste verhindert. Aber das ist noch nicht alles. In Borgo a Buggiano hat ein Mann den Hund seines Nachbarn totgeschlagen, weil seine Tochter verschwunden war. Kurz darauf ist das Mädel putzmunter wieder aufgetaucht. Hysterie, verstehst du?«

Die beiden Männer schwiegen.

»Ist bei dir in letzter Zeit ein Theriakverkäufer aufgetaucht?«, fragte Rossi schließlich.

»Gibt es einen Verdächtigen?«

Rossi schüttelte den Kopf und erzählte von der Dose mit dem Theriak und seinen Zweifeln.

»Wir haben Emanuele, aber der lebt schon seit dreißig Jahren in der Stadt und ist so krank, dass er auf keinen Fall in den Sumpf hätte humpeln können.«

»Ich komme nicht weiter.«

»Der Junge, dieser Mario Brizzi, ist im Bezirk Buggiano gestorben.« Cardini blickte angelegentlich auf seine gepflegten Hände. »Hältst du es nicht für einen Fehler, dich so gründlich in die Sache hineinzuknien? Man hört, Giusdicente Lupori sei … ziemlich aufgebracht.«

»Hört man das?«

»Der Mann hat ein Elefantengedächtnis.«

»Ich gebe schon acht.«

Cardini lachte auf, als hätte er einen guten Witz gehört. »Davon bin ich überzeugt!« Er setzte die Flasche an, trank sie aus und verabschiedete sich.

»Der Hund kann auch von einem wilden Eber gerissen worden sein. Ich habe von Wildschweinen gehört, die Hunde bei der Jagd zerfetzt haben«, sagte Cecilia, als ihr Besuch das Haus verlassen hatte.

»Dieser Nazario behauptet, dass er Gebell gehört hat.«

»Ja, das stimmt.«

Rossi hockte sich vor den Kamin und schob mit der ihm eigenen Pedanterie neue Scheite nach. Es knisterte, und die Flammen leckten am Stein. »Sergio Feretti hat Marzia ein Liebesnest eingerichtet. Oben in der Via Fiesolana. Die Wohnung gehört einem Linierer, und der hat eines seiner Zimmer an Marzia untervermietet. Aber sein Geld bekommt er von Feretti.«

»Und?«

»Ich habe Marzia verhört. Sie sagt, Feretti sei bei ihr gewesen an dem Tag, an dem Mario starb. Das ist eine Lüge. Sie weiß es, und ich weiß es auch. Sie hat an diesem Tag ihre Mutter in Cintolese besucht, mit der sie in Hassliebe wieder einmal erörtert hat, warum es ihr nichts ausmacht, über der Hurerei die heilige Seele zu verlieren.«

»Und?«

»Der Linierer – er ist halb taub, hat aber ein gutes Gedächtnis – sagt, dass Feretti an Marios Todestag in der Wohnung aufgetaucht sei und geflucht habe, weil Marzia nicht zur Stelle war. Doch er kann sich nicht an die Tageszeit erinnern. Mario wurde am späten Vormittag gefunden, und da war sein Körper noch warm.«

»Vielleicht hat Feretti sich auf die Suche nach Mario gemacht, als er Marzia nicht finden konnte. Vielleicht hatten die beiden ihr Liebesverhältnis gar nicht aufgegeben, und Feretti hat sie erwischt. Gibt es einen Grund dafür, dass du lächelst?«

»Marzia war bei ihrer Mutter, das wissen wir.«

»Feretti kann dennoch nach Mario gesucht haben. Er hat ihn gefunden, und dann hat Mario etwas gesagt, was ihn reizte, … etwas über Marzia …«

»Das ließe sich nicht beweisen.«

»Warum unternimmt sie nichts?«

»Wer?«

»Signora Feretti. Ich kann mir vorstellen, dass sie ein Auge zudrückt, wenn ihr Mann und Marzia, … ich meine im Stall … Darüber kann man vielleicht hinwegsehen. Aber eine Wohnung mieten? Sicher weiß halb Montecatini Bescheid. Feretti gibt seine Frau der Lächerlichkeit preis. Und sie ist stolz. Warum lässt sie sich das gefallen?«

»Was kann sie tun? Ein zeterndes Eheweib ist noch lächerlicher als ein betrogenes.«

»Sie kann ihn verklagen«, schlug Cecilia vor.

»Kann sie nicht.«

»Kann sie nicht?«

»Nein. Ein Mann kann seine untreue Ehefrau verklagen, umgekehrt ist das nicht möglich.«

»Warum?«

Rossi zuckte die Achseln.

»Wird die Compilations-Kommission etwas daran ändern?«

»Nein.«

»Und ist das nicht ärgerlich?«

»Darüber müsste man nachdenken, Cousine Cecilia.« Er hob abbittend die Hände. »Es gibt so viel, über das nachgedacht werden muss. Darüber sicher auch. Irgendwann.«

»Wenn alles andere erledigt ist?«

Er lächelte so ergeben, dass sie es nicht fertigbrachte, ihm länger böse zu sein. Aber man sollte darüber in den *Meinungen der Babette* schreiben, dachte Cecilia. *Gekettet an den Ehebrecher* … Sie war sicher, dass die Damen, die die *Babette* lasen, sich für diese Löchlein im Prachtteppich der toskanischen Justizreform interessieren würden.

Ein kleiner, wichtig dreinblickender Junge, den seine Mutter in einen dicken Mantel gepackt hatte, kam auf einem Esel aus Buggiano geritten und überbrachte Cecilia die Nachricht, dass die Tapeten gedruckt seien und die Signora bitte kommen und sie anschauen möge.

Dieses Mal wurde Cecilia von Bruno gefahren, und Dina kam ebenfalls mit. So verging die Reise wie im Flug.

»Und wenn es mir nicht gefällt?«

»Natürlich wird es dir im Kloster gefallen, Herzchen. Achtundsechzig Mädchen – achtundsechzig Freundschaften, die du schließen kannst.«

»Und wenn sie mich nicht mögen?«

»Das kann ich mir gar nicht vorstellen.«

»Ich bin ein dürres Gerippe.«

»Wer sagt das?« Dumme Frage.

»Mein Vater.«

»Du bist hübsch, und die Mädchen werden dich gut leiden können, und es wird wunderbar werden.« Cecilia legte dem Kind den Arm um die zarten Schultern.

»Und wenn nicht?«

»Wenn was nicht?«

»Wenn sie mich trotzdem nicht mögen?«

104

»Die Kinder hier in Montecatini haben dich auch gemocht.«

»Nein, nur Domizio.«

Cecilia seufzte. Rossi hatte seine Tochter in den Monaten vor Cecilias Ankunft in ihren Seidenroben durch die Stadt streunen lassen, in *zerrissenen* Seidenroben. Natürlich war ihr Häme und Spott entgegengeschlagen, außer von Domizio, dessen kleine schwarze Seele von größeren Sünden wusste. In Marliana würde Dina die richtigen Kleider tragen. Und das würde helfen? Ja, sagte sich Cecilia, ja, ja, ja … So ging es zu in der Welt.

»Sie werden dich mögen, weil du tapfer und freundlich und eine wirklich gute Kameradin bist …« Die sogar mutig genug gewesen ist, ihrem toten Freund eine Puppe aufs Grab zu legen. Dich muss man doch mögen.

Dina lächelte zaghaft. Sie zog die Hand aus dem Muff und schob sie in die von Cecilia. »Dort ist ein Fest!«

Sie hatte recht. Vor den Mauern von Buggiano standen Buden am Straßenrand, und Männer, Frauen und Kinder, die in der tristen Winterlandschaft wie Farbkleckse wirkten, tummelten sich in den provisorischen Gassen. Einige Burschen errichteten ein Podest, vielleicht für ein Gauklerspiel. Eine alte Frau stopfte Säcke mit Stroh. Vor einer Schubkarre, die zur Seite gekippt war, fauchte eine Katze, die ihr Territorium verteidigte. Ein kleiner Junge versuchte sie zu streicheln. Ob er sie besänftigen konnte oder sich einen Tatzenhieb einfing, konnte Cecilia nicht mehr erkennen.

Nachdem sie das Stadttor passiert hatten, wurde es still. Der Freitag war kein Markttag, und sie fuhren über eine fast menschenleere Hauptstraße. Bruno setzte die Damen vor dem Tapetengeschäft ab, mit der Absicht, den Lando in eine Ecke zu kutschieren, wo es ein bisschen mehr Platz gab. Wozu mehr Platz? fragte sich Cecilia. Die gesamte Marktfläche stand ihm offen. Wahrscheinlich wollte der Sbirro in eine Schenke, aber sie fand, dass sie das nichts anging.

Eine Stunde später wischte sich ein erschöpfter Signor Redi den Schweiß von der Stirn und versprach, zwei der Bahnen neu zu drucken und alle zusammen Mitte Februar zu liefern und zu kleben.

»Sie kehren jetzt sofort nach Montecatini zurück?«, erkundigte sich Redis Schwiegermutter, die Dina während des Kundengesprächs mit Apfelstückchen gefüttert hatte. »Nicht, dass es mich etwas anginge … Nur: Es ist Blutgerichtstag. Und … ja fürchterlich, auch wenn es sich um einen Mörder handelt, aber man hat ja ein Empfinden, und die Kleine … Ich jedenfalls habe meiner Tochter und meinen Schwiegertöchtern verboten, hinauszufahren.«

Ein farbenfrohes Fest vor dem Tor, mit Podest für die Gaukler … Was für ein Irrtum! Cecilia war noch niemals bei einer Hinrichtung gewesen, und sie hatte auch keine Absicht, das zu ändern. »Wir werden einen anderen Weg nehmen.«

Als sie wieder auf den Platz traten, war von Bruno weit und breit nichts zu sehen, obwohl die Rathausuhr mit einem blechernen *Ma come balli bene* schon vor geraumer Zeit die volle Stunde verkündet hatte. Cecilia ging mit Dina zu den Auslagen eines Hutwarengeschäfts – neben dem Tapetengeschäft der einzige Laden am Platz, der anderes als Brot und Gemüse anbot – und knetete die Finger. Der Wind blies durch die Gassen. Der Himmel hatte sich bewölkt. Wenn sie Pech hatten, würde es wieder zu regnen beginnen. Sie sehnte sich nach dem Sommer.

»Domizio ist einmal dabei gewesen, wie sie einen aufgehängt haben«, plapperte Dina. Ihr unglückseliger Freund hatte offenbar eine genaue Beschreibung des Vorfalls geliefert. Wie konnte man das Wort *Gedärm* aussprechen, ohne dass einem übel wurde?

»Es ist ein Mensch, der dort draußen sterben muss, mein Schatz, und das ist schrecklich. Dein Vater versucht, die Gesetze zu ändern, so dass Menschen nicht mehr die Todesstrafe erleiden müssen.«

»Mamma hat gesagt, mein Vater kämpft für vieles, aber nie für das, was wichtig ist.«

Endlich tauchte Signor Seccis Lando auf. Bruno wendete scharf und in einem Tempo, das überhaupt nicht zu seiner bedächtigen Art passte. »Einsteigen, Signorina … kleine Dame …«

Kaum, dass sie saßen, jagten sie die Straße herab, die sie vorher gemächlich hinaufgezuckelt waren.

»Hören Sie, Bruno, vor der Stadt soll ein Blutgericht …«

»Ich weiß.«

»Wir werden diesen Ort auf keinen Fall passieren.«

»Die Hinrichtung ist schon vorbei. Wenn Sie woanders hinschauen, wird es schon gehen. Tut mir leid, Signorina, aber ein Umweg würde Stunden beanspruchen, und das Wetter wird nicht besser.« Bruno beugte sich vor und feuerte die Pferde an. Ein Mann in einem karierten Mantel sprang ihnen aus dem Weg und drohte mit dem Spazierstock. Wasser spritzte aus einer Pfütze.

Cecilia beschloss, nachzugeben. Sie legte den Arm um Dina und zog das Mädchen an sich.

Als sie am Richtplatz vorbeikamen, musste Bruno die Pferde zügeln, denn das Gedränge reichte bis an den Straßenrand. Es wurden Nudeln mit scharf riechenden Würzsaucen verkauft. Kinder wirbelten zwischen den Röcken und Hosenbeinen der Erwachsenen, Hunde stießen bellend auf den Wagen zu und verloren sich wieder im Gewühl. Cecilia zog Dinas Gesicht in ihren Schoß, was dem Mädchen nicht gefiel, aber sie wollte verdammt sein, wenn sie zuließ, dass ein Kind in ihrer Obhut sich an einem baumelnden Leichnam ergötzte.

Sie selbst starrte ihn widerwillig an. Offenbar war das Podest für die besonders vornehme Zuschauerschaft aufgebaut worden. Der Galgen stand nur wenige Schritt daneben auf einer Anhöhe, so dass er weithin sichtbar war. Der Gerichtete war ein alter Mann. Er trug ein weißes, knöchellanges Armesünderhemd, das sich im Wind blähte, und Cecilia hatte den widersinnigen Wunsch, jemand möge ihm etwas Wärmeres hinaufreichen. Kleine Jungen, aber auch erwachsene Männer vergnügten sich damit, Steine auf den Erhängten zu werfen. Sein Gesicht war von den Treffern verwüstet.

Cecilia blickte auf Brunos Rücken und verwünschte sich und sämtliche Tapeten.

Eine knappe Stunde später erreichten sie den Markt von Montecatini. Bruno hielt gerade so viel auf Respekt, dass er ihnen aus dem Lando half und die Tür des Palazzo della Giustizia aufhielt. Dann stürmte er die Treppe hinauf zum Arbeitszimmer des Giudice und gleich darauf wieder herab. Er riss sämtliche Türen auf, und schließlich fand er Rossi im Teatro dei Risorti. »Sie haben den Theriakverkäufer gehängt«, brüllte er.

Rossi und sein Sbirro liehen sich Pferde. Sie kamen erst abends wieder aus Buggiano zurück, und der Richter war so wütend, wie Cecilia ihn noch nie gesehen hatte. »Ich würde ihn in Ruhe lassen«, empfahl Bruno. Cecilia schlug den Rat in den Wind und ging hinauf ins Arbeitszimmer. Sie fand Rossi auf der Chaiselongue liegend, wo er die Arme unter den Kopf gelegt hatte und an die Decke starrte.

Er mochte wütend sein, aber offenbar war ihm nicht nach einsamem Grollen zumute. »Der Mann war ein Bauernopfer ... Nun komm schon rein. Und mach die Tür zu! Luporis Männer haben ihn an der Grenze erwischt. Sie haben ihn eingesackt, und Lupori, der Scheißkerl, hat ihn foltern lassen, bis ihm alles aus dem Mund sprudelte, was sie von ihm hören wollten. Er hat ihn foltern lassen! Bruno sagt, der Mann hatte gebrochene ...«

»Aber er ist im Pumpenhaus gewesen?«

»Folterung ist ein Irrwitz der Justiz. Welche Wahrheit drehst du jemandem mit der Folter aus dem Hals? Die, die du hören willst. Vielleicht war der Mann im Pumpenhaus. Er benutzte falsches Arsenik, und falsches Arsenik wurde dort gefunden. Was aber noch lange nicht heißt, dass er Marios Mörder ist. Er besaß keinen Hund. Das ist Tatsache – die *eine* Tatsache, die sich sicher beweisen lässt, denn darüber wurden Aussagen gemacht. Dutzende Menschen haben den Theriakmann gesehen – immer ohne Hund. Sogar mit einer Furcht vor Hunden, die sie lächerlich fanden. Aber Lupori schert sich nicht um Aussagen. Das Verbrechen wurde gesühnt – und nun fahr zur Hölle mit deinem Hochmut, Enzo Rossi. O Gott, wenn man es genau nimmt, habe *ich* den Mann in dieses Fegefeuer getrieben. Die Hinrichtung galt *mir*. Bleib in deinem Gehege – das soll das arme Galgenluder mir sagen.«

»Quäl dich doch nicht.« Cecilia umrundete den Schreibtisch und ließ sich auf Rossis Stuhl nieder.

»Das Gesetz ist etwas Heiliges.«

»Ja, aber ...«

»Und ich kann *nichts* tun. Ich kann ... nicht das Geringste ... tun.«

Die Schatten hatten im Zimmer ein seltsames Lichtspiel begonnen. Zwei helle Streifen fielen vom Fenster zur gegenüberliegenden Bücherwand. Und obwohl sie kaum Ähnlichkeit mit einem Gitter besaßen, fühlte Cecilia sich an das Gefängnis erinnert, in dem der Theriakverkäufer seine schreckliche Haftzeit verbracht hatte. Sicher war er erschöpft gewesen, sicher hatte er sich verzweifelt verkriechen wollen, wenn sie ihn in seine Zelle zurückbrachten. Hatte er gefroren? Gedürstet? Hatte er geweint, wenn er ihre Schritte kommen hörte? Er hatte keine Chance gehabt, der Hölle zu entfliehen. So wenig wie Francesca der Trülle entkommen konnte, bis ihre Zeit vorüber war.

Cecilias Blick schweifte über Rossis Schreibtisch. Die Platte war mit Papieren übersät, die sich zu schiefen Türmen stapelten – vielleicht nach Wichtigkeit geordnet, sie hatte keine Ahnung. Sein stählerner Füllfederhalter lag neben dem Tintenfässchen. Auf der Schreibfläche direkt vor dem Stuhl befand sich ein aufgeschlagenes Buch, in dem er mit roter Tinte unterstrichen und Fragezeichen gemalt und Kommentare geschrieben hatte.

»Der Granduca ist mutig. Er wagt Neues. Er will das Beste. Wir können uns nicht beklagen. Aber bei der Todesstrafe zögert er. Beccaria, Sonnenfels, Voltaire, Thomasius ...« Rossi ballte die Fäuste, die auf seinem Magen lagen. »Die größten Denker Europas haben es vorgebetet ... Aber die Vergangenheit ist zu stark. Der Bestie ist nur mit bestialischen Methoden beizukommen ... Mumpitz ... «

»Marzia«, sagte Cecilia halblaut.

»Folter bedeutet, dass der Starke, der die Schmerzen aushält, freigelassen wird, während der Schwache ... Was ist mit Marzia?«

»Man müsste mit ihr reden. Sie und Mario waren ein Liebespaar, und ich glaube, dass sie ihn auch dann noch liebte, als sie sich mit Feretti einließ. Warum sonst wäre sie auf den Friedhof gekommen, um sich von ihm zu verabschieden? Wenn sie etwas über seinen Mörder weiß, lebt sie mit einer schrecklichen Last. Eine *Frau* müsste mit ihr reden, jemand, dem sie ihr Herz ausschütten kann …«

Warum sage ich das? Ich reite mich rein, dachte Cecilia. Das geht mich doch alles nichts an. Ich kenne diesen baumelnden Gauner gar nicht. Und Francesca, die der armen Grazia das Herz gebrochen hat … oder hätte, wenn Grazia von ihr gewusst hätte … Aber Marzia wird nicht mit Rossi reden. Wenn sie überhaupt mit jemandem über Mario spricht, dann mit einer freundlichen Seele, von der sie Verständnis und Mitgefühl erhoffen kann.

»Da ist etwas dran«, murmelte Rossi. »Ja, ich denke, da werden wir ansetzen.«

Wir?

Er sprang auf. Er sah so fiebrig aus vor Ungeduld, dass sie nicht das Herz hatte, ihm zu sagen, dass seine Anwesenheit der guten Sache wenig förderlich sein würde.

Marzia war nicht zu Hause.

Jedenfalls sah es zunächst so aus. Auf Cecilias Klopfen rührte sich nichts. Rossi setzte über eine hüfthohe weiße Mauer seitlich des Hauses, die den Garten des Grundstücks umgab. Eine Ratte sauste quieckend durch die Sträucher und fegte durch die Gitter des Gartentörchens.

»Marzia Rondini, mach auf«, brüllte der Richter und hieb mit der Faust gegen ein Fensterkreuz. »Du bist da – das weiß ich.«

Irgendjemand auf der anderen Straßenseite wusste es nun auch. Ein Kopf mit einer rotweiß gestreiften Hausmütze erschien in einem der Fenster. Cecilia winkte verlegen, die Fensterläden wurden zugeknallt.

»Marzia!«

Stille.

»Marzia, dies ist ein offizieller Besuch!«

Endlich. Hinter der Haustür hörte man Schritte. Im nächsten Moment schaute Cecilia einem derangierten, wutbebenden und entschieden alkoholisierten Mann in die Augen. Ferettis Kanonikergesicht war aus den Fugen geraten. Die dünnen Haare hingen strähnchenweise in das gelbliche Gesicht, feucht, wie angeklebt. Sein Hemdkragen war offen und einiges andere auch. »Was?«, brüllte er. »Waaaas?«

Rossi sprang über das Mäuerchen zurück. Cecilia hatte erwartet, dass er irgendetwas sagen würde – stattdessen packte er zu, und erst jetzt merkte Cecilia, dass Feretti sie hatte schlagen wollen. Aber doch nicht wirklich?, fragte sie sich schockiert und wich einen Schritt zurück. Er hatte doch nicht vorgehabt, eine Dame zu schlagen?

»Mir immer auf'n Fersen, Rossi, ja? Du und deine …?« Das Wort ging unter. »Schnüffeln, hä? Schnff… Schnüffelhund. Du schnüffelst mir nach, ja …« Feretti schwankte, griff in die Luft und bekam die Türzarge zu fassen.

»Du bist besoffen, Sergio.«

»Klar bin ich be…soffen.« Feretti richtete sich mühsam auf. »Und … ich geh zu Lupori.«

»Weil ich Marzia befragen will, mit der du gar nichts zu tun hast?«

Feretti schüttelte den Kopf. Er sah aus wie ein Ochse, der vor eine Wand gelaufen war. Sein stierer Blick wanderte von Rossi zu Cecilia, dann wieder zu Rossi. »Die woll'n mich umbringen.«

»Was?«

»Francesca. Ihre Scheißfreunde. Die hams auf mich … auf mich abges…« Er schwankte, drehte sich halb im Kreis und krallte seine Hand in Rossis Schulter. Was er brabbelte, war nicht mehr zu verstehen. Das Wort *umbringen* kam mehrmals darin vor. Er war schrecklich betrunken. Cecilia bemerkte einen Schatten im hinteren Teil des Flures.

»Nun sachte, Sergio. Wie kommst du darauf …?«

»Sein Knecht wartet im *Cavallo Bianco*.« Unhörbar war Marzia zu ihnen getreten. Sie schaute auf den Mann, der vor wenigen Minuten noch in ihrem Bett gelegen hatte, wie auf einen Fremden. Ihr Blick war so starr, als wäre sie selbst betrunken, was aber offensichtlich nicht der Fall war, denn sie sprach deutlich und vernünftig.

Das Wort *Cavallo Bianco* schien in Ferettis Kopf etwas in Bewegung gesetzt zu haben. Er löste sich von Rossi und begann, die Gasse hinabzuwanken.

Die Hure – so nannte man solche Frauen ja wohl – lächelte Rossi an. »Ja?«

»Ich bin wegen Mario hier.«

»Ja?«

»Sie haben in Buggiano einen Vagabunden gehängt, der ihn angeblich ermordet haben soll.«

»Ach.« Cecilia sah Marzias provokant vorgeschobene Hüfte.

»Einen Theriakverkäufer.«

»Na, das freut doch den ehrbaren Bürger.«

»Wenn er wirklich der Mörder war.«

Marzia lehnte sich gegen den Türrahmen. Auf ihren Lippen lag ein spöttisches Lächeln, und die Tatsache, dass sie nicht antwortete, war eigentlich schon Antwort genug.

Cecilia beschloss, sich einzumischen. »Sie sind zu Marios Beerdigung gekommen, Marzia. Ich meine …«

»Scheißgefühlsduselei, ja. Hat mir einen Tritt in den Hintern eingebracht.«

»Aber …«

»Könnte mich *selbst* in den Hintern treten. Freiwillig in Francescas Krallen rennen. Mir ist kalt.« Sie machte trotzdem keine Anstalten, in ihr Zimmer zurückzukehren.

»Hatte Feretti etwas mit Marios Tod zu tun?«, fragte Rossi.

Wieder das spöttische Lächeln. Marzia wischte über ihr Gesicht. Weil ihr dem Lächeln zum Trotz die Tränen kamen? Das konnte man nicht erkennen.

»Hören Sie, Signorina … Giudice Rossi … Sie finden das alles hier widerlich, ist mir schon klar. Aber nun will ich mal was sagen. Mario hat mir'n ehrenwertes Leben geboten. Und das sollte so aussehen: Eine Hütte, in die es reinregnet, Kinder, die heulen, weil sie nicht satt werden, und Liebe, die wehtut, weil Knochen auf Knochen trifft. Ich hatte was für ihn übrig, stimmt. Aber Feretti bezahlt mir die Wohnung, er hat mir fünf Hühner geschenkt, er bringt mir rotes Fleisch mit bei seinen Besuchen, was besser satt macht als alles andere, und für jede Nacht in meinem Bett zahlt er in Münzen. Wenn er weiter dreimal die Woche kommt und mich nicht über hat, bevor zwei Jahre um sind, hab ich zehn Skudi. Ich hab mir das ausgerechnet: Das reicht für acht Schweine«, erklärte sie nüchtern. »Damit zieh ich zurück in die Hütte von meiner Mutter, und weil wir beide dann nicht mehr hungern müssen, wird sie mir verzeihen. Ich wär mit dem Geld auch zu Mario gezogen, aber der wollte nicht. Scheiß auf die Ehre der Männer. Scheiß auf die Liebe.«

Sie rekelte sich und wartete. Die Ratte, die Rossi aufgeschreckt hatte, oder eine ihrer Schwestern, huschte über die Gasse. Mit einem mokanten Lächeln fuhr Marzia fort: »Francesca – die hat ihre Seife auch nicht aufgeben wollen für die Liebe, stimmt's, Giudice?«

»Pass auf, was du sagst.«

Die Hure blinzelte Cecilia zu. »*Amore, amore ...* Ein Luxus, den man sich leisten können muss, Sie verstehen mich, Verehrteste?« Mit einem provozierenden Hüftschwung kehrte Marzia ihnen den Rücken. Sie hörten das Klacken ihrer Zimmertür. Dann war es still.

Erst als Cecilia und Enzo wieder beim Palazzo waren, ergriff Rossi das Wort: »Verfluchtes Weibsbild. Tut mir leid, Cecilia. Ich habe offenbar völlig unterschätzt ...«

»Signora Secci hat es mir auch schon unter die Nase gerieben«, sagte Cecilia und versuchte, nicht allzu gekränkt zu klingen.

»Jedenfalls ziehst du um. Und zwar nicht erst, wenn Dina fort ist.«

Es war etliche Stunden später. Sie lagen längst in den Betten, und Cecilia träumte einen wirren Traum, in dem Marzia sich in Rossis grünem Lehnstuhl rekelte und Hühner streichelte, die durch das Speisezimmer flatterten und Rossis Dielen beschmutzten.

Und dann pochte es.

Cecilia wollte im Traum zur Tür gehen, schaffte es aber nicht, weil die Hühner plötzlich jedes Fleckchen Diele beanspruchten, als wären sie ein Teig, der in der Schüssel aufgegangen ist.

Als sie einigermaßen wach war, glaubte sie, Brunos Stimme zu hören. Gähnend fragte sie sich, was der Sbirro mitten in der Nacht im Palazzo della Giustizia wollte. Rossi polterte die Treppe hinab, und jemand nannte den Namen Feretti. Der Giudice stellte ärgerliche Fragen. »Wer hatte …? Sonst noch jemand? … *Sfacciati*! … und die … warum er …?« Wortfetzen ohne Bedeutung. Seine Stimme hob und senkte sich, und wenn sie sich senkte, war kein Wort mehr zu verstehen. Doch anstatt durch die sinnlosen Geräusche eingelullt zu werden, wurde Cecilia immer wacher. Schließlich erhob sie sich und griff nach ihrem Hausmantel. Aber als sie in die Diele kam, schlug die Tür bereits hinter den beiden Männern zu.

»Was ist denn passiert?«, piepste Dina von der Treppe. Das Mädchen huschte die letzten Stufen hinauf und drängelte sich mit nackten Füßchen in Cecilias Mantel. Seit ihr kleiner diebischer Freund im vergangenen Jahr ermordet worden war, war sie ängstlich geworden, besonders nachts. Auch das sprach für den Umzug ins Kloster. Dort gab es vermutlich so viel Langeweile, dass die Furcht sich angeödet davonstehlen würde.

Cecilia brachte das Mädchen in seine Kammer zurück, wo es gleich wieder einschlief. War tatsächlich der Name Feretti gefallen? Musste man sich Sorgen um den Mann machen? Ach was, er war gar keiner Sorge wert. Francesca hatte doch nicht …? Nein, nein, ganz sicher nicht.

Cecilia lag immer noch wach, als Rossi heimkehrte. Er sah erschöpft und wütend aus. Bruno war tatsächlich wegen Feretti gekommen. Der Mann hatte es heil nach Hause geschafft, aber mitten in der Nacht wurden er und Signora Feretti durch das Bellen der Jagdhunde geweckt. Als er nachsehen ging, entdeckte er Gestalten mit geschwärzten Gesichtern in seinem Hof. Die Hunde sprangen gegen die Gitter, und ein grässlicher Gestank hing in der Luft. Feretti stürmte die Treppe hinab, rutschte aus und fiel.

»Sie haben ein Loch in das Auffangbecken seiner Kloake geschlagen, und zwar so, dass sich der ganze Mist in den Zwinger und durch die Gitter in den Hof ergossen hat. Feretti hatte einige Hunde an die Kette gelegt. Die konnten nicht fort und sind in dem Dreck erstickt und ersoffen.« Rossi machte aus seinem Ärger keinen Hehl. »Als ich kam, saß Feretti im Zwinger und hat geheult und seine toten Köter umarmt. Signora Feretti stand mit einem Gewehr daneben. Ich konnte ihn gerade noch daran hindern, es ihr abzunehmen und sich auf sein Pferd zu schwingen.«

»Und nun?«

Rossi hatte den ersten Stiefel vom Fuß gezogen – Himmel, wie das stank! – und ruckelte ungeduldig am zweiten.

»Und nun?«, wiederholte Cecilia.

»Ich bin zu Francescas Haus geritten. Sie war nicht dort. Sie war auch nicht bei Salvatore. Wenn ich sie erwische …«

»Willst du sie etwa verhaften?«

»Besten Dank für die Frage! Zufällig ist es gegen das Gesetz, anderer Leute Hunde in der hauseigenen Scheiße zu ersäufen. Und dazu mit geschwärzten Gesichtern! Francesca stand im Getümmel wie ein verdammter General. Das ist kein Verdacht von mir. Feretti hat sie erkannt. Und seine Frau auch. Ich glaub's ihnen.«

»Wo willst du hin?«

»Schlafen«, knurrte er, während er auf Strümpfen die Treppe hinaufstapfte.

Cecilia wartete, bis er verschwunden war. Dann öffnete sie die Haustür und schaute auf den Marktplatz hinaus, wo die Dame auf dem Denkmal einsam der Dunkelheit trotzte. Sie haderte mit sich. Francesca benahm sich unmöglich. Kein Grund, sich ihretwegen in Ungelegenheiten zu stürzen. Lass dich in nichts verwickeln, Cecilia. Die Sache geht Rossi etwas an, aber dich nicht. Du hast deine Finger schon viel zu tief in den Brei gesteckt. Unglücklich zog sie die Schultern hoch. Schließlich kleidete sie sich an und schlüpfte auf den Marktplatz hinaus.

Rossi war zu den Sümpfen geritten und hatte Francesca in ihrer Hütte und anschließend bei Salvatore gesucht. Und dabei natürlich völlig danebengeraten. Cecilia wandte sich in die entgegengesetzte Richtung. Sie vergrub sich in ihrem Mantel und ging so rasch, wie es in den engen Schuhen, die sie sich übergestreift hatte, möglich war. Wie immer, wenn sie nachts unterwegs war, hatte sie Angst. Man konnte das beschauliche Montecatini wahrhaftig keine Suhle des Verbrechens nennen, doch wenn die Sonne verschwand, schien es sich in ein Wesen mit bösen Absichten zu verwandeln. Als hätte es die schwarze Maske eines Straßenräubers übergezogen. Die vereinzelten Lichter – Fenster, hinter denen Mütter bei kranken Kindern saßen oder hoffnungslos Verliebte ihr Gestammel aufs Papier brachten – wirkten auf Cecilia nicht gemütlich, sondern wie Raubkatzenaugen. Wolfsaugen, dachte sie und ärgerte sich, weil sie über ihr eigenes Bild schauderte.

Sie fuhr zusammen, als sie hinter sich ein Geräusch hörte. Ein Eimer oder etwas Ähnliches schepperte, als wäre er umgefallen und gegen eine Wand gerollt. Sie horchte – auf Hundepfoten und Geknurr? Ja, Herrgott! – und schalt sich selbst eine Gans. Rossi hatte recht, sich Sorgen zu machen. Diese verfluchten Hunde geisterten inzwischen durch jedermanns Phantasie.

Allmählich ließ die Dunkelheit nach. Als Cecilia das Stadttor erreichte, sah sie im diffusen Licht der Morgendämmerung, dass das Törchen zum Friedhof offen stand. Sie schritt hindurch und fand Francesca, die wie ein dunkler Klumpen zwischen den Gräbern kauerte. Ihre Mantelkapuze war vom Kopf geweht, und ihr schwarzes Haar umhüllte ihr helleres Gesicht wie ein mit Kohle gemalter Heiligenschein. Marios Grab war mit getrockneten Blumen übersät, die Francesca in Form eines Herzens angeordnet hatte.

»Es kommt mir nicht ratsam vor, sich gerade hier zu verstecken«, flüsterte Cecilia.

Die Seifensiederin hob den Kopf und maß sie von Kopf bis Fuß mit dem Blick einer Frau, die sich ihrer selbst völlig sicher ist. »Ich verstecke mich nicht.«

»Es kommt mir trotzdem nicht ratsam vor.«

Francesca rekelte sich. Sie musste in der Zeit, die sie neben dem Grab zugebracht hatte, halb erfroren sein. Das Holzbein spreizte sich von ihrem Körper, als hätte sich das Leder, mit dem sie es am Unterschenkel befestigte, gelockert.

»Was, wenn Feretti auf den gleichen Gedanken kommt wie ich?«

»Wird er nicht. Er ist verschlagen, aber so blöd wie Hühnerkacke.«

»Und was wollen Sie nun tun? Sie können hier nicht sitzen bleiben. Sie erfrieren.«

»Ist mir klar. Nur komme ich leider nicht wieder hoch. Bin manchmal auch ein bisschen blöde.« Francescas Lippen verzogen sich zu dem seltsamen Lächeln, zu dem ihre Narbe sie zwang. Es war still, bis auf das Pfeifen des Windes, der sich unter den Schindeln der Friedhofskapelle brach. In der Ferne, auf einem der einsamen Gehöfte, krähte ein Hahn.

Cecilia streckte die Hand aus. Sie musste sich ordentlich anstrengen, um die Verkrüppelte auf die Füße zu bekommen. Francesca lehnte sich gegen sie, während sie den Rock hob und mit einem lustvollen Selbsthass – so kam es Cecilia vor – an ihrer Prothese hantierte. »Keine Zeit, zu der eine Dame gewöhnlich unterwegs ist. Und damit meine ich jemand anderen als mich«, bemerkte sie beiläufig.

»Rossi ist wütend auf Sie.«

»Kann ich mir denken. Der Steigbügelhalter von Man-darf-nicht und Es-ist-verboten …«

»Er sucht nach Ihnen. Möchten Sie nicht mit mir …«

Francesca warf dem Grab eine Kusshand zu und humpelte in Richtung Friedhofstor.

»Wo wollen Sie jetzt hin? Feretti …«

Die Seifensiederin drehte sich um die eigene Achse. Plötzlich lag etwas in ihrer Hand. Eine unhandliche Pistole mit einem rötlichem Griff und einem langem, rostigen Schaft. Sie tat, als zielte sie damit über Cecilias Kopf hinweg auf den Horizont. »Ich habe eine, ich kann sie benutzen, und seit heute Nacht weiß Feretti das auch. Und deshalb kann ich mutterseelenallein auf einem Friedhof sitzen. Niemand braucht sich um Francesca Brizzi zu sorgen.«

Cecilia nickte. Vollkommen verrückt, diese Frau. Aber irgendwie auch wundervoll, auf ihre Weise … stolz …

»Und was ich noch sagen wollte …« Francesca stützte sich

schwer auf ihren Gehstock. Sie steckte die Waffe in die Gürteltasche zurück, leckte unschlüssig über die Lippen und studierte einen Moment die Sandbröckchen zu ihren Füßen. »Sie haben wohl mitbekommen, dass Enzo und ich mal ... Ach was, er hat in meinem Bett geschlafen, mehrere Wochen. So war das.« Sie taxierte Cecilia, schien jedoch nichts in ihrem Gesicht zu finden, woran sie hätte Anstoß nehmen müssen. »Es macht mir nichts aus, was die Leute dazu sagen, aber Sie haben sich wegen mir in aller Früh aus den Federn gequält. Und das war nett von Ihnen.«

»Nun, Francesca ...«

»Ich hab nichts gegen Enzo, auch wenn die Leute das denken. Trotzdem will ich Ihnen einen Rat geben.« Sie kaute an der Lippe. »Dieser Mann ist verloren. Er weiß es nicht, aber wenn er schläft, fängt er an zu reden. Von seiner Grazia. Herrlich, was? Neben dir liegt der Mann, den du liebst, und ... Grazia ... Grazia. Egal, was zwischen den beiden war – er hat sich nur deshalb in mich verliebt, weil ich ihr nicht ähnele. Ich bin hässlich, ich bin praktisch, ich sorge für mich selbst. Ich bin das völlige Gegenteil seiner Grazia. Das wollte ich Ihnen sagen«, erklärte sie nüchtern und fügte hinzu: »Er kann nicht anders. Es wird immer nur Grazia sein.«

»Und warum muss ich das wissen?«, fragte Cecilia verdrossen.

Francesca lachte hell auf. Dann humpelte sie davon.

7. Kapitel

Bruno nahm die Seifensiederin schließlich in ihrer Behausung fest. Er brachte sie unverzüglich in das Gefängnis von Montecatini, das sich im Keller von Petronio Verris Uhrengeschäft befand. Dann informierte er den Richter.

Er störte Rossi bei seiner Rasur. Der Giudice kam mit Schaum am Kinn in die Diele hinab und hörte sich an, was Bruno zu sagen hatte: Dass Francesca, dieses Teufelsweib, bewaffnet gewesen sei, aber keinerlei Widerstand geleistet habe, wenn man davon absah, dass sie gotteslästerlich fluchte, was ja an sich schon als Vergehen galt. Dass sie allein gewesen sei und sich weigere, die Namen ihrer Komplizen zu nennen, die mit ihr Ferettis Zwinger mit Kacke überschwemmt hatten – *Verzeihung, Signorina Barghini*. Dass sie andererseits nicht leugnete, selbst bei der Aktion anwesend gewesen zu sein …

»Sie kommt noch heute vors Gericht. Als Erste. In …« Rossi verrenkte den Hals, um die Zeiger der Standuhr im Speisezimmer zu konsultieren. »In fünfundvierzig Minuten.« Er verschwand, um seine Rasur zu vollenden.

»Warten Sie«, bat Cecilia den Sbirro und brachte ihm rasch einige Utensilien wie ein Waschtüchlein, einen Flakon mit Rosenwasser für die Gesichtswäsche und einen Kamm.

»Das soll ich ihr bringen?«, fragte Bruno verblüfft.

»Ich bitte darum.«

Die Gerichtsverhandlung begann mit einem Tumult. Obwohl Rossi sie früher als sonst angesetzt hatte, strömten die Leute zusammen, als hätte ein menschlicher Eichelhäher die Bewohner des Häuserwaldes mit seinem Ruf alarmiert.

Das Teatro dei Risorti füllte sich, und Cecilia, die im Durchgangsflur zwischen Palazzo und Gericht stand, sah durch den Türspalt die angeregten Gesichter. Neugierde und Schadenfreude tanzten ihren Reigen. Sie entdeckte auch Mitleid in einigen Mienen, aber vor allem waren die Leute gekommen, um sich anzuschauen, wie der Giudice mit seiner verflossenen Geliebten verfahren würde. Das war wie ein Theaterstück, nur spannender.

»Und wenn ich jetzt vorbei könnte …« Rossi wartete, dass Cecilia ihm Platz machte. Er trug seinen roten Talar. Die Allongeperücke saß streng über den hageren Zügen.

»Tut mir leid.«

»Was tut dir leid?«

»Wie man sich bettet … Ich meine – du hättest diskreter sein können.« Cecilia drückte sich gegen den Putz, damit er vorbeikam. Sie sorgte dafür, dass die Tür nicht ins Schloss fiel.

Durch den Spalt sah sie, wie Rossi zwischen seinen Beisitzern Platz nahm. Renato Seccis Blick schweifte beunruhigt über die Zuschauerschar, Zaccaria lächelte. Der Bauer konnte sich des Wohlwollens der Anwesenden sicher sein. Die Montecatinier hatten ihn wegen seiner rebellischen Art zum Assessore gewählt, und weil sie sicher sein konnten, dass er seinen Kopf nicht mit Paragraphen beschwerte, die ihm die Sicht auf die Gerechtigkeit versperrten. Sie mochten ihn, und er mochte sie.

Die Verhandlung Francesca Brizzi gegen Sergio Feretti geriet kurz, aber turbulent. Feretti hatte zwei Hetzhunde und eine Dachshündin verloren. »Eine *trächtige* Hündin, … ein wertvolles Zuchttier!«, schimpfte der Gutsbesitzer, den Cecilia erst jetzt auf einem separaten Stuhl vor der ersten Reihe entdeckte.

»Immer fleißig, Sergio, was?«, tönte es aus den Zuschauerreihen.

Rossi ließ wütend den Hammer auf den Tisch donnern. Wenn

er gewusst hätte, von wem die unflätige Bemerkung stammte, hätte er ihn zweifellos mit Vergnügen hinausgeworfen.

»Mein Hof ist immer noch voller Kacke. Ich will, dass das wegkommt!«, verlangte Feretti.

Die Leute lachten.

Francesca saß mit unergründlicher Miene am anderen Ende der Stuhlreihe. Sie trug seit Marios Tod ein schwarzes Trauerkleid. In der Seitennaht prangte ein Riss – ein Relikt der Flucht, wie Cecilia vermutete, aber sie hatte sich so gesetzt, dass er unter ihrer Prothese klemmte und kaum auffiel. Ihre Haltung war stolz. Sie bereute die Attacke auf Ferettis Kloake mit keinem Quäntchen ihrer unbeugsamen Seele. »Sag ihm, Enzo Rossi, dass er sich in seiner Kacke ersäufen soll wie seine verdammten Hunde.«

»Dies ist ein Gericht, Signorina Brizzi …«

»… vor dem ein Mörder sich aufführen darf wie der Kaiser von Osmanien! Steck dir dein Gericht sonst wohin.«

Zaccaria nickte beifällig, was auch ihm einen gereizten Blick des Giudice eintrug.

»Auf wie viel beläuft sich der Schaden?«

Feretti erhob sich und baute sich vor dem Richtertisch auf – ein Männchen, das vor Zorn zu doppelter Größe anschwoll. »Dieses Weib …« Er deutete mit dem Finger auf Francesca. »… bildet sich ein, ich hab ihren Bruder umgebracht. Lächerlich! In Buggiano steckt man solche wie sie in die Trülle, und genau das …«

»Wie groß ist der Schaden?«

»Und jetzt hat sie meine Hunde …« Feretti kämpfte unerwartet mit Tränen.

Francesca saß weiter aufrecht und stolz. »Für einen Hund hast du Mitleid, ja?«

Ihr Widersacher fuhr herum. »Du bist ja …«

Der Hammer knallte erneut auf die Tischplatte.

»Wahnsinnig! Tollwütig … Du bist so kirre …« Feretti geriet außer Atem. Sein Gesicht war puterrot angelaufen.

»Das Gericht duldet keine Beschimpfungen«, brüllte Zaccaria und ließ keinen Zweifel, wem seine Sympathie galt.

»Und außerdem …« Rossis Hammer knallte erneut. »… will ich endlich die Höhe des Schadens erfahren.«

»Es sind ja nicht nur die Hunde. Dieses Pack, dieses … dreckige, verleumderische Pack aus den Sümpfen … Sie wollen mich umbringen!«, heulte Feretti auf.

»Vielleicht sind wir dreckig, aber es ist ehrlicher Dreck. An unseren Händen klebt kein Blut!«, scholl es von einer der Bänke. Der Rufer saß so, dass Cecilia ihn nicht sehen konnte, aber als sie in einen der Spiegel blickte, die die Theaterlogen flankierten, erkannte sie einen jungen Mann, der die Fäuste gegen Feretti schüttelte. Sein Nachbar, glatzköpfig und doppelt so alt, zog ihn auf die Bank zurück. Der Junge sprang wieder auf. »Mörder!«

»Setzen!«, donnerte Rossi. »Oder vielmehr: Ihr verschwindet. Alle Zuschauer raus! Jeder, den ich in einer Minute hier noch sitzen sehe, zahlt drei Julii Strafe. Raus! Nicht Sie, Feretti!«

»Das ist nicht gerecht. Das darfst du gar nicht«, spekulierte einer der Zuschauer. Als er Rossis Blick auffing, trollte er sich mit den anderen. Bruno humpelte aus seiner Ecke und schloss die Tür.

»Eine Zechine pro Hund – also insgesamt drei Zechinen. Das ist die Strafe, die das Gericht festsetzt, und die du, Francesca Brizzi, an Sergio Feretti zu zahlen hast.«

»Sie soll die Kacke aus meinem Zwinger schaufeln«, verlangte Feretti, plötzlich wieder ganz ruhig. »Sie selbst. Mit eigenen Händen. Das verlange ich.«

»Du kannst verlangen, was du willst, aber ich schlag's dir ab.« Rossi bedeutete dem Schreiber, das Urteil ins Buch einzutragen. Von draußen drang das Gemurmel der Leute, die offenbar das Ende der Verhandlung abwarteten.

»Und warum?«

Rossi blätterte in seinen Unterlagen. »Warum was?«

»Warum soll sie die Kacke …«

»Das Gericht setzt die Strafe fest, nicht der Kläger.«

»Du beschützt deine Hure, Enzo Rossi. Das ist der Grund.«

Rossi hielt inne. Er blickte auf, und seine Gesichtsfarbe veränderte sich. Er wurde nicht bleich, dafür war sein Teint von

Natur aus zu dunkel. Aber es war, als hätte sich ein ungesunder Silberton eingeschlichen. Feretti bemerkte es nicht. Er wartete, eingelullt in seine Empörung, dass Rossi ihn hinauswarf. In diesem Moment blickte ihm der Habenichts, der er einmal gewesen war, aus allen Knopflöchern. Und der kriecherische Betrüger, zu dem er sich entwickelt hatte, und der Mann, der eine Frau mit der Peitsche über die Pferdewiese jagte, dachte Cecilia, zitternd vor Widerwillen.

»Drei Zechinen, und wenn du noch einmal deinen Schmutz über dieses Gericht ergießt, wirst du das Doppelte als Buße in die Kasse des Granduca zahlen«, erklärte Rossi kühl. Damit war die Verhandlung beendet.

Und besonders gut hinbekommen hast du es nicht, dachte Cecilia. Wirklich nicht.

Gegen Mittag desselben Tages erklärte sie Rossi, dass sie vorhabe, die Wohnung der Seccis in der kommenden Woche zu beziehen. Er hörte ihr nicht zu. Er saß über einer Kladde, in die er etwas eintrug, und wahrscheinlich war er damit beschäftigt, seine Wunden zu lecken.

Cecilia ging mit Dina zu den Seccis, erfuhr, dass ihrem Einzug in die Wohnung der lieben verstorbenen Mamma nichts im Wege stünde, und empfing die Schlüssel. Sofort im Anschluss besichtigten sie die Wohnung.

»Montag kommen die Schauspieler. Ich war noch nie im Theater!«, freute sich Dina, während sie durch sämtliche Zimmer fegte. Sie fand die Schlafkammer. »Das Bett ist riesig. Hast du das Bett gesehen?«

Cecilia hatte erwartet, dass Dina sich über ihren Auszug grämen würde, aber das Mädchen war begeistert von der Wohnung. Mit dem Blick für Luxus, den sie ganz sicher von ihrer Mutter geerbt hatte, bestaunte sie die Möbel, und ihre kleinen Hände fuhren über die vergoldeten Bilderrahmen und die Intarsienarbeiten auf den Kommodentüren. Besonders entzückte sie der mit Samt beschlagene, kastenförmige Nachtstuhl, den sie in einer kleinen Kammer hinter dem Schlafzimmer entdeckte.

»Guck mal, mit Porzellanschüssel. Wie für eine Königin«, hauchte sie ehrfurchtsvoll.

Das Möbel war mit Ziernagelbändern versehen und ... nicht ganz sauber, fand Cecilia, auch wenn ein dienstbarer Geist sich bemüht hatte, den Samt zu schrubben. Dieses Königinnending würde mit Sicherheit in dem Zimmer landen, das Cecilia als Rumpelkammer nutzen wollte. Sie dachte an die Parfüm-Terrinen und den ägyptischen Lampenmann. Oh ja, eine Rumpelkammer war wichtig.

»Gefällt dir deine Wohnung?«, fragte Dina atemlos.

»Gewiss«, sagte Cecilia und blickte sich um. Stimmt gar nicht, dachte sie. Sie fühlte sich plötzlich unwohl in dem muffigen Geruch, der in den Räumen hing, als könnte Mutters Geist sich nicht von der Wohnung trennen. Ihr war, als blinzelte der ägyptische Herr ihr boshaft zu. Sie sind eine Zigeunerin, Signorina. Wo werden Sie als Nächstes unterkriechen? Und was, wenn niemand Ihnen mehr Unterschlupf bieten mag? Was machen Sie dann?

Rossi tauchte erst am Abend wieder zu Hause auf. Er war mit Secci und Zaccaria unten in den Sümpfen gewesen. Illegal, wenn man so wollte, denn die Sümpfe lagen ja in Luporis Bezirk. Sie hatten mit dem Einverständnis der Fischer – ein alter Mann namens Adolfo, der ihr Anführer zu sein schien, hatte sich dafür eingesetzt – sämtliche Fischerhütten durchsucht und dabei so vielen Hunden ins Maul geschaut, dass sie nach nassem Fell und Speichel stanken.

»Der Sicario war nicht dabei.«

»Sicario?«

»So nannte einer der Fischer ihn. Ein tierischer Auftragsmörder. Der auf Befehl totbeißt.« Rossi schlürfte die heiße Schokolade, die Anita ihm gebracht hatte. Seine mageren Hände umklammerten den Becher, und sein Adamsapfel trat hervor, als er schluckte. Er sah elend aus. »Die Gerüchte schießen ins Kraut. Hier hat sich vor Jahren eine Bande herumgetrieben: entlaufene Soldaten, ... Bauern, die ihre Pacht nicht zahlen konnten, ... ausländisches Gesindel, geführt von einem Pfeifenbäcker aus Bivigliano. Der Granduca hat seine Grenadiere auf sie gehetzt, aber erwischt haben sie die Kerle nicht. Vielleicht ist der Pfeifenbäcker oder einer seiner Spießgesellen wieder aktiv geworden.«

»Warum sollten sie einen Fischer ermorden?«, fragte Cecilia.

Rossi zuckte die Achseln.

»Weshalb bist du überhaupt in die Fischerhütten gegangen? Mario ...«

Dina steckte die Nase ins Zimmer. »Darf ich *König Hirsch* anschauen, Vater?«

»Weißt du nicht, wie man klopft?«

»Es ist ein Märchen. Über einen König, der in einen Hirsch ...«

»Darf sie?«, fragte Rossi Cecilia.

Sie nickte.

Rossi winkte seine Tochter hinaus, wie er ein Insekt fortgewedelt hätte. Dina schnitt ihm eine Grimasse, die er nicht bemerkte. Cecilia hätte gern beiden eine Grimasse geschnitten. Die Tür flog wieder zu.

»Um das Naheliegendste nicht zu übersehen.«

»Bitte?«

»Darum habe ich die Fischerhütten durchsucht. Wenn ein Mensch ermordet wurde, lohnt es sich, seine Familie, seine Freunde und Nachbarn unter die Lupe zu nehmen. Manchmal liegt einem die Lösung so dicht vor der Nase, dass man sie nicht sieht.«

»Hast du etwas Neues erfahren?«

Rossi zuckte die Schultern. »Gibt es noch mehr Schokolade in diesem Haus?«

Cecilia stand auf und rief seinen Wunsch in die Küche hinab.

Als sie zurückkam, berichtete Rossi weiter: »Ein junger Mann ist verschwunden, ebenfalls ein Fischer. Ivaldo Bronzi. Er wollte zu den Maltesern, Soldat werden, weil die Fischerei ja doch stirbt, hier an den Seen. Er war ein Eigenbrötler. Gut möglich, dass er sich davongemacht hat, ohne sich zu verabschieden, meint Adolfo. Die anderen Fischer hätten bis vor Kurzem das Gleiche gedacht. Aber jetzt beunruhigt sie sein Verschwinden. Sie suchen die Sumpfränder ab. Du kannst ihre Angst spüren. Du kannst sie spüren wie einen verdammten Nebel auf der Haut.«

Er schwieg und schaute ins Feuer. Es roch im Speisezimmer immer noch nach kaltem Rauch und feuchtem Ruß, und Cecilia fragte sich, ob sie Dina mit in ihre neue Wohnung nehmen sollte, wenn die Handwerker mit den Tapeten kamen.

Am übernächsten Tag – es war Montag, der sechste Februar, und zum ersten Mal ein wenig milder in diesem ungewöhnlich kalten Winter – erreichte die *Compagnia Ferrari* Montecatini Alto. Man hatte in dem kleinen Städtchen schon lange keine professionelle Schauspieler mehr zu Gesicht bekommen, und so verließen die Leute trotz des Regens die Häuser und folgten den Wagen mit den bunten Planen und Fähnchen und den roten Laternen.

Cecilia sah sie auf den Marktplatz strömen. Zur Truppe gehörten drei Thespiskarren. Auf dem Bock des ersten saß ein Mann in einem schwarzen Frack, der angeheitert wirkte und kunstvoll die Peitsche kreiseln ließ, während er sich mit der Linken an die Strebe seines Sitzes klammerte. Im zweiten Karren, dessen Plane heruntergerollt war, standen pfauenhaft gekleidete Personen, die winkten und – mit gelangweilter Professionalität, was dem Ganzen ein wenig den Glamour nahm – scherzten und Konfetti unters Volk warfen. Der dritte enthielt offenbar Requisiten. Der Schweif einer Pferdeattrappe baumelte durch einen Schlitz zwischen Plane und Wagenkasten, und runde und spitze Gegenstände beulten die Stoffbahnen.

»Uuund ... sind wir willkommen?« Ein drahtiger Mann in einem Gewand aus bunten Rauten, mit übergroßen Schleifen an den Schuhen, einer weißen Halskrause, einem lustigen Hut und einer weißen Maske vor dem Gesicht sprang vom Wagen. Er zog dem Schwarzbefrackten geschickt die Peitsche aus der Hand und zauberte damit Kreise über seinem Kopf und Kreise, in die er mit den Füßen sprang, dass es einen schwindelte. »Sind wir willkommen? Sind die Jünger des Thespiiiis ... in diesem wuuunderbaren ... Ort ... willkommen? Wo bleibt das ... Huuurra?«

Die Montecatinier starrten ihn verblüfft an.

»Hurra«, brüllte Dina, die sich neben Cecilia geschlichen hatte und vor Aufregung kleine Hüpfer tat.

Der Mann warf die Peitsche in die Luft, drehte eine Pirouette, fing sie wieder auf und machte eine großartige Gebärde in Richtung des ersten Wagens. Dort flog die Plane zur Seite. Im selben Moment ...

Cecilia zuckte zusammen und schlug die Hände auf die Ohren.

Etwas knallte und knatterte – und ein goldener Funkenregen stieg in die Luft. Auf das entsetzte Schweigen folgte frenetischer Jubel. »Feuerwerk, Feuerwerk!«, brüllte Dina.

Es knatterte erneut, ... aber dieses Mal blieb der Funkenregen aus. Der bunte Mann – sein Kostüm wies ihn als den Spaßmacher, den Arlecchino der Truppe, aus – erstarrte. Er wartete, dann zog er eine Grimasse und schlug mehrere Räder über den Platz.

»Genau so habe ich mir das vorgestellt«, murmelte Rossi. Er war hinter Cecilia und Dina in der Tür erschienen und beäugte missmutig das Geschehen, insbesondere den Wagen, aus dem die Feuerwerksrakete abgeschossen worden war. Eine junge Frau mit preiselbeerrotem Haar und schwarzen Augenbrauen hockte vor einem Mörser und stupste ängstlich gegen das Eisen. Die Zuschauer, die sich näher herangewagt hatten, wichen zurück.

»Smeraldina! Meine Gute, meine Schöne ... Hantiert mit Feuer und Schwarzpulver, als wär's Mehl und Zucker, und zaubert uns goldenen Regen oder ... Luft. Mehr Luft als goldenen Regen, wie ich fürchte ... Eine Luftkanonadierin ... Luftkanonikussin ...«

Die Leute lachten.

»... Luftkanonierin ...«

Die Rothaarige, adrett mit Haube und Leinenschürze gekleidet, dem traditionellen Gewand der Dienerin, sprang aus dem Wagen und schlich sich von hinten an den Arlecchino heran. Sie trug ein Nudelholz in der Hand, und Dina gluckste vor freudiger Erwartung. Das Nudelholz zersprang auf Arlecchinos Kopf, und schon sprühten weitere Funken ...

»Ha!«, brüllte Dina.

Rossi sagte gar nichts.

Das zweite Feuerwerk war offenbar das Zeichen für die Schauspieler gewesen. Plötzlich wimmelte es auf dem Markt von fantastisch gekleideten Personen.

Arlecchino hamsterte bei den Zuschauern Äpfel, der Dottore mit der weißen Halskrause neckte die Hausfrauen, der verschlagene Brighella – in diesem Fall eine Frau, wie die breiten Hüften unter der engen Weste verrieten – tat, als würde er den Leuten in die Taschen greifen. Ein Hirsch, Krönung des Aufzugs der Gaukler, wackelte auf vier menschlichen Beinen zum Tarvanelli-Turm und entzifferte stotternd die Inschrift, die die Heilige Jungfrau pries.

Smeraldina hatte die Hände in die Hüften gestemmt und wollte wissen, ob jemand ihren verfressenen Arlecchino in seinem Kuhstall unterbringen könne. »Er futtert uns die Haare vom Kopf. Lasst ihn an eure Krippen. Wollt ihr euch von Glatzköpfen belustigen lassen?« Ihr fehlte das Talent des Arlecchino, die Leute zum Lachen zu bringen. Die Worte mochten stimmen, aber sie brachte sie ohne den nötigen Witz. Sie klangen einfach nur aggressiv. Die Aufmerksamkeit der Zuschauer verlagerte sich zum Hirsch, der ins Taumeln geriet und deutlich Flüche von sich gab.

In diesem Moment wurde Signora Seccis Sänfte auf den Platz getragen.

»Die Schutzpatronin der schönen Künste! Ein Applaus für die ehrenwerte Signora Secci!« Arlecchino schlug einen weiteren Purzelbaum, und die Schauspieler klatschten, was das Zeug hielt.

Unwillig gab Rossi einen Knurrlaut von sich. Er lehnte sich an den Türrahmen und verschränkte die Arme.

Signora Secci ließ ihre Sänfte inmitten des Kreises tragen und duldete mit huldvollem Lächeln, dass der Arlecchino ihren Lakaien beiseite stieß, um selbst die Tür aufzureißen und ihr aufs Pflaster zu helfen. Mit einer tiefen Verbeugung riss der Harlekin den bunten Hut vom Kopf.

»Wunderbar, … wunderbar …« Signora Secci schien nicht überzeugt, ob sie wirklich wunderbar fand, was sich vor ihren Augen abspielte. Sie musterte die drei Wagen, deren beste Tage längst vorüber waren, und die Schauspieler, deren Gewänder nicht nur aus Gründen der Authentizität über und über geflickt waren. Der Hirsch, der sich inzwischen hoffnungslos in seinem braunen Fell verheddert hatte und sich, wie es schien, mit dem mächtigen Geweih selbst aufspießen wollte, ließ sie die feisten Lippen nach innen stülpen. »Wunderbar!«, verkündete sie entschlossen.

Zielstrebig schritt sie auf den Palazzo della Giustizia zu. »Ich habe Plakate drucken lassen, Giudice Rossi, zwanzig, und ich bin überzeugt …«

»Plakate?«

»Für die Aufführung.« Signora Secci wedelte mit dem Fächer, den sie so kunstvoll handhabte wie der Arlecchino seine Peitsche, in Richtung Teatro. »Ohne mir schmeicheln zu wollen – der Vorentwurf, zu dem ich mich von der verehrten Signora Magalotti überreden ließ, ist nicht allzu schlecht geworden. Murillo nachempfunden, meinte der Drucker, wofür ich ihn natürlich tadelte. Wer wollte eine Dilettantin wie mich mit einem Meister vergleichen? Da die Proben am selben Ort vonstatten gehen müssen wie die Aufführung, im Teatro also …«

»Aaach …« Rossi dehnte das kleine Wort bis zur Unhöflichkeit.

»… und es ist wirklich außerordentlich großzügig von Ihnen, dass Sie den Raum zur Verfügung stellen …!« Signora Secci wedelte mit einem geschraubten Lachen den Handkuss fort, den Arlecchino ihr zuwarf. »Aber es war mir schon klar, dass Sie es nicht fertigbringen würden, der lieben Cecilia die kleine Bitte abzuschlagen. Ich … Aber mein Lieber, mein Lieber …«

Der Schwarzbefrackte hatte sich von seinem Bock gestemmt. Nun bestand er darauf, vor der dicken Signora Secci niederzuknien und ihr seine Dankbarkeit und die seiner Kollegen in gereimten Versen vorzutragen. »In diesen kalten Wintertagen …«

»Aber nicht doch.« Signora Secci versteckte ihr Gesicht hinter dem Fächer.

Ein Knall brachte den Marktplatz zum Beben. Die Leute kreischten auf, und der Mann im Frack landete mit einem Plumps auf dem Hinterteil und grinste selig, während seine Augen sich verdrehten, bis nur noch das Weiße zu sehen war. Signora Secci eilte, sich unter die Menschen zu mischen, die aus respektvollem Abstand das Metallrohr begutachteten, das unter Rauch und Funkenflug auf das Pflaster geflogen war.

Rossi blickte zum Himmel, von dem es nur noch tröpfelte. »Wasser«, befahl er. Cecilia sah aus den Augenwinkeln, wie Anita sich anschickte, den Befehl auszuführen. Das Wasser wurde nicht gebraucht. Einer der Zuggäule hob den Schweif und ein gelber Löschstrahl ergoss sich über das Pflaster und sprudelte, als würde er gelenkt, zum Schlund des Eisenmörsers. Die Zuschauer brachen in Gelächter aus.

»Das haben sie nicht planen können«, stellte Cecilia beeindruckt fest.

»Was soll das mit dem Teatro?«, fragte Rossi.

»Bitte? Oh! Ich fürchte … Offen gestanden, ich kann mich nicht genau erinnern. Signora Secci redet so viel. Es ist nicht einfach, ihr zuzuhören, ohne sich in Gedanken zu verlieren.«

»Du hast mein Gericht verhökert?«

Cecilia gab sich Mühe, sich an das Gespräch mit Signora Secci zu erinnern. »Ich weiß nicht. So, wie ich es verstanden habe … vermietet?«

»Du hast …«

»Ich sage doch, ich weiß es nicht.«

»Du hast es also getan.« Er schüttelte den Kopf. »Nie im Leben … *nie im Leben* verwandelt diese Bande mein Gericht in eine Possenbühne.« Er regte sich nicht einmal auf. Dass eine Handvoll Komödianten – er schaute auf die bunte Schar wie auf Asseln, die unter einem Blumentopf hervorgekrabbelt waren – sein geheiligtes Gericht entweihen würde, lag einfach nicht im Bereich der Möglichkeiten.

Signora Secci ließ sich wieder in die Sänfte helfen. Der Schwarzbefrackte erklomm mithilfe des Dottore seinen Bock, die Schauspieler sprangen auf den Wagen zurück, das Publikum war dabei, sich aufzulösen. Enttäuscht wieselte Dina um die Wagen. Als der Arlecchino sie schnappte und auf seine Schulter setzte, war ihr Kummer behoben. Sie lachte und winkte.

Cecilia seufzte. »Möglicherweise hat Signora Secci ihre Bitte an mich gerichtet, während sie mir das Mobiliar ihrer Wohnung zur Verfügung stellte.«

»Du erinnerst dich also doch.«

»Ich war mit einem Lampenständer beschäftigt«, verteidigte sie sich.

»Du warst ...«

»Ist das ein Verhör?«

Rossi holte tief Luft. »Sag ihr einfach, es kommt nicht infrage.«

»Das geht aber nicht. Ich will ihre Wohnung haben.«

»Ich suche dir eine andere.«

»In die ich *wann* einziehen kann?« Außerdem: Wie kam er dazu, sie so einfach herumzuschieben. Als wäre ich ein Lampenständer, dachte Cecilia gereizt. Heute ins Licht, morgen in die Rumpelkammer.

Anita erschien mit dem Wassereimer, schüttelte den Kopf, als sie die Wagen sah, die unter dem Gejohle und Klatschen der Leute wendeten, und kehrte ins Haus zurück. Dina wurde vom Arlecchino auf den Erdboden zurückbefördert, und sie sah ihm traurig nach, wie er auf den Wagen sprang und sich unter die hastig hochgezogene Plane verkroch.

»Tja«, sagte Rossi.

»Tja was?«

»Es gibt nicht viele Wohnungen in dieser Stadt, die zur Miete angeboten werden. Und du musst aus meinem Haus raus. Also hat sie uns am Haken, die feine, intrigante Signora. Stimmt's?«

8. Kapitel

Der Dekorateur von Signor Redi brachte am Mittwoch die neuen Tapeten, schüttelte aber den Kopf, als er die Räume sah. Erst müssten die Möbel heraus und natürlich die verrußten Spanntapeten. »Zum *Glück* sind es Spanntapeten, Signorina! Sonst wäre das eine Arbeit geworden ... Es ist immer günstiger, das Kaminfegen dem Handwerker zu überlassen, wenn Sie mir die Bemerkung erlauben.« Er blickte sich um und kratzte sich den wolligen Kopf. »Die Decke werde ich selbst reinigen. Und, wenn ich das vorschlagen darf – es soll ja auch gut aussehen –, mit Hölzern verkleiden.«

»Sollen die Hölzer mit durchsichtigem Lack oder mit Farbe gestrichen werden?«, fragte Cecilia Rossi, als sie ihn später in seinem Zimmer aufsuchte.

»Was für Hölzer?«

»Papiermaché kommt nicht infrage, und Stuck macht zu viel Schmutz. Natürlich Holz. Ich rede von den Decken.«

»Warum wird nicht einfach drübergemalt?«

»Weißes Holz«, entschied Cecilia. »Dein Haus ist eine Höhle. So richtet man sich heute nicht mehr ein.«

Er lehnte sich zurück. Wenn er kein weißes Holz wollte, war es ihr gleich. Es war sein Zuhause. Sie würde sowieso in Kürze ausziehen. Und sie war keineswegs *anstrengend.*

»Das hört sich an, als würden hier bald Möbel geschleppt.«

»In jeder Suppe schwimmt ein toter Fisch«, beschied ihm Cecilia.

Er dachte nach und hob schließlich den Kopf. »Hättest du etwas dagegen, mich heute Nachmittag zu begleiten?«

»Wohin?«

Die Sonne schien auf das Fischerhaus, zu dem er sie brachte, und verlieh ihm einen romantischen Glanz, der verblich, je näher sie herankamen.

Die Wände waren aus krummem Fachwerk gebaut, das die Bewohner mit einem Gemisch aus Lehm und Binsen ausgestopft hatten. Von außen wirkte es ärmlich, aber einigermaßen in Schuss, doch wenn man das Innere betrat, war es, als klatschte einem das Elend mit blanker Hand ins Gesicht.

Die Familie, die das Häuschen bewohnte, besaß kein einziges Möbelstück. Nur Strohmatten, auf denen die Menschen lagen, als hätte eine Krankheit sie niedergeworfen. Kleine Hügel unter löchrigen Decken, auf die durch die Ritzen in den Wänden Lichtbänder fielen. Die Krankheit heißt Hunger, begriff Cecilia, als sie die eingefallenen Wangen der Frau und die dürren Arme und Beinchen der Kinder sah, die sich mühsam hochrappelten, als sie mit Rossi eintrat.

Wenn Kinder nicht mehr die Kraft zum Spielen finden ... Ihr Herz zog sich vor Mitleid zusammen. Ganz so schlimm war es am Ende nicht. Es zeigte sich, dass die Mutter nur geruht hatte, und als sie ihren Kleinen die Erlaubnis gab, stoben sie durch die Tür ins Freie. Und doch sahen sie halb verhungert aus unter den viel zu dünnen Kleidern. Ihre Augen wirkten in den mageren Gesichtern riesig.

Rossi begrüßte erst die Frau und dann einen alten Mann, den er Adolfo nannte. Cecilia erinnerte sich, ihn im Teatro gesehen zu haben, als der Prozess gegen Francesca Brizzi geführt worden war. Hatte Rossi nicht auch von einem Adolfo geredet, der ihm bei den Hunden geholfen hatte? Er war ein glatzköpfiger Greis um die sechzig mit Segelohren, einem abgeklärten Gesicht und einem von Lachfältchen umkränzten Mund.

»Willkommen«, sagte die Frau, und Cecilia erwiderte mit einem Lächeln, das sie sich abquälen musste, den Gruß.

Rossi fragte den Greis, ob er Lust zum Möbelschleppen habe.

Es war Cecilia peinlich zu sehen, wie die Augen der Frau auf-
leuchteten und dann ängstlich wurden, als Adolfo zu zögern
schien. »Aber ja. Er kommt mit. Das macht er gern. Und Leo
auch. Leo ist stark!«

Adolfo zögerte immer noch. Dann lachte er. »Ein alter Verstand und junge Muskeln.«

Rossi nickte und gab ihm die Hand drauf. »Gleich morgen
früh?«

Eines der Kinder hatte offenbar die Erlaubnis zum Spielen
verschlafen. Es hockte neben einem Stapel sauber aufgeschichte-
ter Netze, den Kopf im Kleid vergraben, in der Hand ein kleines,
weißes Ding, das es selbst im Traum noch fest umklammerte.

Die Fischersfrau war Cecilias Blicken mit den Augen gefolgt.
»Oh pfui!« Rasch trat sie herzu und öffnete die Kinderhand,
ohne die Schlafende zu wecken. Ein Stückchen Fisch wanderte
in den Topf zurück.

»Morgen früh?«, wiederholte Rossi.

Adolfo nickte und blinzelte ihm zu.

Cecilia starrte immer noch auf das Händchen. Es war runzlig
und voller brauner Flecken. Dort schlief kein kleines Mädchen,
ging ihr auf, sondern eine alte Frau. Eine Greisin, die offenbar
so hungrig war, dass sie Essen stibitzte und hamsterte. Schockiert folgte sie Rossi ins Freie.

Die Kinder hatten ein Stück Boden festgetreten und kickten
vom Wasser rund gewaschene Kiesel in eine Sandkuhle.

»Hast du das gesehen, Rossi? Die alte …«

»Ich weiß.«

»Wie hungrig muss sie sein, wenn sie der eigenen Familie das
Essen …«

»Ich weiß.«

»Wir hätten etwas mitbringen müssen. Wir haben doch genug. Wenigstens … wenigstens für die Kinder.« Sie spürte, wie
ihre Augen feucht wurden.

»Geht nicht.«

»Warum?« Er machte sie wahnsinnig mit den Bröckchen, die
er ihr als Antwort hinwarf.

»Weil sie die Linie noch nicht überschritten haben.«

»Welche Linie?«

»Die zwischen Würde und Verhungern. Wenn du am Verhungern bist, gibt es keine Würde mehr. Aber vorher ...« Er zuckte die Schultern. »Es geht ihnen ja noch einigermaßen, nicht wahr? Die Kinder spielen. Es ist ein schmaler Grat.«

»Warum hast du mich überhaupt mitgenommen?«

Er antwortete nicht.

Adolfo und Leo kamen in aller Früh und begannen, die schweren Möbel in die Diele und die leichten Möbel und die Bücher in das obere Stockwerk zu schaffen.

»Wird es auch nicht zu viel für Sie?«, fragte Cecilia den Alten, als sie ihn mit Leo den Aufsatzschrank in die Diele hieven sah. Er hatte Gichtknoten an den Gelenken und Ohrmuscheln.

Lachend schüttelte er den Kopf. »Der Giudice zahlt gut, Signorina. Das ist wie ein Bad im Jungbrunnen.«

Leo sagte gar nichts. Er wirkte still und verbittert. Oder traurig. Oder vielleicht nur hungrig? Cecilia ging in die Küche und wies Anita an, den Männern Brot und Käse zu bringen. Sie achtete darauf, dass der Teller bis zum Rand gefüllt war. »Und Wein, Anita! Und backe Kuchen für die Kinder, die bei ihnen wohnen.«

Mitten in das vormittägliche Durcheinander platzte Giudice Cardini aus Monsummano. Er wollte zur Hochzeit seiner Schwägerin, hatte es daher eilig und blieb in der Diele stehen, um seine Nachrichten weiterzugeben. »Du hattest recht, Enzo. Dieser Fischer, nach dem du gefragt hast, Ivaldo Bronzi, ist tatsächlich zu den Soldaten, aber nicht zu den Maltesern, sondern ins Dragonerregiment nach Pisa.«

Adolfo horchte genauso auf wie Rossi. Er setzte den Weinkühler ab, und Cardini erzählte den beiden Männern, dass sein Cousin, der im Staatssekretariat für Krieg und Marine arbeitete, den Namen des Burschen in einer Liste gefunden habe.

»Ivaldo macht's richtig. Wenn der alte Weg zugeschüttet ist, muss man einen neuen suchen«, meinte Rossi.

»Kann ich dir sonst noch behilflich sein?«

Rossi schüttelte den Kopf und bedankte sich.

Aber Cardini zögerte zu gehen. »Dieser Feretti – sieh dich vor. Er ist tatsächlich zu Lupori gegangen, um sich über die Seifensiederin zu beschweren. Und über dich, natürlich.«

»Was hat der Giusdicente gesagt?«

»Na ja …« Cardini schien selbst verdutzt. »Er hat ihn offenbar abgewimmelt. Der Mord an Mario Brizzi sei aufgeklärt und gesühnt. Plänkeleien am Rande interessieren ihn nicht. Gib trotzdem acht, Enzo. Im Ernst. Sowohl was Feretti als auch, was Lupori angeht.«

Als er fort war, klopfte Rossi Adolfo auf die Schulter. Sie sahen beide erleichtert aus. Offenbar hatten sie sich um Ivaldo große Sorgen gemacht.

Und dann kamen die Komödianten für ihre erste Probe. Sie eroberten das Teatro mit der überwältigenden Dreistigkeit ihrer Zunft. Cecilia hörte Flüche und zotige Bemerkungen, und sie überlegte, ob es nötig wäre, die Tür zu verschließen, die den Palazzo und das Teatro miteinander verband.

»Warum denn?«, fragte Rossi.

»Komödianten sind Diebe«, sagte sie, und genau aus dem Grund, weil er ihr den Allgemeinplatz verübelte, beharrte er darauf, die Tür offen stehen zu lassen.

Sollte er. Es war sein Haus. Mochten sie es ihm ausräumen. Cecilia ging zu Dina, und sie durchforsteten den Kleiderschrank.

»Kommen Sie mich auch wirklich besuchen?«

»Aber sicher, mein Engel.« Cecilia legte den Reifrock, den Dina gerade anprobiert hatten, beiseite, ging in die Hocke und zog das Mädchen an sich. Über seine Schulter hinweg schaute sie durch das Fenster auf die Weinhänge, auf denen nach einem Wetterumschwung der Matsch in fetten Fladen hing.

»Ich hab Sie fast so lieb wie Mamma.«

»Ich hab dich auch lieb.«

Dina vergaß, dass sie eine junge Dame war, und rieb ihre Nase an Cecilias Schulter. »Ich hab Angst, dass sie mich im Kloster nicht leiden können. Niemand kann mich leiden.«

»Du sollst das nicht immer sagen. Du weißt doch …«

»Sofia sagt, ich bin eine *Crotte*.«

»Bist du nicht.«

»Was ist das eigentlich, eine *Crotte*?«

»Das weiß ich nicht. Aber Sofia sagt immer nur Unfreundlichkeiten, einfach, weil sie gern unfreundlich ist, und deshalb kann es nicht stimmen.«

»Die Tochter von Signora Bellini konnte mich aber auch nicht leiden. Ich hab ihr gesagt, dass sie schummelt, und das stimmte auch, weil sie beim Springen auf die Schnur getreten ist, und sie wollte es nicht zugeben, aber ich hab's gesehen. Mamma war böse auf mich. Ich soll nicht sagen, dass jemand schummelt, hat sie gesagt, weil sich das nicht gehört und weil es unwichtig ist und …«

»Ja?«

»Sie hat gesagt, ich werde genau wie mein Vater.«

Dina machte sich los. Sie schaute Cecilia an, und es war klar, was sie erwartete – ein Urteil.

»Nun, ich denke, wenn jemand schummelt, dann schummelt er.«

»Ich durfte Mamma drei Tage nicht besuchen. Sie war sehr, sehr böse.«

Gut gemacht, Grazia. Und du ebenfalls, Rossi, dachte Cecilia aufgebracht, während sie sich erhob. Wie kann dieses schreckliche Kind es auch wagen, seinen Eltern zu gleichen! Wie kann es nur wagen, Dinge zu sagen oder zu tun, die eventuell dem ähneln könnten, was seine Mutter oder sein Vater eventuell sagten oder täten. Schlagt nur immer drauf!

»Hör zu, Schätzchen.« Sie streichelte zärtlich die kleine Wange. »Du brauchst dir wirklich keine Sorgen zu machen. Im Kloster leben viele Mädchen. Und alle sind unterschiedlich. Einige werden dich mögen und andere nicht. Du hältst dich einfach an die netten. Dann wird es gehen.«

»Darf ich wieder nach Hause, wenn sie mich ärgern?«

»Sie werden dich nicht ärgern. Und ich hab dich lieb auf immer und ewig!«

Der Lärm nebenan wurde lauter. Cecilia küsste Dina, probierte noch einige Kleider mit ihr an, und dann trieb sie das

Kind an die französische Lektüre. Als sie ins Speisezimmer kam, wo Adolfo und Leo die Schrauben, mit denen die Spanntapeten befestigt waren, aus der Wand drehten, sah sie, dass die Schauspieler Kulissen ins Teatro brachten. Arlecchino und der Dottore schoben auf einem Rollengestell einen Wald durch die Flügeltür, ein Junge transportierte einen halben Brunnen aus Pappmaché. Unter seinem Arm klemmte eine klappbare Sonne.

Künstliche Pflanzen in Blumenkübeln wanderten vom Wagen auf die Straße. Sie sahen schwer aus und waren doch so leicht, dass die junge Rothaarige, die Smeraldina, sie mit einer Hand über die Seitenwand des Karrens heben konnte. Die Schauspielerin trieb die Männer übellaunig zur Eile an. Keine Reklame für einen Komödiantentrupp, dachte Cecilia mit einem Blick auf die Leute, die dem Trubel vom Markt aus zusahen.

Sie ging durch den Flur ins Teatro.

Dina war ihrer Lektüre entflohen und über die Treppe zur linken Loge hinaufgeklettert. Sie schaute, den Kopf auf die Hände gestützt, gespannt über die Brüstung. Jemand trug die Leitern hinab, die seit ewigen Zeiten in der Loge aufbewahrt worden waren. Der Mann mit dem schwarzen Frack – er hatte ihn ausgezogen, zugunsten einer geflickten Jacke, an der sich der Ellbogen aufribbelte – saß auf einem Stuhl in einer Ecke, das Kinn auf der Brust, und schnarchte.

Arlecchino war es, der die Arbeit leitete. »Hopp! Uuuund … absetzen. Uuuund … *kannst* du nicht aufpassen. Du bist ein Kamel! Ein Kamel mit einer begnadeten Stimme, aber trotzdem … Nein, nicht dorthin. Soll die liebliche Angela mit dem Hintern in der Stechpalme landen?«

»Ihr Kuss ist stachelig genug«, brüllte der Mann, der die Leitern trug, von der Logentreppe. Einige lachten, eine Frau, deren Gesicht bereits deutliche Spuren des Alterns zeigte – unter anderem einen Damenbart –, zog in unnachahmlicher Grandezza eine Augenbraue hoch.

»Stell den Thron nach links … weiter, weiter …«

»Der Thron hat immer neben der Palme gestanden.«

»Und tun wir, was wir taten, unser Leben lang?«, deklamierte
Arlecchino theatralisch. Der Thronschieber, ein gut aussehen-
der Bursche mit einem spitzen Kinn und einem fulminanten Ba-
ckenbart, klatschte spöttisch in die Hände.

Cecilia musste lachen.

In diesem Moment legte ihr jemand von hinten die Hände
um die Taille. Sie war noch völlig in ihrem eigenen Lachen be-
fangen. Dass man sie anfasste, dass man sie auf eine derart intime
Weise berührte, die Hände unter ihrem Busen, war unmöglich, und sie brachte es im ersten Augenblick mit der Scheinwelt
in Verbindung, die hier nicht nur aufgebaut, sondern von den
Schauspielern bereits gelebt wurde. *Arlecchino liebt Smeraldina.*
Der Geruch nach staubiger Pappmaché ... Und der Geruch
nach ...

Sie erstarrte. Einen Atemzug lang wirbelte sie durch verschiedene Welten. In der einen zog ihr Leib sich voller Schmerz zusammen ... fort ... fort ... In einer anderen glühte sie vor Rach-
sucht. In der dritten, der alles beherrschenden, reagierte ihr
Körper mit einer Leidenschaft, die jedes andere Gefühl der
Lüge strafte. Halte mich fest, ... bleib, ... o Gütiger, Inghiramo ... Eine Welle des Verlangens, der Sehnsucht überspülte
sie ...

Sie begann zu keuchen, dann zu weinen. Mit einem Ruck
machte sie sich frei und gab dem Mann, der sie umfasst hatte
und sie voller idiotischer Zärtlichkeit anlächelte, eine Ohrfeige.

Als sie in ihr Zimmer stürzte, weinte sie immer noch. Es war
mehr als Tränen, was ihr aus den Augen quoll. Es war Wut,
Ekel, Selbsthass und noch vieles andere, für das sie keine Worte
fand. Sie verkroch sich in ihren Kissen. Nur mit Mühe brachte
sie es fertig, Luft zu holen. Ihre Gefühle schüttelten sie. Inghiramo war ihr also gefolgt. Er hatte es fertiggebracht ... Sie riss
den Knopf an ihrem Mieder auf. Er glaubte tatsächlich ... O Gott,
sie merkte, wie ihr schlecht wurde. Noch mehr Luft ... Haltung,
Herrgott noch mal ... Wie konnte er es wagen ...

Jemand klopfte an ihre Tür.

Sie tat, als hörte sie nichts. Inghiramo – der Mistkerl, das widerliche Stück Dreck – würde sich nicht trauen, ihr in ihr Schlafzimmer zu folgen. Obwohl: Warum nicht? Er war nach Montecatini gekommen. Er hatte die Unverschämtheit besessen, das Nest anzugreifen, für das sie Zweig um Zweig zusammengetragen hatte, um sich nach seinem Verrat ein Stück Sicherheit zurückzuerobern. Plötzlich war sie nur noch wütend.

Es klopfte erneut, dann trat Rossi ins Zimmer. »Was ist passiert?« Er kam zu ihr ans Bett, die Hemdsärmel hochgekrempelt, die Lippen weiß vor Wut. Es sah ein bisschen so aus, als ob er die Zähne fletschte, wie Ferettis Hündin. »Cecilia, was haben sie getan? Was haben diese Mistkerle ...« Er beugte sich über sie.

»Nichts.«

Seine Augen suchten ihr Gesicht ab, ihren Oberkörper. Was bildete er sich ein? Dass man ihr die Kleider vom Leib gerissen hatte?

Er packte sie bei den Oberarmen. »Ich werfe sie raus, sofort!« Es war ihm ernst damit, das hörte sie an seiner Stimme. »Was ist passiert?«

Sie schüttelte den Kopf.

»Cecilia!«

Sie blickte ihn an. Zum ersten Mal seit langer Zeit sah sie wirklich sein Gesicht. Sie sah den Mann, mit dem sie zwar nicht das Bett, aber den Speisezimmertisch und das schäbige Dach über dem Kopf und das Porzellan mit den angeschlagenen Tellern teilte. Er hatte schöne Augen, schwarz, glänzend. Er war schlecht rasiert und hatte sich bei der Prozedur in die Lippe geschnitten. Er war ihr so vertraut, dass es wehtat. Sie wollte, dass er sie in die Arme nahm und tröstete, und sie wünschte ihn und sich dafür zum Teufel. Männer! Immer waren es die Männer ...

»Es gab ein Missverständnis.«

»Was für ...«

»Im Grunde gar nichts.«

»Dina sagt, du hast einen der Kerle geohrfeigt. Der besoffene Schwarze, der das Pack in Zaum halten soll, ist zu mir gekommen, um sich zu entschuldigen. Und du sagst, es sei nichts passiert?«

Wieder überschwemmte sie eine Welle der Übelkeit. Besten Dank, Inghiramo. Großmutters Gartenhäuschen war dir als Bühne nicht genug? Das Drama soll noch einmal im großen Saal aufgeführt werden? Scheißkerl. »Ein Missverständnis«, wiederholte sie, während sie sich aufsetzte und an ihren Knöpfen fingerte.

Und am Ende – war das nicht die Wahrheit? Der Mann, der sie geschwängert und dann im Stich gelassen hatte, war ihr nach Montecatini gefolgt. Aber sie hatte ihm mit einer Ohrfeige klargemacht, was sie davon hielt. Und da er das arroganteste Geschöpf unter Gottes Himmel war, würde er ihr gekränkt den Rücken kehren. Fertig.

»Cecilia …«

»Einer der Schauspieler hat mich offenbar mit einer Komödiantin verwechselt und versucht, mich zu küssen. Das war alles. Ich kümmere mich um das Essen.«

Natürlich hatte er die Stadt unverzüglich verlassen. Die Schauspieler probten weiter, aber gleich, wie Cecilia lauschte – in dem Deklamieren, das durch die Wände drang, tauchte niemals seine Stimme auf. Sie konnte seine magere, in trübsinniges Schwarz gekleidete Gestalt auch nicht entdecken, wenn die Komödianten morgens zur Probe eintrafen. Er war also fort. Und es gab Augenblicke, da fragte sie sich ernsthaft, ob sie sich die Umarmung nicht nur eingebildet hatte.

Einige Tage später – es war Markttag, und sie spazierte zwischen den der Jahreszeit entsprechend spärlich bestückten Ständen –, traf sie den Schauspieler, der den Arlecchino gab. Er saß auf dem Podest des Denkmals, ausnahmsweise ohne seine berufsmäßig possenhafte Albernheit, und da sich zwischen den Marktbesuchern und dem Denkmal ein Wagen als Sichtschutz befand, überwand Cecilia sich zu einer Unterhaltung.

»Von den Kräften verlassen, Signor Arlecchino? Oder von der Freud an der Sache? Pistoia hätte ein besseres Pflaster geboten, wenn Sie auf Beifallsstürme hoffen.«

»Ich hoffe, wenn Sie verzeihen, Signorina, auf fünf Julii pro Aufführung, zwei Mahlzeiten am Tag und ein Dach über dem

Kopf.« Er lachte und änderte den Tonfall. »Die Wahrheit ist, Sie haben mich erwischt, werte Dame. Das Lachen der Zuschauer ist mein Lebenselixier. Ich bin ein Professionist der Verstellung, meinen Nächsten naszuführen ist mir ein größeres Vergnügen als hundert Julii pro Aufführung, und ich tauschte es nicht gegen den Palast der Königin von Neapel. Wenn Sie meinen Dank entgegennehmen würden – es war äußerst großzügig von Ihnen, uns nicht zum Teufel zu jagen.«

Sie sah die Neugierde in seinen Augen und schämte sich, ihn angesprochen zu haben. Und doch blieb sie stehen, als er fortfuhr zu sprechen.

»Es *musste* dieses sterbenslangweilige Nest sein, Signorina, denn Principale Inghirami, der ein Held der visuellen Verzauberung ist und dem zu dienen mir ein göttliches Vergnügen bereitet, wollte die Truppe ausschließlich für Montecatini mieten.«

»Und nun ist er fort?«

Arlecchino beobachtete sie listig aus seinen von Lachfalten umzogenen Augen. »Der arme Principale. Aber nein. Er wälzt sich nächtens auf dem Karrenboden, … er trinkt, … er seufzt und stöhnt. Er reizte zum Lachen, besser als jeder Arlecchino, wenn sein Kummer nicht so … tragisch anmutete.«

»So liefert er euch gleich den Stoff für euer nächstes Melodram.«

»Ein seufzender Held, eine kaltherzige Heldin … Die Tinte läuft mir aus den Fingern – wo ist das Papier? Wer hätte gedacht, dass das Leben …«

Es reichte. Cecilia drehte dem Schauspieler kühl den Rücken und kehrte zwischen die Stände zurück. Sie kaufte einen schrumpligen Weißkohl. Inghiramo machte sich also zum Narren vor den Narren. Wenn das keine Genugtuung war!

Sie hatte in den nächsten Tagen so viel zu tun, dass ihr kaum Zeit zum Grübeln blieb. Adolfo und Leo hatten die Zimmer gereinigt, und der Dekorateur von Signor Secci kam, seine Tapetenbahnen zu kleben – was Rossi mit Misstrauen, aber auch mit Interesse verfolgte, wie alles, was er nicht kannte. Irgendwann würde er zugeben, dass sie seinem Haus zu Glanz verholfen hatte.

Am Abend dieses Tages nötigte er Cecilia, ihren Mantel überzuziehen. Neugierig folgte sie ihm über den Markt in den Hinterhof von Goffredos Kaffeehaus. »Was tun wir hier?«

Er öffnete den Flügel eines großen Tores. »Bitte eintreten, die Dame.« Stallgeruch schlug ihr entgegen.

»Rossi …«

»Hier steht sie, Signorina. Die Kutsche, die du in Zukunft benutzen wirst, wenn du jemanden besuchen willst.« Er hob die Laterne und zog sie in den nach Tierleibern und staubigem Heu riechenden Raum. Etwas Riesenhaftes bewegte sich, und Cecilia entdeckte einen Schimmel, der bedächtig an einem Bündel Heu zupfte. »Komm weiter. Hier.« Der Schein der Lampe wanderte zu einem Gefährt, einer Vittoriakutsche auf hohen gefederten Rädern, weiß bemalt, mit einem altmodischen roten Stepppolster. »Nun?«

»Für mich?«

Rossi grinste wie ein Schuljunge.

»Für mich? Wirklich für mich?«

Er lachte über das Glück in ihrer Stimme und gab ihr die Lampe, um die Hände frei zu bekommen. Aufgeregt sah sie ihm zu, wie er den Schimmel einspannte und Pferd und Kutsche aus dem Stall und auf den Marktplatz führte. »Goffredo wird sich um das Tier kümmern. Damit hast du nichts zu tun. Wenn du den Wagen brauchst, sagst du ihm einfach Bescheid, und er spannt an. Und nun: Hopp …«

Die Vittoria war ein Zweisitzer mit einem klappbaren Lederverdeck und einem Sitz für einen Lakaien über den Hinterrädern. Cecilia erklomm das rote Polster. Der Samt war abgeschabt und alles roch ein bisschen muffig, aber sie war zu glücklich, um sich daran zu stören.

Rossi zwängte sich neben sie. »Heho!« Der Schimmel bewegte das Hinterteil, die Kutsche ruckelte an. Ausnahmsweise regnete es einmal nicht. Es war Vollmond, und die Nacht hell. Sie sah Rossi zu, wie er den Wagen in die nächste Gasse lenkte.

»Bist du schon einmal selbst gefahren?«

»Großmutter Biancas Enkeltochter?«

»Hm. Dann musst du es lernen.« Als sie die Stadt hinter sich gelassen hatten, übergab er ihr die Zügel, und bald war sie damit beschäftigt, ein Tier, das hundertmal so viel wog wie sie selbst und einen mindestens so starken Willen hatte, dazu zu bewegen, anzuhalten, loszutraben und eine bestimmte Richtung einzuschlagen, die ihm offenbar missfiel, sobald Cecilia sich für sie entschieden hatte.

»Sie mag mich nicht.«

»Ach was«, sagte Rossi und schnappte sich die Zügel, um die Schimmelstute erneut anzutreiben. »Du machst das gut.« Er gab ihr das Leder zurück. »Du brauchst nur ein bisschen Übung, das ist alles.« Eine halbe Stunde später brummte er: »Sie ist nicht störrisch, es bringt sie nur durcheinander, wenn du nicht weißt, was du willst. Du musst mit fester Hand die Zügel führen.« Noch später: »Also wirklich, Cecilia!«

»Ich weiß genau, was ich will.«

»Dann mach's ihr klar! Sie ist ein verdammtes Pferd. Sie will wissen, ob sie dir gehorchen muss.«

Das verdammte Pferd hieß Emilia. »Lammfromm«, versicherte Rossi. »Sie schlägt nicht aus, und sie beißt nicht – sonst hätte ich sie nicht gekauft.« Aber sie hatte eine Neigung, an allem zu schnuppern, als wäre sie blind und taub und müsste die Welt mithilfe der Nase erkunden. Das hielt auf. Dafür liebte sie Abkürzungen.

»Sie bricht sich und dir den Hals, wenn du ihr das nicht abgewöhnst«, sagte Rossi und umschloss Cecilias Hände mit seinen eigenen, um ihr das beizubringen, was er *die nötige Festigkeit* nannte. Er quetschte ihre Finger, und sie fühlte sich wie eine Marionette in den Händen eines verzweifelten Puppenspielers.

Plötzlich sah sie das Irrenasyl vor sich auftauchen.

»Es ist Donnerstag«, fiel ihr ein.

»Ich weiß. Deshalb haben wir diesen Weg genommen.«

Die Probe hatte bereits begonnen, aber Roberta hatte den Platz neben sich frei gehalten. Sie klopfte mit der Hand aufs Polster.

»Könnten Sie mir Farben besorgen, liebste Signorina Barghini?«, wisperte sie anstelle einer Begrüßung.

»Was für Farben?«

»Ich hatte eine Vision. Ich male mein eigenes Abendmahl. Warum soll ich das von Tintoretto kopieren?, frage ich Sie. Er war ein Stümper.«

Arthur lächelte Cecilia von seinem Virginal aus zu.

»Und zwar, weil er sich der Gewalt beugte. Ein wahrer Künstler ist unfähig, sein Werk zu schänden. Prostitution und Kunst sind Gegensätze, stimmen Sie mir zu? Ich *bete* des Färberleins Spiel von Licht und Schatten an, aber wie er sich demütigen ließ …«

Cecilia sah, dass es Rossi an diesem Abend neben Abate Brandi verschlagen hatte. Wo steckte Vincenzo? Sie entdeckte den jungen Mann, von den anderen abgesondert, wieder hinter einem Farn. Er blickte zu den nachtschwarzen Fenstern, die in den Innenhof führten, und sein Gesicht war ausdruckslos. Kein Vergleich mehr mit der tobenden Bestie, die über Arthur hergefallen war. Allerdings sang er auch nicht mit.

»Und?« Roberta zupfte ungeduldig an Cecilias Ärmel. »Was ist mit den Farben?«

»Wenn ich kann, werde ich sie besorgen.«

An diesem Abend ließ Arthur einige ausgewählte Patienten – zu denen allerdings weder Roberta noch Vincenzo gehörten – an einer gemütlichen Plauderstunde nach dem Chor teilhaben. Lächelnd sah Cecilia dem Arzt zu, wie er glücklich, wenn auch nervös, seine Irren beobachtete. Dabei lauschte sie einer Dame, die seit dreißig Jahren an Kopfschmerzen litt, im Grunde, seit sie ein Kind war. »Nichts als Kopfweh.« Ihre Einweisung ins Asyl beruhte auf einem Missverständnis, und sie rechnete stündlich mit der Ankunft ihrer Tochter.

»Ich verstehe«, sagte Cecilia und schielte zu den andern Gästen, während die Dame ihr einen Einblick in die Variationen des Kopfschmerzes gab, die sie in unterschiedlichen Lebensabschnitten geplagt hatten.

Eine der Dienstbotinnen offerierte ihr und der Verrückten mit Fisch belegte Kanapees an.

»Die Ventile, Enzo!«, dröhnte Abate Brandis Bass durch den Raum. »Woher weiß die Kanaille – Verzeihung, Signora Fabbri, aber es ist wirklich ein schreckliches Pack – etwas von Ventilen? Woher haben sie die technischen Informationen?« Er nahm dem Mädchen eine Tasse Tee ab, die er sogleich auf einem Tischchen absetzte und vergaß. »Das kostet den Granduca dreihundert Skudi – es sei denn, wir können die Pumpen reparieren. Es sei denn, *Bombicci* kann sie reparieren – er ist der einzige Fachmann, den wir hinzuziehen können. Und vorausgesetzt, die Reparatur gelingt ...« Seine Aufmerksamkeit galt wieder Rossi, dem er als Einzigem den nötigen Sachverstand zuzutrauen schien. »Weißt du, was auch das kosten wird? Welche Honorare der Mann nimmt? Ich müsste ihn extra aus Pisa holen lassen, und ich sage dir, er rechnet pro Meile ab.«

»Am schlimmsten ist das Kopfweh, das gegen die Augen drückt«, sagte die Verrückte.

Signora Fabbri gähnte hinter ihrem Fächer. Abate Brandi, der ihre Langeweile bemerkte, ließ pflichtschuldig von seinen Sorgen ab.

»Dampf ist auch in den Gefilden der heimischen Küche eine nützliche Kraft, wenn ich das erwähnen darf, Signora. Denis Papin – ist schon lange tot, ein guter Mann – hat einen Kochtopf erfunden, der mit Dampfdruck arbeitet. Er ist ihm explodiert, als er ihn der Royal Society in London vorstellte. Ein Jammer. Er wurde ausgelacht, und das hatte er nicht verdient. Schließlich hat er ein Sicherheitsventil erfunden ...«

»Abate, ich bin überzeugt ...«

»Und inzwischen ist der Dampfkochtopf von einer umsichtigen Hausfrau auch in der Küche zu gebrauchen. Sie haben Ihren Braten doppelt ... was rede ich ... dreimal so schnell auf dem Tisch, wenn Sie mir folgen können, Signora Fabbri.«

»Aber mein lieber Abate, warum sollte ich das denn wünschen?«, fragte die Signora vernünftig.

Die Verrückte mit den Kopfschmerzen wedelte mit ihrem Fächer. »Meine Tochter wird das interessieren. Sie *liebt* Töpfe. Habe ich erwähnt, dass sie morgen vorbeikommt?«

»Das Pack hat meine Ventile durch Säure unbrauchbar gemacht, Enzo. Und jetzt rede ich mit dir in deiner Funktion als Giudice. Ich glaube ...«

»Das *Pack* ist um seine Lebensgrundlage gebracht worden«, sagte Rossi. »Und *ich* rede mit dir als Kerl, der weiß, wie Hunger sich anfühlt.«

»Natürlich, natürlich.« Brandi breitete die Arme aus, hob die teigigen Hände und seufzte. »Ist ja nicht so, als hätte ich kein Herz, der Herr kann's bezeugen. Aber der Fortschritt ist nicht aufzuhalten. Dieser Alte, Adolfo ... Du kennst ihn doch. Es heißt, sie hören auf ihn. Könntest du ihm nicht ...«

»Du überschätzt meine Möglichkeiten.«

»Aber ...«

Arthur schlenderte heran. Er nickte seiner Irren zu, verbeugte sich vor Cecilia und führte sie zu einem Bild, das neu über der Anrichte aufgehängt worden war. Eine Stadtansicht von Florenz, und zwar aus der Höhe betrachtet, vielleicht aus dem Fenster eines der mittelalterlichen Wohntürme. Die Dächer des Doms lagen in einem rötlichen Nebel, über ihnen ging eine riesenhafte Sonne auf. Eine kleine, weiße Katze spielte im Vordergrund des Bildes auf einem Fenstersims. Die Barthaare waren mit unglaublich feinen Strichen gepinselt.

»Das ist schön. Wunderschön.«

»O ja. Roberta Martello! Sie ist tatsächlich eine großartige Künstlerin, nach meinem bescheidenen Urteil. Ich glaube, wenn sie nicht mit ihrer Krankheit geschlagen wäre, würde sie sich einiger Popularität erfreuen. Cecilia ... Sie hat eine Bitte geäußert.«

»Wenn Sie die Farben meinen ...?«

Arthur schüttelte den Kopf und wirkte plötzlich verlegen. »Es geht um eines ihrer Bilder. Sie dürfen mir nicht zürnen, aber so wie es aussieht, hat Roberta eine Neigung zu Ihnen entwickelt, und sie bat mich, Ihnen ein Gemälde zu übergeben, das sie kürzlich vollendet hat. Wenn Ihnen dieses Ansinnen allerdings unangenehm sein sollte ...«

»Lieber Arthur, ganz und gar nicht. Im Gegenteil, ich fühle mich geehrt.«

Der Irrenarzt beugte sich vor und küsste erleichtert ihre Hand.

147

Roberta bewahrte das Gemälde in ihrem Zimmer auf, und so gingen Cecilia und Arthur wenig später durch die spärlich beleuchteten Flure in den oberen Teil des Asyls.

»Woran leidet die Arme eigentlich?«, fragte Cecilia.

»Nun, als Künstlerseele ist Roberta sowieso anfällig für nervliche Krankheiten. Und ihr Geschlecht vergrößert das Problem, denn die weibliche Natur ist schwärmerischer als der nüchterne männliche Geist. Ich würde sagen, das Unglück beruht auf einem Zuviel an Gefühlen. Ist Roberta glücklich, dann erstürmt sie den Himmel und vollbringt Unvergleichliches. Das Bild im Salon beispielsweise ist an einem einzigen Tag entstanden. Sie war selig, und am Abend hat sie der Hälfte der anwesenden Damen einen Heiratsantrag gemacht.«

»Den Damen?«

»Vergessen Sie nicht, Sie sind in einem Asyl, Cecilia«, bat Arthur ein wenig verlegen. »In ihren unglücklichen Zeiten muss man Roberta allerdings Stricke aus den Händen winden und sie in vergitterten Zimmern halten. Was nicht immer einfach ist, denn ihre Stimmung wechselt täglich, manchmal stündlich. Ein entsetzliches Schicksal. Es wird ihr vermutlich unmöglich sein, irgendwann einmal außerhalb dieser beschützenden Mauern zu leben.«

Cecilia merkte, wie leid ihm seine exotische Patientin tat. Es war klar, dass er sie mochte.

Der Arzt räusperte sich. »Sie fühlen sich bedrückt, wenn Sie sich in diesen Mauern aufhalten, nicht wahr, meine Liebe?«

»Arthur …«

Sie hörte ihn leise lachen, konnte aber zu wenig sehen, um aus seinem Gesicht zu lesen, ob er enttäuscht war. »Es ist nicht nötig, dass Sie mich in den Bereich mit den Krankenzimmern begleiten. Wirklich nicht. Wenn Sie das hier nehmen wollen …« Sie waren vor einer doppelflügligen weißen Tür angekommen. Er reichte ihr seine Lampe und rückte einen Stuhl zurecht, der an der Seite des Flures zwischen zwei Fenstern stand.

Cecilia fehlte die Kraft, um zu protestieren. Natürlich fürchtete sie sich. Sie war unter einem Dach mit einem Haufen Verrückter, und mochten sie noch so liebenswert sein und noch so schöne Bilder malen.

»Keine Sorge. Der offizielle Bereich und der Bereich, in dem die Kranken wohnen, sind streng getrennt, und der Letztere ist gut gesichert. Ich kann Sie doch allein lassen?«

»Selbstverständlich.«

Im nächsten Moment war er verschwunden.

Cecilia mochte sich nicht setzen. Sie stellte sich vor eines der Fenster und wartete. Das Mondlicht hatte die Landschaft verwandelt. Die Hügel hatten einen Sammetbezug aus Licht bekommen, die Spitzen der Zypressen leuchteten. Ein friedliches Bild. Das nur getrübt wurde durch die trennenden Gitterstäbe. Cecilia lauschte in Richtung Tür und fragte sich, wie lange Arthur wohl brauchen würde. Dieses ehemalige Kloster war ein Labyrinth aus Gängen, Zimmern und Treppen. An Arthurs Schlüsselbund hingen Dutzende von Schlüsseln. Sie stellte sich vor, wie er damit Tür um Tür öffnete. Und auch wieder verschloss? Das vergaß er doch hoffentlich nicht?

Sie schämte sich ein wenig ihrer Furcht, von der sie wusste, dass sie schäbig war. Die arme Frau mit dem Kopfweh ... Die bedauernswerte Roberta ... Vielleicht musste man mehr erlebt haben als sie selbst, um einen so barmherzigen, angstfreien Blick auf das Asyl zu bekommen wie Rossi.

Es roch nach einem Reinigungsmittel, und sie fragte sich geistesabwesend, wer wohl die Böden schrubben mochte. Sicher nicht die Patienten. Sie hatten schon Glück, diese Irren in Arthurs Asyl.

Unruhig ging sie einige Schritte durch den Flur. Der Schein der Lampe wanderte über den schwarz-weiß gekachelten Boden. An der Wand stand ein Bücherschrank, einsam, als hätte man ihn dort vergessen. Lauter gewichtig aussehende Lederschinken füllten die Regalbretter. Ihr fiel ein, dass Arthur die Tür, die in den Flügel der Patientenzimmer führte, nicht wieder verschlossen hatte. Oder doch? Hatte sie irgendwelche Schlüsselgeräusche gehört?

Sie vergaß die Bücher und kehrte zur Tür zurück. Nervös hob sie die Hand und fasste nach der Klinke.

Und erstarrte.

»Wau ...«

Ein Schauer kroch an ihrer Wirbelsäule den Rücken hinauf.

»Wauauau ... wauuu ... wauauauu ...«

Cecilia war unfähig, sich zu rühren. Lots Frau, dachte sie fahrig. So war es ihr ergangen, als sie sich umgedreht hatte zum brennenden Gomorrha. O Gott!

Hier brannte nichts. Es war auch wieder still geworden. Nur der eigene Atem rauschte in ihren Ohren. Ruhe jetzt, Ruhe. Das Geräusch war aus ihrem Rücken gekommen, vom anderen Ende des Flures, so viel stand fest. Und auch, dass der Schein der Lampe nicht bis dorthin reichen würde, selbst wenn sie die Kraft fände, sich umzudrehen. Der Geruch des Parfüms, mit dem das Lampenöl aromatisiert war, stieg ihr in die Nase. Zitronenöl – warum fiel ihr das gerade jetzt auf? Cecilia bewegte sich. Sie sah das milchige Licht des Mondes, das die letzten beiden Fenster erhellte und die Gitter auf dem Fußboden abzeichnete, wo sie die Karrees in Unordnung brachten. In Wirklichkeit hatte sie gar nichts gehört. Das weibliche Nervenkostüm, ich verstehe, Arthur ...

»Wauuuu ...«

Ihre Finger verkrampften sich um den Lampengriff. Der Laut jagte durch ihren Körper bis in die Finger- und Zehenspitzen. Wölfe!

»Wau!«

Keine Wölfe, denn Wölfe jagen nicht in Häusern. Umdrehen, Cecilia, du musst dich umdrehen. Das hier ist nichts als ein schrecklicher Scherz.

Sie hörte verhaltenes Gelächter. Und dann ... »Wauauauauauauu ...« Laut wie ein Jagdschrei.

Entsetzt fuhr sie herum und wich zurück, bis sich die Türklinke in ihren Rücken bohrte. Sie stierte in die Finsternis, die nichts von ihren Geheimnissen freigab. Bewegte sich dort ein Schatten? Da – ein Kichern, das sich eindeutig auf ihre missliche Lage bezog. Es gab einen hässlichen Laut, als ihr die Lampe entglitt und zu Boden fiel.

Das Licht erlosch.

Cecilia meinte eine Bewegung am Ende des Ganges wahrzunehmen. Ein schwarzer Wirbel in der Finsternis. Das Fliegen eines Umhangs? Ihr Magen krampfte sich zusammen. Etwas huschte dort. Und im nächsten Moment: Gelächter. Und dann eine Tür, die zuknallte.

Sie fiel nicht in Ohnmacht, das war gut. Stattdessen bückte sie sich und hob die Lampe auf, deren Porzellanschirm wie durch ein Wunder den Fall heil überstanden hatte. Ihre Hände wurden schmierig vom Öl, und sie dachte daran, welch ein Glück es war, dass das Feuer beim Fall erloschen war. Es hätte ja alles abbrennen können ...

Vincenzo ...

Vincenzo hatte sich die Zähne gefeilt, damals, im vergangenen Sommer, um sie als Waffe benutzen zu können. Er hatte Arthur damit den Arm aufgerissen, als wäre er ein Tier. Wie hatte sie dieses entsetzliche Detail vergessen können? Er hatte Arthur mit seinen Zähnen verletzt. Und nun war Mario zu Tode gebissen worden ... *Das hat eine entsetzliche Faszination auf ihn ausgeübt* ... Vincenzo, der sich gern in ein Tier verwandelt hätte, ... gefeilte Zähne ...

»Cecilia, Cecilia meine Liebe ...«

Plötzlich stand Arthur neben ihr und blickte entsetzt in ihr Gesicht. Der Mond beleuchtete seine linke Gesichtshälfte, und das Mitleid, das sie darin sah, ließ sie in Tränen ausbrechen. Sie flüchtete sich in seine Arme. »Vincenzo ... hat dort hinten gestanden ... dort hinten ... gebellt ...« Wirres Zeug, reiß dich zusammen, erkläre es ihm richtig. »Vincenzo ...«

»O nein, o nein, nein ...« Arthur streichelte bestürzt ihren Rücken. »Ich hätte Sie niemals hier allein lassen dürfen. Meine Arme, meine Liebe ...«

»Seine Zähne ...«

»Ich weiß, ich weiß, meine Liebe.« Behutsam führte Arthur sie einige Schritte weiter. »Keine Sorge, bitte ... Es ist gut. Es ist alles gut, Cecilia ...«

Er hatte es nicht verstanden. »Vincenzo muss sich aus seinem Zimmer geschlichen haben. Er hat dort hinten gestanden. Er hat versucht, mir Angst zu machen, indem er ... bellte.« Sie blieben beide stehen und starrten zum Ende des Flures, in dem die Dunkelheit so kompakt war, als wäre sie aus Zement gegossen.

»Dieses Haus ...« Arthur legte erneut den Arm um sie, und der Geruch seiner Haare mischte sich mit dem des Öls. »Dieses Haus macht selbst tapferen Männern zu schaffen, Cecilia. Es ist die Phantasie, die sich entzündet. Die Wirklichkeit ist ungefährlich.«

»Aber ich habe ihn dort stehen sehen. Direkt vor der Tür.« Unmöglich, nein. *Es war doch viel zu finster.* »Ich habe ihn gesehen ... oder seine Stimme erkannt. Vielleicht war es seine Stimme, die mir vorgegaukelt hat ...«

»Eventuell ein Hund, der draußen die Ruhe störte?«

Guter Arthur. Aber ich bin nicht verrückt, und mein Nervenkostüm hat mir noch niemals Probleme bereitet.

»Vincenzo ist doch eingeschlossen«, meinte Arthur, während er sie vorsichtig aus seinem Arm entließ und das Bild absetzte, das er die ganze Zeit in der freien Hand getragen haben musste. »Sie haben sich erschreckt, weil er früher einmal aus dem Asyl entwischt ist ...« Der Arzt lächelte schmerzlich in Erinnerung an seine ganz persönliche Niederlage. »Aber ich habe dazugelernt. Sie können sich darauf verlassen ... Schon gut. Schon gut, meine Liebe.«

Er brachte sie geradewegs zu den anderen zurück, und da die Gesellschaft bereits in den Mänteln stand, kam der Aufbruch rasch und ohne viele Erklärungen. Rossi verstaute das Bild hinten im Wagenkasten und half ihr auf die Bank, und sie winkte, weil Arthur ja wirklich nichts dafür konnte, wenn jemand in seinem Asyl bellte.

»Cecilia?«

»Was?«

»Keine Ahnung. Du bist so merkwürdig. Ist dir ...«

»Dort drinnen im Haus hat jemand gebellt«, sagte sie heiser.

»Ein Hund?«

»Vincenzo.«

»Vincenzo hat gebellt?«

Cecilia hasste den skeptischen Ton in seiner Stimme. »Ich glaube, dass es Vincenzo war.« Es sei denn, Arthur hatte recht, und sie … Nein, sie hatte sich nichts eingebildet. Aber davon würde sie Arthur niemals überzeugen können. Und auch den Mann an ihrer Seite nicht, das spürte sie plötzlich.

»Cecilia, das war ein verdammt anstrengender Abend«, sagte Rossi, während er Emilia antrieb.

Spröde gab sie ihm recht.

9. Kapitel

Noch immer zu Tode erschrocken ging sie zu Bett, und im gleichen Zustand stand sie am nächsten Morgen wieder auf. Sie hatte jemanden bellen hören, einen Menschen, und diesem Mensch war es ein Vergnügen gewesen, ihr Angst einzujagen. Nach ihrer festen Überzeugung hatte es sich dabei um Vincenzo gehandelt. Wollte er ihr etwas sagen? Sie teilhaben lassen an dem Mord, den er begangen hatte, in dem Wissen, dass niemand ihr glauben würde? Hatte er sich diese perfide Art der Quälerei ausgedacht, um seine irre Freude an dem Verbrechen zu steigern? Oder wusste er nicht mehr als jeder andere auch und hatte sich nur einen üblen Spaß erlaubt? Immerhin: Er musste den Krankentrakt des Asyls verlassen haben, denn er hatte ja jenseits der magischen Tür gestanden, hinter der die Irren eingeschlossen waren. Wenn er das Asyl nach Belieben durchstreifen konnte – warum sollte man nicht annehmen, dass sein findiger Geist auch einen Weg gefunden hatte, es zu verlassen?

Andererseits hatte Arthur so überzeugt geklungen. Kurz erwog Cecilia die Möglichkeit, dass einer der Wärter einen seltsamen Sinn für Humor haben könnte. Das fand sie aber noch weniger glaubhaft.

Um sich abzulenken, begann sie, ihren Umzug vorzubereiten – und sie wunderte sich, wie wenig Aufwand das erforderte. Aber sie wechselte natürlich von einer Wohnung, in der ihr nichts gehörte, in eine andere, die ebenfalls mit fremder Leute

Möbel vollgestellt war. Der einzige sperrige Gegenstand, den sie mitnehmen wollte, war das Bett aus ihrer Kammer.

Als sie beim letzten Mal ihr künftiges Zuhause inspiziert hatte und ihr Blick auf das wuchtige Himmelbett mit den Samtüberwürfen, Samtvorhängen, Samtumrandungen und den Samttrodeln gefallen war, hatte sie begriffen, dass es ihr unmöglich sein würde, in diesem Ungetüm zu nächtigen. Vielleicht war es die Erinnerung an Signora Feretti, die das Bild einer urindurchtränkten Matratze heraufbeschwor. Hatten alte Damen nicht ausnahmslos Schwierigkeiten mit der Blase? Großmutter Bianca hatte aus genau diesem Grund im Winter zuvor ein Konzert abgesagt. Wahrscheinlich war Signora Secci in ihrem Bett sogar gestorben.

»Du kannst doch das Bett aus meiner Kammer entbehren, Rossi?«

»Ich kann alles entbehren«, antwortete er, »bis auf mein eigenes Bett.«

»Packen Sie es bitte auf den Karren, falls es noch passt«, bat Cecilia Adolfo, der dabei war, ihre Koffer zu verstauen.

Plötzlich kam ihr ein Gedanke. »O Himmel, Rossi ...« Sie nahm ihn am Arm und zog ihn in die angrenzende Bibliothek. »Wie leichtsinnig von uns. Hast du es nicht bedacht? Wenn Signora Secci erfährt, wer die Miete für die Wohnung zahlt ... Weiß sie es vielleicht sogar schon?«

»Auch diesen kleinen Tisch, an dem die Platten runterhängen?«, brüllte Adolfo durchs Haus.

»Auch den Tisch, Rossi?«

»Woran immer dein Herz hängt.«

»Es hängt wirklich daran. Der Tisch inspiriert mich beim Schreiben. Also ... Wenn Signora Secci weiß, dass *du* die Wohnung gemietet hast – es wäre eine Katastrophe. Dann blüht der Klatsch erst richtig. Feretti zahlt für Marzia, Giudice Rossi ...«

»Sie wird es nicht erfahren. Secci spricht mit seiner Frau nicht über Geschäfte. Zum einen, weil er gar nicht zu Wort kommt, und zum anderen ...«

»Bist du sicher?«

»Ich pflanz es dir in Blumenbuchstaben in den Vorgarten.

Wenn es um Geschäftliches geht, wird Secci zur Auster. *Besonders* Signora Secci gegenüber. Ich glaube, es macht ihm Spaß,
sie im Ungewissen zu lassen.«

»Hoffen wir das Beste«, seufzte Cecilia.

»Außerdem könnte man annehmen, dass ich deine Finanzen
verwalte und die Summen zwar über mein Konto fließen, aber
aus deinem Vermögen stammen.«

»Niemand würde glauben, dass du *irgendjemandes* Vermögen verwaltest.«

Dina kam herein, in den Händen eines der Haarbilder, die sie
mit Cecilia gebastelt hatte. »Zum Aufhängen, Cecilia. In Ihrer
neuen Wohnung. Damit Sie mich nicht vergessen.« Und schon
war sie wieder fort. Natürlich zu den Schauspielern, bei denen
sie inzwischen jede freie Minute verbrachte.

Dafür erschien Bruno im Flur. »Wann wird das Gelump endlich wieder verschwinden?«, brummte er schlecht gelaunt. »Ist
'ne ganz schöne Arbeit, für jede Gerichtsversammlung die
Stühle neu zu rücken. Außerdem kann man solchen Leuten
nicht vertrauen. Herumziehende.«

Ich werde sie vermissen, alle, sogar diesen Kerl, dachte Cecilia. Skid! Was sollte das? Sie zog ein paar Straßen weiter und
führte sich schlimmer auf als Dina. Aber aus irgendeinem Grund
kam ihr dieser Umzug noch schmerzlicher vor als der Hinaus-
wurf bei Großmutter Bianca.

Adolfos Stimme: »Unter dem Fenster liegt eine runde
Schachtel mit einem roten ...«

»Die auch!«, brüllte Rossi.

»Bevor ich es vergesse«, sagte Cecilia. »Signora Secci hat uns
eingeladen – dich und mich – zu einem Diner. Morgen Abend.
Ich habe zugesagt, auch für dich.«

Bruno murmelte dazwischen: »Das Komödiantenpack ...«

»Die Schauspieler bleiben, bis die Aufführung vorüber ist.
Dass du darüber jaulst, machst die Zeit nicht kürzer«, wies Rossi seinen Sbirro zurecht. Und Cecilia fragte er: »Warum ich
auch?«

»Weil es sein muss.« Denn sonst würde das nächste Gerücht
womöglich lauten, dass Rossi und sein Schätzchen sich zerstrit-

ten hätten. Den Klatschmäulern die Stirn bieten, hätte Großmutter gesagt, und in diesem Punkt musste Cecilia ihr beipflichten. Sich zu ducken, nicht präsent zu sein, war die größte Dummheit, die man begehen konnte, wenn der Ruf in Gefahr geriet. Die zweitgrößte bestand darin, eine Signora Secci vor den Kopf zu stoßen.

Die Seccis bewohnten eine Villa in einer Seitengasse der Stradone delle Terme unten bei den Bädern. Rossi zügelte die Vittoria und half Cecilia aus dem Wagen. Signora Secci hatte Gewächshauspflanzen erworben und ihre geschwungenen Treppen durch üppig gefüllte Kübel in eine Verheißung des Frühlings verwandelt, die von etlichen Fackeln beleuchtet wurden.

Das war hübsch, aber erst, wenn der Besucher durch die Eingangstür schritt, traf er auf ihre wahre Leidenschaft: Affen. Sie schwangen sich als putzige Stickfiguren durch ihre Vorhänge, waren auf Bildern verewigt, auf Porzellantässchen, schmückten als Meißener Figuren die Vitrine. Ein lebendiges Äffchen hockte im Salon in der Nachbildung einer Palme, mit dem Bein an den Palmenstamm gekettet und an einer Ananas knabbernd.

»Sie mag Affen«, stellte Rossi, der aufmerksame Beobachter, fest.

Cecilia verlor ihn rasch aus den Augen. Das Haus war geräumig, und Signora Secci hatte großzügig eingeladen. Etliche Herrschaften kannte sie – beispielsweise das Ehepaar Fabbri, den Apotheker, dann die nette Dame mit dem steifen gelben Manteau, mit der sie einmal einige Schritte auf ihrem Spaziergang gegangen war, deren deutschen Namen sie sich jedoch nicht hatte merken können, Signora Danesi … Aber viele Gäste waren ihr auch fremd. Unter ihnen befanden sich zahlreiche von Signora Seccis Schwestern und Nichten, die eigens aus Pistoia, ihrer Geburtsstadt, angereist waren. Cecilia nahm einem Lakaien ein Glas Champagner ab und zog sich in einen Armlehnensessel zurück.

Signora Secci hatte sämtliche Räume in Gelb- und Grüntönen einrichten lassen, was unbestreitbar gemütlich wirkte. Das Kaminfeuer prasselte. Es roch nach brennendem Holz und nach dem Wachs von Kerzen, das mit Citrus-Parfümen angereichert war. Cecilia warf einen Blick zu Rossi, der es sich auf einem Sofa bequem gemacht hatte. Neben ihm saß Secci. Beide schwiegen.

»Signorina Barghini, wenn es erlaubt ist …?« Eine junge Frau, braunhaarig, kurzhalsig und ein bisschen mollig, setzte sich zu Cecilia. Auf ihrem herzförmigen Mund lag ein Schmollen, als hätte man sie zu dieser Unterhaltung abkommandiert, was wahrscheinlich auch der Fall war. Sie hieß Giorgia, den Nachnamen konnte Cecilia nicht verstehen. »Meine Tante hat erzählt, dass Sie die Wohnung ihrer Schwiegermutter bezogen haben. Wie reizend.«

»Ja, ich bin froh, dass sie so freundlich war, sie mir anzubieten.« Aber nicht im Geringsten darauf erpicht, mich stundenlang darüber zu unterhalten. Entfliehe, Giorgia, bat Cecilia stumm. Wir werden einander anöden. Sie hatte ganz vergessen, wie langweilig Empfänge sein konnten.

Giorgia blickte sich um. »Gefällt Ihnen die Einrichtung?«

Gütiger, sehe ich so aus, als würde ich mich in einem Zoo wohlfühlen? »Sie liebt Äffchen, nicht wahr?«

»Sie wählt für ihre Gesellschaften Themen. Jedes Mal ein neues. Geselligkeiten sind ihr besonderes Geschick, sagte Mamma immer. In Pistoia hat sie sich um die Empfänge im Haus meiner Großmutter gekümmert. Als ich das letzte Mal hier war, hatte sie sich *Piraten* ausgesucht.«

Ob sie einen davon an ihre künstliche Palme gekettet hatte? Cecilia suchte nach einer höflichen Antwort, aber da quietschte die junge Dame plötzlich auf. Das Äffchen war von der Palme entwischt. Es sauste wie ein Blitz durch den Salon, packte eine Vorhangfalte und kletterte bis auf die Gardinenstange, wo es triumphierend keckerte.

»Das war Claudio. Da wette ich drum«, gluckste Giorgia. »Mein Cousin. Er macht immer solchen Blödsinn. Tantchen wird ihn *umbringen*!«

Tantchen kam gerade durch eine Tür, mit dem Blick eines Generals, der das Schlachtfeld inspiziert. Sie würde ihn wirklich umbringen. Das Gesicht unter der Turmbau-zu-Babel-Frisur nahm eine ungesunde Rötung an, als sie die Halterung der Gardine auf ihre Standfestigkeit inspizierte. »Nicht jetzt, Gustavo. Lass ihn oben.«

Der Lakai zog sich mit undurchdringlicher Miene zu den Champagnergläsern zurück und nahm ein Tablett zur Hand, wie um zu beweisen, dass er nicht vorhatte, sich an dem Affen zu vergreifen.

»Meine lieben, hochgeschätzten Freunde ...« Signora Secci holte Luft und zauberte das Strahlen auf ihr Gesicht zurück, »es ist mir eine Ehre und Freude, Ihnen zu verraten, dass ich für diesen Abend einen ganz besonderen Gast eingeladen habe ...«

Sie wird Claudio *und* den Affen töten, dachte Cecilia. *Hier ruhen in Frieden* ... Und dann begriff sie. Es war doch so nahe liegend gewesen. Sie verdammte sich für die Ignoranz, mit der sie die Einladung angenommen hatte. Hektisch glitt ihr Blick zur Tür und zurück zu ihrer Gastgeberin.

Signora Secci trat zur Seite, und neben ihr erschien der besondere Gast.

»... Principale Inghiramo Inghirami.«

Die Leute klatschten. Inghiramo lächelte und verbeugte sich. Er trug schwarze Hosen, einen schwarzen Justaucorps, in dessen Halsausschnitt ein graues, spinnwebenfeines Jabot steckte, darunter ein blütenweißes Hemd. Er sah gut aus, der Dreckskerl. Tragisch, geheimnisvoll – als hätte das Schicksal ihn gebeutelt und als hätte er ihm tapfer widerstanden. Er sah aus wie immer.

»Wir dürfen einigermaßen geschmeichelt sein, denn der Principale hat für unsere kleine Stadt den Hof von Neapel im Stich gelassen ...«

Den Hof von Neapel, ja?

»... um uns mit seiner Inszenierung des *König Hirsch* zu belustigen, und natürlich sind wir überglücklich ...«

Nicht den Hof von Neapel. Zum Hof von Neapel war er *geflohen*. Im Stich gelassen hat er *mich*. Cecilia ertappte sich, wie sie an dem Samtband zerrte, das sie um ihren Hals gebunden hatte. *Ich brenne vor Sehnsucht nach dir ... Nur auf ein Minütchen. ... Und wenn Großmutter erwacht? ... Sollen Großmütter dein Leben bestimmen, meine Blume? ...*

Mir wird schlecht, dachte sie. Ihr Herz raste, und die Übelkeit wurde stärker. Sie biss auf ihren Fingerknöchel.

Ein Schatten verdunkelte den Schein des Wandleuchters. »Alles in Ordnung?«, hörte sie Rossis Stimme.

Sie nickte.

»... und ließ sich von mir zur leichten Muse überreden. Sicher haben Sie bereits die Plakate entdeckt. *König Hirsch ...*« Signora Seccis Stimme dröhnte, als spräche sie zwischen den Bergen mit einem tausendfachem Echo.

»Bist du sicher?«

»Was?«

»Bist du sicher, dass es dir gut geht?« Rossi ging neben ihrem Sessel in die Hocke. »Das ist der Mistkerl, ja?«, flüsterte er.

»Ich dachte, er sei fort.«

»... war es mir möglich«, fuhr Signora Secci strahlend fort, »das alte Teatro am Marktplatz ...«

»Besorg mir ein Glas Wein.«

»Du willst ein Glas Wein?«, versicherte Rossi sich.

»Nein, bleib hier.«

Plötzlich redeten alle durcheinander. Nochmaliges Klatschen. Inghiramo verbeugte sich in alle Richtungen, eine Geste, die so viele Erinnerungen wachrief, dass es Cecilia die Tränen in die Augen trieb.

Giorgia war verschwunden, Rossi nahm ihren Platz an Cecilias Seite ein. »Du brauchst nicht hier zu bleiben.«

»Was?«

»Wir gehen jetzt.«

»Nein.«

Die mutigeren der Damen verließen ihre Plätze und wagten sich an den Gast heran. Sie neckten ihn, wegen der hübschen Damen am Hof von Neapel. Er hörte zu, lächelte gemessen, gab Antworten. Aber seine Aufmerksamkeit schlug einen Bogen direkt zu Cecilias Sofa.

Noch eine Erinnerung, die wehtat – diese speziellen Blicke. Bleib mir vom Leib, du Mistkerl.

Cecilia nahm das Glas, das Rossi ihr entgegenhielt. Es war sein eigenes. Das letzte Mal, als sie ein Glas mit einem Mann geteilt hatte, hatte es Inghiramo gehört. In einer Gartenlaube, an einem Wintertag, der so kalt gewesen war, dass ihr vom Zähneklappern der Kiefer wehgetan hatte. Und genau genommen war es auch kein Glas gewesen, sondern eine grüne Flasche mit billigem Wein. Wäre alles anders gekommen, wenn sie nicht vom Wein getrunken hätte? Wenn Großmutter nicht in der alten Hochzeitskiste die Picknickdecken aufbewahrt hätte? Wenn das Mondlicht hell genug gewesen wäre, um auf den getrockneten Rosen unter der Decke die Staubschicht sichtbar zu machen?

Ich hab's nicht gewollt, dachte Cecilia. Aber ich habe es zugelassen. Darin liegt meine Schuld. Dass ich es zugelassen habe, obwohl ich es nicht wollte. Wenn man etwas nicht will, sollte man *nein* sagen. Das lernt ein Mädchen nicht. Warum gehört das *Nein* nicht auf den Stundenplan der Gouvernante? Ich schreib's an die *Babette*. Erweitert das Vokabular der Frauen. *Nein ... nein ...* Plötzlich tat ihr der Unterleib weh, als würde diese Unaussprechlichkeit von Neuem in sie eindringen. Als würde sie von Neuem als Nachttopf benutzt für den Abfall aus seinen Lenden.

Inghiramo löste sich von der Gruppe.

»Du hast recht, wir gehen.« Cecilia setzte das Glas auf dem Konsoltisch an ihrer Seite ab. Der Wein schwappte über. Sie griff nach Rossis Arm, und er geleitete sie zur Tür. Inghiramo wich ihnen aus wie ein Schiffchen, das von der Bugwelle eines größeren Schiffes beiseite gedrückt wird. Danke, Rossi.

»Was?«

»Ich habe nichts gesagt.«

Rossi redete mit einem Lakaien, der ihnen über den Weg lief, und wenig später wurden ihre Mäntel gebracht.

»Richten Sie Signora Secci aus, dass Signorina Barghini Kopfschmerzen bekommen hat.«

Er schwieg, als er sie in der weißen Kutsche heimbrachte zu ihrer neuen Wohnung. Dafür war sie ihm dankbar. Hatte er erraten, dass Inghiramo der Mann war, dem sie das Ende ihrer Jugend verdankte, ihre Schwangerschaft und die schreckliche Nacht auf dem Abort, als sie in einem Schwall von Blut ihr Kind verlor? Sie nahm es an.

»Ich finde allein hinein«, sagte sie, als er den Schimmel vor der Bank in der Via Guelfa zügelte. Er schien davon nicht überzeugt, denn er begleitete sie durch das Tor mit dem immergrünen Efeu. Cecilia fummelte in ihrem Ridikül nach dem Schlüssel, bis er es ihr abnahm. Er förderte das Benötigte zutage und öffnete die Tür.

»Besten Dank. Und adieu.«

Er half ihr auch die Stufen im Hausflur hinauf. Es roch nach Kampfer und war dunkel.

Oben angekommen, öffnete er die Wohnungstür. »Den Schweinehund jetzt aus der Stadt zu werfen, würde bedeuten, die Maschinerie der Klatschmäuler erst recht in Bewegung zu setzen, stimmt's?«

Cecilia lachte hohl.

»Ist wirklich alles in Ordnung?«

»Ja.« Sie schob ihn fort und verschloss hinter ihm die Tür. Willkommen in deinem neuen Heim, Cecilia Barghini. Du bist ein Glückskind. Die Männer lieben dich. Sie schenken dir ihren Samen und die Miete für die Wohnung.

Dann musste sie sich übergeben. Zum Glück hatte sie den Nachtstuhl aus rotem Samt noch nicht in die Abstellkammer verbannt. Zum Glück fand sie ihn auch ohne Licht.

»Signorina Barghini!«

Irene stand erschrocken in der Tür, in einem weißen Nachtgewand, das sie aussehen ließ wie ein Gespenst. Sie brachte ihrer Herrin ein Glas Wasser und half ihr ins Bett. Außerdem entfernte sie die Schüssel mit dem Erbrochenen aus dem Nachtstuhl, was wirklich ein Segen war.

Am folgenden Tag schwänzte Cecilia den Kirchbesuch. Sie schickte Irene, aber selbst setzte sie sich an den kleinen Tisch im Salon. Sie hatte einen Entschluss gefasst in dieser langen Nacht, in der sie nicht eine Sekunde geschlafen hatte. Sie würde für ihren Unterhalt zu arbeiten beginnen, so wie Francesca. Die *Meinungen der Babette*, die Zeitung aus Neapel für das gebildete Frauenzimmer, hatte bisher fünf ihrer Artikel abgedruckt und wartete auf mehr. Wenn sie sich Mühe gab, und vielleicht wöchentlich schrieb … So verdienten sich doch auch Männer den Unterhalt, indem sie arbeiteten.

Signora Secci, die Ältere, hatte eine hübsche Schreibgarnitur mit einem blassgrünen, noch halb gefüllten Tintenfass, einer vergoldeten Feder und mehreren Bögen reinweißen Papiers hinterlassen. Cecilia tunkte die Feder in die Tinte und überlegte. Ein Artikel, der sich mit der Bedeutung des Wortes *Nein* befasste? Ausgeschlossen, sie wollte das Papier ja nicht mit Tränen tränken. Dafür der andere Skandal, der sie immer noch wurmte. Die Worte begannen zu fließen.

Seltsames über das Eheleben

In Montecatini, dem kleinen Ort im Herzen der Toskana, kam es kürzlich zu einem Streit vor Gericht. Der Seiler Tullio G., verheiratet mit der hübschen, wenn auch einfältigen Elvia G., entbrannte nach etlichen Ehejahren in Leidenschaft zu seiner Nachbarin Giovanna M. Die Dame ließ sich von seinem Liebessäuseln umgarnen und stimmte einer Liaison d'amour zu, in deren Verlauf Tullio sie mit galanten – und teuren – Gunstbeweisen überschüttete. Als Elvia G. von dieser Liebschaft Kenntnis bekam, übermannten sie verständlicherweise Kummer und Eifersucht. Dario M., der Bruder der liebreizenden Giovanna, sah hier die Gelegenheit, sich eigene Träume zu erfüllen, und es gelang ihm, Mitleid heuchelnd, die Aufmerksamkeit der armen Elvia zu erringen, und auf sein Drängen noch mehr.

Als Tullio von der Verfehlung seiner Ehefrau erfuhr, schlug er sie heftig und zerrte sie vor Gericht. Elvia, auf Gerechtigkeit hoffend, schilderte ihre Lage, musste jedoch zur Kenntnis nehmen, dass es zwar dem Manne gestattet ist, gegen seine untreue Ehefrau zu klagen, einem Weibe aber diese Möglichkeit durch das Gesetz verwehrt wird.

Der staunende Bürger musste zur Kenntnis nehmen, dass somit Elvia zu einem Tag am Pranger verurteilt wurde, ihr Ehemann hingegen straffrei ausging.

Cecilia strich den Namen Montecatini aus. Ein kleiner Ort im Herzen der Toskana – das reichte. In der Reinschrift besann sie sich und setzte den Namen wieder ein. Und so aufs Papier gebannt, adressierte sie den Brief an *Die Meinungen der Babette*. Die letzten Male hatten sie ihr zwei Skudi bezahlt. Man musste eben fleißig sein.

Sie blieb bis Dienstag in ihrer Wohnung und schrieb sich in weiteren Artikeln ihren Zorn von der Seele, aber irgendwann ging ihr die erforderliche Wut aus. Da setzte sie sich an das Fenster und starrte hinaus, während Irene durch die Zimmer strich und ihr beunruhigte Blicke zuwarf.

An diesem Nachmittag kam ein Billett. Ein Junge brachte es an die Tür, und Irene nahm es entgegen. Cecilia warf einen Blick auf das Kuvert, sie erkannte die Handschrift und schickte Irene hinaus. Zögerte sie etwa? Nein! Sie stand auf und warf den Brief ins Feuer.

Anschließend ging sie durch ihre Wohnung. Sie räumte den ägyptischen Lampenmann in die Rumpelkammer. »Ich brauche keine Männer in meinem Leben«, beschied sie ihm und knallte die Tür zu.

Irene streckte erschrocken den Kopf durch die Tür. »Sollte man nicht jemanden holen, Signorina, wenn Sie umräumen wollen?«

»Nehmen Sie den Vasenständer, Irene.« Cecilia selbst schob den Nachtstuhl über die Dielen. Die Zimmer leerten sich, die Rumpelkammer wurde voll. Sie hatte keine Ahnung, warum sie so besessen ausmistete – aber es tat gut. Endlich schloss sie die Tür zur Rumpelkammer.

Dort, wo die Dinge gestanden hatten, waren schmierige Schmutzabdrücke zurückgeblieben. Dort, wo sie nicht gestanden hatten, in den Ecken, unter den Teppichen, hinter den Möbeln, lag ebenfalls Schmutz. Die Wände waren von Spinnweben eingewoben. Als hätte Inghiramos Jabot Junge bekommen, die sich in ihrer Wohnung eingenistet hatten. »Verschwinde!«

»Bitte, Signorina?«

»Wir brauchen jemanden, der gründlich sauber macht.«

Irene holte Anitas Tante, und der Rest des Tages verging in Wasser, Staub und scharfem Seifengeruch.

Nun war es wirklich gut.

Weitere Tage verstrichen. Anita kam mit Dina, und die beiden brachten ein frisch gebackenes Olivenbrot für das Mittagessen.

»Sie sind zu früh ausgezogen. Ich bin doch noch gar nicht weg. Jemand muss auf mich aufpassen«, maulte Dina, und Cecilia versprach ihr zum Trost eine Spazierfahrt mit der Vittoria. Sie konnte sich schließlich nicht für immer einigeln.

Der Himmel hatte sich aufgehellt. Es war zwar noch frisch, aber man spürte bereits den Frühling. Die Hausfrauen hatten die Fenster geöffnet, und Dienstboten fegten die Treppen und Plätze. Als sie den Marktplatz erreichten, hörte Cecilia hinter den Türen des Teatro eine Frauenstimme deklamieren:

»*Lieber Vater, nichts hab ich mir merken lassen, ich schwör es euch! Es war die Statue, die hat mein Herz verraten ...*«

»Sie proben«, flüsterte Dina.

»Ich hör's.«

»*Statue oder nicht ...*«

»Nein, nein, so geht das nicht.« Inghiramos Stimme. Müde, verdrossen. »Clarice ist verliebt. Ein bisschen Leidenschaft.«

»Das einzig Leidenschaftliche, das ich fühlen kann, ist Hunger«, beschwerte sich die Frauenstimme.

»Dann denke an Schweinsbuletten. Noch einmal mit Leidenschaft.«

»Ich glaube, ich schau lieber bei der Probe zu«, flüsterte Dina.

»Aber ...«

»Wir können ja heute Nachmittag fahren.« Und schon war sie mit wehendem Kleidchen davon.

Anita lachte. »Sie brennt noch mit ihnen durch, die kleine Signorina.«

Cecilia hatte inzwischen wirklich Lust auf eine Ausfahrt bekommen. Der Gedanke, Pferd und Kutsche ohne Rossi auszuprobieren, reizte sie, und sie ging zu Goffredo und bat ihn einzuspannen.

Die Stimmen der Schauspieler hallten über den Markt, während sie auf einem von Goffredos Stühlen wartete.

» ... *zuerst will ich erschlagen dich, wie einen Tintenfisch, wie einen Aal. Jetzt unterhält der König sich mit Angela. Ah, ich spür, wie ich zerberste. Ich könnte mit dem Kopf gegen die Wand. Die Eifersucht, der Hass ... Ich will zu ihm und will ihn stören ...*«

Der Mann wurde unterbrochen. »Das ist gar nichts, Nazario. Das ist Hühnerscheiße. Bist du schon tot?« Inghiramos Stimme.

»Stell mich auf die Bühne von San Carlo, und ich fang wieder zu leben an. Auf einem Hühnerhaufen spiel ich eben Hühnerscheiße«, murrte der Schauspieler. Eine längere Pause trat ein, in der sie vielleicht leise miteinander sprachen.

»Ein seltsames Völkchen, nicht wahr?«, meinte ein alter Mann, der einzige andere Kaffeehausbesucher, der einige Stühle von Cecilia entfernt seinen Kaffee schlürfte. »Sie nehmen das alles so ernst.«

Wieder ertönte Inghiramos Stimme, dieses Mal laut und inbrünstig: »*Jetzt unterhält der König sich mit Angela ... ich spür, wie ich zerberste ... ich könnte mit dem Kopf gegen die Wand ... Die Eifersucht ... der Hass ... Ich will zu ihm und will ihn stören ...*«

Cecilia merkte, wie ihr ein Frösteln über den Rücken kroch. *Die Eifersucht ... der Hass ...* Inghiramo war ein Schweinehund, wie Rossi gesagt hatte, aber wenn er deklamierte ... Wenn er von Hass und Eifersucht sprach, bebte die Erde. *Gott ja, ich bin gut.* Sein Lieblingssatz, und er hatte recht damit.

»Natürlich ist es an der Zeit ...« Inghiramos Stimme wurde überdeckt von der einer Frau aus der Nachbarschaft, die ein Federdeckbett über die Fensterbrüstung hängte und sich ausführlich vor jemandem in ihrem Haus darüber ausließ, welch ein Glück es war, dass man das stinkende Zeug endlich auslüften könne. Gestopft werden müsse es auch ...

Goffredo hatte die Kutsche ins Freie geführt. »Da ist sie, die Gute, Signorina Barghini. Sie ist lammfromm, keine Sorge. Und sie kennt die Wege. Im Zweifelsfall, lassen Sie sie einfach laufen ...«

»Genau das werde ich tun.«

Er reichte Cecilia die Hand und half ihr auf die Kutschbank.
»Lassen Sie sie einfach laufen, Signorina …«

»Gewiss.«

Der Wirt verschwand wieder im Kaffeehaus. Die Tür des
Teatro wurde aufgestoßen, aber Cecilia wartete nicht ab, wer
herauskam. Sie ruckte an den Zügeln und konnte mit Genugtuung feststellen, dass Emilia sich in Bewegung setzte.

»Mein König, oh Deramo, denkt daran –
der Himmel ist gerecht, und er bestraft,
wer andren Schaden zufügt …«

»Amen«, murmelte sie, als der Marktplatz in ihrem Rücken
verschwand.

Emilia bevorzugte die Hügellandschaft. Nachdem sie aus der
Stadt gezuckelt waren, stapfte sie pfadauf, pfadab mit dem be-
häbigen Vergnügen eines Wesen, das keine Uhren kennt. Eine
Zeit lang versuchte Cecilia, sie in diese oder jene Richtung zu
lenken, aber der Erfolg war begrenzt, und schließlich gab sie
auf. Warum auch nicht? Sie hatte kein besonderes Ziel, und
nach Goffredos Auskunft würde Emilia am Ende sowieso in die
Stadt zurückzockeln.

So ging es an Sommervillen vorbei, die im Winter nicht bewohnt wurden, an Bauernkaten mit winzigen Fenstern und
Kindern vor den Türen, an immer noch kahlen Äckern, an einem
Brunnen, der nicht mehr in Betrieb war und von Pflanzen über-
wuchert wurde … Gelegentlich blieb Emilia stehen und knabberte an kahlen Zweigen oder steckte die Nase in einen Misthaufen. Der Spaziergang machte ihnen beiden Spaß.

Schließlich bog die Schimmelstute mit schwankendem Hinterteil in einen Seitenpfad ein, der in höher liegendes Gelände
führte. Es roch nach Gülle, die ein Bauer auf sein Feld ausgefahren hatte, und irgendwo bellte ein Hund. *Wau!*

Noch einmal … Knapp und kräftig.

Wau!

Cecilia bemerkte, wie ihr Herz zu flattern begann. Ein zweites Tier antwortete dem ersten, wild und aufgeregt. *Wauwau …*
Plötzlich fiel ein Schuss, und es war wieder still.

Sie holte tief Luft. Irgendjemand jagte in der Gegend. Vielleicht Feretti. Waren sie nicht in der Nähe seines Hauses? Sie wusste es nicht. Mittlerweile hatte sie jedes Gefühl dafür verloren, wo sie sich befand. Aber das Gebell hatte auf ihre Stimmung geschlagen. »Wir müssen heim, Emilia.«

Die Schimmelstute zuckte mit den Ohren.

»Nun komm schon! Auf dich wartet bei Goffredo ein Sack mit Heu. Das muss dir doch gefallen.«

Der Pfad, den Emilia jetzt einschlagen wollte, war für Kutschen eindeutig ungeeignet. Viel zu eng. Unkraut drehte sich in die Wagenräder. Außerdem ging es noch steiler bergan. Cecilia zog am Zügel, was keine Wirkung hatte, außer dass die Stute unwillig schnaubte. Würde sie durchgehen, wenn man sie verärgerte? Eine von Großmutter Biancas Cousinen war von einem durchgehenden Gespann zu Tode getreten worden.

»Nanu, was ist denn das?«

Cecilia reckte den Hals. Emilia steuerte offenbar das einzige Gehöft an, das sich in diesen weitläufigen Hügeln versteckte. Mehrere heruntergekommene Gebäude, aus deren Mitte ein Turm mit einem Flachdach und einem schmalen Fenster ragte. Unterhalb des Fensters prangte eine Uhr, die auf kurz vor zehn Uhr stehen geblieben war. Die Ansiedlung musste schon vor geraumer Zeit im Stich gelassen worden sein. Trotz der Entfernung konnte Cecilia erkennen, dass die Fensterläden herausgebrochen, die Fensterscheiben eingeschlagen und die Türen mit Brettern krumm und schief vernagelt worden waren.

»Da wollen wir nicht hin«, sagte sie.

Emilia trottete voran. Cecilia schaute auf die Zügel in ihren Händen und dann zum Abhang an der Seite. Die Kutsche auf dem Rumpelweg zu wenden, wäre nicht einmal möglich gewesen, wenn das Tier ihr gehorcht hätte. Sie seufzte. Und dann ergab sich doch eine Chance. Der Pfad folgte einem natürlichen Schwung und verbreiterte sich hinter einer Kurve zu einem Platz. Früher einmal musste er mit Bäumen bestanden gewesen sein. Die hatte man allerdings auf Kniehöhe abgeholzt, und so sah es jetzt aus, als stünde man vor einem Gasthaus für Elfen

168

und Feen mit einem Dutzend Tischen aus den Stümpfen der gefällten Riesen.

Cecilia zog an einem Hebel, den sie für die Bremse hielt – es *war* die Bremse, die Räder stockten –, und band die Zügel an der Lehne des Sitzes fest. Emilia scharrte unwillig mit den Hufen. Cecilia stieg vom Bock und näherte sich ihr von der Seite. »Wir werden jetzt kehrtmachen.« Feste Stimme, genau wie Rossi geraten hatte. Also gut, die Sache war geklärt. Sie würde Emilia am Geschirr, oder wie immer man die Lederbänder nannte, die sich um ihren Kopf wanden, im Kreis führen und den Rückweg antreten. Zuvor musste sie allerdings die Bremse wieder lösen.

Sobald Emilia ihre Freiheit zurückerlangt hatte, setzte sie sich erneut in Bewegung. Dieses Mal lockte sie ein Gebüsch hinter der Feentafel.

»Nein … nein, bitte …!« Cecilia packte zu, hatte aber nicht genügend Kraft, um Emilia davon abzuhalten, den Kopf hinter das Gebüsch zu senken. Dort lag etwas, rot und schwarz. Zähflüssig und strähnig. Stinkend. Cecilia ließ das Tier los und reckte den Hals.

»O Gott«, sagte sie.

Die Fetzen dort – die auseinandergerissenen Glieder und Pfoten, das Gedärm, das Fell – mussten noch vor Kurzem ein Hund gewesen sein. Das ließ sich zweifelsfrei aus dem Rest des schwarzen Schädels schließen, der wie ein Kinderball in eine Mulde zwischen den immergrünen Gewächsen gerollt war.

»O Gott«, wiederholte Cecilia. Das Pferd prustete angeekelt und wandte sich von seinem Fund ab.

Fort, nur fort von hier. Cecilia erklomm die Bank … »Hüh, beweg dich!«

Ein Hund also. Zerrissen wie der aus Monsummano. Wie die Schweine mit dem weißen Gurt. Offenbar vergnügten die Sumpfbestien sich damit, andere Tiere zu reißen. Cecilia lauschte in den Wind, konnte aber nichts hören bis auf das aufgeregte Tschilpen eines Vogels. Weit und breit war kein Hund zu entdecken, und kein flüchtendes Tier. Sie versuchte sich zu beruhigen.

Leider entschied Emilia sich erneut für den Weg hinauf zu dem verlassenen Hof.

»Mistvieh!«, fluchte Cecilia gedämpft und zog an den Zügeln, aber nicht sehr fest, denn sie hatte immer noch Angst, dass Emilia vor lauter Bockigkeit durchgehen könnte. Ernsthaft erwog sie, von der Kutsche zu springen und zu Fuß nach Montecatini zurückzukehren. Dagegen sprach, dass sie den Weg nicht kannte, Emilia aber vielleicht doch. Und dass sie keine Lust hatte, ohne Kutsche und Schimmel vor Rossi zu treten. Und …

Sie hoffte, dass die mörderischen Hunde, falls sie nicht schon über alle Berge waren, vor den Hufen eines Pferdes mehr Respekt hatten als vor einer wehrlosen Frau.

Die Vittoria folgte einer Kurve, sie bog um eine zweite, dann erreichten sie das verfallene Gut, und zwar an der dem Turm abgewandten Seite, wo sich ein großer Mauerbogen vor einem Innenhof auftat. Die letzte Strecke fuhren sie im Schatten eines Felsens, und der Hof winkte einladend mit blendend hellem Licht. Dort würde sie endlich wenden können. Und dann heim, du tückisches Biest!

Sie verließen den Schatten. Der Mauerbogen wich zurück, und der Innenhof erschien. In seinem Zentrum stand ein Brunnen aus weißem Stein. Neben dem Brunnen wuchs ein Ahornbaum mit kahlen Ästen, der aussah wie ein dem Meer entstiegener Krake.

Irritiert wandte Cecilia den Kopf. Da war etwas …

Ein Geräusch, ein fliegender Körper …

Wauuauu …

Ein Hund bellte. Und ein riesiger Schatten näherte sich ihr von der Seite her.

Im selben Moment begann jemand entsetzlich zu brüllen …

10. Kapitel

»Liegen bleiben ... Du sollst liegen bleiben!«

Er brauchte sich nicht aufzuregen – sie hatte ja gar nichts anderes vor. Sobald sie den Kopf auch nur ein winziges Stück bewegte, setzte sich darin ein Mahlwerk in Gang, das ihr Gehirn in einen Brei aus Schmerzen zerrieb. Der Himmel über ihr war blutrot. Köpfe mit merkwürdigen Hüten und Mützen bestückten ihn.

»Ich habe mich noch gefragt: Schafft sie das auch allein?« Das war Goffredos Stimme, und Cecilia hatte das unbestimmte Gefühl, dass er sie hineinritt.

Eine der Mützen beugte sich zu ihr herab, und jemand schob ihr Haar auseinander. »Eine riesige, eine ganz verfluchte Beule.« Eine Hand drückte auf ihren Kopf. Sie schrie auf – das Mahlwerk explodierte. Das Blut des Himmels tropfte auf sie herab und direkt in ihre Augen. Alles nur noch rot. Skid, das tat so weh!

Dina weinte, und Rossi befahl ihr zu verschwinden. Er befahl allen zu verschwinden. »Wir tragen sie ins Haus«, ordnete er an.

Wieder wich die Dunkelheit. Dieses Mal machte sie einer weiß verputzten Decke Platz. Kerzen flackerten. Es roch nach Ruß und frischer Farbe, und Cecilia begriff, dass sie sich im Palazzo della Giustizia befand.

In Rossis Schlafkammer, in seinem Bett. Die Decken rochen. Man muss sie frisch beziehen, dachte sie.

Die Mützen waren verschwunden. Stattdessen hatte Arthur Billings es sich an Rossis Bett bequem gemacht. Neben ihm stand auf einem Tischchen eine Lampe, in deren Schein er gerade ein Fieberthermometer in eine rote Samthülle schob. Als er merkte, dass sie sich bewegte, legte er Hülle und Thermometer beiseite. »Wie geht es, meine Liebe?«

Sie dachte nach. »Ein Eimer wäre gut.« Der Eimer stand bereits neben dem Bett, und Cecilia überlegte, ob sie ihn benutzen sollte, denn ihr war übel. Aber dann hätte sie sich bewegen müssen, und das wollte sie lieber vermeiden, solange es ging. Sie bemerkte Irene, die mit großen, verschreckten Augen in einer Ecke stand.

»Ein Hund also«, sagte Rossi, der jetzt am Fußende sichtbar wurde. »Du hast von einem Hund geredet.«

Wütend funkelte Arthur ihn über seine Patientin hinweg an.

»Ich bitte dich – ihr Rocksaum war blutig. Und es war nicht ihr eigenes Blut, wie du mir glücklicherweise bestätigen konntest. Also gibt es dort draußen jemanden, der in Schwierigkeiten …« Rossi brach ab. Sein Schatten wurde an die weiße Decke geworfen, so dass es aussah, als kröche dort ein Wesen aus dem *Schloss von Otranto* entlang. Er beugte sich über Cecilia, und sie fand es nett, wie er ihr die Haare aus der Stirn strich. »Du hast eine Beule und sonst hoffentlich nichts.«

»Ja«, bestätigte sie gehorsam.

»Aber jemand anderes wurde verletzt. Und es wäre gut, wenn du uns ein bisschen davon erzählen könntest.«

»Wovon?«

»Kannst du dich nicht erinnern …«

»Es ist ganz offensichtlich, dass sie es nicht kann«, unterbrach Arthur ihn vorwurfsvoll. »Möchten Sie etwas trinken, Cecilia?«

Sie streckte die Hand nach dem Becher aus, den er vom Tisch zauberte, denn sie merkte, dass ihr Mund völlig ausgetrocknet war. Aber natürlich konnte sie im Liegen nichts zu sich nehmen. Arthur half ihr, und sie schwitzte und bekleckerte die Bettdecke, und das Mahlwerk begann sich wieder zu drehen. Doch der Wein spülte wenigstens den krustigen Geschmack aus ihrem Mund, und das tat gut. »Danke.«

»Als du nach Hause gekommen bist …«, sagte Rossi. Er hielt inne. »Du warst mit der Kutsche unterwegs …«

Natürlich, das wusste sie selbst.

»Wohin bist du gefahren?«

»Ich … Frag Emilia.«

Über Rossis Gesicht glitt ein Grinsen, das sofort wieder verschwand. Sie fand, dass er schrecklich amtlich wirkte.

»Und was ist während der Kutschfahrt passiert?«

Cecilia versuchte ehrlich, sich zu erinnern. Sie kaute auf der Lippe und wandte den Blick zur Decke.

»Du bist aus der Stadt hinaus …«

»Am Friedhof vorbei, ja.«

»Und dann?«

Und dann? »Durch die Hügel. Emilia mag die Hügel.«

»Zu Zaccarias Hof?«

»Ich glaube.«

»Bist du oder nicht?«

Sie wünschte sehr, er würde die Stimme dämpfen.

»Und dann?«

Und dann wurde lästig. Es war wie der schrille Ton, den der Flötist am Teatro della Pergola ausgestoßen hatte, als ihn urplötzlich der Verstand verließ, mitten in einer Vorstellung. Sie hatten ihn aus dem Orchestergraben zerren müssen, und er hatte die ganze Zeit diesen Ton durch die Flöte geblasen. Nachher erzählten sie, dass er sich eingebildet hatte, das Teatro stünde in Flammen.

»… an Zaccarias Haus vorbei?«

»Was?«

Rossi seufzte. »Ich würde dich nicht bedrängen, wenn du nicht Blut …«

»Was für Blut?«

Er starrte sie an, und sie starrte zurück, und es tat ihr leid, dass sie ihn enttäuschte. Sie hatte ihn so gern. Mahlwerk hin oder her – sie würde sich für ihn Mühe geben. Und dann fiel es ihr wieder ein. »Der Hund …«

Gespannt beugte Rossi sich vor.

Sie merkte, wie ihre Augen groß und trocken wurden und ihr

Herz zu klopfen begann. »Es ist wieder passiert«, flüsterte sie. »Ein Hund wurde gerissen.«

»Wo?«

Der Ton der Flöte schraubte sich höher. Sie war brav und versuchte sich dennoch zu erinnern. Und brachte heraus, was sie gesehen hatte. Der Hund – und dann ein Haus. Mit einem Turm und einer Uhr. »Kurz vor zehn.«

»Du hast die Bestien gesehen?«

»Nein.«

»Aber den toten Hund.«

Das hatte sie doch bereits erzählt.

»Und dann hast du ihn angefasst?«

Entsetzt starrte sie Rossi an. »Er war ... nur noch Fetzen. Verstehst du nicht? Er ... Natürlich habe ich ihn *nicht* angefasst. Er lag hinter einem Busch, und ich habe ihn *nicht* angefasst.«

»Cecilia! Das Blut ...«

Der Flötenton bohrte sich durch die Stuckdecke. *Feueralarm. Alle Besucher verlassen das Theater ...*

»Cecilia ...«, hörte sie Rossis drängende Stimme.

»Was?«

Arthur tätschelte ihre Hand und versprühte zornige Blicke über das Bett.

»Ich ...« Sie riss sich zusammen. »Ich bin wieder in die Kutsche gestiegen. Und dann bin ich ...« Sachte, sachte. Das bekam sie hin. »Emilia wollte hinauf zu diesem Haus. Da war ein Tor. Wir sind durch das Tor gefahren, und im Hof haben wir ...« ... gewendet, wollte sie sagen. Sie hatte die Kutsche gewendet. Emilia hatte also doch noch klein beigegeben. Sie versuchte sich daran zu erinnern, wie sie sie mithilfe der Zügel in einen Kreis gezwungen hatte. *Mit fester Hand, Cecilia ...* Natürlich. War sie tatsächlich ausgestiegen? Sie sah den Brunnen, sie sah den Ahorn, ... wie ein Krake sah er aus, tatsächlich, als wäre ein Krake aus dem Meer gestiegen ...

»Und was war dann?«

Ein Krake, der den ganzen Hof umarmen wollte ...

»Und was war dann?«

Ein Krake … Sie merkte, wie ihr Gesicht nass wurde. Skid … Skid!

»Und nun lässt du sie hoffentlich in Ruhe«, zischte Arthur.

Er gab ihr etwas Bitteres zu trinken, das sie einschlafen ließ, und als sie wieder erwachte, graute der Morgen. Ein trüber Schimmer fiel durch den Spalt zwischen den Vorhängen. Irene saß mit dem Kopf auf der Brust neben ihrem Bett und schnarchte leise. Aus ihrer weißen Haube hatte sich eine Strähne gelöst, was ihr ein verwegenes Aussehen gab, das sie beinahe hübsch machte. Der Eimer stand zu ihren Füßen.

Der Eimer erinnerte Cecilia an Arthur und Arthur an Rossi und Rossi an das Haus auf dem Hügel und …

Nein, dachte sie. Beunruhigt schaute sie sich im Zimmer um, das ihr plötzlich eng und schlecht belüftet vorkam. Rossis lächerlicher chinesischer Hausmantel hing an einem Nagel neben der Tür, den er wohl zu diesem Zweck eingeschlagen hatte.

Ich schulde ihm etwas, dachte sie. Wahrscheinlich hatte er die Nacht irgendwo auf dem Fußboden verbracht. Sie lag schließlich in seinem Bett. Ich schulde ihm etwas. Und draußen gab es offenbar einen Menschen, der Hilfe brauchte – oder hatte sie das falsch verstanden? Rossi wollte ihn finden. Und deshalb musste sie sich erinnern. Die Kutschfahrt …

Sie wandte den Blick zur Decke, in der Hoffnung, sich so besser konzentrieren zu können. Emilia. Der Weg, der Hund … Das tat weh … Der Hund. Der tote Hund. Und dann das Tor. Die Krake … Das Tor, die Krake … Das Tor …

»O Signorina, ich wusste nicht … Sie sollten sich nicht aufsetzen. Der Dottore meinte …«

»Ich kann mich nicht erinnern, Irene.«

»Bitte, Signorina?«

»Ich kann mich nicht erinnern, was geschehen ist.« Die beiden Frauen starrten einander ratlos an.

»Vielleicht ist das ein Glück, Signorina.«

»Besorgen Sie mir ein Kleid, Irene. Ich will aufstehen.«

»Aber der Dottore …«

»Laufen Sie. Das blaue mit dem hellen Steckmieder und den schmalen Ärmeln. Nein, … rufen Sie zuerst Dina, dann gehen Sie und holen das Kleid.«

Irene gehorchte, aber statt Dina und des Kleides brachte sie Arthur, der im Speisezimmer gerade ein Frühstück eingenommen hatte, wie er ihr erklärte, und so wurde aus dem Ausbruch nichts, und Cecilia musste im Bett bleiben.

»Es wäre natürlich auch möglich, dass Sie für einige Tage ins Asyl ziehen«, meinte Arthur, nachdem er mit seinem neumodischen Gerät, auf das er so stolz war, ihren Puls gemessen hatte.

»Was?« Cecilia starrte ihn erschrocken an.

»Nun, meine Liebe, Sie haben offensichtlich etwas Schreckliches erlebt. Und auch, wenn die Beule bald heilen wird – durch den Vorfall wurde eine seelische Erschütterung ausgelöst, eine sehr heftige seelische Erschütterung …«

»Ich bin nicht verrückt.«

»Natürlich nicht.« Arthur schob sein Gerät in einen Leinenbeutel.

»Ich kann mich nur nicht erinnern.«

»Das geschieht oft nach einem Schlag auf den Kopf. Meist setzt die Erinnerung später wieder ein. Sie brauchen sich also keine Sorgen zu machen …«

»Ich mache mir keine Sorgen.«

»Umso besser. Ich will Sie auch nicht aufregen, aber manchmal ist es hilfreich, wenn man in solchen Situationen ein ruhiges und sicheres Quartier …«

Sicher? Bei den Irren? Die nachts durch die Räume streunten und bellten?

»Es liegt mir fern, Sie zu ängstigen, Cecilia, aber gewisse Zustände haben die Neigung, sich zu verfestigen, wenn man nicht frühzeitig eingreift, und wir wissen ja, dass Sie eine fruchtbare Phantasie besitzen, die Ihnen in diesem Fall leider …«

»Ich bin nicht verrückt, Arthur«, wiederholte sie und zeigte ihm eine eisige Miene.

Als er gegangen war, überzeugte sie Irene, ihr doch etwas

176

zum Anziehen zu bringen. Sie war weder verrückt noch krank. Sie hatte … nur eine kleine Erinnerungslücke.

Rossi kam gegen Mittag heim. Wenigstens einer, der kein Getue um sie machte.

»Ja«, berichtete er aus der Diele, wo er sich den Mantel auszog, »wir haben das Haus gefunden. Es gehört einem reiseverrückten Römer, der vor Jahren ein Schiff nach Barcelona bestiegen hat, und seit damals steht es leer. Wie gut, dass du dich an den Turm mit der Uhr erinnert hast. Und an die Uhrzeit. Anita, mach mir eine Schokolade«, brüllte er in den Keller hinab, dann kam er ins Speisezimmer und setzte sich in seinen gestreiften Sessel.

»Und der Hund?«

Den Hund hatten sie ebenfalls gefunden. »Es war dieses schwarze Biest von Ferettis Hof. Amata.«

»Wie kannst du so sicher sein?«

»Ich hatte ihr doch ins Maul geschaut.«

Sie nickte. »Und was sagt Feretti dazu?«

Rossis Lippen wurden schmal, sein Blick wanderte zur Tischdecke.

Eigentlich will ich es auch gar nicht wissen, dachte Cecilia. »Schokolade reicht nicht zum Sattwerden. Ich werde Anita bitten …«

»Feretti ist mit dem Hund zusammen verschwunden. Gestern Nachmittag ist er fort zur Jagd und seitdem nicht wieder aufgetaucht.«

Cecilia wollte gelassen erscheinen, aber sie merkte, wie ihr Gesicht versteinerte. Reglos hörte sie zu, wie Rossi von Zaccaria erzählte, der seinen Erntewagen hinauf zum Gut des Römers gefahren und über der Blutlache abgestellt hatte, die sie dort gefunden hatten, um zu verhindern, dass der Regen Spuren verwischte. In der Lache hatte sie den Abdruck einer Hand entdeckt, und Rossi hatte sich von Signora Feretti einen von Sergios Seidenhandschuhen besorgt und ihn mit dem Abdruck verglichen, und beides hatte übereingestimmt – was natürlich nichts bewies, aber immerhin.

»Die arme Signora Feretti.«

»Da wir keine Leiche gefunden haben, gehe ich davon aus, dass er noch lebt«, sagte Rossi. »Warum sollte man eine Leiche fortschaffen?«

Der Krake winkte – ein Blitz in ihrem Kopf. Ein Zucken, wie in einem Gewitter … Aber dann war alles wieder leer. Und darüber war sie froh. Sie stellte fest, dass sie nicht die geringste Lust hatte, sich zu erinnern. Nicht einmal Rossi zuliebe. Ihrer Meinung nach war Feretti tot.

Anita brachte die Schokolade und ging wieder hinaus.

»Du riechst nach Zitronenmelisse«, sagte Cecilia.

»Ich war bei Francesca.«

Nun ja, das hatte sie sich gedacht. Zumindest hatte er dann sein Bett nicht vermisst.

»Lupori wird sich beeilen, reinen Tisch zu machen«, meinte Rossi niedergeschlagen. »Sobald er erfährt, dass Feretti entführt wurde, wird er Francesca verdächtigen – was man ihm nicht einmal verübeln kann, nach dem Spektakel, das sie aufgeführt hat. Also habe ich sie verhaftet. Wenn sie bei mir festsitzt, hat er keinen Grund und keine Gelegenheit, sie nach Buggiano zu schaffen.«

»Und wenn er recht hat?«

»Wer?«

»Lupori. Mit Francesca.«

»Du erinnerst dich doch an etwas?«

Sie schüttelte den Kopf, und er sah erleichtert aus. Vorsichtig schlürfte er an der Schokolade.

»Verhörst du die Fischer?«

»Begreifst du das denn nicht?«

»Was?«, fragte Cecilia.

»Hunde! Es waren *Hunde*, die Mario zerfleischt haben. *Hunde* haben die Schweine und diesen Trüffelhund zerrissen. *Hunde* sind über Amata hergefallen. Wir haben in der Blutlache in diesem dreimal verfluchten Hof Abdrücke von Hundepfoten gefunden … Es sind die Hunde, an die wir uns halten müssen. Nicht Francesca. Nicht die Fischer. Wir suchen einen Mann, der einen Hund zu einer Waffe abrichtet … Was ist?«

Nichts. Sie wollte nur nicht über Hunde reden.

»Ich sehe sonst kein Muster«, sagte Rossi. »Mario und Feretti waren Erzfeinde, aber beide wurden von den Hunden ...«

»Das habe ich verstanden, ja!«

»Ich habe überlegt, ob Feretti möglicherweise seine eigenen Hunde bei sich hatte, die über ihn hergefallen sind ...« Er glaubte selbst nicht daran. »Aber wer hat dir dann den Schlag auf den Kopf versetzt?«, brachte er selbst das Gegenargument.

»Vielleicht bin ich gefallen.«

»Emilia wird dich kaum wieder in die Kutsche gehievt haben. Nein, jemand hat da ganz fest zugeschlagen – und nach meiner Meinung hast du Glück, dass du noch lebst. Außerdem ist Feretti verschwunden.«

»Ist Emilia gut nach Hause gekommen?«

»Sie hat dich hierher gebracht.«

»Braves Mädchen«, sagte Cecilia.

»Der Besitzer dieser Hunde, der Mann, der sie zum Töten aufhetzt ... Er muss dortgewesen sein. Kannst du dich wirklich an nichts erinnern? Nicht an das kleinste ...? Na schön«, sagte er, obwohl er es ganz und gar nicht schön fand.

Lupori tauchte erst am Nachmittag auf. Doch dann schoss er sofort mit scharfer Munition. Cecilia hörte ihn im Flur säuseln: »Signor Feretti ... wie bedauerlich ... entführt, ja? Aber wie ich hörte, haben Sie die Verdächtige ... Wie heißt sie gleich, die Dame?« Nach einer kurzen Pause, in der es still blieb, fuhr er fort: »Sie haben sie also bereits festgesetzt. Schnelles Handeln – das ist es, was ich an meinen Leuten schätze. Gratulation.«

Rossi sagte immer noch nichts.

»Nun, verehrter Kollege ... Darf ich den Mantel ablegen?«

Ein samtmäuliges Kätzchen. Das gibt ein Unglück, dachte Cecilia.

»Ich hörte allerdings ...«

Aha!

»Ich weiß nicht, wie ich es ausdrücken soll ... Ich will Sie beileibe nicht kränken ...«

Die Krallen waren ausgefahren.

»… dass es Umstände geben könnte, die Ihren Blick in diesem Kriminalfall trüben könnten? Nicht, dass ich Ihnen etwas unterstellen wollte.«

Peng! Er wusste es also. Sein Spitzeldienst hatte ihm zugetragen, was zwischen Rossi und Francesca gewesen war. Vielleicht hatte auch Feretti davon erzählt. Cecilia konnte durch den Türspalt Rossis Gesicht sehen und las darin, dass der Treffer direkt im Schwarzen der Scheibe gelandet war.

Tut mir leid, dachte sie. Aber warum musst du dich auch durch die Betten fremder Damen schlafen …

Sie starrte auf Luporis Hinterkopf, auf dem akkurat die Perücke saß, dieses für ihn unvermeidliche Instrument seiner Würde. Ein Wolfspelz, dachte sie. Und dann bildete sich in ihrem Kopf ein Plan. Die eher unscharfe Vision eines möglichen Planes …

Sie vergrößerte den Türspalt, so dass Rossi sie sehen konnte. *Halt ihn auf,* formte sie mit dem Mund. Er schaute an seinem Vorgesetzten vorbei direkt in ihr Gesicht.

Halt ihn auf …

»… liegt es mir fern, Sie in eine peinliche Situation zu bringen, verehrter Giudice Rossi«, troff es wie süßes Gift aus Luporis Mund. »Wie Sie sehen, bin ich nicht mit den Sbirri gekommen, sondern allein. Ich biete Ihnen einen ehrenwerten, einen wirklich großzügigen Ausweg. Sie selbst werden mir die Delinquentin überstellen. In Anerkennung Ihrer eigenen Befangenheit.«

Mistkerl! Cecilia sah, wie Rossi rot anlief. Sie schüttelte den Kopf. Halt ihn auf. *Halt ihn auf!*

»Gehen wir nach oben«, presste Rossi hervor.

Lange, formten ihre Lippen.

»Aber gern, aber gern, mein Bester …«

Sobald die beiden Männer verschwunden waren, raffte Cecilia ihre Röcke und rannte los. In ihrem Kopf stach es bei jedem Schritt, aber sie achtete nicht darauf. Sie dankte dem Himmel für das Wetter, das die Montecatinier in den Häusern hielt, und wurde nicht langsamer, bis sie das Uhrengeschäft im Vicolo Maroncelli erreichte.

Montecatinis Kerker befand sich zu billiger Miete im Keller-
geschoss von Petronio Verris Uhrenladen, was praktisch war, da
auch der Sbirro seine Wohnung über dem Uhrengeschäft hatte.
So profitierte Bruno von kurzen Wegen zu den Delinquenten,
und Petronio freute sich, weil die Justiz ein Auge auf seine
Schätze hatte, gewissermaßen. Nicht, dass er Bruno viel Vertrauen entgegengebracht hätte. Niemand traute einem stinkenden Fettwanst …

Atemlos blieb Cecilia vor den kleinen, verglasten Fenstern
mit den Auslagen stehen. Sie blinzelte vor Schmerzen, als sie
durch die Scheiben spähte. Ihr Plan war beim Laufen weiter ge-
diehen – ob er etwas taugte oder ob er an einem Detail, das in
dem Sumpf aus Stechen und Pochen in ihrem Schädel unter-
ging, scheitern würde, wusste sie nicht zu entscheiden. Hölle,
war das ein Kopfweh.

Von Petronio keine Spur – das war zunächst ein Punkt, der
hoffnungsfroh stimmte. Sie hielt die Glocke fest, als sie durch
die Tür schlüpfte. Auf Zehenspitzen huschte sie zu der Treppe,
die in die Wohnung des Sbirro führte.

Lieber Gott, lass ihn zu Hause sein.

Sie klopfte nicht, und so war es ihre eigene Schuld, dass sie
ihn in grauen Unterhosen vorfand, mit nackter, schwarz be-
haarter Brust an einem Tisch, auf dem sich eine halb leere Flasche befand und sonst nichts.

»Ziehen Sie sich an, Bruno, rasch, und keine Fragen.«

Er rülpste überrascht.

»Sagte ich: Rasch?« Cecilia wandte sich ab in der plötzlichen
Erkenntnis, dass ihre Gegenwart für Bruno ebenso peinlich sein
musste, wie sein entblößter Zustand für sie. »Sie besitzen Ihre
Dietriche noch?«

»Also, Signorina Barghini, das is wirklich …«

»Bitte, kein Firlefanz jetzt, es eilt. Es eilt enorm.« Sie hatte so
wenig Zeit, aber für Bruno musste sie sich dennoch welche nehmen. Sein Zimmer roch wie eine Schankstube. Er schien sturz-
betrunken zu sein. Sie nahm seine Hose vom Boden auf, wo er
sie hatte fallen lassen. Der Geruch warf sie fast von den Füßen.
»Hier hinein, Bruno … Vorsicht … und hier die Stiefel und …

ja, genau, die Dietriche!«, lobte sie ihn, als er unter seine Matratze griff und seine unerlaubten Schätze ans Tageslicht beförderte.

»Wo sind die Schlüssel unten vom Kerker?«

Er stutzte und blinzelte. Sein Blick wanderte zu den Dietrichen, die er plötzlich hielt, als hätten sie sich in Nattern verwandelt. »Also Signorina ...«

Sie sah ein Schlüsselbund an einem Nagel neben der Tür hängen und holte es sich.

»Signorina ...«

»Es betrifft Sie nicht, Bruno. Sie werden jetzt unter Leute gehen und dafür sorgen, dass man Sie sieht. Trinken Sie noch ein bisschen, aber in Gesellschaft, unbedingt in Gesellschaft. Erzählen Sie, wie langweilig dieser Tag für Sie war. Nur – kein Wort von meinem Besuch. Haben Sie das verstanden?«

Ihr standen vor Kopfweh die Tränen in den Augen, und wahrscheinlich hatte Rossi ihre stummen Mahnungen gar nicht begriffen. Oder Lupori hatte keine Lust auf eine lange Unterhaltung ... *Natürlich* hatte er Lust. Wie konnte er seinen Sieg besser auskosten, als wenn er sein Opfer sich winden sah?

»Sie warn nich hier?«

»Nein, Bruno. Das ist ganz wichtig.«

»Ich versteh das nich.« Der Sbirro humpelte zur Treppe und stieg vorsichtig die Stufen hinab. Der Laden war immer noch leer. Petronio musste in einem Hinterzimmer sitzen.

»Verschwinden Sie, Bruno. Und denken Sie daran, dass Sie in Gesellschaft kommen! So rasch wie möglich. Und nichts ist geschehen. Sie haben mich den ganzen Tag nicht gesehen.« Dass er das ja nicht vergaß.

Es war eine Tortur zu warten. Cecilia gab ihm einige Minuten. Dann verließ sie ebenfalls das Geschäft. Sie schaute verstohlen die leere Gasse entlang und huschte in den Garten, in dem der Uhrmacher sein Gemüse zog. Es war nicht schwer, das Kerkerfenster zu finden, denn es besaß als Einziges in der Reihe der Kellerfenster Gitter. Hübsches schwarzes Eisen, alles noch ziemlich neu. Cecilia kniete nieder – das war die Heldentat dieses Tages: mit ihrem Kopfweh in die Knie zu gehen – und pochte gegen das Glas.

Alle Welt schien heute zur Gemächlichkeit entschlossen. Es dauerte Ewigkeiten, bis Francesca sich rührte und ihr schwarzer Schopf unterhalb der Gitter sichtbar wurde. Sie musste sich recken, um Cecilia sehen zu können.

»Mache Radau. Richtigen Lärm.« Nicht so laut, haderte Cecilia mit sich selbst. Francesca starrte sie an. Sie hielt sie für verrückt, das war klar. Und wahrscheinlich war Lupori längst fort, und was sie jetzt vorhatte, würde Rossi das Genick brechen. Wenn es überhaupt gelang. »Radau! Lärm!«

Francesca humpelte davon, kurz darauf kehrte sie mit ihrer Krücke zurück, und ... Klirrrrr ... die Scheibe barst. Das war *nicht* der Plan. Egal.

Cecilia huschte davon, zurück zur Straße, zurück in den Laden ... Ah ja, Petronio war in den Keller geeilt. Sie hörte ihn unten mit seiner zarten, höflichen Altmännerstimme protestieren. Francescas Antwort war nicht zu verstehen.

Rasch schlüpfte Cecilia die Stufen hinab. Sie stieß sich den Kopf an einem Balken, und einen Moment lang stand sie stille und wartete, dass ihr Gehirn explodierte. Es geht schief, es geht alles schief ... Aber sie schaffte es dennoch hinter die Kisten, die Petronio im Kellerflur stapelte, um seine Uhren transportieren zu können. Dort wartete sie.

Einen Menschen dazu nötigen, seine Liebste an den Folterknecht auszuliefern ... Lupori, du Scheißkerl, dachte sie, und ihre Augen füllten sich wieder mit Tränen, teils wegen der Kopfschmerzen, teils aus Mitleid. Die Liebe brachte nichts als Scherereien. Da hatte man wieder den Beweis.

Petronio hielt durch die Zellentür eine kleine Rede, in der er Francesca vor Augen führte, wie teuer die Reparatur eines Glasfensters sei und wie schlecht gefüllt die Gemeindekasse und dass es ihr sicher nicht recht wäre, wenn man sie für diese finanzielle Belastung haftbar mache. Francesca schien nicht beeindruckt, jedenfalls gab sie ihm keine Antwort.

Er humpelte zurück – und da entdeckte er Cecilia.

»Ich bin nicht hier, Sie sehen mich nicht.« Es klang noch lächerlicher als oben bei Bruno.

»Ich sehe Sie nicht?«

»Um unserer Freundschaft willen«, sagte sie, obwohl sie überhaupt nicht mit Petronio befreundet war. Wenn überhaupt, dann war er mit Rossi befreundet. »Gehen Sie nach oben, Signor Verri, ich flehe Sie an. Vergessen Sie mich. Sie waren nur hier unten, um Signorina Brizzi zur Ordnung zur rufen. Mehr ist nicht geschehen.«

Ratlos schaute er sie an.

»Für Rossi. Tun Sie es für ihn. Es geht ihm an den Kragen. Lupori ist bei ihm.« Begriff er, dass der Name Lupori Unheil bedeutete? Wussten die Leute in Montecatini überhaupt um das schlechte Verhältnis zwischen den beiden Richtern?

»Tacito Lupori?«

»Er will ihm die Haut abziehen – bei lebendigem Leib.«

Cecilia sah das Interesse, das in den alten Augen aufblitzte. Es kündete nicht von Neugierde, sondern von Besorgnis. Der Uhrmacher schien tatsächlich mit Rossi befreundet zu sein.

»Gehen Sie hinauf, Signor, und vergessen Sie, dass Sie mich gesehen haben.«

»Das würde ihm helfen?«

Cecilia nickte.

Umständlich umfasste der alte Mann seine Krücke und erklomm die Treppe. Keine Zeit für Dankbarkeit. Der Plan, der Plan … Mit zittrigen Händen öffnete Cecilia die Zellentür. Francesca humpelte heraus. Ihr Gesicht war dunkel vor Müdigkeit.

Cecilia warf den Dietrich vor der Tür zu Boden. »Und jetzt hinaus.«

»Was wird denn das?«, fragte die Seifensiederin misstrauisch.

Der Plan entglitt ihr. Wie sollte Francesca durch das Geschäft kommen? Würde Petronio zulassen, dass die Gefangene entfloh? Er war so schwer einzuschätzen. Wie viel hielt eine Männerfreundschaft aus?

»Durch den Laden oder durch das Fenster hier?«, fragte Francesca nüchtern.

184

»Sie könnten durch das Fenster klettern?« Cecilia warf einen hoffnungsvollen Blick auf die kleine Maueröffnung bei der Treppe, die im Gegensatz zum Kerkerfenster nicht vergittert war.

Francesca lachte.

»Sie müssen sich verstecken. Sie müssen für eine lange Zeit verschwinden, verstehen Sie das? Lupori ist Ihnen auf den Fersen.«

»Hätte ich mir denken können. So ein Dreckskerl.« Francesca humpelte die Stufen hinauf und öffnete das Fenster. Sie brauchte keine Hilfe, um hinauszugelangen. Ihr Körper war geschmeidig und so muskulös wie der eines Mannes. Nicht einmal die Kleider störten sie. Als sie ihr Holzbein durch die Öffnung gezogen hatte, drehte sie sich noch einmal um. »Danke.«

Cecilia kehrte in den Laden zurück, wo Petronio sie geflissentlich übersah. Sie trug den Schlüssel in Brunos Zimmer zurück und hängte ihn an den Nagel.

»Was ist denn nun los?«, fragte der Uhrmacher, als Cecilia in sein Ladenzimmer zurückkehrte.

»Das weiß niemand. Sie waren in Ihrem Hinterzimmer. Irgendwann sind Sie in den Kerker hinabgestiegen, um eine Kiste zu holen, und haben entdeckt, dass sich die Gefangene mithilfe von Dietrichen, die man ihr zugesteckt hat, befreien konnte.«

»Na, so ein Teufelsweib«, sagte der alte Mann und lächelte.

»Nun muss nur noch eines geschehen …«

Es dauerte weitere fünf Minuten, bis Cecilia in den Palazzo zurückgekehrt war. Sie hörte Rossis Stimme aus dem Obergeschoss. Er sprach leise, beschwichtigend, demütig. Er hatte es nicht nötig, seine Gefühle zu spielen. Er litt wie ein Hund.

Doch das wurde dreifach aufgewogen durch den göttlichen Moment, als Petronio in die Diele stürmte und mit theatralischer Stimme den Satz ausrief, den Cecilia ihm eingetrichtert hatte: »Giudice, Giudice – die Gefangene ist geflohen!«

Rossi und Lupori kamen die Treppe herab, Lupori im Laufschritt, Rossi langsam hinterdrein. Leise schloss Cecilia die Tür zu ihrer ehemaligen Kammer. Sie nahm ein Kissen auf, das sich in einer Ecke fand, setzte sich auf den Boden und lachte hysterisch in den Stoff. Ja, reg dich auf, du kaltherziger Mistkerl, tob herum. Nun ist sie auf und davon. Und *du* bist es, der Rossi sein Alibi verschafft hat!

Als die Tür knallte, barst ihr fast der Schädel.

Rossi musste ein bisschen suchen, ehe er sie schließlich in dem Zimmerchen fand. Er half ihr auf die Füße, tastete mit einem »Tz tz« nach ihrer Beule … Und dann tat er, was er noch nie getan hatte – er küsste ihre Hand.

Leider hatten sie fast unmittelbar danach einen Streit. Cecilia wollte endlich heim in ihr eigenes Bett, und Rossi verbot es ihr.

»Warum?«

»Weil du dich nicht erinnern kannst, was an diesem verdammten Nachmittag geschehen ist.«

»Ich rufe dich, wenn es mir wieder einfällt.«

»Darum geht es nicht.«

»Worum geht es dann?« Kopfschmerzen verhalfen nicht eben zur Geduld. » *Was?* Was ist?«

»Ich möchte, dass du für ein paar Tage wieder hier wohnst. Oder meinetwegen auch woanders, wobei ich nicht wüsste, unter welche Fittiche du kriechen könntest. Bleib einfach hier.«

Cecilia schob es auf ihren hämmernden Schädel, dass sie ihn erst begriff, als er schon fast aus dem Zimmer war. »Das ist doch lächerlich! Wenn ich etwas gesehen hätte und der … Mensch« – der Mörder, die Bestie – »verhindern wollte, dass ich es weitersage, dann hätte er mich nie entkommen lassen.«

Rossi hielt unter dem Türholm inne und drehte sich um. »Das weiß man nicht.«

»Das weiß man doch. Er hätte mich … vom Wagen pflücken können …« Da waren sie schon wieder, die hassenswerten Tränen.

Rossi kam zurück. Mit sehr viel weicherer Stimme meinte er: »Cecilia – vielleicht hatte er Mitleid. Vielleicht hatte er Angst, dir etwas anzutun, weil du eine Außenseiterin bist, … weil du einflussreiche Freunde besitzt, … weil du reich bist, oder was er dafür hält … Vielleicht war er auch ein Mal ein anständiger Mensch, der nur Feretti hasst. Vielleicht kam ihm etwas dazwischen. Aber nun hat er Zeit zum Nachdenken gehabt, und ihm muss klar geworden sein, wie gefährlich es für ihn ist, wenn dir wieder einfällt …«

»Das ist Spekulation.«

»Alles ist Spekulation.«

»Ich hasse dich«, sagte sie. Theatersprache. Sie hasste ihn natürlich nicht. »Vielleicht … ist er ein Irrer. Einer, der im Asyl bellt. Einer, der nicht gern die Zuschauerin verlieren wollte, die sich so prächtig erschrecken lässt.«

»Was?«

»Auch alles Spekulation.« Sie rauschte hinaus, knallte die Tür – ebenfalls theaterreif, nur dass es ihr fast den Kopf vom Hals riss –, packte den Mantel, stellte fest, dass der Saum dunkel verfärbt war, begriff die Bedeutung, ließ ihn fallen, wischte sich über die Nase und stürmte aus dem Haus.

Es war ein Segen, wieder in der eigenen Wohnung zu sein und im eigenen Bett zu liegen, auch wenn hier alles nach dem Kampfer der toten Signora Secci roch. Wenigstens machte hier niemand Lärm.

Sie war eingeschlafen und wachte davon auf, dass ein ungewohntes Geräusch an ihr Ohr drang. Zunächst war ihr nicht klar, worum es sich handelte. Beunruhigt drehte sie den Kopf im Kissen und lauschte.

Schritte?

Es war noch nicht Nacht geworden, aber die Sonne hatte an Kraft verloren, und im Zimmer herrschte Zwielicht. Sie bemerkte einen Fettfleck an der Decke, ein dunkles Gebilde, das die Form eines galoppierenden Pferdes hatte.

Schon wieder … *Wsch … Wsch …* Schritte? Schlurfende, schleichende Schritte? Ihr wurde flau im Magen.

Dann lachte sie auf. Mit einer Grimasse griff sie an den Kopf, dem das Lachen nicht bekam. Diese dreimal verfluchte deutsche Uhr. *Wsch, Wsch* ... Die Zeiger strichen am Glas entlang. Ich bin nicht verrückt, Arthur, nur bisschen aus der Fassung.

Es pochte an der Haustür.

Nicht der Vogel, begriff sie plötzlich, das Klopfen hatte sie aufgeweckt. Es war real. Jemand stand vor ihrer Wohnung und wollte herein.

Irene, die in Rossis Haus zurückgeblieben war? Die Zofe besaß einen Schlüssel. Sie würde nicht pochen.

Langsam – der Kopf, der Kopf – erhob Cecilia sich.

Das Geräusch verstummte. Sie hörte Schritte, federleicht, gerade noch wahrnehmbar, die die Treppe hinabeilten. Hatte Dina sie besuchen wollen? Cecilia ärgerte sich über Rossi, der ihr mit seiner Bemerkung Angst eingejagt hatte. Da hatte man es nun. Ein einfaches Pochen versetzte ihr einen Todesschrecken. Aber es war niemand hinter ihr her. Wer auch immer Feretti entführt hatte ... Sie selbst hatte er fortgelassen. Das war eine Tatsache. Ihr drohte keine Gefahr.

Schlag fester ...

Cecilia horchte den Worten nach, die plötzlich in ihrem Kopf hallten. *Schlag fester* ... Kam das aus ihrem Traum? Wovon hatte sie überhaupt geträumt? Sosehr sie sich bemühte, sie konnte sich nicht erinnern. Die Worte klangen nach Verdrossenheit und hinterließen auf ihrer Zunge einen schalen Geschmack. *Schlag fester* ...

Mistdreck.

Vorsichtig, mit einem raschen Blick durch den Spalt, öffnete Cecilia die Tür – und fand eine Flasche Wein und, mit einer roten Kordel hübsch um den Flaschenhals gebunden, einen Brief. Sie öffnete den Verschluss und schnupperte. Kein billiger Wein aus der Schenke nebenan, dachte sie. Du hast dazugelernt, Inghiramo.

Dass das Präsent von ihm kam, war ihr klar. Sie erkannte die kunstvoll geschriebenen Buchstaben auf dem Kuvert und seufzte. Ihre Erleichterung stimmte sie milde, und sie öffnete den Brief.

Meine liebe Cecilia,

ich sollte nicht schreiben, denn dass du mir grollst ... wer könnte es dir verdenken? Du wendest dich ab, und du tust recht daran. Du schlägst mir den Handschuh der Verachtung ins Gesicht, und ich habe es verdient. Jeder Vorwurf ist tausendfach berechtigt. Wenn du mir vergäbest, spräche ich mich selber schuldig. Ich habe frevelhaft gehandelt. Ich habe die Liebe gekränkt, die einzige Göttin, der zu dienen ich mich freudig verpflichtete. Vergib mir nicht. Ich leide, und so soll es sein.

Und doch muss ich zur Feder greifen. Ich hörte, was geschah, und laufe durch mein Zimmer wie von Sinnen. Bist du wohlauf? Sie sagen, dir sei nichts geschehen, und ich weine vor Glück und bete, dass es wahr sei.

Dass du mich vergessen hast, dafür preise ich Gott. Mir selbst hat er die Gnade nicht gewährt. Neapel war die Hölle. Bei jedem Schritt wandte ich mich um und hofft, es sei Cecilia. Bei jedem Lachen, jedem leisen Wort ... bei jedem Rascheln eines Rocks, bei jedem Flügelschlag des Fächers ... und immer nur Cecilia.

Genug davon, das darf dich nicht bekümmern. Bald bin ich fort.

Auf ewig der Deine
Inghiramo

Heilige Agatha, dachte sie und faltete den Brief zusammen. Das mit dem Flügelschlag des Fächers würde er gewiss in einem Drama verwenden, wenn er es nicht sogar daraus entnommen hatte. Leider war das Kaminfeuer erloschen, also konnte sie den Brief nicht in die Flammen befördern.

Neapel war die Hölle, ja?, dachte sie, als sie in ihr Bett zurückkroch. Du hast ja keine Ahnung von der Hölle. Es ist die Hölle, zu sehen, wie der Bauch schwillt, und nichts dagegen tun zu können. Es ist die Hölle zu warten, bis jemand es bemerkt. Es ist die Hölle, geschnürt zu werden, bis kein Atemzug mehr ohne Schmerzen möglich ist. Die Hölle ist ein Abort, in dem man herauspresst, was ... Sie hatte durch das runde Loch in der

Porzellanbank geschaut. In dem Unrat, der sich in der Grube gesammelt hatte, lag etwas Weißes, mit rotem Blut verschmiert. Ganz still. Ihr totes Kind.

Cecilia starrte auf den Fettfleck, während Irene heimkam und es draußen langsam dunkel wurde.

11. Kapitel

Adolfo und Leo kamen, um die Zimmerdecke zu streichen, damit der Fettfleck verschwand. Sie packten aus und machten sich daran, das Bett abzudecken und eine Leiter aufzurichten. Adolfo erzählte, dass Rossi erneut in die Hütten der Fischer gekommen sei, um in die Mäuler der Hunde zu schauen. Dieses Mal, ohne sich anzukündigen.

»Er ist ein tüchtiger Mann«, meinte er nachsichtig. »Und natürlich ist es richtig, dass er sich wegen Signor Feretti Sorgen macht, denn ein Mensch ist ein Mensch, und kein Mensch hat es verdient, von Hunden zerrissen zu werden. Es scheint, Sie hatten sehr viel Glück, Signorina, wenn man so hört, was die Leute erzählen.«

Schlag fester ... Cecilia wandte sich ab, damit die beiden nicht sahen, wie sie sich auf die Lippe biss. »Sie wissen nicht zufällig, ob es Francesca gut geht?«

»Sie ist eine tüchtige Frau, und deshalb wird sie zurechtkommen.« Auf Adolfos altem Gesicht kräuselten sich die Falten, als lachte er heimlich in sich hinein, und Cecilia war sicher, dass er den Aufenthaltsort der Seifensiederin kannte.

Leo war der Sohn seiner Schwester, erfuhr sie. Der Junge hatte einen Zwillingsbruder gehabt, Alceste, aber der war leider gestorben im vergangenen Jahr, als die Orchideen zu blühen begannen. Bitter. Ein braver Bursche.

Leo schrubbte an Farbe herum, die auf die Dielen getropft war und einen Fleck hinterlassen hatte. Ihm standen Tränen in den Augen, und Cecilia dachte bekümmert, wie schnell man doch vergaß, dass auch andere Leute ein Schicksal hatten, mit dem sie zurechtkommen mussten.

»Ist er krank gewesen?«

»O ja. Seine Krankheit hieß Hoffnungslosigkeit«, sagte Adolfo. Leo ließ abrupt seinen Lappen fallen und ging hinaus. Sie hörten, wie die Wohnungstür klappte. Der alte Mann seufzte. Dann begann er wieder mit langsamen, gelassenen Bewegungen zu streichen. »Die Krankheit grassiert, Signorina, seit sie die Teiche trockenlegen und die Fische sterben. Ich habe Männer gesehen, nicht älter als vierzig, die schwanden einfach dahin. Eines Morgens finden ihre Frauen sie tot im Stroh. So ist das, wenn man die Hoffnung verliert. Ich sage zu den Jungen: Sucht euch Arbeit. Geht fort. Dann fragen sie, wohin, und dann weiß ich keine Antwort. Die Mönche von Santa Maria della Fontenuova haben eine Armenküche eingerichtet, die von den Damen aus Monsummano eifrig unterstützt wird. Aber das reicht ja nicht für alle, nicht mal für viele. Und niemandem erhält es den Stolz.«

»Schlimm«, sagte Cecilia und dachte an das, was Rossi zu ihr über die Linie gesagt hatte, die den Stolz und die Angst vor dem Verhungern voneinander trennte. Adolfo hatte die Linie noch nicht überschritten, andere aber offenbar schon. Bevor er ging, fragte sie, ob es ihm und Leo möglich wäre, auch noch die anderen Zimmer zu streichen. Er lächelte, und sie hoffte, dass ihr Angebot nicht allzu sehr nach Almosen geklungen hatte.

Als Cecilia Tage später den Palazzo besuchte, erzählte sie Rossi von Adolfos Besuch.

Der Richter saß müde in seinem Arbeitszimmer vor einer selbst gezeichneten Karte der Umgebung und starrte mit roten Augen auf Markierungen und Bemerkungen, die er hineingeschrieben hatte. Das Haus neben dem dicken schwarzen Kreuz war vermutlich der Ort, an dem Feretti verschleppt worden war.

»Warum unternimmt niemand etwas?«

Er blickte auf. »Es wird viel gehungert in unserem Land. In diesem Fall ist es natürlich besonders schlimm. An die hundertfünfzig Familien sind auf einen Schlag verarmt. Leandro Cardini ist am Verzweifeln. Bettelei ohne Lizenz, Diebstahl, besonders auf den Märkten ... Aber ansonsten unterscheidet sich ihre Situation in nichts ...«

»Wieso Lizenz?«

»Weil in der Toskana zum Betteln eine Lizenz notwendig ist. Gesetz seit sechsundsechzig. Ausländische Bettler sind auszuweisen, toskanische dürfen nur noch in ihren Heimatstädten betteln. Mit Lizenz.«

»Wie kann man von jemandem ein Formular verlangen, der am Verhungern ist?«

»Er kann froh sein, wenn er es bekommt. Um Lupori zu zitieren: Man soll es ihnen nicht zu rasch geben, weil sonst die Armut zum Beruf wird.«

»Adolfo hat gesagt, sein Neffe sei umgekommen. Eines Tages hat er einfach tot im Stroh gelegen.«

»Nun ja.«

»Warum *nun ja*?«

»Er hat sich aufgehängt.« Rossi machte ein Fragezeichen neben eine kleine Ansammlung von Dächern auf seiner Zeichnung.

»O Gott!«

Er strich das Fragezeichen wieder aus. Missmutig lehnte er sich zurück und schaute zum Fenster, auf dem eine dicke Staubschicht die Sicht vernebelte.

Cecilia ging zur Tür, aber sie stockte, als sie das Zimmer verlassen wollte. »Und wenn nun doch ...«

»Was?«

»Die Fischer sind so verzweifelt und wütend und machen alles kaputt. Was, wenn Abate Brandi sich doch hat hinreißen lassen ...?«

»Mario umzubringen?«

Sie nickte.

»Ich traue ihm zu, jemanden zu erwürgen oder zu erschlagen, wenn er ihn auf frischer Tat ertappt, aber das mit den Hunden ... nein! Außerdem hätte er keinen Grund gehabt, sich an Feretti zu vergreifen.« Rossi schüttelte entschieden den Kopf.

»Was ist das für eine Karte?«

»Ich war mit Ferettis Hunden am Ort seiner Entführung, gleich am nächsten Morgen. Der Regen hatte leider viel weggewaschen, aber sie haben an einem Schafspferch in der Nähe des Hauses angeschlagen. Dort haben wir mit Wasser gefüllte Hufabdrücke entdeckt. Und die wiesen nach Osten. Also habe ich in dieser Richtung angefangen zu suchen. Nur leider nichts gefunden. Nun ziehe ich die nächsten Kreise.« Er hörte sich frustriert an. »Du verlässt dein Haus doch nur in Begleitung von Irene?«

»Sie ist unten in der Küche.«

»Gut.« Er starrte wieder auf das Kreuz. »Ich vermute, du kannst dich immer noch nicht daran erinnern, was bei Ferettis Entführung ...«

»Nein.«

Schlag fester ...

Cecilia blinzelte. Sie hatte plötzlich genug von dem Gespräch und wollte gehen, aber da entdeckte sie einen Brief, der mit einer winzigen Ecke unter Rossis Karte hervorschaute. Lindgrün und marmoriert. Exklusiv. Genau wie das Briefpapier, das Großmutter damals von ihrer Reise nach Venedig mitgebracht hatte, den Bogen für fünf Baiocchi, eine schreckliche Verschwendung. Eigentlich brauche ich es gar nicht, hatte Großmutter damals gesagt, aber es ist so hübsch und ungewöhnlich.

»Da fällt mir noch ein ...«

»Was?«, fragte Cecilia und riss den Blick vom Briefpapier.

»Signora Secci hat mir – hat uns – eine Einladung gebracht. Für ein weiteres Fest mit diesem Theatergesindel. Sie bekommt offenbar den Hals nicht voll. Du musst dir was einfallen lassen, um abzusagen.«

»Kann ich die Einladung sehen?«

»Warum nicht?«

»Wo ist sie denn?«

»Im Speisezimmer auf der Anrichte.« Rossi zeichnete ein weiteres Kreuz auf seine Karte.

»Aha.«

Nicht einmal er war unhöflich genug, um dem Schweigen nach ihrem *Aha* lange zu widerstehen. Mürrisch erhob er sich und machte sich auf den Weg die Treppe hinab.

Cecilia fischte den Brief auf dem grünen Papier hervor und überflog hastig die Zeilen.

Lieber Giudice Rossi ... Und dies und das. ... *und ist es mir eine Freude, Ihre Tochter bei mir willkommen zu heißen. Ich werde mich selbst auf den Weg machen, Dina abzuholen, denn natürlich ist mir bewusst* ...

Dina abzuholen? Abholen?

... bewusst, dass Sie selbst aufgrund Ihrer zahllosen Verpflichtungen ...

Cecilia hörte Schritte auf der Treppe und schob Brief und Kuvert unter die Karte zurück. Großmutter wollte Dina abholen? Ihre Hände zitterten. So war das also. Hier wurden bereits Pläne geschmiedet. Einzelheiten besprochen. Und Rossi hatte es vorgezogen, ihr den entsprechenden Brief nicht zu zeigen, weil ... Nun, das war wohl eindeutig. Sie schafft es immer, dachte Cecilia, während ihr vor Zorn schwindlig wurde. Großmutter bekommt, was sie will. Aber nicht Dina! Nicht dieses Mädchen. Das geb ich ihr nicht in die Krallen. Sie soll doch ... Hol sie der Teufel, alle beide!

Rossi kam herein, reichte ihr Signora Seccis Billett und zog sich wieder hinter den Tisch zurück, wo er erneut nach der Karte griff.

Cecilia entfaltete das Schreiben und drehte sich zum Fenster, während sie tief durchatmete, um sich zu beruhigen. »Wie aufmerksam. Signora Secci lädt uns nicht nur zu ihrem Diner ein, sondern auch zur Theateraufführung selbst. Sie bietet uns Plätze in ihrer Loge an.«

»Das ist das staubige, hässliche und möglicherweise baufällige Konstrukt, das wie ein Schwalbennest unter der Decke des Gerichtssaales klebt. Falls du dich erinnerst.«

»Wie reizend von ihr, an uns zu denken.« Zumindest das war eine nützliche Fähigkeit, die man unter Großmutter Biancas Fuchtel lernte: liebenswürdig zu sein, auch wenn man vor Wut kochte. War sie nicht deutlich genug gewesen, was Großmutters

Absichten anging? Sie war so enttäuscht von Rossis Verrat und so entsetzt über die Folgen, die er haben würde, dass sie am liebsten losgebrüllt hätte.

Als sie merkte, dass Rossi sie anblickte, lächelte sie. »Ich gehe auf jeden Fall.«

»Dir ist doch klar …?« Er starrte sie an. »Dieser Inghiramo – du wirst doch nicht im Ernst irgendwo hingehen wollen, wo du dem Mistkerl …«

Sie widersprach aus keinem anderen Grund, als weil sie wusste, dass es ihn reizen würde – und im Moment war das ein starker Grund. »Inghiramo mag ein unangenehmer Mensch sein, aber er versteht etwas vom Theater. Sein *König Hirsch* wird umwerfend sein. Ganz sicher werde ich mich ausgezeichnet amüsieren.«

Fassungslos schüttelte er den Kopf.

»Vielleicht sogar mit ihm gemeinsam. Er hat mir ein Billett gesandt. Er hat sich entschuldigt. Die ganze Sache tut ihm schrecklich leid.«

»Und du bildest dir ein …«

»Er ist ein *Mann*. Die Männer und Treue … Rossi, Himmel, du musst doch wissen, wovon ich spreche.«

Damit hatte sie ihn erwischt. Zum ersten Mal. Sie sah es an der Art, wie er gegen das Licht blinzelte, als wäre er gegen einen Balken gelaufen. Geschieht dir recht, du verlogener Heimlichtuer. Ausgerechnet Großmutter. Ausgerechnet mit ihr gegen mich … Dabei bist du doch dabei gewesen, als sie mir das Herz gebrochen hat.

Mit ihrem bezauberndsten Lächeln verließ Cecilia das Zimmer. Sie war schon fast die Treppe herab, ehe er sich fasste. »Herrgott, Weiberhirne! Besitzt ihr denn gar keinen Funken Verstand!«, hörte sie ihn brüllen. Dann polterte etwas Schweres gegen die Wand.

Sie musste einen Entschluss fassen, und sie tat es rasch. Früh am nächsten Morgen ging sie ins Kaffeehaus und ließ von Goffredo anspannen.

»Besten Dank, Emilia – was auch immer du für mich getan hast. Wir sind nun Freunde.« Sie streichelte die stumpfe Mähne und ließ es zu, dass das Pferd an ihrem Handschuh knabberte. Als sie die Zügel aufnahm, tat sie es mit der Entschlossenheit, zu der Rossi ihr geraten hatte. Gehorsam trottete das Pferd in die Richtung, die Cecilia ihm vorgab.

Die Entfernung zwischen Montecatini und Marliana betrug etwa vier Meilen, die zurückzulegen waren auf einer Straße voller Serpentinen und Schlaglöchern von der Größe von Kalbsköpfen.

Über Nacht war der Frühling in die Toskana eingekehrt. Während Cecilia die Straße entlangrollte, wurde ihr zum ersten Mal seit Monaten das Gesicht wieder von einer lauen Brise gewärmt. Die Sonne strahlte so überschwänglich vom Himmel wie eine Mutter, die von einer Reise zurückkehrt und bestürzt ihre verwahrlosten Kinder betrachtet. Der Winter ist vorbei, dachte Cecilia und nahm es als gutes Omen.

Sie begegnete Bauern, die ihre Felder bestellten, und Händlern und einem Dorfbüttel, der einen Sünder abführte. Danach wurde die Strecke einsamer. Schließlich kam ihr auf einer Steigung ein wappenverzierter Lando entgegen, der von vier Berittenen eskortiert wurde und dem sie bis ins Unkraut am Wegesrand ausweichen musste.

Als sie der Reisegruppe nachschaute, erblickte sie einen Reiter auf einem Fuchs. Das Tier fiel ihr wegen seiner elfenbeinweißen Mähne auf, und der Mann, weil er einen schwarzen Umhang trug und einen ebenfalls schwarzen Filzhut mit einer Krempe, die ihm bis fast ins Gesicht reichte. Hut und Umhang verliehen ihm ein verwegenes Aussehen – ein bisschen theatermäßig, fand sie. Wie jemand, der sich in einer Rolle gefällt, für die er sich ausstaffiert hat. Ebenso wie sie selbst musste er dem Lando ausweichen. Der Wind wehte ihr einige Worte zu, als einer der Berittenen ihm einen guten Tag wünschte. Irrte sie sich, oder blickte der Mann zu ihr herüber?

Cecilia lenkte die Vittoria auf den Weg zurück und schaute sich noch einmal um.

Der Fremde sah in ihre Richtung. Eine Bö blähte seinen Umhang, das Pferd scheute, aber er hielt die Zügel immer noch kurz, und seine Aufmerksamkeit galt so eindeutig ihr, als gäbe es für ihn nichts Wichtigeres auf der Welt als die Frau in der weißen Vittoria. *Er starrte sie an!*

Und dann war alles wieder da – von einem Moment zum anderen: Das Herzflattern, die Angst …

Schlag fester …

Mistdreck! Cecilia fühlte, wie ihre Finger kribbelten und sie zu zittern begann. Ihre Kehle wurde eng, sie hatte Mühe, Luft zu bekommen. Sie bekam … keine Luft … mehr. Luft …

Emilia scharrte mit den Hufen und schnaubte beunruhigt. Der Weg begann zu schwanken, als wäre er ein Kanal und die Kutsche ein Boot … Nein …

Atmen!

Atmen und die Zügel aufnehmen.

Sie atmete. Ja, gut. Atmen.

Das Wasser verfestigte sich. Die Zügel lagen wieder in ihren Händen. Sie war zurück auf dem staubigen Weg nach Marliana.

Am Himmel schrie ein Vogel, und als sie sich umschaute, war der Reiter verschwunden. Wahrscheinlich hatte er den kleinen Pfad genommen, der abwärts in eines der Täler führte. Sie war nicht verrückt. Arthur hatte recht. Etwas in ihr war offenbar erschüttert worden. Kein Blick der Welt hätte sie sonst so außer Fassung bringen können. Und Rossi hatte ebenfalls recht. Sie hätte Irene mitnehmen sollen. Verfluchter Stolz …

Was war überhaupt passiert?

Sie war ein wenig ängstlich geworden, und durcheinander, weil sie einen Schlag auf den Kopf bekommen hatte. Aber das würde vergehen.

Atmen, dachte sie.

Einige Stunden später tauchte Marliana vor ihr auf. Das Städtchen war kleiner als Montecatini. Ein bebauter Maulwurfshügel mit einer Stadtmauer, die vom Alter schwarz war. Niemand machte sich die Mühe, das Unkraut aus den Fugen im Mauerwerk zu ziehen, und so war es mit grünen Tupfen übersät, als hätte es eine Pustelkrankheit. Streckenweise war die Mauer auch eingerissen und als Steinbruch missbraucht worden.

Emilia zuckelte gemütlich durch das Stadttor. Cecilia hatte gedacht, sie müsste sich zum Kloster durchfragen, aber das Gässchen führte geradewegs zum Markt. Ein Marmormönch mit tonsurierten Schädel – die Messingtafel auf dem Sockel wies ihn als den Heiligen Niccolò aus – blickte streng auf die wenigen Menschen, die um die Mittagszeit über den Platz schlenderten. In seinem Rücken befand sich ein geräumiger, durch eine hohe Mauer geschützter Gebäudekomplex, daneben eine Kirche, in deren Innerem helle Mädchenstimmen im Chor etwas Lateinisches rezitierten. Sie hatte ihr Ziel also erreicht. Gut.

Cecilia lenkte die Kutsche in einen Innenhof und war angenehm überrascht. Statt des Verfalls, der im übrigen Städtchen herrschte, fand sie ein entzückendes Karree mit einem Springbrunnen, züchtig bekleideten Putten, Blumenbeeten und Fliederbäumen, die diesen Ort in wenigen Wochen in ein blühendes Paradies verwandeln würden. Auf ihren Ruf hin trat ein Bursche mit strohverklebten Stiefeln aus einem Stall, der ihr die Zügel abnahm und mit der Mütze in der Hand den Weg erklärte.

Die Äbtissin selbst war zwar abwesend, aber dafür wurde Cecilia von einer mütterlich aussehenden Nonne empfangen, die ihr die Schlafsäle, das Refektorium, die Schulräume und den Ballsaal zeigte und schwatzend Anekdoten von sich gab, aus denen man erkennen konnte, dass das Kloster ein Hort der Frömmigkeit, aber auch der Heiterkeit war.

In dem Ballsaal wurden vornehmlich Konzerte gegeben. Doch die Äbtissin hatte auch eine Dame für den Tanzunterricht engagiert, denn man war sich der Verantwortung für die jungen Blüten bewusst, und der Tanz hatte ja mittlerweile in der Erziehung in Herrschaftskreisen seinen festen Platz gefunden. »Natürlich ist die Äbtissin trotzdem streng. Was den Lebenswandel und die fromme Erziehung angeht – da müssen Sie sich keine Sorgen machen.«

Cecilia machte sich keine Sorgen. Alles war sauber und hübsch, auch wenn man den klerikalen Geist durch sämtliche Gänge wehen spürte.

»Ein friedlicher Ort«, lobte sie, und indem sie über den Wandvorhang sprach, der in hübschen Grüntönen die Mutter

Gottes mit dem Kinde zeigte, flocht sie rasch ein, was der eigentliche Grund ihres Kommens war: »Spricht etwas dagegen, wenn Dina schon ein wenig früher kommt?«

»Früher?«

»Um genau zu sein: In zwei Wochen – das würde uns am besten passen. Dinas Großmutter … Nun, wie soll ich es ausdrücken? Wir müssen mit Bestürzung verfolgen, wie sie von Tag zu Tag …« Sie stockte.

»… seltsamer wird?«

Hübsch ausgedrückt. Es war nicht einmal gelogen. »Das Alter eben. Der natürliche Lauf des Lebens. Aber für ein junges, empfindsames Mädchen …«

Die Nonne tupfte eine Träne aus dem Augenwinkel. Einer ihrer Zöglinge – sie wollte keinen Namen nennen, denn die Äbtissin hielt auf Diskretion – litt grausam unter der Erinnerung an ihren lieben Großpapa, den sie während ihres letzten Ferienbesuchs aufs Entsetzlichste verändert vorfand. »Unfähig zu den einfachsten körperlichen Verrichtungen, unfähig sogar, seine Enkelin wiederzuerkennen. Dabei hat sie ihn so geliebt, das arme Herz. Doch wie ich immer sage: Der Herr sendet die Prüfungen nach seinem Wohlgefallen, und uns ihnen zu unterwerfen, heißt, in seinem Lichte Frieden zu finden.«

»Gewiss«, sagte Cecilia. Das also war erledigt.

Die Sonne hatte den höchsten Punkt bereits überschritten. Emilia war vom Stallknecht versorgt worden, Cecilia selbst knurrte der Magen. Auf dem Weg zum Tor passierte sie einen Gasthof, aus dessen Fenstern der Duft von Gemüse und geschmortem Wildfleisch drang. Natürlich stand außer Frage, dass ihr eine derartige Lokalität ohne männliche Begleitung verwehrt blieb – dennoch spähte sie sehnsüchtig in den Innenhof, den Hort dieser köstlichen Gerüche.

Sie erblickte eine hellblau verputzte Küche mit einem geschwärzten Schornstein, und dann, als die Vittoria das Tor schon fast passiert hatte, in einer anderen Ecke …

Sie reckte den Hals, um genauer zu schauen. Gewiss war sie einer Sinnestäuschung aufgesessen. Die armen Nerven, nicht wahr, Arthur? Sie spähte vergebens. Emilia hatte sie bereits weitergezogen. Das Tor lag hinter ihr.

Ein rostroter Fuchs? Hatte sie tatsächlich einen rostroten Fuchs gesehen, mit einer elfenbeinernen Mähne, der an einem Kohlblatt zupfte?

Es war schon fast dunkel, als Cecilia heimkam. Der Wirt musste sie durchs Fenster gesehen haben, denn er öffnete die Tür, noch ehe Cecilia klopfen konnte.

»He, Rossi – sie ist wieder da!«, brüllte er quer über den Markt. »Ich reib das alte Mädchen ab. Wenn Sie mal beiseite treten, Signorina ...«

Rossi eilte mit raschen Schritten durch den Vorgarten. Er wechselte ein Wort mit Goffredo, dann nahm er Cecilias Ellbogen und bugsierte sie grob in seinen Palazzo. »Wo bist du gewesen?«, brüllte er sie an, kaum dass er die Tür geschlossen hatte. Genau genommen brüllte er gar nicht, aber er war so wütend, dass er es fertigbrachte, diesen Eindruck zu erwecken, ohne die Stimme zu heben. Irene, die gerade aus der Küche heraufeilte, hielt erschrocken inne und kehrte in den Keller zurück.

»In Geschäften unterwegs.«

»In Geschäften!«, schnauzte er. Ungestüm zog er sie ins Speisezimmer. »Setz dich!« Er wartete nicht, bis sie gehorchte, sondern drückte sie auf einen Stuhl. »Du warst mit der Vittoria unterwegs.«

»Nach Marliana. Ich habe das Kloster ...«

»Allein!«

»Nun, es schien die einzige Möglichkeit ...«

Er unterbrach sie fassungslos. »Du streunst allein durch die Gegend. Du hast es nicht verstanden!«

»Was?«

Die kleine Lampe auf dem Kaminaufsatz brannte. Irene hatte wohlriechende Öle hineingeschüttet – es roch nach Rosen.

»Du hast es wirklich nicht verstanden.« Rossi ging zum Fenster und hieb mit der Faust gegen die Brüstung. Einige Atemzüge lang stand er still, sie sah, wie seine Schultern sich hoben und senkten. Dann drehte er sich wieder um. »Das ist kein Spaß,

Cecilia.« Er betonte jedes Wort. »Mario wurde ermordet, Sergio Feretti entführt – und du bist der Mensch, der womöglich den Schlüssel zur Aufdeckung dieser Verbrechen im Kopf trägt. Wie viel in diesem Kopf durcheinandergeraten ist, das weißt nur du allein. Der Mörder muss wie jeder andere spekulieren. Und wenn er halbwegs bei Verstand ist, rechnet er mit dem Schlimmsten. Hörst du mir zu?«

»Er hat mich gehen lassen.«

»Und keiner von uns weiß, warum.«

Schlag fester ... Ja, verdammt. Und heute war ihr ein Mann auf einem Fuchs gefolgt – oder auch nicht gefolgt. Hatte das Tier wirklich in dem Innenhof des Wirtshauses gestanden?

»Was wolltest du dort?«

»Wo?«

»Im Kloster.«

»Dina wird Montag in zwei Wochen erwartet«, sagte Cecilia, mit einer Spur Triumph in der Stimme.

»Verstehe ich nicht. Warum die Eile?«

Sie schaffte keine geschliffene Erklärung. »Dina geht ins Kloster und nicht zu Großmutter. Ich lasse es nicht zu, dass sie unter ihren Einfluss kommt«, sagte sie rau.

Er brauchte ziemlich lange, um zu begreifen. »Du hast meine Post gelesen.«

»Nur die von Großmutter. Die du mir verheimlichst.«

»Warum sollte ich dir etwas verheimlichen? Mir ist es völlig gleich, ob Dina bei ihrer Großmutter oder in dieser Schule lebt.«

»Mir aber nicht.« Cecilia rieb mit dem Handballen über die Stelle an ihrer Stirn, die wieder zu schmerzen begann.

»Ja, und das hatte ich begriffen. Du ...« Er schüttelte den Kopf. »Ich habe ihr geschrieben, dass sie mit Dina nicht rechnen kann.«

»Was?« Cecilia ließ die Hand wieder sinken. Ungläubig starrte sie ihn an. Er starrte zurück – nicht besonders freundlich. Dann öffnete er die Tür. »Irene«, brüllte er in den Flur. »Die Signorina will nach Hause.«

202

Die nächsten beiden Tage verbrachte Cecilia in einem abgedunkelten Zimmer mit Kopfschmerzen und einer Schüssel neben dem Bett, in die sie sich wiederholt übergeben musste, was, wie ihr Irene etwa hundertmal auseinandersetzte, damit zusammenhing, dass sie sich viel zu früh der Strapaze einer Reise ausgesetzt hatte. Dann wurde ihr allmählich besser. Als sie nach ihrer Beule tastete, war sie kaum noch spürbar.

An diesem Abend kam Rossi, um sie abzuholen.

»Wieso abholen?«

»Weil Arthur zur Chorprobe geladen hat.«

Cecilia sann nach einer Ausrede, aber ihr fiel nichts ein, bis auf ihren Gesundheitszustand, und den noch einmal zu debattieren, hatte sie keine Lust. »Bist du mit der Vittoria gekommen?«

»Bin ich.«

Er war einsilbig und blieb es, bis sie gedrängt nebeneinander auf dem roten Kutschpolster saßen. Das Klappverdeck war hochgeschlagen, weil es nieselte. Sie ruckelten die Straße herab.

»Du sagst gar nichts«, bemerkte sie.

»Hm.« Lustlos spielte er mit den Zügeln. Erst nach einer Weile raffte er sich zu einer Erklärung auf. »Leo ist verschwunden.«

»Leo?«

»Der Junge, mit dem Adolfo …«

»Ich weiß, wer Leo ist. Wieso verschwunden?«

Es gab nicht viel zu erzählen. Adolfo war am Nachmittag gekommen, um es anzuzeigen. Leo war offenbar schon seit zwei Tagen fort. Seine Mutter hatte zuerst gedacht, er wäre spazieren gegangen und irgendwo untergeschlüpft. Der Junge suchte die Einsamkeit, seit sein Bruder sich umgebracht hatte. Deshalb hatte sich auch niemand Sorgen gemacht. Aber an diesem Vormittag waren Adolfo und seine Freunde die Plätze abgegangen, die Leo normalerweise aufsuchte, und sie hatten ihn nicht gefunden.

»Das muss doch noch nichts Schlimmes bedeuten, oder?«

»Möglich, dass der Junge sich ebenfalls umgebracht hat. Aber nicht wahrscheinlich. Leo weiß, was seine Mutter durchgemacht hat nach dem Tod seines Bruders. Er würde ihr das niemals antun, sagt Adolfo, und der kennt den Jungen so gut wie keiner.«

»Hast du auch nach ihm gesucht?«

»Wo denn?« Rossi klang wütend und verbittert. Ja, wo? Er bemühte sich seit mehr als einer Woche, Feretti zu finden, und hatte nicht einmal einen Fetzen seiner Kleidung entdeckt. Das Gebiet war zu weiträumig und bot zu viele Unterschlupfmöglichkeiten. So einfach war das.

»Arthur sagt, es kann sein, dass deine Erinnerung in Bruchstücken zurückkommt. Möglicherweise zunächst als Gefühl. Fällt dir etwas dazu ein?«

»Nein.« Wenn es irgendwann einmal ein hilfreiches Gefühl in ihrem Kopf gegeben hatte, dann war es im Kopfschmerz der vergangenen Tage zermahlen worden. Cecilia schob ihren Arm unter Rossis, damit sie es wärmer und weniger eng hatten. »Die Hufe von wie vielen Pferden habt ihr bei den Schafspferchen gefunden?«, fragte sie.

»Von zweien.«

»Die Entführer waren also zu zweit?«

Schlag fester ...

»Sicher ist gar nichts. Wie gesagt – der Regen hat fast alle Spuren verwischt.« Er seufzte. »Ich bin durch die Hölle gegangen, Cecilia, als du verschwunden warst. Ich dachte, jetzt bist du es, nach der ich suchen muss. Du darfst so etwas nicht tun. Versprich mir, dass du nicht mehr ohne Irene ausgehst oder mit jemand anderem, dem du vertraust.«

Sie versprach es.

Sie waren zu früh für die Probe. Arthur lud sie in seine privaten Räume, und Cecilia merkte, wie sehr er sich freute, sie zu sehen. Umsichtig maß er ihren Puls und forschte sie nach ihrem Befinden aus. Das Kopfweh der vergangenen Tage war zu erwarten gewesen. Aber dass sie gereist war ... Er hielt ihr eine Standpauke, wenn auch ohne den gewohnten Nachdruck, was sie seinem schlechten Gewissen zuschrieb. Dass sie sich in seinem Asyl gefürchtet hatte, schien ihn immer noch zu wurmen. Und er war froh, dass sie dennoch wiedergekommen war, wie er ihr voller Wärme versicherte.

»Nur um es noch einmal zu erwähnen: Dieses Asyl hat seine

Patienten seit Jahresende in zwei verschiedenen Trakten untergebracht. Eigentlich in drei, aber das führt jetzt zu weit und tut
auch nichts zur Sache. Es gibt einen offenen Trakt, der für Patienten wie beispielsweise Roberta Martello gedacht ist. Menschen, die wissen, dass das Asyl ihnen guttut. Sie brauchen nicht
fortgesperrt zu werden. Im Gegenteil – ihnen diesen besonderen Teil ihrer Würde zu bewahren, das Vertrauen in ihre Vernunft gewissermaßen, trägt zu ihrer Genesung bei, nach meiner
festen Überzeugung. Deshalb die neue Aufteilung. Patienten
wie Vincenzo bleiben dagegen in dem verschlossenen Trakt.
Keine Möglichkeit, ohne die entsprechenden Schlüssel heraus-
zukommen. Und die sind sicher aufgehoben.«

Gut!

Signora Dolfi klopfte und meldete, dass einige Damen und
Herren angekommen seien, unter ihnen auch Abate Brandi, der
nach dem Giudice gefragt habe. Der Angekündigte drängte bereits hinter ihr in den Raum. »Noch einen Moment Zeit? Gottes Segen, die Dame, die Herren.«

Rossi erhob sich. »Ist wieder etwas zerstört worden?«

»In der südlichen Anlage. Die Kurbelwelle und der Kreuz-
kopf haben was abbekommen. Das ist Krieg, Enzo. Ich habe
Wachmannschaften eingestellt, weil man ja den Brüdern vom
Orden nicht zumuten kann, mit der Pistole ...« Er murmelte etwas, wahrscheinlich sein Bedauern über die Einschränkungen,
die der Herr ihm und seinen Mitstreitern auferlegte. »Die Wachen haben die Kerle fast erwischt. Haben sie auch noch unter
Feuer genommen. Sollte mich nicht wundern, wenn jemand
heute Nacht auf dem Bauch schläft, weil ihm der Hintern ...
Verzeihung, Signorina. Aber das war es natürlich nicht, worüber
ich reden wollte. Im Grunde geht's auch eher den Dottore an.«

Arthur, der gerade seine Noten heraussuchte, hielt inne.
»Was liegt Ihnen auf dem Herzen, Abate?«

»Signora Feretti.«

Arthur nickte und hob den Notenstapel an. »Was ist mit ihr?«
Er wandte sich zur Tür, und sie folgten ihm.

»Ich bin kein Arzt, will also auch nichts Falsches sagen, aber
nach meiner Meinung ist sie durchgedreht. Hat Fra Bonifacio

205

kommen lassen, vor ein paar Tagen. Wollte sich alles von der Seele reden, nehme ich an, Trost, weiß der Kuckuck ...«

Cecilia schnitt Rossi eine Grimasse. Sie fragte sich nicht zum ersten Mal, was Guido Brandi bewogen haben mochte, den geistlichen Stand zu wählen.

»Jedenfalls: Fra Bonifacio sagt, eine von Signora Ferettis Dienerinnen hat ihm zugeflüstert, dass die Signora mit den Jagdhunden zusammen die Gegend absucht. Tag für Tag stapft sie los. Schaut in jede Schafshütte, in jeden Schuppen, kraxelt auf Felsen wie eine Ziege ... Hat sich dabei verletzt, am Knie, sagt die Frau. Will aber keinen Arzt sehen. Keine Zeit, keine Zeit ... Ist in aller Früh auf den Beinen und kommt erst heim, wenn's wegen der Dunkelheit nicht weitergeht. Gott sei ihrer Seele gnädig, sagt die Frau, aber die arme Signora ist irr geworden. Und das ist es, was ich fragen wollte: *Ist* sie irr geworden?«

Arthur besaß im kleinen Finger mehr Mitgefühl als der Abate in seiner gesamten breiten Brust. Er seufzte und murmelte, dass er sie aufsuchen werde und dass Menschen in Notlagen dazu neigten, bizarren Eingebungen nachzugeben. »Es tut mir leid, Cecilia. Es scheint, als würden Sie von diesem Unglück verfolgt.«

Abate Brandi begriff erst nicht, was er meinte, dann entschuldigte er sich. »War mir nicht mehr im Kopf, Signorina Barghini, dass Sie es waren, die Feretti als Letzte ... hm.«

»Wir wissen ja gar nicht, ob er tot ist«, sagte Cecilia.

Die Männer schwiegen betreten.

Sie hatten den Salon, in dem die Proben stattfanden, fast erreicht, als sich neben ihnen eine Nische auftat.

»Hübsche Bilder«, meinte Abate Brandi, um etwas sagen.

In dem Eckchen waren auf Stühlen und an den Wänden Gemälde aufgereiht. Undeutlich erhaschte Cecilia einen Blick auf eine Leinwand, die mit einer phantastischen Gartenlandschaft aus rosafarbenen Blüten und geometrisch wirkenden Bäumen bemalt war, durch die ein Einhorn schritt. »Roberta?«, fragte sie.

»Die Gute malt im Moment wie besessen. Und ich muss zugeben: Auf mich wirkt jedes Bild wie ein Meisterwerk.« Arthur schwankte zwischen Stolz und Sorge. »Sie hat gesagt, nach ihrem Tod wird sie die Bilder dem Asyl vermachen. Das wäre doch eine Laune des Schicksals, sollte diese Einrichtung gerade durch die Krankheit eines Patienten einmal aus dem pekuniären Tal der Tränen herauskommen.«

Schlechten Gewissens dachte Cecilia daran, dass sie das Bild, das die Künstlerin ihr geschenkt hatte, in die Rumpelkammer geschoben hatte. Hatte sie es überhaupt angesehen? Wenn ja, dann konnte sie sich nicht mehr daran erinnern, was darauf abgebildet war.

Die Probe verlief an diesem Abend schleppend. Roberta schien von ihrer emsigen Tätigkeit erschöpft, denn sie verschlief den halben Abend, und wenn sie nicht schlief, dann brütete sie vor sich hin. Die weißen Spitzen ihres Kleides waren voller Farbklecksi, die Hände vom Waschen gerötet. Von Vincenzo war nichts zu sehen. Wahrscheinlich hatte Arthur ihm die Gesangsgruppe verboten, um Cecilia nicht weiter zu beunruhigen. Dann wird er ziemlich wütend auf mich sein, dachte sie.

Nach der Probe gab es das übliche Beisammensein, dieses Mal wieder ohne die Irren. Signora Dolfi servierte Wildpastetchen, und Signora Fabbri scharte die Anwesenden um sich und erzählte vom Besuch ihrer Tochter, die offenbar eine begabte Scharadenspielerin war. Als sie über die Reise ihrer Tochter nach Paris auf die Krankheiten ihres Schwiegersohns zu sprechen kam, spürte Cecilia, wie jemand sie am Arm berührte. Rossi lächelte und nickte mit dem Kopf in Richtung Tür. Leise stand sie auf und folgte ihm.

Der Giudice hatte eine der Seidenschirmlampen entliehen, die auf den Tischen standen, und führte sie zu der Nische mit den Gemälden. »Hast du dieses hier gesehen?« Er leuchtete auf einen Männerkopf, der auf einem der Stühle abgestellt worden war.

»Gütiger, ist das …«

»Ich denke schon.«

Ein Mann vor einem Schrank. Vincenzo. Der Kopf war in brillanten Rot- und Violetttönen gehalten. Als stünde der Porträtierte im Fegefeuer, dachte Cecilia, und vielleicht hatte Ro-

berta es auch so gemeint. Sie trat näher. Vincenzos Augen –
schwarz, aber auch in ihnen ein Schimmer Rot – stierten sie an,
mit einem Blick, der sich förmlich an ihr festzusaugen schien.
Als wäre das Bild eine Tarnung für einen Beobachter, der sich
hinter der Leinwand verbirgt, dachte Cecilia. Sie tat versuchs-
weise ein paar Schritte zur Seite – die Augen schienen ihren Bewegungen zu folgen. In ihnen lag ein intensiver, bösartiger Ausdruck, der auch den Mund mit den üppigen Lippen beherrschte.

»Bemerkenswert, was?«

Sie schüttelte den Kopf.

»Ich verstehe nichts von Kunst, aber es kommt mir vor …
Roberta hat kein Gesicht gemalt, sondern … ein Innenleben.
Sie scheint nicht viel von dem Jungen zu halten.«

»Sie meint, Vincenzo sei bösartig.«

»Tatsächlich?«

Arthur schien seine Gäste vermisst zu haben. Er trat aus dem
Salon und gesellte sich zu ihnen. »Unheimlich, nicht wahr?
Roberta brauchte nicht länger als einen Vormittag, um dieses
Gemälde zu schaffen. Allein das ist schon bemerkenswert, aber
noch erstaunlicher fand ich, dass Vincenzo so lange still sitzen
konnte. Gewöhnlich ist der Junge so zappelig, dass er es nicht
fünf Minuten auf einem Fleck aushält.«

»Wo wurde es gemalt?«, fragte Rossi

»In seinem Zimmer. Schau, man sieht hinter der Schulter die
Topfblume. Vincenzo liebt Blumen.«

»Die beiden haben sich angefreundet?«

»Das glaube ich nicht«, meinte Arthur nüchtern. »Ich denke,
Roberta reizte das Modell. Sie war plötzlich wie besessen von
dem Wunsch, den Jungen zu malen. So ist es bei ihr. Wenn sie
sich etwas in den Kopf gesetzt hat, bekommt es eine enorme
Wichtigkeit für sie. Nichts anderes hat mehr Bedeutung. Ich
halte das für einen Teil ihrer Krankheit.«

Und was wäre sie bereit, für diese Besessenheit zu zahlen?,
fragte sich Cecilia, die immer noch auf die infernalischen Augen starrte. Aber sie sprach es nicht laut aus, nicht vor Arthur.
Erst als sie später mit Rossi zurückfuhr, brachte sie das Thema
darauf.

»Du meinst, Roberta könnte Vincenzo für seine Geduld mit einem Schlüssel bezahlt haben?«

»Arthur sagt es doch selbst: Sie ist besessen. Und im äußeren Trakt wäre es bestimmt einfacher, an die Schlüssel zu kommen. Ich habe ihn im Flur gesehen, und er hat mich angebellt!«

Rossi knurrte etwas.

»Warum glaubst du mir nicht?«, fragte sie leise und aufgebracht. Eine Weile fuhren sie schweigend. Er versuchte, Emilia anzutreiben, aber das Pferd war müde und blieb in seinem Trott.

»Was hältst du von einer Spazierfahrt?«, fragte er schließlich.

»Bitte?«

»Nach Pistoia«

»Warum denn Pistoia?«, fragte sie verwundert.

Die Stadt lag im Glanz des Frühlings. Der Regen der letzten Wochen hatte die roten Schieferdächer sauber gespült, so dass sie den Sonnenschein widerspiegelten. Die Mauern trugen grauen Samt, der Kathedralenturm mit seinen weißen, sich zum Himmel verjüngenden Stockwerken blitzte wie eine Hochzeitstorte. Rinderherden stapften in eingezäunten Arealen auf den Wiesen vor der Stadt, und hier und da blühten bereits die Ulmen.

»Nun ist der Winter wirklich vorbei«, sagte Cecilia zu Rossi und öffnete den Kragen ihres Mantels.

Sie würden Pistoia nicht betreten müssen. Vincenzos Familie hatte ihr Zuhause vernünftigerweise außerhalb vom Gestank der Gossen und Latrinen der Stadt errichtet. Hübsch hatten sie es. Das Haupthaus war von einem Architekten mit Sinn für Proportionen auf der obersten Ebene eines terrassenförmig angelegten Gartens errichtet, wo es wie eine gelbe Krone auf dem Haupt der Mutter Natur thronte. Dem Erdgeschoss war ein Arkadengang vorgesetzt, über den Arkaden erstreckte sich der Eingangsbereich, der entsprechend der Mode mit einem Dreiecksgiebel versehen war. Eine geschwungene Zwillingstreppe führte hinauf.

»Protzig«, kommentierte Rossi. »Ich habe den Eindruck, dass du dich für deinen Teil der Aufgabe wirst anstrengen müssen.«

»Und welches ist mein Teil der Aufgabe?«

Er lächelte und antwortete nicht. Stattdessen half er ihr aus der Vittoria.

Ein Domestik in einer grünsamtenen Uniform ließ sie ins Haus. Das Vestibül, in dem er sie zu warten bat, war in demselben Grünton wie seine Uniform gehalten. Der Boden wurde von sandfarbenem und weißem Marmor in einem eigenwilligen Labyrinthmuster bedeckt. An den Wänden schimmerten die Gemälde alter Meister.

»Sie ertrinken im Geld«, flüsterte Cecilia.

»Ich dachte, darüber spricht man nicht.«

»Ich sag's ja nur.«

Signor Camporesi war ein glatzköpfiger, rotwangiger Mann in den Fünfzigern. Er trug Stiefel und Reitjacke und schien sich für einen Ausritt bereitgemacht zu haben. Die Gerte wippte gegen sein Bein, als er ihnen mit gerunzelter Stirn entgegenkam. Wie die meisten nervösen Menschen war er unfähig, sich zu verstellen. Der Besuch war ihm lästig, und als er hörte, dass es ein Giudice war, ein Staatsdiener, der ihn aufhielt, blickte er unverhohlen zur Tür. Am Ende war es wohl Cecilias Gegenwart, die ihn davon abhielt, den Büttel einfach stehen zu lassen. Er konnte sie schlicht nicht einschätzen.

»Zunächst möchten wir Ihnen die Grüße von Dottore Billings überbringen, wenn Sie erlauben.« Cecilia schenkte ihm ein strahlendes Lächeln.

»Billings hat Sie geschickt?« Die Nervosität machte einer angespannten Wachsamkeit Platz. Er zögerte kurz, dann bat er sie eine Tür weiter in den Salon.

»Wir haben ihn gestern Abend getroffen, und er ist zufrieden mit der Entwicklung seines Patienten, das darf man wohl ...«

»Dottore Billings? Habe ich recht gehört? Geht es um Vincenzo?«, schallte es aus einem der oberen Zimmer. Eine kleine Frau mit unordentlich frisierten Haaren eilte eine Treppe hinab. Sie trug ein weißes Hauskleid und die winzigsten Pantoffel, die Cecilia jemals an einem erwachsenen Menschen gesehen hatte. In ihrem Bugwasser folgte eine pummelige Zofe, die vor Aufregung vergessen hatte, die Bürste aus der Hand zu legen, mit der sie ihre Herrin gerade frisiert hatte.

»Ist es richtig? Dottore Billings? O bitte, setzen Sie sich. Nehmen Sie unbedingt Platz. Signora … Signorina? Signorina Barghini … Giudice Rossi … Bring Wein, Eliza. Es ist ihm nichts geschehen, nicht wahr?«

In der letzten Frage steckte so viel aufrichtige Angst, dass Cecilia errötete. »O nein, Monna Camporesi. Vincenzo befindet sich wohl. Es geht ihm sogar ausgezeichnet. Erst diese Woche hat er einer Malerin Porträt gesessen. Es ist ein ausgezeichnetes Bild entstanden.«

»Er hat für ein Porträt gesessen? Das ist erstaunlich. Ich weiß nicht, ob Ihnen klar ist, wie bemerkenswert diese Nachricht für meinen Gatten und mich klingen muss. Vincenzo war zeitlebens ungeduldig, bereits als Säugling. Tatsächlich gibt es nur ein einziges Bild von ihm, und das hat der Künstler aus dem Gedächtnis gemalt. Wirklich? Er hat Modell gesessen?«

»Einen ganzen Vormittag.«

»Isst er genug?«

»Das will ich doch hoffen.«

»Er war immer ein schlechter Esser.« Signora Camporesis Augen wurden feucht, was sie offenbar vor ihrem Gatten zu verbergen trachtete, denn sie kehrte ihm die Seite zu. Hastig griff sie nach einem der Gläser, die ein Lakai inzwischen auf einem der Tischchen abgestellt hatte. »Und ist er immer noch so niedergeschlagen? Es ist uns leider nicht möglich, ihn so oft zu besuchen, wie wir es gern wünschten …«

Du wünschst es, dein Mann keineswegs, dachte Cecilia mit einem Blick auf den Hausherrn, der mit angespannten Gesichtszügen neben dem Fenster stand. Die Gerte wippte.

»Ich habe noch weitere Kinder, und deshalb ist meine Anwesenheit in diesem Hause vonnöten, auch wenn wir natürlich gut erzogenes Personal haben. Aber eine meiner Töchter ist kränklich …«

»*Giudice* Rossi?«, unterbrach Camporesi seine Frau mit der Betonung auf dem ersten Wort.

»Ganz recht. Ich bin gekommen, um etwas über die Vorgänge zu erfahren, die Ihren Sohn ins Asyl brachten.«

Die Signora erbleichte. Camporesis Gerte stand still. »Darf ich den Grund wissen?«

Rossi gab keine Antwort.

»Um einen Menschen, einen *kranken* Menschen, zu verstehen, ist es doch immer von Vorteil zu erfahren, wie er in seinen unglückseligen Zustand geraten ist«, erklärte Cecilia eilig in die schwüle Stille hinein.

»Vincenzo ist ein guter Junge!«

»Sei still, Maria.« Camporesi blickte zur Tischglocke. Er zögerte. Man konnte sehen, wie es in ihm arbeitete. »Mein Sohn war bei der Armee«, erklärte er schließlich widerstrebend. »Er wurde in eine Schlacht verwickelt und fand leider nicht zu der Tapferkeit, die wir von ihm erwartet hätten. Das Ergebnis war die geistige Zerrüttung, die ihn erkranken ließ.«

»Sein Onkel wurde nach der Schlacht von Homberg ausgezeichnet«, sagte Signora Camporesi.

»Maria … Willst du nicht wieder hinaufgehen? Ich sehe nicht, wie du den Herrschaften weiter behilflich sein könntest.« Der Signor hatte das Sagen, seine Frau gehorchte ohne Widerspruch. Auf der Treppe drehte sie sich noch einmal um. »Vincenzo ist ein guter Junge. Der Dottore sagt das auch. Ein guter Junge. Er kann nichts dafür. Er ist einfach nur … verwirrt.« Ihre kleine, weiße Hand flatterte und sie wirkte mit einem Mal schrecklich jung. Begütigend nahm die Zofe ihren Arm und half ihr die Stufen hinauf.

Signor Camporesi warf sie nun, da seine Frau verschwunden war, tatsächlich hinaus, wenn auch mit der Höflichkeit eines Mannes von Stand.

»Und was *war* nun mein Teil der Aufgabe?«, fragte Cecilia, als sie zwischen den knospenden Frühblühern zur Kutsche zurückgingen.

»Ich wollte die Mutter sehen, nicht nur den Vater.«

»Und? Zufrieden?«

»Ihr Vincenzo ist also ein guter Junge, und das musste sie wiederholen, weil sie dachte, wir würden es nicht glauben. Ja, es war interessant. Hast du den Orden gesehen, den Signor Camporesi unter der Weste getragen hat?«

»Nein.«

»Ein Kreuz, weiß und Gold, der militärische Maria-Theresien-Orden. Kein schnellerer Schlag des Herzens?« Er lachte, während er ihr in die Kutsche half. »Frauen! Den Orden gibt's weder für Geld noch für Beziehungen. Er wird für besondere Tapferkeit in der Schlacht verliehen, für eine Heldentat, die ein Offizier von Ehre ohne jeden Tadel auch hätte unterlassen können. Camporesi trägt ihn, er ist also ein Held. Sein Bruder scheint sich ebenfalls die Meriten verdient zu haben. Und nun … Vincenzo.«

»So etwas kann vorkommen.«

»So etwas kommt sehr oft vor. Die Frage ist nur: Warum hat sein Vater uns davon erzählt? Ich habe ihn nicht gedrängt, nicht gestochert … Ich hatte einfach nur gefragt. Und es schien ihm sonst nicht gerade ein Bedürfnis zu sein, uns sein Herz auszuschütten.«

»Wahrscheinlich ist er davon ausgegangen, dass wir sowieso Bescheid wissen«, meinte Cecilia.

»Er hätte die bittere Geschichte trotzdem für sich behalten können. Er musste das nicht aussprechen. Zwei Fremde, die ihm ins Haus platzen! Hast du gesehen, wie er gelitten hat, als er von Vincenzos Feigheit erzählte? Warum hat er sich das angetan?«

»Ja, warum?«, echote Cecilia ratlos.

»Weil die Wahrheit noch schrecklicher gewesen wäre?«, schlug Rossi vor.

»Welche Wahrheit?«

»Genau das ist die Frage. Da die Signora es so oft betont hat, ist ihr Vincenzo vermutlich *nicht* der brave Junge, als den sie ihn gern sähe. Was also hat er angestellt, das schlimmer ist, als in der Schlacht das Hasenpanier zu ergreifen? Und wie kriegen wir's heraus?« Sein Blick schweifte zum Pferdestall – einem kleinen Palast, ebenfalls mit Arkadenbögen –, vor dem ein alter Mann in ruhiger Gemütlichkeit das Stroh zusammenkehrte.

»Das wäre äußerst unhöflich«, sagte Cecilia. »Man horcht die Dienerschaft nicht aus. Außerdem könnte Signor Camporesi jeden Moment auftauchen.«

Er nickte bedauernd.

Der alte Mann zog ehrerbietig den Strohhut, als sie an ihm vorüberfuhren. Er musterte Emilia mit dem Blick eines Fachmanns, versuchte Tier und Herrschaft miteinander in Einklang zu bringen, schaffte es nicht und starrte ihnen ratlos nach. Rossi lenkte die Kutsche auf die Hauptstraße zurück.

»Aber es wäre nichts dagegen einzuwenden, wenn die Dame einer anderen Dame einen Besuch abstattet?«

»Warum das?«, fragte Cecilia.

»Ich fürchte, ich muss mich ein wenig in den Schenken herumtreiben.«

Die *andere Dame* wohnte in einem Gässchen in Pistoia und hieß Fiamma. Sie besaß einen kleinen Laden, in dem sie Schokolade herstellte, die sie an die Kaffeehäuser, aber auch an einige Privathaushalte in der Stadt verkaufte. Ihr Kleid besaß ein atemberaubendes Dekolleté, und an ihren Fingern blitzten falsche grüne Diamanten. Während sie in einem Mörser die Schokoladenbröckchen zermahlte, erzählte sie von den Preisen für Kakao, Cassonade, Chilischoten und Alexandriarosen, von dem Modejournal, das sie von einer Freundin ausgeliehen hatte, und von dem lieben Enzo, den man füttern und füttern musste, damit er nicht Hungers starb, ohne es zu merken. Sie erzählte von der Razzia, die die Polizei durchgeführt hatte, als ein maskierter Mann den Angestellten eines Schiffsversicherungsunternehmens niedergestochen hatte ... »... eine Liebesgeschichte, vertrauen Sie mir, Signorina!«, und nochmals von dem lieben Enzo, der die Schokolade nur noch mit Pfeffer trank, seit sie ihm einmal davon zu kosten gegeben hatte. »Die Schokolade wird ihn vom Verhungern abhalten, denn sie ist äußerst nahrhaft!«, erklärte sie.

Eine *Dame* war Fiamma ganz sicher nicht. Ihr weißer, mit schwarzen Monden beklebter Busen quoll fast aus dem Mieder, Lippen und Wangen prangten in einem Rouge, als hätte ein

Kind an der Marmelade genascht. Sie stolzierte auf hohen, strassbesetzten Absätzen, und ob sie es wollte oder nicht, alle Augenblicke wanderten ihre selbstverliebten Blicke zu den Spiegeln, die anstelle von Bildern ihre Wände schmückten.

Dabei war sie schrecklich nett. Als sie hörte, dass Cecilia eine neue Wohnung bezogen hatte, schenkte sie ihr umgehend eine Bonbonniere mit gelber Staffage »… weil Gelb die Farbe ist, die Ihnen steht mit Ihren hübschen Blondlocken. Da könnte man neidisch werden, wirklich. Und so eine zarte Haut. Sie brauchen keine Schminke, Signorina, das meine ich ehrlich. Gott hat Ihr Gesicht in einer glücklichen Stunde geschaffen.«

»Hat Enzo hier gewohnt?«, fragte Cecilia, wohl wissend, wie ungehörig die Frage war. Aber sie war wie beschwipst von den exotischen Gerüchen und der Wärme und dem Redefluss ihrer Gastgeberin, und sie hätte wirklich gern etwas aus dem Leben des Giudice erfahren.

»Nicht, dass Sie was Falsches denken«, meinte Fiamma, während sie ihren üppigen Busen wieder über Mörser und Schale beugte und Schokolade zerrieb. »Das hat sich eben vielleicht angehört, als wäre ich mit ihm Herz an Herz, aber so ist das nicht.« Sie zuckte errötend die Schultern. »Er ist da draußen mal rumgewandert, mitten in der Nacht, und Winter war es auch. Er hatte zu viel getrunken, wenn man das so sagen darf. Und konnte wohl nicht heim, weil da die Flagge auf Sturm stand. Also habe ich ihn auf meinem Teppich schlafen lassen. Sah ja auch anständig aus, in seinen Kleidern, meine ich. Streng. Nicht wie ein Hallodri, und die gibt's hier oft genug, wenn Sie mich verstehen. Am Morgen hab ich ihm eine Schokolade gekocht, und er hat sich artig bedankt und mir ein Kilo Schokoladenpulver abgekauft. Und dann ist er eben öfter vorbeigekommen. Nur zum Schokoladetrinken. Hat nicht auf mich runtergesehen, und das ist selten, wenn einer Geld hat. Manchmal ist er ein Weilchen geblieben – Sie verstehen, Flagge auf Sturm. Auch mal ein paar Tage. Aber es war nur freundschaftlich. Wenn er betrunken war, hat er hier geschlafen. Und wenn er nicht ganz so betrunken war, hat er Heiligenbilder auf meine Tassen gemalt. Wollen Sie mal sehen?«

Cecilia bewunderte das Bild, das Fiamma ihr zeigte. Die schöne Salome mit dem Teller, auf dem das Haupt des ermordeten Johannes lag, in zierlichsten Pinselstrichen, in geübten Proportionen.

»Er malt nur den Johannes mit der Salome. Er sagt, er kann nichts anderes. Fünfzehn Minuten braucht er für ein Bild – genauso lange wie ich, wenn ich Schokolade in der Chocolatiere schaumig rühre. Ich hab sie eine Weile verkauft. Hat aber nicht viel eingebracht, weil Johannes ja der Schutzpatron der Florentiner … Ist was, Signorina?«

Cecilia hatte durch das bogenförmige Fenster auf die Straße geschaut.

»Was gibt's denn?«, wollte Fiamma wissen und lugte mit in die Hüfte gestemmten Händen durch die Scheibe.

»Sehen Sie das Pferd dort drüben?«, fragte Cecilia gepresst. »Den Fuchs mit der hellen Mähne?«

»Aber sicher. Der gehört Frugoni, das ist der Inhaber von dem Perückenladen drüben. Das Vieh ist bissig. Ich sage ihm immer, er soll es hinten im Hof anbinden, aber Frugoni gibt einen Furz drauf, und das nenne ich schlechte Geschäftspolitik. Allerdings hat er es auch nicht nötig, denn Perücken werden kaum noch genommen, und in Wirklichkeit, das ist meine Meinung, lebt er vom Geld seiner Frau. Sehen Sie? Dort drüben – das ist er.«

Fiamma wies auf einen kleinen, dürren Mann, der schnaufend seinen Hut vor einer Familie in einem Lando zog und dann die Straße überquerte. Er brabbelte vor sich hin. Keine furchteinflößende Gestalt. Und er hatte nicht die geringste Ähnlichkeit mit dem Reiter, den Cecilia auf dem Weg nach Marliana getroffen hatte. Er war viel zu mickrig. Obwohl … Wenn ein Windstoß den Umhang gebläht hatte … Ihr ging auf, dass sie nicht die geringste Ahnung von der Statur und dem Aussehen des Reiters hatte. Und das Pferd … Wahrscheinlich gab es solche Füchse zu Dutzenden. Sie waren ihr bisher nur noch nicht aufgefallen. Das ist alles Rossis Schuld, dachte Cecilia. Er macht mich verrückt mit seinen Kassandrarufen.

Fiamma fand, es sei genug gearbeitet, und sie ließ ihren Gast von sämtlichen Pralinen kosten, die sie in ihren kleinen Porzellandosen aufbewahrte. Als Rossi etwa zwei Stunden später zurückkehrte, war Cecilia übel.

Fiamma beschenkte den Giudice – herrje, wie stinken Sie wieder nach Wein! – mit einem Säckchen Chilischoten und winkte ihnen nach, als sie mit der Vittoria davonzottelten.

Rossi lachte, als er Cecilia mit den Händen wedeln sah. »Jeder Schluck für die gute Sache, und solange ich mir nicht einbilde, einen Zweispänner zu lenken, bitte kein Gekläff.«

»Betrunken für die gute Sache?«

»Nicht betrunken, das sieht anders aus.« Er lachte erneut. Aufgeräumt legte er den Arm hinter sie auf die Lehne der Vittoria. »Vincenzo hat ein Sündenregister, das man Arthur offenbar vorenthalten hat. Genaues weiß keiner, aber Gerüchte gibt es ohne Ende, und wenn man aus dem, was getuschelt wird, das Extrakt zieht, muss man befürchten, dass der Junge sich böse an seiner Schwester vergriffen hat. Er war offenbar ein schrecklicher Bursche von Kindesbeinen an. Einmal hat er den Mops einer Freundin seiner Schwester in Brand gesetzt. Er hat seinem Pony Scherben ins Heu gestreut. Er hat sich überhaupt viel an Tieren vergriffen. Ein verschlagener Bengel, dem die anderen Kinder aus dem Weg gingen, und später auch die Erwachsenen.

Vor zwei Jahren ist er mit einer seiner Schwestern nachts in ein Wäldchen hier in der Nähe verschwunden. Wie er sie dazu überreden konnte, weiß niemand, denn die Mädchen hatten gehörig Respekt vor ihm. Jedenfalls ging die Dienerschaft in heller Panik auf die Suche, als man das Verschwinden der beiden bemerkte, und ein Jagdaufseher, der auf Wilddiebe aus war, sah, wie Signor Camporesi seinen Sohn wenig später mit einer Peitsche vor sich her nach Hause trieb. Das Mädel folgte, in eine Decke gewickelt, und danach waren die Türen des Herrschaftshauses für eine Weile geschlossen.«

»Und was genau …?«

»Konnte mir niemand sagen. Aber zwei Tage später war Vincenzo bei der Armee. Seine Schwester wurde nach Süditalien verschickt, zu einer Tante, wie es heißt, und seitdem hat man von beiden nichts mehr gehört.«

»Das ist übel.«

»Das ist ein Grund, auf den Burschen ein genaueres Auge zu werfen. Obwohl … und das darf man nicht vergessen … Mario bei Tage ermordet wurde, und auch Feretti wurde am Tag entführt. Ich glaube nicht, dass man sich tagsüber aus dem Asyl so einfach fortstehlen kann.«

»Und wenn Vincenzo einen Komplizen hat?«

»Wer sollte das sein?«

»Er ist reich«, sagte Cecilia.

Sie fuhren schweigend über die holprigen Wege. Es wurde wieder kühler, und Cecilia mummelte sich in den Mantel. So schön wie der Tag gewesen war, so atemberaubend wurde der Sonnenuntergang. Der weiße Sonnenball lag riesig zwischen den Hügeln, eingebettet in goldene und orange Farben, Hintergrund für den schwarzen Schatten einer Scheune, der sich scharf gegen das Feuermeer abhob.

»Warum Heiligenbilder?«, fragte Cecilia.

»Fiammas seliges Mundwerk?« Rossi lächelte melancholisch.

Cecilia nahm ihm die Zügel ab und versuchte, die Stute zu einem kleinen Trab anzufeuern, was ihr auch gelang, zumindest für einen kurzen Augenblick.

»Heiligenbilder«, sagte Rossi, »weil ich nichts anderes kann. Mein Vater war Maler von Heiligenbildern. Das ist der schöne Teil meiner Erinnerung an ihn: wie er über seinen Farben sitzt und den Kopf des heiligen Johannes auf den Teller malt.«

»Dein Vater war Maler?«

»Heiligenbilder, wie gesagt. Das ist eine eigene Profession. Es gibt eine Zunft mit Zunftordnung und Zunftversammlungen in Hinterzimmern mit billigem Wein.«

»Du erinnerst dich nicht gern an deinen Vater?«

»Und wenn du dem störrischen Vieh jetzt erlaubst, am Gras zu knabbern, wird es dir für den Rest eures gemeinsamen Lebens auf der Nase herumtanzen. Hier … Straff ziehen und ein bisschen rechtschaffenen Ärger in die Stimme.«

Gehorsam las Cecilia dem breiten Hinterteil die Leviten.

»Das ist Ärger? *Das*? Komm, versuch es noch mal.«

»Sie weiß selbst, dass sie heim will. Es ist gleich, ob man sie treibt oder nicht. Siehst du? Sie zieht an. Lebt dein Vater noch?«

»Ich weiß nicht.«

»Du kannst ihn also nicht leiden.«

»Ist wohl so. Wenn ich es recht bedenke«, sagte er nachdenklich, »war mein ganzes Leben ein Versuch, ihm möglichst unähnlich zu werden.«

12. Kapitel

Adolfo legte die Laken über die Möbel des Speisezimmers, misstrauisch überwacht von Irene. Er wirkte niedergeschlagen, während er die Beulen glatt strich und an den Ecken zupfte.

»Noch nichts von dem Jungen gehört?«, fragte Cecilia.

Er schüttelte den Kopf, und sie verließ das Zimmer, weil sie den Eindruck hatte, dass sie ihm aufdringlich vorkam. Sie fühlte sich schäbig – da brach dem alten Mann das Herz, und sie nötigte ihn dazu, eine Decke zu weißen. Besser als hungern, würde Rossi wahrscheinlich sagen. Dennoch …

»Und kein Schritt in die anderen Räume«, befahl Irene mit ihrer hohen, scharfen Stimme. »Man kennt das doch – die Finger hier und dort.«

»Irene!«

Die Zofe war beleidigt, als Cecilia sie zu sich zitierte und sich ihre Einmischung verbat. »Adolfo ist ein ehrlicher Mann, es ist nicht recht, ihm etwas zu unterstellen.«

»Wie Sie meinen, Signorina.« Irene knickste steif und zog sich ins Schlafzimmer zurück, wo Cecilia sie Stühle rücken hörte. Das Geräusch wurde unterbrochen vom Ton der Hausglocke. Mit immer noch gekränkter Miene ging Irene zur Tür.

Rossi schob sie unhöflich beiseite. Er nickte Cecilia zu, dann war er auch schon zwischen den Eimern und Laken im Speiseraum. »Abate Brandi war bei mir.«

Cecilia, die ihm gefolgt war, sah, wie Adolfo gemächlich die Leiter herabkletterte und den Pinsel über den Eimer legte. Er wischte die Farbe an seinem Kittel ab und ließ die Arme hängen. Eine Geste der Demut, die im völligen Widerspruch zum Starrsinn in seinen Augen stand.

»Ein alter, glatzköpfiger Mann in einer grünen Jacke und eine Frau auf einem Pferd … Das hätte ich gern erklärt«, fuhr Rossi ihn an.

»Ein alter, glatzköpfiger Mann«, wiederholte Adolfo und schaute mit einem schmalen Lächeln zu der schäbigen Jacke, die er über der Stuhllehne abgelegt hatte. Grüne Wolle. »Wie viele glatzköpfige Männer mag es geben, Giudice?«

»Und wie viele Frauen, die dabeistehen, wenn Saboteure zündeln?«

»Die Welt ist verdorben.«

Rossi mochte es nicht, wenn man ihm dumm kam. »Was bildet ihr euch ein, du und Francesca? Dass die Mönche ihre Marmorbecken in den Sumpf werfen, weil ihnen aufgeht, dass sie mit ihren Thermen nicht jedermanns Begeisterung wecken? Ihr zerstört fremdes Gut. Ein Gut, das dem Granduca gehört, wenn ich das nebenbei bemerken darf. Aber darum geht es nicht …«

Adolfo wollte auf die Leiter zurück. Aufgebracht packte Rossi ihn an der Schulter und drehte ihn zu sich herum.

»Es geht um das *Gesetz*. Will das nicht in deinen Schädel? Dieses, unser Land steht an einer Wende. Mann …!« Rossi hob die Hände, um eindringlicher argumentieren zu können. »Zum ersten Mal seit Menschengedenken muss ein Richter eine juristische Ausbildung besitzen. Begreifst du, was das heißt? Nicht mehr der Adel führt das Richtschwert, sondern Leute, die Jahre ihres Lebens damit zugebracht haben, die Gesetze zu studieren. Die Prozesskosten wurden herabgesetzt. Arme Leute wie du haben das Recht auf einen Pflichtverteidiger …«

»Macht unsereins nicht satt.«

»Das Gesetz ist bindend für jedermann, und der Granduca beugt sich den Entscheidungen seiner Kriminalgerichte. Das ist eine Sensation. In anderen Ländern kämpfen sie mit ihrem Blut darum – uns wird es freiwillig gegeben. Wir haben einen Herrscher, der uns in eine neue Zeit trägt, in der die Menschen gleich sind.«

»Hungert der Granduca auch?«

Rossi ließ die Arme sinken. »Es geht langsam voran, Adolfo, ich weiß. Und das Gesetz ist nicht vollkommen. Es humpelt, es hustet, es lässt zu, dass Leute ihre Arbeit verlieren, damit andere es sich gut gehen lassen können. Aber dieses Gesetz hat auch dafür gesorgt, dass Tante Elvia zwanzig Skudi Entschädigung bekommen hat für ihre Hütte, die zum Sumpf hin abgesackt ist, und dass Marios Mörder sich verstecken muss und dass sich das öffentliche Interesse darum kümmert, wohin Leo verschwunden ist. Du hast die Zeiten miterlebt, als das nicht selbstverständlich war.«

Adolfo streifte seine Hände ab und nahm den Pinsel wieder auf.

»Ich sehe nicht dabei zu, wie ihr das kaputt macht, Adolfo. Der Granduca ist ein großer Mann, aber auch nur ein Mensch. Wenn ihr ihm Grund gebt, an seinen Visionen zu zweifeln ... Er will uns helfen. Er glaubt, dass wir Rechte haben müssen. Aber das Eis ist noch dünn ...«

Der alte Mann erklomm die Leiter und begann erneut, mit kraftvollen Zügen zu streichen.

Den Nachmittag dieses Tages brachte Cecilia damit zu, Dinas Kleider in Koffer und Kisten zu packen, ihre Hutschachteln zu füllen und die Reifröcke in Stoffbahnen zu wickeln. Eigentlich wäre das Irenes Aufgabe gewesen, aber die Zofe war immer noch muffelig und Cecilia froh, ihr entkommen zu können, indem sie diese Arbeit allein vollbrachte.

»Ich bin zu dünn«, maulte Dina, die sich vor dem Spiegel drehte.

Cecilia bat die Engel des Himmels um Geduld. »Du bist hübsch, mein Liebes.«

»Wird mein Vater mich begleiten, wenn ich zum Kloster fahre?«

»Möchtest du das denn gern?«

»Ja. Er jagt den Leuten Angst ein«, erklärte Dina mit entwaffnender Ehrlichkeit.

»Wem soll er denn Angst einjagen?«

»Ich weiß nicht.«

»Sie werden dich bestimmt gern haben.«

Dina schniefte.

»Und wir fragen deinen Vater. Ganz einfach. Jetzt gleich. Wir gehen hinauf und fragen ihn, ob er uns begleitet.«

Aber das war leichter gesagt als getan. Rossis Arbeitszimmer war leer, das Speisezimmer und die Bibliothek ebenso. Sie versuchten es in der Küche.

»Aber haben Sie den Lärm nicht gehört?«, fragte Anita überrascht. Sie gab dem Brotteig, den sie knetete, einen liebevollen Stoß und rieb die Hände mit Mehl sauber. »Es ist ein Bote von Giudice Cardini aus Monsummano gekommen. Vor einigen Stunden schon. Sie haben offenbar in dem Glockenturm …« Anita verdrehte die Augen, um anzudeuten, dass das, was sie zu sagen hatte, nicht für Kinderohren bestimmt war.

»Geh hinauf, Dina, und schau …«

»Ich will es aber hören.« Als Cecilia die Brauen hob, zog das Mädchen schmollend ab.

»Heute Morgen«, wisperte Anita. »Der Küster von Santa Maria della Fontenuova ist gegangen, um das Geläut anzustimmen, und wie er auf die Glockentasten schlägt, merkt er, dass es hakt. Und er ist die Treppe hinauf …«

»Anita …«

»Und dort hat er ihn gefunden.«

»Wen?«

»Signor Feretti.«

Rossi war ausführlicher, als er kurz darauf heimkehrte. Er vergaß, die Stiefel auszuziehen, und hinterließ kleine Schmutzhäufchen auf der Treppe, aber er erzählte. Der Küster von Monsummano hatte Feretti eingeklemmt unter der Stiftwalze des Glockenspiels gefunden. Der Leichnam war schrecklich zugerichtet gewesen – wie Mario, dieselben Bisswunden, in derselben Tiefe, von denselben Gebissen verursacht! Der Küster hatte den Pfarrer geholt, und der hatte Giudice Cardini informiert.

»Feretti ist also tot.« Cecilia war wie vor den Kopf gestoßen. Sie ließ sich auf die Chaiselongue sinken. Offenbar hatte es immer noch etwas in ihr gegeben, das wider alle Vernunft glauben wollte, Ferettis Verschwinden habe eine harmlose Ursache.

Rossi, der gerade seinen Plan quer über den Tisch zu sich herangezogen, hatte, ließ davon ab. »Tut mir leid. Ja. Er ist tot.«

Und wurde gefoltert …

Schlag fester … Ihr Herz begann wieder zu zittern, die Finger zu kribbeln … Nein! *Atmen* …

»Moment, hier liegt irgendwo ein Schnupftuch.« Rossi suchte umständlich, fand aber doch keines, und als sie eines aus ihrem Ridikül geholt und sich die Nase geschnäuzt hatte, hing er bereits wieder über seinem Plan mit den vielen Kreuzen und Bemerkungen.

Cecilia räusperte sich. »Warum schaust du auf die …«

»Wäre es besser, ich erzählte dir nichts von diesen Grausamkeiten?«

»Ich habe doch gefragt.«

Rossi ließ von der Karte ab und richtete sich auf. Er fuhr sich mit der Hand durch die Haare und seufzte. »Ich kann mir nicht gut vorstellen, wie es in Frauenköpfen aussieht, Cecilia. Das ist die traurige Wahrheit. Andere wissen Bescheid, ich nicht. Im ersten Moment habe ich gedacht, ich halte den Mund. Aber dann wolltest du Bescheid wissen … Und nun werden dir die Augen feucht …«

»Ich habe doch gefragt«, wiederholte sie.

»Arthur würde sagen, es sei roh, vor dir davon zu sprechen …«

Sie ging zu ihm und beugte sich über die Karte. »Was suchst du hier? Du weißt doch, wo er gefunden wurde.«

Einen Moment schwieg er. Dann zeigte er auf den Schriftzug *Monsummano*. »Was mich beschäftigt, ist nicht der Ort, sondern die Zeit: Warum jetzt?«

»Das verstehe ich nicht.«

»Feretti ist vor neun Tagen verschwunden. Wir haben auf der Suche nach ihm jeden Stein umgedreht und ihn nicht gefunden – und nun wird er uns vor die Füße gelegt wie die Maus von der Katze. Warum gerade jetzt?«

Ja, warum?

Schlag fester … *Schlag* …

Plötzlich glaubte Cecilia die Stimme zu hören. *Schlag* ... Sie spürte eine Färbung, etwas Japsendes, Atemloses, eine ... eine ... vertraute Stimme?

... fester ...

Tatsächlich vertraut? Je mehr sie sich mühte, umso unerbittlicher versank die Erinnerung wieder im Sumpf, der diese Stunde verschlungen hatte.

»Was ist los?«, fragte Rossi.

»Ich kann mich einfach nicht erinnern«, sagte sie bedrückt. »Je mehr ich es will, umso weniger gelingt es.« Sie schüttelte den Kopf, als er sie prüfend ansah.

»Nun gut. Schau auf die Karte.« Er deutete auf einen einsam liegenden Punkt, auf den er ein Haus gezeichnet hatte. »Hier wohnt Signora Feretti. Es geht ihr übrigens nicht gut – na ja, welch Wunder ... Jedenfalls ist sie auf der Suche nach ihrem Gatten offenbar einem mythischen Muster gefolgt. Kannst du das erkennen? Sie hat aus dem Anfangsbuchstaben seines Namens – ein S, Sergio, hier – den Weg festgelegt, nach dem sie das Land abgesucht ...«

»Aus dem Anfangsbuchstaben seines Namens?«

»Nicht meine, sondern ihre Idee. Der Ausgangspunkt war dabei Marios altes Haus, weil sie der Überzeugung war, dass Marios Tod und Ferettis Verschwinden zusammenhängen. Sie ...«

»Ein Rachemord?«

»Ich weiß, das ergibt nicht viel Sinn. Besonders, wenn man an Ferettis Wunden denkt.« Er war irritiert, weil sie ihn immer wieder unterbrach. »Sieh es dir an: Hier war sie zuletzt, an diesen Punkten.« Er nahm seinen Stift und fabrizierte neue Kreuze. »Also noch einmal die Frage: Warum haben die Mörder Ferettis Leiche gerade heute Nacht in den Glockenturm geschafft?«

Cecilia schaute ihn an wie einen Zauberer, der mit einem Kaninchen verblüffen will.

»Weil Signora Feretti ihnen zu nahe kam. Das könnte doch sein. Weil sie Angst hatten, die Signora und ihre Hunde – vor allem die Hunde – würden die Leiche aufspüren.«

»Aufgrund eines mythischen Musters?«

»Aufgrund eines idiotischen Zufalls, das habe ich doch schon gesagt.« Er wollte nicht bestaunt, sondern verstanden werden. »Ich muss wieder los.«

»Wohin?«

Einen Moment lang fiel die Hektik von ihm ab. Er atmete tief durch. »Wegen Leo, Cecilia. Ich stelle es mir so vor: Feretti ist tot. Seine Mörder haben die Leiche, und sie haben Leo am Hals. Nun kommt ihnen die unermüdliche Signora Feretti, getrieben von Wahngedanken, mit ihren Hunden zu nahe. Also entledigen sie sich der Leiche, weil sie hoffen, damit von Leo in seinem Versteck ablenken zu können. Es ist leichter, einen Toten fortzuschaffen, als für einen Lebenden eine neue Unterkunft zu suchen. Ich weiß, das ist nur eine kleine Hoffnung, nicht mehr als ein Glimmen in der Dunkelheit. Aber wenn ich recht habe, wenn man Feretti präsentierte, weil man verhindern wollte, dass sie ihrem Versteck zu nahe kommt und Leo findet … Ich muss ihn suchen, Cecilia. Und zwar rasch. Signora Feretti hat mir ihre Hunde überlassen, Bruno ist mit ihnen bereits zu Cardini. Wir brauchen nur noch diesen Plan …«

Sie sah ihm nach, als er die Treppe hinabeilte, seine Karte wie eine wehende Fahne unter dem Arm.

Finde Leo, dachte sie. Und lass die Scheusale zur Hölle fahren.

Die folgenden Stunden verrannen zäh wie Sirup. Dinas Kleider waren gepackt, das Mädchen knabberte an getrocknetem Obst, das Anita ihm gegeben hatte, und ging dann zu Bett. Cecilia saß im Speisezimmer und blickte zum Fenster hinaus in die Nacht. Rossi hatte vergessen, Holz nachzulegen, und sie selbst hatte es auch nicht getan. Folglich war es kalt im Raum.

Schlag fester …

Nichts. Kein Nachhall mehr, keine Assoziation. Sie dachte an den Mann auf dem Fuchs, der ihr gefolgt war oder vielleicht auch nicht. So kann man nicht leben, dachte sie, immer in Angst. Sie fürchtete sich zu Recht. Feretti war grausam ermordet worden. Hätte sie ihn retten können, wenn sie beherzter, flinker, geistesgegenwärtiger …?

Schlag fester …

Nein, sie hatte Glück, dass sie selbst entkommen war. Das spürte sie. Sie nahm sich eine Decke, unter der sie sich zusammenkauerte. Das Speisezimmer war hübsch geworden, nun, da man es frisch tapeziert hatte. Nur Rossis Lehnstuhl müsste man noch beziehen. Aber auf dem hatte sie es sich gemütlich gemacht, und deshalb waren die hässlichen Streifen unsichtbar.

Draußen an der Tür klopfte es, und Anita führte Adolfo herein. Der alte Mann zog den Hut. »Die Leute sagen, Feretti wurde gefunden?«

Cecilia nickte und wies auf den Stuhl, der ihrem Sessel am nächsten stand. Der alte Mann ließ sich ächzend darauf nieder. Er sah erschöpft aus.

»Und sie sagen, der Giudice sucht jetzt nach Leo?«

»Ich glaube ja.«

»Und ich dachte, Feretti wäre derjenige, der Leo umgebracht hat.«

»Warum?«

»Nun, erst hat er Mario getötet wegen Marzia und dann Leo, weil der ihm zu dicht auf die Pelle rückte. Leo war wütend auf Feretti. Er hat gedacht – wir haben *alle* gedacht –, dass Feretti Mario auf dem Gewissen hat. Wir haben auch gedacht, dass wir ihm das nie beweisen können. Francesca ist fast durchgedreht. Aber am Ende haben wir sie überzeugen können, dass wir keine Macht haben. Nur Leo, der saß immer still dabei und hat vor sich hin gestiert. Feretti hatte Angst vor uns. Er wusste nicht, dass wir aufgegeben hatten. Ich dachte, deshalb hat er sich versteckt. Ich dachte, Signorina, es wäre Feretti gewesen, der Ihnen eins auf den Schädel gegeben hat, vielleicht, weil er Angst hatte, Sie verraten sein Versteck. Mich hat das selbst verwirrt. Ich hab geglaubt, Leo hat herausgefunden, wo sich Feretti verkrochen hat, und ist zu ihm. Und dann hat Feretti ihn umgebracht. So hab ich mir das vorgestellt. Aber nun ist es Feretti, der ermordet worden ist.«

Er sprach den naheliegenden Gedanken nicht aus, dass nämlich Feretti vielleicht von Leo umgebracht worden war und der Junge sich nun auf der Flucht befand. Doch sein Gedankenspiel hatte einen Fehler.

Cecilia sah Blut, ... einen Moment sah sie das Blut, das über blinzelnde Augen lief und auf ein weißes Spitzenjabot tropfte ...

»Signorina? Ist was?« Adolfo stand plötzlich neben ihr, die Hand verlegen nach ihr ausgestreckt.

Sie schaute zu ihm auf. »Feretti wurde entführt, Adolfo. Aber nicht von Leo, die Entführer waren zu *mehreren*.« *Schlag fester* ... Es musste jemanden gegeben haben, der den Befehl ausgesprochen hatte, und wenigstens eine weitere Person, die gehorchen sollte.

»Leo hätte sich mit niemandem zusammengetan. Er war immer nur mit seinem Zwillingsbruder unterwegs. Nach Alcestes Tod wurde er zum Eigenbrötler.« Adolfo klang erleichtert. »Und nun sucht der Giudice nach ihm?«

Sie nickte. Dann warteten sie.

Es wurde später und später, ging auf Mitternacht zu. Anita hatte die Küche geputzt und verabschiedete sich. Irene setzte sich zu ihnen ins Speisezimmer und nickte über ihrem Flickzeug ein. Irgendwann kam Sofia herein.

»Ich geh nich nach Haus.« Die alte Frau wartete, dass man sich nach dem Grund erkundigte. Als das nicht geschah, gab sie ihn ungefragt preis. »Wegen dem Gottseibeiuns.«

Cecilia hob müde den Kopf.

»Is in Gestalt eines Bocks gekommen, und nu in Gestalt eines Hundeviehs.«

»Das ist Blödsinn, Sofia.«

»Hat Elda vom Strumpfladen gesagt. Und der Giudice sagt das auch.«

Cecilia erhob sich. Sie legte den Arm um die dürre, gebeugte Frau, die in diesem Haus werkelte wie ein Hausgeist, der durch die Mauern schwebt und nicht mehr wahrgenommen wird, weil man sich an ihn gewöhnt hat. Sie spürte den zittrigen Körper unter der Kleidung. »Sofia, der Giudice sagt nichts dergleichen.«

»Wir Alten wären ihm doch auch viel zu zäh«, scherzte Adolfo, um die Frau zu beruhigen.

»Ich schlaf jedenfalls in der Küche.«

Cecilia zögerte. »Tu das mit des Himmels Segen«, sagte sie

schließlich. Wer war sie, dass sie irgendjemandes Ängste auf die leichte Schulter nahm? Sie wäre auch nicht gern allein durch die Dunkelheit in eine brüchige Hütte gegangen, in der nichts und niemand wartete und Schutz bot. Müde horchte sie, wie die Magd mit den unbeholfenen Schritten alter Leute in den Keller hinabstieg.

Die Uhr mit dem gesprungenen Glas schlug die Stunde. Tatsächlich, Mitternacht. Ewigkeiten später: Ein Uhr. Da endlich rührte sich etwas auf dem Markt.

Cecilia stand mit steifen Gliedern auf. Sie warf Adolfo einen Blick zu, doch der alte Mann blieb auf seinem Stuhl. Er zwinkerte, die sehnigen Arme, die auf den Stuhllehnen lagen, waren angespannt. Sie wusste, dass er Angst hatte.

Als sie die Tür öffnete, sah sie eine unbekannte Kutsche. Ein Mann in einem eleganten weißen Mantel machte sich am Türschlag zu schaffen. Sie eilte zu ihm. »Giudice Cardini.«

»Einen wunderschönen guten Abend, meine Liebe. Sorgen Sie dafür, dass er ins Bett marschiert. Und ketten Sie ihn daran fest, das ist mein Rat.« Cardini trat mit einem Schnaufer zurück und half Enzo Rossi durch die Kutschtür. Der Kutscher war inzwischen vom Bock und packte von der anderen Seite zu.

»Mein Gott, er ist verletzt!«

»Bisswunden, ja. Eine ins Bein, eine in den Nacken. Nicht erschrecken, er hat Glück gehabt.«

Rossi sah nicht aus wie jemand, der Glück gehabt hatte. Er wollte ohne Hilfe laufen, schaffte es aber nicht und humpelte grummelnd, von den beiden Männern gestützt, durch seinen Vorgarten.

»Das heißt, Sie haben die Mörder gefasst?«

»Leider nicht, Signorina.« Cardini warf ihr einen Blick über die Schulter zu. »Auf die Hunde eingestochen, aber das Pack ist entkommen.«

»Und Leo?«

Sie hatten den Flur erreicht. Der Fischer erhob sich und stellte sich in den Türrahmen. Wenn möglich, war er sogar noch blasser als Rossi, dem er mit der Lampe ins Gesicht leuchtete.

Rossi wehrte sich dagegen, dass man ihn zur Treppe schleppte, und dieses Mal war er erfolgreich. Er schaffte es bis zu seinem Lehnstuhl und ließ sich mit einem Seufzer hineinfallen.

»Leo ist tot«, sagte Adolfo.

»Nein.« Rossi winkte ihm, sich ebenfalls zu setzen, aber der alte Mann blieb stehen. »Wir haben ihn gefunden. Er hat einige üble Wunden davongetragen. Es geht ihm gar nicht gut, das ist die Wahrheit. Aber er wird nicht sterben. Dottore Semenzi aus Monsummano hat ihn gründlich untersucht. Nichts, woran man stirbt, hat er gesagt.«

Nun brauchte Adolfo doch einen Stuhl.

»Der Dottore hat die Wunden verbunden, und dann haben wir ihn ... Wir haben ihn in unser Gefängnis geschafft.« Rossi hob die Hand, als Adolfo auffuhr. »Zu seiner Sicherheit. In unser gemütliches kleines Gefängnis unter dem Uhrenladen. Mit Bruno zu seinem Schutz und Trost. Leo weiß, wer ihn gequält hat. Aber er war zu durcheinander, um viel zu sagen. Und deshalb ist er in Gefahr – das musst du verstehen.«

»Ich ... verstehe es.«

Rossis Hand fuhr bereits zum dritten Mal zu seinem Nacken, um den eine geschickte Hand einen weißen Verband gelegt hatte. Seine Hose war zerrissen, und Cecilia sah auch durch diese Fetzen einen Verband. Er hatte sich an einigen Stellen rot verfärbt.

»Wir sind Enzos Karte gefolgt«, erklärte Cardini und musste husten, weil er höflich sein Gähnen unterdrücken wollte. »Von einem bestimmten Punkt an haben Ferettis Hunde uns vorwärts gezerrt. Irgendwann standen wir vor einem Höhleneingang. Enzo wollte die Hunde zurücklassen, weil er ihr Gebell fürchtete.« Es war Cardini anzusehen, wie wenig er von dieser Idee gehalten hatte und dass sie ihm inzwischen wie der Gipfel der Idiotie vorkam. »Wir sind also allein in das Gewirr von Gängen und Kammern. Es war eklig. Steinvorsprünge, glitschige Senken, Schwefelquellen, es stank wie im Vorhof der Hölle. Außerdem war es stockduster. Und wir hatten nichts als zwei Fackeln.«

»Wie unangenehm«, sagte Cecilia mechanisch.

»Wir haben uns aus den Augen verloren. Erst war dieser

Bruno verschwunden, dann Enzo.« Auch hier ein unausgesprochener Vorwurf. Cardini schien es nicht zu mögen, wenn man sich der Gefahr in die Arme warf. Ein Mann mit Sinn für das Vernünftige.

»Plötzlich hörte ich Gebell. Ich weiß nicht, was genau geschehen ...«

»Hab ich dir doch alles gesagt.« Rossi beäugte sein Bein.

»Hinterher, ja.«

»Ich kann dir doch nicht vorher sagen ...«

»Er ist geradewegs hinein in sein Unglück. Der Junge hat gebrüllt, die Hunde gebellt, jemand geflucht – ein höllisches Durcheinander, und alles im Finstern, denn Enzos Fackel war erloschen und meine brannte nur noch schwach. Die Köter sind über ihn hergefallen. Bruno kam mit mir zugleich und hat auf sie eingestochen ...«

Cecilia gönnte dem Sbirro einen warmen Gedanken.

»... aber der Mörder und die Hunde sind entkommen.«

»Ich hab in dem kurzen Moment nichts erkennen können, Adolfo. Ich habe Leo gesehen, und dann waren die Biester auch schon da.« Rossi klang zutiefst frustriert. Die Schmerzen schienen ihn zu reizen wie eine persönliche Beleidigung. Ungeduldig schlug er mit der Faust auf seinen Oberschenkel. Cecilia rappelte sich auf und öffnete den Aufsatzschrank, um nach seinem geliebten Fiasco zu suchen.

»Aber das schadet doch nicht, wenn Leo uns alles sagen kann«, flüsterte der alte Mann.

Rossi wartete dankbar, dass Cecilia ihm etwas eingoss. Er stürzte den Wein hinunter, und als Cecilia dem Fischer und Leandro Cardini eingeschenkt hatte, hielt er ihr sein Glas von Neuem hin.

»Dann schadet es doch nichts«, beharrte Adolfo.

»Nun, die Schwierigkeit ist, dass der Junge nicht reden will«, sagte Rossi.

Leo redete auch am folgenden Tag nicht. Arthur Billings untersuchte ihn auf Rossis Wunsch noch einmal gründlich und redete ihm gut zu, doch der Junge starrte ins Leere, zerkrümelte das

Wachs, das er von einer Kerze gepellt hatte, und presste die Lippen zusammen.

»Kein Wunder, nach dem, was er durchgemacht hat«, sagte Arthur, als er später Rossi vor dessen Bett Bericht erstattete.

»Und wird sich das ändern?«

»Du meinst, ob er wieder zu sprechen beginnt?« Arthur zuckte mit den Schultern. »Wahrscheinlich. Falls es wirklich die seelische Pein ist, die ihn zum Verstummen brachte.«

»Was könnte es sonst sein?«

»Vielleicht *will* er ja nicht reden?«

Rossi machte ein nachdenkliches Gesicht, über das Billings lachen musste. »Das meine ich nicht im Ernst. *Natürlich* will er sich aussprechen, denn das ist das natürliche Bedürfnis des Menschen. Er braucht nur Zeit, um wieder zu sich selbst zu finden.«

»Er redet nicht, weil er Angst hat.«

»Ja, vielleicht.«

»Hilf mir hier raus!«

»Nein«, sagte Arthur und blickte auf einmal stur.

»Ich will selbst mit ihm sprechen.«

»Er läuft dir nicht davon.«

Rossi versuchte sich aufzurichten. »Er läuft mir doch davon. Er hat kein Verbrechen begangen. Sobald ihm das klar ist, wird er darauf bestehen, aus dem Gefängnis entlassen zu werden. Und ich kann nichts dagegen tun.«

»Du bleibst im Bett«, erklärte Arthur und drückte seinen Kranken ungerührt ins Kissen zurück.

»Willst du Arthur nicht ein bisschen über Vincenzo erzählen?«, verlangte Rossi rachsüchtig von Cecilia.

»Vincenzo, ja …« Cecilia tat ihm den Gefallen, und Arthurs Miene verfinsterte sich und wurde zorniger mit jedem schockierenden Detail, das er über seinen Schützling erfuhr.

»Und das alles ist sicher?«

»Sie hat es erzählt, wie wir es in Pistoia gehört haben«, sagte Rossi.

»Seine Schwester also …« Arthur war so wütend, wie Cecilia es bei dem sanftmütigen Mann noch nie erlebt hatte.

»Was bei den Soldaten vorgefallen ist, wäre auch noch eine Untersuchung wert«, stichelte Rossi.

»O ja! Ich werde einiges unternehmen müssen. In der Tat. Das werde ich. Wenn Sie mich entschuldigen, meine Liebe.« Arthur hauchte einen Kuss über Cecilias Hand, packte seine Tasche und wandte sich zur Tür. »Und der da …« Er nickte in Richtung Bett. »… bleibt, wo er ist.«

Rossi hütete also das Bett, aber nur bis zum Nachmittag des folgenden Tages. Als Cecilia Dina den Mantel anzog, um zu einem Spaziergang aufzubrechen, hörte sie, wie er oben durch sein Zimmer humpelte, und als sie zurückkehrte, lag er auf der Chaiselongue in seinem Arbeitszimmer und grübelte.

»Das wird Arthur nicht freuen.«

»Bringst du mir Schokolade?«

Sie sah sein bedrücktes Gesicht, und das Herz wurde ihr schwer. »Ist schon wieder etwas Schlimmes geschehen?«

»Nichts Unerwartetes. Lass *Anita* die Schokolade rühren. Es ist nicht deine Begabung.«

Sie kehrte fünfzehn Minuten später mit dem Gewünschten in sein Zimmer zurück. »Irene sagt, Bruno sei hier gewesen.«

»Ja.« Er nickte und starrte in seinen Becher und stellte ihn zur Seite, ohne einen einzigen Schluck getrunken zu haben. »Leo hat das Gefängnis verlassen, so wie ich prophezeit habe. Bruno wollte ihn umstimmen. Aber der Junge hat ihm nicht mal zugehört. Er hat seine Stiefel angezogen und ist ab durch die Tür.«

»Vielleicht besinnt er sich eines Besseren, wenn ein paar Tage vergangen sind.«

»Nein.«

»Warum nicht?«

»Ich habe ihm ins Gesicht gesehen, an dem Abend, als wir ihn befreit haben. Er hat damals einen Entschluss gefasst. Er hat sich vorgenommen zu schweigen und sein Geheimnis mit ins Grab zu nehmen.«

»Du redest wie im Bauerntheater«, versuchte Cecilia einen Scherz.

Rossi grunzte. Die Linien in seinem Gesicht traten schärfer hervor.

»Warum sollte Leo dir verschweigen wollen, wer ihn gequält hat?«

»Das weiß ich nicht«, sagte er. »Ich weiß es nicht. Lass mich nachdenken, ja? Sei so gut.«

Er schlief in seinem Arbeitszimmer, und als Cecilia ihn am nächsten Morgen aufweckte, stand die Schokolade unberührt auf dem Boden. Ungeduldig schickte er nach Bruno und entließ ihn nach einer Stunde wieder, ohne dass sie viel weitergekommen zu sein schienen. Cecilia nötigte ihn zu einem Stück Brot mit Käse und saß bei ihm, während er es widerwillig mit etwas Wein hinunterspülte. Auch dieser Tag verging. Und der nächste. Rossi stand auf, und es ärgerte ihn, dass er immer noch humpeln musste. Sie wusste, dass er über seinen eigenen Körper wütend war. Ein Hundebiss. Bringt doch einen Kerl nicht um, der es aus der Gosse in die Compilations-Kommission des Granduca geschafft hatte …

Gegen Mittag kam Giudice Cardini, um ihm zu sagen, dass er nichts Neues herausgefunden habe. Die Höhle war seit Monaten, seit dem vergangenen Herbst, nicht mehr betreten worden. »Diese Schwefelquellen stinken zu sehr. Ein ideales Versteck. Tut mir wirklich leid.« Sie hatten weder Kleider noch sonst etwas gefunden, was ein Licht auf die Identität des Entführers hätte werfen können. Und offenbar hatte auch keine Seele in der Umgebung der Höhle etwas Ungewöhnliches bemerkt. Cecilia lud ihn zum Essen ein, aber er hatte es eilig und verabschiedete sich.

»Na schön«, sagte Rossi, als er gegangen war. »Ich brauche mein Hemd, den Justaucorps und dieses verteufelte Raschelzeug für den Hals.«

Einen Moment war sie ratlos. Dann fiel es ihr ein. »Du hast doch nicht etwa vor, Signora Seccis Diner zu besuchen?«

»Habe ich, in der Tat. Sag Goffredo, er soll für den Abend die Vittoria fertig machen.«

»Wir brauchen nicht dorthin zu gehen. Du bist verletzt.«

»Doch, wir müssen.«

»Und warum?«

Gereizt knurrte er sie an: »Weil ich Leute kennenlernen will.«

Signora Seccis Villa platzte aus allen Nähten. Der Affe und sämtliche Dekorationen, die an ihn erinnerten, waren verschwunden. Signora Secci hatte ihr Heim stattdessen in ein Theater verwandelt, mit einer Bühne, die zwar mit Rücksicht auf den Platz, den sie für die Gäste benötigte, nur wenige Fuß tief, dafür aber mit mannigfaltigen exotischen Requisiten versehen war. Palmenwedel aus Pappmaché, weiße Gipssäulen, ein Thron, über den eine Decke aus rot-grün gestreiftem Seidentaft ausgebreitet war, dräuende Gewitterwolken auf Leinwand als Hintergrund, das ausgestopfte Kostüm des Hirsches und eine lebensgroße Puppe, die ihren Anzug vermutlich vom Arlecchino entliehen hatte. Der Brighella amüsierte sich, indem er seinem stummen Rivalen unter dem Gelächter der Umstehenden Schimpfwörter an den Kopf warf.

Als Cecilia sich umschaute, hatte sie den Eindruck, dass die halbe Gästeschar aus verkleideten Schauspielern bestand. Eine lebendige Dekoration, die sich zudem unterhaltsam und schlagfertig gab. Dieses Diner würde im Gedächtnis bleiben.

Rossi humpelte zu einem Kanapee, neben dem ein pockennarbiger Zwerg mit einer Krone aus Goldflitter auf den Füßen wippte. Er schob ein Kissen beiseite und ließ sich in die Polster fallen.

»Ich suche Signora Secci und bedanke mich«, erklärte Cecilia.

»Tu das.« Er nahm ein Glas Wein entgegen.

Inghiramo war nicht gekommen. Das stellte Cecilia mit Erleichterung fest, als sie durch die Räume ging – und doch fühlte sie auch einen Stich der Enttäuschung. *Ich habe die Liebe gekränkt, die einzige Göttin, der ich diene ...* Solange es dauert, dachte sie, zuckte die Schultern und tat, als wäre es ihr gleich. Sie kehrte in den Salon zurück, wo sie endlich ihre Gastgeberin fand.

Signora Secci war allerdings beschäftigt. Sie stand neben dem Arlecchino, der ihr vertraulich etwas zuflüsterte. Als sie nickte, nahm er einen Schritt Anlauf und schlug einen Purzelbaum, der ihn in einem atemberaubenden Salto mitten auf den Tisch beförderte, direkt neben den silbernen Tafelaufsatz. Das Wasser in den Blumenschalen schwappte. Signora Secci lächelte verwegen.

»Signor, Signori! Ein Moment der Aufmerksamkeit, ein wenig Gehör für einen armseligen Spaßmacher. Ich bringe gute Botschaft: Deeeer … Frühling ist zurück.«

Auf das Stichwort flog die Tür auf, und zwei Tänzerinnen mit schockierend kurzen Röcken aus einander überlappenden Stoffblättern wirbelten herein. Sie drehten sich um die Gäste und warfen Papierblumen aus Strohkörben. Nicht nur Blumen. Die Gäste kreischten auf, als ein Schwarm erschreckter Vögel in die Luft flatterte. Plötzlich schwirrte es überall. Kerzen schwankten. Ein Glas stürzte um, und roter Wein ergoss sich über das Tischtuch und das Kleid einer älteren Dame, die entsetzt ihren Stuhl zurückschob. Das Kristall des Lüsters klirrte unter Flügelschlag. Kreischend verzogen die Damen sich hinter die Rücken ihrer Kavaliere, und die Kavaliere wedelten entzückt mit den Händen.

»Deeeer Früüüühling …«

Cecilia sah den Arlecchino lachen und Signora Secci bestürzt ihr Zimmer inspizieren. Die mollige Nichte der Signora scheuchte panisch ein Vögelchen aus ihrem Haar. Unterdessen hatten die beiden Tänzerinnen den Vögeln Blumen und Körbe hinterdrein geworfen und standen nun ebenfalls auf dem Tisch – wo sie graziös knicksten.

Cecilia fand sich an Rossis Seite wieder. »Dafür wird sie die Bande hassen«, wisperte sie ihm ins Ohr.

»Sie wird sie lieben, gleich, was sie tun. Sie hat sich *entschlossen*, sie zu lieben. Und sie ändert niemals ihre Meinung.« Rossi schien dem Spektakel nicht den geringsten Reiz abgewinnen zu können, was schade war, denn Cecilia hatte selten etwas Komischeres gesehen. Auch wenn das Benehmen der Schauspieler natürlich unakzeptabel war.

Und dann erblickte sie Inghiramo. Signor Secci war neben seine Frau getreten, um ihr etwas zuzubrummen, und als er die Sicht wieder frei gab, sah sie den Dichter an der Wand lehnen.

Als hätte ihn ein Geist dort abgesetzt. So war er immer aufgetreten. Herbeigezaubert und entschwunden wie jemand, der mit den Feen und Faunen im Bunde steht.

Cecilia fühlte, wie ihr Herz schneller puckerte. Sie schaute auf ihre Schuhe und versuchte, gelassen zu bleiben, während das Blut in ihre Wangen schoss und ihre Knie zitterten …

Merkwürdigerweise nahm sie diese körperlichen Reaktionen zur Kenntnis, als bestünde sie aus zwei Personen. Eine davon erlebte die Gefühle, die andere beobachtete und wertete sie. Der Zauber wirkt also immer noch, konstatierte die beobachtende Cecilia. Die erlebende protestierte: Nein, er wirkt nicht mehr. Denkst du, eine Flasche Wein und ein Herzschmerz-triefender Brief reichen aus, mich die Hölle vergessen zu lassen, Inghiramo? Nichts von dem, was sie zu Rossi gesagt hatte, stimmte. Sie hasste diesen Mistkerl.

Der Mistkerl lächelte geistesabwesend in den Saal. Cecilia spürte, dass ihm das Spektakel gefiel. Am meisten amüsierte ihn Signora Seccis Bemühen, gelassen und gut gelaunt zu erscheinen. Ein schwarzer Mann, der bunte Seifenblasen durcheinanderwirbelte. Ein Mephisto. Der Puck, der die Tumben zum Narrentanz schickte, so wie er sie selbst damals in den Tanz geschickt hatte – das schwärmerische Prinzesschen, das den eigenen Träumen gutgläubig in die Gartenlaube folgte.

Inghiramo hatte sie entdeckt und hob grüßend die Hand.

Als wäre es ein Zeichen, setzte Musik ein. Die Tänzerinnen auf dem Tisch begannen sich zu drehen. Dass sie dabei nichts umstießen, war eine Kunst, für die man sie bewundern musste, angesichts unzähliger Kristallgläser und Leuchter. Ihre Füße steckten in zierlichen grünen Seidenstrümpfen, die ihnen wahrscheinlich Signora Secci spendiert hatte. Sie knicksten spöttisch vor dem Arlecchino und drehten sich schneller. Ihre Röcke wirbelten auf, immer höher, und schließlich sah man, was sie darunter trugen – gar nichts nämlich. In der Stille, die diesem schockierenden Anblick folgte, hörte man den aufgeregten Schluckauf einer Dame. Und schon war es wieder vorbei.

Dafür fliegst du raus, Inghiramo, dachte Cecilia. Dem schwarzen Tunichtgut musste derselbe Gedanke gekommen sein, denn er trat neben Signora Secci, und man sah, dass er sich entschuldigte. Ein Klatschen seiner Hände, und seine Leute verließen Purzelbaum schlagend den Raum.

Das Stimmengewirr setzte wieder ein. Signora Secci fächelte sich aufgeregt Luft zu und zischelte einer anderen Dame, die ihr ähnlich sah und wahrscheinlich zur Verwandtschaft gehörte, etwas zu.

»Signorina?« Einer der Diener bot Cecilia roten Wein dar, den sie dankbar entgegennahm.

»… weiß ich auch nicht.« Neben Rossi war ein junger, blasser Mann in Uniform aufgetaucht. Sein Blick hing verklärt am Tisch, als tanzten dort immer noch die freizügigen Schönen, während er gleichzeitig dem Giudice eine Auskunft zu erteilen schien. »Sie sollten Ulisse fragen. Der kennt dort beinahe jeden. Er war acht Jahre bei den Dragonern … Mann, haben Sie *das* gesehen?«

Rossi stemmte sich in die Höhe und humpelte auf eine Gruppe Soldaten zu, die ein hübsches Mädchen mit schwarzen, zu einer komplizierten Frisur geflochtenen Locken umringten. Cecilia sah, wie er etwas fragte und dann mit einem der Uniformierten zur Seite trat.

»Du hast gelacht.«

Wie vom Blitz getroffen, zuckte sie zusammen. Wein tropfte über ihre Finger, und im Bruchteil einer Sekunde kehrte alles, was gerade eben verebbt war – Schwindel, Herzpuckern, Blut in den Wangen –, zurück. Langsam, um Fassung bemüht, drehte sie sich um, während sie gleichzeitig den Wein absetzte. »Tatsächlich? Habe ich?«, fragte sie kühl.

Inghiramo reichte ihr mit einer Verbeugung eine Rosenblüte, die er aus einer der Blumenschalen stibitzt hatte. »Der Dichter reibt sich auf, um einen Schatten der Wahrheit einzufangen. Er greift in seinen Farbkasten, malt diesen Schatten an und präsentiert ihn auf der Bühne – nur um festzustellen, dass er zu grell oder zu blass geraten ist. Aber heute Abend stimmten die Farben. Du hast dich amüsiert.«

»Nicht über diese Posse.«

Inghiramo kam ihr so nahe, dass seine Worte auf ihrer Ohrmuschel prickelten. »Du hast *gelacht*.«

Der Schwindel ließ nicht nach. Sie roch den Duft seiner Haut
– und es war nicht das Bild des Gartenhäuschen, das er heraufbeschwor, sondern die rauschenden Abende im Theater in Gold
und Weiß, mit verstohlenen Blicken, in beseelendem Glück.
Verdammt! Inghiramo reichte ihr ein Glas Champagner und
stellte sich neben sie. »Sie blökt und bockt – aber sie bleibt in
der Furche.«

»Es ist schrecklich, so etwas zu sagen.«

»Nein, es ist schrecklich, wenn die Federn gezogen werden
und das nackte Hühnchen sich als hässlich entpuppt. Aber ich
bin nicht Gott. Ich habe das Hühnchen nicht erschaffen. Ich
bin nur der Harlekin, der die Federn wirbeln lässt.«

Cecilia sah, dass Rossi, der immer noch mit dem Dragoner
sprach, sie beobachtete. Leise und akzentuiert sagte sie: »Verschwinde.«

Inghiramo nickte, machte aber keine Anstalten, der Zusage Taten folgen zu lassen. Bedächtig nippte er an seinem
Champagner.

»Du hast sie bloßgestellt«, fauchte Cecilia.

»Ist das nicht des Dichters Profession? Ist das nicht die Recht-
fertigung unserer ansonsten armseligen Existenz? Wenn du mir
verbietest, bloßzustellen, verbietest du mir, zu sein, was ich
bin.«

Alles Quatsch. Die nackten Hinterteile würden Signora Secci
bis ans Ende ihrer Tage verfolgen. Das Gelächter ihrer Gäste
würde durch ihre Träume hallen. Und auch wenn sie anstrengend war und von oben herab und intrigant … »Du warst herzlos …«

»Und das soll das Thema der Predigt sein, die du mir halten
willst? Sei gnädig, Cecilia. Lass uns die Zeit nutzen, bis unsere
Gastgeberin mich hinauswirft. Sie hat aufgetischt. Kandierte Blüten, Schokoladenteufelchen, Dörrobstkrapfen, Honigmilch …«

»Ich werde …«

»… gehen«, sagte Rossi, der, wie aus dem Boden gewachsen,
plötzlich neben ihnen stand.

Inghiramo blickte einen Moment ins Leere, seine Lippen
kräuselten sich. »Und auch Ihnen einen schönen guten Abend,

Giudice Rossi. Allerdings amüsiert sich die Dame, wie es scheint, gerade blendend. Wäre es nicht besser, Sie eilten ihr voraus? Es würde mir nicht die geringste Mühe bereiten ...«

»Hör zu, du Wicht. Du lässt sie in Ruhe. Du behältst deine schmierigen Finger bei dir, ist das klar?« Rossi mochte keine Umschweife, schon gar nicht bei einem Reimeschmieder, schon gar nicht, wenn er Schmerzen hatte, und die machten ihm zu schaffen, wie sie an der Falte zwischen seinen Augen sah. »Komm, Cecilia!«

»Finden Sie sich nicht ein wenig ...«

»Nun mach schon«, unterbrach er den Dichter ruppig. »Wir haben es eilig.«

Cecilia zögerte. Komm – in einem Tonfall, als wäre sie ein Hund, ein Anhängsel, über das man nach Belieben verfügte. Etwas in ihr wollte protestieren, und vielleicht hätte sie es tatsächlich getan, wenn Inghiramo nicht genau das von ihr erwartet hätte. Sein verstohlenes Grinsen verriet ihn: *Hilf mir, Schatz, lass uns ihm eins mit der Ratsche überziehen. Wir halten uns nicht an das, was man uns befiehlt ...*

»Ich bin fertig.«

Und im nächsten Moment waren sie auch schon hinaus.

Rossi nötigte sie in die Kutsche. »Wir müssen zu Arthur.«

»Warum denn das?« Der Wind pfiff in ihre Gesichter und fing sich im Verdeck der Vittoria. »Warum müssen wir zu Arthur?«

Die Peitsche knallte, und Emilia setzte sich, mehr beleidigt als erschrocken, in Bewegung.

»Dieser Mann, mit dem ich eben geredet habe ...«

»Der Soldat?.«

»Er kannte Vincenzo. Er war mit ihm im selben Regiment. Er sagt, dass Vincenzo als Unteroffizier einen Trupp in die Schlacht geführt hat.« Rossi erzählte, während sie in die Straße hinauf nach Montecatini Alto abbogen. Die Attacke damals war misslungen, es wurde zum Rückzug geblasen. Aber Vincenzo befahl seinen Männern, im Feld zu bleiben.

»Besonders tapfer?«

»Vincenzo hat jemandem das Bajonett abgenommen und begonnen, auf den Feind einzustechen. Wie ein Verrückter, behauptet Ulisse. Seine eigenen Leute rissen ihn schließlich mit sich – und da richtete er die Waffe auf die Retter. Fünf hat er umgebracht, mehrere andere zu Krüppeln gemacht.«

»Die Angst hat ihm also tatsächlich den Verstand geraubt?«

»Dieser Dragoner meint, nein, das sei anders gewesen. Er sagt, Vincenzo hat das Gemetzel genossen. Er sagt, Vincenzo habe es immer schon geliebt zu töten. Er sagt, er war schon verrückt, als sie ihn bekamen.«

»Im Grunde doch nichts wirklich Neues. Warum müssen wir dann so eilig …«

»Weil Ulisse behauptet, der Irre lebt wieder bei seinen Eltern.«

Arthur kam in seinem wattierten Hausmantel, dick gepolsterten Pantoffeln und einer rot-gelb gestreiften Schlafmütze in das Arbeitszimmer. »Ich habe es befürchtet.« Er fühlte Rossi die Stirn und wetterte über die menschliche Unvernunft. Brüsk tastete er nach dem Puls des störrischen Patienten.

»Arthur …«

»Du wirst auf der Stelle heimfahren und dich ins Bett legen. Cecilia, sperren Sie die Tür ab, wenn es sein muss. Ich habe Verständnis für die Nöte kranker Leute, aber ich habe kein Verständnis für Menschen, die ihre Krankheit aus purem Eigensinn verschlimmern.«

»Ich *werde* heimgehen, Arthur. Ich *lege* mich ins Bett. Ich schließe die Tür selber ab. Sag mir nur eines: Der Junge ist doch noch hier?«

Der Arzt fragte nicht, welchen Jungen Rossi meine. Er trat zum Fenster und verschränkte die Arme über der Brust. Nach einem Moment des Schweigens sagte er: »Ich habe Vincenzo Camporesi von seiner Familie abholen lassen. Sein Vater ist gestern gekommen und hat ihn mit sich genommen.«

Rossi schloss die Augen.

»Ich bin Arzt, Enzo. Und ich kann einem Menschen nicht helfen, wenn ich von ihm und seiner Familie belogen werde. Das habe ich Signor Camporesi gesagt. Nicht Vincenzos Krankheit – die Lügen machen es mir unmöglich, den Jungen weiter zu behandeln.«

»Er ist gefährlich«, protestierte Cecilia. »So jemanden darf man doch nicht einfach in die Freiheit entlassen.«

»Aber liebe Cecilia – er *kann* mit diesen schrecklichen Hundemorden nichts zu tun haben, das steht fest. Als Enzo von den Hunden gebissen worden ist, war er hier, hinter diesen Mauern, eingesperrt.«

Das hatten sie schon tausendmal erörtert.

»Und wenn er frei gewesen wäre – würdest du ihm die Morde dann zutrauen?«, fragte Rossi.

»Es *war* aber nicht frei. Warum müssen es immer die Irren gewesen sein, wenn etwas Schreckliches geschehen ist?«

Arthur hat recht, dachte Cecilia mit schlechtem Gewissen. Aber dann sah sie Vincenzo vor sich: ein wirres Geschöpf, das Roberta, die vielleicht mehr vom Irresein verstand als sogar Arthur, in den Farben des Fegefeuers gemalt hatte. Skrupellos, tatendurstig, grausam, ungezähmt. *Wau!*

Vincenzo war vielleicht irr, aber er war auch gerissen. Wenn er aus dem Asyl hinausgewollt hatte, hatte er auch einen Weg gefunden, davon war sie überzeugt. Vielleicht tatsächlich durch Robertas Malleidenschaft. In Cecilias Kopf stiegen Bilder auf, wie er die Hunde auf Mario hetzte, wie er sich an Ferettis Leiden ergötzte, wie er Leo in eine Angst versetzte, die dem Jungen den Mund verschloss, weil er nicht daran glaubte, dass ein wahnsinniges Wesen, das offenbar mühelos die Gitter des Irrenasyls überwand, zu bezwingen sei.

Hatte Vincenzo sich einen Kumpan gesucht, den er bezahlte, um seine schrecklichen Phantasien in die Tat umsetzen zu können? Oder der sie gar teilte? Ein ehemaliger Diener? Ein Spielgefährte? Jemand, der sich vor ihm fürchtete und ihm deshalb half? Für einen reichen Verrückten gab es unendliche Möglichkeiten.

»Warum immer die Geisteskranken?«, wiederholte Arthur müde.

»Es geht nur um die, denen das Quälen Freude macht«, sagte Rossi. »Ich hätte ihn ja nicht gleich mitgenommen. Aber gesprochen hätte ich gern mit ihm.«

»Und das hätte ich nicht erlaubt. Und um deiner nächsten

Frage zuvorzukommen: Auch bei seinen Eltern wirst du damit kein Glück haben. Sie werden dich nicht zu ihm lassen.« Arthur war es gleich, was Rossi von ihm dachte, aber Cecilias Blick kränkte ihn. »Ich führe ein Spital, meine Liebe, kein Gefängnis. Aber ich habe seinem Vater natürlich dennoch ans Herz gelegt, ihn nicht aus den Augen zu lassen. Wir sind uns über die Gefahr, die von ihm ausgeht, einig.«

Rossi war zu erschöpft, um sich aufzuregen. Langsam stemmte er sich hoch und wischte den Schweiß fort, der ihm über die Schläfe perlte. »Kann ich wenigstens sein Zimmer sehen?«

Der Raum, in den Arthur sie führte, war mit Möbeln bestückt, die ganz gewiss nicht aus der Börse des Asyls bezahlt worden waren. Kleine hölzerne Kostbarkeiten, das meiste aus England, wie Cecilia annahm. Alle litten darunter, dass Vincenzo auf sie eingedroschen, mit ihnen geworfen oder was auch immer getan hatte. Einiges war geleimt worden, aber fast überall fehlten Griffe und waren Ecken abgeplatzt, und die Furniere wiesen Dellen und gesplitterte Stellen auf. In einer Stuhllehne befanden sich Bissspuren.

Rossi begann die Möbel zu durchsuchen. Das fiel ihm mit seinem Bein schwer, aber er wurde ungehalten, als Cecilia ihm helfen wollte. Verbissen fuhr er mit der Hand unter den Schubladenböden entlang, ertastete Ecken – er fand sogar ein Geheimversteck im Sekretär, das sich mithilfe eines Bolzens an der Rückwand eines Schrankfachs öffnen ließ. Das Versteck war leer. »Ausgeräumt«, kommentierte er grimmig. Auch die Matratze enthüllte keine Geheimnisse.

»Fertig?«, fragte Arthur.

Rossi nahm den Leuchter, den Cecilia auf dem Sekretär abgestellt hatte. Fluchend versuchte er, auf dem Teppich niederzuknien, aber das gelang ihm erst, als Cecilia ihm den Leuchter wieder abnahm. »Hierhin mit dem Licht.« Er sammelte etwas aus dem hohen Wollflor heraus, das ihm schon vorher aufgefallen sein musste.

Der Arzt trat näher. Auf Rossis Handfläche lagen kurze, helle, struppige Haare. »Oh! Das war der Hund. Ja, der Junge hat einen Hund besessen«, gab Arthur widerstrebend zu. »Das Tier brachte leider zu viel Unruhe ins Haus, und ich musste es ihm wieder fortnehmen ... Lass das, Rossi. Einen Hund besessen zu haben, macht aus einem Jungen noch keinen Mörder. Es war ein *kleiner* Hund, mehr eine Art Schoßtier ...«

»Was für Unruhe?«

»Bitte?«

»Der Hund.«

»Er hat in den Nächten gejault und gebellt.«

»Weil Vincenzo ihn gequält hat?«

»Ich habe ihm das Tier ja wieder abgenommen«, entgegnete Arthur stur.

»Nun bleibt nur noch Leo«, konstatierte Rossi, nachdem der Irrenarzt äußerst unfreundlich die Tür hinter ihnen abgeschlossen hatte. »Würde es dir etwas ausmachen ...? Ja danke«, sagte er, als Cecilia ihm ihre Schulter bot, damit er sich stützen konnte. Er seufzte auf. »Könntest du dem Anschein widerstehen und *nicht* glauben, dass ich wehleidig bin? Oh verdammt, diese Zähne ... Was ist das nur ...«

»Leo – und die Hunde, die sich ja irgendwo aufhalten müssen. Und der etwaige Spießgeselle, der sie versorgt«, sagte Cecilia. Danach verfielen sie in Schweigen.

Als sie ihre Wohnung erreichten, kletterte Cecilia aus der Vittoria und schaute die Fassade hinauf. Hinter den Scheiben war es dunkel, auch seitlich im Zimmer der Zofe. Irene, die vortreffliche, sparte entweder an Kerzen, oder sie war früh zu Bett gegangen.

»Warum ermutigst du den Kerl?«

»Was?« Sie drehte sich zu Rossi um.

Er saß reglos da und starrte auf seine Hände. »Diesen Schmierenkomödianten. Warum ermutigst du ihn?«

»Aber ... das tue ich ja gar nicht.«

»Er lässt dich durch die Hölle gehen, und kaum siehst du ihn wieder, wirfst du dich an seine Brust.«

»Das ist ... Blödsinn!«, entgegnete sie hölzern. » Und außerdem ... Was ginge es dich an?«

244

»Gar nichts, was?« Er blies unsichtbare Rauchwolken über die Lippen. Endlich sagte er: »Schließ hinter dir ab.«

Diesen Rat brauchte sie nicht. Das tat sie sowieso. Sie drehte den Schlüssel im Schloss und hörte, wie die Kutschräder über das Pflaster polterten.

13. Kapitel

Bruno saß vorn auf dem Kutschbock. Sie hatten wieder einmal Seccis Kutsche entliehen, denn mit drei Passagieren und Dinas beiden großen Reisetaschen wäre die Vittoria hoffnungslos überfordert gewesen. Rossi brachte seine Tochter nun doch nicht in die Klosterschule. Er hatte es gewollt, aber .., sein Bein, natürlich. Cecilia war froh, dass es diese Begründung gab. Sie war sicher, dass er auch sonst nicht gefahren wäre. Er sah einfach keinen Grund dafür. Er hatte ihnen Bruno mitgegeben und fand seine beiden Damen damit beschützt. Basta.

Dina schlief an Cecilias Seite, das schwarze Haar auf ihrem Schoß ausgebreitet. Die Aufregung hatte sie die Nachtruhe gekostet, und nun holte sie den Schlaf nach, der ihr fehlte.

»Also ganz im Ernst, Signorina«, brummte der Sbirro, während sie die Landstraße hinaufzuckelten, vorbei an Pinien und mit Unkraut überwucherten kleinen Schluchten. »Mir gefällt das nicht.«

»Was denn?«

»Ich muss immerzu dran denken. Dass Sie was gesehen haben, mein ich. War schon großartig, wie Sie den Bluff mit Francesca hingekriegt haben. Respekt, Respekt ...«

»Bruno ...«

»Sie sind 'ne couragierte Frau, da gibt's nichts. Aber dieser Fall liegt anders.«

»Wie meinen Sie das?«

»Es wäre besser, Sie hätten die Hundemörder nicht gesehen – das will ich sagen. Wirklich, Signorina Barghini, es wäre besser gewesen.«

»Glauben Sie mir, niemand wünschte das mehr als ich.«

Bruno nickte und brütete vor sich hin. Sein speckiger Rücken war gebeugt. »Der Giudice sagt, Ihnen ist nichts mehr eingefallen zu der Sache?«

Cecilia zögerte. »Vielleicht trug der Mörder einen langen, dunklen Mantel. Oder einen dunklen Justaucorps.« Wie kam ihr das jetzt bloß?

»Dann erinnern Sie sich doch an was?«

»Nicht wirklich.«

Bruno gab ein skeptisches Geräusch von sich. »Wenn Sie meine Meinung wissen wollen: Eine Frau sollte man mit so was nicht behelligen. Mord! Die sind gefährlich, das sag ich Ihnen. Und Sie sind doch 'ne echte Dame. Man sollte Sie da ganz raushalten. Lad es ab hinter der Hütte, hat mein Vater immer gesagt, wenn was Böses passiert ist. Denk nich mehr dran, und das Leben geht weiter …«

»Ich danke Ihnen für Ihre Anteilnahme, Bruno.«

»Tun Sie einfach, als wär's nie passiert. Das ist meine Ansicht dazu.«

Wenig später erwachte Dina, und nach einer weiteren Stunde erreichten sie Marliana.

Dieses Mal war die Äbtissin anwesend, und sie nahm ihren neuen Schützling persönlich in Empfang. Eine weißhaarige Frau mit einer so geraden Haltung, dass es Großmutter Bianca Tränen der Hochachtung in die Augen getrieben hätte. Ihr dunkles Gesicht war von hellen Flecken übersät, was den irritierenden Eindruck auslöste, man habe ihr eine Landkarte auf die Haut gemalt. Die Lippen wirkten schmal und kleinkrämerisch. An ihrer rechten Hand trug sie einen Marquise-Ring mit einem von Diamanten umschlossenen, feurig roten Rubin. Dina durfte ihn küssen.

Die Luft war stickig, es roch wie in Großmutters Garderobenraum. Nach Mottenpulver? Wahrscheinlich nach einem Parfüm, das ausschließlich von älteren Damen getragen wurde.

»In diesem Kloster werden bereits seit über dreihundert Jahren junge Damen der Gesellschaft auf das Leben als Mutter und Ehefrau vorbereitet. Eine lange Tradition. Und wir legen bei unseren Zöglingen größten Wert darauf, dass sie diese Tradition ehren. Wir erwarten ein tadelloses Benehmen.«

»Selbstverständlich. Gerade aus diesem Grund, weil wir eine vorbildliche Erziehung wünschen, haben wir uns für Marliana entschieden. Mein Schwager« – wen ging schon ihr kompliziertes Verwandtschaftsverhältnis etwas an – »erwartet, dass die hoffnungsvollen Anlagen seiner Tochter in jedweder Weise gefördert werden. Sowohl was ihren gesellschaftlichen Schliff angeht als auch die Herzensbildung und natürlich die Frömmigkeit. Sie werden verstehen, dass wir in dieser Hinsicht die größten Ansprüche stellen müssen.« Und jetzt versuch noch einmal, mich von oben herab zu behandeln, dachte Cecilia.

Dina saß eingeschüchtert auf dem Polsterstuhl an ihrer Seite. Sie schrumpfte unter dem strengen Blick der Äbtissin. Ihre dünnen Knie stachen durch den Stoff des Reisekleides.

»Es wird nicht gern gesehen, wenn unsere Zöglinge allzu oft heimfahren oder gar besucht werden.«

»Das werden wir ganz sicher in den Grenzen halten, die Dinas Wohl zuträglich sind.«

Cecilia stand auf, was nicht gerade für ihre eigene Erziehung sprach, aber sie hatte das Gefühl, im Parfüm der Äbtissin Atemzug um Atemzug zu ersticken.

»Sie kann mich nicht leiden«, wisperte Dina, als sie wenig später einer jungen Nonne durch die Gänge folgten.

Cecilia nahm ihre Hand. »Siehst du? Hinter dieser Tür liegt der Ballsaal. Du wirst weiter tanzen dürfen, und sicher werden sie dir auch Violinenunterricht erteilen lassen.« Sie drückte die kalten Finger und ärgerte sich, dass sie danach nicht gefragt hatte.

»Holst du mich, wenn ich hier unglücklich bin?«

»Dina, mein Engel …« Aufseufzend blieb sie stehen und ging vor dem Mädchen in die Knie, so dass sie ihr in die Augen blicken konnte. »Ein Pferd, das gleich vor dem ersten Hindernis scheut, wird es nicht weit bringen. Manchmal muss man mutig sein. Man muss ein bisschen Fremdheit ertragen, ein bisschen Einsamkeit, ein bisschen … Strenge. Du wirst dich eingewöhnen. Glaub mir.«

Die Nonne war stehen geblieben und wartete auf sie.

»Du weißt, wir sind gar nicht weit fort, aber erst einmal musst du aushalten.«

Dina nickte.

»Dass dein Vater sich nicht über dich schämen muss.«

»Muss er nicht.«

»Du wirst es hier gut haben, ganz gewiss!«

Und dann der Heimweg. Cecilia saß niedergeschlagen auf der nun geräumigen Rückbank der Kutsche. Sie mochte die Äbtissin nicht, und dieses Gefühl beruhte auf Gegenseitigkeit, so viel stand fest. Würde die Frau Dina trotzdem gut behandeln? Sei brav, Mädchen, sei brav, seufzte sie still.

Sie waren schon fast in Montecatini Alto, als sich ihre Blase meldete. Verdrießlicher Höhepunkt eines verdrießlichen Tages. Durchhalten oder nicht? Die Frage erledigte sich nach wenigen hundert Metern.

»Bruno, ich möchte mir einen Moment die Füße vertreten. Wenn Sie so gut sind und anhalten …«

Brummelnd brachte der Sbirro die Kutsche zum Stehen. Eine wilde Hecke, die zwei Äcker trennte, bot den nötigen Sichtschutz. Jajaja, dachte Cecilia, während sie tat, was nötig war. Durch die Zweige sah sie, dass Bruno vom Kutschbock gestiegen war und sich ebenfalls »die Beine vertrat«. Allerdings ohne einen Busch aufzusuchen, auch wenn er so taktvoll war, ihr den Rücken zu kehren.

Cecilia richtete ihre Kleider. Ein zerzauster gelber Vogel hüpfte mit einem Zweig im Schnabel über den Boden. Am Himmel zogen graue Pustewölkchen vor einem lichten Firmament. Sie fühlte sich unbehaglich. Zögernd, weil sie nicht wusste, wie weit Bruno mit seinen Angelegenheiten gekommen war, blieb sie stehen. Er musste dennoch ihre Gegenwart spüren, denn er drehte sich um. Und da sah sie, dass sie seine Bewegungen missverstanden hatte. Er trug einen metallenen Gegenstand in der Hand.

»Also Signorina …«

Eine Pistole.

»Das ist eine Steinschlosspistole.« Er blickte auf die Waffe, als wäre er selbst überrascht, sie in der Hand zu tragen. »Wird Sie natürlich nicht interessieren … Ich meine, es ist ja gleich …«

»Steck sie weg, Bruno«, sagte Cecilia. Sie hörte den unsicheren Kicks in ihrer Stimme.

»Sicher, sicher. Gleich.« Der Sbirro grinste unbeholfen. Sein feistes Stoppelgesicht schien plötzlich nur noch aus schwarzen Zähnen und funkelnden Schweinsäuglein zu bestehen. Ein Ganovengesicht. Cecilia fiel ein, dass sie nie gefragt hatte, wie seine dunkle Vergangenheit ausgesehen hatte. Sie wusste nur, dass Rossi ihn einmal zu Unrecht verurteilt hatte und dass er ihn deshalb mit nach Montecatini genommen und ihm die Arbeit als Sbirro verschafft hatte. Wiedergutmachung an einem … einem was?

»Weg damit, Bruno, und lassen Sie uns weiterfahren.«

Der Sbirro streckte den Arm und ließ den Hahn oder wie immer das gekrümmte Teil oberhalb der Pistole hieß, fachmännisch schnappen. *Klack* … Er lächelte selbstzufrieden. Sie sah, wie er ein Auge schloss und hierhin und dorthin zielte.

Und plötzlich spürte sie wieder ihr Herz. Es war, als ließe ein Trommler in ihrer Brust die Schlegel sausen. *Popopo* …

Bruno zielte über ihre Schulter hinweg in den Himmel. Kindische Freude an seiner Waffe. Das brauchte sie nicht zu beunruhigen. Der Sbirro gehörte inzwischen zu den Guten. Er war auf der Seite derer, die Schutz gewährten und die das Recht verteidigten. Er hatte ihr dabei geholfen, Rossi aus dem *Stinche* zu befreien, dem Gefängnis in Florenz, damals, als Tacito Lupori ihn dort umbringen lassen wollte. So viel stand fest.

Angestrengt holte sie Luft. Sie lächelte sogar dabei. Und fühlte sich dem Geschehen seltsam entrückt.

»Nun, Signorina …«

Und ich habe ja auch nichts gesehen!

250

»Sie tragen sowieso keine Pistole bei sich. Im Grunde lohnt es also gar nicht, wenn ich Ihnen zeige, wie man sie abfeuert.«

»Bitte?«

»Wenn man keine Waffe dabeihat, braucht man auch nicht schießen können«, wiederholte der Sbirro geduldig. »Nützt einem dann ja gar nichts.« Er steckte die Pistole in den Gürtel zurück.

Cecilias Lachen klang in ihren eigenen Worten wie ein Seufzen. »Nein, Bruno, da haben Sie recht.«

Eine Stunde später lieferte er sie vor Rossis Haus ab.

Francesca war bei Rossi. Da das offenbar niemand wissen sollte, hatte er die Dienerschaft fortgeschickt, einschließlich der alten Sofia, über die man normalerweise hinwegsah wie über ein Möbelstück.

Die beiden wühlten sich nicht durch die Bettdecken – was man in dieser Situation ja wohl als Glück bezeichnen kann, dachte Cecilia –, sondern saßen im Arbeitszimmer. Rossi hinter seinem Schreibtisch, Francesca äußerst steif auf der Kante der Chaiselongue. Sie hatten Cecilias Rufen und ihre Schritte gehört und blickten beide zur Tür.

»Francesca macht sich Sorgen wegen Leo«, erklärte Rossi förmlich. Sein Hausmantel war schief geknöpft, was lächerlich aussah.

»Natürlich, ja.«

»Ich habe ihn besucht«, sagte Francesca. »Zweimal. Ihn und seine Mutter. Er redet kein Wort.«

Cecilia nickte und wünschte sich fort. In diesem Zimmer war es so schwül vor Gefühlen, dass man kaum atmen konnte. Zum Teufel mit den beiden! Sie hätte sich in ihrer Wohnung absetzen lassen sollen. Aber sie hatte ja nicht gewusst, dass Irene heimgeschickt worden war.

»Ich habe gesehen, wie Leo mich beobachtet«, sagte Francesca. »Er ist bei vollem Verstand. Er grämt sich wegen seiner Mutter, er scheißt sich fast in die Hose vor Angst. Aber er spricht nicht.« Die Seifensiederin knetete ihre schwieligen Hände, und die Narbe auf ihrer Wange tanzte.

251

»Außerdem scheint es ihm ein Anliegen zu sein, dass sein Schweigen sich herumspricht«, sagte Rossi. »Er will, dass seine Entführer wissen, dass er den Mund halten wird.«

Und was geht mich das an? protestierte Cecilia innerlich. Habe *ich* etwa keine Angst? Ich sollte ebenfalls herumgehen und herausposaunen, dass ich den Mund halten werde. *Ich habe nichts gesehen!* Danke für den Rat, Bruno.

»Ich gehe.« Francesca langte nach ihren Krücken. Unbeholfen stand sie auf und humpelte zur Tür. Als sie Cecilia erreichte, hielt sie inne und gab ihr einen Kuss auf die Wange. »Passen Sie auf sich auf, Cecilia Barghini.«

Sie warteten, bis das Pochen auf der Treppe verklungen war und die Haustür schlug.

»Muss sie keine Angst mehr vor Lupori haben?«, fragte Cecilia dann.

Rossi ächzte und rekelte sich auf seinem Stuhl. »Natürlich muss sie. Aber Francesca Brizzi ist so stur wie alle Frauen, und ich bin offenbar der Letzte, der die Gabe hat, sich deinem Geschlecht verständlich zu machen.« Er schnitt ein Gesicht. »Sie wird noch eine weitere Woche in ihrem Versteck ausharren, dann will sie zu ihrer Seifensiederei zurück. Ich muss mit Adolfo reden …« Übergangslos versank er ins Grübeln.

»Frage mich, ob sie gut angekommen ist.«

»Was?«

»Dina.«

»Ist sie?«

»Ja.«

Rossi schüttelte den Kopf. Er nahm einen Bogen Papier von seiner Schreibtischplatte und legte ihn ungelesen wieder zurück. »Ich weiß nicht, was in diesem parfümierten Scharlatan Lupori vorgeht. Warum rührt er sich nicht? Feretti wurde ermordet. Das sollte ihn doch kümmern.«

»Wenn er sich damit befasst, muss er zugeben, dass er mit dem Theriakmann den Falschen gehängt hat.«

Das wusste Rossi selbst. Der Blick, mit dem er sie bedachte, war so verbiestert, als wäre es ihre Schuld, dass einer aus seiner Zunft sich am Gesetz versündigte.

»Bruno wollte mir zeigen, wie man mit einer Pistole umgeht«, sagte Cecilia.

»Ach.«

»So eine Idee!«

Seine Stirn entwölkte sich. Er lachte. »Du hast einen Platz in seinem Herzen.«

»Unsinn.«

»Aber keineswegs. Das ist das Schlimme an dir, Cecilia – du bemerkst die armen Seelen gar nicht, die sich zu deinen Füßen in Anbetung verzehren. Bruno verstopft mir seit Tagen die Ohren mit seinem *Gib ja auf sie acht.* Du hast einen Galan.«

Sie musste ebenfalls lachen. »Was ist?«, fragte sie, als Rossi eine Schublade aufzog.

»Mir gefällt der Gedanke.« Er hob eine kleine, silberne Pistole aus dem Kasten. Die Waffe hatte Grazia gehört. Cecilia wusste es, sobald sie sie sah. Ein zierliches Gerät, mehr ein Schmuckstück als ein Instrument zum Töten.

Rossi zeigte ihr, wie man mithilfe des Hahns einen Federmechanismus spannte. Der Abzug entriegelte den Mechanismus, so dass der Hahn mit einem Feuerstein auf eine Batterie schlug. Dadurch wurde die Pfanne geöffnet und ein Funken erzeugt, der das Zündkraut in Brand steckte. Das Zündkraut wiederum setzte beim Abbrennen die eigentliche Ladung in Gang.

»Das hört sich kompliziert an.«

»Spannen und abdrücken. Mehr brauchst du dir nicht zu merken. Komm.«

»Wohin?«

»Hinaus. Du musst es üben.«

»Zu schießen?«, fragte Cecilia verwirrt.

»Ich sag's doch.«

»Und was ist mit deinem Bein?«

»Wenn Francesca humpeln kann, dann kann ich's auch.«

»Aber es ist dunkel.«

Er sicherte die Pistole und schob sie in die Innentasche seiner Weste. »Das hindert dich am Treffen, aber nicht am Schießen. Es geht mir darum, dass du die Mechanik beherrscht, Cecilia.«

Wenig später fanden sie sich vor dem Stadttor wieder – in warme Mäntel gehüllt und mit Munition versorgt. Der Mond verwöhnte sie mit ausreichend Licht, so dass Rossis Ölfunzel sich als überflüssig erwies. Er lehnte sie gegen ein Mäuerchen. Das silberne Metall des Pistolenlaufs blinkte auf, als er Cecilia die Waffe reichte. Sie schaute sie voller Unbehagen an.

»Also los.«

»Spannen, ja?«

Er setzte sich auf das Mäuerchen, um das Bein zu entlasten. Auffordernd klopfte er mit der Hand auf das Plätzchen neben sich. Seine Hand war warm, als er damit die ihre umschloss, um ihr noch einmal zu zeigen, wie sie die Waffe halten sollte. Spannen und …

»Du bist ein Angsthase.«

»Ich bin kein Angsthase. Das klemmt.«

»Gar nichts klemmt. Nun mach schon! Streck den Arm aus.«

»Es geht besser im Stehen.«

»Dann ab auf die Füße. Und hoch mit dem Lauf … Ja, so ist es gut.«

Und … abdrücken!

Der Rückschlag war so hart, dass ihr der Schmerz bis in die Schulter fuhr. Ihre Ohren summten von dem Knall, und ihr war wacklig in den Knien. Rossi trat hinter sie, schaute über ihre Schulter und bestand darauf, dass sie das Pulver selbst nachfüllte und noch einmal schoss und noch einmal … Er war ihr so nah, dass sie den Puder seiner Perücke roch, die er zu den Gerichtsverhandlungen zu tragen pflegte. Hatte heute das Gericht getagt? Vor oder während Francescas Besuch? Hatte er sie im Haus warten lassen, bis die Urteile gefällt waren?

»Nicht den Arm krümmen. Gerade durchdrücken. So.« Er stand immer noch hinter ihr. Nun umfing er sie mit seinen Armen und zeigte ihr, wie er es meinte.

254

Sie schoss. Ein riesiger Nachtvogel stob aus einer Baumkrone in der Nähe.

Wenn er Francesca gebeten hatte, im Haus zu warten, war sie wahrscheinlich dennoch in den Gerichtssaal gekommen. Diese Frau brachte ihn ständig in Schwierigkeiten. Und das fand er nicht *anstrengend*? Ich bin wie unsichtbar in seinem Leben, dachte Cecilia. Um die Lektion im Schießen habe ich ihn auch nicht gebeten. Er sollte wirklich einmal darüber nachdenken, was er als *anstrengend* empfindet!

»Noch einmal.«

»Wir sind zu laut. Man wird sich beschweren«, sagte sie.

»Ich bin der Richter – du darfst auf Milde hoffen.«

»Wenn es dich nur nicht *anstrengt*!« Sie zog den Kopf zwischen die Schultern und schoss erneut. Dann drückte sie ihm die Waffe in die Hand. »Wenn mich jemand überfällt, Rossi – was ich eher für unwahrscheinlich halte, weil es ja bisher noch nicht geschehen ist –, dann würde er wohl kaum abwarten, bis ich dieses scheußliche kleine Monstrum präpariert habe.«

»Lege es unter dein Kissen.«

»Um Kopfweh zu bekommen?«

»Und trage es in deinem Ridikül, wenn du unterwegs bist. Hast du das Ding bei dir?«

Er hatte sich frisch rasiert, also war tatsächlich Gerichtstag gewesen. Sie sah ihm zu, wie er die Pistole in ihrer Tasche verstaute und die Lampe aufnahm. »Ganz unrecht hast du nicht«, meinte er.

»Womit?«

»Wir gehen zurück.« Er humpelte voran. Allerdings brachte er sie nicht heim, sondern in den Palazzo della Giustizia zurück, wo er sie in die Küche hinabnötigte.

»Ich sollte nicht hier mit dir allein sein«, meinte sie unbehaglich.

»Ist heute egal.« Er kramte in Anitas Schubladen und förderte ein Messer zutage. »Hole ein Kissen aus Dinas Zimmer.«

»Was? O … O nein!«

»O doch.« Er holte das Kissen selbst und verlangte, dass sie hineinstach. Das konnte sie nicht. Ein so schönes Kissen. Rosa

Streublumen auf blauem Satin. Das Kissen, in das Dina Nacht für Nacht ihre Nase gesteckt hatte. Und dann diese blinkende Waffe mit der scharfen Schneide ... Eine Pistole war etwas anderes. Man feuerte, aber man konnte sich einbilden, nicht wirklich etwas mit dem zu tun zu haben, was danach geschah. Eine saubere Art, sich zu wehren. Nicht einmal die Kleider wurden schmutzig.

Rossi legte das Messer beiseite, setzte sich auf die Tischkante und zog sie mit beiden Händen zu sich heran. »Cecilia Barghini – du fürchtest dich nicht genügend.«

»Das tue ich, wahrhaftig.«

Er schüttelte den Kopf. »Wenn dieser Kerl vor dir stünde – *dann* würdest du dich fürchten. Du würdest dir wünschen, dich verteidigen zu können, aber es wäre zu spät. Du würdest zögern, nach dem Messer zu greifen. Du würdest zaghaft zustechen. Du würdest wahrscheinlich *gar nicht* zustechen. Frag mich nicht, warum – aber man muss das Töten üben wie das Kutschieren oder ... das Sticken, weiß der Himmel. Der Mensch besitzt eine Hemmung, andere zu verletzen. Die muss überwunden werden. Stich zu.«

»Er hat mir bis jetzt nichts getan.«

»Ich weiß, ich weiß.« Er legte das Kissen neben sich auf die Tischplatte und nickte ihr zu.

Sie holte aus. Federn krochen aus dem Schlitz im Bezug.

»Mit mehr Kraft. Mit Zorn ... Der Kerl kennt keine Skrupel. Und du willst leben.«

Sie stach erneut zu. Federn wie Schnee in einem kalten Winter. Anita würde eine Ewigkeit brauchen, ihr Heiligtum wieder zu säubern.

»Das war kein Zorn.« Rossi entdeckte einen Brotlaib. »Hier hinein.« Als sie das Messer hob, um es niedersausen zu lassen, legte er von hinten seine Hand auf ihre Kehle und drückte zu. Nur ganz leicht, keine Schwierigkeit, weiter zu atmen, ein winziger Druck – und doch wurde sie augenblicklich von einem Entsetzen gepackt, dass sie fast losgebrüllt und um sich getreten hätte.

»Stich zu. Dann bist du's los.«

Sie stach.

»Noch einmal.« Seine Hand drückte weiter auf ihre Kehle.

»Sei zornig. Niemand hat ein Recht, dir das anzutun. Wehr dich. Los!«

Das Messer durchdrang den Laib. Es gab ein hässliches Geräusch – die Klinge hatte sich in die Tischplatte gebohrt. Rossi ließ von ihr ab, und Cecilia sank auf die Knie. Sie merkte, dass ihre Augen in Tränen schwammen. Fassungslos biss sie auf ihren Knöchel.

Rossi kümmerte sich nicht um sie, sondern untersuchte das Ergebnis ihres »Zorns«. Offenbar war er zufrieden. »Gut. Gut so, Cecilia. Der Mensch ist verletzlich. Mit solch einem Stich, an die richtige Stelle gesetzt, hättest du deinen Angreifer töten können. Du musst wissen, dass du dazu in der Lage bist. Mit einem Messer in der Hand könntest du ihn töten.«

Ein paar Tage später lud Rossi einige seiner Richter-Kollegen aus dem Valdinievole-Tal zu sich zu einer Beratung ein.

»Auch den Giusdicente?«, fragte Cecilia.

»Nein.«

Leandro Cardini kam zuerst. Er brachte jemanden namens Paolo mit, der seinen Nachnamen nicht nannte. Ein wohlbeleibter Herr mit blonden Borstenhaaren, säuerlichem Atem und einer Neigung zu engen Hosen und weißen Porzellanknöpfen. Den beiden folgte Giudice Bimbi, scharfgesichtig und ungeduldig – Richter in Serravalle Pistoiese. Cecilia nahm ihm den Mantel ab und machte eine Bemerkung über das Wetter, auf die er unhöflich mit einem Knurren reagierte. Man konnte ihm ansehen, dass ihm das Treffen nicht behagte. Er setzte sich auf den Stuhl, der der Tür am nächsten stand, obwohl es dort zog.

Während Cecilia Weingläser füllte, ertönte Pferdegetrappel, und sie sah durch das Fenster einen weiteren Gast. Er sprang aus dem Sattel, schüttelte sich wie ein Hund, schwenkte den Regen aus dem eleganten Filzhut mit der gefärbten Feder und übergab seinem Begleiter die Zügel.

Rossi öffnete das Fenster. »Schick den Jungen in die Küche.

Bruno ist auch unten. Die Pferde könnt ihr gegenüber unterstellen.«

Der Neuankömmling war ebenfalls Giudice, sein *Junge* ein Sbirro, wie die Uniform bewies. Das Milchgesicht des Büttels wurde durch einen flaumigen Jünglingsbart geziert. Wahrscheinlich würde Anita ihn vollstopfen, bis er aus der viel zu dünnen Jacke platzte. Giudice Renzo Polo war um die vierzig, athletisch, mit roten Apfelbacken und einem weichen Kinn, das völlig im Gegensatz zu dem skeptischen Blick stand, mit dem er bei seinem Eintritt die Anwesenden musterte – jeden wenige Sekunden, Mann für Mann. Er begrüßte Cecilia mit einem Handkuss und der Erklärung, dass er Richter in Chiesina Uzzanese sei. »Und worum geht's nun?« Er machte es sich in Rossis Lehnstuhl bequem, und Cecilia sah, wie er abwartend die Daumen gegeneinander rieb. Alle schauten zu Rossi.

»Die Hundemorde. Es ist an der Zeit, etwas zu unternehmen.«

»Wo ist der Giusdicente?«, wollte Giudice Bimbi wissen. Er hatte sein Glas nicht angerührt.

Cecilia lächelte in die Runde und verließ das Zimmer. Allerdings nicht in Richtung Korridor, wie es angemessen gewesen wäre – sie ging in die Bibliothek. Der Kamin, dieses großartige rundliche Fliesenmonstrum, wurde nicht mehr beheizt, nachdem die Kälte nachgelassen hatte. So war es kein Problem zu verstehen, was im Nebenraum gesprochen wurde.

Cecilia nahm wahllos eines der Bücher und machte es sich gemütlich.

»... müssen eins ums andere durchforstet werden. Diese Hunde sind riesige, muskulöse Monstren. Sie fallen also auf. Außerdem sind sie blutrünstig. Ihr Besitzer muss sie angekettet oder in einem verschlossenen Raum halten. Und dieser Ort muss so einsam liegen, dass niemand ihr Gebell hören kann, denn die Leute sind inzwischen völlig aus dem Häuschen vor Nervosität.« Das war Rossi.

»Hunde!«, schnaubte Bimbi verächtlich.

Als Nächster sprach Leandro Cardini. Cecilia konnte nur

Bruchstücke seiner wohlgesetzten, leisen Rede verstehen. Er erzählte von einem Dorf in seinem Bezirk. Wenn sie richtig gehört hatte, dann machten die Bewohner regelmäßig am Wochenende Jagd auf verwilderte Hunde.

»Ich wette, die Viecher landen im Kochtopf.« Das war wieder Bimbi, Cecilia hörte sein unangenehmes Lachen.

Cardini redete von Höhlen. Monsummano war offenbar von einem Höhlensystem durchzogen.

»Höhlen, verlassene Gehöfte ... Etliche Fischerhäuser stehen leer ... und außerdem diese Schuppen in den Sümpfen, in denen die Fischer Reusen und Flickzeug aufbewahrt haben«, sagte Rossi. »Das muss Stück für Stück durchkämmt werden. Wenn wir uns zusammentun, unsere Sbirri gemeinsam arbeiten lassen und vielleicht noch einige zuverlässige ...«

»Ich muss noch einmal fragen: Warum ist Giusdicente Lupori nicht hier?« Giudice Bimbi klang jetzt deutlich verärgert.

»Die Morde geschahen in den südlichen Bezirken. Im Padule. Buggiano ist nicht betroffen.«

»Ach! Und das ist ein Grund, ihn von den Ermittlungen auszuschließen, die er nach meinem Dafürhalten leiten sollte, wenn der Fall tatsächlich so brisant ist, wie hier angedeutet wird?«

»Er weiß Bescheid, aber offenbar hat er nicht vor, etwas zu unternehmen«, erwiderte Rossi schroff. Einen Moment herrschte eine Stille, die selbst in der Bibliothek drückend wirkte.

Paolo mit den engen Hosen durchbrach sie. »Was weißt du über die Mörder – und damit meine ich jetzt die Männer, denen die Hunde gehören?«

»Nichts.«

»Na, das ist mal eine Enttäuschung. In Lamporecchio kursieren Gerüchte, du hättest die Bande durch die Grotten von Monsummano gejagt und ihre vierbeinigen Satane mit bloßen Händen gewürgt.«

»Sicher, sicher ...«

Die Männer lachten, aber Paolo fragte unbeirrt weiter. »Es gab also diesen Kampf. Und du kannst trotzdem ...?«

»Paolo«, unterbrach ihn Rossi mühsam geduldig. »Es war *dunkel.* Ich hätte nicht einmal meine Großmutter erkannt.«

»Und ihre Stimmen?« Sie waren Richter. Sie nahmen ihn jetzt professionell ins Verhör.

»Dieser Junge, Leo, lag unter mir und hat mir direkt ins Ohr gebrüllt. Die Hunde haben gekläfft …«

»*Ich* habe etwas gehört«, meinte Cardini. »Jemand rief die Viecher zurück. Aber es ging dermaßen drunter und drüber – ich könnte nicht einmal sagen, ob es Männer- oder Frauenstimmen waren.«

»Wieso Frauenstimmen?«, fragte der Richter aus Chiesina Uzzanese.

»Ich meine nur. Mein einziger Wunsch war, offen gestanden … Ich sag's nicht gern, aber in meiner Familie verläuft die Erziehung streng jesuitisch. Wenn ich von Schwefelgeruch umweht werde, und in meinen Ohren klingt Zerberusgebell …«

Wieder lachten die Männer. Alle außer Giudice Bimbi. »Wenn dieses Treffen ohne Wissen und Billigung des Giusdicente stattfindet, ist es inkorrekt. Ich werde gehen.« Das Gelächter brach ab. Cecilia hörte, wie Stuhlbeine über den Boden scharrten. Niemand hielt Bimbi auf, niemand sagte etwas, bis die Zimmertür klappte, und gleich danach die Haustür.

»Die Luft ist wieder besser geworden«, hörte sie Cardinis sanfte Stimme.

Jemand hüstelte. »Was ist eigentlich dran an diesem Gerücht, dass du einmal einige Tage im *Stinche* verbracht hast, Enzo?«

In Cecilia krampfte sich etwas zusammen. Das florentinische Gefängnis war in ihren Ohren zu einem Synonym für Gemeinheit geworden. Als Lupori Rossi dort hatte einliefern lassen, spekulierte er auf dessen Tod. Es war ein Mordversuch reinsten Wassers gewesen. Doch zu dem Eklat, der nach Cecilias Meinung hätte folgen müssen, war es nicht gekommen. Die beiden Männer hatten die Sache unter den Teppich gekehrt – und das begriff sie immer noch nicht. Aber was begriff sie überhaupt von diesem verbissenen Kampf zwischen Rossi und seinem Vorgesetzten, der unter einem hauchdünnen Mantel von Höflichkeit ausgefochten wurde?

Sie waren beide aus der Gosse gekommen und beide dank ihrer Intelligenz aufgefallen und gefördert worden. Lupori hatte es zum Giusdicente gebracht, Rossi noch ein Stück weiter, bis in die Compilations-Kommission des Granduca. Zusätzlich hatte er eine lukrative Richterstelle in Pistoia innegehabt. In der Kommission, die die toskanische Justizreform ausarbeitete, saß Rossi immer noch – das Richteramt hatte er, um den Streitereien mit Grazia zu entkommen, gegen den unbedeutenden Posten in Montecatini ausgetauscht. Und gerade dieser freiwillige Wechsel, dieser Abstieg mit einem Achselzucken, war offenbar für Lupori ein Stachel im Fleisch. Wie konnte man so hochmütig sein und das mit Füßen treten, wofür der Giusdicente seine Seele verkauft hätte?

Sie hatte nicht mitbekommen, was Rossi antwortete. Es musste ausweichend gewesen sein, denn Paolo murmelte: »Schon gut, schon gut. Einige Leute wundern sich, dass du nicht geklagt hast, das ist alles. Sie sagen, du wirst schon deine Gründe haben, und das meint nicht jeder freundlich.«

»Sind wir hier, um über Verbrechen zu sprechen?«

»Sind wir, mein Lieber, selbstverständlich.«

Cecilia hörte, wie die Stuhlbeine von Neuem scharrten. Rossi schien sich auf den Platz von Giudice Bimbi gesetzt zu haben.

»Zwei Fischer wurden überfallen, und außerdem ein Gutsbesitzer, der aber mit den Fischern überhaupt nichts zu tun hat. Wie passt das zusammen?«, fragte der Richter aus Chiesina Uzzanese.

»Dieser erste Fischer wurde von diesem …«

»Sergio Feretti?«

»… umgebracht«, schlug Paolo vor. »Daraufhin haben die Fischer – nein, dieser Leo – Feretti erledigt, und …«

»Und?«, wollte Rossi wissen.

»Signora Feretti hat blutige Rache genommen.«

Die Männer lachten.

»Was ist daran komisch? Hast du nicht von einer Frauenstimme gesprochen, Leandro?«

»Aber überhaupt nicht. Ich habe gesagt, ich konnte keinen Pieps …«

»Der Zeuge wird in Beugehaft genommen, bis er bereit ist, sich ein wenig Mühe zu geben«, ulkte Paolo.

»Und was ist mit diesem anderen Fischer?«, wollte der Giudice, dessen Namen Cecilia immer noch nicht kannte, wissen.

»Leo?«

»Nein, dieser junge Mann … Was war denn da noch gleich? Du hattest mich nach ihm gefragt, Leandro …«

»Ivaldo Bronzi.«

»Eben der.«

»Der ist bei den Dragonern in Pisa gelandet«, sagte Cardini.

»Ist er nicht. Erst letztens hat jemand aus seiner Sippe Anzeige erstattet, weil er verschwunden sein soll.« Einen Moment herrschte Schweigen, dann rief der Giudice seinen Sbirro aus der Küche. Cecilia hörte den jungen Mann berichten. Ivaldo war tatsächlich in Pisa. Der Mann, der vermisst gemeldet worden war, hatte Orazio Bronzi geheißen und war Ivaldos Bruder gewesen, und Orazio war in Wirklichkeit auch nicht verschwunden, denn man hatte ihn erst jüngst bei einem Brotdiebstahl ertappt.

»Habe ich ihn verurteilt?«, wollte der Giudice wissen.

»Zu fünf Stockhieben, Giudice.«

»Eine Plage, diese Fischer. Sie tauchen vor meinem Richtertisch auf wie die Ameisen an einem Marmeladeklecks. Der ganze Gerichtssaal stinkt schon nach Fisch. Das bilde ich mir nicht ein. Mein Talar stinkt …«

»Ich wüsste tatsächlich gern, warum Giusdicente Lupori sich so still verhält«, fiel Leandro ihm ins Wort.

»Weil er kein Interesse daran hat, sich die Fischer auf den Hals zu laden. Hast du mir nicht zugehört?«

»Feretti war … nun, wenn nicht reich, so doch bedeutend genug, dass jemand wie Lupori von seinem Tod Notiz nehmen sollte.«

»Ach, Gütiger!« Das war Paolo. »Vielleicht hat der hochverehrte Giusdicente die Scheißerei. Im Ernst. Die Weltpolitik wird davon bestimmt, wer gerade in welchem Moment mit der Verdauung zu kämpfen hat. Wenn ihr euch die Geschichte anschaut … Da gab es mal einen Papst. Der ist im Abort gestorben, und die Folge war … «

Cecilia hörte nicht mehr zu. Sie bückte sich nach ihrem Buch und stellte es leise ins Regal zurück. Sie kamen nicht voran, die Richter. Vielleicht würden sie etwas finden, wenn sie ihre Sbirri auf die Suche schickten, vielleicht auch nicht.

Sie war plötzlich froh, dass Rossi ihr Grazias Pistole gegeben hatte. Und dass sie sie bei sich trug.

14. Kapitel

Die Sbirri und eine ungewöhnlich große Schar freiwilliger Helfer suchten das Valdinievole-Tal ab. Die meisten dieser Helfer wurden von den arbeitslosen Fischern gestellt, aber auch Bauern, sogar Gutsbesitzer und Leute aus den Städten, die sich relativ sicher wähnten, schlossen sich ihnen an. Hundekadaver lagen an den Straßenrändern. Es gab Streit, als ein teurer Dachshund erschlagen wurde, aber der Mann, der ihn umgebracht hatte, konnte glaubhaft machen, dass das Tier ihn angegriffen hatte – auch wenn es sich um keine der Sumpfbestien handelte.

In Chiesina Uzzanese meldete sich ein bis an die Zähne bewaffneter Trupp von etwa zwanzig Mann, die versprachen, die Sumpfbestien »… gegen Belohnung zu dem Teufel zurückzuschicken, der sie ausgebrütet hat«. Giudice Polo schickte sie selbst zum Teufel, bis auf den Anführer, der wegen einer Schlägerei gesucht wurde und den er umgehend zu zwanzig Hieben verurteilte. Manche Leute meinten allerdings, er habe damit einen Fehler begangen.

Man sah kaum noch Kinder auf den Straßen.

Leo, so hieß es, habe sich eine Sense beschafft, die nun griffbereit neben seinem Strohlager lag. Man hörte ihn gelegentlich lachen – das war das einzige Geräusch, das noch aus seinem Mund drang. Er wurde vom Pfarrer besucht und auch noch einmal von Rossi, aber niemand konnte ihn zum Reden bringen. Seine Mutter zündete in der Kirche von Monsummano Kerzen für ihn an.

»Er wird noch an seiner Angst sterben«, sagte Rossi.

Die Tage vergingen, aber die Suche förderte nichts zutage, außer dass man ein Versteck mit Diebesgut fand, was zur Verhaftung eines Bäckers führte.

Am Freitag kam ein Brief von Dina. Rossi brachte ihn von der Poststation mit, und Cecilia eilte damit in ihr Zimmer. Überglücklich riss sie den Umschlag auf. Als Erstes flatterte ihr ein Papierfetzen entgegen, der zwischen den Briefseiten gelegen hatte. Sie hob ihn auf.

Liebe Cecilia, ich bin ser unglücklich. Die Äbtissin hat mir verbohten Violine zu spielen und Oliva hat gesagt, ich rede wie eine Ku. Bitte hol mich heim. Es ist ser dringend.

Entgeistert begann Cecilia den eigentlichen Brief zu lesen, in dem Dina eine »offizielle« Version ihres Befindens gab. Sie freue sich an dem Unterricht, der ihr besonders bei ihrem Französisch helfe. Die Beichte bei Fra Marcello bringe ihr vielerlei Einsicht. Sie habe Blumen abgemalt und sich durch das Lob der Zeichenlehrerin gestärkt gefühlt ... Kein einziger Schreibfehler.

Cecilia lief ins Arbeitszimmer hinauf und zeigte Rossi beides – Brief und Papierfetzen.

»Was will man erwarten? Sie hat Heimweh.«

»Und es beunruhigt dich nicht, dass sie ihre Gefühle auf einem Fetzen niederschreiben muss, den sie heimlich mit dem Brief aus dem Kloster schmuggelt?«

»Du machst dir zu viele Gedanken. Was willst du? Dass ich sie beim leisesten Pieps aus ihren Unannehmlichkeiten befreie? Es geht ihr gut. Sie bekommt Essen, sie hat ein Bett, sie wird unterrichtet ...«

Dieses Gespräch hatten sie schon oft genug geführt.

»Und die meisten Kinder wären froh, mit ihr tauschen zu können ...«, ergänzte Cecilia bissig.

»Jawohl!«

»Gut, aber es könnte auch nicht schaden, ihr einen kurzen Besuch abzustatten, um zu sehen ...«

»Das wirst du bleiben lassen.«

»Und wenn es ihr schlecht geht?«

»Du wirst *nicht* hinfahren.«

»Aber ...«

»Und ihr auf diesen jämmerlichen Brief auch nicht antworten. Ich verbiete es.« Er verließ das Speisezimmer – sie hatten gerade gegessen – und gleich darauf das Haus. Auf seinem Teller war die Hälfte der Hühnerleberpastete zurückgeblieben.

Cecilia waren Appetit und Laune ebenfalls verdorben. Das bekam Anita zu spüren, und später Signor Mencarelli, der Schneider, der den Giudice zu sprechen wünschte.

Cecilia erinnerte sich dunkel, dass sie mit ihm einen Streit über eine Rechnung gehabt hatte. Er hatte den Preis für einen Ballen gestreifter Baumwolle, für deren Einkauf sie ihm ein eindeutiges Limit gegeben hatte, überschritten und sehr beleidigt getan, als sie nicht bereit gewesen war, die höhere Summe zu bezahlen. Nun wollte er offenbar Rossi damit lästig fallen, in der Hoffnung, den Richter leichter übers Ohr hauen zu können.

Sie beschied ihm frostig, dass Enzo Rossi zu tun habe und keinesfalls vor dem Abend nach Hause käme. Und da sie wusste, dass Rossi den Montagabend beim Billardspiel mit dem Apotheker und einigen Freunde verbrachte, würde Mencarelli auch dann umsonst erscheinen. Ein winziges Pflästerchen auf die Wunde, die ihr die männliche Selbstherrlichkeit geschlagen hatte.

Im Grunde gab sie Rossi ja recht. Man konnte Dina nicht vor jeder Schwierigkeit bewahren, ohne ihr Schaden zuzufügen. Sie sollte schließlich später einmal fähig sein, sich durchzubeißen. Und was das für eine Frau bedeutete, das wusste Cecilia sogar erheblich besser als Dinas Vater.

Als sie am späten Nachmittag heimging, fand sie vor ihrer Haustür ein Bukett aus weißen Rosen. Zwischen den Blüten steckte ein weißes Kärtchen mit der Aufschrift: *Kein Versuch, etwas zu erreichen ...*

»Rosen um diese Zeit. Signorina, wie treibt man so etwas auf? Das muss ein Vermögen gekostet haben«, hauchte Irene.

Jedenfalls mehr als fünf Julii pro Aufführung. Cecilia seufzte.

Zwei Tage später kam Großmutter Bianca nach Montecatini. Cecilia hatte Irene fortgeschickt, um einen ihrer Schuhe, auf dem sich die Spange gelöst hatte, zur Reparatur zu bringen. So war sie allein zu Haus, als Großmutters Hausdiener klopfte. Erschrocken sah sie, wie erschöpft er sich nach dem Treppenaufstieg an der Wand abstützte, um sie in den *Gallo* zu bitten, wo Großmutter Quartier genommen hatte. »Großmutter ...«

»Sie würde sich freuen, wenn Sie sofort kämen, Monna Cecilia.«

Eilig holte Cecilia ihren Mantel.

Ariberto war die wenigen Gassen zu Fuß gekommen, und so hatte Cecilia Gelegenheit, sich beim Gang durch das Städtchen ein wenig zu fassen. »Geht es ihr gut? Nun, das muss es ja wohl, sonst wäre sie kaum gereist. Es geht ihr doch gut, oder?«

»Ich weiß nicht, Monna Cecilia. Ich habe den Eindruck ...« Der Diener druckste herum.

»Nun?«

»Sie fehlen ihr, wenn ich so frei sein darf, das zu sagen. Sie spricht nicht darüber, aber Sie fehlen ihr entsetzlich.«

»Das glaube ich nicht«, meinte Cecilia, doch sie merkte, wie ihr Herz weicher wurde.

»Der Dottore wird jetzt oft gerufen. Bitte verraten Sie nicht, dass ich zu Ihnen darüber gesprochen habe.«

»Was fehlt ihr denn?«

»Die Tropfen, die zu holen ich geschickt werde, dienen der Stärkung des Herzens.«

»Ihr Herz war schon immer schwach.«

»Gewiss, aber es scheint inzwischen doch ernster ... Sie wird nicht wollen, dass ich es erwähne.«

Ein merkwürdiger Gedanke, dass Großmutter Bianca sterben könnte. Dann wäre meine Familie tot, jedenfalls der Teil, den ich kenne, dachte Cecilia beklommen. Als sie an die von den Jahren gedunkelte und von Koffern angestoßene Tür des Gastzimmers klopfte, hatte sie die besten Absichten auf Versöhnung.

»Bitte?«

Großmutter saß in einem thronähnlichen Sessel, dessen Rückenlehne über ihren Kopf hinausragte. Ihre Gesichtsfarbe war bleich, aber sie hielt sich so gerade wie eh und je. Obwohl sie eben erst angekommen war, schien das Zimmer bereits ihren Geruch angenommen zu haben: Lavendel. Die zerwühlten Decken auf dem Bett zeigten, dass sie geruht haben musste. Aber auf ihrem Gesicht war kein Rest von Schläfrigkeit zu entdecken.

»Großmutter! Nun das ist wirklich eine Überraschung. Warum sind Sie nicht zu mir ...«

Die alte Frau pochte mit dem Stock auf den Boden. »Ich wünsche mit meiner Enkeltochter allein zu sprechen.«

Stefana, die Zofe, die dabei gewesen war, Großmutters Schultertuch auf der Bettdecke glatt zu streichen, knickste, erschrocken ob des kühlen Tons, und verschwand mit Ariberto im Flur. Cecilia trat näher, um ihre Großmutter auf die Wange zu küssen, doch die alte Frau drehte den Kopf zur Seite.

»Du hast also dieses Ungeheuer wieder in dein Leben gelassen.«

»Bitte?«, fragte Cecilia betroffen.

»Wie hast du es angestellt? Ihm Briefe geschickt? Ihn angebettelt, dass er zu dir zurückkommt? Bist du ihm bis nach Neapel hinterher gekrochen?«

Wie betäubt starrte Cecilia ihre Großmutter an. »Woher wissen Sie ...?« Sie hätte sich auf die Zunge beißen können. Wenn das nicht wie ein Schuldeingeständnis klang! »Ich habe natürlich *nichts* dergleichen getan. Ich ... war völlig überrascht, als er plötzlich hier auftauchte.«

Großmutter klackte ungeduldig mit dem Stock auf den Boden. »Es spielt keine Rolle, *wie* die Affäre erneuert wurde ...«

»Es *gibt* keine Affäre!«

»Unterbrich mich nicht. Ich bringe kaum fertig, es zu glauben. Das Mädchen, das von mir aufgezogen wurde! Dieses charakterlose Subjekt verführt und schwängert dich, es tritt dich in den Schmutz, es ruiniert dein Leben ...«

Warum unterhältst du dich nicht mit Rossi? Cecilia schüttelte heftig den Kopf. »Ich sagte es doch schon: Ich habe den Mann nicht hierher gebeten.«

»Mäßige deine Stimme!«, entrüstete Großmutter sich.

»Er ist ...«

»... die Ursache, dass dir ein Leben mit Ehemann und Kindern versagt bleibt. Glaubst du, ich hätte allen Klatsch in Florenz ersticken können? Glaubst du, man hätte nicht gemerkt, dass du fülliger geworden bist, vor einem Jahr? Man hätte deine plötzliche Abreise übersehen? Augusto Inconti hätte dich retten können ...«

»Großmutter ...«

»Du unterbrichst mich schon wieder.«

Eine frühe Fliege summte an der Fensterscheibe. Wieder und wieder schwirrte sie gegen das Glas. So war es eben im Leben. An manchen Hindernissen brach man sich die Flügel. »Ich hasse ihn gewiss nicht weniger als Sie«, erklärte Cecilia tonlos.

»Gut.« Großmutters Stimme wurde kühl. »Da du dich einsichtig zeigst, werde ich dich wieder in meinem Haus aufnehmen. Du begleitest mich zurück nach Florenz.«

»Bitte?«

»Pack deine Koffer. Ich werde die Nacht brauchen, um zu ruhen. Aber gleich morgen früh ...«

»Ich soll Sie begleiten?«

Großmutter presste ihre dünnen, blauen Lippen zusammen. Kurz blickte sie zum Fenster, wo die Fliege immer noch die Flucht versuchte. Dann fasste sie ihre Enkeltochter wieder ins Auge. »Ariberto wird dich um zehn Uhr in der Früh abholen.«

»Nach Florenz? Wo ... wo sich alle über mich das Maul zerreißen? Haben Sie das nicht gerade gesagt?«

Großmutter zwinkerte, offensichtlich irritiert über den derben Ausdruck. »Inconti wird dich heiraten. Dafür werde ich sorgen.«

»Ich habe ihn bereits abgewiesen.«

»Er hat sich noch nicht nach einer neuen Braut umgesehen. Das ist wie ein Wunder. Ein Fingerzeig Gottes. Er ist in dich vernarrt – der Himmel weiß, warum. Du wirst ihn heiraten. Noch in diesem Jahr. Ich denke an den Herbst ...«

Cecilia ließ sich auf einen der Stühle niedersinken. Großmutter hatte nach Art der alten Leute kräftig einheizen lassen. Sie kam sich vor wie auf einem Feuerrost, der Schweiß rann kitzelnd ihre Wirbelsäule hinab. »Ich möchte nicht fort von hier.«

»Läufig.«

Cecilia wusste mit dem Wort nichts anzufangen. Verwirrt hob sie den Kopf.

269

»Mein Vater hat nichts davon gehalten, junge Mädchen ins Theater zu führen. Auf Gesellschaften war ich keinen Augenblick ohne meine Tante oder eine andere gewissenhafte Verwandte. Ich durfte keine Billetts empfangen, die er nicht vorher las, und ich durfte keine Freundinnen besuchen, weil er ihren Anstandsdamen nicht traute. Ich *hatte* keine Freundinnen. Da mir eigene Töchter versagt blieben, mussten mich diese Schicklichkeitsfragen nicht kümmern. Aber meiner Enkelin wollte ich ein anderes Leben bieten. Ich habe dir Freiheiten gegeben – und ich bereue es zutiefst.«

»Ein Fehltritt aus jugendlicher Torheit. Ein einziger Fehltritt«, meinte Cecilia bitter.

»Ach?« Großmutter stemmte sich aus ihrem Stuhl. Sie nahm ihren Stock und humpelte zum Fenster, das auf einen unordentlichen Hinterhof führte. »Es ist nicht mehr Inghirami – das begreife ich nun. Ich habe es schon beim letzten Mal begriffen. Es ist dieser Bauernrichter.«

»Warum … sagen Sie solche Dinge? Das ist nicht wahr. Nichts davon. Haben Sie mich nicht selbst hierher geschickt?«

»In einen ordentlichen Haushalt, wie ich annahm. Selbst bei einem Emporkömmling wie Enzo Rossi hätte ich Dienstboten erwartet, eine Hausdame … Dass er über den Anstand verfügt, von einer jungen Verwandten die Hände zu lassen. Und nun erfahre ich, dass du wie eine Mätresse …«

»Großmutter!«

»Lebtest du etwa nicht unter einem Dach mit ihm, Tag und Nacht, und nachts ohne Dienstboten, die euch stören könnten? Bist du etwa nicht mit ihm auf Reisen gegangen? Hat er dir nicht diese Wohnung gemietet, um weiter …«

»Es ist völlig anders!«

»Kümmert es dich keinen Deut, dass du mit *dem* Mann Unzucht treibst, der deine Cousine ins Unglück stieß? Dass du es tust unter den Augen von Grazias Tochter?«

Cecilia erhob sich.

»Nicht nur Florenz, auch Montecatini *zerreißt sich das Maul*. Du hast es geschafft, dich vollständig zu diskreditieren, hier wie dort.«

Sie ging zur Tür.

»Du bleibst!«, befahl Großmutter heiser. »Du bist meine Enkeltochter. Du wirst mir zuhören, bis ich dir erlaube, diesen
Raum zu verlassen.«

Cecilia drehte sich um, bevor sie die Tür öffnete. »Dina ist
bereits im Kloster«, sagte sie und beendete damit das Gespräch
vor dem letzten Schachzug, der ihrer Großmutter noch geblieben wäre.

Rossis Mätresse.
Zumindest das hatte Großmutter erreicht: Aus einer vagen
Befürchtung war eisenharte Gewissheit geworden. Die Leute
von Montecatini sahen in Cecilia Barghini eine Hure. Offenbar
war alle Vorsicht zu spät gekommen. Signora Seccis Hinweis
hatte sie erreicht, als ihr Ruf längst ruiniert war.

Cecilia lief durch die Gassen. Sie traf eine Frau, die sich nach
ihr umdrehte, und zwang sich, nicht darüber zu grübeln, was
ihr durch den Kopf gehen mochte. Konnte es wirklich so
schlimm sein, wie Großmutter behauptete? Nein, dachte Cecilia, dann hätte Signora Secci nicht an mich vermietet. Wahrscheinlich wucherten die Gerüchte noch als winzige Pflänzchen
in irgendwelchen verborgenen Ecken und warteten auf den
nächsten Fauxpas wie auf einen Regenguss. Von wem mochte
Großmutter wissen, dass Inghiramo in Montecatini war?

Erst als sie vor dem Palazzo della Giustizia stand, wurde
Cecilia bewusst, dass sie mit ihrem Schrecken geradewegs auf
dem Weg zu Rossi war. Nun, das würde dich freuen, was
Großmutter?

»Verzeihung, Signorina Barghini.« Der Schneider Mencarelli
stand im Vorgarten des Palazzos, den Hut in der Hand. »Giudice Rossi …«

»Ist leider auch jetzt nicht zu sprechen. Ich fürchte, Sie werden ein weiteres Mal vorbeikommen müssen.« Das war keine
Lüge. Sie selbst würde Rossi – vorausgesetzt er war daheim –
mit Beschlag belegen.

Gekränkt verneigte sich der Mann und stolzierte davon.

Rossi stand in der Küche und unterhielt sich mit Anita über Winteräpfel, während er Schokolade schlürfte. Auf dem Gesicht der Köchin, die eingeschüchtert Gemüse schnippelte, malte sich Erleichterung, als sie ihre Herrin erblickte. Doch Cecilia ließ sie gar nicht erst zu Wort kommen.

»Lauf, Anita. Signor Mencarelli war gerade an der Tür. Richte ihm aus, dass der Giudice in einer Stunde zu sprechen sein wird. Rasch. Er ist auf dem Weg heim. Vielleicht erwischt du ihn noch.«

Rossi wartete, bis Anita ihre Schürze abgebunden hatte und die Treppe hinauf war. »Ich werde in einer Stunde zu sprechen sein?«

»Ja. Er wird dir aufschwatzen wollen, dass du für einen Ballen gestreifter Baumwolle mehr zahlen sollst, als er zu bekommen hat. Lass dich nicht beirren. Ich hatte ihm ein Limit gegeben. Er ... er hat es überschritten, aber er soll nicht denken ...« Sie brach in Tränen aus.

Rossi blies lautlos die Luft über die gespitzten Lippen. Er langte hinter sich und reichte ihr ein Geschirrtuch von dem Stapel, der gerade von der Büglerin gekommen war. »Was soll ich machen? Ihn verprügeln? Baumwolle, sagst du?«

»Rossi, sie reden über mich.«

»Wer redet?«

»Das weiß ich nicht. Alle. Ganz Montecatini.« Was sollte sie ihm erzählen? Wegen Inghiramo hatte er ihr bereits selbst Vorwürfe gemacht. Und was Großmutter über die angebliche Affäre zwischen ihr und dem Giudice gesagt hatte ...

»Großmutter hat herausgefunden, dass Inghiramo in der Stadt ist.« Ihr Bedürfnis, das Herz auszuschütten, war größer als ihre Scham. »Er hat mir weiße Rosen geschickt. Ich hätte sie zurücksenden sollen, aber mir ging plötzlich auf ... Er hat es ohne Eigensucht getan. Damals, in Florenz, hat er sich in mich verliebt. Als ihm klar wurde, in welche Schwierigkeiten er sich damit brachte, ist er davongelaufen. Aber das hat er bereut. Er ist gekommen und hat es sich als Buße auferlegt, Carlo Gozzi zu inszenieren. Er hasst Komödien, verstehst du? Er verabscheut Gozzi. Er hätte in seinem früheren Leben jedem Arlecchino, der seine Bühne betritt, mit eigener Hand den Hals umgedreht. Er hat sich selbst verraten für ... für das, was er für seine Liebe hält.«

»Hm«, meinte Rossi reserviert.

»Nicht, dass ich ihn deshalb weniger verabscheue.« Warum lud sie ihre Verwirrung gerade bei diesem Mann ab? Rossi konnte den Dichter nicht ausstehen, das rieb er ihr doch ständig unter die Nase. Außerdem spielte das alles keines Rolle.

»Und nun?«, fragte Rossi.

»Warum ist es bei mir schlimm und bei dir nicht?«, fragte Cecilia.

»Was?«

»Über dich und Francesca reden sie nicht.«

Er lachte, aber es klang nicht gerade heiter. Der Stapel Geschirrtücher war umgefallen, und er zog ihn zerstreut zu sich heran, um die Tücher wieder zu stapeln.

Schrecklich, dachte Cecilia. Ich muss aufhören, mir das Herz auf seine Kosten zu erleichtern. »Es tut mir leid, Rossi. Francesca ... Du musst nicht denken, dass es mir gleichgültig ist, wie es um dich steht. Oder um sie. Sie ist eine so mutige Frau. So gerade heraus ... Ich hege jedes erdenkliche freundliche Gefühl für sie ...«

»Worauf willst du hinaus, Cecilia?«

Niedergeschlagen nahm sie ihm die Tücher ab, die er kreuz und quer übereinandergelegt hatte, und begann sie neu zu falten. »Wer mag Großmutter Bianca von dem unterrichtet haben, was hier geschehen ist? Von irgendjemandem muss sie ja von Inghiramos Ankunft erfahren haben.«

Er zuckte mit den Schultern.

»Und nun?« Hilflos blickte sie ihn an, während ihre Hände den Stoff glätteten.

»Ist jemand unhöflich zu dir?«

Sie schüttelte den Kopf. »Noch nicht. Aber wenn sich erst herumspricht ... Tut mir leid.« Sie wischte die Tränen aus ihren Augen und beugte sich über ihre Arbeit.

»Cecilia ...«

»Du weißt ja nicht, wie das ist, ... zu wissen, dass sie flüstern, wenn man ihnen den Rücken kehrt ... Einladungen, auf die es weder Zusage noch Absage gibt ... Sie werden mich ignorieren, ... die Straßenseite wechseln ... Ich habe das erlebt, nicht bei mir selbst, aber bei einem Mädchen, mit dem ich als Kind musiziert habe ... Wie lebendig und trotzdem schon tot, Rossi, wie aussätzig. Das ist schlimmer als einsam«, sagte sie leise. »Das hält man nicht aus.«

Eine Weile war es still. »Du hättest nie bei mir einziehen dürfen«, sagte er schließlich. Späte Erkenntnis, ja.

»Großmutter hat recht. Dieses Mädchen war stolz, sie hat es lange ausgehalten. Aber ich bin das nicht.« Eine weitere späte Erkenntnis. Die Tücher waren wieder ordentlich gefaltet. Cecilia nahm den Stapel auf und verstaute ihn zwischen den Tellern auf dem Küchenregal.

Rossi murmelte etwas.

»Was?«

»Ich frage, ob es helfen würde, wenn ich dich heirate?«

Entgeistert drehte sie sich um. Er blickte sie an, die eine Hand auf dem gestreckten, verletzten Bein, die andere auf der Tischplatte, um sich abzustützen, im Gesicht einen undefinierbaren Ausdruck.

Einen Moment lang verschlug es ihr den Atem. Der Retter aus der Not. Der Mann, der sich ehrenhaft bereit erklärte, den Unglückswurm zu ehelichen, den er gedankenlos mit in die Patsche geritten hatte. Nicht wie Inghiramo ... pflichtbewusst. Was hieß schon *anstrengend*, wenn man eine Schuld abzutragen hatte.

»Frag mich das nicht wieder!«, sagte sie böse.

Der kleine Gerichtssaal war gefüllt bis auf den letzten Platz. Signora Secci hatte eine Putzmannschaft geschickt, um Spinnweben und Flusen zu entfernen. Flitter, Girlanden und die Kulissen verbargen die Schäbigkeit des ehemaligen Theaters. An den schlimmsten Stellen waren die Wände mit Farbe übertüncht worden. Dort, wo sich ein riesiger Schimmelfleck gebildet hatte, hing das Wappen der Stadt, die beiden Löwen mit der Krone.

In den Logen hatte die Signora einige ihrer eigenen Stühle aufstellen lassen, für sich selbst einen Sessel, der geeignet war, ihrer Fülle Halt zu geben. Sie trug eine Robe aus gelber Seide mit einem hauchdünnen schwarzen Fichu darüber, unter dem ihr weißer Busen bebte. Aufgeregt klackerte sie mit dem Fächer.

»Ein Stück, meine liebe Cecilia, das den Königen der Welt als Lehre dienen kann, voller philosophischer Anspielungen und Ratschläge. Das Volk wird es natürlich nicht bemerken ...«

Das Volk tummelte sich unten im Raum. Cecilia bemerkte Zaccaria und seine Frau Fausta und wunderte sich, weil sie bei dem Bauern niemals eine Neigung zum Poetischen vermutet hätte. Die beiden saßen steif auf einer der hinteren Bänke, und als Fausta einen Blick in Richtung Loge warf, winkte Cecilia ihr zu.

Signora Secci hatte es bemerkt. »Man muss sich mit ihnen abgeben, meine Liebe, ganz recht. Das Volk hat diesen Menschen nun einmal ins Gericht gewählt. Finden Sie nicht auch, dass er seinen Stieren ähnelt? Sehen Sie nur diese Stirn! Mein Gatte klagt ja nicht, aber manchmal spüre ich doch, wie hart es ihn ankommt, sich in solcher Gesellschaft bewegen zu müssen.« Signora Secci flüsterte, allerdings in einer Lautstärke, die ihre Worte in jeden Winkel des Teatro trug. »Ich kann nicht finden, dass der Granduca, sosehr ich ihn und seine milde Amtsführung schätze, mit diesen Reformen besonders weise handelt. Ein Bauer in einem Richtergremium! Ich habe gehört, Seine Exzellenz will die Deputierten der Provinzialversammlungen zwingen, einheitliche Roben zu tragen, um die Standesunterschiede zu verwischen. Stellen Sie sich das nur vor.«

»Schont den Staatssäckel«, meinte Rossi über Cecilias Kopf hinweg. Signor Secci, der an der anderen Seite seiner Gattin Platz genommen hatte, gähnte.

»Unglaublich! Sehen Sie Mariannas Frisur? Eine Pagode! Ich bitte Sie, Signorina Barghini – das ist für ein kleines Städtchen wie unseres nun wirklich übertrieben. Sind wir am Hof von Paris?«

Cecilia starrte auf das chinesische Gebäude aus steifem, bunten Papier, das Marianna Bossi in ihre Frisur hatte einarbeiten lassen, und sie musste Signora Secci recht geben.

»Sie neigt dazu, zu übertreiben, die Gute. Ich sage immer zu Signor Secci: So kommt es, wenn man zu wählerisch ist. Schließlich ist es kein Geheimnis, dass die Arme auf diesen Conte aus Pisa gehofft hatte. Daraus konnte nichts werden, ganz gleich, wie hübsch sie ist. Ich habe es ihrer Mutter – sie war so gütig, mich ins Vertrauen zu ziehen – von Anfang an gesagt. Wer hoch hinaus will, fällt besonders tief, das waren meine Worte. Der Conte ist nur gar zu rasch geflohen, als er die finanziellen Verhältnisse des Mädchens bemerkte. Nun glaubt sie wohl, ihre Blamage durch modische Eskapaden wettmachen zu müssen. Ich sollte ihr diskret einen Wink geben.« Signora Secci beugte sich zu Cecilia und wisperte hinter dem Fächer: »Haben Sie es gehört? Sie soll mit dem armen Jungen, den sie jetzt geheiratet hat, schon am Tag nach der Hochzeit in Streit geraten sein. Vor dem Dienstpersonal!«

»Tatsächlich.«

Cecilia fühlte, dass Rossi sie beobachtete. Ja doch, dachte sie verdrossen, es liegt kein Glanz darauf, sich einzuschmeicheln.

Laut sagte sie: »Diese Idee, Ihrem Heim einen Hauch von Teatro zu verleihen, war bezaubernd, Signora. Ich war einfach hingerissen. Das Bühnenbild in Ihrem Salon … so … exzentrisch. Ich habe mich an einen Ball bei Signora Alvisi erinnert gefühlt, einer Dame aus Florenz, der unsere Familie freundschaftlich verbunden ist. Sie hatte einen Zoo nachgestellt, mit goldenen Käfigen, in denen Affen und afrikanische Raubkatzen ausgestellt waren …«

Rossi kniff sie in den Arm, und sie verstummte. Sein Grinsen ärgerte sie. Für ihn war es leicht. Er war ein Mann, er verdiente Geld und konnte deshalb tun und lassen, was er wollte.

Nein, ganz stimmte das auch nicht. Er hatte sich ebenfalls anpassen müssen. Wenn man von ganz unten kam, konnte man sich keinen Stolz leisten. Cecilia versuchte sich vorzustellen, wie Rossi Signor Seccis Taschenuhrensammlung pries. Aber sie merkte rasch, dass ihre Phantasie damit überfordert war. Vielleicht war er so gescheit, dass man seine Grobheit als liebenswerte Marotte tolerierte. Vielleicht war er auch einfach zu nützlich. Sie dachte an die Compilations-Kommission. Man musste bestimmt klug sein, um die Justiz eines Landes zu reformieren.

Der blaue Samtvorhang, den das Teatro ebenfalls der Großzügigkeit Signora Seccis zu verdanken hatte, hob sich, und die Leute begannen zu klatschen. Cecilia merkte, wie ihr das Blut ins Gesicht stieg. Sie war nicht mehr in Florenz, aber der Beifall, das Rascheln der Kleider, die Erwartung in den Gesichtern, spülten mit einem Schlag Erinnerungen zurück, von denen sie gehofft hatte, sie wären durch das Netz ihres Gedächtnisses gefallen. Beunruhigt knetete sie den Knauf ihres Fächers. Einen Moment bildete sie sich ein, Großmutters Lavendelparfüm zu riechen.

Inghiramo betrat die Bühne. Schwarz und grau – er kleidete sich wie immer, und Cecilia sah das Lächeln in seinen Mundwinkeln. Früher hatte sie darin Hochmut gesehen. Heute kam es ihr wehmütig vor. Aber nur, weil ich es so sehen will, denn ich bin viel zu weit entfernt, um die Mimik seines Gesichtes zu deuten, sagte sie sich vernünftig und zwang sich zur Haltung.

Inghiramo hatte in seinem Theaterstück selbst eine Rolle übernommen. Er spielte den Geschichtenerzähler, der vor der Kulisse der Stadt stand und … nun, großartige Dinge zu verkünden hatte. Er war nicht Inghiramo, sondern Cigolotti, ein armer, tumber Diener, der fünf Jahre zuvor bei einem Magier in den Dienst getreten war, dem großen Durandarte, der die schwarze, die rote, die grüne – vielleicht auch die blaue Magie beherrschte … Hinter der gemalten Stadtmauer gab es einen Knall, und Sterne stiegen in die Luft.

Die Zuschauer lachten.

Inghiramo erzählte von König Deramo, der den Magier zu sehen wünschte, und von den beiden Geheimnissen, den Mysterien der Natur, die Durandarte beim König zurückließ. Er erzählte von der Verwandlung des Zauberers in einen Papagei und dass er ihn heute, an gerade diesem Tag, vierzig Jahre nach seiner Verwandlung, im Wald von Montecatini freilassen werde. Für den Magier nähme damit seine Bußzeit für den Verrat der Mysterien ein Ende – Cigolotti selbst erwartete ein Lohn von zwanzig Skudi.

»Das rechnet sich – dafür lass ich mein Federvieh auch frei«, brüllte einer der Zuschauer aus den hinteren Bänken.

277

Signor Secci war der Kopf auf die Brust gesunken, er schnarchte leise.

»Und nun gebt acht, verehrtes Publikum, auf die großen Ereignisse dieses Tages. Ich begebe mich jetzt in den Wald von Montecatini ...«

Secci war der Einzige, der schlief. Der Rest der Zuschauerschaft war von dem Erzähler in den Bann geschlagen worden. Die Kulisse wandelte sich in einen Garten, und das Publikum glotzte mit großen Augen auf die beiden orientalisch gekleideten Schauspieler, die den Grund legten für die Verwicklungen der nächsten Stunde.

Der König hatte zweitausendsiebenhundert und achtundvierzig Prinzessinnen, Jungfrauen und Damen befragt, um eine von ihnen zur Gattin zu wählen. Doch keine hatte ihm gefallen. Sein Minister hatte ihn überzeugt, dass das Volk auf einen Thronfolger warte, und so hatte er sich nun bereit erklärt, weitere Jungfrauen vorzulassen. Der intrigante Minister hatte ihm aus der Urne den Namen seines eigenen Töchterchens präsentiert, doch die hübsche Clarice liebte Leandro ...

Es war eine Komödie. Die Zuschauer, unabhängig von Rang und Bildung, amüsierten sich köstlich über das erste Mysterium des Magiers, eine Statue, die zu lachen begann, sobald eine der Anwärterinnen auf die königliche Ehe schwindelte. Smeraldina, die Schwester des Hofschenks und Hure aus Gewohnheit, scheiterte ebenso wie die gehorsame Clarice, die, wie vom Vater gewünscht, dem König ihre Liebe vortäuschte. Deramo verweigerte beiden die Ehe, und Clarice musste sich vor ihrem Vater rechtfertigen.

»Statue oder nicht Statue, Herz oder nicht Herz, wer gab dir die Erlaubnis, dich in Leandro zu verlieben?«, wütete der Minister.

»Es waren seine Augen, die Schönheit Leandros. Seine lieben Worte gaben mir keine Zeit, Erlaubnis einzuholen, um mich verlieben zu dürfen, und so habe ich mich verliebt, ohne es zu bemerken.«

Verliebt, ohne es zu bemerken, dachte Cecilia. Ja, und dann ist es zu spät.

Das zweite Mysterium, das der Zauberer dem König überlassen hatte, bestand in einem Zauberspruch. Stellte man sich über den Leib eines toten Lebewesens und sprach die magischen Worte, so verließ man unverzüglich den eigenen Körper und nahm den des Leichnams in Besitz. Genau das geschah König Deramo und dann seinem Minister. Unter dem Einsatz wallender Nebelwolken wurde der eine zu einem Hirsch und der andere zu König Deramo. Der Hirsch wurde auf Betreiben des verräterischen Ministers erlegt, aber der König hatte sich bereits in einen alten Bettler verwandelt – und war von da an krank vor Eifersucht, weil er fürchtete, dass die inzwischen erwählte Angela ihn in seiner Bettlergestalt verstoßen würde.

»Sie ist ja nur ein Weib, und lieber wird sie einen schönen Körper wählen mit einem bösen Geist als einen edlen Geist, gehüllt in einen grauenhaften Körper, denn für gewöhnlich handeln Frauen so.«

Diese Rede wurde vom männlichen Teil des Publikums eifrig beklatscht. Doch die edle Angela strafte den Hohn Lügen und entschied sich für den hässlichen Körper, in dem sie den schönen Geist ihres Königs erkannte.

Die Komödie nahm ihren Lauf, das Ende war moralisch und zwangsläufig: Der böse Minister wurde in ein krüppliges Ungeheuer verwandelt und starb. Der König bekam die tugendhafte Angela. Die schöne Clarice den ebenso schönen Leandro. Smeraldina stritt mit ihrem Bruder, dem Mundschenk.

»Meine Ehre ist zum Teufel, keiner schaut mich mehr an. Und jetzt sieh zu, wie du einen Mann für mich findest, sonst hast du die Hölle im Haus. Ich weiche nicht von deiner Seite, ich mache dich unglücklich, bis du dich aus Verzweiflung erhängst.«

Ihr Bruder empfahl ihr grob, sich selbst einen Mann zu suchen.

»Hab ich ja schon getan, du Esel. Hab allen Lakaien die Hand gedrückt und allen Küchenjungen zugeblinzelt, allen Stallknechten zugeseufzt. Aber keiner hat mich angeschaut.«

Ihr aufgebrachter Bruder: »Nein, jetzt muss es heraus: Dass du für eine Jungfrau durchgehen willst, wo doch jeder weit und breit weiß, dass du wegen deiner verfluchten Mannstollheit in der Lombardei in mehr als sechs öffentlichen Häusern gearbeitet hast …«

Nicht Deramo oder Angela spielten die tragischen Rollen in diesem Stück, es war das aufgeputzte Mädchen in der Narrentracht, Smeraldina, der die Meinung ihres Bruders so grausam ins Gesicht schlug, dass Cecilia hätte weinen mögen.

»Belästige mich nicht mehr, du Luder. Scher dich zu deinesgleichen …«

Sie merkte, dass ihr tatsächlich Tränen aus den Augen quollen, und sie tupfte vorsichtig mit dem Fingerknöchel gegen den Augenwinkel. Wie durch eine Wand hörte sie das Publikum grölen. Geschieht dir recht, Hurenweib … Und weitaus Obszöneres.

Der Arlecchino kam, und Smeraldina warf sich ihm zu Füßen. »Arlecchino, mein süßer Wiedehopf, mein Hänfling, meine Lerche – willst du mich nicht doch noch nehmen?«

Arlecchino gab sich spröde. »Dumme Pute, nein! Den Vorgeschmack der Ehe hab ich im Kerker kennengelernt. Ich bleibe ledig.«

Cecilia versuchte sich beherrschen, doch je mehr sie gegen die Tränen kämpfte, umso rascher rannen sie. Ja, Großmutter, du hast recht gehabt, und ich unrecht. Obwohl niemand zur Loge blickte, fühlte sie sich wie aufgespießt.

»Geh auf den Trödelmarkt und reih dich unter die zerbeulten Töpfe«, höhnte Arlecchino. Er improvisierte, wie es in der Commedia dell'Arte bei den Harlekinszenen üblich war, und er erstrahlte in Boshaftigkeit. Vielleicht war er der beste Schauspieler, der heute auf der Bühne stand.

»Ja, wenn du mich dort kaufst!«, bettelte Smeraldina.

»Nur, wenn du mich nichts kostest.«

»O ja, mein Liebster. Du bekommst mich ganz umsonst.«

»Dann nehm ich dich.« Er zog die Smeraldina an den Haaren hinter den Vorhang.

Inghiramo betrat die Bühne erneut. Dieses Mal in der Maske des Magiers. Seine Schlussworte klangen melancholisch.

»Denn in der Zukunft sollen die gelehrten Physiker sich mühen, sie sollen über die Organe und die Sprache disputieren und Experimente ausführen, bis sie begreifen: Nichts ist austauschbar. Ein jeder bleibt doch, wie er immer war.«

Rossi reichte Cecilia verstohlen ein Schneuztuch.

»Doch ihr, barmherzige Geister, wenn euch die Verwandlung bis zum Tier gefallen hat, und wenn ihr uns verzeiht, erfreut uns jetzt mit einem kleinen Zeichen eures Dankes.«

Beifall brauste auf. Signora Secci erhob sich, wie besessen klatschend. Der Fächer rutschte von ihrem Schoß, und Cecilia nutzte die Gelegenheit, sich danach zu bücken und sich heimlich mit dem Tüchlein übers Gesicht zu wischen. Signora Seccis Lakaien eilten, die Kerzen anzuzünden. Die Signora selbst warf übermütig Konfekt und Münzen auf die Bühne. Schließlich kehrten die Schauspieler zurück, um die Gaben einzusammeln und sich zu verbeugen, und Königin Angela deklamierte artig ein Dankgedicht für die Gönnerin der Truppe, was ihr eine weitere Münze einbrachte, die sie, aus ihrer Rolle fallend, zwischen den Brüsten versenkte.

Erneutes Grölen.

Arlecchino und Smeraldina küssten einander – eine zotige Geste, bei der ihre Zungen sich umeinander wanden. Die Leute lachten oder wandten sich entrüstet ab. So war es, das Theatervolk.

»Nach Hause?«, flüsterte Rossi in Cecilias Ohr.

Sie schüttelte den Kopf. Dieser Abend wurde durchgestanden.

Die Feier fand gegenüber im Kaffeehaus statt, da Rossi sich geweigert hatte, den Palazzo herzugeben. Signora Secci hatte Einladungen verteilt, und so war es nur noch die Creme der montecatinischen Gesellschaft, die sich an Goffredos festlich gedeckten Tischen niederließ. Und einige wenige ausgewählte Schauspieler: Inghiramo als Principale der Truppe, die Darsteller des Königs und der schönen Angela und – vielleicht weil es als Hinweis auf Signora Seccis ungestüme Künstlerseele diente – Smeraldina und Arlecchino. Da Signora Seccis Enthusiasmus auch vor dem Kaffeehaus nicht haltgemacht hatte, konnten ihre Gäste an den Wänden Plakate vergangener Aufführungen aus dem Teatro Manzoni in Pistoia bewundern.

Cecilia ließ sich am Ende der Tafel nieder, in der Hoffnung, hier, wo der Schein des Kerzenleuchters kaum noch hinreichte, den Abend ungestört über sich ergehen lassen zu können. Sie war wenig verwundert, Rossi an ihrer Seite zu finden, aber empört, als Inghiramo frech auf den Stuhl zu ihrer Linken zusteuerte.

Er hauchte in ihr Ohr: »Ein Flüchtling, hab Erbarmen. Die Signora fordert ihren Dank zu gnadenlos.« Leutselig lächelte er der jungen Dame zu, die ihnen gegenüber saß. Das Mädchen war allerdings blind für seinen Charme. Es strahlte einen jungen Mann in einem erbsengrünen Justaucorps an, der neben ihr Platz nahm. Sie waren beide noch jung, das Mädchen vielleicht vierzehn, der Junge fünfzehn oder sechzehn, und so verliebt ineinander, dass um ihre glühenden Gesichter unsichtbare Rosen schwebten. Eine Frau drohte ihnen scherzhaft mit dem Finger.

»Und? Enttäuscht?«, fragte Inghiramo und tat, als gäbe es weder Rossi noch das verliebte Pärchen oder den Arlecchino, der sich mit Smeraldina an seiner anderen Seite niedergelassen hatte.

Cecilia suchte nach einer Antwort.

»Ich meine jetzt den *König Hirsch*.«

»Eine hübsche Moral«, bemerkte Rossi über die Plätze hinweg. »*Ein jeder bleibt doch immer, der er war*. Da ist was dran.«

Inghiramo beugte sich vor und nahm ihn mit seinem hochmütigsten Blick ins Visier. »Von allen Sätzen hat gerade dieser Ihr Herz getroffen? Ich bin erstaunt, Giudice. Ich hatte gedacht, die Justiz setze auf den pädagogischen Effekt. Die Prügelstrafe, der Narrenesel ... Ein solcher Aufwand – und keine Hoffnung, dass der Mensch sich bessert?«

»Die Justiz setzt auf den gerechten Ausgleich. Wenn sich ein pädagogischer Effekt ergibt – umso besser.«

Die Spannung, die zwischen den beiden Männern herrschte, war mit den Händen zu greifen. Bitte, betete Cecilia, jetzt keinen Skandal. Seht ihr nicht, was ihr anrichtet? Die Augen der Gäste weilten ohnehin schon viel zu oft bei ihren Plätzen. Sie würden beobachten und später kommentieren, was sie aufschnappten, und hinzudichten, was sie nicht hatten verstehen können.

Sie versuchte abzulenken. »Beeindruckend, Signor Inghirami, wie Sie den *König Hirsch* auf die Bühne brachten. Ich muss Ihnen für einen unterhaltsamen Abend danken.«

»Wenn Gozzi Sie unterhielt, dann muss ich tatsächlich beeindruckend gewesen sein«, meinte Inghiramo lächelnd.

»Sie Arger, Sie!« Signora Secci, die hinter dem Principale aufgetaucht war, schlug ihm scherzhaft mit dem Fächer auf die Schulter. »Kein Mensch sollte auf Gozzi herabsehen. Ist es denn nicht gerade das Märchen, das die Seele des Volkes immer wieder berührt? Sehen wir nicht hinter den Masken der Komödianten unsere eigenen Gesichter? Hören wir in ihren Scherzen nicht die letzten Wahrheiten, die wir für gewöhnlich sogar uns selbst verschweigen?« Sie hatte die Worte auswendig gelernt, um sie bei dieser Gelegenheit vorzutragen – das war deutlich zu hören. Wo fand man so etwas? In einem Frauenjournal? Cecilia sah, wie Inghiramo ungeduldig die Lippen vorstülpte.

Aber es war Rossi, der ihrer Gastgeberin augenzwinkernd widersprach. »Die Wahrheit, dass der König immer edel und die Smeraldinen kleine Luder sind? Dass der Kaufmann voller Raffgier steckt und der Dottore aufgeblasen wie ein Weihnachtshähnchen ist?«

»*Das* nenne ich wahr gesprochen, besten Dank für die Verteidigung«, warf Smeraldina keck ins Gespräch. Sie schüttete das nächste Glas Wein herunter, ihre Wangen waren gerötet.

»Wahr – wenn man die Nuss betrachtet, ohne sich die Mühe zu geben, die Schale zu knacken. Oder wenn die Fähigkeit gebricht, die Nuss zu knacken«, spöttelte Inghiramo, vielleicht um seine Wohltäterin zu unterstützen, wahrscheinlich aber, weil er es nicht ertragen konnte, mit Rossi einer Meinung zu sein.

Sie sollen aufhören, dachte Cecilia. Inzwischen war jedes Auge auf die kleine disputierende Gruppe gerichtet.

»Das Volk«, erklärte Signora Secci salbungsvoll, »braucht keinen Goldoni und noch viel weniger einen Molière oder wie diese Aufklärer alle heißen. Es zeugt von einer aus der Nächstenliebe geborenen Klugheit, die Menschen in jener Einfalt zu erziehen, die ihnen ein zufriedenes Leben ermöglicht. Der Dichter, der das Volk mit Sophismen aufzuwecken sucht und sie mit gefährlicher Erhabenheit in Unruhe versetzt und sie so der traurigen und gerechten Bestrafung durch die Regierenden aussetzt, ist der wahre Tyrann.« Das war ebenfalls auswendig gelernt.

Rossi blinzelte. Er beugte sich zu Inghiramo vor. »Dahin geht Ihr Bestreben? Die Menschen in Einfalt zum Guten zu erziehen? Ein Hüter der Moral? Ein Mann, der um des pädagogischen Effektes willen die Finger in die Tinte taucht?«

Inghiramo kochte vor Wut. Seine Augen funkelten. Aber er schwieg. Was hätte er auch sagen sollen, die verführte und verlassene Geliebte an der Seite?

»Mein lieber Giudice!«, lächelte Signora Secci, taub für Untertöne, und drohte Rossi neckisch mit dem Fächer. »Wenn man Sie hörte, möchte man meinen, aus Ihnen spräche ebenfalls ein sogenannter Aufklärer. Wie unfreundlich von Ihnen. Hat unser guter Granduca, der Reformer dieses Landes, das verdient?«

»Lang lebe Granduca Leopoldo«, nuschelte Smeraldina, die auf der Schwelle zur Trunkenheit stand.

»Tatsächlich möchte man meinen«, fuhr die Signora fort, »gerade in Leopoldo jenen edlen König Deramo zu erkennen, von dem der *König Hirsch* erzählte. Handeln nicht beide wie Väter an ihrem Volk, gerecht und gütig? Auch wenn ich nicht alle Gesetze unseres Granduca billigen kann, so ist es doch bewundernswert zu sehen, wie er sich aufreibt für das Wohl seiner Untertanen. Ein Jammer, dass er dem Theater nicht zugeneigt ist. Ansonsten könnte er die Lust des Volks am Fabulieren nützen, um es am sanften Band der Dichtung auf dem Pfad der Tugend zu halten, den er vor ihm aufgetan hat.«

Rossi musste lachen.

»Was amüsiert Sie, Giudice?«

Nun, es war bekannt, dass der Granduca, der es liebte, Moral zu predigen, selbst durchaus ein Faible für hübsche Damen hatte. Da war die Gräfin Erdödy gewesen, seine große Liebe aus der Jugendzeit, der er eine Villa an der Straße nach Fiesole gemietet hatte. Da waren Kammerzofen seiner Granduchessa gewesen, … eine neapolitanische Gräfin, … eine Tänzerin …

Die Großherzogin war hässlich, anderthalb Jahre älter als ihr

Gatte, und die zahlreichen Schwangerschaften hatten ihrem Aussehen nicht gutgetan. Florenz blickte mit einem gewissen Mitgefühl auf die Affären seines Souveräns. Aber natürlich wurde in den Salons gespottet, wenn der Granduca wieder einmal einen seiner Beamten losschickte, um dieser oder jener Schönen einen Gunstbrief zu übermitteln – und im nächsten Moment seinen Untertanen eheliche Treue predigte.

»Ich denke«, meinte Signor Secci etwas lauter, um auch weiter oben an der Tafel verstanden zu werden, »in diesem Moment wäre ein Toast angemessen. Auf die Tugend. Auf unseren Granduca Leopoldo, Signor, Signori!«

»Auf die Ziegenböcke, die die Gärten pflegen.« Rossi hatte es nur leise gemurmelt, aber Cecilia sah, wie Inghiramo ihn mit seinen hasserfüllten Augen anstarrte.

Sie wünschte von Herzen, sie hätte diesen Abend doch daheim verbracht.

15. Kapitel

König Hirsch war ein grandioser Erfolg gewesen, sowohl künstlerisch als auch gesellschaftlich. Diese Nachricht, die aus Signora Seccis Salon posaunt wurde, erfüllte das gesamte Valdinievole-Tal. Als die Erzkonkurrentin der Signora, die Ingenieursgattin Ginevra Bondi aus Monsummano, davon erfuhr, beschloss sie augenblicklich, ebenfalls eine Aufführung anzusetzen, und zwar in der verfallenen Burg oberhalb der Stadt. Eine Freilichtaufführung. Für ein Märchentheater versprach das eine fabelhafte Atmosphäre, wie sich jeder denken konnte, der etwas vom Theater verstand. Signora Secci, hieß es, sei verschnupft, weil sie ihrer Konkurrentin diesen stimmungsvollen Aufführungsort neide. Aber sie entschied sich, gute Miene zum bösen Spiel zu machen.

»Denn«, so sagte sie zu Cecilia, als diese ihr einen Dankesbesuch abstattete, »ich weiß, welch ein Glück es für diese armen Menschen bedeutet, vor ein Publikum zu treten. Ich kann also nur jeden Versuch, ihnen weitere Bühnen zu bieten, befürworten. Allerdings fürchte ich, dass der armen Ginevra nicht klar ist, welches Feingefühl und welche Tatkraft zugleich erforderlich sind, das Schauspielvolk zu einer gelungenen Aufführung zusammenzuführen. Und ich wünsche ihr sehr, dass es nicht regnet. Zu kalt wird es sowieso sein.«

»Hier im Teatro war die erste Aufführung, und deren Witz und Lebendigkeit wird sich schwer wiederholen lassen«, schmeichelte Cecilia und gab sich Mühe, sich wohlzufühlen in dem stickigen Salon mit dem Kaffee, den sie aus deutschen Tässchen trank, und den endlosen Monologen der Signora, die ihrer Unterhaltung dienen sollten.

Als sie zwei Stunden später mit der Versicherung entlassen wurde, dass ihre reizende Natur ihr sicher etliche Einladungen eintragen würde, wozu Signora Secci mit Freude einen Beitrag leisten werde, war sie halb tot vor Nervosität und Erschöpfung.

Da sonniges und mildes Wetter herrschte, hatte Cecilia ihren Besuch zu Fuß abgestattet, und nun musste sie wohl oder übel auch zu Fuß wieder hinauf nach Montecatini Alto. Irene, die sie begleitete, ächzte und grollte. Einen Moment erwog Cecilia, ihre Zofe allein in die Wohnung in der Via Guelfa zu schicken und selbst einen Spaziergang über die Wiesen zu machen. Die ersten zarten Blumenköpfe hoben sich aus dem Unkraut am Wegrand, der Himmel war so licht, dass er blendete – das Wetter wies jeden Gedanken an mörderische Hunde und ihre Besitzer ins Reich der Albträume.

Doch sie ließ Irene bleiben. Sie glaubte nicht mehr daran, dass die Lücken in ihrem Gedächtnis sich füllen würden, aber ein Schlag auf den Kopf war ein Schlag auf den Kopf. Und Vincenzo …

»Ist Ihnen nicht wohl, Signorina?«

Wie sollte ihr wohl sein? Vincenzo war wieder bei seinen Eltern. Die mochten begriffen haben, zu welchen Taten ihr Sohn fähig war, aber zumindest der Mutter traute Cecilia zu, sich von ihm einwickeln zu lassen. *Nur auf ein Stündchen … Ich muss hinaus … Ich werde in diesen Mauern verrückt …* Ja, die Mutter würde nachgeben. Natürlich würde sie vorsichtig sein. Er hatte ihrer Tochter etwas angetan. *Jemand muss dich begleiten … Gewiss, Mutter, der Junge aus dem Stall …* Sein Kumpan. Der Mann, der auf einem Fuchs, in einen schwarzen Umhang gehüllt, Jagd auf die Zeugin machte, die zu viel gesehen hatte. Nicht sehr erfolgreich, denn als sie Marliana verließ, hatte er vor einem Glas Wein gesessen. Warum war der Kerl wohl nicht wieder aufgetaucht? Cecilia kam ein schrecklicher Gedanke. Wie mochte Vincenzo mit seinen Leuten umspringen, wenn sie ihn enttäuschten, ihm seinen Spaß verdarben?

Irene störte ihre Grübelei. »Ein wunderschönes Wetter, Signora Barghini. Wenn Sie mir allerdings die Bemerkung erlauben, vielleicht wäre die Kutsche die bessere Wahl gewesen. Natürlich darf Sie der Küchentratsch nicht interessieren, doch die Zofe der Signora wunderte sich, dass Sie den Besuch zu Fuß antraten, und es ist ja oft so, dass die Dienerschaft die Meinung ihrer Herrschaft wiedergibt.«

»Wahrscheinlich haben Sie recht, Irene«, sagte Cecilia.

Als sie im Palazzo della Giustizia eintrafen, fand Cecilia Leandro Cardini vor. Er hatte es sich mit Rossi in dessen Arbeitszimmer bequem gemacht. Auf dem Boden lag die Karte, in der Rossi eingetragen hatte, wo sich seiner Meinung nach die Mörder mit den Hunden verbergen könnten. Beide Männer sahen unzufrieden aus. Als Cardini sich wieder auf den Weg gemacht hatte, erklärte Rossi, dass die weiträumige Suche, die sie in Gang gesetzt hatten, vergebens gewesen sei. Was auch kein Wunder war, denn natürlich hatten sie nicht jeden Stein umdrehen können. »Es war, wie einen Eimer in einen Fluss zu tauchen«, sagte er.

»Du kannst nicht zaubern.«

Griesgrämig dankte er ihr für die hilfreiche Bemerkung.

»Ist der Brief dort von Dina?«

»Ja, es liegt ein Zettel dabei – der ist sicher wieder für dich.« Er schob einige Bücher beiseite. »… hier.«

»Und was schreibt sie?«

»Es geht ihr gut.«

Es ging ihr überhaupt nicht gut. Dina hatte entsetzliches Heimweh, und ein Mädchen namens Laura hänselte sie wegen ihrer struppigen Haare, die sich einfach nicht in die Spangen fügen wollten. Zumindest nicht so wie bei Laura, deren Haar »… wirklich, Cecilia, aussieht wie Seide. Ich hab Pferdehaare, Schwester Angelica sagt das auch.«

Hexe! ärgerte sich Cecilia.

»Es fellt mir schwer, es hir schön zu finden, aber ich versuchs, ganz erlich. Da ist ein Mädchen, das heist Grazia, wie meine Mutter, und ich denk, dass sie mich fürleicht gern haben könnte. Aber sie traut sich nicht, mit mir zu reden, wegen Laura, glaube ich. Ich werde ihr einen Brif schreiben, und den lege ich unter ihre Schlafdeke, und mal sehen, fürleicht werden wir Freundinen. Ich brauche nemlich dringend jemanden zum reden!«

Cecilia hatte den Zettel mit nach Hause genommen und dort gelesen. Nun legte sie ihn auf den Tisch und holte sich einen eigenen Papierbogen. Irene saß auf einem Stuhl am Fenster und besserte die Naht an einer Schürze aus.

»Was schreibt man einem Kind, das Heimweh hat, Irene?«

Die Zofe blickte überrascht auf. »Dass es ein gutes Betragen zeigen soll, nehme ich an, Signorina Barghini. Ist Heimweh nicht immer ein Zeichen, dass man sich nicht einfügen kann? Wo man gut gelitten ist, fühlt man sich doch auch wohl.«

Cecilia seufzte und begann zu schreiben. Sie beschloss, aus dem Brief ein Paket zu machen und Dina eine Überraschung zu senden. Sie suchte einen Seidenschal mit feuerroten chinesischen Drachen heraus, von dem sie wusste, dass Dina ihn liebte, außerdem einen Flakon mit einem leichten Parfüm, das Dina sich auf das Kopfkissen träufeln konnte, … eine Schachtel mit Nascherein … In Cecilias Kommode befand sich ein Reisenähkästchen mit wenigen Rollen Garn, einem Fingerhut, einer Nadel und einer kleinen Schere mit perlmuttbesetzten Griffen. Sie ging ins Schlafzimmer, um es zu holen.

Als sie die Schublade öffnete, hielt sie inne.

»Irene?«

»Bitte, Signorina Barghini?« Der Stuhl, auf dem die Zofe saß, scharrte über den Boden.

Cecilia starrte auf ihre weißen Seidenstrümpfe, die die Zofe in einer Bonbonniere untergebracht hatte. Irene, die ordentliche, pflichtbewusste, hatte ein System entwickelt, nach dem sie die Strümpfe paarweise ineinandersteckte und sie dann akkurat wie Fischschuppen in mehreren Reihen über- und nebeneinanderlegte. Doch der Fisch war in die Netze der Fischer geraten. Sämtliche Schuppen verschoben, ein Chaos, ein wildes Durcheinander. Nicht nur die Packen, auch die einzelnen Paare waren auseinandergezupft.

»Bitte, Signorina? Oh! Ich werde das sofort in Ordnung bringen.«

Es drängte Cecilia zu fragen, ob Irene diese Unordnung veranstaltet hatte – eventuell, als sie einen Strumpf zum Ausbessern heraussuchen wollte. Nur hätte sie einen löchrigen Strumpf gar nicht erst einsortiert, nicht Irene. Und sie hätte auch keine Unordnung zurückgelassen. »Das ist wirklich ein Durcheinander.«

»Sie müssen verzeihen, Signorina«, meinte Irene schuldbewusst.

»Es ist ja nicht weiter schlimm.« Cecilia nahm das Nähkästchen heraus. Sie öffnete es. Schere, Nadeln, Garne – alles war vorhanden.

Die Zofe hatte die Strümpfe im Nu wieder in Reih und Glied gebracht. Sie hielt einen einzelnen Strumpf hoch, in dessen weißer Knöchelpartie fast unsichtbar ein ebenfalls weißer Schmetterling eingestickt war. Verwirrt meinte sie: »Ich hatte sie doch alle von der Wäscherin geholt.« Der steife Rücken war wieder über die Lade gebeugt.

Cecilia verließ das Schlafzimmer. Der Strumpf war nicht wichtig. Irene hatte ihn auf dem Weg zur Wäscherin verloren. Die Unordnung war entstanden, als sie ihr in großer Hast beim Ankleiden für den Empfang von Signora Secci geholfen hatte. Im Grunde erleichternd, dass auch jemand wie Irene einmal etwas falsch machte.

»Wenn Sie mir sagen, Signorina Barghini, welche Strümpfe Sie tragen wollen, suche ich sie Ihnen gern heraus«, tönte Irenes missbilligende Stimme aus der Schlafkammer.

Cecilia streckte die Hand nach einem Porzellanteller aus und aß ein Praliné. Ihr war ein wenig übel.

In dieser Nacht schlief sie unruhig. Sie träumte von den Schauspielern, die in Signora Bondis Burgruine ihre Possen aufführten. Die schöne Angela war zu König Deramos Gemahlin geworden, aber der König liebte sie nicht mehr. Stattdessen kam er auf die Zuschauertribüne und versuchte Cecilia zu erwischen, die sich zwischen den Zuschauerbänken herumdrückte und ihm unauffällig zu entkommen suchte. Irgendwann fiel ihr auf, dass es Inghiramo war, der unter dem Gewand des Königs steckte. Die Zuschauer klatschten wie besessen. Sie hielten die Jagd für einen Teil des Spiels, und Cecilia versuchte verzweifelt, ihren Text aufzusagen, weil sie das Gefühl hatte, sie müsste die Aufführung vor der Blamage retten. Oder sich selbst. Beides schien zusammenzuhängen. Signora Secci pikte mit einem Bratspieß in die Wolken, um den Regen hervorzulocken …

Als Cecilia schweißgebadet die Augen aufschlug, war es dunkel in ihrem Zimmer. Es tröpfelte gegen die Fensterscheibe. Über die Stadt musste ein Schauer hinwegziehen. Sie versuchte, auf der deutschen Uhr die Zeiger zu erkennen, aber es war unmöglich. Stattdessen sah sie Inghiramo vor sich, wie er ihr stolz seine Füße präsentierte, die in weißen Strümpfen mit aufgestickten Schmetterlingen steckten. Waren die Füße das letzte Bild ihres Traums gewesen?

Er ist hier in der Wohnung gewesen, dachte Cecilia. Er hat meine Wäsche durchwühlt und mich bestohlen, weil er sich einbildete, damit etwas Romantisches zu tun. Der Mann ist verrückt geworden. Er hat seinen Verstand bereits in Neapel verloren. Dort hatten sie ihm zugejubelt, und dort hätte er glücklich sein müssen, denn das Theater war seine Obsession. Für den Erfolg seiner Dramen hätte er noch vor einem Jahr seine Seele gegeben.

Wenn er nun ihretwegen auf diesen Erfolg pfiff, wenn er ihretwegen Carlo Gozzis alberne Märchen inszenierte, dann musste er sie selbst zu seiner neuen Obsession erhoben haben – Cecilia Barghini, die Liebe meines Lebens. Er hatte seine Gefühle von der Bühne ins wirkliche Leben transportiert. Verrückter ging es gar nicht mehr.

Sie blickte zu der Stelle, wo die Kommode stand, und stellte sich vor, wie seine feingliedrigen Finger ihre Wäsche auseinanderrissen, wie er einen ihrer Strümpfe an seine Lippen presste. Ihr wurde erneut übel. Sie sah sich wieder in Großmutters Gartenlaube mit den Picknickdecken, der Geruch nach Staub und billigem Wein füllte die Luft. Inghiramo nahm sich, was er haben wollte. Er tat ihre kraftlosen Versuche, sich zu wehren, mit einem festeren Zupacken und keuchenden Liebesschwüren ab, und seine Finger krabbelten unter ihre Röcke …

Der Albtraum war noch zu nah und die Nacht zu finster, als dass Cecilia sich gegen die Bilder und die Abscheu, die sie erzeugten, hätte wehren können. Sie merkte, dass ihr Tränen aus den Augen quollen, und presste sich ein Kissen aufs Gesicht, um zu verhindern, dass Irene ihr Weinen hörte.

Er war in diesem Zimmer gewesen. Er hatte in ihrer Wäsche gewühlt. Er hatte ihren Strumpf gestohlen. Er war tatsächlich verrückt.

Am nächsten Morgen stand sie mit Kopfschmerzen und einem überwältigenden Gefühl des Grolls auf. Sie ließ sich von Irene Wasser heiß machen und schrubbte ihren Körper, bis er schmerzte. Während ihre Haut sich rötete, überlegte sie ihr weiteres Vorgehen.

Ich bin klüger geworden, Inghiramo. Mich beeindrucken weder weiße Rosen noch Schmerz- oder Eifersuchtsszenen und schon gar keine dümmlichen Diebstähle. In deinen Dramen mögen die Helden damit Erfolg haben, aber ich lebe in der Wirklichkeit. Während sie wütend mit der Bürste die Haare malträtierte, weitete sie ihren Ärger auf Rossi aus, der ihr so großmütig die Ehe angeboten hatte. Sie ärgerte sich über Großmutter Bianca, die ihren verschmähten Verlobten immer wieder aufwärmte und präsentierte wie den Rest einer Mahlzeit … Über Irene, die schon wieder klopfte.

»Nein, ich brauche keine Hilfe. Ich rufe Sie, wenn ich Sie benötige.« Sie bürstete zu heftig. Der Griff brach, und der Bürstenkopf segelte zu Boden. Cecilia schob ihn mit dem Fuß vor die Kommode.

Dann suchte sie ihre Kleidung aus. Sie brauchte lange, um sich zu entscheiden. Schließlich wählte sie ein bis zum Hals geschlossenes Leinenkleid mit einem strengen Streifenmuster. Beim Anziehen durfte Irene ihr wieder beistehen.

»Wie ist diese Unordnung in die Strumpfschublade gekommen, Irene? Wissen Sie das?«

»Nun … nein, Signorina.« Irene errötete, wohl weil sie sich

ärgerte, dass ihre Herrin ihr die Schuld für die eigene Unordnung in die Schuhe schieben wollte. »Wenn Sie mit meiner Arbeit nicht zufrieden sind ...«

»Aber natürlich bin ich das. Ich will nur sichergehen. Ich selbst habe nämlich *nicht* zwischen den Strümpfen gewühlt, und wenn Sie es auch nicht waren, dann sollte man sich fragen, wer diese Wohnung betreten hat, nicht wahr?«

»Signora Secci?«, fragte Irene verdutzt.

Nun – das war kaum anzunehmen.

Cecilia ging die wenigen Straßen zum Teatro. Sie hatte gehofft, dort Inghiramo zu treffen und ihm gründlich die Meinung sagen zu können. Offener Angriff – so gingen die Männer miteinander um, und das schien die Sprache zu sein, die sie verstanden. Aber sie musste feststellen, dass die Schauspieler ihren Probensaal geräumt hatten. Entweder auf Rossis Druck, oder weil Signora Bondi es geschafft hatte, die Truppe auf ihr eigenes Terrain zu locken.

Das Gericht tagte, und da der Frühling mild durch die Gassen wehte, hatte Rossi die beiden Flügeltüren des Teatro öffnen lassen. Vor seinem Tisch stand ein junger Mann im schwarzen Priesterhabit. Er und Rossi beäugten einander streitsüchtig. Viel Publikum hatten sie nicht, denn die ersten Feldarbeiten standen an.

»... und das seit zwei Monaten«, stellte Rossi gerade fest.

»Und so lange, wie der Allmächtige es wünscht.«

»Du und der Allmächtige? Ein Herz und eine Seele, ja?«

Der Priester straffte sich und blickte zur Decke, was nach der Bemerkung ein bisschen komisch wirkte.

»Er hat Ricardo bestohlen«, sagte Rossi. »Das war frech. Der Mann kommt selbst gerade eben über die Runden. Er hat sich barmherzig erwiesen und den Bengel bei sich übernachten lassen. Er hat ihm sogar noch ein Frühstück gegeben – und der Junge beklaut ihn. Und da erwartest du, dass Ricardo ...«

»Wenn er ihm vergibt, wird der Himmel es ihm lohnen.«

Rossi hatte Cecilia entdeckt. Sie sah die Falte, die sich in seine Stirn grub, als er vergeblich nach ihrer Begleiterin Ausschau hielt.

293

Zaccaria meldete sich zu Wort. »Verstehe nicht, worüber wir reden, offen gesagt. Wir wissen, wo der Bengel steckt. Zwischen ihm und … gewissermaßen der Hand der Gerechtigkeit … steht nichts als eine Brettertür …«

»Es sind *zwei* Sachen«, erklärte Rossi ungeduldig. »Bei der einen geht es darum, einem Schwachkopf auf die Finger zu klopfen, damit er sich das Klauen abgewöhnt. Bei der anderen geht es um einen Grundsatz. Unser Gesetz verbietet es den Kirchen, Asyl zu gewähren. Mit Erlass vom 20. Juli 1769. Mit der Zustimmung des Heiligen Vaters. Das ist wichtig. Ein Meilenstein in der Justizreform. Kein Asylrecht mehr in den Kirchen. Was man nach dem Besuch eines Priesterseminars eigentlich wissen sollte.«

»Ich bin der Herr dein Gott, du sollst nicht andere Götter haben neben mir«, psalmodierte der Padre.

»Und gebt Gott, was Gottes ist, und dem Granduca, was des Granduca ist«, konterte Rossi. Die Sache würde sich noch hinziehen. Cecilia hatte keine Lust, auf das Urteil zu warten.

Sie ging über den Markt zum Kaffeehaus, vor dem die ersten Gäste ihren Kaffee schlürften – drei ältere Männer, deren Hände so von der Gicht gekrümmt waren, dass sie für die Arbeit nicht mehr taugten. Sie würfelten, und Goffredo schaute ihnen über die Schultern und kommentierte ihr Glück und Pech.

»Die Schauspieler scheinen wieder fort zu sein«, bemerkte Cecilia beiläufig.

»Rossi hat sie rausgeworfen. Er hält nichts von den schönen Künsten. Er hält gar nichts vom Vergnügen«, murrte Goffredo, der darunter litt, dass der Giudice ihm ständig wegen des Basettespiels auf die Finger sah. Als wären Konzessionen eine Forderung Gottes! Als wäre es ein Verbrechen, wenn ein paar Männer sich beim Spielen die Zeit vertrieben.

Einer der Würfler, der mit den schönen Künsten offenbar auch nichts im Sinn hatte, meinte: »Sie werden ihr Lager vor dem Tor aufgeschlagen haben, wo sie auch hingehören. Pack ist Pack – man muss sich die Laus nicht selbst in den Pelz setzen.«

Der angeklagte Priester begann mit volltönender Stimme zu beten, und Cecilia machte sich auf den Weg zum Stadttor.

Der Platz neben dem Friedhof lag friedlich in der Vormittagssonne. Sie ließ ihren Blick über die Hügel schweifen und über den Weinacker, auf dem ihr vor einem Jahr mitten in der Nacht der nackte Vincenzo begegnet war. Einen Moment stellte sie sich ihn vor, wie der junge Mann in ihrer Kommode die Strumpflade durchwühlte, mit diesem schrecklich angespannten und zugleich abwesenden Blick. *Wau!*

Vincenzo hasste sie. Diese Art, ihr Angst einzujagen, hätte ihm gefallen, sie wäre genau nach seinem Gusto gewesen. Ja, ihm war der Diebstahl ebenfalls zuzutrauen. Sollte sie Rossi von der Sache erzählen? Und was, wenn es doch Inghiramo gewesen war, der sich den Strumpf geholt hatte? Um ihn an seinem Herzen aufzubewahren? Sie kicherte vor Nervosität und weil die Vorstellung so komisch war.

Unruhig ging sie einige Schritte den Weg hinab. Nicht weit entfernt sprang ein Bach über runde Kiesel. Auf dem ockerfarbenen gewundenen Weg, der nach Marliana führte, zockelte ein zweirädriger Kutschwagen herauf, auf dessen Bank sich ein junges Pärchen verliebt aneinanderschmiegte. Ein Bauer beackerte sein Feld, und während er gemächlich mit dem Ochsen die Furche zog, stillte die Bäuerin am Feldrand ihren Säugling.

Vincenzo oder Inghiramo? Oder hatte am Ende doch Irene einen schlechten Tag gehabt?

Cecilia schlenderte am Weinacker entlang. An diesem sonnigen Vormittag, der den Regen vertrieben hatte, war sie mit Sicherheit nicht in Gefahr. Kurz hinter dem Friedhof traf sie den Küster von St. Pietro Apostolo, der den Hut zog und ihr zerstreut einen guten Tag wünschte, und wenig später eine schüchterne, sehr hübsche Kinderfrau mit Zwillingen an der Hand. Als der Kutschwagen näher kam, erkannte sie, dass die Zügel von Marianna Bossi geführt wurden, jener jungen Dame, die mit ihrer Frisur Signora Seccis Missfallen erregt hatte. Cecilia grüßte, und Marianna war so freundlich, anzuhalten. Ihre Wangen waren gerötet, sie sprühte vor Übermut und war offensichtlich zu einem Schwätzchen aufgelegt.

»Signora Barghini, ist es nicht ein Glück, endlich wieder in die Natur hinauszukommen? Ich habe zu Signor Bossi gesagt:

Noch eine Woche Winter, und ich werde zum Vogel und fliege ins Land der Mohren.« Atemlos hantierte sie mit den Zügeln.

Cecilia wollte antworten, aber in diesem Moment ertönte das Geräusch einer weiteren Kutsche – einer sehr eiligen Kutsche –, die dieses Mal aus Richtung des Stadttores kam.

Sie drehte sich um. Zum ersten Mal, seit sie in Montecatini war, erlebte sie einen munteren und aufgeregten Signor Secci. Der Bankier saß vornübergebeugt auf dem Bock seiner Calesse und feuerte die Pferde an, während neben und hinter ihm Rossi, Zaccaria und Bruno sich an die Kutschstreben klammerten. Cecilia sah, wie Rossi ihm eine Bemerkung ins Ohr brüllte.

Secci nickte und begann die Pferde zu zügeln, so dass er kurz vor dem Wagen der Bossis zu halten kam. Die Tiere schnaubten und rissen am Geschirr.

»Allein hier draußen?« Rossis Frage kam äußerst unwirsch.

»Nicht allein. Schau dich um«, erwiderte Cecilia bissig.

Sie sah ihm an, dass er darauf gern einiges geantwortet hätte, aber was auch immer die Männer vorhatten – es musste ungeheuer eilig sein. »Signor Bossi, Signora … wenn ich Sie bitten dürfte – nehmen Sie die junge Dame mit in die Stadt zurück.«

»Nicht nötig, vielen Dank«, sagte Cecilia.

»Doch nötig.«

»Ich gehe spazieren.«

»Es ist *doch* nötig.« Rossi griff Secci in die Zügel. Er schaute Cecilia an, er wartete.

Marianna bekam runde, neugierige Augen. Was ließe sich daraus machen, wenn sie erzählen konnte, dass Signorina Barghini sich mit dem Giudice auf offener Straße stritt! Nein … nein, das war unmöglich. Kein Skandal. Kein Regenguss für die Pflänzchen des Klatsches. Cecilia knickste und bestieg damenhaft und wütend die Kutsche.

»Irgendetwas passiert?«, wollte der junge Bossi wissen.

»Die Mönche haben ein paar von den Saboteuren geschnappt«, gab Rossi ungeduldig Auskunft.

»Und jetzt machen sie Kleinholz aus ihnen«, ergänzte Zaccaria, und schon schossen sie in einer Staubwolke davon.

»Saboteure! Wie aufregend.« Marianna nutzte die Gelegenheit, sich noch enger an ihren Ehemann zu schmiegen. Er grinste und legte den Arm um sie.

»Da die liebe Signorina Barghini noch ein wenig die frische Luft genießen möchte ... Meinst du nicht, wir könnten schauen, was dort unten ... O Liebster, mir ist so *langweilig* ...« Mariannas Mann lachte erneut, und da er kein Comte war, drückte er ihr einen Schmatz auf die Wange und gab ihrer Neugierde nach.

»Es ist Ihnen doch Recht, Signorina Barghini? – Aber nicht fahren wie der Teufel, Engelchen. Du weißt, da wird mir ganz anders.«

Signora Secci hatte unrecht. Marianna hatte für ihren Comte keinen traurigen Ersatz nehmen müssen, sie hatte den Mann ihrer Träume ergattert. Schelmisch blinzelte sie ihn an, und schon donnerten sie Seccis Wagen hinterdrein.

Es stellte sich heraus, dass Marianna Bossi es, was die Fahrkünste anging, ohne Schwierigkeiten mit Signor Secci aufnehmen konnte. Nie verlor sie ihn aus den Augen. Eine wilde, eine großartige Fahrt. Der junge Ehemann platzte fast vor Stolz.

Als sie den Schauplatz des Dramas erreichten, steckten Rossi und seine Begleiter bereits im Getümmel, das aus drei Mönchen, mehreren grobschlächtigen, bewaffneten Männern, einigen Passanten und den ertappten Saboteuren bestand – einem jungen und einem alten Mann.

Sie befanden sich auf der Straße nach Monsummano, inmitten des Sumpfes, der sich zu beiden Seiten als ein die Sonne spiegelnder grauer Tümpel mit grünen Gräserinseln präsentierte. Am Ufer erhob sich auf einem Fundament aus Bruchstein ein schmales, hohes Haus mit vergitterten Fenstern, aus dem ein Höllenlärm drang. Als würde eine wild gewordene Maschine in den Mauern toben, dachte Cecilia und stellte sich einen Tiger mit metallenem Leib und Gliedern aus Eisenstangen, Schrauben und Gewinden vor. Aber dann war sie schon wieder abgelenkt.

Rossi hatte sich vor einem der Saboteure aufgebaut, dem älteren Mann, der am Boden lag und schützend die Arme um den

Kopf legte. Er versuchte Abate Brandi Einhalt zu gebieten. Der Mönch hatte die Ärmel seiner Kutte hochgekrempelt und drohte mit den Fäusten. Sein feister Kopf wippte auf dem dünnen Hals, als er vor- und zurücktänzelte wie ein Boxer bei einem Straßenkampf. Erschrocken sah Cecilia, dass an seinen Fingern Blut glänzte.

»Lass es gut sein, lass ihn in Ruhe, Guido«, brüllte Rossi.

Signor Bossi flüsterte seiner Liebsten etwas zu, aber Marianna schüttelte entschlossen den Kopf. Sie und alle anderen starrten auf den Richter und den Mönch. Niemand sprach. Zu gespenstisch war der Anblick des Gottesmannes, der wie ein wildgewordener Bulle an dem Richter vorbeizukommen trachtete. Cecilia sah, wie Bruno unschlüssig die Hand auf die Pistole legte und sie wieder fort nahm.

»Der Mistkerl hat's drauf angelegt«, schnauzte Brandi.

»Er blutet wie ein Schwein. Mach die Augen auf!«

War es das Wort *Blut* oder der Tonfall, in dem er angeherrscht wurde? Abate Brandi blickte unwillkürlich auf seine Hände. Ihm schien zum ersten Mal aufzugehen, dass zwischen seinen Fäusten und dem Zustand des Mannes, der am Boden lag und aus Mund und Nase blutete, ein Zusammenhang bestand. Die Umstehenden murmelten Missbilligendes, ein altklug wirkender Junge schlug ein Kreuz.

Ächzend, mit verzerrtem Gesicht, kam der alte Mann auf die Füße. Cecilia blickte in zwei triumphierende Augen, von denen eines bereits zuzuschwellen begann. Adolfo! Die Landkarte der Altersflecken auf seinem Gesicht war von roten Rinnsalen durchzogen, die von einer Platzwunde über der Nasenwurzel ausgingen. Seine Unterlippe war gespalten. So viel hatte Rossis Warnung also genutzt.

Brandi brummte etwas. Sein Zorn war verraucht, kläglich versuchte er sich zu rechtfertigen. »Der Bursche hat die Scheiben des Pumpenhauses zerschlagen und wollte den Kohlevorrat in Brand setzen. Was glaubt ihr denn, was das gegeben hätte, wenn sich der Ruß in der Maschine festgesetzt hätte? Wir hätten alles auseinandernehmen müssen. Jedes Teil, jedes verfluchte Schräubchen sauber machen.«

Adolfo spuckte vor ihm aus, ein weißer Klecks mit dunkelroten Blutfäden, der auf dem braunen Sandboden schwamm.

»Es reicht«, sagte Rossi und packte den Alten grob am Arm. »Wer hier nichts zu suchen hat, verschwindet. Damit meine ich euch alle … Ja, dich auch, Attilo. Zieht Leine!«

Eine Frau, die einen mit Eierkörben beladenen Esel am Seil führte, gehorchte, die anderen blieben stehen wie Granit.

»Der Alte ist ein Saboteur!«, beschwerte sich Brandi. »Das ist ein bisschen mehr, als ein Brot von einer Fensterbank zu stehlen. Hat man keine Rechte, bloß weil man dem Herrn dient, der langmütig ist, aber – ich will das nur erwähnen – die Händler aus dem Tempel peitschte?«

Marianna sagte leise – aber laut genug, dass jeder es mitbekam – zu ihrem Mann: »Sie werden den armen Menschen doch nicht aufhängen? Das tun sie doch nicht, oder?«

Bruno begann, die Leute auseinanderzutreiben.

»Komm, Guido. Du auch, Adolfo.« Rossi nötigte die beiden Kontrahenten ein Stück weit den Weg hinab. Die Wachleute, die keine Ahnung hatten, was von ihnen erwartet wurde, tuschelten miteinander. Sie sahen aus wie Straßenräuber. Was hätten sie getan, wenn es Nacht gewesen wäre und keine Passanten die Straße bevölkert hätten? Die Messer benutzt, die ihnen abenteuerlich aus den Gürteln ragten? Ihre Pistolen auf den alten Mann abgefeuert? *Hunde losgehetzt?*

Waren Abate Brandis Schläger die Mörder, die mithilfe von Hunden Angst verbreiteten, um die Saboteure zu vergraulen? Aber warum hätten sie Feretti etwas antun sollen, der die Fischer doch hasste und dem die Teiche egal waren?

Einer der Männer knurrte dem jüngeren Saboteur etwas ins Ohr, was der mit einem halb verwegenen, halb ängstlichen Lächeln quittierte.

Rossi und Abate Brandi verhandelten unterdessen zäh und unfreundlich. Adolfo warf ab und zu einen Brocken ins Gespräch, bis Rossi ihm einen Klaps auf den Hinterkopf gab. Schließlich kehrten sie zurück. Keiner sah zufrieden aus.

»Bruno, die beiden kommen in die Zelle«, erklärte Rossi und nickte mit dem Kopf zu Seccis Wagen. »Nimm sie mit«, bat er

den Bankier. »Signora Barghini und ich werden zu Fuß zurückgehen.«

»Besten Dank«, sagte Cecilia, »aber Signora Bossi wird gewiss nichts dagegen haben …«

Rossi fiel ihr ins Wort. »Ich muss mit Ihnen reden.«

Ach ja?

Marianna blinzelte ihr verschwörerisch zu, wie eine, die weiß,
was Ärger bedeutet, und wendete den Wagen. Secci folgte ihrer
Kutsche, der Abt ließ sich von seiner zwielichtigen Garde auf ein
Pferd hieven.

»Danke, Rossi, danke! So wird der Klatsch bestimmt verstummen!«, meinte Cecilia bitter, als sie endlich einigermaßen
allein, also außer Hörweite aller anderen Personen waren.

Er kniff sie in den Arm. »Da rede ich mit dir, mit Engelszun-
gen, und denke, du hast es kapiert – und du gehst mutterssee-
lenallein vor der Stadt spazieren!«

»Der Weg war nicht einsam.«

»Du kannst es wohl nicht begreifen. Du hast den Mann gesehen, der Sergio Feretti umgebracht hat. Du bist eine Mord-
zeugin!«

»Der bis heute nichts passiert ist.«

»Cecilia! Der Mörder ist – anders, als du es dir offenbar vor-
stellst – nicht allwissend. Er kann dir nicht in den Kopf schauen.
Er hat keine Ahnung, womit er bei dir rechnen muss. Kommt
die Erinnerung doch noch zurück? Vielleicht schon heute oder
morgen? Wie viel hat die Signorina gesehen? Wird sie es verraten? Er muss hochgradig nervös sein.«

»Und trotzdem …«

»Herrgott, er ist auch nicht *allmächtig*. Er muss dich erst einmal erwischen. Wie stellst du dir das vor? Er schläft, er isst, er
geht womöglich einem Beruf nach. Vielleicht hat er familiäre
Verpflichtungen. Seine Zeit, dir aufzulauern, ist begrenzt. Das
hört sich primitiv an, macht den Mann aber nicht weniger gefährlich. Er wird es versuchen, nach meiner Meinung. Damit
musst du rechnen.«

»Und was soll ich machen? Für den Rest meines Lebens in der
Wohnung sitzen? Eingesperrt wie Leo? Immer mit der Angst im

Nacken, er könnte kommen? Immer horchen? Bei jedem Geräusch zusammenfahren, jedem misstrauen ... Das tu ich schon. Verdammt, das tu ich schon!«

»Trägst du die Pistole bei dir?«

»Denkst du wirklich, ich würde damit schießen? Ja, ich würde! Wenn ich nicht gerade am Esstisch säße. Wenn ich nicht gerade mit Irene Kleider sortierte. Wenn ich nicht gerade dummerweise durch eine Gasse liefe, in der sich gerade dummerweise niemand aufhält, und ich bekäme mein Täschchen nicht auf ... Sogar in deinem Haus! Wie sicher bin ich denn, wenn Anita in der Küche arbeitet und du in deinem Zimmer sitzt? Er muss ...«

»Cecilia ...«

»... ja nicht die Hunde benutzen. Es reicht ...« Sie schluchzte, sie hatte gar nicht bemerkt, wann sie damit begonnen hatte. »Es reicht, wenn er mir einen ... Strumpf um den Hals ... mit weißen Schmetterlingen ...« Rossi legte den Arm um ihre Schultern, was weder seinem Bein noch ihrem Ruf guttat. Wütend wehrte sie ihn ab. »Es gibt keine Sicherheit. Sei doch so ehrlich und sag mir das.«

Stumm liefen sie nebeneinander her. Jemand war in ihrer Wohnung gewesen. Inghiramo oder eine andere Person. Offenbar bereitete es keine Probleme, ihre Wohnungstür auch ohne Schlüssel zu öffnen. Was dem einen gelang, konnte jedem anderen auch gelingen. Cecilia wischte über ihre Augen und konnte doch nicht verhindern, dass die Tränen nachflossen.

»Ich finde ihn«, sagte Rossi.

»Wann?«

»Ich finde ihn.«

»Vielleicht sollte ich tatsächlich ins Asyl gehen. Dort gibt es wenigstens Gitter ... Gitter schützen doch ...«

Diese Mal ließ er sich nicht fortstoßen, als er sie an sich zog. *Und deine Pistole nutzt mir gar nichts, weil sie mir Angst macht,* hätte sie ihm gern gesagt. *Und ich halte keine Angst mehr aus ... und deshalb vergesse ich sie unter meinem verdammten Kopfkissen, wo sie mir wirklich Kopfweh macht ...*

Ein Reiter überholte sie und warf ihnen einen seltsamen Blick zu. Durch ihren Tränenschleier konnte Cecilia nicht erkennen, wer es war. Sie heulte auf offener Straße. *Herrgott, ich hasse mich!*

»Ich werde jemanden einstellen, der auf dich achtgibt.«

»Hast du ein Schnupftuch?«

Rossi lachte halbherzig und fischte eines aus der Innentasche seiner Weste.

»Jemand war in meiner Wohnung und hat einen meiner Strümpfe gestohlen.« Cecilia hatte keine Lust, ihren Verdacht zu erläutern, als er nachfragte. Er konnte ihr nicht helfen. Niemand konnte das.

»Unter den Fischern sind ein paar kräftige Kerle.«

»Nein«, sagte Cecilia.

»Nein?«

»Ich will's nicht.«

Danach sprach sie überhaupt nicht mehr. Auf seine Vorhaltungen schüttelte sie nur den Kopf. Schließlich überholte sie eine Calesse, deren Besitzer mit Rossi bekannt war und die sie den Rest des Weges mitnahm.

Als Cecilia bei ihrer Wohnung ausstieg, eilte Signor Secci aus seiner Bank. »Was mir noch eingefallen ist …«, rief er Rossi, der in der Kutsche sitzen geblieben war, zu.

Cecilia blieb stehen.

»Ich weiß nicht, ob es wichtig ist …«

»Dann sag's doch einfach.« Geduld war keine von Rossis Stärken, im Moment weniger denn je.

»Die Moncada-Brüder …«

»Duilio und Carlo …«

»Sie haben ihren Kredit abgezahlt.«

»Schön für dich«, knurrte Rossi.

»Was das Bemerkenswerte ist: Sie haben den Kredit vor acht Jahren aufgenommen und in dieser Zeit nicht ein Mal ohne Mahnung die Raten gezahlt.«

»Aha.«

»War ein Fehler, ihnen das Geld zu leihen, ganz klar. Aber nun haben sie den Kredit auf einen Schlag abbezahlt, und ich habe mir die Freiheit genommen, sie zu fragen …«

»Renato …«

»Sie haben das Haus ihrer verstorbenen Frau Mutter vermieten können. Es liegt ziemlich einsam in der Nähe der Kreuzung zwischen Pieve a Nievole und Monsummano. Heruntergekommene Bruchbude. Gibt nicht einmal einen Weg, der dorthin führt. Aber nun haben sie einen Mieter, und der zahlt gut. Der zahlt viel zu viel, denn ein Teil das Dachs ist undicht, und in den Räumen wimmelt es von Ratten. Ein Fremder.«

Rossi war mit einem Mal sehr aufmerksam. »Sein Name?«

»Michelangelo.«

»Kein Zuname?«

»Sie haben ihn nicht danach gefragt. Sie bekommen ihr Geld.«

»Und staunen, wie gut das Schicksal es mit ihnen meint! Michelangelo also …« Rossi bat seinen geduldigen Bekannten, ihn zu Bruno zu fahren.

16. Kapitel

In der Wohnung war es unerträglich. Der Mann, der Cecilias Strumpf gestohlen hatte, geisterte wie ein Schatten durch ihre Räume. Hier öffnete er die Schubladen, dort betastete er ihre Kleider. Sie warf ein Paar Schuhe fort, die sie in einer falschen Ecke des Schrankes fand, weil sie plötzlich von der Vorstellung geplagt wurde, der Eindringling könnte in ihnen herumspaziert sein. Sie schickte Irene, neue Seife zu kaufen. Sie ließ das Bett frisch beziehen und den Boden wienern. Und immer noch hatte sie das Gefühl, von einem fremden Mann bedrängt zu werden. Sie erwog sogar, ihre Kleider fortzugeben. Aber das war natürlich nicht möglich. Zu teuer, viel zu teuer.

Der Eindringling hatte Inghiramos Gesichtszüge verloren. Es war zu einem schlängelnden, wieselartigen Wesen geworden. Er trug schwarze Kleider ... Er besaß überhaupt kein Gesicht mehr. *Wau* ... Ich fange wirklich an, verrückt zu werden, dachte sie.

Sie hörte, dass Inghiramo mit seinen Leuten in der Burg die Proben aufgenommen hatte und dass er sehr zufrieden mit den Effekten war, die die Ruinenmauern hergaben. Aber sie hatte keine Lust mehr, ihn aufzusuchen. Wie wollte sie ihm auch vorwerfen, woran sie selbst zweifelte? Unzufrieden beschloss sie, sich nützlich zu machen und sich das Geld, mit dem Rossi sie unterhielt, zu verdienen. Bevor sie das Haus verließ, packte sie die Pistole in ihr Ridikül.

Sie ging in den nächsten Tagen täglich in den Palazzo und besprach mit Anita Einkauflisten. Sie ließ sie die Küche putzen, bis

304

in die Ecken hinter dem altertümlichen Herd, was Anita
kränkte, weil ihr Reich sowieso blitzte. Sie bestellte neue Schür-
zen für das Dienstpersonal. Sie ließ einen Gärtner kommen, der
sich des Vorgartens annahm und zwei Tage lang Unkraut jätete
und neue Pflanzen setzte.

»Man muss hier regelmäßig was tun, Signorina Barghini«, erklärte er ihr, während er mit schwarzen Hosenbeinen in den
Beeten kniete und das Kräuterbeet anlegte, das Anita sich erbe-
ten hatte. Auf dem Weg türmten sich die Steine, die er aus der
Erde gesammelt hatte.

»Ich weiß.«

Irgendwann dieser Tage schaute auch Arthur vorbei. Sein Besuch schien zufällig, aber da er eine ehrliche Haut war, beichtete
er ihr schon nach wenigen Sätzen, dass Rossi ihn gebeten hatte,
ein Wort mit ihr zu sprechen. »Nicht, dass es dazu seiner Aufforderung bedurft hätte.« Er lächelte sie an.

Der Streit um Vincenzo war offenbar vergeben und vergessen. Sie las in seinem Gesicht, dass sie immer noch einen Platz in
seinem Herzen besaß. Wenn sie gewollt hätte, dann hätte sie ihn
dazu bewegen können, ihr einen Heiratsantrag zu machen,
jetzt, in diesem Augenblick. *Sicherheit hinter Gittern.* Ich werde
allmählich wirklich verrückt, dachte sie.

Die Sonne erhellte das Zimmer, und sie konnte Arthurs
Kopfhaut rosig durch das dünne blonde Haar scheinen sehen,
was sie rührte.

»Enzo macht sich Sorgen um Sie, und offen gestanden – mir
geht es nicht anders.«

»Als ich nach Marliana gefahren bin, da ist mir ein Mann gefolgt, ein Kerl mit einem schwarzen Umhang und einem schwarzen Filzhut, der auf einem Fuchs geritten ist«, gestand Cecilia
ihm aus dem plötzlich überwältigenden Wunsch heraus, sich jemandem anzuvertrauen.

»Ein schwarzer Mann!«

»Auf einem Fuchs. Erst sah es so aus, als wäre er von der
Straße abgebogen und hätte einen anderen Weg genommen,
aber als ich aus dem Kloster kam, habe ich das Pferd bei einer
Schenke stehen sehen.«

»Dasselbe Pferd?«

Wieder wurde sie unsicher. Dass das Pferd eine elfenbeinfarbene Mähne besessen hatte, war gewiss. Darum war es ihr ja aufgefallen – wegen seiner ungewöhnlichen Färbung.

»Mag sein, dass das Pferd in Marliana und das auf der Straße aus derselben Zucht stammen«, meinte Arthur vernünftig. »Hier gibt es nicht viele Pferdezüchter. Ist Ihnen der Mann denn später noch einmal aufgefallen? Oder das Tier?«

Nein. Sie fühlte sich töricht, und es geschah ihr recht, dass Arthur ihren Arm tätschelte, als wäre sie eine seiner Patientinnen. Ein schwarzer Mann! Sie mochte nicht mehr auf den gestohlenen Strumpf zu sprechen kommen. Anzunehmen, dass Irene niemals etwas falsch machte, dass sie niemals etwas verlegte oder schwindelte oder Unordnung hinterließ, war unsinnig. »Ich habe kein Kopfweh mehr«, sagte sie, als benötigte sie Arthurs Bestätigung, dass mit ihr alles in Ordnung sei.

»Ist noch irgendeine weitere Erinnerung zurückgekommen?«

Sie schüttelte den Kopf.

Schlag fester … Nichts als diese beiden Worte, die zudem mit jedem Tag mehr verblassten.

»Es wäre tatsächlich besser, liebe Cecilia, wenn Sie einen Mann an Ihrer Seite hätten, der Sie begleitet, wenn Sie das Haus verlassen.«

»Ich besitze doch die Pistole.«

Arthur drang weiter in sie, erklärte ihr, wie gut es ihrer seelischen Konstitution täte, wenn sie eine starke, beschützende Hand über sich wüsste, selbst wenn sie nicht in Gefahr wäre, wovon er persönlich überzeugt sei.

»Sagen Sie, Arthur, haben Sie in letzter Zeit etwas von Vincenzo gehört?«

Sein besorgtes Gesicht verschloss sich.

»Seine Eltern passen sicherlich gut auf ihn auf?«

»Sie brauchen sich seinetwegen keine Sorgen zu machen, Cecilia, wirklich nicht.«

»Ich bin ja auch nur interessiert.«

»Ein armer Junge, trotz allem.«

»Ich weiß, Arthur, ich weiß.«

Als Rossi an diesem Nachmittag heimkam, war er endlich wieder einmal guter Laune. Er verriet ihr, dass Adolfo und der junge Mann, der mit ihm im Gefängnis saß, zwar nicht die Namen ihrer Helfershelfer preisgegeben hatten, aber nach einer stundenlangen Beratung mit Francesca Abate Brandi versprochen hatten, ihre Sabotageakte in Zukunft zu unterlassen. Und sie wollten ihren Einfluss geltend machen, dass die anderen Fischer – wer auch immer mit ihnen unter einer Decke steckte – ebenfalls aufgaben. Der Widerstand war vergebens. Am Ende hatten sie es einsehen müssen.

»Guido Brandi ist ein Hitzkopf, aber kein Unmensch. Jetzt, wo die Hoffnung besteht, dass sich niemand mehr an seinen Maschinen vergreift, ist er regelrecht umgänglich geworden. Er lässt die Anklage gegen die beiden fallen.«

Cecilia betrachtete den hageren Mann, der sich an der Uhr zu schaffen machte, um sie aufzuziehen. Er hatte schon wieder einen Knopf an seinem Justaucorps abgerissen. Sie würde ihn annähen müssen, bevor sie heimging. An seinen unbeholfenen Bewegungen sah sie, wie müde er hinter der aufgekratzten Fassade war. Die letzten Tage mussten an seinen Nerven gezerrt haben. Er mochte Adolfo, er mochte Adolfos Freunde. Sicher war es für ihn nicht einfach gewesen zuzuschauen, wie der Hunger unter den Fischersfamilien um sich griff, und dabei auf der Seite der Herrschenden zu stehen. Francesca hatte ihm zweifellos zugesetzt.

»Hast du noch etwas über den Mann herausbekommen, der dieses Haus gemietet hat – Michelangelo?«, fragte sie.

»Er ist abgereist.«

»Tatsächlich!«

»Ja. Bruno war ein Esel. Er ist in das Haus eingedrungen und hat sich dort umgesehen. Und nicht nur das – er hat die Sachen durchwühlt. Ich denke, Michelangelo hat gemerkt, dass man ihn auf dem Kieker hat, und ist geflohen.«

»Hältst du ihn für den Mörder?«

»Wir haben keine Spuren von Hunden gefunden.«

»Dann war er vielleicht doch harmlos.«

»Vielleicht.«

»Und was sagen seine Vermieter, diese Brüder?«, fragte Cecilia, während ihr Interesse sich bereits verlor.

»Dass er groß wie ein Däne war. Dass er eher klein war, dafür aber mit dickem Wanst. Dass er blond war, dass er schwarze Locken hatte wie ein Pudel, dass er einen Akzent aus dem Süden sprach, vielleicht aber auch nicht. Dass er für Wochen im Voraus bezahlte. Bei dem Letzten waren sie sich einig.«

Cecilia lächelte.

»Die beiden sind alt und fast blind. Und zumindest Carlo an sieben Tagen in der Woche betrunken.« Rossi schlug die Holztür des Uhrengehäuses zu. »Die zweite Sache, in der sie sich einig waren, bestand darin, dass er ein kostbares Pferd besaß. Die beiden sind Pferdenarren. Man kann dieses Faktum also als gegeben hinnehmen.«

»Was für ein Pferd?«

»Bitte?«

»Ich meine, welche Rasse?«

»Ist das wichtig?«

Nicht wirklich. Sie wollte nur hören, dass er sagte, es sei ein Schimmel gewesen, irgendetwas, aber kein Fuchs.

»Ich werde es herausfinden.«

Er verschwand. Etwa zwei Stunden später – Cecilia saß über ihren Abrechnungen, die sie jeden Monat akkurat verfasste und die er ebenso akkurat anschließend in seinem Papierkorb versenkte – kehrte er wieder nach Hause zurück.

»Es war ein Fuchs, ein Hengst«, sagte er und schaute sie gespannt an. Er schien keine gesprochene Antwort zu benötigen, er las sie aus ihren Gesichtszügen ab. »Also? Heraus mit der Sprache. Was hat es auf sich mit diesem Pferd?«

Widerstrebend begann sie zu erzählen. Es war ja nicht viel. Ihr Bericht hörte sich auch dieses Mal überspannt an. Ein Mann auf der Straße nach Marliana, dessen Fuchs sie später in der Stadt gesehen hatte.

Rossi nickte unzufrieden. Er hatte offenbar Handfesteres erwartet. »Du hast, wie es scheint, den Mann gesehen, der das Haus gemietet hat. Oder vielmehr – du hast einen Filzhut und einen Mantel gesehen. Na schön.« Er kramte einen Brief aus der Tasche, den er vor Cecilia auf den Tisch knallte. »Und nun sag mir, was von diesem Geschreibsel zu halten ist.«

Sie entfaltete das Blatt. Und musste mit steigendem Ärger lesen, was die Äbtissin des Klosters Marliana dem Giudice Rossi über seine Tochter zu berichten hatte: Das Mädchen besitze einen ungebärdigen Charakter. Es sei jeglicher Führung abgeneigt. Es koste die Schwestern Mühe, ihrer Aufsässigkeit Herr zu werden. Man vermisse das fromme Wesen, das einem jungen Mädchen anstünde. Man vermisse Anmut und Bescheidenheit. Weder Strafen noch gute Worte führten zur Einsicht …

Cecilia ließ das Blatt auf den Tisch flattern. »Das stimmt alles nicht.«

»Dass Dina ein Sturkopf ist?«

»Es ist so einfach, an ihr Herz zu rühren …«

Rossi verdrehte die Augen.

»Sie wollte sich Mühe geben. Sie hat's versprochen. Sie hat es sich fest vorgenommen.« Cecilia seufzte.

»Dann soll sie sich weiter Mühe geben«, meinte er kühl.

»Aber müsste man nicht …«

»Doch, man müsste. Dieses Mal ja. Ich werde hinfahren.«

»Ich komme mit.«

»Nein«, sagte er. Ein böses *Nein*. Sie war erschrocken über die Heftigkeit, mit der er es aussprach. Das *Nein* galt den Schwierigkeiten, die dieses Kind über ihn brachte. Aufsässig, ein Dorn im Fleisch, eine Enttäuschung … Genau wie Grazia. Und damit waren sie wieder beim Kern des Übels. *Genau wie Grazia.*

Cecilia kämpfte ihre Empörung nieder. »Du machst einen Fehler, Rossi. Du trampelst über zarte Pflanzen.«

»Ich versuche zu verhindern, dass das Kind rausgeschmissen wird.«

»Warum glaubst du diesem gehässigen Besen, ohne auch nur nachzuhaken?«

»Hast *du* das Kloster nicht ausgesucht? Hast *du* nicht mit ihr gesprochen?«

Nun ja. »Trotzdem.«

»Hör zu, Cecilia …« Er kam näher, beugte sich über sie und

flüsterte. »Dina hat's nicht leicht, kann sein. Aber das geht ihr nicht allein so. Die Welt ist voller Kinder, die in Schwierigkeiten stecken.«

»Aber ...«

»Mir fiel auch nicht alles zu. Ich habe zuschauen müssen, wie mein Bruder verhungerte ...« Das war ihm herausgerutscht. Er hätte es gern zurückgenommen. Zu persönlich, sagte sein Gesichtsausdruck, geht niemanden etwas an. »Es ist nicht Dinas Schuld, ich weiß. Ich will auch nicht – bewahre –, dass sie Ähnliches erlebt. Aber es kommt mir hoch, wenn ich sehe, wie aus einem Menschen ein Porzellanpüppchen ...« Er holte Luft, um nicht beleidigend zu werden. »Sie ist Grazias Tochter, und daher trägt sie diese lächerlichen, kostspieligen Kleider und darf ihre Zeit damit vertun, auf einer Violine zu kratzen. Aber sie ist auch *meine* Tochter, und deshalb wird sie lernen, sich durchzubeißen. Ich halte das keineswegs für grausam, ich halte es für notwendig.«

»Aber ...«

»Womit muss sie schlimmstenfalls rechnen? Dass man ihr das Dessert zum Essen streicht? Dass man sie schickt, den Rosenkranz zu beten?«

Es hatte keinen Sinn, ihm zuzureden, begriff Cecilia plötzlich. Was auch immer in den Winkeln seines Gedächtnisses nistete – es war zu schrecklich, um daran zu kratzen. Sie sah die Wunden seiner Kindheit in den schwarzen Augen schwären. Da musste noch mehr gewesen sein als der verhungerte Bruder, auch wenn solch ein Erlebnis bereits entsetzlich genug war. Er tat ihr so leid, dass sich ihr Magen zusammenkrampfte. Dennoch war es nicht gerecht, Dinas Unglück mit seinem auf derselben Waage zu wägen. Für Kummer gab es keine Messlatte von allgemeiner Gültigkeit. »Du solltest ...«

Er trat gegen das Tischbein. »Halte dich raus!«

»Du ...«

»Halt dich einfach raus.«

»Stur, ja?«, meinte Cecilia und kehrte ihm den Rücken.

Er sagte ihr, dass Adolfo an ihrer Seite bleiben werde und dass sie es nicht wagen solle, ihn fortzuschicken. Dann knallte er die Tür.

Er brach gleich am nächsten Morgen auf, auf einem Pferd, das Goffredo ihm geliehen hatte.

»Der Giudice scheint ziemlich übel drauf zu sein«, meinte der Wirt und hätte gern in einem Schwätzchen Näheres erfahren. Cecilia war in Versuchung, aber sie beherrschte sich. Stattdessen ging sie in den Stall, tätschelte die brave Emilia und machte sich an die Hausarbeit.

Adolfo tauchte auf. Er breitete vor Cecilia sein kleines Waffenarsenal in Form einer Pistole und eines furchteinflößenden indischen Dolches aus und vertraute ihr an, dass seine Schießkunst ihn und seine Schwester und die Familie seiner Schwester über manchen Winter gebracht hatte. Einmal hatten Giudice Cardinis Sbirri ihn beim Wildern erwischt, aber Cardini war ein guter Kerl. Zehn Julii – und keine Züchtigung, was ihn mit seinen alten Knochen sicher hart angekommen wäre. Und vor allem kein Landesverweis. »Wir haben gute Richter«, sagte er, und Cecilia hatte nicht das Herz, ihn fortzuscheuchen, da sie sicher war, dass Rossi ihn für seine Anwesenheit bezahlte. Sie schickte ihn zu Anita in die Küche und suchte aus Rossis Kommode Hemden und Wäsche heraus, die genäht werden mussten.

Viel schaffte sie nicht, denn ihre Gedanken waren bei Dina, und sie lief fortwährend zum Fenster, obwohl es noch viel zu früh war, als dass Rossi hätte zurück sein können. Lass ihn nicht allzu grob werden, betete sie still. Lass Dina höflich sein. Gib ihr die Worte, ihren Kummer zu erklären. Er ist doch nicht aus Stein …

Und dann wurde die Stadt von einer Nachricht erschüttert, die Dinas Sorgen in die Bedeutungslosigkeit sinken ließen.

Man hatte erneut einen Toten gefunden.

Der Erste, der die Kunde brachte, war der Mann von der Poststelle. Cecilia sah die Menschen zusammenlaufen, und als sie in den Garten trat, hörte sie ihn der aufgeregten Menge erzählen, dass man in einer halb verrotteten Köhlerhütte drüben in dem Eichwald hinter Molina einen Leichnam entdeckt hatte. Üble Sache, ganz übel. Giusdicente Lupori befand sich bereits am Ort des Verbrechens.

Warum hat man nicht nach Rossi gerufen? fragte sich Cecilia. Vielleicht befand sich Molina nicht mehr in seinem Bezirk? Sie kannte den Namen des Dorfes, war aber noch nie dort gewesen. Sie hatte nur eine ungefähre Vorstellung davon, wo es lag. Einige ärmliche Bauernkaten.

Während sie noch die Schreckensnachricht verdaute, kam ein Bengel mit zwei Ziegen und brüllte, dass Nonna Isidora, die den Toten gesehen hatte, sich immerzu übergeben müsse. »Es warn wieder die Mörderhunde, und sie ham ihm das halbe Bein abgerissen«, krähte der Junge mit seiner hellen Kinderstimme, und jemand gab ihm etwas hinter die Ohren, vielleicht aus Entsetzen, vielleicht, um ihn Pietät zu lehren. Obwohl er ja für die Lieblichkeit seines Organs nichts konnte.

Cecilia kehrte ins Haus zurück, öffnete aber die Fenster. Die Leute standen immer noch beieinander und spekulierten. Ein Neuankömmling, der mit einem schäbigen Leiterkarren auf den Markt rumpelte, wollte gehört haben, dass es sich bei dem Ermordeten wieder um einen Fischer handelte. »Bein abgerissen?« Er lachte. »Von dem Burschen ist so wenig übrig, dass man nicht mal mehr sagen kann, ob er Männlein oder Weiblein war.«

»Und woher weiß man dann, dass es sich um einen Fischer handelt?«, fragte Goffredo mit dem Misstrauen des gewieften Geschäftsmanns. Der Auskunftgeber war beleidigt und trollte sich. »Idiot!«, rief Goffredo ihm nach.

Etwa eine Stunde später – Irene leistete Cecilia bei ihren Flickarbeiten Gesellschaft – kam Bruno in den Palazzo. Er war nie ein Mann feinen Benehmens gewesen, aber wie er einfach hineinschlurfte und sich auf den nächsten freien Stuhl fallen ließ, das war schon bemerkenswert.

»Noch weitere schlechte Nachrichten?«, fragte Cecilia bang.

Bruno schwieg und starrte auf seine schmutzigen Stiefel, die durch Straßenstaub und Alter ihre ursprüngliche Farbe verloren hatten. Sein Kinn war unrasiert wie immer und die Hautfarbe unter den Stoppeln noch bleicher als gewöhnlich. Er sank in sich zusammen wie ein Ballon, dem die Luft ent-

weicht. Konsterniert zog Irene den Faden durch ihre Stopfnadel.

»Bruno!«

»Es ist Leo.«

Erschüttert ließ Cecilia den Schlafrock, dessen Saum sie ge-
rade nähte, in den Schoß sinken. Der Sbirro verfiel erneut in
Schweigen. Sein Blick hing an seinen Stiefeln, als wären sie ein
Orakel, das ihm das Ungeheuerliche deuten könnte.

»Leo, der Neffe von Adolfo?«, vergewisserte Cecilia sich in
der verzweifelten Hoffnung, vielleicht etwas missverstanden zu
haben.

Bruno nickte.

»O Gütiger. Ich muss in die Küche. Adolfo weiß noch gar
nicht ...« Sie erhob sich, sank aber sofort wieder auf den Stuhl
zurück. »Was weiß man über den Mord?«

»Nichts, Signorina.«

»Gar nichts?«

Der Sbirro zuckte die Schultern.

»Ja, wollen Sie denn nicht nach Molina gehen und Genaueres
herausfinden?«

»Das muss mir der Giudice auftragen.«

»Liegt dieser Eichwald in seinem Bezirk?«, fragte Cecilia verwirrt.

Bruno nickte.

»Dann *müssen* Sie doch gehen. Rossi würde es erwarten.«

»Der Giusdicente ist da.«

»Und dennoch und gerade dann ...«

»Ich gehe, wenn man es mir aufträgt.« Der Koloss schob die
Hände zwischen seine Schenkel, als wolle er sie am Zittern hindern. Die schwarzen Haare, die aus seinen Nasenlöchern lugten, bebten. »Ich muss hier warten, Signorina.« Cecilia war erschrocken über die Verzweiflung in seiner Stimme.

»Aber Bruno ...«

»Ich muss warten, bis der Giudice mir einen Auftrag gibt. Ich
krieg von ihm meine Befehle. Ich muss hier warten, verstehen
Sie?«

Sie nickte.

»Er kommt doch bald?« Die Angst in dieser Frage.

Cecilia tauschte mit Irene einen ratlosen Blick. »Ein Weilchen wird es schon noch dauern. Bruno …«

»Ich muss hier warten.«

Als sie aus dem Zimmer ging, begegnete sie der kreidebleichen Anita, die in der Haustür stand und hinausstarrte.

»Wo ist Adolfo?«

»Ein Junge, wohl jemand aus seiner Verwandtschaft, hat ihm das von Leo … Sie wissen es bereits, Signorina? Dass Leo tot ist?« Anita schluckte. »Als Adolfo es hörte, ist er weggerannt. Er hat ein schreckliches Gesicht gemacht.«

Cecilia befahl ihr, eine Schokolade anzurühren, die sie zu Bruno hinaufbrachte, doch der Sbirro rührte das Getränk nicht an. Was konnte man tun? Gar nichts. Das Speisezimmer versank in ein bedrücktes Schweigen, an das sich mehrere stille Stunden anschlossen, in der nur das Klappern der Scheren zu hören war. Bruno sprach kein einziges Wort mehr.

Als es schließlich an der Tür pochte, war Cecilia zutiefst erleichtert. Sie hatte bereits den gesamten Saum des Schlafrocks nachgenäht und alles in den Händen gehalten, was sich in dem großen Korb an Nähzeug gesammelt hatte. Jede Störung war willkommen.

Über die Art des Gastes war Cecilia allerdings mehr als überrascht. Irene führte mit einem frostigen Knicks eine junge Frau in den Raum – die Smeraldina aus Inghiramos Truppe, gekleidet in einen farbenfrohen Rock, mit einem bunten Strohhut auf dem Kopf, in dessen Bändern Fasanenfedern wippten.

Smeraldina knickste ebenfalls, wobei die Bewegung seltsam anmutete, weil sie nicht wie die Folge sorgsamer Erziehung wirkte, sondern eher wie ein Gemisch aus sämtlichen Knicksen, die die Komödiantin jemals in irgendeiner Rolle zu machen hatte – künstlich bis zur Lächerlichkeit.

»Ich bin geschickt, Sie zu bitten, Signorina Barghini, die *Compagnia Ferrari* noch einmal mit Ihrer Anwesenheit zu beehren, bei der Aufführung des *König Hirsch* in der Ruine. Die edle Herrin aus Monsummano schickt mich«, erklärte sie keck.

Es war klar, dass sie log. Die Herrin aus Monsummano und

Cecilia waren miteinander nicht bekannt. Und zumindest für Cecilia war auch klar, warum sie log. »Richten Sie aus, dass ich danke, aber die Zeit für einen zweiten Theaterbesuch nicht aufbringen kann«, erwiderte sie schroff.

Zwinkerte das Weib ihr zu?

Cecilia griff nach einem Kissenbezug, den sie bereits malträtiert hatte, und entließ die Frau mit einem Nicken. Sie kam sich selbst wie eine Komödiantin vor – und zwar wie eine miserable –, als sie sich kurz darauf erhob und das Haus verließ. Sie demütigte sich, und sie wusste noch nicht einmal, warum sie es tat.

Smeraldina wartete in dem Winkel neben dem Heiligenturm. Sie machte keinen Versuch, diese zweite Begegnung als zufällig hinzustellen. Ihr Lächeln hatte etwas schmierig Vertrauliches.

»Sagen Sie ihm, ich wünsche, nicht weiter belästigt zu werden«, erklärte Cecilia kühl, während sie auf das blaue Briefchen starrte, das Smeraldina wie einen Lockvogel in den mit Ringen besetzten Händen hielt.

»Ich sage es ihm.«

Theatergesindel, grollte Cecilia. Sie besaßen keine Gefühle, aber das wussten sie nicht. Sie glaubten, tief zu empfinden, wo sie nur nachäfften. Inghiramo hatte sich mit seiner anbiedernden Botin entlarvt als … als starrsinniger, selbstverliebter Anspruchsteller. Wenn er sich auch nur einen Moment in ihre Lage versetzt hätte, hätte ihm klar sein müssen, wie dieser billige Possenauftritt sie abstoßen würde.

Smeraldina war wieder fort. Ein aufsteigender Nebel hatte sie verschluckt, wie es sich für eine Gauklerin gehörte. Cecilia wendete das Billett in ihren Händen. Dann zerknüllte sie es und kehrte mit der geballten Faust in den Palazzo zurück.

Der Tag war schrecklich, und er würde noch schrecklicher werden, wenn Rossi heimkehrte, um zu berichten, auf welche Weise er seiner Tochter erneut das Herz gebrochen hatte. Draußen war es immer noch hell, doch das Licht hatte einen matten Schimmer, als würde es durch eine graue Gardine fallen. Das Wetter spiegelte die Stimmung.

»Ich muss pinkeln«, sagte Bruno.

»O bitte.« Das entsprechende Örtchen lag in einem kleinen

Gelass zwischen dem Palazzo und dem Gerichtssaal. Irene war hinausgegangen, um etwas mit Anita zu besprechen, doch Bruno kannte den Raum. Cecilia wartete, während der Sbirro sich umständlich von seinem Stuhl hochwuchtete.

Zögernd blieb er vor ihr stehen. »Es ist nicht gut, Signorina.«

»Was denn?«

»Man muss sich von dem Gesindel fernhalten.«

»Bitte?«, fragte sie verwundert.

»Gaukler, Schauspieler. Die kennen keine Ehre. Und das macht sie gefährlich. Dass sie keine Ehre empfinden«, sagte Bruno. Er sprach eindringlich und sah aus, als suchte er nach gewichtigen Worten. »Eine Dame versteht davon nichts, aber … Ich bitte Sie wirklich – achten Sie auf sich, Signorina.« Einen Moment zauderte er, als wolle er noch etwas hinzufügen. Dann ging er hinaus.

Besten Dank, Inghiramo. Du schaffst es, mich mit jedem Schritt, den du in meine Richtung tust, erneut zu blamieren, dachte Cecilia bitter. Sie versank ins Grübeln und schrak erst auf, als sich ein entsetzlicher Lärm erhob.

Die Männer traten so heftig gegen die Tür, dass die Mauern erzitterten. Wie marodierende Soldaten stürmten sie das Haus. Sie brüllten, rissen Türen auf, am Ende auch die zum Speisezimmer. Man merkte, dass ihnen ihr Verhalten Vergnügen bereitete. Reflexartig griff Cecilia nach der Schere – und ließ sie wieder sinken.

Dann warfen sie ihr den Hund vor die Füße. Ein blutdurchtränktes, braunrotes Bündel von solchen Ausmaßen, dass sie im ersten Moment meinte, sie hätte einen Kalbskadaver vor sich. Entsetzt schlug Cecilia die Hand vor den Mund. Sie starrte auf einen Schädel mit spitzen Ohren, auf gebrochene dunkle Augen, auf ein Maul, dessen linke Hälfte durch einen scharfen Hieb abgetrennt worden war und in dessen rechter Hälfte Zähne in Blut schwammen. Auf Pfoten, die man unterhalb des Sprunggelenks abgeschnitten hatte. Auf Gedärm, das sich aus einer Stichwunde im Unterleib ringelte …

Die Männer wussten, was sie einer Dame schuldeten. Einer

von ihnen sagte: »Guten Tag, Signorina. Tut uns leid, wenn wir stören.«

Dann ertönte ein Schrei.

»Was …?«

»Wir haben den Auftrag, den Sbirro Bruno Ghironi, der sich hier verkrochen hat, zu verhaften«, sagte der Mann. Er hatte die feinen Gesichtszüge eines Gelehrten und den stieren Blick eines Säufers. Es waren Sbirri, begriff Cecilia plötzlich. Sie trugen dieselben Farben wie Bruno, nur dass ihre Uniformen besser in Schuss waren.

Der Sprecher machte eine zackige Bewegung und trat beiseite. Zwei seiner Untergebenen schleppten jemanden zwischen sich herein – Bruno, der am ganzen Leib zitterte und bebte. Aus seinem Mund quoll ein unmenschliches Geräusch, halb Stöhnen, halb Hilferuf. Er trat mit dem Fuß, um seinen Stiefel vor der Schnauze in Sicherheit zu bringen, aus der Blut auf den Boden sickerte. Auch er wurde zur Seite gezerrt. Schockiert starrte Cecilia auf den Mann, der als Letzter eintrat.

Tacito Lupori trug sein unvermeidliches Blumensträußchen im Knopfloch. Schneeglöckchen. Sie waren ein wenig zerfleddert – der Tag musste ihn in Anspruch genommen haben. Seine Verbeugung dagegen war vorbildlich. »Giudice Rossi ist nicht daheim?«

»Man hätte ihm kaum die Tür zertrümmert, wenn es so wäre«, erwiderte Cecilia scharf.

»Wir haben einen Mörder festgenommen.« Lupori strahlte, als hätte man ihn mit Licht überschüttet, als stünde er zwischen golden leuchtenden Kerzenflammen. »Und dem Giudice ein Präsent mitgebracht. Das war's, verehrte Signorina. Die Wolfsjagd ist zu Ende.« Falls es ihn kränkte, dass sein Widersacher im Augenblick seines Triumphes nicht zur Stelle war, ließ er es sich nicht anmerken. Mit einem Lächeln meinte er: »Richten Sie Giudice Rossi aus, dass dieses verkommene Subjekt in Buggiano eingekerkert und dort verhört werden wird. Er ist des Mordes an Signor Feretti und weiter des Mordes an einem Fischer überführt. Er wird in meinem Gewahrsam bleiben, bis er gesteht und bis er gerichtet ist für seine Taten.«

Cecilia blickte zu Bruno. Sie musste sich beherrschen, nicht die Augen abzuwenden. Noch nie in ihrem Leben hatte sie bei einem Menschen solche Angst gesehen. Sein unförmiger Körper war erschlafft, aber er musste gekämpft haben wie ein Löwe, als man ihn aus dem Zimmerchen zog, in dem er sein Geschäft verrichtet hatte. Er war nicht mehr dazu gekommen, die Knöpfe seines Hosenlatzes zu schließen, was dem Überfall aus irgendeinem Grund eine besondere Brutalität verlieh. Am schlimmsten war jedoch, was er sagte: »Helfen Sie mir, Signorina, o Gott, helfen Sie mir!«

»Wie, Bruno?«

Sein Wangenmuskel zitterte, und er stierte wieder auf das tote Tier. Dann schleppten sie ihn hinaus.

Die Nachricht verbreitete sich wie ein Lauffeuer. Rossis Beisitzer, Zaccaria und Signor Secci, kamen und machten es sich im Speisezimmer bequem, um auf Rossi zu warten.

»Wo …«, begann Zaccaria.

»Goffredo hat ihn fortgebracht«, sagte Cecilia. Anita hatte den Fleck, den der tote Hund hinterlassen hatte, mit sämtlichen Scheuermitteln bearbeitet, die in ihrer Küche zur Verfügung standen, aber ein dunkler Schimmer war geblieben. Secci tätschelte Cecilia die Schulter, was sie fast in Tränen ausbrechen ließ. Sie biss sich auf die Fingerknöchel.

»Unglaublich«, kommentierte Zaccaria. »Ist eine persönliche Rache, was Lupori da auf die Bühne bringt. Das arme Schwein.«

»Er wird Bruno doch nichts antun?«, fragte Cecilia mit tonloser Stimme.

Zaccaria starrte sie an, als wäre sie von einer Wolke auf die Erde gefallen. Secci erklärte: »Das Folterverbot ist so gut wie amtlich. Der Granduca verabscheut die peinliche Befragung als Mittel der Rechtsfindung. Das Gesetz ist allerdings noch nicht verabschiedet …«

»Aber er wird ihm doch nichts tun?«

»Nun ja.« Secci schaute zum Fenster, hinter dem es Nacht geworden war. »Die Sache ist die, dass man bei dem toten Jungen ein Messer gefunden hat.«

»Was für ein Messer?«

»Eines, das Bruno gehört.«

»Nein.«

»Doch«, sagte Secci, und Zaccaria fuhr sich durch die wilde Bauernmähne.

In Cecilias Ohren klangen Luporis Worte nach: *Eingekerkert und verhört.* Die Worte erzeugten Bilder. Ein feuchtes Loch, in dem Ratten durch das Stroh huschten, … rostige Ketten, … metallene Ringe, Schrauben, Hämmer, Messer, … Feuer, das an schwarzen Wänden leckte … Nichts, nichts von alledem hatte sie je gesehen, und doch stand es vor ihren Augen. Bruno wusste mehr als sie. Die Folter hatte vor gar nicht langer Zeit noch zum üblichen Repertoire eines Verhöres gehört. Sie war sicher, dass er sie kannte, vielleicht aus der Anschauung, vielleicht aus eigener Erfahrung. *Helfen Sie mir …* Sie sah Lupori lachen … Sie dachte an den armen Theriakverkäufer, dessen Schicksal Bruno vor Augen haben musste.

Und dann dachte sie an Brunos Messer. Er hatte nicht hingehen wollen, als man Leo gefunden hatte. Warum? Wäre es nicht seine Aufgabe gewesen, an den Tatort zu eilen, als Sbirro? Stattdessen hatte er verängstigt – o ja, Angst bis an den Kragen! – hier im Zimmer gesessen und wie ein Schulbube, der etwas ausgefressen hat, auf Rossi gewartet.

Cecilia dachte an den Rückweg aus Marliana, als er die Pistole gezogen hatte, um ihr zu zeigen, wie sie sich im Ernstfall verteidigen könnte. *Sie besitzen natürlich gar keine Pistole, Signorina.* Ganz recht. Das Funkeln in seinen Augen, als er ihre Angst bemerkte … *Schlag fester …* Vielleicht lebe ich noch, weil ein dreckiger, fetter Mann zu sentimental war, mir das Lebenslicht auszupusten, dachte sie. Und kam sich im selben Moment wie eine Verräterin vor.

»Wenn Rossi kommt, wird er reinen Tisch machen«, beschwor Zaccaria die Hoffnung im Glauben an die Allmacht der Studierten.

Cecilia faltete die Hände im Schoß, blickte ebenfalls zum schwarzen Spiegel des Fensters und sah darin den zitternden Sbirro – der sich eindeutig wie ein Schuldiger verhalten hatte.

Rossi kam etwa eine halbe Stunde später. Er drückte die Klinke mit dem Ellbogen nieder und schob die Tür mit dem Fuß auf, weil er seine schlafende Tochter in den Armen trug. Als er die Versammlung sah, stutzte er. Aber erst brachte er Dina in ihre Kammer.

»Nun?«, fragte er, als er zurückkehrte. Cecilia sah ihn erbleichen, während er schweigend zuhörte, was Secci ihm berichtete.

»Bruno«, wiederholte er wie betäubt.

Keiner antwortete.

»Wer hat Leo gefunden?«

»Ja, das ist so eine Sache«, meinte Secci und blickte wieder zum Fenster, dieses Mal deutlich verlegen. »Offenbar hat unser Schneider, Signor Mencarelli, in der Nähe der Hütte vor einiger Zeit Torfmoose gesucht, die er für sein offenes Bein braucht. Er hörte Hundegebell. Er hörte es verschiedene Male …«

Cecilia schlug die Hand vor den Mund.

»Nun ja. Es kam ihm seltsam vor, dieses Gebell, weil im Moment ja überall von den Sumpfhunden die Rede ist, er hat sich auch ein wenig gefürchtet, und deshalb hat er Giusdicente Lupori aufgesucht, um ihm davon zu erzählen. Und der Giusdicente hat gehandelt. Und den Toten gefunden.«

Cecilia holte tief Luft. »Rossi, der Schneider – er ist zuvor hier gewesen. Er war *zweimal* hier, um dich zu sprechen. Er wollte eine Anzeige machen. Jetzt begreife ich es. Er wollte von den Hunden erzählen. Und ich hatte gedacht, er käme wegen irgendwelcher Rechnungen.«

Rossi starrte sie an. Sie war nicht sicher, ob er verstand, wie schrecklich sie sich geirrt hatte. Sonst hätte er eigentlich aufspringen und sie zerreißen müssen. Vielleicht wäre Leo noch am Leben, wenn sie nicht großspurig entschieden hätte, wer zum Giudice durfte und wer nicht. Vielleicht würde Bruno dann nicht in Luporis Kerker festsitzen. »Es tut mir so leid.«

Rossi und seine Beisitzer machten sich auf den Weg nach Buggiano. Cecilia – die Ratten und Brunos Furcht vor Augen – wünschte ihnen Glück. Helft ihm. Tut, was ihr könnt!

Sie ging zu Dina hinab und fand das Mädchen aufgeregt zappelnd im Bett. »Ich muss so viel erzählen, Cecilia. Bitte, Sie bleiben noch, ja?«

Also schickte Cecilia Irene in ihre alte Kammer, und sie selbst setzte sich auf einen Stuhl neben Dinas Bett.

»Er hat mich im Arm gehalten, als wir heimgeritten sind.« Dina nahm Cecilias Hände, drückte sie und brachte es noch immer fertig, den Hintern zu bewegen. »Die ganze Zeit. Obwohl ich schwer bin wie ein Hafersack. Bin ich schwer wie ein Hafersack?«

Lächelnd schüttelte sie den Kopf.

»Ich durfte sogar in seinem Arm schlafen. Er hat mich festgehalten, weißt du? Und er hat der Äbtissin gehörig die Meinung gesagt.« Mitten in die Aufregung hinein gähnte sie – und im nächsten Moment fielen ihr die Augen zu. Cecilia steckte die Decke unter ihren Schultern fest und betrachtete sie im Schein der Kerze, die sie mit hinabgetragen hatte. Sie hätte sich gern gefreut, dass das Mädchen wieder daheim war, aber sie fühlte sich zu elend.

»Ich muss zum Granduca«, flüsterte Rossi, als er tief in der Nacht heimkehrte und Cecilia, die immer noch neben Dinas Bett saß, aufschreckte.

Er drängte sie, ihm in den Flur zu folgen. »Lupori wird ihn foltern«, sagte er, nachdem er die Tür zu Dinas Zimmer geschlossen hatte. »Er wird es tun.«

Cecilia nickte.

»Aber Bruno ist unschuldig. Er hatte keinen Grund, Feretti oder Mario zu ermorden.«

»Oder Leo«, fügte sie mechanisch hinzu. Außer es gab Gründe, von denen sie nichts wussten. »Bruno wollte nicht zur Köhlerhütte gehen, ehe du wieder daheim bist. Er hatte schreckliche Angst, und ich glaube, dass er geahnt hat, was kommen wird.« Sie konnte in dem wenigen Licht, das der Mond durch das Fenster sandte, nicht erkennen, ob Rossi ihren Worten Bedeutung beimaß. Er tat es offenbar nicht.

»Begreif doch!«, flüsterte er heiser vor Wut. »Es geht dem Mistkerl weder um Bruno noch um die Aufklärung irgendwelcher Morde, sondern nur um mich. Ich bin es, den er packen will. Er meint immer nur mich! Er scheut sich nicht einmal, das zuzugeben. Bruno wurde reingelegt.«

»Und deshalb willst du zum Granduca?«

Sie spürte, wie er in der Dunkelheit nickte. »Er ist der Einzige, der ihn retten kann. Wir haben keine Zeit für umständliche Eingaben und Proteste. Lupori ist in gewisser Weise im Recht. Der Teufel mag wissen, wie Brunos Messer neben die Leiche kam, aber damit hat er einen Beweis. Niemand würde ihm einen Vorwurf machen, gleich, was er tut. Nur der Granduca kann ihn zurückhalten.«

»Würde er sich denn für einen Sbirro einsetzen?«

Rossi antwortete nicht. Er ging zum Küchentisch, wo in einer Schale Äpfel lagen, nahm einen davon auf und biss hinein. An der Vorsicht, mit der er sich bewegte und sein Bein entlastete, konnte sie erkennen, dass der Hundebiss trotz Arthurs Bemühungen immer noch nicht vollständig verheilt war.

»Weißt du, was die Äbtissin gemacht hat? In Marliana?«, fragte er.

Cecilia schüttelte den Kopf.

»Es ging um ein verdammtes Fenster. Ich habe in einem Flur gestanden und auf die Frau gewartet. Die Mädchen saßen im Schulzimmer und haben gestickt. Dann ist die Äbtissin durch den Flur gekommen, sie ist ins Zimmer hinein, und im nächsten Moment pfiff der Stock. Sie hat Dina vorgeworfen, das Fenster geöffnet zu haben.«

»Sie hat sie geschlagen?«, fragte Cecilia fassungslos.

»Darum geht es nicht«, bemerkte er ungeduldig. »Aber sie konnte nicht wissen, wer das Fenster geöffnet hat. Sie hat auch gar nicht nachgefragt. Sie hat einfach zugeschlagen, die Hexe.«

Gott segne dein ehrliches Richterherz, dachte Cecilia und hasste den Drachen und hätte ihn auch gehasst, wenn Dina jedes einzelne Fenster im Kloster geöffnet hätte.

»Keine Minute mehr, ist das klar?«

»Bitte?« Er wechselte das Thema zu rasch für ihren müden Kopf.

»Ich will, dass du keine Minute mehr allein bist. Bevor ich

eben heimgekommen bin, war ich bei dir zu Hause. Ich habe deine Wohnungstür demoliert – das sage ich dir, damit du verstehst, wie ernst es mir ist. Sorge dafür, dass Secci sie unverzüglich repariert. Kannst du Signora Secci bitten, dich in den nächsten Tagen bei ihr zu wohnen zu lassen?«

»Sicher«, sagte sie, weil er ihr seiner vielen Sorgen wegen leidtat.

17. Kapitel

Er brach wenige Stunden später auf. Sie blickte ihm nach, wie er im trüben Morgenlicht auf Goffredos Pferd die Gasse hinabjagte, und sie wusste, dass er in Schwierigkeiten geraten würde. Er war zu wütend, zu sehr mit dem Herzen bei der Sache.

Sie seufzte.

In Gedanken sah sie den Granduca in seinen spiegelgeschmückten Räumen mit den Kristalllüstern, umgeben von den Hofdamen mit den schwarzen Sternchen auf den Wangen und den schneidigen Männern in bunten Seidenfracks. Sie hörte die Witzchen und ironischen Bemerkungen, mit denen die Herrschaften einander die Langeweile vertrieben, und die träge Herablassung, mit der sie die großen und kleinen Wehwehchen des Weltgeschehens kommentierten.

Rossi würde zwischen sie platzen wie die Karikatur des Flegels, den sie in jedem Niedriggeborenen sahen. *Der Gute, fast hätte er einen Herzanfall bekommen. Worum geht es? Ein Sbirro? Barmherziger! Bald wird der Granduca seinen Abortreiniger zur Audienz begrüßen ...*

Cecilia biss sich auf die Lippe. Sie mochte sich nicht vorstellen, wie Rossi reagieren würde, wenn man ihn fortschickte. Wie will er denn das Messer erklären? fragte sie sich bekümmert.

Goffredo kam über den Platz geschlendert. »Guten Morgen, verehrte Signorina Barghini. Ich bekomme einen Scudo Mietschuld vom Giudice für das Leihpferd von gestern, und noch einen für heute«, erklärte er, während er die steifen Finger rieb, mit denen er Rossis Pferd gesattelt hatte.

»Einen Scudo insgesamt«, protestierte Cecilia mechanisch.

»Und außerdem: Spannen Sie Emilia an.«

»Auch auf die Reise?«

»Goffredo, Sie sind so neugierig. Ich reise in einer Stunde.«

Lachend machte er sich davon.

Sie küsste Dina, sie erklärte Anita, dass sie bei dem Kind im Palazzo schlafen müsse, bis sie selbst wieder zurück sei, sie trieb die indignierte Irene zur Eile an … In dem Moment kehrte Adolfo zurück. Der alte Mann sah schlimm aus. Seine Augen waren verschwollen, er musste lange geweint haben. Aber wirklich erschütternd war die Ruhe, die die Tränen hinterlassen hatten.

»Gut, Sie gesund zu sehen, Signorina. Ich hätte nicht fortgehen dürfen.« Er bemerkte die Reisetasche auf dem Boden und fügte hinzu: »Ich werde Sie begleiten.«

»Aber es ist nur Platz für zwei Personen auf der Kutsche.«

»Dann wird das Weib dort …« Adolfo nickte in Irenes Richtung. »… zurückbleiben. Sie ist zu nichts nütze, das wissen Sie – ich meine, wenn es Ernst wird. Wo geht es denn hin?«

Sie sagte es ihm.

»Dann umso mehr.« Der alte Fischer trug nicht mehr nur seine Pistole bei sich. Er hatte eine Flinte auf den Rücken geschnallt und sah hart und entschlossen aus. Cecilia war von Herzen froh über seine Begleitung.

Kurz darauf rollten sie in der weißen Vittoria aus der Stadt.

Es war eine lange Fahrt, während der Adolfo kein einziges Wort sprach. Aber sie sah, wie er über die Zügel hinweg prüfend die Landschaft im Auge behielt, und gelegentlich warf er einen Blick über die Schulter. Die Flinte hatte er hinter sich auf der Bank verstaut. Die Pistole lag griffbereit zwischen seinen Beinen. Cecilia trug ihren Pompadour auf dem Schoß, und auch darin befand sich eine Pistole.

Irgendwann, ein Stück hinter Serravalle, sagte der Alte: »Wir achten auf einen Mann, der einen Fuchs reitet, nicht wahr, Signorina? Da hab ich den Giudice doch recht verstanden?«

Beunruhigt schaute Cecilia sich um. »Haben Sie jemanden gesehen?«

Er antwortete nicht, aber er berührte den Pistolengriff, als wollte er sich vergewissern, dass die Waffe immer noch griffbereit war.

Sie machten Rast in Pistoia, wo sie auf dem Markt Obst aßen, aber sie waren zu unruhig, um Emilia mehr als diese kurze Pause zu gönnen. Das Pferd schien vom Frühling aus dem Schlaf geweckt worden zu sein. Es trabte lustvoll voran. Nach weiteren zehn Meilen hielten sie an einer Poststation und tauschten die Stute gegen ein frisches Tier aus. Adolfo schacherte um den Preis, während Cecilia sich die Beine vertrat. Als sie einen Blick zu den beiden Männern warf, sah sie, dass der Alte die Pistole in den Gürtel gesteckt hatte.

»Uns folgt niemand, nicht wahr?«, fragte sie, als sie in die Kutsche zurückstiegen.

»Alles an mir ist alt, aber nicht meine Augen.« Mit dieser Antwort musste sie sich begnügen.

Sie erreichten Florenz am Nachmittag. Das Wetter hatte sich weiter aufgehellt, und die hohen Mietshäuser und die Stadtvillen mit ihren Balkonen und prächtigen Treppen wurden von sonnengelbem Glanz überzogen. In den Kirchtürmen lärmten die Glocken. Die Stadtväter hatten beschlossen, mehrere Hauptstraßen neu zu pflastern, und entsprechend musste sich der Verkehr durch Seitengassen zwängen, um die Baustellen zu umgehen. Oft genug blieben die Kutschen stecken und waren nur mit einem enormem Aufwand an Kraftausdrücken wieder flott zu bekommen.

Adolfo schien inmitten dieses Lärms und Gedränges zu schrumpfen. Misstrauisch musterte er die Gestalten, die sich an der Kutsche vorbeidrängten. Einen Jungen, der ihnen ein in Zeitungspapier eingeschlagenes Käsestück anbieten wollte, knuffte er mit dem Lauf seiner Pistole beiseite.

Florenz hatte sich seit Cecilias letztem Besuch verändert. Die fröhlichen, des Winters überdrüssigen Einwohner hatten Frühblüher in die Balkonkübel gepflanzt. Hausmädchen putzen Fensterscheiben blank, und Gärtner schlugen vor den Villen die

Spaten in die Erde der Vorgärten. Der Gestank aus der Gosse vermischte sich mit dem Frühlingsduft. Die Via Porta Rossa, in der sich Großmutters Stadthaus befand, war nur wenige Gassen entfernt. Man wäre in wenigen Augenblicken dort, dachte Cecilia, aber natürlich bogen sie nicht ab.

Schließlich erreichten sie die Piazza della Signoria.

»Dort drüben entlang«, sagte Cecilia. »Wir müssen über den Ponte Vecchio.«

»Was?«

»Bei dem Fischhändler um die Ecke«, sagte Cecilia und verscheuchte die trüben Erinnerungen an Großmutter. Sie hatte Kreuzschmerzen, und ihr wurde schmerzlich bewusst, wie nutzlos diese Reise in die Stadt vermutlich war. Cecilia Barghini stammte aus einer wohlhabenden, alteingesessenen Familie, aber sie gehörte nicht zu den ersten Kreisen von Florenz, und niemand würde sie wahrnehmen, es sei denn, Großmutter ließ ihre Verbindungen spielen, was langwierig war und oft genug erfolglos und in diesem Fall überhaupt unmöglich, denn die alte Frau würde sich für Rossi nicht einsetzen.

»Da rüber?«, vergewisserte sich Adolfo und zeigte zu der Brücke, die sich über den glitzernd trüben Arno spannte.

Cecilia nickte. Der Ponte Vecchio wurde auf beiden Seiten von Häusern flankiert, so dass man sich wie in einer Marktgasse vorkam, wenn man den Fluss überquerte. Nur dass hier niemand vor den Türen Waren anpries. Wer auf dieser Brücke flanierte, fand den Weg in die vornehmen Läden der Goldschmiede von selbst. Über den Geschäften zog sich der Corridoio del Vasari entlang, der Geheimgang der Herrschenden, der beim Palazzo Vecchio seinen Ausgang nahm und bis zum Palazzo Pitti führte, wo der Granduca sich aufhielt, wenn er in Florenz weilte. Was hoffentlich in diesem Moment der Fall war. Denn sonst wäre Rossis Reise vergebens gewesen. Was wünsche ich eigentlich wirklich? fragte sich Cecilia. *Helfen Sie mir, Signorina.* Brunos verzweifeltes Gesicht, als Lupori ihn abführte. Und wenn du es selbst warst, der Leo sein grausames Ende bereitete?

»Da«, sagte Adolfo.

Cecilia dachte zuerst, er wollte sie auf das Ende der Brücke aufmerksam machen. Ihr Blick folgte der Richtung, in die sein Arm wies. Sie sah einen schäbigen Reisewagen, der den Durchgang blockierte, weil das Pferd sich mit einem Bein in einem Korb verfangen hatte und scheute. Passanten wichen zur Seite, der Kutscher brüllte und fluchte …

»Ein Fuchs, Signorina, mit heller Mähne. O ja, die Augen sind immer noch jung.« Adolfo drückte Cecilia die Zügel in die Hand, griff hinter sich nach der Flinte, überlegte es sich aber und steckte stattdessen die Pistole ein. Im nächsten Augenblick war er vom Bock.

»Sie haben den Mann mit dem Fuchs gesehen?«

»Folgt uns seit dem Morgen. Habe ihn zweimal entdeckt und jetzt wieder, und dieses Mal schnappe ich ihn mir.«

»Warten Sie, Adolfo!« Cecilia wollte ihn zurückhalten. Was hatte er vor? Den Verfolger niederschießen? Verhaften konnte er ihn nicht. Er würde ihn nicht einmal aufhalten können, als Privatperson ohne Befugnisse. Und welcher Sbirro würde einem zerlumpten alten Mann beistehen? Was er tat, war töricht und wahrscheinlich gefährlich.

Sie rief vergebens. Der Fischer boxte sich mit den mageren Ellbogen den Weg durch die Menge frei. Seine abstehenden Ohren und die armselige Kleidung ließen ihn zwischen den wohlhabenden Passanten seltsam hilflos wirken – ein gerupftes Huhn, das sich zwischen Pfauen verirrt hat, dachte Cecilia. Einen Moment erwog sie, die Kutsche im Stich zu lassen, doch der alte Mann war bereits an dem Reisewagen vorbeigehuscht und in der Menge verschwunden.

Der Palazzo Pitti war einer der glanzvollsten Paläste Italiens und der größte von Florenz. Trotz der dreihundert Jahre, die er auf dem Buckel hatte, und trotz der vielen wesentlich moderneren Konkurrenzbauten hatte er sich als gesellschaftlicher Mittelpunkt der Stadt erhalten. Einer der Gründe waren sicher die Boboli-Gärten, die sich an seine hintere Fassade schmiegten. Im Amphitheater wurden Opern und Tragödien aufgeführt, es gab Wasserspiele, Terrassen und versteckte Winkel, eine Grotte und nicht zuletzt ein Kaffeehaus, in dem sich die reichen Müßiggänger zum Zeitunglesen trafen. Sonntags und an den Sommerabenden wurden die Gärten zum Tummelplatz der braven florentinischen Familien, die ihre Sprösslinge in den Heckenlabyrinthen Fangen spielen ließen.

Die vordere Fassade des Palazzo zeigte sich eher offiziell. Ihre drei Stockwerke mit den Rundbogenfenstern zogen sich über einschüchternde achthundert Fuß an der Straße entlang. Der Stein, aus dem der Palazzo errichtet worden war – Pietra serena aus den Florentiner Steinbrüchen –, leuchtete im Gelb einer Löwenmähne.

Cecilia hatte das Gebäude ein einziges Mal von innen gesehen, anlässlich der Tauffeier für das sechste Kind des Großherzogs, für die Großmutter Bianca eine Einladung ergattert hatte. Sie erinnerte sich an strahlend weißen Marmor, deckenüberspannende Gemälde mit fliegenden mythologischen Gestalten und an kalte Füße. Die Feier musste im Winter stattgefunden haben.

Nervös lenkte sie die Vittoria in die Nähe eines geöffneten Portals, vor dem sich eine Menschenmenge gesammelt hatte. Sie stieg aus und rief einen kleinen Jungen heran, dem sie eine Münze gab und den Auftrag, ihr Eigentum zu hüten. *Was zur Hölle treibe ich hier?*

Eine Calesse fuhr vor und versperrte ihr die Sicht auf das Portal. Zwei junge Damen in Begleitung eines älteren Herrn entstiegen dem altertümlichen Gefährt. Sie waren reinlich gekleidet, in hübschen Stoffen, aber ohne die Eleganz, die man von einer Dame von Welt erwarten würde. Der Mann trug eine Kladde unterm Arm. Er wirkte wie ein Notar, und er schien dem Tag mit wenig Zuversicht entgegenzusehen.

Cecilia nahm an, dass die Gesellschaft eine Audienz beim Granduca hatte. Leopoldo war ein Mann mit Freude am Detail. Kein Vorfall erschien ihm zu gering, kein Problem zu unbedeutend, als dass er sich nicht am liebsten selbst damit befasst hätte. Die Hauptarbeit seiner Beamten bestand darin – flüsterte man hinter vorgehaltener Hand –, ihm die Arbeit aus den Händen zu reißen. Man spottete darüber, wie man über alles spottete, was aus Österreich kam.

Cecilia tat einige Schritte in Richtung der Gruppe, und dann geschah es wie von selbst, dass sie sich zwischen die Mädchen mischte und an dem pickligen jungen Offizier, der die Papiere des Notars prüfte, vorbeihuschte.

Es war tatsächlich Audienztag. In dem langen, kühlen Flur links des Einganges hatte sich eine Menschenschlange gebildet, die bis um die Ecke des Ganges reichte. Die Räumlichkeiten waren düster, dunkelrote Bodenfliesen schluckten das Licht. Man hatte die Wände zwar geweißt, aber die helle Fläche war mit Wandteppichen behängt. Etwa alle zehn Fuß warfen Fenster Rechtecke aus Licht auf den Boden und enthüllten den Glanz der Gewänder, mit denen sich die Besucher herausgeputzt hatten. Ein kleines Mädchen, von der Hand der Mutter streng gehalten, zappelte in solch einem Lichtfleck. Es trug ein blaues Seidenkleid und sah aus, als wollte es jeden Moment zu plärren beginnen.

Cecilia trat einen Schritt zur Seite und begann unauffällig, die vor ihr Stehenden zu überholen. Sie *hoffte*, es unauffällig zu tun, aber das war schwierig bei diesem akkuraten Schlangestehen, das vom livriertem Wachpersonal mit Argusaugen überwacht wurde. Und richtig – kaum hatte sie ein Viertel des Flures hinter sich gebracht, da wurde sie von einem Gardisten angehalten.

»Ich will nicht zur Audienz. Ich suche Giudice Rossi, einen Richter aus Montecatini. Er muss hier im Palazzo sein«, flüsterte sie.

Der Mann, ein älterer Kerl mit seidenweichen, wenn auch schon ergrauten Locken, musterte sie.

»Aus Montecatini?«

»So ist es.«

»Ah ja.«

Dieses *Ah ja* klang wissend und deshalb übel. Rossis Name hatte sich offenbar wie ein Lauffeuer im Palast verbreitet. Das konnte nichts Gutes bedeuten. »Hat der Granduca ihn bereits empfangen?«

Der Mann grinste.

»Und wo ist er nun?« Sie hasste die fröhlichen Fältchen, die die Augen des Gardisten umkränzten, als könnte er sich gar nicht genug amüsieren.

»Etwas nicht in Ordnung?« Der Mann, der sich zu ihnen gesellte, musste der Vorgesetzte des Seidenlöckchens sein, denn das Grinsen verblasste. Das Seidenlöckchen nahm Haltung an.

»Eine Bekannte von Giudice Rossi, Luogotenente. Sie wissen schon ...«

»Und ich müsste ihn dringend sprechen!« Cecilia setzte die blasierte Miene einer Dame von Stand auf.

Das Kind in dem blauen Kleidchen hatte genug. Es begann loszubrüllen, und als die Mutter es schüttelte, brüllte es noch kräftiger. Gereizt ging der Luogotenente mit sich zurate. Das Mädchen verstummte, nachdem es eine Ohrfeige bekommen hatte, und die Wartenden, die kurzfristig abgelenkt gewesen waren, wandten ihre Aufmerksamkeit wieder Cecilia zu. Alle horchten interessiert.

»Wenn Sie mir folgen wollen«, sagte der Mann.

Er brachte sie eine Treppe hinauf und führte sie durch mehrere Säle, deren freskenverzierte Wände halb nackte Männer und Frauen in kriegerischen Posen zeigten. Jedes Eckchen zwischen den Fresken war vergoldet, die Böden glatt und glänzend. An die Fresken und Böden erinnerte Cecilia sich. Auch an die Vorhänge, die so schwer wie Bettvorleger an den Stangen hingen. Aber nicht an die weiße Marmordame, die mit ihrem Marmorkind – beide in Lebensgröße – auf einem goldenen Tischchen stand, als hätte man sie zum Kaffee serviert. War Rossi ebenfalls durch diese Zimmer geführt worden? Er wird sich zusammengerissen haben, dachte Cecilia. Niemand durchschreitet diese Pracht und benimmt sich danach vor dem Hausherrn wie ein Flegel.

Sie kamen in einen Korridor mit alten Meistern an den Wänden, der nach dem blendenden Gold beinahe schlicht wirkte, und dann in ein weiteres Zimmer. Später versuchte Cecilia sich zu erinnern, wie dieser Raum ausgesehen hatte, aber sie konnte es nicht. Nicht die winzigste Einzelheit war in ihrem Gedächtnis haften geblieben. Ihr Blick wurde sofort von dem Mann gefesselt, der dort in einem Sessel saß, das Gesicht in den Händen verborgen, den Rücken gekrümmt – in verzweifelter Verfassung und ganz sicher nicht auf Gesellschaft aus.

Er hob den Kopf, als der Gardeoffizier sich respektvoll räusperte, und Cecilia wusste, dass sie ihn kannte. Ein distinguierter älterer Herr mit buschigen, weißen Augenbrauen, die sich so weit aus dem Gesicht wölbten, als dienten sie zum Schutz vor Regen. Sie grub in ihrem Gedächtnis, aber er war schneller.

»Signorina … Es tut mir leid, dass mir der Name entfallen ist. Sie waren bei mir zu Gast, nicht wahr? Wenn Sie verzeihen …«

Sie knickste – und dann fiel es ihr ein. »Signor di Vita.« Der Mann, bei dem sie mit Rossi Zuflucht gefunden hatte in der Nacht, in der Großmutter sie aus dem Haus geworfen hatte. Rossis Mentor. Der Jurist, der ihn aus der Domschule gefischt und ihn protegiert hatte, während er studierte, und der seine Karriere in Florenz und später in Pistoia gefördert hatte.

Cecilia nannte ihren Namen – und damit hatte sie seine Aufmerksamkeit fast schon wieder verloren. »Wo ist er denn?«

Di Vita schaute zum Fenster. »Nein«, sagte er, als sie instinktiv einen Schritt in diese Richtung tat. »Setzen Sie sich, meine Liebe. Wir sollten miteinander reden.«

»Rossi hat es verdorben? Er wurde zum Granduca vorgelassen, aber er hat sich schlecht benommen!«, spekulierte sie entsetzt.

Di Vita lächelte. Sein hageres Gesicht wurde milder und die weißen Brauen glätteten sich. »Sind Sie ihm deshalb so rasch nachgereist? Man darf ihm nichts vorwerfen, Signorina. Er hat sich die Haare gekämmt und alles hervorgekramt, was er in den letzten Jahren an Manieren vergessen hatte.« Das Lächeln glitt ins Ironische. »Er hat sich wirklich Mühe gegeben.«

»Dann ist es gut gegangen?«

Di Vita schaute erneut zum Fenster, und wieder erlaubte er ihr nicht aufzustehen. Er winkte mit der Hand, und der Gardeoffizier ging hinaus und schloss hinter sich die Tür.

»Der Granduca hat ihn doch nicht empfangen?«

»Sogar in einer Privataudienz, meine Liebe. Er schätzt den Grübler in seiner Kommission. Sie sind einander sehr ähnlich, müssen Sie wissen. Detailversessen. Arbeitswütig. Sie wollen das perfekte Gesetz«, sagte er in einem nachsichtigem Ton, dem gleichzeitig etwas Trostloses anhaftete. »Doch, er widmete sich ihm, und er widmet sich ihm immer noch.«

»Konnte Rossi ihm von Bruno Ghironi erzählen?«

Di Vita nickte.

Cecilia hasste den alten Mann dafür, dass er sie nach jeder Antwort fischen ließ. »Aber Leopoldo wollte damit nicht belästigt werden?«

»Er war äußerst interessiert. Ein bemerkenswerter Mensch, unser Granduca. Der Löwe, den das Schicksal einer Laus interessiert!«

Jajaja. »Und?«

»Bruno hat Glück. Der Granduca hat soeben einen Boten auf den Weg geschickt. Keine Folter. Keine Gerichtsverhandlung, ehe das Verbrechen nicht befriedigend aufgeklärt wurde.«

»Dann ist es doch gut.«

»Bis auf einen winzigen Punkt.« Di Vita verschränkte die Hände im Schoß, und plötzlich stand in seinen alterstrüben Augen die pure Verzweiflung. »Eine Bemerkung über Ziegenböcke, Signorina.«

»Bitte?«

»Eine törichte Äußerung nach dem Genuss zweifelhaften Weines in zweifelhafter Gesellschaft …«

»Signor …«

»Unser Granduca steht an einem Fenster, einige Zimmer weiter. Er ist ein Mann in den besten Jahren. Seine Frau besitzt einen tadellosen Charakter und ein liebenswertes Wesen, aber leider hat die Vorhersehung ihr ein hübsches Äußeres versagt. Niemand, nicht einmal sie selbst, verübelt es dem Herrscher, wenn sein Blick sich dort verfängt, wo ihm die Schönheit entgegenstrahlt. Doch Leopoldo stammt aus einem keuschen Elternhaus. Seine verehrte Mamma versorgte ihn mit Grundsätzen, die ein ganzes Kloster in den Himmel gehoben hätten. Wie konnte Rossi so töricht sein, ihm vorzuwerfen, dass er dennoch schwach wird, ab und an?«

Schemenhaft kam die Erinnerung. Der Abend nach der Theateraufführung. Rossis Streit mit Inghiramo. Signora Seccis Toast auf den Granduca. Ihr schwärmerischer Vergleich Leopoldos mit dem tugendhaften König Deramo. Und Rossis spöttische Bemerkung. *Der Ziegenbock, der zum Gärtner gemacht wurde.* Hatte er das wirklich gesagt?

»Die Situation entbehrt nicht der Komik«, dozierte di Vita, als würde er seinen Studenten Paragraphen erklären, »denn der Herrscher hat sich vorgenommen, das Delikt der Majestätsbeleidigung aus den Gesetzbüchern zu streichen. Ein gewaltiger Schritt, von einem mutigen und uneigennützigen Manne geplant ...«

»Rossi hat es doch nicht so gemeint.«

»Zweifelhafte Gesellschaft. Nach dem Genuss zweifelhaften Weines. Wie konnte er nur!«

Nun ging Cecilia doch zum Fenster. Der Blick ins Freie brachte ihr keine Erleuchtung. Sie sah, dass etliche Passanten dort standen, wo die Boboli-Gärten an die Baustelle stießen, an der ein weiterer Flügel des Palazzo wachsen sollte. Auch die Handwerker hatten sich neben ihren Steinbergen versammelt. Cecilia wischte einen Fleck beiseite, den neugierige Kinderfinger auf das Glas gebracht hatten.

Dann sah sie den Mann im Mittelpunkt des Geschehens. Er war kräftig gebaut, mit rotem Wollhaar und nacktem Oberkörper, den er gerade wieder mit seinem Hemd bedecken wollte. Seine Muskeln nötigten den Umstehenden bewundernde Blicke ab. Er hatte ins rote Haar ein hellblaues Samtband gebunden, wodurch er Cecilia aus irgendeinem Grund an einen Schmetterling erinnerte. Während er sich das Hemd anzog, erblickte Cecilia den Gegenstand, den er in einer Schubkarre der Bauarbeiter abgelegt hatte. Dunkles Schlangengewirr auf hellem Sandgrund. Eine Peitsche.

Großmutter hatte ihrer Enkeltochter niemals erlaubt, dem vulgären Vergnügen einer öffentlichen Urteilsvollstreckung beizuwohnen. Aber man musste nicht besonders phantasiebegabt sein, um dennoch zu begreifen, was sich dort unten auf dem Platz gerade abgespielt hatte.

»Ist es vorbei?«, fragte di Vita.

»Ja«, sagte Cecilia. Wie betäubt blickte sie den Spaziergängern nach, die auf die hübsch geharkten Parkwege zurückkehrten. Man hatte ihn also ausgepeitscht.

»Wie konnte er nur?«, murmelte di Vita, immer noch fassungslos. Irgendwo in einem nahe gelegenen Zimmer ertönte Kindergelächter, und eine Katze kreischte.

Plötzlich war es Cecilia, als würde die Luft im Zimmer knapp. Sie wollte hinaus aus diesem goldfunkelnden Haus, dessen Besitzer keine Skrupel hatte, seinen loyalsten Anhänger auspeitschen zu lassen. In der Öffentlichkeit! Wie hatte er ihn so demütigen können? Musste er es Rossi auf diese Art unter die Nase reiben? Emporkömmling, Sohn eines Heiligenmalers ... Durch die Gnade deines Herrn erhoben und auf sein Fingerschnipsen in den Staub gedrückt. Da hast du's. Nun weißt du, was du wert bist. Sie hatte schon die Hand an der Klinke, als ihr noch etwas einfiel. »Wie hat der Granduca davon erfahren?«

Di Vita hob den Kopf. »Seine Spitzel, Signorina. Der Granduca hat das gesamte Land mit einem Netz von Zuträgern überzogen. Schade um den Fisch, der sich darin gefangen hat. Suchen Sie ihn an dem Ausgang der Boboli-Gärten, der der Grotte des Buontalenti am nächsten liegt. Und bestellen Sie ihm, ... ach, gar nichts«, seufzte er niedergeschlagen.

Dort, ein Stück hinter dem Ausgang, las sie ihn auf. Sie ließ die Vittoria neben ihm fahren, und nachdem sie ihn zweimal angesprochen hatte, bemerkte er sie und kletterte mit einem Gesicht, das vor Schmerz weiß war, zu ihr auf den Sitz.

Sie ließen Florenz mit seinem Lärm und seiner Pracht hinter sich, ohne ein einziges Wort zu sprechen. Jenseits der Tore lagen die staubigen Wege, die in die Höhenzüge führten. Das Leihpferd, dessen Namen Cecilia vergessen hatte, zog sie willig bergan. Nach mehreren Stunden rollten sie einem überwältigenden Sonnenuntergang entgegen, der die Nebel, die sich in

335

die Täler legten, in goldene Feenschleier verwandelte. Auf einer fernen Berggruppe thronte eine schwarze Burg. Ulmen salutierten am Weg, der zu ihr hinaufführte, wie versteinerte Soldaten aus einem Märchenland, und es roch nach Staub und Frühling.

»Wo ist Adolfo?«, fragte Rossi. Seine ersten Worte. Sie erklärte ihm, dass sie ihn in Florenz verloren hatte. Eine weitere Viertelstunde verstrich, ehe er sich wieder zu Wort meldete. »Ich bin jetzt müde.«

Schön, dachte Cecilia. Dafür hätte er sich keinen besseren Platz aussuchen können. Die Burg war verschwunden und weit und breit kein Haus in Sicht. Nur Hügel, auf denen die Abendsonne das Gras zum Lodern brachte. Am Rand der Weiden hing wie eine Kürbislaterne der orangerote Mond.

»Ich zaubere dir ein Bett.«

Sie zauberte ihm tatsächlich eines. Hinter dem nächsten Hügel, in einer Senke versteckt, entdeckte Cecilia eine schäbige, von vielen Stürmen gezauste Bauernkate mit einer noch schäbigeren Scheune im Geleit. Die Zäune, die das Gehöft umgaben, waren so löchrig, dass eine Kuh hätte hindurchmarschieren können.

»Das ist es, Rossi«, sagte sie, indem sie in einer großen Geste den Arm ausbreitete. »Das beste Gasthaus am Ort.« Sie lenkte die Vittoria den Wiesenhang hinab. Ein Hund bellte – Gütiger, wie sie dieses Geräusch hasste! –, und der Bauer, der an Schäbigkeit mit seiner Behausung konkurrierte, trat ins Freie. Nachdem Cecilia ihr Anliegen vorgetragen hatte, siedelte er mit seiner Familie in die Scheune um und überließ ihnen den Raum, aus dem seine Kate bestand, als Unterkunft. Seine Frau trug ein schlafendes Ferkel auf dem Arm und zerrte eine an ihrem Rock hängende Kinderschar mit sich.

Rossi ärgerte sich, weil er Cecilias Hilfe brauchte, um von der Kutsche und in die Kate zu kommen. Als er endlich auf dem Strohlager neben der Feuerstelle lag, ging sie zur Scheune herüber und bat den Bauern um Wundsalbe. Natürlich gab es in diesem Jammertal keine Medikamente, aber er bot ihr einen stinkenden Sud an, den er selbst gekocht hatte und den er seinem Ochsen aufs Fell rieb, wenn der sich wund gezogen hatte.

»Genau das Richtige«, sagte Cecilia.

Als sie ins Haus zurückkehrte, fand sie ihren Giudice schlafend. Sie überlegte kurz, ob sie ihn wecken sollte, um das verdammte Hemd von den verdammten Wunden zu ziehen, die sie immer noch nicht zu Gesicht bekommen hatte, aber sie entschied sich dagegen. Inzwischen war sowieso alles verklebt. Stattdessen packte sie Holzscheite, die sie in einer Nische fand, auf die Glut in der Mitte der Hütte und schaute hustend dem Rauch nach, der sich durch das Loch im Dach kringelte. Irgendwann fielen ihr die Augen zu.

Sie erwachte davon, dass Rossi sie anstarrte oder vielleicht auch, weil sie der Rücken so schmerzte. Es war inzwischen völlig dunkel geworden, nur das rauchende Feuer spendete ein wenig Licht.

»Zieh dir die Jacke aus«, befahl sie. Er gehorchte, und sie setzte einen Kienspan in Brand und rammte ihn neben seinem Strohlager in die Erde.

Es wurde eine wüste Schweinerei. Sie musste das Hemd von den verkrusteten Striemen reißen, und das tat ihm weh, was sie an seinen Händen sah, die sich ins Stroh krallten. Er blutete, und sie benutzte den sauberen Teil seines Hemdes, um das Blut zu stillen. Ihre Wundsalbe gefiel ihm nicht. »Cecilia, das stinkt wie aus der Latrine.«

»Ochsensalbe.« Sie rieb das Zeug in die Wunden hinein. Er hatte recht, es roch, als hätte jemand in einen Kräutertopf gepinkelt und den Sud trocknen lassen. Rossis Flüche hätten den *Stinche* erröten lassen. »Wie konntest du nur!«, überbrüllte sie ihn, di Vitas Stoßseufzer wiederholend. Sie spürte die Hitze, die von ihm ausging, sicherlich hatte er Fieber. »*Ziegenbock*! Wie konntest du nur!« Als das Werk vollendet war, brauchten sie beide eine Verschnaufpause.

Cecilia betrachtete den verarzteten Rücken. Zwischen den frischen Striemen zogen sich blasse, vernarbte Streifen, kreuz und quer wie ein Strickmuster. Einige mussten aus seiner Kindheit stammen, denn die Narben hatten sich mit dem Wachstum gedehnt. Heiligenmalerpack, dachte Cecilia und wischte sich eine Träne fort, die noch vom Zorn oder schon vom Mitleid stammte. Sie fragte ihn nach seinem Vater.

Das Fieber und die Schmerzen schienen ihn redselig zu machen. Während das Feuer kokelte und die Hütte in eine Räucherstube verwandelte, erzählte er ihr, dass er einen Bruder mit dem Namen Nando gehabt habe. Der Junge hatte gerade zu krabbeln begonnen, als der Hungerwinter kam. »Du hast das Essen auf dem Tisch und weißt, dass es nicht für alle reichen wird. Und morgen auch nicht und übermorgen auch nicht. Mutter hatte die Milch unserer einzigen Ziege beiseite gestellt für Nando.«

Sie hatte es gut gemeint, und weil sie ihren Mann kannte, hatte sie die Milch in einem Bodenloch im Garten versteckt. Der Vater war dahintergekommen, und von da an gab es kein Essen mehr für Nando. Der Junge war verhungert, und die Mutter kurz darauf gestorben. »Sie war so duldsam«, sagte Rossi. Es klang nicht, als wären die Worte freundlich gemeint.

»Was blieb ihr denn übrig?«

»Grazia war niemals duldsam.«

Cecilia blickte auf die vernarbten Striemen und fand, dass die Mutter eine Verteidigerin verdiente. »Wenn sie deinen Bruder nicht geliebt hätte, dann hätte sie die Milch nicht versteckt.«

»Lieben reicht eben nicht.«

»Nicht jeder Mensch ist wie Grazia.«

Er drehte sich auf die Seite und sah sie mit glühendem Gesicht an. »Weißt du, warum ich sie verlassen habe?«

»Nein. Ich …«

»Meine Hände!« Er streckte ihr seine Rechte entgegen, als wäre sie eine Wahrsagerin. »Ich war siebzehn, als das Buch von Beccaria erschienen ist. Cesare Beccaria: *Über Verbrechen und Strafen*. Dieser Mann ist ein Visionär, seiner Zeit um hundert Jahre voraus. Ich habe damals gerade die Universität in Wien besucht und das Buch verschlungen. Was er alles verlangte! Die Unschuldsvermutung zugunsten des Tatverdächtigen … Öffentlichkeit der Gerichtsverhandlungen, … ausreichend Zeit für die Strafverteidigung, … die strikte Bindung des Richters an das

Gesetz, … Willkürverbot für die Polizei … Ich war wie berauscht, Cecilia, von den Möglichkeiten, die sich plötzlich auftaten. Er hat die Abschaffung der Folter und der Todesstrafe verlangt. Ein italienischer Spinner, haben sie gesagt. Aber Sonnenfels hat ihn verteidigt. Joseph von Sonnenfels war einer meiner Professoren und schon damals ein mächtiger Mann. Er hatte Einfluss auf die Kaiserin. Und mit einem Mal schien alles möglich, verstehst du?«

»Und was war mit deinen Händen?«

»Das ist die eine meiner Hände. Die Compilations-Kommission. Wahrhaftig, ich kann nicht alles durchsetzen. Aber das Barbarentum der Folter werden wir abschaffen, und die Todesstrafe auch. Leopoldo ist so gut wie überzeugt. Er hat bereits die Steuerprivilegien für den Klerus und den Adel aufgehoben und seine Bodenreform begonnen. Durch die Gemeindereform hat er Bauern und Händler in die Verwaltungen berufen. Er hört auf seine Kommission.«

Rossi lag wieder auf dem Bauch, weil das Liegen auf der Seite an seinen Wunden riss. Sie fuhr ihm kopfschüttelnd durch das Haar. »Er hat dir wehgetan.«

»Was?«

»Leopoldo.«

»Ach Gott …«

»Und die andere Hand?«

»Meine andere Hand ist der Richterstuhl.« Er brummelte, der Begeisterungsrausch hatte ihn angestrengt. »Das Recht, Cecilia, muss nicht nur formuliert, es muss auch durchgesetzt werden. Ich habe dafür gesorgt, dass Carlo Panatis Kuh aus Gilbertos Sonnenblumenfeld verschwunden ist. Das mag lächerlich klingen, ist es aber nicht. Für Gilberto hängt eine Menge an seiner Sonnenblumenernte. Ich bin stolz darauf, ihm zu seinem Recht verholfen zu haben.«

»Ich war bei der Gerichtsverhandlung. Du hast dich fabelhaft geschlagen.« Cecilia lächelte.

»Grazia wollte mir beide Hände binden«, sagte Rossi, und sie hörte auf zu lächeln, weil er so niedergeschlagen klang. »Ich will ihr nichts vorwerfen. Wir haben geheiratet, aber sie hatte dabei ein ganz anderes Leben im Auge als ich. Sie wollte in den Salons glänzen. Sie war eine begabte Gastgeberin. So eifrig und voller Lebensfreude und Ideen. Ihr Schwung hat das Haus beben lassen.«

Cecilia versuchte sich Rossi in einem bebenden Haus vorzustellen, während er Gäste begrüßte, die ihn zu Tode langweilten. *Sei freundlich, sei zuvorkommend, mein Schatz. Schmeichle ihnen. Du weißt, du musst sie vergessen machen, woher du kommst ...*

»Es war ein Missverständnis. Und es wäre an mir gewesen, dieses Missverständnis vor meinem Antrag aufzuklären, denn Grazia hat niemals einen Hehl daraus gemacht, was sie wollte. Es war meine Schuld.«

»Natürlich, Rossi.« Wo Frauen doch keinen Funken Verstand besitzen und blind durchs Leben laufen. Das Feuer strömte keine Wärme mehr aus. Cecilia erhob sich und legte frisches Holz auf die Glut.

»Nicht das nasse.«

Aber das nasse lag oben.

»Das nasse macht den Qualm«, behauptete Rossi.

Gähnend entfernte sie die feuchten Scheite wieder und suchte andere heraus, die sich trocken anfühlten.

»Du erstickst das Feuer, wenn du alles obenauf wirfst. Schieb es unten hinein, von der Seite, aber nicht zu viel auf einmal.« Rossi erklärte ihr die Kunst, Scheite für ein offenes Feuer in einer zügigen Hütte zu schichten. Es hatte viel mit Löchern und Luft zu tun.

»Wenn man sich die Mühe gegeben hätte, dir frühzeitig etwas beizubringen, wäre aus dir ein nützlicher Mensch geworden.«

»Danke, Rossi, danke.« Sie setzte sich wieder an seine Seite. »Lässt Leopoldo dich in seiner Kommission weiterarbeiten?«

»Das stand in ... in dieser Debatte nicht zur Diskussion. Doch, er wird. Unser Granduca setzt seinen persönlichen Ärger nicht über die Interessen des Landes.«

»Du bist ein Interesse seines Landes?«

»Ja.« Er zwinkerte ihr zu, und sie ärgerte sich. Dein Gran-

340

duca hat dich auspeitschen lassen! In aller Öffentlichkeit, wie einen gemeinen Verbrecher. Vielleicht wird *er* es vergessen, zugunsten seines Landes. Aber *du* wirst bald spüren, wie schwer dieser Bissen dir im Magen liegt. Und wenn du selbst damit klarkommst, bleibt immer noch die Frage, wie deine Richterkollegen darauf reagieren werden. Wer setzt sich neben einen Mann, der durchs Auspeitschen seine Ehre verloren hat?

»Ich bin müde, Cousin«, sagte sie. »Dreh dich um und mach die Augen zu. Ich muss einige Polster losbinden, damit ich liegen kann.«

Der Morgen weckte sie mit Hundegebell.

Wauwau ... Sie zuckte zusammen, ihr Herz ratterte und sie stieß sich den Kopf an einem Balken, als sie in die Höhe fuhr. Verdammte Hunde. Verdammte ... Immer mit der Ruhe. *Atmen* ...

Sie atmete. Dann blinzelte sie gegen das Hüttendach, wo der Staub im Sonnenlicht trieb. Es musste noch früh sein, denn das Licht fiel fast horizontal durch die wenigen kleinen Fenster. Das Gebell war verstummt, stattdessen hämmerte ein Specht. Leise erhob sie sich und band die Polster unter ihr Kleid.

Da Rossi noch schlief, hatte sie Muße, die Verwüstung auf seinem Rücken im Hellen zu betrachten. Mistkerl, dachte sie und hätte spucken mögen auf die goldenen Säle. Das Feuer war in der Nacht erloschen, und es war kalt. Sie blickte zu einer Decke, die der Bauer vergessen hatte, aber es wieselten Kakerlaken darüber, und außerdem war sie zu dünn, um zu wärmen.

»Eines würde mich dann noch interessieren«, murmelte Rossi. »Wer hat Leopoldo zugetragen, was ich gesagt habe, damals bei Signora Seccis Fest?«

Gute Frage, ja. Ein Spitzel. Cecilia schaute auf ihre von der Ochsensalbe braun gewordenen Hände und fand, dass sie es sich verdient hatte, in Ruhe gelassen zu werden. »Soll ich versuchen, etwas zum Essen zu besorgen?«

Er verdrehte den Hals, um sie anschauen zu können. »Was ist an diesem Burschen so großartig, dass er dich um den Finger wickeln kann?«

»An welchem ...?«

341

»Warum klammert eine Frau wie du sich an so … eine Ratte? Er ist treulos, er ist hässlich und derart in sich selbst verliebt, dass er nicht furzen kann, ohne im Spiegel zu schauen, wie sich's macht.«

»Hat jemand um Unterhaltung gebeten?«, fragte sie mit schmalen Lippen.

»Und dabei …«

»Behalt's für dich.«

Er murmelte ein Schimpfwort, das sie nicht kannte. Mit der Sentimentalität der vergangenen Nacht war's vorbei. Seine Laune war ebenfalls auf einem Tiefpunkt angelangt.

»Ich reibe noch einmal die Salbe auf deinen Rücken.« Sie strich ihm das übel riechende Zeug auf die heiße Haut und grollte ihm, weil … *Erst war ich das Liebchen eines Verführers, und nun soll er auch noch ein Denunziant sein?* Dumm … dumm … dumm … hämmerte der Specht, der hinter der Hütte den Baumstamm bearbeitete. »Signor di Vita lässt dir ausrichten, dass er enttäuscht von dir ist.«

»Lässt er das?«

»Mit den besten Empfehlungen.«

Die Wunden waren noch nicht einmal ansatzweise geschlossen, aber Cecilia sah auch keine roten Ränder oder Schwellungen oder andere Anzeichen von Entzündung, was unbedingt für die Stinkesalbe sprach. Sie überlegte, ob sie den Bauern um seinen Tiegel bitten sollte.

»Es schmeichelt dir, dass der Kerl dir nachgereist ist.«

»Geht dich nichts an«, sagte Cecilia.

»Du denkst …«

Den Rest des Satzes hörte sie nicht mehr. Bisher hatte das Morgenlicht aus einem der Fenster auf Rossis Wunden geschienen, ein Streifen, der handbreit über seinen Oberkörper verlief. Dieser Streifen hatte sich plötzlich verkleinert, oder vielmehr – er änderte seine Form.

Cecilia spürte ihren Herzschlag aussetzen. Mechanisch rieb sie weiter über die wunde Haut. Jemand stand am Fenster. So musste es sein. Er bewegte sich selbst und damit auch den Lichtstreifen.

Es ist so weit ... Zeit für die Pistole.

Der Gedanke war derart absurd, dass sie beinahe gelacht hätte. *Was bildest du dir ein, Cecilia Barghini? Dass du einen Menschen erschießen kannst?* Und doch griff sie mit der Linken nach ihrem Ridikül und begann an dem Verschluss zu fingern.

»... erklär ich's dir. Ich bin dein Verwandter. Ich denke schon, dass ich eine Verantwortung habe«, erklärte Rossi hölzern und gleichzeitig irritiert, weil er aus den Augenwinkeln die Bewegungen ihrer Hand wahrnahm. Er zischte durch die Zähne, als sich ihr Fingernagel ungeschickt in einem der Wundränder verhakte.

Ungläubig sah er zu, wie sie die Pistole aus dem Täschchen kramte. Sie linste zu dem Fenster. War das ein Gesicht? O ja! Sie konnte nicht viel erkennen, eine Wange, vielleicht ein Kinn – aber dort stand jemand. Und nun bohrte sich, unmittelbar neben dem Fenster, ein schwarzer Lauf durch das Geflecht der Hüttenwand. Das Auge eines metallenen Zyklopen.

»Du bist mir gar nichts schuldig, Rossi«, sagte sie, während die Pistole ihr durch die glitschigen Finger glitt und neben das Täschchen fiel. Sie tastete nach der Waffe ...

Rossi schob, aufs Höchste alarmiert, ihre Hand beiseite, und es gelang ihm, die Pistole aufzunehmen und den Hahn zu spannen.

»Am zweiten Fenster neben der Tür«, flüsterte Cecilia, während sie tat, als schaute sie in den Tiegel. Ihr Kiefer war so angespannt, dass er schmerzte. *Willkommen, Vincenzo. Ich habe gewusst, dass du nicht aufgeben würdest. Aber über Rossi und seinen Sorgen hab ich's vergessen – kannst du dir das vorstellen?*

Zumindest führte der Irre keine Hunde mit sich. Stimmte das? Hatte Lupori sämtliche Hunde erschossen, oder hatte er nur den einen erwischt? Bitte keinen Hund, dachte Cecilia. Der Verrückte zielte mit einer Pistole, also stand er dort ohne Hund, obwohl es ihm anders sicher besser gefallen hätte. Und vielleicht war er es ja auch gar nicht selbst. Der unsichtbare Helfer ... *Wir müssen sie erschießen, Herr – sie sind uns zu dicht auf der Spur.* Ja, das wäre eher glaubhaft. Ein kaltblütiger Kumpan aus Vincenzos Stall, der eine Zeugin beseitigen wollte, ohne dabei ein allzu großes Risiko einzugehen.

Cecilia schaute auf die Pistole in Rossis Hand. Er würde sich drehen müssen, um zu schießen. Wenn der Schütze sie im Auge hatte, würde er wissen, was die Bewegung bedeutete. Er würde schneller sein.

Sachte nahm sie dem grimassenschneidenden Rossi die Pistole wieder ab. Sie riss den Arm hoch, streckte ihn – dass sie sich daran noch erinnerte! – und zog den Abzug durch. Der Feuerstein knallte auf die Batterie. Die Wucht der anschließenden Explosion war so groß, dass ihr die Waffe aus der Hand geschlagen wurde. Rossi griff danach und riss Cecilia mit sich in eine andere Ecke des Raums. Im Fallen sah sie das spektakuläre Loch, das die Pistole in der Wand hinterlassen hatte.

Er war schon wieder auf den Füßen. Die Tür flog auf, und er rannte hinaus.

Cecilia wartete. Ihre Hand brannte, wo sie vom heißen Pistolenlauf gestreift worden war. Sie hörte ihre Zähne klappern und schob den Handballen in den Mund – das kühlte und beendete das Klappern.

Sie wartete immer noch, starrte zu Tür und horchte so gespannt, dass ihr Augen und Ohren brannten. Nichts. Keine Kampfgeräusche. Kein erneuter Schuss, weder von ihrem Verfolger noch aus der Waffe, die Rossi mit sich genommen hatte. *Wo steckst du, Vincenzo?*

Dann Schritte ... Herrgott ... *Wau* ...

Sie blinzelte, unfähig, auch nur den Handballen aus dem Mund zu ziehen.

Es war Rossi. Das Grinsen auf seinem Gesicht verschwand, als er sie ansah. »Es war nichts, Cecilia.« Er ließ sich schwerfällig vor ihr nieder und umschloss ihre Wangen mit seinen beiden Händen. »Schon gut, Mädchen, schon gut ...«

Wo hatte er die Pistole, verdammt? »Wo ist die Pistole?«

»Du hast dich getäuscht. Dort draußen ist keine Seele.« Der Pistolengriff lugte aus seiner Hosentasche.

Sie schob seine Hände fort und stand auf. Vor der Hütte erwartete sie ein wunderschöner Morgen. Der Hügel lag in jenem besonderen Schimmer, der sich aus dem Sonnenlicht und dem Dunst der Wiesen speist. Ein Sperling flog von einem Stein auf.

Vor dem Waldessaum stand ein Reh und äugte zum Haus, bevor es sich gemächlich entfernte.

»Irgendwann verliert man die Nerven«, sagte Rossi.

»Ich habe ein Gesicht gesehen und einen Pistolenlauf.«

»Es war reichlich düster in der Hütte.«

Zögernd ging sie um das Haus herum, aber auch dort fand sich nichts, außer zwei schwarzen Ziegen, die in ihrem Pferch standen und sie anglotzten. Sie schaute sich den Platz unter dem Fenster an. Der Bauer hatte ihn mit Feldsteinen gepflastert, vielleicht weil dort gebuttert wurde. Ein glänzender Überzug aus Tau lag auf den Steinen. Keine Spuren.

»Hier muss er gestanden haben.« Im Lehmflechtwerk prangte ihr Loch.

Rossi sah sich die Verwüstung an und verschwand hinter der Hausecke.

Langsam ging Cecilia hinüber zu dem Stall, der ihren Gastgebern als Schlafraum für die Nacht gedient hatte. Sie rüttelte an der Tür, konnte sie aber nicht öffnen. Drinnen erkundigte sich eine verschlafene Stimme, wo, *diavolo...* ach ja, die Gäste. Sie hörte Geräusche, als würde sich jemand erheben. Ein Eimer oder etwas Ähnliches fiel um. Eine Kuh muhte. Jemand pochte von innen an die Tür. »Machen Sie auf!«

Bitte? Sie trat zurück. Die Tür besaß zwei Riegel. Der untere hing herab, der obere, der sich über Augenhöhe befand, war in die Halterung gelegt worden. Jemand hatte den Stall verschlossen. Von außen.

Einen Moment stand sie, ohne sich zu rühren. Im nächsten stemmte sie den Riegel. Es schien Stunden zu dauern, bis sie ihn hochgewuchtet hatte. Dieser Rost ... Diese verfluchten, ungeschickten Finger. Und irgendwo stand der Kerl und beobachtete sie und ... *Geh auf!*

»Er war doch hier!«, schrie sie Rossi und den Bauern an. Der eine kam gerade um die Ecke, der andere blinzelte verschlafen ins Morgenlicht. »Er war hier!«

Rossi hatte ebenfalls etwas gefunden. Als er hinter dem Ziegenpferch weitergegangen war, hatte er einen Schuppen entdeckt, in dem der Bauer Alteisen aufbewahrte. Dort musste ein

Pferd gestanden haben. Die Hufabdrücke frisch, die Stiefelab-
drücke, die zu den Hufen führten und das Gras niedergedrückt
hatten, ebenfalls frisch.

»Er war hier«, wiederholte Cecilia, und es war ihr gleich, dass
der Bauer sie anstarrte.

»Ja«, sagte Rossi.

18. Kapitel

Man hatte sie beinahe ermordet – und die Sonne schien weiter, die Leute gingen ihren Geschäften nach, Anita buk Schiaccia mit Trauben, Rossi berief eine Versammlung ein …

»Geh mit Dina spazieren«, sagte er. »Aber nur hier in der Stadt. Meidet einsame Plätze … Nicht rauf zur Ruine – als Beispiel …«

»Ja doch, ja!«, fauchte sie. Als hätte sie ein Bedürfnis nach einsamen Plätzen. Wenn es nach ihr gegangen wäre, hätte sie das Haus gar nicht mehr verlassen.

Aber dann tat die frische Luft ihr doch gut. Sie trafen einen Mann mit einem Karren voller Töpferwaren, der zum Markt wollte, sich aber im Wochentag vertan hatte – ein Unglück, das er ausgiebig mit einer Wäscherin besprach, die in ihrem Bottich Weißwäsche einweichte. Hausfrauen reinigten die Haustüren und die Wäscheleinen, und eine von ihnen schenkte Dina einen Speckfladen. Der Apotheker wünschte ihnen einen guten Tag und bat sie, Rossi an den Billardabend zu erinnern. Es gab sie also noch, die Welt, in der die Menschen einander wohlgesonnen waren. Nicht Vincenzo – die schwatzende Gesellschaft in den Frühlingsgassen bildeten die Wirklichkeit.

»Was ist denn nun in Marliana passiert?«, fragte Cecilia Dina.

Es war traurig genug. Offenbar hatte die Äbtissin die Kleine von Anfang an nicht leiden können. Die anderen Mädchen schienen gespürt zu haben, dass der Neuankömmling zum Sündenbock gemacht werden sollte, denn sie hieben bereitwillig in die Kerbe. Nicht einmal mit Grazia hatte es geklappt. »Hat mir aber nichts ausgemacht«, behauptete Dina. »Aber ich hab den Keller nicht gemocht.«

Der Keller war ein schwieriges Kapitel. Es musste sich um eine Art Karzer handeln, und Dinas Hand schob sich in die von Cecilia, als sie davon erzählte. »Es ist wegen Domizio«, sagte sie und meinte damit ihren toten Freund, den Dieb und Herumtreiber, der seinen kriminellen Drang mit dem Leben bezahlt hatte. »Ich hab doch damals an seinem Grab gesessen, und seitdem muss ich immer daran denken, wie eng es in einem Sarg ist und wie dunkel, und dass er es gar nicht leiden mochte, wenn man ihn einsperrte. Ich mag das auch nicht. Ich mag keine Türen, die zu sind, und wenn die Türen zu sind, will ich, dass die Fenster offen sind. Auch wenn es kalt ist, das ist mir egal.«

Cecilia drückte die kleine Hand.

»Aber im Schlafsaal durfte man die Fenster nicht aufmachen.« Dina hatte es trotzdem getan. Sie war dabei erwischt und bestraft worden. Sie hatte in der nächsten Nacht wieder das Fenster geöffnet. Der Karzer, in dem man sie wegen ihres Ungehorsams steckte, besaß keine Fenster – das war schlimm gewesen. »Aber ich hab gesungen. Singen ist wie ein Fenster, das man aufmacht. Und dann war mir auch der Karzer egal.«

So egal, dachte Cecilia, wie die Freundschaften, die sie nicht hatte schließen können. Sie hätte weinen können vor Mitleid und Zorn. »Was hast du gesungen?«

»Ein Lied. Hat mir Domizio beigebracht. Aber das kann man nicht vorsingen.«

Cecilia nickte verständnisvoll.

An dem Tag, als Rossi gekommen war, hatte der Krieg um die offenen Fenster bereits groteske Formen angenommen. Dina öffnete die Fenster, ihre Mitschülerinnen warteten und kicherten in wohligem Schauder, und dann kam unvermeidlich der Karzer.

»Warum hast du die Fenster in den Schulräumen geöffnet?«, fragte Cecilia. »Dort war es doch nicht eng und dunkel.«

»Damit die Äbtissin nicht denkt, dass ich Angst vor ihr habe. Ich hab vor niemandem Angst«, prahlte Dina und hörte sich anschließend, auf einem Bein hüpfend, eine Predigt zum Thema Gehorsam und Sanftmut an.

»Mein Vater hat auch keine Angst vor der Äbtissin«, schoss sie in die erste Pause hinein. »Er hat sie angebrüllt in Worten, die man gar nicht wiederholen kann, weil sie so unfreundlich zu mir war. Und dann hat er mich einfach mitgenommen. Er hat nicht einmal auf meine Kleider gewartet. Ich durfte in seinem Arm schlafen, als wir geritten sind. Nicht quasseln, das macht ihn nervös. Aber schlafen. Er hat mich sehr lieb.«

»So viel steht fest«, sagte Cecilia.

Als sie heimkehrten, schickte Cecilia Dina zu Anita in die Küche hinab. Im Flur und im Speisezimmer drängten sich die Männer, die Rossi zusammengetrommelt hatte. Abate Brandi hatte es sich in Rossis Lehnstuhl bequem gemacht und plauderte mit dem sichtlich strapazierten Signor Secci über die Blitzableiter, die er nun auch auf den Dächern seiner Dampfhäuser platziert hatte. »Signor Benjamin Franklin … wunderbarer Mensch …«

Zaccaria stand in einer Ecke und stierte auf das Holz im Kamin, während Arthur Billings in dem Buch blätterte, aus dem Dina ihre französischen Verse abschrieb. Gerade traf Giudice Cardini ein. Cecilia begrüßte ihn und nahm ihm den schweren Mantel ab.

»Madonna – und ich dachte, ich hätte bereits alle Schönheit der Welt gesehen, als ich durch den Frühlingswald geritten bin«, schmeichelte er gut gelaunt und hauchte einen Kuss in ihre Richtung.

»Friss sie nicht auf«, blaffte Rossi.

Cardini lachte.

Cecilia hätte sich nun zurückziehen sollen, aber sie tat es nicht. Man hatte auf sie geschossen – sie fand, dass sie ein Recht hatte zu hören, was hier besprochen wurde.

Cardini rückte ihr einen Stuhl zurecht. Das passte Rossi nicht, aber er warf sie auch nicht hinaus. Sie hörten seinen knappen Bericht, der sich auf das erfreuliche Faktum beschränkte, dass der Granduca sich für Bruno einzusetzen versprochen hatte.

»Ich würde gern wissen, wie es um ihn steht.« Der Hausherr blickte bei diesen Worten seinen Kollegen aus Monsummano an, und der begann mit einem Seufzer zu erzählen, was zu ihm durchgesickert war. Bruno hatte offenbar eine erste Befragung über sich ergehen lassen müssen, schlimm, schlimm, aber er schien es einigermaßen weggesteckt zu haben. Jedenfalls hatte er eine Portion Fisch verzehrt.

»Das ist im Ganzen doch nicht schlecht«, meinte Zaccaria, der Rossis betroffenes Gesicht sah.

»Wenn dein Mann tatsächlich unschuldig ist, und du willst ihm helfen, dann musst du den wirklichen Mörder finden – und zwar schnell«, sagte Cardini. »Der Granduca wird Lupori nicht lange an der Leine halten.«

»Ich habe eine Woche.« Von dieser Frist hatte Rossi Cecilia gar nichts erzählt. Eine Woche also – von der ein Tag bereits verstrichen war.

»Wer hat Mario Brizzi, Sergio Feretti und Leo Alberti umgebracht? Das ist die erste Frage. Und die zweite, die damit eng zusammenhängt – wo liegt der Beweggrund für die Morde?« Rossi musterte die Anwesenden der Reihe nach und bekam natürlich keine Antwort.

»Ein Jammer, dass die Signorina sich nicht erinnern kann«, murmelte Secci.

Rossi nahm Arthur Billings ins Visier, und der Dottore überwand sich zu einem Kommentar: »Es muss sich bei dem Übeltäter um einen blutrünstigen und schlechten Menschen handeln, ohne Zweifel. Jemanden, dem es Freude bereitet, andere zu quälen. Darauf weist der lange Zeitraum hin, in dem dieser Junge, Leo, gefangen gehalten wurde. Es mag mit dem Wunsch zusammenhängen, Macht auszuüben. Da besteht eine … nicht ganz einfach zu begreifende Kausalität, die dem natürlichen Empfinden so heftig zuwider ist, dass ich es vorziehe, sie nicht weiter auszuführen.«

Er streifte Cecilia mit einem Blick. »Ich spreche von Genuss.

Allerdings weigere ich mich, in dieser teuflischen Begierde eine Krankheit zu sehen, denn das Böse muss erst ins Haus geladen werden, bevor es dort seinen Einfluss entfalten kann. Man kann also nicht umhin, ein Maß an Schuld festzustellen, welches der Bedeutung von Krankheit als ein dem Menschen auferlegtes Schicksal widerspricht. Bei diesem Mörder handelt es sich zweifellos um ein abgrundtief verdorbenes Geschöpf.«

»Etwas Neues von Vincenzo?«

»Bitte, Enzo!«

»Ich frage bloß. Dann das Nächste: Wie kam Brunos Messer neben die Leiche des Jungen?«

»War es denn wirklich seines?«, wollte Zaccaria wissen.

»Ja.«

»Dann ist es klar – mal vorausgesetzt, dass Bruno seine Pranken tatsächlich nicht in diesem schmutzigen Spiel hat. Jemand wollte ihn zum Verdächtigen stempeln.«

Rossi blickte zu Abate Brandi. Er befragt sie einen nach dem anderen, fiel Cecilia auf. Von jedem wollte er etwas wissen. Das hier war mehr als ein Zusammentreffen von Leuten, denen er vertraute.

»Das Morden begann bei Mario Brizzi«, sagte Rossi, den Blick immer noch auf den Abate gerichtet. »Bei einem Fischer, einem Saboteur, rate ich nun einmal, der an der Zerstörung der Dampfmaschinen beteiligt war.«

Der Mönch brummelte etwas.

»Er war einer der Saboteure – ja oder nein?«

»Ein Hitzkopf. Ja, er gehörte zu dieser Bagage. Bin ich mir sicher.«

»Was hast du unternommen?«

»Gar nichts.« Brandi blickte auf seine fetten Hände.

»Kein Wort in Richtung Florenz?«

»Florenz? Wieso …? Hör zu. Ich bin ein Mönch, den sie in die Provinz geschickt haben. Weg aus dem Rennen um Einfluss, … weiß der Himmel. Was an einem Ort wie Montecatini geschieht, interessiert in Florenz gar nicht. Man behandelt mich …«

Rossi stampfte mit dem Fuß auf. Die schmerzenden Striemen

machten ihn ungeduldig. »Hast du jemandem in Florenz dein Leid geklagt, Guido? Ja oder nein?«

»Vielleicht ein bisschen Dampf abgelassen …«

»Bei wem?«

Cecilia sah, wie Cardini sich gespannt vorbeugte.

»Keine Ahnung. Es war jemand hier, ein Signor … Hab den Namen vergessen. Ein Mann des Granduca – hat sich so bei mir vorgestellt –, der wissen wollte, wie es vorangeht, mit der Drainage. Natürlich habe ich von der Sabotage erzählt. Hat aber nichts genutzt. Kein Wort aus Florenz, keine Reaktion … Dabei hängt es von der Trockenlegung der Sümpfe ab …«

»Ein Mann des Granduca also.«

»Was soll denn das Verhör?«, beschwerte sich der Mönch.

»Geh raus und sorge für Essen«, sagte Rossi zu Cecilia.

»Nein.«

Die Männer schauten sie überrascht an. Es war ihr gleich. Sie wollte wissen, woran sie war.

»Also gut. Die Frage, die sich stellt: Wer war dieser Mann, der für den Granduca arbeitet?«

»Verstehe ich nicht. Hat das jetzt immer noch mit den Morden zu tun?«, fragte Zaccaria verblüfft.

Dieses Mal wurde die Pause lang. Leandro Cardini beendete sie, indem er mit einem vorsichtigen Lächeln zu einem kleinen Vortrag ausholte. »Der Granduca, Gott segne ihn, liebt es nicht, wenn man ihn hinters Licht führt. Er ist Österreicher, ein Ausländer, er hat es schwer hier in Italien. Zumindest ist er der Meinung, dass er es schwer hat. Man schmeichelt ihm, man intrigiert, es wird gelogen und betrogen an seinem Hof … Und das schmeckt ihm nicht. Er ist empfindlich.« Cardini blinzelte, als erwähnte er eine skurrile Besonderheit der Ausländer. »Also hat er ein Netz von Spitzeln geschaffen, die ihm die Wahrheit über das zutragen sollen, was in seinem Land geschieht. Wobei – verstehen Sie mich bitte richtig –, ich wiederhole, worüber spekuliert wird, ich trage kein eigenes Wissen vor.«

Es war keine Spekulation. Di Vita hatte das Gleiche gesagt. Und der wusste Bescheid.

352

»Und was hat das mit dem Mord zu tun?« Zaccaria kapierte immer noch nicht.

»Die Zuträger werden nach der Güte und Wichtigkeit ihrer Informationen bezahlt.« Das war wieder Rossi, und ganz sicher spürte er in diesem Moment die Striemen auf seinem Rücken.

Cecilia wartete, dass er den Namen Inghiramo nannte. Ein Dichter, der zu jedem Salon Zutritt hatte. Der bei den Reichen wie bei den Armen ein und aus gehen konnte, ohne Verdacht zu erregen. Ein Mann, der sich ein Zubrot verdiente, indem er dem Granduca zuflüsterte, was man in seinem Land über ihn munkelte. Und der auch bereit war zu morden und zu quälen, um die Informationen zu erpressen, für die er seinen Judaslohn einheimsen konnte?

Das glaube ich nicht, empörte sich Cecilia innerlich. Nicht das Letztere. Worauf beruhte ihr Unglaube? Auf der Erinnerung an verliebte Blicke und einige Küsse? Er hätte nicht versucht, auf mich zu schießen, das nicht, dachte sie. Und wenn er gar nicht auf sie, sondern auf Rossi gezielt hatte, den er hasste? Aber wie hätte er sicher sein können, den Richtigen zu treffen? Und wenn sie ihm inzwischen gleichgültig war? Nein … nein, er hatte sie zu seiner Aufführung nach Monsummano eingeladen.

»Was willst du nun unternehmen?«, fragte Secci.

»Cecilia …«

Dieses Mal gehorchte sie der Aufforderung. Rossi war verblendet durch seine Abneigung gegen den Schauspieler. Es lohnte nicht mehr, seine Theorien anzuhören.

Zumindest war er so anständig, sie später darüber aufzuklären, dass Guido Brandi nicht wusste, ob es sich bei seinem mysteriösen Besucher um Inghiramo gehandelt haben könnte. »Er hat kein Gedächtnis für Menschen.«

An diesem Tag war es zu spät, aber gleich am nächsten Morgen besuchte Cecilia Signor Chionas *Geschäft für Allerlei*, wie er es nannte. Der Mann war Mailänder und lehnte es ab, sich zu spezialisieren, weil er so viele Dinge liebte, und was er liebte, kaufte er ein, und was er einkaufte, verkaufte er wieder. Dort fand sie zwar keine Ölfarben, aber eine Palette und einige Pinsel. Anschließend suchte sie Goffredo auf und bat ihn, sie zum Asyl zu begleiten.

Arthur war, wie sich herausstellte, ausgefahren, was ihr Vorhaben um einiges erleichterte. Cecilia erklärte der liebenswürdigen Signora Dolfi ihr Begehren und fand freundliche Zustimmung. Signora Martello würde sich zweifellos über einen Besuch freuen. Sie war in letzter Zeit so niedergeschlagen. Ein Trauerspiel! »Wenn sie sich wohlfühlt, kommt die Sonne ins Haus, wenn es ihr schlecht geht, stehen wir alle im Regen.«

Roberta saß in dem großen Innenhof des Spitals, und Cecilia war einigermaßen erschrocken, als sie die Gestalt musterte, die mit angezogenen Beinen auf einer Bank hockte, den Blick ins Leere gerichtet, unbeeindruckt vom sprießenden Grün und den aufgeregten Vögeln, die Material für ihre Nester suchten.

»Aber liebe Signora – was ist geschehen?«

Sie bekam keine Antwort. Unaufgefordert setzte sie sich neben die Kranke, und weil die Stille so drückend war, sprach sie über die Vögel. Schließlich kramte sie die Palette hervor.

»Ich kann nicht malen«, sagte Roberta – was zumindest eine Reaktion darstellte.

»Wie können Sie so etwas behaupten, meine Liebe?«

»Ich bin verrückt.« Aus Robertas Brust löste sich ein abgrundtiefer Seufzer. »Verstehen Sie? Hier oben. Im Kopf.« Sie hämmerte gegen ihre Stirn. »Ich male und bin dabei wie besessen und bilde mir ein, den göttlichen Funken in mir zu spüren, und weil der Dottore ein Wissenschaftler ist, der sich des Erfolges seiner Experimente rühmen will, lobt er mein Geschmiere. Jeder lobt es. Die arme Roberta, … so wirr …. Aber ihre Bilder sind hübsch, nicht wahr? … Die Wahrheit ist, ich besitze nicht das geringste Talent. Ich kleckse herum.«

»Das können Sie doch nicht ernstlich glauben. Erinnern Sie sich an das Bild mit dem Garten und dem Einhorn? Es ist wunderschön!«

Roberta hüllte sich enger in die Decke, die sie mit in den Hof genommen hatte. Sie fand es offenbar nicht der Mühe wert, auf Cecilias Widerspruch zu reagieren.

Impulsiv legte Cecilia den Arm um die Schulter der Frau. Es fühlte sich an, als berührte sie einen Stein, und sie musste sich beherrschen, ihn nicht augenblicklich zurückzuziehen. Gemeinsam schauten sie einer Smaragdeidechse zu, die sich auf der Brunnenbrüstung in der Sonne wärmte.

»Ich lebe in Bergen und Tälern«, sagte Roberta. »Gestern stand ich auf dem Gipfel des Berges, und heute hat es mich hinabgeschmettert. Ich bin krank, ganz ohne Zweifel – da hat der Dottore recht. Mein Bruder meint, es hängt damit zusammen, dass ich ... nun, ich laufe gelegentlich in Männerkleidern umher. Vielleicht ist es tatsächlich die Strafe Gottes. Was weiß ich schon, worüber sich jemand wie Gott ereifert ...«

Die Eidechse bewegte die kleinen Füße mit den langen Zehen, als würde sie unruhig. Gab es einen Feind? Nein, sie entspannte sich wieder.

»Hat der Dottore Sie geschickt?«, fragte Roberta ohne besonderes Interesse.

»Nein, nein, ich ... Offen gestanden, mich interessiert dieser Vincenzo ... Sie wissen schon, der junge Mann ...«

»Wer könnte Vincenzo vergessen?« Zum ersten Mal bemerkte Cecilia etwas wie Leben in den dunklen Augen der niedergeschlagenen Kranken.

»Er wohnt wieder bei seinen Eltern, ich weiß. Ich frage mich nur ... In der Zeit, in der er hier untergebracht war ...

»Der Dottore verschweigt es?«

»Was meinen Sie?«, fragte Cecilia überrascht.

»Er ist selbst ein bisschen verrückt, unser guter Dottore.« Roberta gab ein krächzendes Lachen von sich. »Der Junge ist zurückgekehrt. Er hält ihn in einem Zimmerchen im Westflügel – und bildet sich ein, den Tiger damit sicher im Käfig zu haben.«

»Oh!« Cecilia holte Luft. »Seit wann denn das?«

Keine bedrohliche Frage, aber es schien, als würde Roberta plötzlich kleiner, als schrumpfte sie zusammen. Cecilia blickte sich um, doch es hatte sich nichts verändert, keine Seele war zu sehen.

»Kann Vincenzo das Asyl verlassen?«, bohrte sie.

Die Malerin mummelte sich in die Wolle und zupfte mit den nackten Zehen die Enden der Decke um die Füße. »Ich bin müde«, murmelte sie.

»Seit wann ist er denn wieder zurück?«

»Nichts hat Sinn.«

»Roberta …« Cecilia stellte noch einige Fragen. Wusste man, warum die Eltern Vincenzo zurückgebracht hatten? Was sollte das heißen – *bildet sich ein, den Tiger damit im Käfig zu haben?* Die Frau gab auf keine von ihnen eine Antwort.

»Haben Sie ihm einen Schlüssel verschafft, Roberta?«, bohrte Cecilia.

Wieder nichts.

»Einen Schlüssel, Roberta. Wenn er einen Schlüssel besäße … wenn es ihm möglich wäre, das Asyl zu verlassen – es würde so vieles erklären.«

Die Eidechse schaute zu ihnen herüber. Dann schoss sie unter ein Gebüsch. Cecilia kapitulierte und erhob sich.

»Mir gefällt es, wenn aus dem Garten Eden bunte Vögel zu uns herunterflattern. Ich mag die Vielfalt«, sagte Roberta, als sie gehen wollte. »Aber dieses Biest hätte erschlagen gehört, als es aus der Schale kroch.«

Da Arthur immer noch nicht in sein Asyl zurückgekehrt war, stellte Cecilia Signora Dolfi zur Rede. Die resolute Dame wurde zur Auster. Erst als Cecilia mit dem Giudice drohte, fand sie sich zur Auskunft bereit. Offenbar war Vincenzo aus der Villa seiner Eltern ausgebrochen. Man hatte ihn wieder eingefangen, aber seine Mutter war mit den Nerven am Ende gewesen und hatte den Dottore angefleht, ihren Jungen wieder aufzunehmen. Er hatte sich erweichen lassen.

Signora Dolfi knackte wütend mit den Fingerknöcheln. Man war doch Mensch. Und natürlich wurde der Junge gut verwahrt. Besser als in jedem Gefängnis, in das man ihn sonst vielleicht geschickt hätte. Seit er sich sicher hinter den geschützten

Mauern wusste, hatte er seinen Frieden wiedergefunden. Er war glücklich. Dass die Menschen nicht begriffen, wie schrecklich die Kranken unter ihrem Zustand litten.

»Wie lange ist er wieder hier?«

»Was weiß ich?«

»Länger als drei Tage?«

»Ja«, knurrte die Signora, die nicht wusste, ob das eine gute oder eine schlechte Auskunft war.

Vincenzo hätte also die Zeit gehabt, Leo zu töten. Und da ihm offenbar auch die Flucht aus der elterlichen Villa gelungen war: Hätte er nicht sämtliche Verbrechen begehen können, die im Zusammenhang mit den Hunden geschehen waren?

Ein Mann, der durch Mauern geht ... Cecilia schauderte. Nein, nicht durch Mauern, natürlich nicht. Aber ein Mann, der mit seinem irren und trotzdem so scharfen Verstand sämtliche Sicherheitsvorkehrungen außer Kraft setzen konnte. Der in jedem Käfig das Loch, in jedem Kerker den losen Stein fand. Mit Arthur darüber zu sprechen, würde allerdings sinnlos sein, wie immer.

Niemand floh heimlich aus seinem Asyl.

Wau!

Goffredo erfreute Cecilia auf dem Weg in die Stadt zurück mit einigen Geschichten über Irre, die einander an schaurigen Details überboten. Er persönlich hatte allerdings nichts gegen das Asyl, solange die Gitter stabil waren, wie er mit einem Augenzwinkern bemerkte. Kurz vor dem Stadttor erzählte er von seiner Schwester, die nach einem Sturz beim Apfelernten wochenlang Kopfweh gehabt hatte – und dann war sie gestorben. Irr war sie natürlich nicht gewesen, aber trotzdem: So etwas brachte einen Menschen schon zum Nachdenken.

Er setzte Cecilia vor ihrer Wohnung ab. Auf ihren Wunsch wartete er dort, bis sie die Tür hinter sich zugeschlossen hatte.

Cecilia nahm ihren Hut ab und betrachtete sich einige Momente in dem Spiegel, der ihr ein blasses, übermüdetes Geschöpf mit dunklen Augenringen zeigte, das aussah, als müsste es für wenigstens eine Woche das Bett hüten. *Danke Vincenzo!*

Sie seufzte. Dann ging sie in den Salon, wo Irene an dem kleinen Tisch über einem Brief saß. Neben dem Tintenfässchen lag ein blaues Stück Papier. Die Zofe war so eifrig bei der Sache, dass sie ihre Herrin gar nicht bemerkte.

Cecilia betrachtete sie. Die strenge Frisur, das Gesicht, das nicht weniger blass als ihr eigenes wirkte, die senkrechten Falten, die sich zwischen ihren Augen gebildet hatten und die ihr einen Ausdruck ständiger Unzufriedenheit verliehen.

»Allgütiger!« Irene zuckte zusammen und starrte erschreckt erst zu ihrer Herrin und dann auf den Tintenklecks, den sie fabriziert hatte. »Ich habe Sie gar nicht kommen hören.« Sie schob ihre Hand über den Brief und beschmierte sie dabei mit Tinte. »Ich habe gar nicht gewusst, dass Sie schon … Hatten Sie eine gute Fahrt, Signorina?«

Cecilia blickte verwundert auf die Hand, die den Brief abdeckte. Der Gedanke, Irene könnte etwas tun, was ihre Herrin missbilligte, war absurd. »Irene, ich brauche morgen die warmen Strümpfe. Die grünen. Es ist immer noch kalt, auch wenn die Sonne scheint.« Sie starrte auf den blauen Papierbogen. Er war zerknittert gewesen und dann offenbar geglättet worden, wahrscheinlich mit dem Plätteisen. »Was ist das, Irene?«

Sie wusste es bereits, aber sie wollte es nicht glauben.

»Gar nichts.« Die Zofe nahm das Papier auf und zerknüllte es.

So wie ich es zerknüllt habe, dachte Cecilia. Sie ging zum Tisch und schaute auf den Papierbogen, über den der Tintenklecks ein trauriges Muster gezogen hatte.

Geehrte Signora Rastelli,

ich fürchte, mit meinem letzten Fund den Argwohn bestätigen zu müssen, den Sie gegen Ihre Enkelin hegen. Tatsächlich flatterte mir beim Abbürsten eines Mantels ein Billett in … das die schlimmsten Befürchtungen zu bestätigen …. Signor Inghiramo …

»Sie haben geschnüffelt.«

Irene schüttelte den Kopf.

»Und Sie berichten meiner Großmutter.« Der Beweis lag auf dem Tisch. Es war lächerlich, dass Irene es leugnete.

*... Signor Inghirami ... der Signorina in dem Billett, das bei-
zufügen ich nicht wage, da ... vermissen könnte, bitten ...*
»Irene!«

»Es ist anders, Signora. Es war die Sorge, die mich bewogen
hat ...«

»Seit wann?« Törichte Frage. Seit Großmutter das erste Mal
den Palazzo aufgesucht hatte. Eine Münze in die Hand. Dann
vermutlich regelmäßige Zahlungen. *Berichten Sie von allem, was
Ihnen auffällt, Kindchen ...*

Die Erstarrung wich und machte einer Wut Platz, die sich an-
fühlte wie ein Schwall kochenden Wassers. »Sie verlassen das
Haus, Irene. Jetzt, noch in dieser Stunde.«

Die Zofe wurde kreidebleich.

»Bringen Sie mir den Schlüssel, wenn Sie fertig sind mit
Packen.« Cecilia ging hinüber ins Schlafzimmer und schloss die
Tür hinter sich. Sie legte sich auf ihr Bett und ballte die Fäuste.
Zu hart, flüsterte eine leise Stimme. Aber es gab noch die an-
dere Stimme in ihrem Kopf. Die erzählte von Stefana, der Kam-
merzofe in Florenz, der angeblichen Vertrauten, der sie das
Glück ihrer Liebe und jeden Kummer bis hin zur Schwanger-
schaft anvertraut hatte, und von der sie dann auf Großmutters
Geheiß geschnürt worden war bis zur Fehlgeburt.

Und nun Irene. Großmutters verlässlicher kleiner Geheim-
dienst. *Besuche den Granduca, ihr hättet ein hübsches Gesprächs-
thema.* Cecilia spürte, wie ihr Unterleib sich verkrampfte. Aber
das war nur Einbildung. Es gab kein Kind mehr, das hätte aus
dem Weg geräumt werden müssen.

Sie hörte, wie auf der anderen Seite weinend gekramt und
dann ein Schlüssel auf dem Tischchen in der Diele abgelegt
wurde. Irene konnte nicht sehr viele Besitztümer ihr Eigen nennen, da sie so schnell fertig war. Sie traute sich nicht mehr zu
klopfen. Leise fiel die Tür ins Schloss. Zuerst die obere, dann
die Haustür unten im Treppenhaus.

Es war still.

Das blaue Briefchen lag auf dem Fußboden, als Cecilia am nächsten Morgen ihren Salon betrat. Sie hob es auf. Inghiramo bat

darin um ein Treffen *in Gedenken an die Leidenschaft, die uns verband.* Er drückte sich schwülstig aus, und eine Welle der Abneigung durchfloss Cecilia, als sie das Gestammel las, mit dem er um die Gunst eines Abschieds bat, der ihrer unmöglich gewordenen Liebe würdig sei. Er wagte es sogar, einen Termin zu nennen. Den würde sie gewiss nicht wahrnehmen!

Es war Donnerstag. Er hatte sich gedacht, dass sie einander nach der Aufführung in den Ruinen sehen könnten. In zwei Tagen also. Nie im Leben! Wer von einer Viper gebissen wird und ein zweites Mal die Hand ausstreckt, gehört in den Narrenturm gesteckt. Sie zerriss das Billett. Zum Teufel mit Inghiramo.

Rossi hatte in der folgenden Zeit so viel zu tun, dass sie ihn kaum sah. Er hatte sich wieder einmal bei Goffredo ein Pferd ausgeliehen und besprach sich mit seinen Assessori und seinem Kollegen aus Monsummano, und was er sonst noch tat, wusste sie nicht. Die Zeit saß ihm im Nacken. Der vierte Tag von Brunos Frist verstrich, der fünfte brach an.

Cecilia paukte mit Dina französische Vokabeln und beaufsichtigte sie beim Violinespielen. Sie würde nicht zu der Aufführung gehen, denn das würde beweisen, dass Inghiramo noch immer ein Stück ihres Herzens besaß, und genauso würde er es auch auffassen, der dreimal verfluchte Kerl.

»Warum runzeln Sie die Stirn, Cecilia?«, wollte Dina wissen.

»Aber das tu ich nicht.«

»Doch. Die ganze Zeit. Sind Sie böse mit mir?«

Cecilia lächelte und strich über die rosigen Kinderwangen.

Adolfo war zurückgekehrt. Er suchte den Palazzo auf und erzählte, wie er den Mann, den er verfolgte, rasch aus den Augen verloren hatte. Eine Weile war er noch durch Florenz gestreift und hatte sich bei den Gasthäusern und Pferdewechselstellen nach einem Reiter auf einem Fuchs erkundigt, doch fündig geworden war er nicht. Ein Babylon, murmelte er. Ein Babylon. Wie der Mann aussah, den er fast erwischt hätte, konnte er auch nicht sagen. Ein schwarzer Mantel, ein schwarzer Filzhut.

Cecilia gestand Adolfo, dass sie Irene entlassen hatte, was ihm nicht gefiel, und noch weniger gefiel es ihm, dass der Giudice davon nichts wusste. Er beschwor sie, ihm ein Zimmerchen in ihrer Wohnung zu überlassen, damit er über sie wachen könne. Aber das wollte wiederum sie nicht. Vielleicht war diese Furcht, sich zu kompromittieren, ja inzwischen krankhaft. Dennoch – ein Mann in der Wohnung? Sie war allerdings zutiefst erleichtert, als er darauf beharrte, sich mit seiner Decke in einem leer stehenden Gartenpavillon auf dem Grundstück ihrer Wohnung gegenüber niederzulassen. Die Eigentümer waren verreist, es würde niemanden stören.

»Ist das nachts nicht sehr kalt?«

Er lachte, aber seine Altmänneraugen blickten weiter grimmig.

In dieser Nacht schlief sie schlecht. Alle Augenblicke wurde sie von Traumfetzen geweckt, in denen Sergio Feretti sie um Hilfe anbettelte. Ihre Glieder waren gelähmt, ihre Hände wie mit Steinen beschwert. Er weinte … *Schlag fester …*

Als sie schließlich hellwach im Bett saß und in die Dunkelheit starrte, huschten Szenarien durch ihren Kopf, die geeignet waren, ihr den Rest der Fassung zu rauben. Vincenzo, der sich an Adolfo heranschlich und ihn ermordete, quasi als *Amuse-Gueule* vor dem eigentlichen Mord, den er plante. *Wauwau …* Vincenzo in ihrem Flur, in ihrer Kammer …

War da ein Geräusch?

Nein.

Oder doch?

Cecilia befand sich allein im Gebäude, nachdem Secci am Abend zuvor sein Kontor geschlossen hatte. Und dennoch schien das Haus von Geistern bevölkert zu sein, die die Dielen zum Knarren und die Fensterläden zum Klappern brachten. Wenn es denn Geister waren.

Und nun? Im Bett sitzen und bis zum Morgengrauen zittern?

Cecilia nahm allen Mut zusammen und schlüpfte in ihre Pantöffelchen. Mit pochendem Herzen verharrte sie vor der Tür ihrer Abstellkammer – dem einzigen Raum, dessen Fenster zur Straße hinausging. Es dauerte Ewigkeiten, ehe sie sich traute, einzutreten und mit dem Nachtlicht die Finsternis auszuleuchten. Der schwarze, ägyptische Lampenmann blickte ihr von einem Stuhl aus entgegen, und sie hätte schwören können, dass er ihr mit dem grünen Glasauge zublinzelte.

Sie lauschte.

War dort etwas im Salon? Kleine Trippelschritte und Geraschel – sicher von den Mäusen, die man niemals wirklich loswurde, selbst wenn man keine Küche besaß. Sie ging zum Fenster, wischte die Scheibe sauber und starrte in die Nacht. Von Adolfo war zwischen den Bäumen mit den tief hängenden Zweigen nichts zu entdecken, was nicht verwunderte, da er es sich ja in dem Gartenhaus gemütlich gemacht hatte.

Er wird schlafen, dachte sie.

Wau ...

Und wenn Rossi recht hatte, und es war tatsächlich Inghiramo, der in den Diensten des Granduca spionierte und zu seinem eigenen Vorteil mordete? Unvorstellbar. Aber sagten das nicht alle von ihren Bekannten, die am Galgen endeten? Woran erkennt man einen Mörder? Ihr fiel der Mann ein, der auf sie und Rossi geschossen hatte. Dabei konnte es sich nicht um Inghiramo gehandelt haben, denn die Schauspieler übten für die Aufführung von *König Hirsch*, und Inghiramo hätte sich nicht für längere Zeit davonstehlen können. Außerdem lebten die Komödianten gemeinsam in ihren Thespiskarren. Sie hätten sich keinen Unterschlupf zu mieten brauchen. Wieder dachte Cecilia an Vincenzos Helfer, der in ihrer Vorstellung bereits so konkrete Formen angenommen hatte, dass er sogar ein Gesicht und eine Stimme besaß.

Schlag fester ... Wer hatte das zu wem gesagt?

Sie kehrte in ihr Bett zurück, lag hellwach unter der Decke und starrte in die Dunkelheit. Rossi würde toben, wenn er erfuhr, dass sie Irene entlassen hatte. Warum hatte sie es ihm überhaupt verschwiegen? Zwei, drei Male war sie ihm seit dem Debakel in seinem Palazzo begegnet. Er ist so schwierig, dachte sie.

Sie erinnerte sich plötzlich daran, wie Inghiramo ihr während eines abendlichen Diners bei einer Freundin, zu dem einige Künstler geladen worden waren, ein Gedicht zugesteckt hatte. Es hatte holprig geklungen, fast wie ein Studentenpoem. Der gewohnte Sarkasmus fehlte. Sein Poem hatte vom Leid gehandelt, welches die Liebe in sich trägt wie eine Frucht die Kerne. Sie hatte es rasch überflogen und gespürt, dass Inghiramo sie beim Lesen beobachtete. Er war sehr bleich gewesen und hatte den Blick gesenkt, als sie zu ihm hinüberschaute. Vielleicht war es dieser Moment gewesen, in dem sie ihre Bedenken über Bord geworfen und an die Wahrhaftigkeit seiner Gefühle zu glauben begonnen hatte. Weil die Reime so grauenhaft geschmiedet waren. Du hast mich geliebt, dachte Cecilia, und deshalb bist du mir auch nach Montecatini gefolgt. Ihr wurde ein wenig wärmer, und bald darauf schlief sie ein.

Am folgenden Tag erwachte sie mit den pochenden Kopfschmerzen, die sie in letzter Zeit so häufig heimsuchten. Um sich abzulenken, machte sie mit Dina einen Spaziergang, bei dem ihnen ein gähnender Adolfo Gesellschaft leistete. Die Flinte baumelte auf dem Rücken des Alten. Gutmütig erklärte er Dina, wie man mittels einer Leimrute Lerchen fing, aber das Mädchen war wenig begeistert und beschied ihm, dass er ein grausamer Kerl sei und dass sie niemals einem Vogel ein Leid zufügen werde.

»Kinder«, sagte Adolfo und sank auf der Bank bei der Burgruine, die sie für ihre Rast ausgesucht hatten, in ein Nickerchen. Seine Flinte rutschte in die morschen Blätter zu seinen Füßen.

Die Aufführung des *König Hirsch* war für den späten Nachmittag geplant.

Um drei Uhr begann Cecilia sich umzukleiden. Sie wählte ein strenges, dunkel gehaltenes Kleid, dessen Kragen ihren Hals umschloss, und einen ebenfalls dunklen Mantel, der sie wie eine Zeltplane umhüllte. Nach langem Schwanken griff sie nach einem Collier mit einigen Rubinsplittern, das als Schmuck weder zu verspielt noch altjüngferlich wirkte.

Ihr Entschluss stand fest. Sie würde Inghiramo sagen, dass alles vorbei sei. Diese Worte aus ihrem eigenen Mund hatte er verdient. Ein sauberer Schlussstrich, der ihm und ihr den Kopf und das Herz frei machen würde.

Es war kein Problem, dem übermüdeten Adolfo, der im Gartenpavillon schlief, zu entwischen. Goffredo spannte die Vittoria an. Was sie tat, war völlig ungefährlich, denn sie bewegte sich in einem Pulk von Kutschen mit festlich gekleideten Männern und Frauen, die sich alle auf dem Weg nach Monsummano befanden. In dieser Karawane war sie besser bewacht war als in irgendeinem Haus in Montecatini.

Unten bei den Thermen traf Cecilia auf das Ehepaar Secci und stimmte der Signora zu, dass es nach Regen aussähe. Der Himmel war blitzblank geputzt. Man sieht, was man zu sehen wünscht, dachte Cecilia, und ihre Gedanken glitten wieder zu Inghiramo.

Er war ein großes Risiko eingegangen, als er die Affäre mit ihr begonnen hatte. Die Gesellschaft liebte es, sich mit Künstlern zu umgeben, sie genoss ihren Witz und sonnte sich in ihrem Genie. Aber das konnte nicht über die Mauer hinwegtäuschen, die beide Gruppen voneinander trennte. Wäre die Affäre aufgeflogen, Großmutter hätte mit ihren Rufen nach Vergeltung ganz Florenz hinter sich gewusst. Für sie selbst, für Cecilia, war es einfach gewesen, sich in zuckrigen Träumen zu wiegen – das Risiko für Leib und Leben hatte Inghiramo tragen müssen. Es hatte lange gedauert, bis sie ehrlich genug geworden war, sich das einzugestehen. Nun hatte sie den Berg überschritten.

Die Ruine von Monsummano stand erwartungsgemäß auf einem Hügel und war über eine dicht bewaldete, serpentinenreiche Straße zu erreichen, an deren Rändern die eifrige Ingenieursgattin mit Papiermasken geschmückte Stäbe hatte aufstellen lassen – Theaterflair in der Provinz. Signora Bondi konnte mit dem Ansturm auf ihre Vorstellung zufrieden sein. Sicher hundert Menschen drängten sich bereits auf den Klappstühlen in den Ruinenmauern und noch einmal so viele auf dem felsigen Platz dahinter.

Die Sonne schien schräg gegen den roten Samtvorhang, der die Kulissen verbarg, und verlieh ihm einen Glanz, der die Schäbigkeit des alten Stoffs vergessen ließ. Unzufrieden inspizierte Signora Secci, die sich einen eigenen Sessel in die erste Reihe hatte tragen lassen, die Zuschauermassen. In einem Winkel der Ruine, der früher vielleicht einmal das Küchengebäude beherbergt hatte, drängte sich das einfache Volk. Cecilia entdeckte den Uhrmacher Petronio, der sich aus seinen beiden Krücken einen provisorischen Sitz gebaut hatte. Sie sah Fausta in ihrem besten Festtagskleid. Als ihr Blick wieder zu den Stuhlreihen glitt, bemerkte sie Marianna Bossi und deren verliebten Gatten, die sich in aller Öffentlichkeit bei den Händen hielten – zumindest ein Skandälchen, über das Signora Secci sich entrüsten konnte. Cecilia lächelte den beiden zu.

Die Dame mit dem ausufernden Federhut, die im Dragonerschritt das Gelände durchmaß und es wie ein Schlachtfeld inspizierte, musste die Ingenieursgattin sein. Sie wollte eine Frau verscheuchen, deren Kleidung zu einfach war, als dass sie der besseren Gesellschaft hätte angehören können. Doch die Gescholtene blieb auf ihrem Stuhl sitzen und wies ein Billett vor. Francesca, dachte Cecilia und fühlte Genugtuung, als Signora Bondi verärgert weiterging. Gleichzeitig war sie besorgt. Bildete die Seifensiederin sich tatsächlich ein, Lupori hätte sie bereits vergessen?

Inghiramo trat vor den Vorhang.

Er trug wieder das Kostüm des Geschichtenerzählers, aber dieses Mal wirkte er nicht komisch. Seine Mimik war angespannt, er suchte mit den Augen das Publikum ab. Sah er Cecilia? Kaum. Sie wurde von einem Mann mit einem breiten, braunen Samtrücken verdeckt.

Inghiramo bat die Zuschauer, sich noch einen Augenblick zu gedulden, und wurde wieder unsichtbar.

Als Cecilia sich erneut umschaute, entdeckte sie, dass sich auf dem freien Stuhl neben Francesca ein Mann niedergelassen hatte. Sie musste zweimal hinsehen, um es zu glauben: Rossi. Tatsächlich, Enzo Rossi.

Dummkopf, dachte sie in aufwallendem Ärger. Er saß vornübergebeugt, sicher, weil die Striemen keinen Druck vertrugen. Glaubte er allen Ernstes, das nähme niemand zur Kenntnis? Cecilia zweifelte nicht daran, dass die Nachricht von der schändlichen Bestrafung Montecatini erreicht hatte. Solche

Dinge blieben *nie* geheim. Und dieser Klatsch, gewürzt mit einer ordentlichen Portion Schadenfreude, würde durch sein Kokettieren mit einer gesuchten Verbrecherin weitere Nahrung erhalten. Er besitzt den Instinkt einer Stopfnadel, dachte sie verdrossen.

Applaus brandete auf. Der Vorhang hob sich, und Inghiramo wurde nun doch zum Geschichtenerzähler. Wieder die Mär, wie sein Herr, der Zauberer, in einen Papageien verwandelt worden war, und nun, nach vierzig Jahren, im Wald – dieses Mal von Monsummano – freigelassen werden würde.

Die Leute lachten herzlich, als die Statue die heuchlerischen Bewerberinnen für den Königinnenthron entlarvte. Smeraldina spielte in bester Laune die plapperhafte Hure, die ihrem tristen Schicksal entrinnen will.

Die Fackeln, die man bereits zu Beginn der Vorstellung entzündet hatte, brannten heller, je dunkler es wurde. König Deramo verwandelte sich in den Hirschen – Applaus, Applaus – und dann in den Bettler. Die schöne Angela hielt ihm die Treue und fiel effektvoll in Ohnmacht, als sie durch Tartaglia bedrängt wurde.

Cecilia merkte, wie ihr kalt wurde. Der Zauber der ersten Aufführung wollte sich nicht einstellen, ihr Interesse erlosch. Ich hätte nicht kommen sollen, dachte sie. Theatralisch! Und damit meinte sie nicht das Märchen, sondern sich selbst.

Ein Blick zur Seite zeigte ihr, wie Rossi sich zu Francesca beugte und mit ihr plauderte. Man hätte meinen sollen, zumindest die Seifensiederin besäße genügend Verstand, um zu begreifen, wie unpassend sie sich benahmen. Aber Francesca genoss ja den Status einer Exzentrikerin, die sich um nichts scherte. Nur – Rossi war Teil der besseren Gesellschaft der Stadt, ob ihm das nun passte oder nicht. Cecilia bekam eine Ahnung davon, was Grazia zu ihren Wutanfällen getrieben haben mochte. Als der Schlussapplaus aufbrandete und der Vorhang fiel, stand sie als eine der Ersten auf.

Die Ingenieursgattin erklomm über eine dreistufige Holztreppe die Bühne und pries auf dem winzigen Proszenium wortreich das Talent der Schauspieler, den unübertrefflichen Geist

Carlo Gozzis und den Wettergott, der es gut mit ihnen gemeint hatte. Einer der Schauspieler – dieses Mal nicht Smeraldina – war um die Bühne herumgelaufen und schoss vom Thespiskarren aus ein Feuerwerk in die Luft. Als hätte die Rakete die Wolken angestochen, begann es plötzlich zu nieseln. Noch ein Grund zu Gelächter. Cecilia raffte ihren Mantel und schob sich durch die Menge zu den Resten des alten Burgtores, hinter dem, von Signora Bondis Lakaien bewacht, die Kutschen standen.

Sie musste einen Moment warten. Der Regen wurde stärker und scheuchte die Leute auf. Es gab ein unerwartetes Gedränge.

»Du bist also gekommen.«

Sie brauchte sich nicht umzudrehen. Sie fühlte den leichten Druck der Hand auf ihrem Arm und hörte die heisere Stimme. Er hatte sie aufgestöbert. In ihrem Kopf formierten sich die Sätze, die sie so sorgfältig gedrechselt hatte, um Inghiramo ihren Standpunkt klarzumachen. Aber die Worte, und mit ihnen die Menschen und Kutschen, die Bäume und das Gesträuch – alles schien sich im Regen aufzulösen wie ein Gemälde, das mit Wasser übergossen wird.

»Lass uns einen Moment zur Seite gehen«, bat Inghiramo. »Nur auf ein paar Sätze.«

Sie bogen in einen kleinen Pfad ein und stiegen über Erdhügel, Steine, Zweige und raschelndes Laub bergab. Das Wäldchen, das sie bald darauf durchquerten, griff mit seinen Zweigen nach ihren Kleidern, und der Regen trommelte auf sie herab und ruinierte mit köstlichem Ungestüm ihre Frisuren. Cecilia fühlte die Haarsträhnen an ihren Schläfen kleben.

Ich bin verrückt! »Hör zu …«

Er hörte nicht zu. Das hatte er niemals getan. Stattdessen lachte er sie an, und ihr Herz wurde weich, als sie das ungekünstelte Glück in seinem Gesicht sah.

Er musste das Gelände in der Probenzeit gründlich kennengelernt haben, denn er führte sie, ohne auch nur einmal zu zögern oder sich umzuschauen, immer tiefer in den Wald hinein.

Als sie einen breiteren Weg erreichten, begann er zu laufen, und weil er sie bei der Hand hielt, musste sie ihm im gleichen Tempo folgen, was seltsame, übermütige Empfindungen in ihr auslöste. Ich segle auf den Wolken …

Ich bin verrückt!

Es ging über Stock und Stein, bestimmt eine Viertelstunde lang. Cecilia merkte, wie sie einen Schuh verlor, doch Inghiramo erlaubte ihr nicht innezuhalten. Sie kämpfte mit dem Lachen. Herrgott, war sie lebendig! Inghiramo zog sie wieder durch Gebüsch und Sträucher, bis sie sich auf einer zauberhaften, kleinen Lichtung wiederfanden, mit Mondeslicht, trotz des Regens, und einem Polster aus Moos. Natürlich hatte er den Ort sorgfältig ausgesucht. Ein Theatermensch eben, dachte sie nachsichtig und entwand ihm ihre Hand.

»Ich liebe dich.«

Nein, bei aller Zauberei … Cecilia seufzte. Ihr letztes Gespräch würde nicht auf diese Weise geführt werden. Das musste er einsehen. Sie war nicht mehr das junge Mädchen, das er vor vierzehn Monaten verlassen hatte.

Er legte den Finger auf ihre Lippen, als hätte sie ihre Bedenken laut ausgesprochen. »Bitte, ich muss es dir erklären. Ich war töricht. Ich hatte Angst. Ich glaubte …« Er lächelte, was sie an dem weißen Aufblitzen seiner Zähne sah. »… dem Schlamassel entkommen zu können, wenn ich nur schnell genug rannte. Aber es war unmöglich. Du gehörst als Hexe verbrannt. Du hast mir deinen Namen auf die Lippen gelegt, so dass ich nichts anderes mehr stottern konnte als *Cecilia*. Du hast mein Herz durch magische Ketten an deines geknüpft. Ich komme nicht los, ich bin gefangen, ich habe meinen Willen verloren …« Sein Lachen klang unsicher, atemlos.

Er meint es tatsächlich so, dachte Cecilia und war schon wieder gerührt.

»Komm mit mir. Ich habe dir nicht viel zu bieten, aber ich besitze die Gunst der Königin von Neapel. Carolina ist nicht so bigott wie ihr großherzoglicher Bruder. Sie ist ein Mensch, der sich gern amüsiert. Sie wird es dulden, dass du bei mit lebst. Hingerissen wird sie sein. Braucht nicht jeder Dichter eine Muse?«

Muse, dachte Cecilia. Vor einem Jahr wäre ihr diese Vorstellung wie der Gipfel der Romantik vorgekommen. Die Muse eines reimenden Genies ... Das rätselhafte und bezaubernde Geschöpf, das allein den Dichter zu seinen kühnen Werken inspirieren und ihn auf den Gipfel der Untersterblichkeit tragen kann.

Benutzt, ging es ihr nun stattdessen durch den Kopf. Muse zu sein hieß doch nichts anderes, als wiederum ausgebeutet zu werden. Es gab einige Dinge, die hatte sie wirklich satt.

Inghiramo zog sie an sich. Sie roch seine Haut – Schweiß, der Duft des Puders auf seinem Gesicht, Männlichkeit –, die Mischung hatte ihr bereits vor Jahresfrist den Verstand verdreht. »Und wenn dir das nicht recht ist, Cecilia, miete ich dir eine Villa. Sei, was du sein möchtest. Schreibe selbst, wenn dir daran liegt. Musiziere. Eröffne einen Salon und entzücke die Neapolitaner mit deinem Witz und deiner Schönheit. Sie werden dir zu Füßen liegen, ich schwöre es.«

Also doch nicht benutzt?

»Lass mich in dein Haus, wenn es dir beliebt, und weise mich von der Schwelle, wenn ich dein Missfallen errege. Jeder Augenblick, den ich in deiner Gunst verbringen darf ...«

»Du hattest mich geschwängert«, sagte Cecilia.

Sie spürte, wie sein geschmeidiger Körper bei dem groben Wort erstarrte.

»Im Gartenhaus, du weißt schon. In der Nacht ...«

»Ein Kind!«

»Ich sage es doch.«

»Barmherziger Gott. Und ich ...« Er starrte sie betroffen an. »Ich habe dich verlassen! In solch einer Not. Du musst die Hölle durchlebt ...«

Jetzt hatte er es endlich begriffen!

»Du musst mich gehasst haben.«

»Habe ich!«, versicherte sie ihm.

Der Mond schien auf sein bestürztes Gesicht. Unsicher nahm er ihren Kopf zwischen die Hände. »Das *kannst* du mir nicht vergeben!«

Und noch während er es sagte, spürte sie, wie sie es dennoch tat. War es nicht im Grunde eine Ungeheuerlichkeit der Natur, etwas so Schwerwiegendes wie eine Schwangerschaft auf eine flüchtige Berührung zu gründen, auf einen kurzen Moment der Lust – den sie, nebenbei bemerkt, nicht einmal empfunden hatte. Auf die Scham, *nein* zu sagen, wenn man sich im Stadium höchster Verwirrung befand?

Er küsste sie, und sie wusste, sie sollte ihm das verbieten, und genau das tat sie auch, indem sie ihn resolut von sich schob. Ein federnder Zweig ließ ihr einen Schwall kalten Wassers in den Nacken laufen, und sie schüttelte sich. »Willst du nicht wissen, wie es weiterging?«

»Gewiss will ich das. Wo lebt das Kind?«

»Ich habe es verloren.«

Ratlos blickte er sie an.

»Während der Schwangerschaft. Ich habe es verloren, noch bevor es geboren wurde«, erklärte sie ungeduldig.

Erleichterung machte sich in dem hageren Gesicht breit. »Ja, dann … Oh Liebste, in all der Pein, die du durchleiden musstest: Welch ein Glück!«

Glück? Cecilia wusste nicht, was sich in ihrem Gesicht spiegelte, aber sie sah, wie er verwirrt aus ihr schlau zu werden versuchte. Er nannte es also ein Glück, dass sie das Kind unter ihrem Herzen in einem Schwall von Blut verloren hatte? Ihr eigenes Kind? Sein Kind? Er nannte es ein Glück, wenn ein hilfloses Geschöpf tot in einem stinkenden, braunen Brei endete, weil die Mutter ihm den Lebensraum abgeschnürt hatte?

»Es hätte an dir gehangen wie ein Mühlstein. Man muss das vernünftig sehen«, meinte Inghiramo unsicher und ausnahmsweise einmal überhaupt nicht poetisch.

»Scher dich zum Teufel.«

Er schüttelte den Kopf. Statt zu gehorchen, nahm er sie in die Arme und drückte ihr einen weiteren Kuss auf. Zunächst war sie überrascht, dann wurde sie wütend. Doch dieses Mal ließ er sich nicht wegschieben. Die Umarmung wurde heftiger, und seine Zunge drängte gegen ihre Zähne. Angeekelt versuchte sie, den Kopf fortzudrehen, was ihn aber noch mehr aufzustacheln schien. Was bildete er sich ein? Dass ihr Sträuben eine Zustimmung war, die sich weiblich gebärdete? Hatte sie genau das nicht schon einmal erlebt?

In ihrer Hand baumelte das Ridikül, in dem sie schwer das Gewicht der Pistole spürte. Sie würde ihn damit natürlich nicht erschießen, aber sie empfand den überwältigenden Drang, ihm das Ding zwischen die Rippen zu schlagen, oder es auf den Körperteil zu richten, mit dem er sie jetzt gerade zu bedrängen begann. Cecilia tastete mit der Hand, die nicht zwischen seiner und ihrer Brust eingequetscht war, nach dem Band, das das Täschchen verschloss, während sie gleichzeitig aufpassen musste, dass es ihr nicht entglitt ... Das Kunststück war zu schwierig. Pistole und Beutel fielen zu Boden.

... und plötzlich löste sich der Druck auf ihren Mund.

Überrascht hob sie den Kopf. Sie blickte in Inghiramos verzerrtes Gesicht, zuckte zurück, als er zu taumeln begann – und schrie leise auf, als er wie von einem Blitz gefällt zu Boden stürzte.

»Dreckskerl«, fluchte Rossi und dann, in ihre Richtung: »Wie kann man nur so dämlich sein!« Er rieb sich die Faust. Sein Haar hing ihm klatschnass in die Stirn, und er keuchte.

Bestürzt blickte Cecilia auf den Mann, der vor ihr auf dem Boden saß, und Scham stieg in ihr auf. Das, dachte sie, ist billigstes Komödiantentum. Nennt mich Smeraldina, denn diese Rolle vermag ich offenbar am besten auszufüllen. Inghiramo schielte zu Rossi herauf, der ihn seinerseits betrachtete, als würde er mit Freuden noch einmal nachtreten. Sie würde sich für den Rest ihre Lebens wie eine dumme Pute fühlen, wenn sie sich an dieses Bild zurückerinnerte.

»Du schuldest mir einen Strumpf«, sagte sie tonlos zu der Gestalt zu ihren Füßen.

»Was?«

»Den du mir gestohlen hast. Aus meiner Kommode. Du kannst ihn behalten.«

Inghiramo blinzelte.

»Der Strumpf!«, wiederholte sie, verärgert über seine Begriffsstutzigkeit. »Du bist in meine Wohnung eingedrungen und hast mir einen Strumpf gestohlen.«

»Gequirlter Mist«, murrte Inghiramo und setzte sich auf.

Sie blickte in seine verdrossene Miene und glaubte ihm.

Wauwau …

Das also war klar. Nicht Inghiramo – der Irre aus dem Asyl hatte sich in ihrer Kammer zu schaffen gemacht. So nah ist er mir gewesen, dachte Cecilia, und das war kein Spaß mehr. Sie spürte, wie das Blut aus ihrem Gesicht wich, und wandte den Kopf, damit niemand etwas bemerkte. Der Regen trommelte auf das Blätterdach. Der Mond barst vor Neugierde.

»Was ist? Willst du eine Anzeige erstatten? Ich rate dir davon ab«, brummte Rossi.

Sie nickte. Keine Anzeige. Was wollte sie auch anzeigen? Dass sie eines dieser hirnlosen Geschöpfe war, die den gleichen Fehler wieder und wieder begingen? Nur fort von hier. Gehen wir, wollte sie sagen …

In diesem Moment gab es hinter ihr einen ohrenbetäubenden Knall.

Inghiramos Gesicht verwandelte sich vom bleichen, mürrischen Oval in eine blutende Masse, aus der gelbe und rote Flüssigkeit spritzte wie bei dem Feuerwerk. Die Flatschen trafen die Blätter der umliegenden Büsche, den braunen Boden und einige von ihnen Rossis Justaucorps. Inghiramo kippte auf den Rücken, eine unendlich langsame Bewegung, die sich in Cecilias Gedächtnis brannte, genau wie der Anblick seines Fußes, der sich im Fallen so drehte, dass das Loch in der Sohle seines Stiefels sichtbar wurde – als wollte der arme Mann im letzten Augenblick seines Lebens ein Bekenntnis zur Wahrheit ablegen.

Sie sah, wie Rossi zurückwich. Er hob die Arme, runzelte die Brauen, versuchte zu begreifen … Er starrte an ihr vorbei. Also musste jemand hinter ihr stehen. Natürlich. Von dort war ja auch geschossen worden, begriff sie, als hätte sie ein kompliziertes Rätsel entschlüsselt. Rossi blickte in den Lauf der Pistole, die Inghiramo niedergestreckt hatte. Eine mehrläufige Waffe mit der Möglichkeit, einen weiteren Schuss abzugeben? Es musste so sein, sonst würde er sich kaum so zahm zeigen. Der Mörder konnte also noch wenigstens ein Mal feuern.

Rossi hob die Arme ein wenig höher, als man es ihm befahl. Cecilia wollte es ihm gleichtun, aber sie konnte nicht. Beim besten Willen. Das einzig Lebendige an ihrem Körper war ihr Herz, das ratterte wie eine von Brandis Maschinen.

Hinter Rossi tauchte eine Person auf. »Lass ihn nicht aus dem Auge.« Ein unter einer Kapuze verborgener Schatten mit einer weiblichen Stimme, die merkwürdig gedämpft klang, wie überhaupt alles gedämpft klang. Sicher hing das mit dem Schuss zusammen, der dicht an ihrem Ohr abgefeuert worden war.

»Ich fessele ihn.«

Eine weibliche Stimme. *Schlag fester ...* Weiblich? Warum hatte sie sich nie daran erinnert, dass die Stimme, die diese Aufforderung gegeben hatte, weiblich gewesen war?

Smeraldina warf die Kapuze zurück. Sie lächelte Cecilia zu. Die Schminke der Aufführung war im Regen zerlaufen und ließ ihr Gesicht aussehen wie eine Malerpalette. Die Rot- und Gelbtöne überwogen. Der Mund bestand aus einem appetitlichen Erdbeerklecks. Sie trug einen Stab in der Hand, keinen im Wald aufgelesenen Ast, sondern eine Eisenstange.

Rossi musste den Schlag kommen gespürt haben. Er drehte sich ein wenig, aber die Frau war schneller. Die Stange traf nicht seinen Kopf ...

Schlag fester ...

... sondern die Beuge zwischen Hals und Schulter. Er stürzte zu Boden.

Schlag fester: Smeraldina neben dem heulenden Feretti. Die Hunde zerrten an den Beinen des verschnürten Mannes ... Ihr wütender Mund. Dann der Ruck, als jemand hinter Cecilia auf die Kutsche sprang ... Der Schatten, den sie in ihrem Rücken wahrnahm, als sie sich, genau wie Rossi eben, umdrehen wollte ...

»Bring sie, Scheißdreck, zum Schweigen!«, rief Smeraldina.

Eine Hand landete auf Cecilias Mund und nahm ihr die Luft. Erst an der Stille, die plötzlich eintrat, merkte sie, dass sie geschrien hatte. Sie begann, um sich zu treten ...

Atmen …

Sie trat, bis sie hart an den Haaren gerissen wurde. Der Schmerz ließ sie erstarren, und sie sackte zusammen, wurde aber sofort wieder durch eine Hand, die ihre Brüste packte, in die Höhe gerissen – und dann war es still. Sie fürchtete sich so entsetzlich, dass sie es nicht einmal mehr wagte, hörbar Luft zu holen.

Schlag fester … die Hunde …

Aus den Augenwinkeln sah sie, dass Smeraldina neben Rossi kniete und ihm eine Schnur um die Hände wand. Der Schlag musste ihn gelähmt haben. Er wehrte sich nur schwach. Als Nächstes fesselte sie seine Füße.

Emilia hat mich gerettet, dachte Cecilia. Sie wusste nicht, ob es Einbildung war, oder ob sie sich an etwas tatsächlich Geschehenes erinnerte, als sie in ihrer Vorstellung Emilia sich aufbäumen und davongaloppieren sah. Der Arlecchino fiel von der Kutsche herab und fluchte hinter ihr her, und die treue Emilia brachte sie nach Hause. Einbildung, natürlich, denn sie war ja bewusstlos geworden, nach dem Schlag, und erst auf dem Marktplatz wieder zu sich gekommen. Feretti und die Hunde, die sich in seinen Beinen festgebissen hatten – das war keine Einbildung gewesen.

Der Komödiant kniff sie in den Busen. Dann sprach er mit der Smeraldina. Es hörte sich an, als stünden sie meilenweit entfernt. Cecilia war beinahe taub.

»Und nun?«, verlangte er zu wissen und kniff erneut.

»Wir haben Zeit.«

»Wir haben, verdammt, überhaupt keine Zeit.«

»Ein Schuss und ein Schrei irgendwo in einem Wald … Wenn es überhaupt jemand gehört hat, dann werden sie dies Plätzchen nicht finden. Hübsch abgelegen«, sagte Smeraldina mit einem anzüglichen Blick auf Cecilia. Sie zog ein Messer aus ihrem Gürtel, legte es neben sich, und öffnete die Knöpfe von Rossis Justaucorps, dann die seiner Weste und schließlich die Hemdknöpfe. Ohne Eile hob sie das Hemd an und nahm das Messer auf.

Wieder ein Kneifen. *Nein, ich werde nicht schreien …* Ich kann gar nicht, dachte Cecilia und wunderte sich, dass sie noch immer aufrecht stand.

Smeraldina schnitt zwei breite Stücke des weißes Hemdenstoffs heraus. Eines schob sie dem immer noch Benommenen in den Mund, mit dem anderen band sie den Knebel fest.

Dann stand sie auf und griff nach dem Ridikül, das Cecilia entglitten war. Sie suchte nach Schmuck, vielleicht nach Schminke, nach Münzen … Als sie die Pistole fand, gab sie ein überraschtes Knurren von sich. »Na so was!« Dieses Mal war ihr Blick beifällig. Cecilia versuchte zu erkennen, wie es Rossi ging, aber sie konnte nur sehen, dass seine Füße zuckten.

Der Arlecchino ließ sie los. Man traute ihr nicht zu, eine Gefahr darzustellen. Also fesselte man sie nicht, sondern stieß sie nur zu Boden und schnitt weitere Teile aus Rossis Hemd, um sie ebenfalls zu knebeln.

»Warum?«, fragte Cecilia, bevor man ihr den Stofffetzen zwischen die Zähne schieben konnte.

»Warum was?« Smeraldina schien die Möglichkeit auf ein Gespräch zu locken. Sie bleckte die Lippen, was ihr Ähnlichkeit mit ihren Hunden verlieh. Cecilia sah in den dunklen Augen etwas aufglänzen und dachte an das, was Arthur über die Mörder gesagt hatte. Genuss am Quälen?

»Warum die Morde?«, fragte sie.

Arlecchino legte seine Pistole aus der Hand und nahm die von Cecilia auf. »Ich knall sie ab«, erklärte er mürrisch.

Smeraldina sah enttäuscht aus. »Wart noch.«

»Erst ihn und dann sie«, fuhr er fort. »Man wird sagen, es war ein Eifersuchtsdrama. Jeder weiß, dass beide Kerle hinter ihr her waren. Er …« Sein Kopf deutete auf Inghiramo. »… wurde von ihm umgebracht, und der andere von ihr, aus Rache.«

Rossi schien seine Benommenheit abgeschüttelt zu haben. Cecilia sah es in seinen Augen glitzern.

»Und wer hat am Ende die da erschossen?«, fragte Smeraldina.

»Ich puste ihr das Gehirn raus und drück ihr danach die Pistole in die Hand. Sie hat es selbst getan – aus Verzweiflung.«

»Aber …« Zeit gewinnen, dachte Cecilia, ohne zu wissen, was

für einen Vorteil das haben sollte. Inzwischen summte es in ihren Ohren, hören konnte sie immer noch nicht gut. »Aber warum haben Sie Mario umgebracht?«

»Seine eigene Schuld.« Smeraldina bestätigte, was Rossi bereits vermutet hatte. »Es geschah amtlich. Weil er an den Dampfmaschinen gespielt hat.« Schauspieler als Spione. Wie nah er dran gewesen war.

»Halt's Maul«, fauchte Arlecchino.

»Warum? Weitersagen kann sie's …«

»Aber wer hat es denn befohlen?«, fragte Cecilia. Zeit gewinnen.

»Halt's Maul!«

»Der Granduca.« Smeraldina gefiel sich darin, die Gefangene zu verblüffen. »Die Thermen«, erklärte sie geduldig. »Der Granduca wollte, dass wir herausfinden, wer seine Baupläne sabotiert. Auf das *Wie* pisst er genau wie alle anderen. Seit Pilatus sind die Hände sauber, stimmt's, Mädchen? Dass dieser Mario dabei war, hatten wir vom Abate. Aus dem Mund der himmlischen Heerscharen, sozusagen. Über Feretti hat Mario dann gesungen …«

»Aber Feretti gehörte gar nicht zu den Saboteuren.«

»Das stimmt oder stimmt nicht«, sagte Smeraldina, und man konnte hören, wie egal ihr das war. Genuss am Quälen … Hatten sie sich des Geldes wegen als Spione anheuern lassen, und das Quälen war der kleine Bonus? Und war es ihnen von vornherein darum gegangen, ihre gottlosen Gelüste zu befriedigen – im Namen des Granduca, was vielleicht einen besonderen Reiz besaß?

Mario, dem es so schlimm ergangen war wie ihnen, hatte jedenfalls seine letzte Stunde dazu genutzt, dem Nebenbuhler eins auszuwischen.

Der Arlecchino spannte den Hahn seiner Pistole.

»Und Leo?« Cecilia schrie es fast.

Sie sah die Smeraldina kichern. »Auch ein Name, den Mario uns gegeben hat. Wir haben ganz viele Namen von ihm bekommen, am Ende. Wir könnten das ganze Nest ausheben, wenn wir wollten. Und nun ist Schluss.«

Cecilia starrte zu Rossi, und er starrte zurück. Sie wunderte

376

sich über die Kälte seines Blicks. Aber unter der Kälte lauerte die Angst. Natürlich war ihm klar, warum man ihn gefesselt hatte, statt ihn zu erschießen, was das Einfachste gewesen wäre, da man ihn sowieso umbringen wollte. Und dass Smeraldina Cecilia jetzt ebenfalls einen Knebel in den Mund schieben wollte, gefiel ihm auch nicht.

Cecilia drehte den Kopf zur Seite. »Aber Bruno ...« Sie versuchte, auf die Füße zu kommen. Im selben Moment war der Arlecchino über ihr. Ein flinker Harlekin. Er riss sie auf den Boden zurück und hielt sie fest, damit Smeraldina sie endlich knebeln konnte.

Cecilia hatte es die ganze Zeit vermieden, einen Blick auf Inghiramo zu werfen. Als sie es nun tat – tun *musste*, weil der Arlecchino ihren Kopf in einer Weise umklammerte, dass sie nicht umhin kam, direkt in sein zerstörtes Gesicht zu sehen –, überkam sie die Panik mit aller Macht. So würde es also enden. Sie wollte schreien, aber da saß ihr der Knebel schon zwischen Zunge und Gaumen. Er war riesig. Er füllte die gesamte Mundhöhle, und sie begann zu würgen.

Arlecchino band ihr nun doch Hände und Füße. Dann stieß er sie zurück, und sie fiel auf die Seite, fast wahnsinnig vor Furcht, sie könnte einen der Flatschen berühren, die aus Inghiramos Gehirn geflogen waren. Sie bekam keine Luft ... O Gott, vielleicht würde sie bewusstlos werden. Und wenn es geschähe ... *Mach bitte, dass es geschieht, Gott. Ich halte das nicht aus. Du weißt doch, dass ich mein Kind nicht ermorden wollte. Das weißt du doch ...* Sie rollte sich zusammen wie eine Katze und zerrte an den Stricken ...

Und dann wieder ein Schuss.

Cecilia schloss die Augen und atmete gierig durch die Nase. Sie wollte ersticken, aber sie konnte nicht an gegen den Willen ihres Körpers zu überleben. *Atmen ...*

Undeutlich meinte sie, Rufe zu vernehmen, doch ihr Gehör taugte nichts mehr. War es Smeraldina oder Arlecchino, der kommandierte? Smeraldina. Die Stimme klang weiblich.

Sie haben ihm ins Bein geschossen, dachte Cecilia, irgendwohin, woran man nicht stirbt ...

Jemand hantierte an dem Stoffstreifen, der an ihrem Hinterkopf zusammengebunden war. Sie würgte den Knebel aus dem Mund und hechelte nach Luft und heulte gleichzeitig und trat entsetzt nach den Händen, die sie berührten.

»So wie das Gesetz Mario geschützt hat, ja?«, fragte kühl die Frauenstimme. Nicht die von Smeraldina.

»Bitte, Francesca …« Das war Rossis keuchende Stimme.

»Weißt du eigentlich, wie dein Gesetz mich ankotzt?«

»Francesca, sie wird bestraft werden. Sie wird mit aller Härte …«

»Wie's mich ankotzt?«

Cecilia hörte auf zu zappeln. Sie spürte, wie jemand aufseufzend nach ihren Handgelenken griff. »Wenn Sie jetzt mal einen Moment stillhalten würden, Signorina …« Die unkultivierte Sprache eines einfachen Menschen, der neben ihr kniete. Stahl berührte ihre Haut, als die Fesseln durchtrennt wurden.

»Tu das nicht«, sagte Rossi.

Cecilia richtete sich auf. Der Mond hatte den Platz, den er sich zwischen den Wolken erkämpft hatte, gehalten und hüllte die Szene in mildes Licht. Sie konnte Rossi sehen, der mit gefesselten Händen wie ein Sünder bei seinem letzten Gebet auf dem Boden kniete.

Neben ihm stand ein Mann in Lumpen, der sich verlegen am Kopf kratzte. Der Arlecchino lag in den mürben Blättern. Seine Brust war eine einzige Wunde, als hätte jemand einen Kübel Schwarzpulver darin zur Explosion gebracht. Die Streifen seines Harlekinkostüms waren dunkel gefärbt.

»Tu's nicht«, wiederholte Rossi, es klang zutiefst bekümmert.

Francesca stand auf ihrem Holzstumpen vor Smeraldina, die vom Boden aus zu ihr hinaufschielte, wie ein tückisches Reptil, das sich seine Chance ausrechnet. Schieß! dachte Cecilia leidenschaftlich.

Ein halbes Dutzend Männer umgaben die Frauen, Fischer, wie sie annahm. Kräftige Kerle, die ziemlich wütend aussahen, und so, als hätten sie vor nichts Angst. Gegen diese Übermacht konnte auch eine Smeraldina nichts ausrichten. Francesca brauchte nicht zu schießen.

Sie hob die Pistole und tat es dennoch.

»Steck dir deine Gesetze sonst wohin«, sagte sie zu Rossi, und dann war sie davon.

19. Kapitel

Sie saßen in einem mit roten Blümchen tapezierten Zimmer in der Villa der Ingenieursgattin, denn dorthin hatten Francescas Freunde – es waren tatsächlich Fischer – sie gebracht.

Cecilia wusste inzwischen, dass Rossi ihr von der Ruine aus gefolgt war, weil er sie mit Inghiramo hatte verschwinden sehen, und dass er Mühe gehabt hatte, ihnen auf den Fersen zu bleiben, weil sein malträtiertes Bein ihn behinderte. Er war immer noch aufgebracht über sie und hatte kein Wort mit ihr gesprochen. Das konnte man ihm nicht verdenken – schließlich war *sie* es gewesen, die das schreckliche Geschehen ermöglicht hatte.

Und nun, zwischen den roten Blümchen, erfuhr sie, dass Francesca ihrerseits die Fischer, die von einer Anhöhe aus das Theaterspiel verfolgt hatten, zusammentrommelte, als sie den Schuss hörte, der Inghiramo tötete. Sie hatten die Gefangenen aber nur deshalb so schnell finden können, weil einer der Männer, der schon lange in der Gegend wohnte, ahnte, wohin der Dichter und seine Schöne gegangen waren.

»Wenn's was mit einem Techtelmechtel zu tun hat, sind sie zum *Blutenden Herzen*, hab ich ihr gesagt«, erklärte der Mann Cecilia. Er hieß Fedro und war als Einziger mit ins Haus gekommen. »Es ist der Lichteinfall. Noch ein paar Schritte weiter, und Sie hätten an einem Abhang gestanden, von wo aus man bis rüber zum Apennin schauen kann. Das im Mondlicht … Also, wenn sich so Herz und Herz miteinander verbindet, wie man so schön sagt, gibt's einfach keinen besseren Platz …«

»Ah ja«, sagte Cecilia und vermied es, Rossi anzuschauen. Signora Bondi hatte sie in eine Decke gehüllt und mit einem stärkenden Trank versorgt, dessen vorherrschender Bestandteil ein starker, süßer Wein war. Dem Giudice hatte sie von einem zufällig anwesenden Regimentsarzt den Hals verbinden lassen. Von dem Nutzen einer Decke hatte er sich allerdings nicht überzeugen lassen.

Er starrte zu Leandro Cardini, den man als Richter von Monsummano benachrichtigt hatte und der gerade zur Tür hereinkam. Cardini küsste die Hand der Ingenieursgattin und die von Cecilia, dann scheuchte er alle heraus, die nichts mit der Sache zu tun hatten. Auch Fedro, der das sichtlich bedauerte.

»Also?«

Sein niedergeschlagener Kollege begann zu berichten.

»Die beiden waren tatsächlich Spitzel des Granduca?«, versicherte sich Cardini.

»So sieht es aus.«

»Leopoldo weiß nichts von der Art, wie sie ihre Auskünfte bekommen haben«, sagte Cardini. Er sprach so fest, als stelle er ein Axiom auf, zu ihrer aller Schutz.

»Natürlich weiß er nichts davon«, entgegnete Rossi gereizt.

»Du solltest Bruno also jetzt freibekommen.« Cardini griff nach dem Wein, den ihre aufmerksame Gastgeberin für ihn zurückgelassen hatte. Alles war klar – und gar nichts. Die Spitzel waren tot, dafür würde man eine Erklärung liefern müssen. Und der Granduca war empfindlich, wenn man ihm Fehler vorwarf. Wer das vergaß, brauchte nur einen Blick auf Rossi zu werfen, der es immer noch vermied, die Stuhllehne zu berühren.

Cecilia lauschte auf das Pfeifen in ihrem Ohr, das die Taubheit abgelöst hatte und fragte sich, ob es wieder verschwinden würde.

»Lupori!«, schnaubte Rossi schließlich in die Stille hinein. »*Er* war es, der Bruno verhaftet hat – und zwar so schnell, als hätte er die Gabe des zweiten Gesichts. Abate Brandi hat Marios Namen herausposaunt, aber es war *Lupori*, der die Spitzel kommen ließ und ihnen Instruktionen gab. Er hat's einfach nicht ertragen, dass in seinem Bezirk großherzogliche Pläne behindert wurden.

Schon beim ersten Mord muss er gewusst haben, wer die Täter waren. Aber er hat den Theriakverkäufer hinrichten lassen, um die Harlekine zu schützen. Sicher war es ihm unangenehm, als sie zum zweiten Mal zuschlugen – und das bei einem angesehenen Mitglied der Gemeinde. Doch ein Arlecchino lässt sich von einem parfümierten Intriganten nicht dreinreden. Also hat Lupori, dem angst und bange wurde, ihn erneut gedeckt. Er hat versucht, Francesca Brizzi den Mord in die Schuhe zu schieben. Und Leos Tod hat er möglicherweise sogar selbst mit geplant. Brunos Messer ist schließlich entwendet und bei der Leiche deponiert worden ...«

»Das könnten auch die Schauspieler getan haben«, wandte Cardini ein.

»Aber Lupori hat es gefunden«, beharrte Rossi.

»Dieser Versuch, dich bei Leopoldo zu diskreditieren: Das ist auf jeden Fall der Arlecchino gewesen«, meinte Cecilia, die ein starkes Bedürfnis hatte, Inghiramo ein letztes Gutes zu tun. Sie hüllte sich tiefer in die Decke und hielt Rossis Blick stand. Natürlich hatte der Arlecchino Rossis leichtfertige Bemerkung nach Florenz getragen. Er war sicher glücklich gewesen über jedes Detail, das er berichten konnte und das seinen Arbeitseifer bezeugte. Wonach war er bezahlt worden? Nach der Anzahl seiner Nachrichten? Vielleicht wollte er Rossi auch aus dem Wege haben, weil er Angst hatte, dass der ihm zu dicht aufs Fell rückte. Oder er mochte ihn einfach nicht.

»Bruno ist jedenfalls aus dem Schneider.« Cardini lächelte, um die frostige Stimmung aufzutauen.

Gereizt dehnte Rossi seinen schmerzenden Hals. »*Lupori* ist der Pestherd, von dem die Krankheit ausging. Er hat das Gesetz gebeugt. Er hat von seinem Richterstuhl aus gemordet. Das Schwein hat die Macht, die das Gesetz ihm verleiht, dazu benutzt, Verbrechen zu begehen. Er ist für den Tod von vier Menschen so verantwortlich, als hätte er ihnen mit eigener Hand die Gurgel durchschnitten.«

»Was du ihm Punkt für Punkt beweisen kannst?«, fragte Cardini, immer noch lächelnd.

»Was ich vielleicht wirklich ...«

»Vor einem Richtergremium, dessen Mitglieder mit dem Granduca gemeinsam zum Frühstück speisen?«

»Genau deshalb ist Leo jetzt tot«, fuhr Rossi ihn an. »Weil er das auch geglaubt hat. Der Junge war sicher, dass er vor einem toskanischen Gericht sein Recht nicht einklagen kann, wenn die Interessen des Granduca berührt werden. Die Mistkerle haben ihm gesagt, in wessen Auftrag sie unterwegs waren, und deshalb hat er geschwiegen.«

»So wird es wohl gewesen sein.«

Rossi starrte seinen Kollegen an. Seine Brust hob und senkte sich, und Verzweiflung ließ die dunklen Augen hell erscheinen. »Lupori kommt also davon?«

»Welch ein Jammer, wirklich, ein Jammer, dass die beiden Übeltäter tot sind«, meinte Cardini leise. »Ein Geständnis wäre eine schöne Sache gewesen. Wie sind sie eigentlich ums Leben gekommen, Enzo? Das ist mir immer noch nicht klar geworden.«

»Wir mussten unseren Hals retten«, erklärte Rossi schroff.

Cardini nickte verständnisvoll.

Der Schlag auf den Hals hatte eine Beule sprießen lassen, die es Rossi unmöglich machte, den Kopf zu bewegen. Es ging ihm schlecht, aber das hielt ihn nicht davon ab, die weiße Vittoria eigenhändig nach Montecatini zurück zu kutschieren, wobei er auch auf diesem Weg kein einziges Wort sprach. Als sie vor dem Palazzo ankamen, blieb er auf dem Kutschbock sitzen, denn er wollte auf der Stelle weiter nach Buggiano, um seinen Sbirro aus dem Kerker zu holen.

Cecilia küsste die schlafende Dina und schickte Anita heim. Die nächsten Stunden, in denen sie auf den Giudice wartete, wurden lang. Ihr fielen tausenderlei Möglichkeiten ein, was ihm zustoßen könnte, wenn er in Luporis Wohnung eindrang und sich mit ihm anlegte. Der Giusdicente war unberechenbar, wenn er sich in die Ecke gedrängt fühlte, das wusste man ja nun. Er schreckte vor nichts zurück. Und wenn Rossi stattdessen ihm an die Gurgel ging?

Das Summen in den Ohren machte sie verrückt. Sie stand auf

und ging durch die dunklen Zimmer. Schließlich setzte sie sich auf Rossis Balkon und starrte in die Nacht hinaus. Talabwärts zwischen den Bäumen lag das Asyl, und sie dachte daran, dass sie Vincenzo zu unrecht verdächtigt hatte. Er hatte ihr also tatsächlich nur Angst einjagen wollen mit seinem Gebell. Mistkerl, irr oder nicht! Hölle, brummte ihr Schädel ... Sie kehrte ins Haus zurück.

Endlich klapperten die Kutschräder.

Rossi und Bruno kamen ins Speisezimmer, und beide sahen schrecklich aus. Rossi setzte sich ohne ein Wort in seinen Sessel. Bruno blieb stehen. Er schien in den wenigen Tagen, die er im Kerker des Giusdicente zugebracht hatte, um Jahre gealtert. Seine Schweinsäuglein waren in den Tränensäcken versunken. Die Haut schien trocken und fahl. In den eingefallenen Wangen hatte sich Schmutz und etwas Dunkles, was Cecilia für getrocknetes Blut hielt, festgesetzt. Er hatte beide Hände bandagiert. Unglücklich blieb er vor Cecilia stehen, blickte zu Rossi und dann zu Boden.

»Es ist schön, Sie wieder hier zu haben«, sagte sie. Ein Knoten schnürte ihr den Hals zu. Bruno hatte mit der Sache zu tun gehabt. Sie hatte es immer gewusst.

»Ich kannte die beiden.«

»Die Komödianten?«, fragte Cecilia.

»Von früher.« Wieder schaute der Sbirro zu Rossi, wieder senkte er schambeladen vor dem eisigen Blick das Gesicht. »Wir waren in einer ... einer Bande, ... bevor ich den Giudice ... Ich meine, bevor ich beschlossen hatte ... Bevor er mir geholfen hat ...«

»O Bruno!«

»Der Arlecchino und seine ... seine ... also das Mädchen ... Sie waren Schauspieler, ... ham aber gestohlen und wurden ausgepeitscht ... und dann warn sie in der Bande ... und irgendwie ... Ich dachte, sie wärn tot. Aber dann sind sie hierher gekommen. Ich hab den Arlecchino in Buggiano gesehen, das war um Weihnachten, aber da dachte ich, ich hätt mich geirrt. Und dann kamen sie mit den Schauspielern, und ... Ich weiß, ich hätt was sagen müssen ... gleich da, ... aber sie ham mich auch erkannt. Und sie ham gesagt, wenn ich was sage … Ich hatte Angst …«

Cecilia schaute in das verwüstete Gesicht.

»Es wär mir schrecklich gewesen, wenn Ihnen was geschehen wäre, Signorina, wirklich. Das wollte ich nicht … Aber ich wusste ja nichts Genaues …«

Geahnt hast du's, dachte Cecilia. Und damit war er schuldig. Er hatte Leo ans Messer geliefert. Und Feretti. Er trug durch sein Schweigen die Mitschuld an wenigstens zwei Morden.

»Ich geh dann nach Hause.«

»Ja, Bruno, tun Sie das.«

Cecilia hörte zu, wie die Haustür ins Schloss fiel. Ihr tat der Magen weh vor Mitleid. »Wenn er aussagt«, fragte sie Rossi, »würdest du Lupori dann überführen können?«

»Nein. Er taugt nichts als Zeuge.«

Natürlich nicht. Jedem war klar, dass der Sbirro Lupori hassen musste. Außerdem käme bei einer Aussage unweigerlich seine eigene zwielichtige Vergangenheit ans Licht. Lupori könnte sich herauswinden. Er käme auf jeden Fall davon.

Rossi stand auf. »Ich bin müde.«

Sie folgte ihm, als er das Zimmer verließ und die Treppe hinaufging und sein Schlafzimmer betrat. Stumm sah sie zu, wie er sich auf das Bett legte, inzwischen empfindungslos für die Schmerzen, die die Striemen und Smeraldinas Schlag ihm bereiten mussten, oder im Gegenteil im selbstquälerischen Wunsch, sie zu erdulden. Sie ging zu ihm und hockte sich neben das Bett. »Er hat falsch gehandelt, aber er hat dafür gelitten.«

»So ist es wohl.«

»Das Gesetz hat nicht die Macht, jedes Unrecht zu sühnen. Weil wir doch alle Menschen sind, und … was Menschen tun, lässt sich nicht immer mit Paragraphen bewerten.«

»Geh jetzt.«

Sie seufzte. Rossi hatte das Gesetz verletzt, als er seinen Granduca beleidigte. Er hatte das Gesetz erneut verletzt, als er Francesca gehen ließ, obwohl sie die Mörder, zumindest Smeraldina, ohne Not umgebracht hatte. Und nun würde er es wiederum verletzen müssen, wenn er nämlich nicht tat, was seine Pflicht wäre: die ganze Wahrheit auf den Tisch legen. Armer Kerl, dachte sie. Egal, wie er sich entschied: Am Ende wäre es immer verkehrt.

»Liefere Bruno nicht aus«, sagte sie leise, als sie in der Tür stand. »Du würdest es dir nie verzeihen.«

Dann machte sie sich auf den Heimweg.

Draußen empfing sie eine erstaunlich friedliche Nacht. Cecilia schätzte die Zeit auf zwei Uhr, aber es war zu dunkel, um das Ziffernblatt am Uhrenturm zu erkennen. Als sie an die Via Fiesolana kam, bog sie nach rechts ab, statt geradeaus weiter zu ihrer Wohnung zu gehen. Sie war todmüde und gleichzeitig hellwach, und sie wusste, dass sie keinen Schlaf finden würde. Ich kann hier nachts allein entlangwandern, dachte sie. Es ist vorbei.

Langsam erklomm sie die Treppchen in den Gassen. Sie ging an der Apotheke vorbei, durch dessen Fenster sie das Skelett des Haifischs erkennen konnte, und dann zur Kirche SS. Iacopo e Filippo hinauf und von dort zum Bleichplatz. Hier oben konnte sie über ein Mäuerchen ins Tal bis zu den Häusern von Nievole sehen.

Es tat gut, im Wind zu stehen. Sogar der Nieselregen war ihr recht.

Sie dachte an Inghiramo, an sein merkwürdiges Angebot, ihr eine Villa in Neapel zu kaufen. Man stelle sich vor, er hätte mir das vor einem Jahr angetragen, überlegte Cecilia und schauderte bei der Vorstellung, wie sie bleich geschminkten Männern lauschte, die sich an Witz überboten und neidvoll darüber wachten, dass ihnen kein Bonmot die Aufmerksamkeit stahl. Und die der Signorina Barghini gern einmal ein schlüpfriges Angebot machten, weil ja jeder wusste, dass die Dame zu haben war.

So was, dachte sie und fuhr mit dem Finger über den Mauerfirst, auf dessen rauer Fläche der Regen kleine Seen hinterlassen hatte.

Inghiramo tat ihr leid, aber sie achtete sorgfältig darauf, nicht an seinen Tod zu denken. Sie musste kein Dottore Billings sein, um zu begreifen, dass sie Zeit brauchen würde, ehe sie sich gefahrlos der Erinnerung der vergangenen Stunden würde stellen können. Nichts überhasten. Daran musst du auch denken, Rossi, dachte sie – nichts überhasten.

Es musste noch später sein, als sie vermutet hatte, denn als sie den Kopf drehte, bemerkte sie einen hellen Schimmer am östlichen Horizont.

Seufzend wandte sie sich zu dem Pfad, wo normalerweise die Dienstmädchen die schweren Wäschekörbe ihrer Herrschaft trugen. Sie sah das neben der Bleichwiese liegende Haus der Stadtwäscherin, in dessen Garten hölzerne Waschzuber wie Schildkröten lagen.

Schließlich stand sie vor ihrem Haus. Sie öffnete das Ridikül, das sie im Wald wieder aufgelesen und von einer Wohnung zur nächsten geschleppt hatte. Rossi hatte ihre Pistole zurückgepackt, und sie fühlte das kalte Eisen an ihren Fingerspitzen. Der Schlüssel hatte sich in einer Ecke des Beutelchens verkrochen.

Plötzlich gewann die Müdigkeit überhand. Cecilia gähnte und schloss auf. Langsam schritt sie die inzwischen vertrauten Stufen hinauf. Sie drehte den Schlüssel erneut und stand in ihrem Flur. Einen Moment überlegte sie, ein Licht zu entzünden, aber sie hatte keine Lust, darum ein Aufhebens zu machen. Also tastete sie sich mit den Füßen zum Schlafzimmer. Fort mit den Schuhen. Fort mit den zerdrückten Poschen.

Mit einem Stoßseufzer ließ sie sich auf das Bett sinken und starrte an die Decke.

Endlich daheim.

Nun ja, wirklich leiden konnte sie das Zimmer immer noch nicht. Der Geruch der alten Signora Secci hielt sich in den Teppichen und Wänden wie der Rauch in Rossis Speisezimmer. Aber es tat unendlich gut, sich auszustrecken und frei zu sein von der Notwendigkeit, irgendetwas zu tun.

Sie blickte zum Fenster, doch die Sonne ging auf der anderen Seite der Wohnung auf, und so konnte sie nicht mehr erkennen, als dass die Dunkelheit nachließ.

Müde drehte sie sich auf die Seite.

Licht …

Sie sah, wie unter dem Türblatt ein gelber Schatten auftauchte. Ohne sich zu rühren, starrte sie auf den Schimmer. Ein Lichtstreifen, der an dem Spalt zwischen Dielenboden und Tür entlangglitt. Als würde jemand in ihrem Flur eine Kerze tragen. *Nun bin ich wirklich verrückt …*

Sie spürte, wie sich die Härchen ihrer Haut aufrichteten. *Licht …* Licht, das sich bewegte. Da draußen war jemand … *Atmen …* Aber sie atmete ja. *Unternimm etwas!* Nur war sie zu erschöpft, um sich zu irgendetwas aufzuraffen. Es ging nicht mehr … Sie hatte zugesehen, wie Menschen auf grauenhafte Weise starben … Es ging nicht mehr …

Ihr Blick glitt zur Kommode. *Der Strumpf … Richtig, Inghiramo, an dieser Sache bist du unschuldig gewesen. Und du hast mich ja auch gar nicht verfolgt. Das sind die lustigen, entsetzlichen Harlekine gewesen. Doch welches Interesse hätten die beiden an der Wäsche in meiner Kommode haben sollen?* Das hatte sie sich noch gar nicht gefragt. Dieses wichtige Detail war im Sturm der letzten Stunden einfach untergegangen. Nicht Inghiramo, nicht die Komödianten … Gütiger Gott, wer bewegte sich auf der anderen Seite der Tür?

Das Licht hielt inne …

Sie wusste nicht, woher sie die Kraft nahm, aufzustehen. Plötzlich hielt sie den dreiarmigen Kerzenleuchter in der Hand, der auf ihrer Kommode gestanden hatte. Sie wartete. Und ihr war schwindlig vor Angst …

Als die Tür sich öffnete, entglitt ihr der Leuchter, und sie musste mit beiden Händen an die Brust fassen, um ihr Herz zu beruhigen. *Es zerspringt, Rossi, im Ernst …* Sich fortdrehen … nichts sehen … unter die Bettdecke …

Statt zu flüchten, starrte sie auf das wirre Haar des Eindringlings und versuchte, sein Gesicht zu erkennen, aber die Kerze, die er trug, blendete sie …

»Augusto!« Nun war es doch sichtbar geworden.

Augusto Inconti stellte sein Licht auf ihrer Kommode ab und beugte sich zu dem Leuchter, der auf den kleinen, bunten Teppich gefallen war. Behutsam richtete er die Kerzen und entzündete sie an seiner eigenen. Das Zimmer wurde in warmes Licht getaucht.

»Augusto, was …?« Cecilia schrie beinahe. Dann verstummte sie. Ihr Blick wanderte zu der Kommode und zurück zu dem Gesicht ihres ehemaligen Verlobten, der sie müde anblinzelte. Wahrscheinlich hatte er die ganze Nacht auf sie gewartet. Das musste man sich einmal vorstellen. Stunde um Stunde auf einem der zierlichen Sesselchen der alten Signora Secci, mit der Kerze in der Hand. Es war komisch. Er müsste jetzt unbedingt einen Scherz darüber machen – das war doch seine Art. Sie wartete auf das kollernde Lachen und suchte in seinen Zügen nach einem Zeichen seiner jovialen Gutmütigkeit. Vergebens. Er wirkte nur müde – und auf eine schwer zu beschreibende Art entschlossen.

»Was machen Sie hier, Augusto?«

Er begann, die Knöpfe seiner Jacke zu öffnen.

»Sie … Waren Sie das, der den Strumpf aus meiner Kommode geholt hat?«

»Ja«, erwiderte er schlicht.

»Aber … um Himmels willen, warum?«

Er stellte den Kerzenständer neben seine Kerze auf die Kommode, weil er ihn beim Knöpfen störte.

»Augusto, kommen Sie morgen wieder. Das hier ist … unschicklich.«

Er lachte. Ein kindisches, helles Gekicher, wie sie es noch nie aus seinem Mund gehört hatte.

»Gehen Sie, Augusto.«

Er streifte die Jacke über die fetten Schultern, sein Hemd wurde sichtbar. »Unschicklich ist das also, meinst du, Mädel? Unschicklicher, als sich von einem Gaukler begrapschen und die Lippen leer saugen zu lassen?«

Cecilia hielt den Atem an.

»Unschicklicher, als es mit einem verlotterten Richter zu treiben, der mit sämtlichen Stadtweibern hurt?«

Ruhe, jetzt die Ruhe bewahren, befahl sich Cecilia. Vor ihr stand Augusto, der Gute. Er mochte sie, und er war ein anständiger Mensch. »Augusto, Sie haben kein Recht, so etwas zu behaupten.«

»Ich hab mir alles angesehen, Mädel.« Er hatte sich seines Hemdes ebenfalls entledigt und stand mit nacktem Oberkörper vor ihr wie ein verfetteter Pirat. Nachdenklich betrachtete er sie. Dann begann er, die erste Reihe des Hosenlatzes aufzuknöpfen. Er musste wirklich sehr müde sein, denn seine Finger zitterten.

»Denk nicht, dass ich leichtfertig über eine Dame urteile. Wie gesagt – ich habe mir alles angesehen. Viele, viele Tage. Der Richter, der Komödiant … Aber besonders der Richter, nicht wahr? Die Nächte, die du dort zugebracht hast … Verdammt …« Er hatte sich an einem der Knöpfe den Fingernagel angerissen. Wütend lutschte er an der schmerzenden Stelle.

»Augusto …«

»Du erregst dich wegen des Strumpfes? Das ist ziemlich komisch, in meinen Augen. Was an dir wertvoll war, hast du doch freiwillig in den Dreck geworfen.«

»Sie haben mich beobachtet!« Cecilia konnte es immer noch nicht fassen.

»Es war mühsam.«

»Und Sie haben auf mich geschossen. In dem Bauernhaus.«

»Auf den Hurensohn, mit dem du die Nacht verbracht hast. Dafür solltest du mir dankbar sein, wenn du dir nur ein Fünkchen Ehre bewahrt hättest.«

Er trat einen Schritt auf sie zu, und sie wich um dasselbe Maß zurück. Die Bettkante stieß gegen ihre Kniekehle. »Augusto, ich … ich liebe Sie nicht, das haben Sie doch verstanden. Sie lieben mich auch nicht.«

»Darum geht's nicht.« Die Hose war zu eng. Er musste sich hinausschlängeln und mit den Wurstfingern den Stoff über den Hintern pellen. Das machte ihn wütend. »Ich war bei Poggifanti, wo ich samstags immer Hasard spiele … Du weißt schon, all die Gäste: Signor Veneziani, … der Conte Piccolomini, … dieser Österreicher, Zinzendorf, … feine Leute. Wichtige Leute.«

Entsetzt starrte Cecilia auf die nackte Ungeheuerlichkeit, die sich aus dem Stoff schälte.

»Pikante Neuigkeiten verbreiten sich rasch. Augusto Inconti ist von seiner Verlobten sitzen gelassen worden. Hahaha. Sie hat dem Fettwanst einen Tritt gegeben.«

»Hören Sie auf. Sie ... Sie müssen jetzt gehen!«

»Was hast du denn zu verteidigen, Mädel? Einer mehr, ... einer weniger ...« Da war sie runter, die Hose. Unschlüssig starrte er auf den Stoff, der sich zu seinen Füßen ringelte. Als er den Kopf wieder hob, sah sie die trübe Entschlossenheit in seinen Augen. »Ich will nur, was jeder von dir bekommt. Ist das zu viel verlangt? *Die Dame mag Augusto Inconti keiner Hochzeit für würdig befunden haben, aber im Bett bereitete er ihr ausgesprochenes Vergnügen* ... So kann man das auch sagen.«

Ihr ekelte so sehr, dass sie beinahe gewürgt hätte. Ihr Blick flog durch das Zimmer – es gab rein gar nichts, was sich zur Verteidigung hätte gebrauchen lassen, abgesehen von dem Kerzenständer. Aber der war außer Reichweite. »Nein, Augusto, kann man nicht«, sagte sie leise.

Er lächelte. »Du hast noch Glück. Für deinesgleichen gibt es auch geschorene Haare und die Peitsche ...«

Sie wich hinter das Bett zurück. Er hatte keine Eile. Aus seiner Trauer, seiner Wut und seinem gekränkten Stolz war über die Wochen ein Gebräu entstanden, das er sie nur allzu gern in kleinen Schlucken kosten lassen wollte.

Wird er aber nicht, dachte sie, während plötzlich eine Welle der Wut über sie schwappte. Woher nahm er das Recht, über sie zu urteilen? Und wieso konnte er so sicher sein, dass man ihm in seinem verdammten Salon für diese schändliche Tat, die er plante, applaudierte? Und ... und Inghiramo – wie war er dazu gekommen, ihr seinen Kuss aufzudrängen? Woher nahm jeder einzelne dieser verfluchten Kerle das Recht, etwas von ihr zu fordern? Und ... diese Bemerkung über das lauschige Plätzchen im Wald ... Fahr zur Hölle, Fedro! Fahr zur Hölle, Enzo Rossi, für deinen gekränkten Stolz, als wäre ich in deinen Besitz übergegangen, während wir uns über Tapeten und Dienstboten gestritten haben. Ich schulde euch nichts! Keinem von euch!

Ihr Fuß waren gegen etwas Weiches gestoßen. Ihr Ridikül. Es lag neben dem Bettpfosten, dort, wo es beim Zubettgehen hingesunken war.

Augusto hatte sie die ganze Zeit im Auge behalten. In diesem kurzen Moment, in dem sie abgelenkt war, keuchte er um das

Bett. Aber sie war schneller, trotz der Kleider, die sie behinderten. Sie flüchtete über die Decken. Entsetzt schaute sie auf das nackte Käferchen, das ihr durch Kissen und Seide nachkroch.

Mit fliegenden Fingern öffnete sie den Beutel. Die Pistole lag in ihren Händen, und Augusto hielt verdutzt inne.

Cecilia ließ den Hahn schnappen.

»Du verdammtes Gör«, meinte Augusto, immer noch perplex.

In diesem Moment öffnete sich hinter Cecilia die Tür. Vielleicht war es das Verstohlene, Übervorsichtige in der Bewegung, was sie so entsetzte. Vielleicht waren ihre Nerven in dieser Nacht auch einfach zu oft strapaziert worden ...

Sie drehte sich um und schoss.

Sie schluchzte die ganze Zeit.

Sie schluchzte, während Rossi kreidebleich darüber wachte, dass Augusto in seine Kleider stieg. Sie schluchzte, während Adolfo die Holzspäne aufsammelte, die sie aus dem Türholm geschossen hatte, und sich tausendmal entschuldigte, weil er nicht bemerkt hatte, wie diese stinkende Kakerlake in das Haus eingedrungen war ... und die Müdigkeit, die kam vom Alter und so, und welch ein Segen, dass der Giudice plötzlich erschienen war ...

»Das Hurenglück wieder zusammen, ja?«, schoss Augusto einen letzten Giftpfeil ab, während er die obersten Knöpfe seiner Jacke schloss. Etwas an Rossis Gesichtsausdruck ließ ihn sich ducken. Er bedachte Cecilia mit einem hasserfüllten Blick, dann drückte er sich aus dem Zimmer. Sie hörten ihn, wie er die Treppe hinabtrampelte.

»Ich bin alt, ich schlafe ein und merke es nicht«, entschuldigte Adolfo sich ein weiteres Mal.

»Jetzt ist es nicht mehr nötig, wach zu bleiben«, sagte Rossi. »Geh zu Francesca. Sie hatte auch eine lange Nacht.«

»Ich habe die ganze Zeit aufgepasst, aber als es drauf ankommt ...«

»Und das, was du hier gesehen hast, bleibt unter uns.«

»Natürlich, Giudice. Ich weiß, wann ein anständiger Mensch

den Mund hält. Signorina ...« Er ging, und es wurde still im Haus.

Cecilia hörte auf zu schluchzen. Sie begann, die Kissen auf dem Bett zu ordnen, stellte die Kerze in die Mitte des Spitzendeckchens auf der Kommode, trug die Poschen in die kleine Kleiderkammer und packte sie in die mit Rosen bemalte Schachtel, die sie extra dafür angeschafft hatte.

»Hochgezogen«, sagte Rossi.

»Was?«

»Der Pistolenlauf. Wenn du abdrückst, musst du darauf achten, dass du den Pistolenlauf nicht hochziehst.«

»Jaja«, sagte sie.

»Du hast mich beinahe umgebracht.«

»Jaja.«

»Puh.« Er ließ sich neben dem Fenster auf den Boden gleiten, immer bemüht, den Rücken zu schonen und den Hals nicht zu bewegen. Eine ramponierte Gestalt, die in ein Bett gehörte. In sein eigenes natürlich ... *Eifersucht?* Der Arlecchino hatte keine Ahnung von Herzensdingen, was Cecilia nicht wunderte, da er ja selbst keines besaß. Er hatte Rossi und ihre eigenen Gefühle völlig falsch eingeschätzt.

»Die Strümpfe!«

»Ich weiß«, sagte Cecilia. »Ich hatte sie auch vergessen.«

»Sie sind mir eingefallen, als ich mir die eigenen ausziehen wollte. Ich hätte mich ohrfeigen können.«

Cecilia schaute zur Tür und dachte an den Augenblick, als sie das Licht gesehen und fest damit gerechnet hatte, Vincenzo würde über sie herfallen. Vincenzo ... die Hunde ... *Wauwau* ... Und dann war es Augusto gewesen, der sie mit seinem ungeheuerlichen ... nackten ...

»Nein, nein«, murmelte Rossi. »Lass das. Nicht noch mehr Heulerei. Komm.« Er klopfte auf den Platz an seiner Seite, als säße er auf einem Sofa im Salon, und sie ließ sich neben ihm nieder. Behutsam legte er den Arm um ihre Schulter und zog sie an sich, und es tat gut, seine Schulter zu fühlen. Eine Weile schnaufte sie in das Schnupftuch, das er ihr reichte. Dann grübelte sie darüber, warum ein Mann wie Rossi wohl unfehlbar in jeder Situation über etwas zum Naseschnäuzen verfügte. Da teilte er mit Großmutter Bianca eine Besessenheit. Schließlich sprach sie aus, was ihr auf dem Herzen lag: »Du wirst Francesca und Bruno nicht verraten.«

»Nein.«

»Gut.«

Er schüttelte den Kopf und hatte recht damit. Gar nichts war gut. Das Gesetz war seine linke und seine rechte Hand oder wie er das erklärt hatte – und nun band er sich selbst die Hände. Was half's? Er war zu einem Schachspiel gegen das Leben angetreten und hatte sich in eine Position gebracht, in der ihn jeder mögliche Zug ins Schachmatt führte. Da konnte man nichts machen.

»Inghiramo wollte mir eine Villa in Neapel schenken und mich zu seiner Mätresse machen«, sagte sie.

»Idiot«, meinte Rossi beinahe mitleidig, und sie war ihm dankbar, weil er sich nicht vorstellen konnte, dass solch ein Angebot sie hätte locken können.

»Aber es ist trotzdem schrecklich, was mit ihm geschehen ist. Das hat er nicht verdient.«

»Niemand verdient so etwas.«

Genau, richtig. Sie schlang die Arme um ihre Knie, ohne den Kopf von seiner Schulter zu nehmen. »Skid!«

»Was?«

»Es pfeift in meinem Ohr.«

»Das war der Schuss. So was passiert. Cecilia …«

»Bitte?«

»Dreh dich mal ein bisschen. Ich will dich ansehen, aber ich kann nicht, weil diese verfluchte Beule meinen Hals steif macht.«

Da es ihm so wichtig war, kauerte sie sich auf die Seite. Es war inzwischen so hell im Zimmer, dass sie jede Feinheit in seinen Gesichtszügen erkennen konnte. Die Bitterkeit in seinen Mundwinkeln über seine Unzulänglichkeit, die es ihm unmöglich machte, dem geliebten Gesetz bis ins letzte Häkchen zu dienen. Die Trauer über all das Unglück, das er nicht hatte verhindern können …

Dein Kummer hat mit Hochmut zu tun, dachte sie. Ein demütiger Mensch lebt mit seinen Grenzen und findet seinen Frieden. Laut sagte sie: »Du trägst dein Hemd verkehrt herum, Enzo Rossi. Und du musst dir das Gesicht waschen.«

Er seufzte. »Damit wären wir auch schon bei der Sache. Und damit meine ich: bei dir. Du hast deinen Tintenkleckser zum ... wie hieß das? Du hast ihn jedenfalls dorthin begleitet, und Francescas Haufen hat es mitbekommen, und inzwischen wird die ganze Stadt es wissen. Cecilia und der Impresario waren beim ...«

»... *Blutenden Herzen*.«

»Das bleibt an dir hängen.«

»Ja, wirklich dumm«, meinte sie und fühlte, wie es in ihrem Magen stach.

»Und nun? Wie weiter?«

»Ich weiß nicht«, sagte sie. Der Morgen hatte die Vögel in den Gärten geweckt, überall zwitscherte es. Frühling in Montecatini ... Sie wollte nicht fort. Sie wollte in dieser schrecklichen, wunderbaren kleinen Stadt bleiben.

»Ich hab's schon einmal versucht«, erklärte Rossi gedehnt, »und jetzt nehme ich einen zweiten Anlauf: Wäre es eine Möglichkeit, wenn ich dir, in Form eines Ringes oder irgendeiner anderen offiziellen ...«

»Nein!«

»Nein, also.«

Danke, Rossi, hätte sie gern zu ihm gesagt. Du nimmst es nicht so genau mit dem, was unter deinem Dach wimmelt. Sofia, Bruno, Anita, die sonst ihren Prügelfreund heiratet ... und nun als Krönung der exquisiten Sammlung Cecilia, die man am *Blutenden Herzen* erwischt hatte, Liebchen eines aalglatten Impresarios, mit einer Menge Toten im Schlepptau, und schon im gewöhnlichen Leben *anstrengend*. Aber ich brauche niemanden, dem ich leidtue, ... der mein Schicksal in die Hand nimmt, weil ich unfähig bin ... »Nein«, wiederholte sie.

Er nickte.

Draußen erwachte die Straße. Irgendein Rindvieh weigerte

sich, die Trense ins Maul zu nehmen. Der Besitzer regte sich auf. *Poltrone! Infingardo!*

»Die Wahrheit ist, Cecilia: Ich will nicht, dass du gehst.«

»Rossi …«

»Aber die Wahrheit ist auch: Ich habe kein Talent im Umgang mit Frauen. Ich meine es gut, aber irgendwie schaffe ich es immer, sie zu kränken.« Er lächelte schief.

Cecilia dachte nach. Wenn man streuen könnte, überlegte sie, dass ich Inghiramo gefolgt bin, weil … weil er mir einen schrecklichen Verdacht gegen den Arlecchino mitteilen wollte … Sie musste Signora Secci überzeugen … Inghiramo hatte ihr etwas zeigen wollen, … einen Ring von Feretti, den er auf Smeraldinas Finger gesehen hatte … *Nun ja* … »Und dann müsste ich mit einer ältlichen Verwandten zusammenziehen. Einer Dame von tugendhafter Gesinnung.«

»Was?«, fragte Rossi.

»Wenn ich hierbleiben will, dann brauche ich eine respektable Umgebung«, erklärte sie. »Eine Tante.«

»Aber du hast keine ältliche …«

»Doch – die gibt es in jeder Familie. Irgendwo. Ich werde eine auftreiben. Und wenn ich jedes Kloster umkremple. Natürlich müsste ich auch einigen Komitees beitreten. Waisenhaus, gefallene Mädchen …«

»Cecilia …«

»Ich könnte Signora Secci einiges erzählen, unter dem Siegel der Verschwiegenheit, … Andeutungen … Sie wird sich den Rest zusammenreimen …«

»Du willst also auch nicht gehen?«, fragte er, und auf seinem Gesicht malte sich die Andeutung eines Lächelns.

»Nein.«

Er nahm ihre Hand, zog sie umständlich an seine Lippen und küsste sie. »Also wirklich«, murmelte er, »du bist schon eine Person, Cecilia Barghini …« Dann legte er den Kopf in den Nacken und schlief ein. Einfach so.

Nun gut, dachte Cecilia, während sie leise aufstand und sich frische Kleider aus der Kleiderkammer suchte. Ein Mann in ihrer Schlafkammer – kein vollkommener Anfang, aber sie würde schon dafür sorgen, dass er ungesehen hier herauskam. Eine Stunde, dann würde sie den Kerl hinauswerfen.

Sie blickte aus dem Fenster zu einem Zweig, auf dem ein Zeisig mit den Flügeln schlug.

Und plötzlich war ihr leicht zumute.

Helga Glaesener

Das Findelhaus

Historischer Roman

Der dritte Band der Toskana-Trilogie

Ihre Tätigkeit im Waisenhaus von Montecatini bringt Cecilia Barghini auf die Spur eines Mordes: Ein kleiner Junge ist unter seltsamen Umständen aus einem Fenster gestürzt. Die Leitung des Hauses will das Ereignis vertuschen. Gemeinsam mit Enzo Rossi, dem Richter der kleinen Stadt, begibt sich Cecilia auf die Suche nach dem Täter. Als sie erste Spuren finden, macht in Montecatini plötzlich ein Gerücht die Runde: Cecilia soll Gelder des Waisenhauses unterschlagen haben. Mitten in der Nacht wird Cecilia als Betrügerin verhaftet und nach Florenz ins Gefängnis gebracht. Nur Enzo Rossi steht auf ihrer Seite. Kann er ihre Unschuld beweisen und dem Mörder das Handwerk legen?

Lesen Sie hier die ersten Seiten von *Das Findelhaus* (erschienen im List Verlag).

PROLOG

Montecatini, Toskana, Mai 1782

Guido Bortolin trank den letzten Schluck des Tages immer auf der Holzbank vor seiner kleinen Hütte. Er liebte den toskanischen Himmel, der ihn und sein Heim nachts mit einer blauen Decke voller funkelnder Sterne bedeckte. Er liebte den Geruch der Kräuter und Wildblumen, die im hinteren Teil des Waisenhausgartens wucherten. Er liebte das Konzert der Grillen und sogar die emsigen kleinen Mücken, die ihn niemals stachen, weil sie wussten, dass er ebenfalls einer von den Emsigen war. Gott meinte es gut mit ihm.

Zufrieden schaute der Gärtner zu den Bohnenbeeten, mit denen er die Waisenkinder ernährte, und dann wieder zum Himmel. Er war angenehm betrunken, und auch das gefiel ihm. *Salute!*

Als ihm kalt wurde – es ging bereits auf Mitternacht zu –, stand er auf. Zeit zum Schlafen, dachte er mit einem gemütvollen Gähnen, aber die Düfte der Nacht verführten ihn noch zu einigen Schritten. Liebevoll streichelte er die gelben Blüten des Besenginsters und schaute nach den beiden kleinen Pfirsichbäumen, die er im vergangenen Jahr gepflanzt hatte und die ihm den Mist aus der Abortgrube mit einem prächtigen Wuchs dankten.

Und dann sah er die Frau.

Sie kam aus dem westlichen Teil des Gartens, wo nichts als Unkraut spross, weil der Boden für Gemüse zu steinig war. Weiße Kleider bedeckten ihren Körper, und ihr Gesicht war hinter einem ebenfalls weißen Schleier versteckt. Entsetzt tastete Guido nach dem Pfirsichstämmchen, um sich festzuhalten. Er zwinkerte.

Als sein Blick wieder klar wurde, war die Frau verschwunden. Der Wein, dachte er benommen, dieser verflixte Wein! Er wollte schon kehrtmachen, aber da merkte er, dass die Frau nur einige Schritte weitergegangen war. Auf das Haus zu. Der Wind blähte die Schleier, und sie wirkte hell und strahlend vor den schwarzen Büschen, und das Licht, das sie trug, flackerte im Mondschein.

Nun packte ihn die Angst. Er war ja nicht dumm. Er wusste, was hier los war. Großtante Duilia hatte oft genug davon erzählt – nachts, wenn er bei ihr im Bett lag. Sie war eine Dame von enormer Fülle gewesen, und an ihren weichen Leib gebettet hatte er die Geschichten von Rachele, der Kindesmörderin, geliebt. Aber jetzt, als er hier stand, fuhr ihm die Angst wie ein Blähfurz durch den Leib.

Benommen sah er zu, wie die Weiße auf den schmalen Wegen zwischen den Beeten zu der schäbigen Villa schwebte. Sie kannte sich aus, natürlich. Schließlich hatte sie hier gelebt. Als Kind und später als junge, verheiratete Frau. Ihr Ehemann hatte darauf bestanden, dass sie im Haus ihrer Eltern wohnen blieb, weil er sich vor ihr fürchtete, wie Großtante Duilia erzählte.

Dort oben in dem Turm, der an den westlichen Teil der Villa angebaut war, hatte man ihr ein Zimmer eingerichtet, das sie nicht verlassen durfte, denn sie war ein bösartiges Geschöpf, das die Bediensteten erschreckte und quälte. Besonders die Kinder. Weil Kinderchen unschuldig sind, hatte Tante Duilia erklärt, und das Böse hasst die Unschuld. Ihrem Reitburschen hatte sie mit der bloßen Faust das linke Auge ausgeschlagen. Und dem Küchenmädchen kochende Ribollita über die Brust gegossen, woran das arme Wesen später auch gestorben war.

Und jetzt ging sie zu ihnen. Zu den Kinderchen, die dort im Haus arglos in ihren Strohbettchen lagen und schliefen.

Guido merkte, wie ihm die Flasche aus der Hand glitt. Jede Faser seines Körpers sehnte sich zurück zur Hütte, er wollte unter die rote Wolldecke kriechen, sich das Kissen unter die Wange stopfen und alles vergessen.

Stattdessen verharrte er auf seinem Platz zwischen den Pfirsichbäumchen und stierte zum Haus hinüber. Rachele hatte ihr Kind mit in den Turm nehmen müssen, denn der Vater hatte sich von einem Säugling, den sie pflegen musste, eine Verbesserung ihres Zustandes erhofft. Erweichte das Lachen eines Kindes nicht jeder Mutter Herz? Doch dann hatte die Amme Rachele dabei erwischt, wie sie den Jungen ersticken wollte. Allerdings hatte sie der Herrschaft nichts davon berichtet, weil sie fürchtete, für ihre Unachtsamkeit gescholten zu werden.

Ich *bin* achtsam, dachte Guido mit einem kalten Schauer auf dem Rücken. Aber ich laufe auch nicht los und reiße Assunta aus dem Schlaf. Erschrocken stand er da und wurde Zeuge, wie Rachele die kleine Tür des Dienstboteneingangs öffnete. Sie verschwand, und mit ihr die Lampe.

Guido wandte den Kopf und schaute zu den Turm-
fenstern, überzeugt, dass hinter ihnen das Licht wieder
auftauchen würde, wenn Rachele den Raum erreichte,
in dem sie ihr Kindlein schließlich ermordet hatte.

Doch die kleinen Wanddurchbrüche blieben dunkel.

Guido bückte sich langsam und hob seine Flasche
auf. Er hatte Mühe, zu seiner Hütte zurückzufin-
den, verstört und betrunken, wie er war. Als er zu dem
Besenginster kam – dem letzten Ort, von dem aus
man freie Sicht auf die Villa hatte –, entdeckte er den
Lampenschein erneut. Die Flamme war nicht zum
Turm gewandert, sie irrlichterte durch den Schlafsaal
der Buben.

Seine Augen weiteten sich, als ihm klar wurde, was
das bedeutete.

1. KAPITEL

Ich bin eine jämmerliche Heuchlerin, dachte Cecilia Barghini, während sie missmutig neben ihrer ältlichen Verwandten Rosina durch die Gässchen von Montecatini schritt, um das Waisenhaus des Städtchens aufzusuchen. Konnte es etwas Jämmerlicheres geben, als eine Wut auf Waisenkinderchen zu haben, die hungerten und sich wegen der Krätze die Haut blutig rubbelten und husteten und spuckten und unbeweint auf ihren Strohmatten dahinstarben?

Sie selbst führte ein bevorzugtes Leben. Ihre wohlhabende Großmutter hatte sie in Florenz zu einer Dame erzogen. Und nun – nach einer geplatzten Verlobung und dem stürmischen Zerwürfnis mit Großmutter – lebte sie in Montecatini und kümmerte sich um die Tochter des Stadtrichters. Das war vielleicht nicht der brillante Lebensweg, den Großmutter für sie geplant hatte, aber sie mochte Giudice Rossi und die kleine Dina, und in jedem Fall war sie tausendmal besser dran als die armen Dinger im Waisenhaus. Schrecklich, dass sie ihnen nicht mehr Anteilnahme entgegenbringen konnte.

»Ich wünschte, wir hätten schon Nachmittag«, rief sie in Rosinas Ohr, um sich in dem Stimmengewirr verständlich zu machen, das auf der Straße herrschte. »Ich wünschte, ich müsste nicht zur Komiteesitzung, und ich wünschte … Ach, ich bin schrecklich!«

»Was sagst du, Liebes?« Zerstreut fasste die alte Dame nach Cecilias Hand. Es war ein Maitag im Jahre 1782. Über Montecatini strahlte ein nahezu weißer Himmel, und im Stoff ihrer Sonnenschirme fingen sich die Blumendüfte aus den Gärten. Das Städtchen platzte schier aus den Nähten. Jedermann schien Einkäufe erledigen zu müssen oder wollte jemanden besuchen oder einen Stoffballen oder Holzgitter transportieren. Rosinas Augen leuchteten, während sie die Leute beobachtete, und manchmal kicherte sie. Sie hatte den größten Teil ihres Lebens in einem Stift für mittellose Damen verbracht, was entsetzlich öde gewesen sein musste. Als Cecilia ihr die Stelle einer Gesellschafterin anbot, hatte sie ihr Glück kaum fassen können. *Du bist ein Engel, mein Schatz* – das war der Satz, den sie pausenlos wiederholte.

Aber auch diese gute Tat war eigentlich heuchlerisch gewesen: Cecilia benötigte eine Anstandsdame, damit es in der Gesellschaft von Montecatini kein Geschwätz darüber gab, dass sie allein in ihrer Wohnung lebte. Und sie hatte Rosina ausgewählt, weil die alte Frau keine Fragen stellte und sich nicht in ihr Leben einmischte. Keine Zuneigung unter Verwandten, wie Rosina fest glaubte. Reiner Eigennutz.

Nun ja, dachte Cecilia und drückte mit einem wehmütigen Lächeln die Hand der alten Frau, inzwischen vielleicht schon ein bisschen Zuneigung.

Sie wichen einem Esel aus, der einen hundertmal geflickten Sack schleppte, und dann einem trüben Rinnsal, das sich aus einem Hauseingang ergoss. Als sie in ein Seitengässchen abbogen, wurde es ruhiger. »Ich wünschte, ich könnte die Kleinen so gern haben wie du«, sinnierte Cecilia. »Im Ernst, Rosina. Sie haben jemanden verdient, der sich wirklich Sorgen um sie macht, den es kümmert, was mit ihnen geschieht. Der ihre Namen kennt und …«

»Aber Liebes, was redest du denn? Du sorgst doch für sie wie ein *Engel*! Bedenke nur, sie werden *Hüte* bekommen. Wie richtige Jungen und Mädchen. Und das wäre nicht möglich gewesen, wenn du Signora Macchini nicht überredet hättest, ihr Service mit den indianischen Blumen für die armen Würmchen zu spenden. Du bist wunderbar, nur dass du zu viel grübelst.« Rosina drückte Cecilias Hand in stürmischer Zärtlichkeit.

Was Cecilias Bemühen beim Sammeln von Spenden für das Waisenhaus anging, hatte die alte Dame allerdings recht: Die neuen Kittelchen und Decken – und natürlich die Hüte, wenn man Signora Secci tatsächlich zu solch einem ungewöhnlichen Kauf überreden konnte – waren ihr Verdienst. Es verging keine Woche, in der sie nicht in irgendeinem Salon stand, um der Hausherrin ein paar Scudi für das Waisenhaus abzuschwatzen. *Ihre Leibchen sind zu dünn. Sie husten sich die Seele aus dem Leib, die armen Kinderchen …* Aber ich gehe nicht in ihre Schlafräume, ich streichle ihnen nicht über die struppigen Köpfe und weigere mich, in ihre Gesichter zu sehen. Wenn das keine Heuchelei ist!

Sie hatten die kleine Straße, in der sich das Waisenhaus befand, erreicht. »Meinst du, es ist genug?« Besorgt hob Rosina das Tuch von ihrem Korb, in dem sie das Gebäck für die Waisenkinder trug. Cecilia verkniff sich ein Lächeln, als sie sah, wie die alte Frau schneller ging und schließlich auf den Rasen lief und die kleinen Lumpengestalten um sich scharte. Plappernd und lachend verteilte sie ihre Köstlichkeiten, und ein Mädchen rieb die Wange am Seidenstoff ihres Kleides.

Rasch wandte Cecilia sich zu dem Weg, der um das Haus herumführte. Der Eingang zum Stiftungssaal lag im hinteren Teil des Grundstücks, dort, wo sich der verwilderte Garten ausbreitete. Sie blieb stehen, als sie das wadenhohe Gras mit den roten Tupfern aus Kronenwindröschen und Spargelbohnen erreichte. Wieder einmal bedauerte sie, dass es unmöglich war, diesen Teil des Grundstücks zu verkaufen, um mit dem Erlös das Waisenhaus zu renovieren. Aber diese Möglichkeit war von der Familie, die vor einem halben Jahrhundert ihr nobles Wohnhaus den Waisen geschenkt hatte, in der Stiftungsurkunde ausdrücklich verboten worden.

Cecilias Blick schweifte zur Tür.

Ich gehe hinein, und ich komme wieder heraus – zwei Stunden meines Lebens, mehr ist das nicht, dachte sie und hoffte von Herzen, dass die Säuglinge schliefen. Denn deren Greinen würde sie unweigerlich an das Kind erinnern, das zwei Jahre zuvor in ihrem eigenen Leib gestorben war. Durch ihre Torheit. Weil sie nicht bedacht hatte, dass ein zu eng geschnürtes Mieder ein Ungeborenes umbringen konnte. Sie hasste das gelbe Haus und die Sitzungen und die Kinder und die Hemdchen, die im Garten auf der Wäscheleine flatterten, weil all das sie an ihre Schuld erinnerte. Ich hasse meine eigene Sünde, dachte sie unglücklich.

»Scusi, Signorina.«

Erschreckt fuhr sie herum. Vor ihr stand der Waisenhausgärtner. *Guido Bortolin, zehn Scudi Lohn*, dachte sie mechanisch. *Dazu Kost und Unterkunft.* Unentbehrlich, wenn die armen Würmer nicht verhungern sollten, denn er senkte die Verpflegungskosten um ein respektables Drittel, indem er die Bohnen anbaute, mit denen jedes Essen gestreckt wurde.

»Ja bitte?« Sie merkte selbst, wie ungeduldig ihre Stimme klang.

Der Mann nahm die Mütze ab und klemmte sie unter seinen Arm. »Ich will es jemand sagen!« Er wartete offensichtlich auf eine Antwort.

»Gewiss, Guido, nur … worum geht es denn?«

»Dass Sie etwas tun müssen, *scusi, Signorina*. Sie und die anderen Damen. Zum Schutz der Kinderchen.« Seine dicken Lippen blähten sich, während er sie anstarrte. Er war nicht schwachsinnig, auch wenn manche Menschen es befremdlich fanden, dass er seinen Gemüsebeeten Frauennamen gab. Der Salat kommt von Letizia, wenn's recht ist … Felicita gibt fade Petersilie … Er hatte die Beete mit Frauennamen belegt, weil sie wie Frauen unterschiedlichen Grillen nachhingen. Felicita vertrug kein Geröll, Delia soff, Letizia gedieh nur mit Schweinepisse …

»Warum müssen wir etwas zu ihrem Schutz tun, Guido?«

»Weil sie zurückgekehrt ist. Rachele. Das ist es. Sie ist aus ihrem Grab raus und gewandelt. Hier im Garten. Und es ist nur noch drei Wochen hin. Dann sind die sechsundsechzig Jahre um.«

Ratlos schaute Cecilia in das faltenzerfurchte Gesicht.

»Und dann wird sie's wieder tun«, erklärte der

Mann, er wurde langsam ungeduldig. »Donnerstag in drei Wochen. Das ist der Tag, wo sie ihr Kind umgebracht hat. Sie hat es aus dem Fenster geworfen. Da, aus dem Turm.«

»Wer hat jemanden aus dem Fenster geworfen?«

»Rachele. Die Kindsmörderin. Am Donnerstag in drei Wochen ist es sechsundsechzig Jahre her. Dann ist der Jahrestag, und dann wird sie es wieder ...«

»Guido ...«

»Geht mich nichts an, Signorina, weiß ich selbst. Ich wollt's nur sagen. Dass ich sie gesehen habe. Und dass es nur noch drei Wochen und zwei Tage hin ist. Sind doch auch Geschöpfe Gottes, die Kinderchen ... hinter all der Blödigkeit ... nach meiner Meinung ... *scusi* ... Bin ja nur ein dummer alter Gärtner ... Was weiß schon ein Gärtner ...« Guido strich sich die schmierigen weißen Haarsträhnen hinters Ohr, setzte die Mütze wieder aufs Haupt und kehrte beleidigt zum Flieder zurück. Verdutzt starrte Cecilia ihm nach.

[...]

»Sie sind beunruhigt, liebe Signorina Barghini, das spüre ich«, meinte Signora Secci, als sie ins Sonnenlicht hinaustraten. »Sie fragen sich, warum ich mich wegen dieses Nichtsnutzes so echauffiere.«

Cecilia brachte einen lahmen Protest vor.

»Was Sie mit Ihrem Mangel an Lebenserfahrung noch nicht erfassen können, Signorina – und daran tragen Sie keine Schuld, denn gewisse Einsichten erschließen sich erst im Laufe der Jahre – sind die *Auswirkungen*, die solche abergläubischen Gerüchte haben. Wir leben in einer Zeit, in der die sogenannte Vernunft das Zepter an sich reißt. Ich persönlich habe schon Etliches erlebt, was sich mit deren simplen Konstrukten nicht erklären lässt – das können Sie mir glauben. Ich weiß, dass es Dinge gibt, die unseren Verstand übersteigen. Aber viele Menschen in diesem Städtchen sind fanatische Anhänger der Aufklärung – und gerade die spenden besonders freigiebig, da sie nicht an das göttliche Walten in den Geschicken der Menschen glauben. Wir können es uns nicht leisten, sie zu verprellen, indem wir abergläubisches Geplapper unter den Bediensteten des Waisenhauses zulassen.«

Cecilia nickte überrascht. »Ich verstehe, Signora.«

»Wobei diese Rachele-Geschichte tatsächlich lächerlich ist und man sie zweifellos darauf zurückführen muss, dass Guido zu viel trinkt. Sehen Sie nach, ob wir an den Weinrationen kürzen können.«

»Das werde ich.«

»Und dann kein Wort mehr darüber. Guido habe ich bereits den Kopf gewaschen. Ich habe ihm verboten, diese Rachele noch einmal zu erwähnen.«

Cecilia nickte, mit einem schlechten Gewissen, weil sie dem Gärtner nicht selbst den Marsch geblasen hatte, als er ihr mit der Kindsmörderin gekommen war.

»Dass ich es nicht vergesse«, meinte Signora Secci, als sie auf der Straße vor ihrer Kutsche standen. »Wir haben das Kontenbuch lange nicht mehr durchgesehen. Die Pflicht, Signorina Barghini, die Pflicht!«

Cecilia sank das Herz. Sie hasste es, in der roten Kladde zu arbeiten. Die Spendensummen schienen stets zu klein, die Ausgaben entsetzlich hoch. Aber am schlimmsten fand sie die Zahlen über die ausgesetzten, neu verwaisten und im Waisenhaus verstorbenen Kinder. Kinder sollten nicht zu Zahlen schrumpfen, dachte sie. Auch und besonders dann nicht, wenn sie sterben.

Ihre Vorgängerinnen schienen das Buch ebenfalls nicht geliebt zu haben. Es war immer schlampig geführt worden. Pflichtbewusst nahm Cecilia sich vor, zumindest die letzten Monate noch einmal durchzugehen und auf den neuesten Stand zu bringen. Und dann würde sie sich bemühen, diese undankbare Aufgabe loszuwerden.

Aber als Signora Secci ihr kurz darauf ein Billett schickte, hatte sie sich immer noch nicht mit der Kladde befasst. Seufzend fand sie sich im Waisenhaus ein. Es war ein trüber Tag, der Himmel wolkenverhangen, es sah nach Nieselregen aus.

Die schöne, schweigsame Assunta, eine Frau mittleren Alters, die selbst als Waisenkind groß geworden war und der mittlerweile die Führung des Waisenhauses oblag, servierte ihr und Signora Secci Kaffee. Sie hatte ihr bestes Kleid angezogen und zupfte nervös an ihrem Kragen. Niemand wusste, wer ihr das Lesen und Schreiben beigebracht hatte, so wie man auch rätselte, auf welche Art das elfenhafte Geschöpf die schwierigen ersten Waisenhausjahre überlebt haben mochte. Es war Signora Seccis Vorgängerin gewesen, die vor über zwanzig Jahren die Talente des Mädchens entdeckt und ihr das kümmerlich bezahlte, aber verantwortungsvolle Amt der Vorsteherin des Waisenhauses übertragen hatte.

Bekam Assunta überhaupt eine Entlohnung?

Cecilia starrte auf das Buch und stellte mit schlech-

tem Gewissen fest, dass sie auch das nicht wusste.
Assunta musste einen Lohn erhalten, denn ihre Schürze und ihr Fichu waren aus Musselin mit Weißsticke-
rei, und das hätte Signora Secci ihr niemals aus der
Waisenhausbörse bezahlt.

Der Frühling hatte die Montecatiner spendabel gemacht. Es waren erfreuliche dreißig Scudi zusammen-
gekommen. Bei den Ausgaben sah es schlechter aus.
Assunta erzählte, dass Angelo Stagi, dem das Gersten-
feld an der Landstraße nach Pistoia gehörte, sich geweigert hatte, sein Korn umsonst zu liefern, obwohl
die Kinder in seinen Äckern Steine aufgelesen hatten.

»Es kommt die Zeit, da der Herr einem jeden nach
seinem Tun vergilt«, grollte Signora Secci, und Assunta nickte. Schüchtern – Waisenkinder schienen ihr
Lebtag schüchtern zu bleiben, falls sie nicht zu Gesindel verkamen – warf sie ein: »Niemand musste hungern, seit der Winter vorbei ist.«

Nicht hungern hieß: Keines der Kleinen war man-
gels Nahrung gestorben, soweit sich das feststellen
ließ.

»Wunderbar!«, resümierte Signora Secci. »Vier Kinder sind seit April hinzugekommen. Tragen Sie das
ein, liebe Signorina Barghini.« Dabei handelte es sich
einmal um Zwillinge, deren Vater bei dem Versuch,
Wasser für die Geburt zu beschaffen, auf einem Kuh-
fladen ausgerutscht war und sich das Rückgrat gebrochen hatte, woran er kurz darauf starb. Die Mutter
hatte sich daraufhin am Balken neben ihrer Herdstelle
erhängt. Einem der Jungen ging es ebenfalls schlecht.
Dann um ein Mädchen, dessen Familie Opfer der
Schwindsucht geworden war, und um ein weiteres
Mädchen von etwa zwei Jahren, das ein großherzogli-

cher Grenadier auf einem Feldweg aufgesammelt hatte und das man allgemein für ein Zigeunerkind hielt.

»Vier Kinder dazu und vier sind gestorben, so dass sich nichts geändert hat«, erklärte Assunta. Ihre Augen waren dunkel und unergründlich. Cecilia tunkte die Feder ins Fass und schrieb die Namen der Verstorbenen nieder. »Es ist ein Fieber durch die Schlafsäle gegangen«, sagte Assunta. »Das hat sie dahingerafft. Zwei von ihnen. Ein Säugling ist uns unter den Händen verschieden, der hat nicht getrunken. Und Benedetto Molinelli ist aus dem Fenster gestürzt.«

»Jungen sind wild und ungezogen«, klagte Signora Secci. »Sie müssen besser achtgeben.«

… aus dem Fenster, schrieb Cecilia und starrte auf die zierlichen kleinen Buchstaben. »Aus was für einem Fenster?«, fragte sie.

»Das Zimmer liegt im Turm«, erklärte Assunta.

Cecilia starrte immer noch auf das, was sie geschrieben hatte. »Wann ist das geschehen?«

»Vorgestern.«

»Am Donnerstag?«

»Ja, Signorina Barghini.«

Tinte tropfte aus der Feder, Cecilia nahm ein Stück Papier und trocknete den Klecks. »Ist er aus dem Zimmer gestürzt, das früher dieser Rachele gehörte?«

Sie sah, wie Assunta einen vorsichtigen Blick auf Signora Secci warf. »Ja, Signorina.«

Die dicke Frau, die an ihrem Kaffee nippte, hob stirnrunzelnd den Kopf. »Keine neuen Spekulationen über Kindsmörderinnen, wenn ich bitten darf.«

»Ganz gewiss nicht, Signora Secci«, versicherte Assunta ihr rasch.

Die Treppe im Turm der alten Villa war eng, die

Stufen schmal und knarzend und die Ecken von knopf-
großen Spinnen eingewebt, die auf die Ankömmlinge
herabglotzten.

»Wir benutzen die Zimmer nicht. Verzeihen Sie den
Zustand«, sagte Assunta, die vor Cecilia herschritt und
mit den Händen die klebrigen Fäden beiseitestreifte.
Sie hielt den Rücken so gerade, als hätte Großmutter
Bianca ihr tagtäglich mit Ermahnungen im Nacken gesessen. Cecilias Großmutter hatte immer behauptet,
eine gerade Haltung sei geeignet, dem Stolz der Trä-
gerin Ausdruck zu verleihen. Vielleicht war es auch
umgekehrt so, dass Stolz zu einem erhobenen Kopf
verhalf? In jedem Fall stand fest, dass Assunta der Aus-
flug in den Turm nicht gefiel.

Die beiden unteren Zimmer waren muffig, finster
wegen des schlechten Wetters und völlig leer. Auf den
Bretterdielen lag Staub, der auch die Luft erfüllte und
die Fensterscheiben blind machte. Cecilia ertappte
sich dabei, dass sie das Atmen unterdrückte, als sie die
Räume durchquerte.

»Sind Sie sicher, dass Sie bis ganz nach oben wollen, Signorina?«, fragte Assunta in dem ihr eigenen
gleichmütigen Tonfall, als sie die nächste Treppe er-
klommen.

»Aber gewiss.«

Das Zimmer, in dem die tote Rachele gelebt hatte,
bot eine Überraschung: Es war vollständig eingerichtet, mit Möbeln, Tapeten und Teppichen. Und nicht
nur das – auf dem Ruhebett, das, der Form des Zim-
mers nachempfunden, abgerundete Seiten besaß, lagen zerwühlte Decken, auf dem Tisch mit der Marmorplatte stand ein schmutzig-verklebtes Weinglas, in
dem sich Ungezieferleichen häuften. Ein aufgeschla-

genes Buch harrte auf dem Gobelinsessel eines Lesers. Über dem Spiegel hing ein verstaubter, angeschimmelter Seidenhut, der mit schwarzen Flecken übersät war. Das Zimmer der Kindsmörderin sah aus, als hätte sie es gerade eben verlassen und dann hätte eine böse Fee es mit dem Staub von Jahrzehnten überzogen.

»Niemand scheint etwas angerührt zu haben, seit die Dame starb«, erklärte Assunta und schaute sich voller Unbehagen um.

Cecilias Blick blieb auf einem großen, weichen Baumwollkissen hängen, auf dem eine elfenbeinummantelte Säuglingsklapper lag. »Allmächtiger!«, entfuhr es ihr.

Assunta nickte.

Cecilia ging und hob die Klapper auf. In das Elfenbein waren messingfarbene Sterne eingearbeitet, eine hübsche Arbeit. Im Inneren der Kugel klackerten Perlen. Das Kind hatte also ein Spielzeug besessen. Einen Moment lang glaubte Cecilia die junge Mutter vor dem Kissen knien zu sehen. Rachele hatte gelesen, sie hatte ein Glas Wein getrunken, sie war aufgestanden und hatte ihrem Kleinen die Klapper in die Fingerchen gegeben – und dann hatte sie es aus dem Fenster geworfen. Durch die geschlossene Scheibe.

Cecilia holte Luft und legte das Spielzeug auf das Kissen zurück.

© Ullstein Buchverlage GmbH, Berlin 2009

Helga Glaesener
Wespensommer

Historischer Kriminalroman
www.list-taschenbuch.de
ISBN 978-3-548-60767-2

Florenz 1780: Weil die junge Florentinerin Cecilia
Barghini den von der Familie ausgewählten Mann nicht
heiraten will, wird sie nach Montecatini verbannt. Sie
soll bei dem streitbaren Richter Enzo Rossi als Gouvernante arbeiten. Doch in dem scheinbar so verschla-
fenen Ort lauern Gefahren: ein Mord geschieht, ein
Kind verschwindet. Cecilia und Enzo müssen trotz aller
Gegensätze zusammenarbeiten, wenn sie den Mörder
rechtzeitig fassen wollen.

»Ein humorvolles Sittengemälde und eine spannende
Detektivgeschichte« *Brigitte*

»Helga Glaesener ist eine von Deutschlands heimlichen
Bestseller-Autorinnen.« *Bild der Frau*

List Taschenbuch